"十三五"国家重点出版物出版规划项目

《一带一路沿线国家法律风险防范指引》系列丛书

一带一路沿线国家
法律风险防范指引

Legal Risk Prevention Guidelines of One Belt One Road Countries

（南　非）

The Republic of South Africa

《一带一路沿线国家法律风险防范指引》系列丛书编委会　编

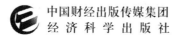

中国财经出版传媒集团

经济科学出版社

图书在版编目（CIP）数据

一带一路沿线国家法律风险防范指引. 南非/《一带
一路沿线国家法律风险防范指引》系列丛书编委会编.
—北京：经济科学出版社，2017.12

（《一带一路沿线国家法律风险防范指引》系列丛书）

ISBN 978 - 7 - 5141 - 8706 - 9

Ⅰ.①一… Ⅱ.①一… Ⅲ.①法律 - 汇编 - 世界
②法律 - 汇编 - 南非共和国 Ⅳ.①D911.09②D947.8

中国版本图书馆 CIP 数据核字（2017）第 287234 号

责任编辑：胡蔚婷
责任校对：杨晓莹
版式设计：齐　杰
责任印制：潘泽新

一带一路沿线国家法律风险防范指引（南非）

《一带一路沿线国家法律风险防范指引》系列丛书编委会　编

经济科学出版社出版、发行　新华书店经销

社址：北京市海淀区阜成路甲 28 号　邮编：100142

总编部电话：010 - 88191217　发行部电话：010 - 88191522

网址：www. esp. com. cn

电子邮件：esp@ esp. com. cn

天猫网店：经济科学出版社旗舰店

网址：http: //jjkxcbs. tmall. com

固安华明印业有限公司印装

710 × 1000　16 开　30.5 印张　390000 字

2017 年 12 月第 1 版　2017 年 12 月第 1 次印刷

ISBN 978 - 7 - 5141 - 8706 - 9　定价：76.00 元

（图书出现印装问题，本社负责调换。电话：010 - 88191510）

（版权所有　侵权必究　举报电话：010 - 88191586

电子邮箱：dbts@ esp. com. cn）

《一带一路沿线国家法律风险防范指引》系列丛书

编委会名单

（南非）

主　任：肖亚庆

副主任：王文斌　郭祥玉

委　员：（按姓氏笔画为序）

于腾群　王书宝　卢新华　衣学东　李宜华

肖福泉　吴道专　张向南　欧阳昌裕

周永强　周法兴　高　洁　傅俊元

本书编写人员：（按姓氏笔画为序）

王　晔　史启明　朱丰果　朱晓磊　张凤羽

张　靖　庞龙飞

编 者 按

习近平总书记统筹国内国际两个大局、顺应地区和全球合作潮流，提出了"一带一路"重大倡议。这一重大倡议引起世界各国特别是沿线国家的广泛共鸣，60多个国家响应参与，"一带一路"建设取得了丰硕成果，为促进全球经济复苏和可持续健康发展注入了新的活力和动力。中国企业积极投身"一带一路"沿线国家基础设施建设、能源资源合作、产业投资和园区建设等，取得积极进展。中央企业充分发挥技术、资金、人才等方面的优势，先后参与合作项目近2 000个，在创造商业价值的同时为当地经济社会发展作出了重要贡献。

党的十九大指出，要以"一带一路"建设为重点，坚持"引进来"和"走出去"并重，遵循共商共建共享原则，加强创新能力开放合作，形成陆海内外联动、东西双向互济的开放格局。习近平总书记在"一带一路"国际合作高峰论坛上提出，要推进"一带一路"建设行稳致远，迈向更加美好的未来。《"一带一路"国际合作高峰论坛圆桌峰会联合公报》明确了法治在"一带一路"建设中的重要地位和作用，强调本着法治、机会均等原则加强合作。中国企业参与"一带一路"建设的实践充分证明，企业"走出去"，法律保障要跟着"走出去"，必须运用法治思维和法治方式开展国际化经营，进一步熟悉了解沿线国家的政策法律环境，妥善解决各类法律问题，有效避免法律风险。

　　为此，我们组织编写了《一带一路沿线国家法律风险防范指引》系列丛书，系统介绍了"一带一路"沿线国家投资、贸易、工程承包、劳务合作、财税金融、知识产权、争议解决等有关领域法律制度，提示了法律风险和列举了典型案例，供企业参考借鉴。

　　在丛书付印之际，谨向给予丛书编写工作支持和帮助的有关中央企业领导、专家及各界朋友表示衷心的感谢。

《一带一路沿线国家法律风险防范指引》
系列丛书编委会
2017 年 12 月 20 日

目　　录

南

非

1

南非法律概况

　　南非共和国（The Republic of South Africa）位于非洲大陆的最南端，拥有"彩虹之国"美誉。现有三个首都，分别为：中央政府所在地，行政首都比勒陀利亚（Pretoria）；最高法院所在地，司法首都布隆方丹（Bloemfontein）；国民议会所在地，立法首都开普敦（Cape Town）。截至 2017 年 1 月，南非的陆地面积 1 219 090 平方公里。[①] 据南非统计局 2016 年数据显示，南非共和国共有人口 5 565 万。据世界银行（The World Bank）的调查显示，作为撒哈拉以南非洲唯一的发展中国家，2016 年南非的 GDP 总量为 2 948 亿美元，人均 GDP 约 5 276 美元。[②] 这表明南非的收入水平已进入中高收入国家行列。相比非洲其余国家，南非具有较好的经济发展水平、较高的国民生活水平以及较稳定的国内政治局势。因此，作为非洲最发达的经济体，南非在国际事务中通常被认定为中等强国，同时也持续地发挥着重要的地区影响力，是新兴经济体"金砖五国"的重要成员国之一。同时，作为二十国集团（G20）成员中唯一一个非洲国家，南非积极参

---

　　① 资料来源：中华人民共和国外交部官方网站，http：//www.fmprc.gov.cn/web/gjhdq_676201/gj_676203/fz_677316/1206_678284/1206x0_678286/ 访问时间：2017 年 7 月 11 日。
　　② 资料来源：世界银行，http：//data.worldbank.org/country/south-africa. 访问时间：2017 年 7 月 11 日。

与二十国集团领导人峰会，加强非洲及南半球国家的利益，建议发达国家为非洲提供迫切而又十分必要的全球治理改革机会，推动非洲发展。作为中非合作论坛的联合主席国，南非将进一步在中非合作论坛（FOCAC）的实施基础上，紧密联系非洲各国，确保其发展符合国家计划、区域计划以及非洲联盟在区域和非洲大陆一体化发展规划。由此可见，南非对非洲发展的贡献及其在国际上的影响力。

南非的政治现状相对稳定、经济发展有一定的活力，近年来虽然受到国际局势的影响，出现了增速放缓甚至略为衰退的迹象，但总体上看，2016年8月南非重回非洲第一大经济体，其多样化的经济基础仍强于埃及和尼日利亚。此外，南非是中国在非洲最大贸易伙伴，而且中国已经连续8年成为南非最大的贸易伙伴、最大出口市场、进口来源地。所以，中国、南非全面战略伙伴关系的提升和《中华人民共和国和南非共和国5～10年合作战略规划（2015～2024）》为中南关系进一步深入发展注入了新的强劲动力。同时，非洲是建设"一带一路"的重要方向和落脚点，作为全球新兴经济体的南非将在对接"一带一路"倡议的过程中发挥重要作用，而中国的投资和双边贸易也能够在支持南非经济增长和基础设施发展方面发挥关键作用。未来，中国和南非将互相拓宽投资领域、增加双边投资金额，经济合作前景十分良好。

第一节　南非基本概况

早在10万年前的旧石器时代，南部非洲地区就留下了人类的痕迹。据考古发现，桑人（旧称"布须曼人"）是南非最古老的土著居民，桑人和科伊人成为了非洲南端最早的人种，随后又有迁徙至此的班图人，他们相互融合成为了南非最早的土著种群。1498 年葡萄牙人达·伽马绕过好望角，打开了欧洲直通印度和中国的新航道。在沉寂了半个世纪后，1652 年荷兰联合东印度公司（VOC）决定在好望角建立一个补给站，由荷兰富商、大船主等组成的东印度公司直接管理。[①] 半个世纪后的 18 世纪初期，欧洲殖民者开始陆续移民至开普殖民地，荷兰人成为了南非的早期殖民者，欧洲移民与当地居民融合形成了布尔人。在英布战争（1899～1902）爆发以后，英国殖民者成为南非的新殖民者，虽然在 1961 年南非宣布退出英联邦，建立"南非共和国"，但其政治、经济、社会、法律等仍然受制于英国殖民宗主国。从 1984 年开始，执政南非的白人国民党政权开始全面推行种族隔离制度，对南非造成了深重打击。直至 1991 年以后才重启多党谈判、创建联合政府、颁布民主宪法、推行种族平等。1996 年 12 月，南非共和国新宪法颁布，这标志着自由、平等、民主、人权的新南非诞生。时至今日，南非有着相对稳定的政治局势，执政党非国大有着较高的民众支持率。南非开放型经济中，对外贸易起着重要的促进作用，经济发展水平在非洲首屈一指，几乎占据了非洲南部 50% 的经济活动。虽然南非的犯罪率较高，但在民众生活、教育与科技投入等方面依然领先非洲。同时，新南非也奉行独立自主的全方位外交政策，积极开展同非洲、欧洲、拉美、中东和亚太地区，以及美国、俄罗斯等国的外交活动，具有一定的国际影响力。2010 年中国与南非建立了双边层面的"全面战略伙伴关系"，两国保持着良好的经贸合作往来，南非也是"一带一路"倡议在非洲推进的重要节点。

一、历史沿革

据记载，最早生活在非洲南端的土著居民是桑人和科伊人以

---

① 郑家馨：《南非史》，北京大学出版社 2010 年版，第 1～2 页。

及在公元 3 ~ 7 世纪向南迁徙并移居至德兰士瓦和纳塔尔的班图人。在漫长的部落征战和融合进程下，在 17 世纪中叶南部非洲被殖民之前，"班图人生活在南非东部和中部，桑人生活在奥兰治河以北的干旱地区和龙山一带，科伊人则生活在开普地区。"①上述三者共同构成南非的土著民族。其间，葡萄牙航海家们在开辟世界航线的路途中曾短暂的在非洲地区有过停留。在 1482 年、1483 年和 1486 年，葡萄牙航海家迭戈·卡奥分别到达了非洲的加纳、刚果河口和纳米比亚的克罗斯角。1487 年葡萄牙人巴托洛缪·迪亚士再次赴非，却在达沃尔维斯湾遭受严重风暴，被吹至非洲大陆的最南端，绕过了好望角停靠在现南非开普半岛东海岸的莫塞尔湾。在此处，迪亚士见到了南部非洲最早的土著人种科伊人，"风暴角"后被改名为"好望角"。随后的 1497 年，葡萄牙人达·伽马则沿着之前两位航海家开辟的航线，绕过好望角成功到达了印度。但是，葡萄牙人虽与当地土著人发生过战争，却并未重视当地的资源和开发，未在南部非洲开展殖民活动。取而代之，葡萄牙人将目光投入到更加广阔的亚洲和阿拉伯人的贸易市场。因此，葡萄牙的法律制度并未在南部非洲产生实质性的影响。

荷兰人的入侵，使得南非当地土著黑人种群在 1652 ~ 1806 年间遭受了殖民战争的打击。欧洲殖民者与当地居民融合而成的"布尔人"却又在 1806 年英国接替荷兰统治之后，于"开普殖民地"的争夺中被英国殖民者强迫其迁徙至内地。但迁徙至南非东北部的荷兰裔布尔人，通过努力开辟了新的国家。于是，英国殖民者只好在 1852 年和 1854 年宣布由布尔人领导的"奥兰治自由邦"和"德兰土瓦共和国"独立成为两个国家。由于 1867 年前后在德兰士瓦共和国瓦尔河之间的牧场上发现了黄金，1886 年又在奥兰治河与瓦尔河交汇处的河滩上发现了钻石，这场

---

① 博峰主编：《彩虹之国南非》，外文出版社 2013 年版，第 43 页。

"淘金热",引得大批欧洲殖民者蜂拥而至,进行勘探开采。英国殖民者趁机发动针对德兰士瓦共和国布尔人的战争,在1899～1902年的"英布战争"中,英军以武力的方式成功吞并"奥兰治自由邦"和"德兰士瓦共和国"。进入20世纪以后,英国殖民当局又在1910年5月将原"开普省"、"德兰士瓦省"、"纳塔尔省"和"奥兰治自由邦"四个独立省份合并为新的"南非联邦",使其变为英国的自治领地。虽然在1961年5月南非取得了民族独立并宣布退出英联邦以建立"南非共和国",但是殖民当局和白人统治者所推行的种族歧视和种族隔离政策通过立法和行政手段继续推行,数百种包含种族主义的法律、法规、政令让南非的法制建设推行缓慢,人权遭到巨大的破坏。其间,于1984年开始执政的南非国民党更是全面推行种族隔离制度,由此导致的恶果被南非黑人居民和国际社会一致谴责,并引发了联合国的严厉制裁。直至1989年德克勒克接替因病辞职的总统博塔成为国民党和南非的领袖,他才开始推行民主政治改革,黑人组织不再受到禁止,种族平等和黑人权益的自由斗士曼德拉也被白人当局释放。"1991年,非国大、南非政府、国民党等19方就政治解决南非问题举行多党谈判,并于1993年就政治过渡安排达成协议。"① 在临时宪法达成的民主框架下,南非于1994年举行了首次不分种族的大选,由非国大、共产党和工会大会组成的"三分联盟"以62.65%的得票率获得胜利。非国大、国民党、因卡塔自由党三个党派组成民族团结政府,纳尔逊·曼德拉出任总统,至此,种族隔离制度在南非被正式废除。② 1994年6月联合国大会恢复了南非的合法席位。1996年12月,体现着种族平等、民主人权的新宪法签署颁布,一个民主、平等的新南非诞生了。

---

① 资料来源:中华人民共和国外交部官方网站,http://www.fmprc.gov.cn/web/gjhdq_676201/gj_676203/fz_677316/1206_678284/1206x0_678286/ 访问时间:2017年7月11日。

② 李放、卜凡鹏主编:《南非"黄金之国"的崛起》,民主与建设出版社2013年版,第23～24页。

南非

5

二、法制变迁[①]

法制变迁的独特历程让南非的法律文化呈现出混合化的特征，使得南非的法律体系与中国呈现出较大差异，除制定法之外，我国投资者对判例法、习惯法以及二元化司法体系都较为陌生。因此，了解南非的法制变迁历程，有助于投资者全面认识南非的法律制度。南非法律发展史共经历了五个重要时期。

第一，1652 年以前属于前殖民时期。该时期南非遵循着一种古老的、以非洲原始宗教为基础而形成的习惯法，它以口耳相传为主要形式。这些习惯法以调整当地土著居民生活规范、保障部族稳定和传承部族习俗为基本内容。因此，原始习惯法是殖民者入侵南部非洲以前的重要法源，它主要体现在与部落生活息息相关的仪式、婚俗和丧葬等方面，并且以酋长制度为习惯法确立和流传的核心要素。时至今日，根据 1996 年新《宪法》的第 8 条、第 39 条、第 173 条和第 12 章"传统首领"的规定，这种固有习惯法依旧发挥效力，在不与宪法相抵触的时候仍然可以在酋长法庭内适用。

第二，1652～1910 年是荷兰殖民时期。该时期南非的本土习惯法与罗马—荷兰法相互融合，以罗马法为基础的立法与法学研究大多以荷兰学者的著作形式存在，这种法律被荷兰殖民者带至开普殖民地，同时，本土习惯法也依旧适用，罗马—荷兰法与习惯法融合，促成了南非法律文化的第一次变迁，由此形成的罗马—荷兰法律体系成为南非法制的鲜明特色。

第三，1910～1961 年是英国殖民时期。该时期罗马—荷兰法与英国普通法发生融合，一方面英国殖民当局宣称荷兰人留下

---

① 资料来源：郑家馨：《南非史》，北京大学出版社 2010 年版。

的罗马—荷兰法继续有效；另一方面又开始将普通法及其程序法和遵循先例原则在南非推广，通过司法程序改革让普通法逐步适用于南非。期间，英国殖民者还向开普殖民地派遣大批在英国接受过法律学习、熟知英国司法程序的法官。"1827 年《司法宪章》颁布后，英国的流通票据法、海商法、保险与合伙领域的制定法被南非几乎照搬不误的采用，尤其是有关契约的立法，受英国的影响是十分巨大的。同时，在 1827 ~ 1834 年间，南非采用了英国法院的陪审团制度、英国刑事诉讼法和证据法。"① 至此，习惯法、罗马—荷兰法、英国普通法开始融合，形成了南非法律文化的第二次变迁。即使现在，在法律未明确规定的情况下，英国普通法和罗马—荷兰法都是法律研究和司法解释的基石。

第四，1961 ~ 1991 年是种族隔离时期。该时期的南非实行剥夺人权的种族歧视法律制度，1960 年南非正式退出英联邦，在 1961 年 5 月 21 日颁布《南非共和国宪法》正式成立南非共和国。随后的 30 年间是南非种族隔离最为严重的时期，白人当局通过立法将殖民时期保留下来的种族隔离制度推行于整个南非，按照亚洲人、有色人种、黑人、白人的肤色差异将南非国民划分为不同等级，并加以区别对待。法律规定只有白人享有选举权、被选举权，是南非联邦的优等民众。而其余三个种族则被定性为劣等民族失去公民的基本权利，人权遭受践踏。

第五，1996 年至今是新南非时期。该时期南非的法律呈现出混合化特征，自新宪法颁布以来，南非形成了一个活跃的混合法律体系，由数个独特的法律传统交织形成："继承自荷兰的大陆法系，继承自英国的普通法系（不成文法），以及继承自非洲本土的习惯法（常称之为非洲习惯法，它根据部落起源呈现出不同的形式）。这些法律传统间有着复杂的关系，英国普通法的影响主要体现在程序方面和司法裁判方法上，罗马—荷兰法的影

---

① 夏新华著：《非洲法律文化史论》，中国政法大学出版社 2013 年版，第 233 ~ 234 页。

响则大多显著地体现在私法上。"① 此外，南非在成文宪法的形式和三权分立的规定上，还受到了美国宪政思潮的影响。

综上，今天南非的法律体系展现出浓厚的混合化特征。在公法领域，普通法（主要是英国程序法和美国法宪政主义）的影响较为深刻；在私法领域，大陆法（罗马—荷兰法及著述学说）则成为主要的法律依据；在特定的民事领域和偏远部落，本土习惯法则发挥着重要的作用。② 此外，在南非还有一些特殊领域的专门立法。如代理法、合同法、破产法、侵权行为法、物权法、公司法、合伙与信托法、劳动法、著作权法、专利法、家庭法、习惯法、个人法、继承法、环境法、教育法等等。③ 这些内容让当前南非的法律体系呈现三大特性：其一，法律渊源多样性，包含着宪法、习惯法、司法先例、制定法、普通法等多种法律渊源；其二，法律适用特定性，在公法、私法以及婚姻家庭继承领域分别适用普通法、大陆法和习惯法；其三，司法体制二元性，在南非的高等级法院系统中基本适用继承自普通法的司法程序，而一些基层地区的酋长法庭则适用土著习惯法。

三、地理环境④

南非位于非洲大陆最南部，其纬度自南纬22°~35°，经度从东经17°~33°。北邻纳米比亚、博茨瓦纳、津巴布韦、莫桑比克和斯威士兰，中部环抱莱索托，使其成为最大的国中国。东、南、西三面为印度洋和大西洋所环抱。其西南端的好望角航线，

---

① George Wille；Francois Du Bois, G Bradfield. *Wille's Principles of South African Law* (9th ed), Cape Town：Juta & Company, Limited, 2007.

② Reinhard Zimmermann, Daniel P Visser. *Southern Cross*：*Civil Law and Common Law in South Africa*, Oxford：Clarendon Press, 1996.

③ W A Joubert. *The Law of South Africa*, Durban：Lexis Nexis Butterworths, 2004.

④ 资料来源：中华人民共和国外交部官方网站 http://www.fmprc.gov.cn/web/gjhdq_676201/gj_676203/fz_677316/1206_678284/1206x0_678286/ 访问时间：2017 年 11 月 11 日。

历来是世界上最繁忙的海上通道之一，有"西方海上生命线"之称。南非地处非洲高原的最南端，南、东、西三面之边缘地区为沿海低地，北面则有重山环抱。北部内陆区属喀拉哈里沙漠，多为灌丛草地或干旱沙漠，此区海拔约 650 ~ 1 250 米。周围的高地海拔则超过 1 200 米。南非最高点为东部大陡崖的塔巴纳山，海拔 3 482 米。东部则是龙山山脉纵贯。

南非全境大部分处副热带高压带，属热带草原气候。每年10 月 ~ 次年 2 月是夏季，6 ~ 8 月为冬季。由于德拉肯斯堡山脉阻挡了印度洋的潮湿气流，因此愈向西愈干燥，大陆性气候也越为显著。秋冬雨水缺乏，草原一片枯黄。降水主要集中在夏季，全年降水由东向西从 1 000 毫米降至 60 毫米。东部沿海年降水量 1 200 毫米，夏季潮湿多雨，为亚热带季风气候。南部沿海及德拉肯斯山脉迎风坡能全年获得降水，湿度大，属海洋性气候。西南部厄加勒斯角一带，冬季吹西南风，带来 400 ~ 600 毫米的雨量，占全年降水的 4/5，为地中海式气候。全国全年平均降水量为 464 毫米，远低于 857 毫米的世界平均水平。

南非的气温比南半球同纬度其他国家相对较低，但年均温度仍在零度以上，一般在 12 ~ 23 摄氏度，温差不大，但海拔高差悬殊仍会造成气温的垂直变化。此外，流经西部海岸的本格拉寒流和流经东部海岸的莫桑比克暖流形成气温在经度上的差异。冬季内陆高原气温低，虽无经常性雪被，但霜冻十分普遍。全国全年平均日照时数为 7.5 ~ 9.5 小时，尤以 4 月、5 月间日照最长，故以"太阳之国"著称。

南非境内主要河流有两条。一条是自东向西流入大西洋的奥兰治河（The Orange River），全长 2 160 公里，系全非大河之一，流域面积约 95 万平方公里。另一条是主要流经博茨瓦纳、津巴布韦边界并经莫桑比克汇入印度洋的林波波河（The Limpopo River），全长 1 680 公里，流域面积 38.5 万平方公里。其他源于内陆高原的较小河流多经过"大断崖"注入印度洋，少数向西流入大西洋，主要有：自由州与北方四省交界的法尔河（The Vaal），夸祖鲁—纳塔尔省的图盖拉河（The Tugela），东开普省的森迪斯河（The Sundays）和大鱼河（The Great Fish），西开普省的奥利凡茨河（The Olifants），北方省的莱塔巴河（The Letaba）及自由州东部的卡利登河（The Caledon）等。

四、政治环境[①]

南非相对稳定的政治环境有利于中国的投资，公正和民主的宪法是南非良好政治环境的体现，随着双边关系的良好发展，政治环境将成为中国投资南非的有利保障。自新南非成立以来南非非洲人国民大会（以下简称"非国大"）长期执政，具有一定的社会基础，虽然近年来反对党活动频繁，但相比其他非洲国家，南非仍然具备相对稳定的政局，政治风险较小。当前为清除种族歧视的消极影响，鼓励更多的黑人参与政治和经济活动，南非形成了一系列有关黑人经济振兴和经济国有化的法律制度，这些政治因素或将成为中国投资者赴南非投资时的屏障，需要投资者事前注意。

（一）政治制度

1993 年 11 月 18 日，南非多党谈判通过临时宪法草案，于 1994 年 4 月 27 日正式生效。这是南非历史上第一部体现种族平等的宪法。1996 年 5 月 8 日，制宪议会通过新宪法草案，草案经修改后于 10 月 7 日正式通过，并于 12 月 4 日经宪法法院批准。12 月 10 日，曼德拉总统签署政令批准新宪法，新宪法于 1997 年开始分阶段实施。

南

非

10

---

① 资料来源：中华人民共和国外交部官方网站 http：//www. fmprc. gov. cn/web/gjhdq_676201/gj_676203/fz_677316/1206_678284/1206x0_678286/ 访问时间：2017 年 11 月 11 日。

第一，作为新宪法的 1996 年《南非共和国宪法》是南非民主宪政的基石。新宪法保留了临时宪法中权利法案、三权分立系统、总统制、联邦制政府管理体制和现行司法体系的重大制宪原则和内容。对临时宪法的主要修改是，1999 年大选后，将各政党按比例分享权力改为大选中的多数党单独执政。新宪法规定，不分种族、性别、宗教，法律面前人人平等。

第二，立法机构由国民议会和地方议院组成。南非建立了两院制议会，分为国民议会和全国省级事务委员会（简称省务院），① 任期均为 5 年。本届议会由 2014 年 5 月举行的全国和 9 省议会选举产生。国民议会共设 400 个议席，其中 200 个席位根据全国选举结果分配，另外 200 个席位根据省级选举结果分配。省务院共 90 名代表，每省 10 名代表，分别由省长、3 名特别代表（由省长任命）和 6 名常任代表（由省议会选派，依各政党在省议会中的比例选出）组成。南非国民议会和省务院下设与政府各部门相对应的专门委员会、临时委员会和两院联合委员会。

第三，南非的司法体系基本分为法院、刑事司法和检察机关 3 大系统。司法机构则由宪法法院、最高法院、高级法院、地方法院及国家检察总局和各级检察机关组成。② 宪法法院为解释宪法的最高司法机构；最高法院为除宪法事务外的最高司法机构；国家检察总局向司法部长负责，检察机关对应每个高等法院设置；各级检察机关向各级法院提起公诉。

第四，南非政府分为中央、省和地方三级。此外，南非全国共划为 9 个省③，设有 278 个地方政府，包括 8 个大都市、44 个

---

① 按照宪法规定，南非的地方议院称为"全国省级事务委员会（National Council of Provinces，简称省务院）"，鉴于其职能与性质，为与国民议会的译名相互对应，学界也通常将全国省级事务委员会译作"省议会"或"省级议会"。

② 有关南非司法体系与法院设置的具体内容，详见本书"第九章南非争议解决法律制度"。

③ 南非行政区划上的 9 个省分别为：东开普省（Eastern Cape Province）、奥兰治自由邦（Orange Free State）、豪登省（Gauteng Province）、夸祖鲁－纳塔尔省（KwaZulu-Natal Province）、姆普马兰加省（Mpumalanga Province）、林波波省（Limpopo Province）、北开普省（Northern Cape Province）、西北省（North West Province）、西开普省（Western Cape Province）。

地区委员会和 226 个地方委员会。南非实行总统内阁制，任期 5 年，总统由选民选举产生，内阁首相兼任副总统，由总统任命的国民议会多数党领袖产生，对总统负责，其他不超过 27 名部长亦由总统任命。总统任期不得超过两任。以非国大为主体的民族团结政府奉行和解、稳定、发展的政策，妥善处理种族矛盾，全面推行社会变革，努力提高黑人政治、经济和社会地位，实现由白人政权向多种族联合政权的平稳过渡。执政党非国大奉行种族和解政策，努力保持社会稳定，不断提高黑人社会地位和生活水平，连续赢得 1999 年和 2004 年大选。2008 年 9 月 21 日，总统塔博·姆贝基（Thabo Mbeki）宣布辞职。9 月 25 日，国民议会选举非国大副主席卡莱马·莫特兰蒂（Kgalema Mothlante）为新总统。2009 年 4 月 22 日，南非举行第四次民主选举。非国大以 65.9% 的得票率再次赢得国民议会选举胜利。5 月 6 日，国民议会选举非国大主席祖马为南非新总统。2014 年 5 月 7 日，南非举行第五次大选，非国大以 62.15% 的得票率再次胜选，祖马连任总统，拉马福萨任副总统。

（二）政党制度

自 1948 年南非国民党获得南非联邦大选并开始单独执政以来，南非的政党制度经过了 40 余年的发展，直至 20 世纪 90 年代德克勒克领导的国民党政府进行改革，1993 年南非召开制宪会议，1994 年颁布临时宪法，终于在 1996 年以临时宪法为基础的南非新宪法通过后，多党竞争制度才以宪法的形式得到确立。随着国民党退出民族团结政府以及因卡塔自由党的衰落，非国大领导的三方联盟基本实现单独执政。奉行种族和解、提高黑人地位的非国大连续赢得了 1999 年、2004 年、2007 年、2009 年和 2014 年大选。当前，南非已确立实行多党制。但随着 2008 年南非政局的变化，执政党非国大内部发生矛盾，由此形成的人民大会党成为了一支主要的反对党力量。截至 2017 年 8 月，南非的反对党已经连续八次对非国大和现任总统祖玛提出不信任案，虽然不信任案投票因未获半数以上议员的支持而告终，但此举依然对非国大"一党独大"的地位注入了不稳定因素。当前，在南非国民议会中有 13 个政党拥有席位，其中南非非洲人国民大会、南非共产党、人民大会党、民主联盟等政党在议会中发挥着较大的作用，各党派围绕"执掌或参与政权"的目标，进行了一系列变革。

1. 南非非洲人国民大会：简称非国大，主要执政党，最大的黑人民族主义政党。主张建立统一、民主和种族平等的新南非，领导了南非反种族主义斗争。创立于 1912 年，1925 年改现名，成员超过 100 万。

2. 民主联盟：第一大反对党。前身为民主党，2000 年 6 月与新国民党合并后改为现名。主要成员为白人，代表英裔白人工商金融界利益。是白人"自由派"左翼政党，主张废除种族隔离，积极参与南非和平进程。

3. 人民大会党：2008 年 11 月由部分前内阁和地方政府高官脱离非国大后组成。主张建立真正不分种族、没有阶级和性别歧视的人民政党，改革现行选举制度和政府官员任命制度；大力发展农业和以出口为导向的劳动密集型产业；强力打击犯罪，培育社会安防意识。

4. 因卡塔自由党：以夸祖鲁—纳塔尔地区祖鲁族为主的黑人民族主义政党。前身是"民族文化解放运动"，成立于 1928 年，1990 年向所有种族开放，建立政党并改用现名。以争取黑人解放为宗旨，主张通过和平谈判解决南非问题。

5. 南非共产党：与非国大、南非工会大会结成"三方联盟"。其党员以非国大成员身份参选、入阁。1921 年 7 月成立，1950 年被南非当局宣布为"非法"组织，1990 年 2 月重新获得合法地位。始终将实现共产主义作为其最终奋斗目标，坚持"社会主义的工人阶级政党"性质，但认为南非基本上是一个经过特殊殖民主义发展的、依附性较强的资本主义，当前的任务仍是推进以黑人彻底解放为目标的民族主义革命。

6. 联合民主运动：1997 年 9 月成立，是由原新运动进程和全国协商论坛合并而成的跨种族政党。在 2009 年 4 月第四次大选中，赢得国民议会选举 1% 选票，获 4 个议席。

此外，南非其他政党还有：独立民主党（Independent Democrats）、新自由阵线（Freedom Front Plus）、非洲基督教民主党（African Christian Democratic Party）、联合基督教民主党（United Christian Democratic Party）、阿扎尼亚泛非主义者大会（Pan Africanist Congress of Azania）、少数阵线（Minority Front）、阿扎尼亚人民组织（Azanian People's Organization）、非洲人民大会党（African People's Convention）等。[①]

五、经济环境[②]

南非属于中等收入的发展中国家，也是非洲经济最发达的国家。自然资源十分丰富，金融法律体系比较完善，通讯、交通、能源等基础设施良好。矿业、制造业、农业和服务业均较发达，是经济四大支柱，深井采矿等技术居于世界领先地位。但国民经济各部门、地区发展不平衡，城乡、黑白二元经济特征明显。20 世纪 80 年代初至 90 年代初受国际制裁影响，经济出现衰退。新南非政府制订了"重建与发展计划"和"黑人经济振兴计划"，强调提高黑人社会、经济地位。1996 年推出"增长、就业和再分配计划"，旨在通过推进私有化、削减财政赤字、增加劳动力市场灵活性、促进出口、放松外汇管制、鼓励中小企业发展等措施实现经济增长、增加就业、逐步改变分配不合理的情况。2006 年实

---

① 资料来源：中华人民共和国外交部官方网站，http://www.fmprc.gov.cn/web/gjhdq_676201/gj_676203/fz_677316/1206_678284/1206x0_678285/ 访问时间：2017 年 7 月 9 日。

② 资料来源：中华人民共和国外交部官方网站 http://www.fmprc.gov.cn/web/gjhdq_676201/gj_676203/fz_677316/1206_678284/1206x0_678286/ 访问时间：2017 年 11 月 11 日。

施"南非加速和共享增长倡议",加大政府干预经济力度,通过加强基础设施建设、实行行业优先发展战略、加强教育和人力资源培训等措施,促进就业和减贫。2005～2007年经济年均增长超过5%。

(一) 经济发展水平

第一,在国际局势影响下,南非经济增速放缓,政府已推出政策扭转颓势。受国际金融危机影响,南非2008年经济增速放缓,同比增长下滑至3.1%,2009年为﹣1.8%,一度陷入衰退。为应对金融危机冲击,南非自2008年12月以来6次下调利率,并出台增支减税、刺激投资和消费、加强社会保障等综合性政策措施,以遏止经济下滑势头。在政府经济刺激措施、国际经济环境逐渐好转和筹办世界杯足球赛的共同作用下,南非经济逐渐企稳。2010年以来,祖马政府相继推出"新增长路线"和《2030年国家发展规划》,围绕解决贫困、失业和贫富悬殊等社会问题,以强化政府宏观调控为主要手段,加快推进经济社会转型。2014年、2015年、2016年增长率分别为1.5%、1.3%、0.5%(预估值)。目前,南非政府正在重点实施"工业政策行动计划"和"基础设施发展计划",旨在促进南非高附加值和劳动密集型制造业发展,改变经济增长过度依赖原材料和初级产品出口的现状,加快铁路、公路、水电、物流等基础设施建设。

第二,在资本大幅外流的不利局面下,南非积极调整,经济发展略有回升。受全球经济增长缓慢尤其是欧债危机拖累,南非经济总体低迷,增长乏力。2012年8月爆发的马利卡纳铂金矿大罢工演变成严重流血冲突,并引发新一轮罢工潮,重创南非矿业和交通运输业等支柱产业,加上国际评级机构先后调降南非长期主权信用评级展望和政府债券评级,令南非经济再度面临严峻形势,兰特兑美元汇率大幅下跌。2013年以来,由于美国推出量化宽松政策等因素影响,南非出现大幅资本外流。整体上看,据

《2017 年非洲经济展望》统计，2016 年非洲的经济增长率为 2.2%，低于上一年的 3.4%。其中，尼日利亚和南非占非洲大陆 GDP 的近 50%（分别为 29.3% 和 19.1%），干旱和政治的不确定性成为南非经济发展的一大阻力。[①] 虽然 2017 年以来，南非逐渐从严重干旱中恢复，同时改善了供电状况，但私营部门的信心仍然疲弱，政府债务水平上升使得南非在国际信用评级中处于不利地位，投资吸引力有所减弱。但总体上看，南非还是在 2016 年 8 月超越埃及与尼日利亚，重回非洲第一大经济体，仍是非洲最发达的经济体。

（二）主要经济数据

南非的主要经济数据由国内生产总值（GDP）、人均国内生产总值（Real GDP Per Capita）等组成。截至 2016 年，南非的国内生产总值约为 3 125 亿美元，人均国内生产总值约为 5 730 美元，其中，国内生产总值年增长率的预估值为 0.5%（注：南非本国财政部的统计数据略高于早先世界银行公布的相关数据）。另外，南非的货币名称是兰特，据 2017 年 2 月的汇率显示 1 美元≈13 兰特。南非共和国财政部（National Treasure）所统计的近年来的财政收支情况如表 1 - 1 所示。

表 1 - 1　　　　近五年来南非财政收支情况表　　　单位：百万兰特

指标 ＼ 财年	2012/2013	2013/2014	2014/2015	2015/2016
收入	800 142	887 265	965 456	1 074 518
支出	965 495	1 047 758	1 132 037	1 247 317
赤字或盈余	- 165 353	- 160 493	- 166 580	- 172 798

资料来源：南非共和国财政部，http://www.treasury.gov.za/　访问时间：2017 年 7 月 9 日。

---

① 2017 年 5 月 22 日非洲开发银行、经合组织和联合国开发计划署发布 African Economic Outlook 2017。

可见，南非已连续 5 年出现了财政赤字的情况，经济增长水平下滑，其主要经济数据也在近年来有所下跌，经济活力和国际信用评级均受到一定影响。据南非财政部数据统计，2016 年南非的官方外汇储备为 438 亿美元，外债总额为 1 385 亿美元。另一方面，南非的中央银行为南非储备银行（The South African Reserve），始建于 1920 年，为股份有限银行，除行长与副行长由政府任命外，享有很大的独立决策权。总部设在比勒陀利亚。

此外，南非实行自由贸易制度，是世界贸易组织（WTO）的创始会员国。欧盟与美国等是南非传统的贸易伙伴，但近年与亚洲、中东等地区的贸易也在不断增长。据 2015 年统计数据显示，中国、美国、德国、纳米比亚、博茨瓦纳、日本、英国、印度、莫桑比克、比利时是南非的前十大出口目的地国，而中国、德国、美国、日本、印度、英国、意大利、法国、韩国、巴西则是南非的前十大进口来源国。2016 年南非货物进出口额为 1 608 亿美元，其中，出口 812 亿美元，进口 828 亿美元。当前，南非主要的出口产品有：黄金、金属及金属制品、钻石、食品、饮料及烟草和机械及交通运输设备等制成品；主要进口机械设备、交通运输设备、化工产品和石油等。[1]

六、社会文化环境[2]

南非有多元化的社会文化环境，人民生活比较安定，国家对文化教育和科学技术的投入较大，形成了良好的效果，这些因素有助于中国扩大投资领域、增加投资金额，也利于中国和南非开展全方位的文化交流与合作。

---

[1]　资料来源：中华人民共和国外交部官方网站，http：//www.fmprc.gov.cn/web/gjhdq_676201/gj_676203/fz_677316/1206_678284/1206x0_678286/　访问时间：2017 年 7 月 9 日。

[2]　资料来源：中华人民共和国外交部官方网站 http：//www.fmprc.gov.cn/web/gjhdq_676201/gj_676203/fz_677316/1206_678284/1206x0_678286/　访问时间：2017 年 11 月 11 日。

（一）人口、语言与宗教

南非人口分黑人、有色人、白人和亚裔四大种族，分别占总人口的 79.6%、9%、8.9% 和 2.5%。黑人主要有祖鲁、科萨、斯威士、茨瓦纳、北索托、南索托、聪加、文达、恩德贝莱等 9 个部族，主要使用班图语。白人主要为阿非利卡人（以荷兰裔为主，融合法国、德国移民形成的非洲白人民族）和英裔白人，语言为阿非利卡语和英语。有色人主要是白人同当地黑人所生的混血人种，主要使用阿非利卡语。亚裔人主要是印度人（占绝大多数）和华人。有 11 种官方语言，英语和阿非利卡语为通用语言。约 80% 的人口信仰基督教，其余信仰原始宗教、伊斯兰教、印度教等。

（二）社会状况

南非属中等收入国家，但贫富悬殊。2/3 的国民收入集中在占总人口 20% 的富人手中。1994 年以来南非政府先后推出多项社会、经济发展计划，通过建造住房、水、电等设施和提供基础医疗保健服务改善贫困黑人生活条件。1997 年制定"社会保障白皮书"，把扶贫和对老、残、幼的扶助列为社会福利重点。2015 年，平均预期寿命为 62 岁。艾滋病问题是目前南非面临的严重社会问题之一，艾滋病感染率为 10.5%。

（三）文化教育

因长期实行种族隔离的教育制度，黑人受教育机会远远低于白人。1995 年 1 月，南非正式实施 7～16 岁儿童免费义务教育，并废除了种族隔离时代的教科书。政府不断加大对教育的投入，着力对教学课程设置、教育资金筹措体系和高等教育体制进行改革。学制分为学前、小学、中学、大学、研究生5个阶段。现有公立高等院校23所，学生75万人；私立高等学院90所，学生3.5万人；继续教育学院和培训学院150所，学生35万人；中小学27 850所，学生1 214万人。全国有教师36.6万人。2006年成人识字率82%，接受过高等教育的人口占总人口约9.1%。2016~2017财年教育预算2 970亿兰特，占政府财政总支出的20.3%。著名的大学有：金山大学、比勒陀利亚大学、南非大学、开普敦大学、斯泰伦布什大学等。[1]

（四）科学技术

南非科技体系较为健全，政府设立的27个部中有14个部与科技有关。最高科技领导机构分立法和执法两部分，南非议会的科技文艺委员会下设的科技分委会负责科技立法。南非政府行政部门设立的国家科技委员会（亦称部长科技委员会）是政府最高的科技领导机构，负责执法。该委员会由副总统担任主席，由14个与科技有关的内阁部长担任委员。南非文艺科技部是政府科技政策制定和协调机构，根据南非科技白皮书规定，负责管理、支持和发展全国的科技体系，依据相关技术发展、基础设施条件和人力资源情况确定大科学、基础研究和定向服务研究的合理结合，通过创造性地使用科技成果，支持和推动国家战略目标的实现。

南非科研机构较为完善，共有8个国家级科研机构：科学与工业研究理事会（简称CSIR，相当于国家科学院）、国家研究基金会（NRF）、农业研究理事会（ARC）、医学研究理事会（MRC）、人类科学研究理事会（HSRC）、地质科学研究理事会（CGS）、矿冶技术研究理事会（MINTEK）和南非标准局

---

① 资料来源：中华人民共和国外交部官方网站，http://www.fmprc.gov.cn/web/gjhdq_676201/gj_676203/fz_677316/1206_678284/1206x0_678286/ 访问时间：2017年9月9日。

（SABS）。这八大理事会实际上是国家级的科学研究院，从事具体研究开发工作。它们除承担国家的科研项目和定向任务外，还为工矿企业的课题服务。另有一些依托于政府部门的研究机构，如卫生部的国家病毒研究所、环境旅游部的国家植物研究所、国家海洋渔业研究所。这些机构和高等院校研究机构、工矿企业研究机构和民间研究机构共同组成了国家科研体系。

（五）新闻出版

南非定期出版的报纸、期刊数量居非洲之首。共有日报、周报各 20 余种，另有 200 多种省和地方性报纸，600 多种各类杂志。发行量较大的有：《星期日时报》（英文）、《每日太阳报》（英文）、《报道报》（阿非利卡语）、《索韦托人报》（英文）、《城市报》（英文）、《星报》（英文）和《公民报》（英文）。其中《星期日时报》《报道报》和《星期日独立报》是全国性报纸。南非通讯社（South Africa Press Association）曾是非政府、非营利性的唯一全国性通讯社，已于 2015 年 3 月底正式停止运营，主要业务由非洲新闻社（African News Agency）取代。南非广播公司（SABC）下辖广播电台和电视台。广播电台共有 18 套国内节目，用 11 种语言向全国广播，拥有 2 000 万听众；对外节目"非洲频道"用 4 种语言向国外广播。电视台有 4 个频道，其中 2 套公共服务节目，2 套商业电视节目。M – NET 是非洲最有影响力的收费电视频道。

（六）重大节日

由于南非特殊的历史经历，在种族隔离废除的特殊阶段中，为纪念人权、和解与独立运动，形成了一些政治性节日，主要有人权日（3 月 21 日）、自由日（国庆日，4 月 27 日）、劳动节（5

月 1 日）、青年节（6 月 16 日）、妇女节（8 月 9 日）、和解日
（12 月 16 日）、友好日（12 月 26 日）等。此外，南非还有一些宗
教等传统节日，如新年（1 月 1 日）、耶稣受难日（复活节前的星
期五）、复活节（每年过春分月圆后第一个星期五至下星期一）、
家庭日（复活节后的星期一）、传统节（9 月 24 日）等。

七、外交关系[①]

新南非奉行独立自主的全方位外交政策，主张在尊重主权和
平等互利基础上同一切国家保持和发展双边友好关系。对外交往
活跃，国际地位不断提高。已同 186 个国家建立外交关系。积极
参与大湖地区和平进程以及津巴布韦、南北苏丹等非洲热点问题
的解决，努力促进非洲一体化和非洲联盟建设，大力推动南南合
作和南北对话。是联合国、非洲联盟、英联邦、二十国集团等国
际组织和多边机制成员国。2004 年成为泛非议会永久所在地。
2007～2008 年和 2011～2012 年担任联合国安理会非常任理事
国。2010 年 12 月被吸纳为金砖国家成员，于 2013 年 3 月在德班
主办金砖国家领导人第五次会晤，于 2011 年 11 月承办《联合国
气候变化框架公约》第 17 次缔约方会议。[②] 当前，南非的外交
关系体现出鲜明特色，即密切联系非洲国家，重视同欧洲和美国
的关系，加强同俄罗斯的关系，拓展同亚太、中东和拉美地区的
合作，积极参加国际性、区域性的组织。

（一）密切联系非洲国家

南非视非洲为其外交政策立足点和发挥大国作用的战略依

---

① 资料来源：中华人民共和国外交部官方网站，http://www.fmprc.gov.cn/web/gjhdq_
676201/gj_676203/fz_677316/1206_678284/1206x0_678286/ 访问时间：2017 年 11 月 11 日。
② 资料来源：中华人民共和国外交部官方网站，http://www.fmprc.gov.cn/web/gjhdq_
676201/gj_676203/fz_677316/1206_678284/1206x0_678286/ 访问时间：2017 年 7 月 9 日。

托，将维护南部非洲地区安全与发展、推动南部非洲地区一体化作为其外交首要考虑，参与制订并积极推动实施"非洲发展新伙伴计划"（NEPAD），积极参与调解津巴布韦、苏丹、南苏丹、马达加斯加等热点问题，在多边场合努力为非洲国家代言。近年积极推动联合国加强与非盟合作，致力于促进非洲地区和平与安全。2012年7月，南非内政部长恩科萨扎娜·德拉米尼－祖马（Nkosazana Clarice Dlamini-Zuma，女）当选新一届非盟委员会主席（2017年1月卸任）。鉴于南非在非洲的政治经济发展中发挥的重要作用，南非与非洲各国建立了良好的外交关系，国家高层互访频繁。例如，2015年1月，祖马总统对苏丹进行工作访问；4月，祖马总统对阿尔及利亚进行国事访问，对埃及进行工作访问；同月，津巴布韦总统穆加贝访问南非；祖马总统赴津巴布韦出席南共体特别峰会；6月，世界经济论坛非洲年会在南非举办、南非主办第25届非盟峰会；7月，南共体"三驾马车"峰会在南非召开；9月，祖马总统访问刚果民主共和国。2016年3月，祖马总统访问尼日利亚；4月，祖马总统访问斯威士兰；10月，祖马总统对肯尼亚进行国事访问；11月，祖马总统访问津巴布韦等。

（二）重视同欧美国家的关系

南非与欧洲（主要是西欧、北欧国家）保持着良好的政治、经济关系。欧盟是南非最大的区域贸易伙伴、投资方及援助方。欧盟投资占南非外来直接投资的一半以上。南非与欧盟签有贸易、发展与合作协议，建有合作联委会机制，并于2007年5月建立了战略伙伴关系。2013年7月，第六届南非—欧盟峰会在南非举行，祖马总统、欧洲理事会主席范龙佩、欧盟委员会主席巴罗佐等出席。同时，南非与欧洲各主要国家的高层互访频繁，如2015年11月，祖马总统访问德国。2016年7月，祖马总统对法国进行国事访问等。

南非与美国关系密切。签有"防御互助条约"和军事协定。曼德拉总统和姆贝基总统均曾多次访美。南非与克林顿政府设有副总统级国家双边委员会，布什政府上台后代之以部长级双边协调论坛。美国是南非的第二大贸易伙伴国、最大的投资来源国，南是美在撒哈拉以南非洲最大的出口市场，也是美"非洲经济增长与贸易机会法案"第二大受惠国。奥巴马总统上任后，南美关系进一步加强。例如，2008 年，莫特兰蒂总统赴美出席二十国集团世界经济与金融峰会。2012 年 8 月，美国国务卿希拉里·克林顿对南进行正式访问，举行南—美第二轮战略对话，并出席首届南—美经贸伙伴关系峰会。2013 年 6 月，美国总统奥巴马访问南非。2014 年 3 月，南非与美国在比勒陀利亚召开第五届年度双边论坛；8 月，祖马总统出席在美国华盛顿举行的首届美非峰会等。

（三）加强同俄罗斯的关系

南非种族隔离政权时期，因苏联支持南非共产党和非国大的反种族隔离斗争，两国于 1957 年断交，后于 1992 年复交。双方签有军事合作协议，建有政府间联合委员会。1999 年曼德拉总统访俄，双方签署"南非和俄罗斯友好合作伙伴原则声明"，从双边、地区和全球三方面规划两国未来关系发展方向。2006 年 9 月，俄总统普京对南进行国事访问，双方签署"友好伙伴关系条约"，确立了两国战略伙伴关系。2013 年 3 月，俄总统普京出席在南非德班举行的金砖国家领导人第五次会晤并对南进行工作访问；8 月，祖马总统对俄罗斯进行工作访问。2015 年 5 月，祖马总统赴莫斯科出席俄罗斯卫国战争胜利 70 周年大阅兵；7 月，祖马总统出席在俄罗斯乌法举行的金砖国家领导人第七次会晤。

南

非

（四）拓展同亚太、中东和拉美地区的关系

南非重视发展与亚太、中东以及拉美国家的关系，合作领域不断拓展。

南非与日本建有部长级"南非—日本伙伴论坛"。两国有传统的贸易关系，日本是南非第四大贸易伙伴，也是南非重要的投资国和援助国之一。

南非与亚太地区国家合作也在不断加强。南非与印度有传统友好关系，双方建有双边联合委员会，并于1997年曼德拉总统访印时确立了战略伙伴关系。

南非表示愿意同所有中东地区国家平等发展和加强友好合作关系。与沙特阿拉伯、伊朗等国在国防、能源等领域的合作不断加强，贸易不断增长。关注中东和平进程，希望各方以"土地换和平"原则谈判解决问题；谴责以色列在巴以冲突中滥用武力，杀害无辜的巴勒斯坦平民，并强烈要求以停止使用武力，遵循联合国有关决议，和平谈判解决争端。强烈批评美、英对伊拉克发动战争，认为伊战是"对多边主义的沉重打击"，主张联合国在伊战后重建问题上发挥主导作用。

近年来，南非、巴西与阿根廷等拉美国家关系不断发展。2000年12月，南非成为"南方共同市场"的"联系国"。2003年南非、巴西、印度三国成立"印—巴—南对话论坛"（IBSA），2011年10月在南非举办了第5届峰会。

（五）积极参加的国际组织

南非是非洲地区具有重要影响力的国家，积极参加全球性和区域性组织，截至2015年底，南非已加入约60个国际组织。

一方面，南非参加的主要全球性国际组织有：国际清算银

行、联合国粮食农业组织、20 国集团、24 国集团、77 国集团、国际原子能机构、世界银行、国际民间航空组织、国际商会、国际通讯技术协会、国际放射性核素计量委员会、国际开发协会、国际农业发展基金、国际金融公司、红十字与红月会国际联合会、国际航道测量组织、国际劳工组织、国际货币基金组织、国际海事组织、国际移动卫星组织、国际刑警组织、国际奥委会、国际移民组织、各国议会联盟、国际标准化组织、国际通信卫星、国际电信同盟、国际工会联盟、多边投资担保机构、联合国刚果民主共和国特派团、不结盟运动、核供应国集团、禁止化学武器组织、巴黎俱乐部（非正式成员）、常设仲裁法院、联合国达尔富尔混合行动、联合国贸易发展会议、联合国教科文组织、联合国难民事务高级专员、联合国工业开发组织、联合国训练研究所、联合国世界旅游组织、万国邮政联盟、世界劳联、世界海关组织、世界劳工组织、世界卫生组织、世界知识产权组织、世界气象组织、世界贸易组织、船舶检验局等。

另一方面，南非参加的主要非洲区域性国际组织和次区域性组织有：非洲—加勒比和太平洋国家集团、非洲开发银行、非洲联盟、南部非洲关税同盟、南部非洲发展共同体等。

八、中国同南非双边关系[①]

中华人民共和国与南非共和国于 1998 年 1 月 1 日建交。建交以来，双边关系全面、快速发展。2000 年 4 月两国元首签署了《中华人民共和国与南非共和国关于伙伴关系的比勒陀利亚宣言》，宣布成立高级别国家双边委员会，迄今已举行六次全体会议，并多次召开外交、经贸、科技、防务、教育、能源、矿产

合作分委会会议。近 20 年来，中南双边关系稳步提升，1998 年建交以来，至 2004 年发展为"战略伙伴关系"，在 2010 年又升级为"全面战略伙伴关系"，2013 年习近平主席的访问以及双边合作战略规划的签署，"中南全面战略伙伴关系"迈上了新台阶。当前，"一带一路"倡议在南非受到高度评价，中南企业积极响应，在良好政治交往和发展态势下，未来中南双边关系将得到更快、更好的发展。

（一）政治关系

1998 年中南两国建交以来，双方领导人互访频繁。1998 年 4 月，姆贝基副总统访华；1999 年 1 月，胡锦涛副主席访南；5 月，曼德拉总统来华进行国事访问；6 月，钱其琛副总理作为江泽民主席特使，出席姆贝基总统就职仪式；11 月，李鹏委员长访南。2000 年 4 月，江泽民主席对南进行国事访问。12 月，姆贝基总统对中国进行国事访问，双方召开中南国家双边委第一次全会。2002 年 8 月底至 9 月初，朱镕基总理赴南出席可持续发展世界首脑会议并进行工作访问。

2004 年中南双方确立了平等互利、共同发展的"战略伙伴关系"。2006 年温家宝总理访南期间，两国签署《中南关于深化战略伙伴关系的合作纲要》。2007 年胡锦涛主席对南进行国事访问，将中南战略伙伴关系推向新的高度。随后，2008 年 7 月，胡锦涛主席在日本出席八国集团同发展中国家领导人对话会期间，与姆贝基总统会见。2009 年 9 月，胡锦涛主席在纽约出席第 64 届联大期间会见祖马总统。2010 年 3～4 月，全国政协主席贾庆林访南。4 月，胡锦涛主席在出席巴西利亚"金砖四国"领导人第二次正式会晤期间会见祖马总统。另外，2008 年 1 月，两国建立战略对话机制，并于 2008 年 4 月、2009 年 9 月、2010 年 11 月、2011 年 9 月、2012 年 11 月、2013 年 10

月、2014年12月及2016年9月举行8次战略对话。

2010年中南双边关系提升为"全面战略伙伴关系"。2010年8月，祖马总统访华期间，两国元首共同签署《中华人民共和国和南非共和国关于建立全面战略伙伴关系的北京宣言》，将双边关系提升为全面战略伙伴关系。2010年11月，习近平副主席访南，与莫特兰蒂副总统共同主持中南国家双边委第四次全会。2011年4月，祖马总统来华出席在海南三亚举行的金砖国家领导人第三次会晤，其间胡锦涛主席同其举行了双边会见；5月，全国人大常委会委员长吴邦国访问南非；9月，莫特兰蒂副总统来华进行正式访问。2012年7月，祖马总统来华出席中非合作论坛第五届部长级会议开幕式并访华，胡锦涛主席同其举行会谈。此外，胡锦涛主席在出席首尔核安全峰会（3月）、金砖国家领导人第四次会晤（3月）、二十国集团洛斯卡沃斯峰会（6月）期间同祖马总统多次会见。

2013年以来"中南全面战略伙伴关系"迈上新台阶。2013年3月，习近平主席对南非进行国事访问并出席在德班举行的金砖国家领导人第五次会晤，双方发表联合公报，中南全面战略伙伴关系迈上新台阶。2014年12月，祖马总统对华进行国事访问，双方签署《中华人民共和国和南非共和国5～10年合作战略规划（2015～2024）》，为中南关系进一步深入发展注入了新的强劲动力。随后，2013年12月，李源潮副主席作为习近平主席特别代表赴南非出席南前总统曼德拉葬礼。2014年7月，习近平主席在出席巴西福塔莱萨金砖国家领导人第六次会晤期间同祖马总统举行双边会晤；12月，祖马总统对华进行国事访问；2015年4月，王毅外长对南进行正式访问；7月，习近平主席在出席俄罗斯乌法金砖国家领导人第七次会晤期间同祖马总统举行双边会见；9月，祖马总统来华出席纪念抗日战争暨世界反法西斯战争胜利70周年纪念活动，习近平主席同其举行双边会见；12月，习近平主席对南非进行国事访问并与祖马总统共同主持中非合作论坛约翰内斯堡峰会。

当前，中南全面战略伙伴关系保持强劲发展势头，双边关系处于历史最好时期，南非积极参加"一带一路"、二十国集团、中非合作论坛、金砖国家领导人会晤等活动，南非在发展中国家特别是非洲国家的地位和影响力日益提升。2016年9月，祖马总统来华出席在杭州举办的二十国集团领导人第十一次峰会，与习近平主席举行双边会见，并赴广州出席第二届对非投资论坛；10月，习近平主席在出席印度果阿金砖国家领导人第八次会晤期间同祖马总统举行双边会见。2017年9月，祖玛总统出席在厦门举行的金砖国家领导人第九次会晤和新兴市场国家与发展中国家对话会，期间与习近平主席举行双边会见（这也是中南双方领导人任内的第9次会晤）。今后，中南双方将继续在涉及彼此核心利益和重大关切问题上相互理解和支持，巩固两国高水平的政治互信。

（二）经贸关系及经济技术合作

中国是南非最大贸易伙伴，南非是中国在非洲最大贸易伙伴。2004年6月，南非承认中国的市场经济地位。2010年11月，中国和南非有关部门和企业在高端商务论坛上签署了有关新能源、矿业、电力等多个领域的经济合作协议。目前，中国在南非的投资主要集中在采矿、金融等行业。据统计，2016年两国双边贸易额353.44亿美元，同比下降23.24%，其中中方出口128.53亿美元，进口224.91亿美元。中国对南非主要出口电器和电子产品、纺织产品和金属制品等，从南非主要进口矿产品。截至2016年底，对南非投资存量超过130亿美元，涉及矿业、金融、制造业、基础设施、媒体等领域。南非在华实际投资约6.6亿美元，集中在啤酒、冶金等行业。① 当前，南非对中国出

---

① 资料来源：中华人民共和国外交部官方网站，http://www.fmprc.gov.cn/web/gjhdq_676201/gj_676203/fz_677316/1206_678284/sbgx_678288/ 访问时间：2017年10月9日。

口的主要产品为石油、铁合金、铁砂矿及其精矿、锰矿砂及其精矿、铜砂矿及其精矿、不锈钢板材、羊毛等。中国对南非出口的主要产品为电器设备、机械设备、针织或钩编的服装及衣着附件、非针织或非钩编的服装及衣着附件、鞋靴、家具、寝具、钢铁制品、有机化学品、车辆、塑料及其制品，特别是机电产品、纺织品和金属制品。

当前，中南全方位友好合作取得积极进展，务实合作顺利推进。下阶段，中国将同南非一道，积极落实共建"一带一路"合作倡议和中非合作论坛约翰内斯堡峰会成果，全面深化两国各领域合作，推动中南关系不断迈上新台阶。随着"中非全面战略合作伙伴关系"的升级，"五大支柱"与"十大计划"的夯实与实施，作为非洲经济实力最为雄厚的国家之一，南非将成为"一带一路"倡议在非洲实施的桥头堡，在"中南全面战略伙伴关系"和《中华人民共和国和南非共和国 5～10 年合作战略规划（2015～2024）》的实践下，中国与南非必将不断扩大双边的投资规模。今后，中南两国将会在基础设施、能源、通讯技术、制造业、绿色经济等方面加强合作，探讨合作新领域。此外，中南两国也将继续在金砖框架内一直保持密切沟通合作，2018 年南非将接任金砖国家主席国，中方将同南方密切协作。

（三）文化、教育等领域合作

在文化交流领域，中南两国签有文化合作协定及其执行计划，多层次、多渠道文化交流与合作发展顺利。近年来，"中国文化非洲行"、"感知中国·南非行"等大型活动在南举行，反响热烈。南非多个艺术团来华参加"国际民间艺术节"、"相约北京－非洲主宾洲"等活动。此外，根据习近平主席 2013 年访南同祖马总统达成的共识，中南两国将互办国家年。中国"南非年"于 2014 年在华成功举办。南非"中国年"于 2015 年在南非成功举办。

在教育合作领域，目前，中国已有 10 余所大学与南非的大学建立合作关系。湖南大学和南非斯泰伦布什大学、东北师范大学和南非比勒陀利亚大学入选中非合作论坛框架内的"中非高校 20 + 20 合作计划"，分别结成了合作伙伴。截至 2015 年底，我国共有约 7 100 人赴南留学，共接收南非奖学金留学生 199 名。在南非 9 所院校分别设有孔子学院或孔子课堂。①

在新闻出版和出境旅游方面，新华社、人民日报、经济日报、科技日报和中央电视台在南非设有记者站，《中国与非洲》杂志在南设有代表处，《北京周报》在南成立"中国与非洲传媒出版有限公司"。同时，中南双方已有 30 对省市建立了友好省（市）关系，主要有北京市与豪登省、上海市与夸祖鲁—纳塔尔省、山东省与西开普省、浙江省与东开普省、江苏省与自由州省、杭州市与开普敦市等。此外，2002 年开始，南非成为中国公民出境旅游目的地国，是目前接待中国游客最多的非洲国家之一。2010 年，南非旅游局在华设立常驻代表机构。2016 年，中国公民赴南旅游 11 万人次，同比增长 31%；南非约有 6.67 万多人次来华，同比增长 1.9%。②

今后，中南两国的重大合作共识将落到实处，继续加强文化、科技、卫生、旅游、青年、妇女、媒体等交流合作，办好 2018 年中南建交 20 周年人文交流和庆祝活动。

（四）重要双边协议及文件

我国与南非于 1998 年 1 月 1 日建交，建交以来在双方高层的互访过程中签订一系列的重要双边协议和文件，例如，在

① 资料来源：中华人民共和国外交部官方网站，http：//wcm. fmprc. gov. cn/pub/chn/gxh/cgb/zcgmzysx/fz/1206_39/1206x1/ 访问时间：2017 年 11 月 1 日。

② 资料来源：中华人民共和国外交部官方网站，http：//wcm. fmprc. gov. cn/pub/chn/gxh/cgb/zcgmzysx/fz/1206_39/1206x1/ 访问时间：2017 年 9 月 12 日。

2015 年 12 月习近平主席访问南非时，中南两国签署了价值 940 亿兰特（约合 419 亿元人民币）的 26 项合作协议，涉及合作范围涵盖采矿、旅游、电力等多个领域，包括中国工商银行将委托南非标准银行发行总额 100 亿兰特欧洲债券、中国出口信用保险公司为南非国有运输公司（Transnet）提供 25 亿美元的授信额度用于设备购买、中国国家开发银行为南非国家电力公司（Eskom）提供 5 亿美元贷款支持电站建设等内容。随后，又在 2015 年 4 月，中国人民银行与南非储备银行签署了规模为 300 亿元人民币（约合 540 亿兰特），有效期为 3 年的双边本币互换协议。此外，据我国外交部统计，截至 2017 年 2 月，中南两国政府间签订的高级别协议或文件有：

1. 1997 年 12 月 30 日，中南两国签署《中华人民共和国政府和南非共和国政府关于两国建立外交关系的联合公报》。

2. 2000 年 4 月，中南两国签署《中华人民共和国与南非共和国关于伙伴关系的比勒陀利亚宣言》。

3. 2001 年 12 月，中南两国签署《中华人民共和国和南非共和国政府关于中南"国家双边委员会"组织形式的外长间换文》。

4. 2006 年 6 月，中南两国签署《中华人民共和国和南非共和国关于深化战略伙伴关系的合作纲要》。

5. 2010 年 8 月，中南两国签署《中华人民共和国和南非共和国关于建立全面战略伙伴关系的北京宣言》，确立两国全面战略伙伴关系。

6. 2014 年 12 月，中南两国签署《中华人民共和国和南非共和国 5 ~ 10 年合作战略规划（2015 ~ 2024）》。①

除此之外，2010 年中南双边关系被提升为"全面战略伙伴关系"后，同年 11 月，中南两国还签署了多项双边经济合作协议，涵盖新能源、矿业、电力等多个领域。这些协议主要有：中

---

① 资料来源：中华人民共和国外交部官方网站，http://www.fmprc.gov.cn/web/gjhdq_676201/gj_676203/fz_677316/1206_678284/sbgx_678288/　访问时间：2017 年 7 月 9 日。

南

非

31

国国家能源局与南非能源部《关于中方企业参与南非公益事业合作意向书》、中国商务部和南非贸工部《关于建立贸易统计分析联合工作组的纲要》、中国国家开发银行与南非能源部《关于能源领域合作谅解备忘录》、中国银监会与南非储备银行《银行监督署双边监管合作谅解备忘录》等。

第二节　南非的法律渊源

受历史上多种外来法源的影响，南非的法律渊源呈现出多元化的特征。目前，南非形成了以宪法为核心，制定法、普通法、习惯法相互影响的法律格局。此外，按照宪法第十四章第一节，南非缔结的国际条约、协定也是另一个重要的法律渊源。全面了解南非的法律渊源，有助于中国投资者认识南非的混合法律体系，为投资者理解并遵守相关法律奠定基础。

一、宪法

历史上，南非一共颁布过五部宪法，分别是：南非实行单一制政治实体后经英国议会通过的"1909 年南非法"；独立后变更为南非共和国时颁布的"1961 年共和国宪法"；由白人政府制定且具有浓厚种族歧视特征的"1983 年宪法"；新南非诞生后通过制宪谈判产生的"1993 年临时宪法"以及此基础上形成的种族平等、保障人权的"1996 年现行宪法"。根据现行《宪法》第 1 条第 3 款以及第 2 条的规定，宪法是南非共和国最高的法律，享有至高无上的地位，凡不符合宪法的法律或行为均无效，凡宪法加诸的义务均需履行。此外，根据相关规定，南非各省可以制定省级宪法，但必须在不与共和国宪法相抵触的情况下于各省内部发挥效力。作为南非最高效力的法律渊源，任何制定法、普通法、习惯法以及省级立法和地方法规均不得违背宪法。除宪法另有规定外，任何机关、组织和个人的行为亦不得违背宪法。同时，《宪法》第74条严格规定了宪法的修正条件及法律程序，采取不同条款依不同修改程序的方式维护宪法权威。而且宪法的实施，由宪法法院专门保障，以确保其最高法律渊源和法律效力的特殊地位。

二、制定法

拥有立法权的国家机关依据宪法和法定程序制定和公布的法律称为"制定法"。由于南非法律体系呈现出的混合性特征，在其国内，制定法主要与不成文法相互对应，并且大多以一种成文法的方式通过法典或单行法表现出来。同时，基于历史上多种法源的相互影响，南非的制定法还包括1996年新宪法生效之前，那些保留下来的习惯法和西方法中不与新宪法相抵触的既有法律。根据1996年《南非共和国宪法》规定，立法是南非创制成文法律的主要方式，宪法还规定了成文立法的主体机关、相互关系、冲突调和等内容。

其一，立法主体机关的区分。《宪法》第43条承认三种不同主体机关的制定法，分别是：行使国家立法权的国会立法（Acts of Parliament），行使省级立法权的省议会立法（Ordinance）以及行使地方立法权的市议会立法（Municipal Councils）。① 此外，还有委托立法、授权立法、地方或社团立法等特殊的立法形式。当然，上述所有法律必须经具有相关权力的主体签署（如总统）并且发布于政府公报（Gazette）上方得有效。

---

① 《南非共和国宪法》第43条 共和国的立法权威在共和国：（1）国家立法权依据第44条的规定由议会行使；（2）省级立法权依据第104条的规定由省立法机关行使；（3）地方层级的立法权依据第156条规定由市议会行使。

其二，不同立法机关的关系。《宪法》第 40 条第 1 款规定了上述三个立法主体机关的相互关系，即，南非共和国政府由国家、省及地方层级的政府组成，三者既相互区分（Distinctive）又相互依赖（Interdependent）并且相互关联（Interrelated）。其三，不同位阶法律的冲突。宪法第 146 条～150 条规定了不同位阶与不同类型的法律发生适用冲突时的准则。在国家法与省法律相冲突时，全国统一适用的国家法优于省立法。在冲突纠纷无法在法院得到解决时，国家法优于省宪法或省立法。在此过程中，虽然法院判定某立法优先适用于另一立法，但这并不代表本法永久无效，仅仅是因为冲突而导致本法暂时不能适用。法院在审查不同位阶法律冲突时，必须采纳避免冲突的立法或宪法解释，而不能再次进行其他引发冲突的解释。

三、普通法

在南非，除了国会、省议会和市议会的成文立法之外，还有许多法律规则和司法程序来源于普通法。这种普通法与殖民时期移植的西方法密切相关，既包括早期的罗马—荷兰法，又包括英国人留下的遵循先例原则和司法判例。它们都在当前南非的法律体系中占有重要的地位。一方面，是对于荷兰殖民者带来的罗马—荷兰法。历史上，荷兰法学家的学术著作一直是南非法院在审理国际私法案件的主要理论来源。在相关案件的判决中，南非的法官"经常援引 17～18 世纪荷兰国际私法学者如胡伯、伏特、罗登伯格等人的著作。而荷兰学者西蒙·梵·雷乌安（Simon van Leeuan）于 1664 年出版的《罗马—荷兰法》仍在南非作为权威著作使用。此外，约翰内斯·伏特（Johannes Voet）对《学说汇纂》的评注在南非也具有极大的权威。"[1] 可见，自殖民时

---

[1] 徐国栋：《非洲各国法律演变过程中的外来法与本土法》，引自何勤华主编：《法的移植与法的本土化》，法律出版社 2001 年版，第 274 页。

期以来，荷兰学者的经典著作就已成为了南非重要的法律渊源，在没有司法先例或先例不适合时，法院通常援引罗马—荷兰法的学说著作来解释并发展法律，以指导立法和司法实践。

另一方面，在遵循先例原则下由英国籍法官通过判例创造并发展而成的普通法。在这一过程中，上级法院通常作出对下级法院具有约束力的司法判决，通过英国法的遵循先例原则进而形成和发展普通法。在实践中，法院应首先适用宪法和法律，在相关内容空缺或有危及公民法益时，再适用和发展普通法。此外，经当事人协商后由法官裁定适用普通法并对既有法律规范进行一种新的解释从而形成司法先例，并产生对未来该类案件和法官判决的法律约束力，实现普通法系法官造法的相同效果。这也是南非继承和发展英国普通法的另一种形式。例如，《宪法》第8条规定，为了实现权利法案中的各项权利，必须适用或在必要时发展普通法，以弥补立法未能实施该权利的不足。同时，法院也可以在必要时通过发展普通法对权利法案中的某些规定进行限制，但不得与《宪法》第36条第1款相悖。[①] 此外，根据《宪法》第173条，南非的各级法院可以在根据正义需要时发展普通法。[②] 按照英国普通法遵循先例的精神，下级法院必须服从上级法院的判例，各级法院也必须遵循自身的先前判例。"但是，南非的遵循先例原则没有英国那么严格，这可能是因为英国普通法本身建立在判决的基础上，而南非的普通法所依赖的原则主要来自于罗马—荷兰法中的经典著作。"[③] 从1652年至今，南非已经做出了

---

① 1996年《南非共和国宪法》第8条　实施本权利法案适用于所有法律，并拘束立法机关、行政机关、司法机关及其他所有的国家机构。在考虑过权利的性质以及权利所加诸义务的性质以后，在适用程度上，权利法案的条款也拘束自然人或法人。当权利法案的条款依第2款的规定适用于自然人或法人时，法院：（1）为了实现本法案的权利，必须适用或在必要时发展习惯法以弥补立法未实施该权利的不足；以及（2）若该限制是依据本法第36条第1款而来，可发展普通法的规则以限制权利。依照权利的性质及法人的性质，法人一定程度上享有权利法案中的权利。

② 1996年《南非共和国宪法》第173条　固有权力宪法法院、最高上诉法院、高等法院拥有固有权力以保护及管理其自身的判决过程，根据正义的需要发展普通法。

③ Vernon Valentine Palmer. *Mixed Jurisdictions Worldwide*: *The Third Family*, London: Cambridge University Press, 2001, P. 102.

种类繁多、数量巨大的，具有约束力的判例。这些不与现行宪法相抵触的司法判决，大多经过遵循先例原则而发展成为南非既有法律的渊源，体现了普通法在当前南非法律体系中的重要地位。

四、习惯法

作为法律渊源的习惯法最早来源于科伊人、桑人和班图人古老的部落习俗，这种样态的法律通过口耳相传和酋长制度而沿袭下来，深刻地影响着南部非洲部落中的传统与仪式。作为一种土著居民所遵循的、在种族内具有最高效力的法律习惯，南部非洲的习惯法又常被称为"土著法（Indigenous Law）"。最初，殖民南非的白人认为习惯法中富含了许多残忍落后的习俗，不是一种文明开化的法律制度，在殖民时期甚至要求其废止。但直到1993年南非颁布"临时宪法"走上种族平等后，这种不成文的、口耳相传的、与部落习俗相关联的习惯法才被作为南非最古老的法源之一，连同罗马—荷兰法、英国法一起被新宪法正式承认为该国法律制度的主要组成部分。

首先，《宪法》第39条规定，法庭可用本着权利法案的精神内涵与立法目的对普通法和习惯法进行解释，并且在符合权利法案的情形下，不否定其他为普通法、习惯法或立法所承认和赋予的权利与自由。其次，《宪法》第211条第3款规定法院可以在宪法及专门处理习惯法的立法限制下适用习惯法。再次，《宪法》第211条第1款规定在宪法限制下承认依据习惯法而形成的传统首领制度及其地位与角色。[①] 最后，《宪法》第212条第2款规定国家和省级立法必须为习惯法及传统首领制度建立配套的

---

① 1996年《南非共和国宪法》第211条 承认依照习惯法的传统首领的制度、地位及角色在本宪法的限制下受到承认。遵循习惯法体系的传统权威需在适用的法律或习惯，包括对该立法或那些习惯的修正的限制下运作。当习惯法适用时法院必须适用该法，但受限于宪法及任何专门处理习惯法的立法。

会议或议会。① 可见，习惯法作为南非法律体系中的重要组成部分，在法院适用过程中，宪法对其进行了三种限制：其一，习惯法可以适用；其二，与宪法及权利法案精神内涵相一致；其三，未被涉及习惯法的专门立法所取代。

因此，在南非，并非所有为部落所遵循的传统习俗都称为习惯法，而是其中不违背宪法和权利法案且未被替代的，才是具有法律效力的习惯法。根据 1988 年颁布的《证据法修正案》，习惯法可以在国内所有法院有限度的适用，并且不论黑人白人还是有色人种均可以适用。又如 1998 年《承认习惯婚姻法案》（*Recognition of Customary Marriages Act*），② 南非议会对基于习惯法而缔结的婚姻给予了法律上的肯定，不论这种习惯婚姻是一夫一妻还是一夫多妻制度。③ 因此，作为重要的法律渊源，南非的家庭法、继承法和部分偏远部落仍然大量适用着不与权利法案精神相违背的习惯法。

五、国际法

由国际条约和国际习惯所组成的国际法是南非的法律渊源之一，南非新宪法第 14 章一般条款第 1 节"国际法"明确规定了国际法在国内的适用情况：第一，国际协定在南非法律体系中的地位。《宪法》第 231 条规定，国际协定的效力必须经国民议会与全国省级事务委员会（即，省议会）双重批准后方可起到约束效力，当国际协定被国家立法吸收而制定为法律时，它便成为

---

① 1996 年《南非共和国宪法》第 212 条　传统首领的角色：国家立法提供传统首领阶层作为在影响地方社区事务中一个地方层级制度的角色。为了处理关于传统首领阶层的事务、传统首领的角色、习惯法的角色、习惯法以及遵循习惯法体系的社区习惯：（1）国家或省立法规定建立传统首领的会议；以及（2）国家立法建立传统首领的议会。

② Recognition of Customary Marriages Act, 1998［EB/OL］https://en.wikipedia.org/wiki/Recognition_of_Customary_Marriages_Act, _1998 visiting time：2015 - 11 - 22.

③ Marissa Herbst；Willemien du Plessis, Customary Law v Common Law Marriages：A Hybrid Approach in South Africa, *Electronic Journal of Comparative Law*, Vol. 12, No. 1（2008）, pp. 1 - 15.

了南非的国内法律，同时南非还受到新宪法生效时具有约束力的国际协定的约束。[①] 第二，国际习惯与南非法律相冲突的情形。《宪法》第232条规定，符合宪法或议会法律的国际习惯法均可成为南非的法律。第三，在法律解释时对国际法的适用。《宪法》第233条规定，在解释法律时，每一个法院都应当采纳与国际法相符的合理立法解释。此外，《条约缔结的实务指导和程序》和《南非总统办公室执行法指南》还对南非共和国缔结国际条约和协定的法律程序做出了规定。

综上，以国际协定和国际习惯法为内容的国际法也成为了南非共和国自1996年新宪法颁布以来的重要法律渊源。而且，随着1993年10月8日联合国大会通过决议取消对南非的经济制裁，南非已经越来越多地参与到全球事务中来。[②] 作为非洲综合国力最强的国家，南非在非洲区域一体化和经济全球化的进程中缔结了大量有关人权、经济、环保等方面的国际条约与协定，这些内容将随着宪法对国际法的承认与吸收，进而转化为南非共和国重要的法律渊源之一。

第三节　南非的法律体系

南非属于典型的混合法系国家，在其法律体系的形成与发展过程中，先后受到本土习惯法、罗马—荷兰法和英国普通法的影

---

① 1996年《南非共和国宪法》第231条　国际协定协商与签署国际协定是国家行政部门的责任。只有在国家议会与省的议会都决议批准这一国际协定，该协定才拘束共和国，除非它是第3款中提及的协定。由国家行政部门缔结的技术性质、行政性质或执行性质的国际协定，或不需要批准或正式接受的协定不需要国家议会及省的议会批准即拘束共和国，但须于合理地时间内向国家议会及省的议会提出。当国际协定被国家立法制定为法律时就成为共和国的法律，但由议会批准的协定的自我实行条款是共和国的法律，除非它与宪法或议会法律不符。共和国受到在本宪法生效时拘束共和国的国际协定的拘束。

② 朱伟东：《南非法院对外国判决的承认和执行》，载于《西亚非洲》2001年第3期，第49～51页。

响，这使得南非出现了成文法、判例法和习惯法等多种法律形式。当前南非的法律体系主要由宪法与行政法、民商法、刑法、环境与资源法、金融财税法、贸易法和诉讼法等构成。

一、宪法与行政法律体系

1994年临时宪法是南非历史上第一部体现种族平等的宪法。1996年，在临时宪法基础上起草的新宪法被正式批准，并于1997年开始分阶段实施。宪法规定：南非实行行政、立法、司法三权分立制度；中央、省级和地方政府相互依存，各行其权；总统由国民议会一般多数选举产生；确立南非为联邦制政府管理体制，坚持在中央领导下赋予省和地方广泛的权力；确定了不分种族的大选，且由大选中的多数党单独执政；确定了种族平等、南非统一等基本原则，规定了人民享有广泛的基本权利并设置专门机构保障权利。宪法中的《权利法案》（*Bill of Right*）是南非民主的基石，明确保障公民各项权利。修改宪法序言须国民议会3/4议员和省级议会中的六省通过；修改宪法其他条款须国民议会2/3议员通过；如修宪部分涉及省级的条款，须省级议会中的六省通过。

南非议会实行两院制，由国民议会（National Assembly）和省级议会（即全国省级事务委员会，National Council of Provinces）组成；其中，国民议会的主要职权有：修宪、通过议案（不包括宪法附则中赋予省和地方立法范围的议案）、选举总统、授权省和地方进行立法、监督政府等；省级议会的主要职权有：参与修宪、在宪法规定的功能领域内立法、审议国民议会通过并提交省级议会的议案等。此外，南非议会分为全国议会选举和省级议会选举。全国候选人名单和省级候选人名单分别由各参选政党提交。议员任期届满将全部改选，无连选连任限制。

南

非

39

南非司法系统由法院、刑事司法和检察机关三大系统组成。南非宪法确定了司法独立原则，司法服从宪法和法律规定，任何国家和个人不得干预司法机关行使职权。法院系统分为宪法法院、最高上诉法院、高等法院和地方法院。南非宪法还确定法律面前人人平等原则，平等权成为了公民的宪法基本权利，受到法律保护。

南非政府划分为中央、省和地方三级，当前设 9 个省、278 个地方政府，南非政府奉行团结、稳定和发展的政策，妥善处理各种族之间的冲突，实施"重建与发展计划"、"提高黑人经济实力"等战略，努力提高黑人的政治、经济和社会地位，妥善解决贫困和犯罪等社会问题。

基于混合法系的特征，南非的行政法也吸纳了大陆法系和英美法系的特点，成文法与判例法并存，以成文法为主，实体法与程序法兼顾，尤其强调程序，对于行政主体、行政行为、行政监督和行政救济均作出了较全面的规定，初步形成了比较完整且独具特色的行政法律体系。1996 年《南非共和国宪法》规定了行政体制、行政机关的权限、公民在行政法上的权利和义务，各具体的单行法又规定了公务员制度、行政行为行使的范围和程序、行政监督、行政行为的司法审查程序等。南非实行英美法系的司法审查制度，没有专门的行政法院或行政法庭。最初，南非的行政法以普通法为主，没有完整的成文行政法律体系，直到《促进行政公正法》①和《促进信息公开法》②这两部法律产生之后，南非的行政法律框架才真正得以形成。③

一方面，为落实新《宪法》第 3 条，南非于 2000 年颁布了《促进行政公正法》，这是一部从总体上规制行政的法律，对行政权力的行使规定了一般性的原则和规则，并为因行政权的不当

---

① *Promotion of Administrative Justice Act 3 of 2000.*

② *Promotion of Access to Information Act 2 of 2000.*

③ 郑宁、莫于川：《南非行政法掠影》，引自中国人民大学宪政与行政法治研究中心：《宪政与行政法治评论》（第二卷），中国人民大学出版社 2005 年版，第 396~416 页。

行使而受到影响的公民提供救济，它既包括行政程序法通则的内容，也包含了司法审查的程序。该法是南非最重要的行政法律，对各个具体的行政法律起着指导性的作用。另一方面，以新《宪法》第 32 条规定的知情权为依据，南非于 2002 年颁布了《促进信息公开法》，这是全面规范信息公开的行政立法。此外，南非还曾于 1994 年颁布了《公务员法》。[①]

综上，基于《南非共和国宪法》《行政公平促进法》和《信息公开促进法》，南非的行政法律体系已基本建立并逐渐趋于完善，在政府组织、公务员制度、行政程序、行政监督、行政救济等方面都有相关立法规定。这就为南非各级行政主体的依法行政提供了法律依据，也为公民和法人的合法权利提供了基本的保障。正当程序理念始终贯穿于南非行政法律体系和运行机制当中，成为其行政立法、行政执法、行政司法、法律监督的核心价值。

二、民商事法律体系

作为混合法系的典型代表，南非的民商事法律体系也展现出罗马—荷兰法、英国法和习惯法相互混合的特征，大陆法系的制定法、英美法系的判例法和非洲本土的习惯法都是南非民商事立法的主要渊源。一方面，沿袭罗马—荷兰法的大陆法系传统，有关民商事的制定法主要有《离婚法》《婚姻扩展法》《不动产责任法》《土地回归权利法》《商业管理法》《信贷协议法》以及《公司法》《破产法》《全国小企业法》《封闭公司法》等。另一方面，来自英国的普通法在司法活动中产生了数量大且种类多的具有约束力判例，形成了南非内容丰富的判例法，具体

[①]　*Public Service Act* 103 of 1994.

包括从 1652 年殖民者入侵至今，仍然具有法律效力的判决中所包含的一系列法律规则，虽然这些判例来自于不同历史时期中各级法院做出的司法裁判，但是只有那些不与 1996 年新宪法精神相抵触的判例才继续有效，它们是南非民商事判例法的重要内容。此外，在婚姻家庭法和继承法领域，南非本土习惯法依然持续地发挥效力，在实施酋长制的基层地区，习惯法对家庭生活的影响尤为深刻，其中《习惯婚姻承认法》就是最好体现。

三、刑事法律体系

南非刑法的渊源同样来自于罗马—荷兰法、英国法和本土习惯法。在制定法领域，南非的刑事成文立法主要由国家议会刑事立法、省议会刑事立法、授权刑事立法、委托刑事立法等组成，比较重要的刑事制定法有《国内安全法》《国际刑事合作条例》《预防有组织犯罪法》《反恐怖主义法》《刑事诉讼法》《南非反毒品法》《1996 年第 75 号国际刑事合作条例》《经修订的引渡条例》等。此外，习惯法在南非作为刑法的一个重要渊源，有非本土习惯法和本土习惯法两种主要形式。[①] 目前，南非主要的犯罪种类有抢劫罪、强奸罪以及袭击罪（伤害罪）等。

在刑法的基本原则上，"罪刑法定"是南非刑事制定法最基本的原则：一是新罪的法定化，即任何新罪都只能由立法机关通过制定法加以规定，不能由法官凭借判决进行创造；二是法律的明确化，即命令和禁止都必须由制定法系统明确地予以阐述，可

---

① 王琼：《西亚非洲法制》，法律出版社 2013 年版，第 380 页。

罚的犯罪事实必须由制定法明确具体地加以规定①。

在犯罪的分类上，受英国法的影响，南非根据创制犯罪的法律不同，将犯罪划分为制定法犯罪与普通法犯罪。前者是指由制定法所规定的犯罪，而后者是指由普通法所规定的犯罪。可是，这种分类较简单，当前南非的普通法犯罪越来越多地被制定法犯罪所取代。

在刑事责任年龄的认定上，南非刑法将其划分为三档，在划分相对负刑事责任年龄上南非《刑法》则规定：7 岁以下的行为人不负刑事责任；14 岁以下的行为人不负刑事责任，除非证明其在作为或不作为时有能力认识到其不应当实施该作为或不作为；其余年龄的行为人均要负完全刑事责任。

为了打击经济犯罪，南非加强了针对经济犯罪领域的刑事立法，并且注重与国际社会接轨合作，例如，南非反洗钱的《金融情报中心法》吸收了其他国家反洗钱刑事立法的经验，并得到了国际反洗钱金融特别行动小组（FATF）的支持。在假释和赦免制度上，南非在刑法中均有相关规定。此外，南非《监狱法》对假释犯罪人作了明确规定。南非也是非洲国家中假释使用率最高的国家之一，而且假释成功率（假释期内没有再犯罪）相对较高。同时，南非刑法中还规定有特赦制度。

四、环境资源法律体系

南非的环境法律体系由五个层次组成，分别为宪法位阶的环境法、环境基本法、环境单行法规、环境政策、国际环境法，内容涉及自然资源保护、环境污染防治和能源矿产三个方面②。

---

① 杨凯：《南非刑法的渊源与罪刑法定原则》，载于《河南公安高等专科学校学报》2002年第 4 期，第 11～15 页。

② 有关南非环境资源法律体系的具体内容，详见本书"第四章南非矿业与环境法律制度"。

从立法层次来看，第一，宪法位阶的环境法规定了公民环境权和国家保护环境的义务。"每一个人皆有享受无害于其健康与幸福环境的权利，为了现世及后代子孙的利益，使环境受到保护的权利，通过合理地立法和其他措施：预防和防止生态退化；促进保育；在促进经济和社会合理发展的同时，确保生态上的可持续发展和自然资源利用。"环境权具有可诉性，对环境权的保障是南非人权委员会调查的重要内容之一，健康安全的环境也是地方政府的执政目标，南非公民可以平等地使用土地财产并享有环境信息的知情权。第二，环境基本法是宪法环境权的具体化，与环境执法形成有效衔接，作为南非环境保护的基本法，它赋予公民环境信息知情权、环境事务参与权、环境权益诉讼权，同时在保护区、生物多样性、空气质量、废弃物管理和海岸带综合管理方面还有新的拓展立法。第三，环境单行法是基本法在具体领域的细化，在环境污染防治、自然资源保护和能源法律领域，南非颁布了大量的环境单行法规，它们是环境资源保护领域的法律依据。第四，环境政策是立法的重要指引。南非政府定期颁布环境发展白皮书和环境管理绿皮书，这些国家环境政策鲜明地指出南非最紧迫的环境问题，通过国家环境政策的形式定期发布《国家应对气候变化白皮书》《南非环境政策绿皮书》等，这些内容是南非环境资源立法的重要指引。第五，国际公约、协定确定的原则通过转化成为了国内环境立法。南非积极参与全球生态环境治理，通过签署国际公约和多边协议的形式，借助新《宪法》第16章和《国家环境管理法》的相关规定，将国际环境法的保护原则转化为国内立法，这些国际环境法的内容涉及动植物保护、生物多样性保护、应对全球气候变化、海洋、船舶和废弃物污染等领域。

从具体内容来看，在环境污染防治的领域立法包括土地污染、大气污染、噪声污染、清洁水污染、海洋污染、海岸线活动污染和废弃物管理等方面。在自然资源保护领域，国家和各省立法的内容主要涉及森林、水、农业、动物、渔业和土地等资源的保护。[①] 在能源开发法律领域，颁布了关于电力、核能、石油、液态燃料、天然气等资源开发、利用和管理方面的法律。

五、财税金融法律体系

南非的财税金融法律体系相对完整，在非洲财税金融体系中处于主要地位。南非的金融结构稳定健全，其法律体系也较为完善，即使是在 2008 年的金融危机中也可以很好地应对。[②] 在财税金融法律方面，南非主要制定的法律有：《银行法》《南非储备银行法》《互助银行法》《金融咨询和中介服务法》《金融服务委员会法》《金融机构法》《税法》《个人所得税法》《增值税法》《长期保险法》《短期保险法》《海关法》等，南非在实施这些法律后对其进行了多次更改与修正。因此，有关财税金融方面的成文立法、法律修正案，以及相关判例都是南非财税金融法律体系的重要组成部分。

在税收方面，南非的税收机制相对完善，其税种主要有直接税与间接税，直接税中最为重要的是所得税，其由政府部门进行强制征收；间接税中政府的主要税收来源于增值税，南非《增值税法》对增值税的纳税主体、客体、税率以及零税率、免税等具体情形都进行了详细的规定，《增值税法》从制定至今已经通过数十次的小幅度修正。南非税率几乎每年都会根据国内经济情况进行不同税种税率的更改，中国企业在查找关于税收方面的具体数据时，应尽量找到最新年度的数据。中国企业应当注意，南非于 2007 年颁布了新的《税法》。同时，中国政府与南非政

---

① Morné van der Linde（Edited），*Compendium of South African Environmental Legislation*，Pretoria：Pretoria University Law Press，2006，P. 175.

② 有关南非财税与金融法律体系的具体内容，详见本书"第七章南非财税金融法律制度"。

府签订了避免双重征税的协议，在税收方面，中国居民与南非居民享有同等待遇，中国企业应当合理利用。

在金融方面，南非的银行业十分发达，有中央银行、商业银行、零售银行和外国的银行分支机构等等，同时南非的网上银行也较为发达，其普及率较高。南非银行的法律相当完善，但投资者还应注意政府领导成员的变动可能会影响其外汇与汇率的变动。此外，有关南非金融市场的法律制度也较为完善。南非约翰内斯堡证券交易所是非洲最大的证券交易所，在世界排名也相当靠前。约翰内斯堡证券交易所由"金融服务委员会"进行监督管理。

在保险方面，南非拥有非洲最大的保险市场，它是南非金融业的重要支柱。在南非保险业可以分为长期保险与短期保险，投资者应根据自己的需求购买保险，在签订保险合同中应当注意保险合同中的具体要求，支付金额、支付标准以及保险赔偿等。

六、贸易法律体系

在南非开放型经济中，对外贸易起着重要的促进作用，在国民经济中占有举足轻重的地位，其国内生产总值的近50%来自对外贸易。不仅如此，南非还是非洲大陆的贸易大国，其进出口总额居非洲国家之首。南非有关对外贸易的法律既有私法成分，也有公法成分，它是一个独特的专业化的商法体系。国际社会关于国际货物运输与保险、国际商事仲裁、民事判决和仲裁裁决的国际执行，信用证支付等国际贸易法律制度与习惯，《关税与贸易总协定》和WTO框架下的主要条约、南部非洲关税同盟（以下简称SACU）、南部非洲发展共同体（以下简称SADC）及其他地区性协议，共同构成南非国际贸易法的主要渊源，并深刻影响

南

非

了南非的对外贸易法。① 当前，南非已经形成了包括国际征税及管制、国际竞争、进出口货物的国际买卖运输与保险、对出口商的援助、产品生产责任等法律规范，拥有相对完善的对外贸易法律体系。②

南非的贸易法律体系主要依据《进出口法》和《国际贸易管理法》等法律，由此形成了南非货物进出口贸易的管理体制。此外，与南非贸易管理体制相关的其他法律还包括 1964 年《海关与税收法》《销售和服务事务法》，以及 1992 年签署的《南部非洲发展共同体条约》③、2002 年签订的《南部非洲关税同盟协定》。南非实行自由贸易制度，对一般商品进口没有许可证管理，但对部分特殊商品实行许可证管理。南非主要的贸易主管部门是贸易与工业部（DTI）和南非国际贸易管理委员会（ITAC）。其他与贸易相关的政府管理部门还包括国家经济发展和劳工委员会、地区工业发展委员会。《国际贸易管理法》建立了国际贸易管理委员会，明确了其职能与规范程序，除了处理南部非洲关税同盟地区的反倾销和反补贴案件以外，它还负责进出口管制、许可证管理、关税体制改革、产业优惠政策的管理和监督，并有权要求当地进出口商提供其商业活动的信息。同时，《国际贸易管理法》与 1990 年修订的《进出口控制法》和 2008 年修订的《标准法案》还一并构建了南非进口管理规范体系和出口管理体系。

在南非签订对外贸易合同必须以南非《合同法》为主要依据，同时还应当遵守《联合国国际货物买卖合同公约》和《国际贸易术语解释通则》的相关规定。另外，由于国际法是南非主要的法律渊源之一，通过国际法在国内法上的转换，《海牙规

---

① ［南非］尼科克、舒尔策著，朱伟东译：《南非国际贸易法律制度专题研究》，湘潭大学出版社 2011 年版，第 4 页。

② 有关南非贸易与投资法律体系的具体内容，详见本书"第二章南非投资法律制度"和"第三章南非贸易法律制度"。

③ 蔡高强、朱伟东：《东南部非洲地区性经贸组织法律制度专题研究》，湘潭大学出版社 2016 年版，第 3 页。

南

非

47

则》《汉堡规则》和《维斯比规则》的基本原理都成为了南非制定《海上货物运输法》和《海运一般修正法》的重要渊源。虽然南非目前还不是《联合国国际货物买卖合同公约》的缔约方，但这些国际贸易法上的基本原则和精神仍然在南非的贸易法律体系中有所体现，是南非对外贸易法律开放性的鲜明体现。

七、诉讼法律体系

作为典型的混合法系国家，南非的法律体系包含了英美法系和大陆法系的传统特征。其中，南非的诉讼法律体系展现出鲜明的英美法系的程序法特征。[①] 在立法上，南非有关诉讼法律制度的制定法主要有《民事诉讼证据法》《刑事诉讼法》《裁判法》《法律援助法》《特别调查团和特别法庭法》《公共保护法》，以及《南非统一法院规则》[②]《最高法院法案》[③]《（地区和区域）治安官法院法案》[④]《时效法案》等。2008 年以来，南非还对《地方法院管辖法》《司法服务法》等进行了修正，形成了《地区和区域法院程序行为规制修正案》[⑤] 等。

受英国法的影响，南非的法院系统做出了高等法院与低等法院的划分。在南非新《宪法》第 166 ~ 170 条对司法系统和法院职能的规定中，南非的法院系统是个分层级的组织，从最低到最高的权威进行分类，它由如下四个层级的法院组成：地方法院；高等法院；最高上诉法院（除宪法问题外的最高权威法院）；宪法法院（涉及宪法事务的最高权威法院）。[⑥] 宪法法院有最终的

---

① 有关南非诉讼法律体系的具体内容，详见本书"第九章南非争议解决法律制度"。

② *The Uniform Court Rule.*

③ *The Supreme Court Act.*

④ *The Magistrate's Court Act.*

⑤ Amendment of Rules regulating the conduct of the proceedings of the magistrate's court of South Africa.

⑥ See, Association of Commonwealth Criminal Lawyers, *South African criminal court system*, Retrieved 29 December, 2010.

权威来决定是否违宪。也可以依据立法成立某些特别法院，以避免大量基础法律管理案件被长期积压。在这其中，也有小额索偿法院，它能够解决一些包含有不超过 7 000 兰特的小额经济争端案件。此外，南非的习惯法院和酋长法庭，它以既存的习惯法解决争端。

在诉讼程序上，南非法院的管辖权规则包括基于住所地的管辖和基于案件事实的管辖。南非法院的审前程序包括诉答制度证据开示、审前结案动议和庭前会议制度。而南非的书状和诉答制度吸收了英美法系传统，与其相关制度非常类似。南非统一法院规则规定起诉状必须包括：抬头、对案件事实的陈述、声明法院有管辖权、诉因和寻求的救济——即具体的诉讼请求。南非的诉讼庭审属于典型的英美法庭审，由双方开场白，询问证人（原被告方证人接受直接询问和交叉询问）和结案陈词组成。判决的执行方式主要有征收、扣押、冻结或划扣、查封等。

此外，南非并未加入国际民商事案件中外国判决的承认和执行公约，因此外国法院判决在南非的执行主要依照南非的国内判例法或者成文法，主要是 1988 年《外国民事判决执行法案》[①]、1969 年《时效法案》[②] 和 1978 年《商业保护法案》[③]。对于南非的仲裁制度，南非民商事仲裁的基本法律是 1965 年《仲裁法案》（*Arbitration Act* 42 *of* 1965），该法规定了南非民商事仲裁的基本制度体系，包括民商事仲裁的范围、仲裁协议的形式要求、仲裁庭的组成、仲裁的裁决机制、仲裁裁决的执行等。

在律师制度方面，南非在 1964 年颁布了《出庭律师资格法》，后又在 1996 年进行了修改，受到英国法中二元律师结构影响，南非同样将律师划分为出庭律师和诉状律师。前者属于高级律师，具有严格的专业学历和资质，具备在南非最高法院和其他

---

① *Enforcement of Foreign Civil Judgments Act* 32 *of* 1988.

② *Prescription Act* 68 *of* 1969.

③ *Protection of Businesses Act* 99 *of* 1978.

各级法院出庭辩护的资格；而后者属于初级律师，学历与资质较浅，主要从事契约起草、财产或土地转移等一般法律业务，仅能在较低级的法庭出庭。目前，出庭律师的数目远远少于诉状律师，南非所有执业律师当中，出庭律师大约只占13%。[①] 出庭律师享有两项特权：一是他们在执业律师中是唯一被准许在高等法院进行诉辩，二是南非的法官几乎无一例外地都是从出庭律师中挑选。这种业务范围也是执业资格上的二元结构，直到最近几年才逐步改变，一些经验丰富的诉状律师逐步被允许在高级法院、宪法法院出庭，并可以行使同出庭律师相同的职能。2002年颁布的《律师职业法案》规定，得到律师执业委员会资格承认并登记在册的诉状律师，可以选择作为出庭律师执业，也可以选择作为诉状律师执业；而出庭律师也可以选择作为诉状律师执业。

综上，目前南非律师的业务范围日益广泛，他们可以在宪法法院、联邦最高上诉法院、联邦高级法院、省高等法院提供法律服务；也能参与劳动及劳动上诉法院、土地诉求法院、税务法院以及地区治安法院的审判与诉讼。所受理的案件涉及宪法诉讼、商务贸易诉讼、普通民事诉讼、刑事诉讼、小额裁判、人权诉讼、公司法及税法诉讼、劳动法诉讼、竞争法诉讼、矿产法诉讼、保险法诉讼、人身伤害法及医疗过失法诉讼、媒体广播法诉讼、财产法诉讼、专利及著作权法诉讼、电脑及电子通信法诉讼、家事法诉讼等。也可以受理涉及商务、住房、工程和劳务雇佣等各种仲裁案件，出具和提供与南非法律事务相关的书面、口头意见以及从事其他非诉讼法律事务。需要指出的是，并非每一名律师都能提供任何法律服务，对于撰写转让契约，进行公证代理、专利代理、商标代理行为，依照《律师执业法案》只能由登记在册的专业律师代理。

---

① David J McQuoid Mason. The Delivery of Civil Legal Aid Services in South Africa. Fordham: *International Law Journal*, 2000.

南非投资法律制度

　　南非政治经济稳定，法律体系完备，金融和基础设施比较发达，营商环境总体较好，是非洲最具吸引力的投资东道国。根据美国传统基金会发布的《经济自由度指数报告》，2016年南非经济自由度指数列全球第72位，在新兴经济体中处于较高水平。南非市场辐射能力强，积极参与双边经济合作、区域经济一体化合作和绝大多数国际经济组织活动，是跨国公司进入非洲大陆、联通世界的最佳桥梁。

　　中国与南非自1998年建交以来，关系发展迅速。南非是中国在非洲建立的首个全面战略伙伴，双方均将中南关系视为各自对外政策的战略支点和优先方向。近年来，中南两国元首频繁互访，政治互信不断增强，各领域务实合作快速拓展，两国关系保持强劲的发展势头。2015年12月，中南两国共同主办中非合作论坛约翰内斯堡峰会，将中南、中非关系提升到了新的历史高度。南非已经成为中国在非洲最大投资对象国，中国对南非投资呈现"多点耕耘、多面结果"的特点。据统计，截至2016年底，中国在南非投资经营的大中型中资企业已达到160家，累计投资超过130亿美元，遍布金融、矿业、基础设施、制造业、信息技术、传媒、物流及其他服务业等领域，中国与南非投资合作潜力巨大，前景广阔。[①]

第一节　南非投资法概述

准确了解并熟悉南非投资法律是投资者获取投资回报的铺路石。一方面，了解并熟悉南非投资法可以使投资者不违反当地的法律和政策，避免引起不必要的纠纷和争议，维护自己的正当权益。另一方面，投资者能够从南非投资法中获取相关讯息，更准确判断投资方向以及投资方式，规避投资风险。

南非投资法不是采取统一的立法形式，而是由各种专项立法、相关的单行法律、法规和政策相互联系综合而形成的一个投资法律体系。南非政府针对本国国情和经济发展的需要制定和修订了大量与投资相关的法律法规。此外，南非还制定了一系列的优惠政策，如利用外资的基本政策、投资促进和鼓励政策等。

一、南非投资立法

尽管南非未制定统一的投资法典，但是其针对外国投资的法律法规却相当完善。由其法律渊源来看，南非投资法由国内法和国际法两个部分组成。

（一）国内法渊源

南非投资立法的国内法渊源包括制定法、司法判例以及基本

---

① 蔡淳：《中国与南非经贸合作硕果累累》，载于《经济日报》2017年3月8日。

法律原则三个部分的内容。

1. 制定法。尽管南非是一个不成文法国家，但是为了修正一些无法满足社会发展需求的普通法规定以及补充普通法中存在的空白，南非议会通过了大量的成文法。[①] 这些制定法已经成为南非重要的法律渊源，其涉及的领域非常广，其中与投资相关的法律主要有：《征收法》（Expropriation Act）、《货币与外汇法》（Currency and Exchanges Act）、《公司法》（Companies Act）、《广义黑人经济振兴法案》（Broad-Based Black Economic Empowerment Act）、《投资保护法》（Protection of Investment Act）、《特别经济区法》（Special Economic Zones Act）、《竞争法》（Competition Act）等。

2. 司法判例。在南非，司法判例是一种重要的法律渊源。1828 年英国殖民者在开普殖民地实施《司法宪章》后，遵循先例制度开始进入南非。遵循先例制度意味着南非下级法院需遵循上级法院的判例，同时各级法院应当遵循本法院先前所作之判例。目前，在南非具有约束力的判例数量巨大且种类繁多。

3. 法律基本原则。南非法院在判决案件时，往往会求助于构成所有法律基础的基本原则，它在南非法院的判决中通常被冠以不同的称谓，如"公正和便利"（Justice and Convenience）、"自然公正"（Natural Equity）、"理性"（Reason）、"道义"（Morality）、"社会效用"（Social Utility）等。[②]

（二）国际法渊源

南非投资立法的国际法渊源包括三个部分：多边条约、双边条约以及联合国大会的规范性决议和国际惯例。

---

① 朱伟东：《南非共和国国际私法研究——一个混合法系国家的视角》，法律出版社 2006 年版，第 27 页。

② A B Edwards. *Conflict of Laws*, W A Joubert. *The Law of South Africa*, Vol. 2, Butterworths, Durban, 1993, P. 301; George Wille. *Principles of South African Law*, 5th edition, Juta & Co. Ltd., 1961, P. 48.

1. 多边条约。南非注重发展与周边国家以及世界其他国家之间的经贸投资发展关系，签订了一系列的协定和条约。从区域合作层面来看，南非于 1969 年与博茨瓦纳、莱索托、斯威士兰 3 国签署协议，成立了南部非洲关税同盟（Southern African Customs Union，SACU）。1994 年，南非加入南部非洲发展共同体（Southern African Development Community，SADC）。以上两个组织与投资相关的协议都是南非现行投资法的组成部分。从国际合作层面来看，南非是世界贸易组织（World Trade Organization，WTO）、国际投资争端解决中心、多边投资担保机构以及其他国际组织和国际协议的成员国，并且签署了《联合国气候变化框架公约》等一系列多边条约，其投资立法对其所参与的国际条约都有所体现。

2. 双边条约。南非先后与 40 个国家签订了双边投资协定以及双边鼓励和保护投资协定，这些双边协定已经成为南非投资立法的重要渊源。其中，南非同中国在 1997 年 12 月 30 日于比勒陀利业签署了《关于鼓励和保护投资协定》①，为两国投资者在双方领域内投资创造有利条件，相互鼓励、促进和保护投资，以促进投资者的积极性和增进两国繁荣，在平等互助原则的基础上，加强两国间的经济合作。随后，两国于 2000 年 4 月 25 日签署了《关于对所得避免双重征税和防止偷漏税的决定》。

3. 联合国大会的规范性决议和国际惯例。联合国大会在 20 世纪 70 年代先后通过了一系列与国际投资有关的重要决议，如 1962 年的《关于自然资源之永久主权宣言》、1974 年的《建立新国际经济秩序的行动纲领》和《各国经济权利和义务宪章》等文件不仅确立了新的国际经济秩序的基本原则，而且特别规定了国家对本国自然资源的永久主权、国家有权管制本国境内的外国投资、实行国有化等，确立或创立了用于进行国际性投资的重

南

非

---

① 该双边条约已经于 2007 年到期，但是中国与南非的双边投资待遇仍参照该条约。

要国际准则。

二、南非产业发展目标及政策

目前，南非的经济政策以推动经济增长为中心、以解决社会公平问题为保障，试图逐步消除"二元经济"结构，促进南非经济和社会平衡发展。2010 年 10 月，南非政府提出"新增长路线"（NGP）发展战略。旨在推动南非经济发展由当前缺乏持续发展潜力的消费型模式向可吸纳更多劳动力的生产型模式转变，计划在未来 10 年内优先在基础设施建设、农业、矿业、绿色经济、制造业、旅游及服务业等 6 个重点领域挖掘潜力，创造 500 万个就业岗位，将失业率从 24% 降至 15%。2012 年 8 月，南非政府又公布了《2030 年国家发展规划》（NOP）旨在加快经济增长，扩大就业，提升教育、技能开发和创新水平，增强国家发展改革能力。NOP 提出放松劳动领域管制，降低营商成本，以此促进劳动密集型制造业发展；增加政府支出，加大在公路、铁路、港口、电力等基础设施领域投资，支持经济快速发展；进一步明确产权制度，放宽资源产业投资限制；扩大资源性产品出口等。南非政府计划通过实施 NOP，截至 2030 年将经济规模扩大 2.7 倍，年均经济增长 5.4%，创造 1 100 万就业岗位，将失业率从目前的 24% 降至 6%，基尼系数从 0.7 降至 0.6，彻底消除贫困人口。

2017 年，南非官方网站发布了其 2017～2020 年产业政策行动计划（IPAP），该计划涉及南非经济的 6 大领域和 14 个部门，制定了南非 2017～2020 年的经济发展政策（见图 2 - 1、图 2 - 2、图 2 - 3）。

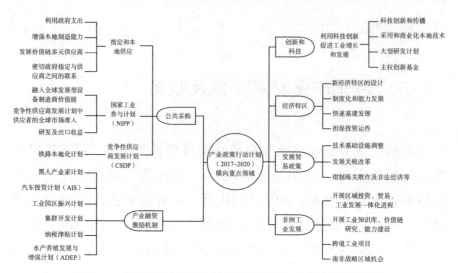

图 2 - 1　2017～2020 年南非产业政策行动计划横向重点领域①

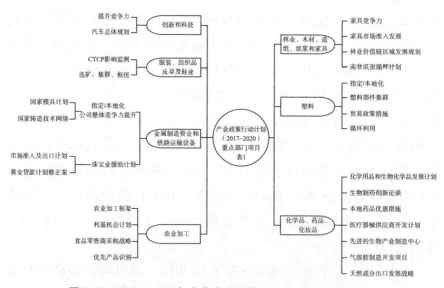

图 2 - 2　2017～2020 年南非产业政策行动计划重点项目（1）

---

①　图 2 - 1、图 2 - 2、图 2 - 3 均译自 INDUSTRIAL POLICY ACTION PLAN2017/18 - 2019/20，来自于南非贸易与工业部网站，http：//www.dti.gov.za，2017 - 8 - 2。

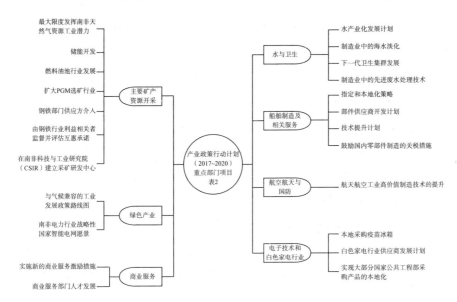

图 2-3 2017~2020 年南非产业政策行动计划重点项目（2）

从上述图中可以看出，南非 2017~2020 年的产业发展关键词是产业结构变革、技术突破与创新以及本地化，以提升国内产业竞争力。同时，南非仍将为融入全球市场做出努力，继续执行已经出台的产业优惠政策，以增强外资吸引力。

综合上述图表以及南非产业优惠政策框架，目前南非主要吸引外国投资的领域包括：采矿和选矿、可再生能源、金砖国家贸易和发展风险库、汽车、基础设施、石油天然气、信息通信技术、机场/港口等交通枢纽项目、铁路/公路等交通基础设施项目、农产品加工业。

三、外国投资者的待遇标准

投资是一项长期的经济活动，它在东道国可能会面临各种难以预知的风险。因此，投资者母国与投资东道国之间签订的双边投资保护协定一般都会对外资的保护作出规定。根据这些规定，外国投资在东道国一般享有公平公正待遇（Fair and Equitable Treatment，FET）、国民待遇（National Treatment，NT）、最惠国待遇（Most Favored Nation Treatment）和充分的安全与保护（Full Protection and Security）等。南非与外国签订的双边投资保护协定也基本规定了上述几类投资保护标准，但 2015 年南非出台的《投资保护法案》，仅规定了国民待遇标准，而没有规定其他几类保护标准。南非对外国投资待遇标准的改变，体现出南非政府近年来对待外资的态度，即确保外国投资者和南非共和国国内投资者依法得到平等对待。

（一）《投资促进与保护法案》中的"国民待遇"

《投资促进与保护法案》第 8 条规定，"南非共和国给予外国投资者的待遇不低于它在相同条件下（In Like Circumstances）给予本国投资者的待遇"。① 该条款的措辞即是典型"国民待遇"条款表述方法。国际投资法在对"相同条件"的定义上，并没有给出统一且确定的先例，因此，在涉及国民待遇标准的国际投资争议案件中，国际仲裁庭对此有着不同的解释。为了避免歧义，《投资促进与保护法案》第 8 条第 2 款专门规定："'相同条件'是指需要在个案的基础上，对一项外资的所有条件包括下列因素进行全面考察：外资对南非共和国的影响，包括所有投资的累积性影响；外资所进入的行业（Sector）；涉及外资的任何措施目的；与相关措施所涉及的外国投资者或外国投资有关的其他因素；对第三方、当地社区、雇佣关系的影响；以及对环境造成的直接或者间接的影响。"

需要注意的是，在国际投资法领域，能够获得国民待遇标准保护的外资必须是根据东道国法律进行的合法投资，即外国投资

---

① 译自《投资促进与保护法案》第 8 条第 1 款："Foreign investors and their investments must not be treated less favourably than South African investors in like circumstances"。

者不能根据国民待遇标准要求"非法的平等"（Equality in Injustice）。[①] 南非《投资促进与保护法案》第 2 条第 1 款将"投资"定义为"由投资者按照共和国法律设立，收购或扩大的合法企业"，[②] 充分体现了这一点。

另外，《投资促进与保护法案》第 8 条第 4 款还对"国民待遇"做了限制："条款 1 不能用于要求共和国给予外国投资者和其投资项目根据以下安排产生的任何优待、优惠和特权：任何国际协议或共和国法律规定的税收；政府采购流程；政府或国家机关提供的补贴或赠款；促进在南非实现平等，或旨在保护或推动历史上处于不利地位的人或基于种族、性别或残疾的不公平歧视的人员的任何法律或其他措施；为促进和保护文化遗产的做法和与之相关的土著知识和生物资源或国家遗产的任何法律或其他措施；以及为发展援助或发展中小企业或新兴行业而设立的发展融资机构，在共和国给予的任何特别优惠。"

（二）南非政府针对投资的优惠政策安排[③]

为了促进本国产业发展以及吸引外国投资，南非政府近年来出台了一系列针对投资的优惠政策，包括优惠产业政策、行业鼓励政策和地区特别安排。

1. 产业优惠政策。目前，南非政府针对投资的产业优惠政策一共有 11 项，各项政策以减免税收、发放补贴或赞助资金的方式给予投资者优待。

（1）中小型企业发展计划（Small and Medium Enterprise Development Program，SMEDP）。中小型企业发展计划惠及制造业、

---

① Rudolf Dolzer and Christoph Schreuer, op. cit. , P. 183. 引自朱伟东：《南非投资促进与保护法案评析》，载于《西亚非洲》2014 年第 2 期，第 4～18 页。

② 译自《投资促进与保护法案》第 2 条第 1 款："any lawful enterprise established, acquired or expanded by an investor in accordance with the laws of the Republic. . ."

③ 资料来源：《对外投资合作国别指南：南非》（2016）

农业及农产品加工业、水产业、生物技术、旅游、信息、通讯、环保和文化等行业。根据其规定，在南非进行正式登记注册的中小型企业，包括公司（Companies, Private and Public, 股份开放公司和私人有限公司）、封闭型公司（Close Corporations）、合作企业（Co-operatives）、个体独资经营（Sole Proprietorships）、合伙制企业（Partnerships），如其固定资产投资符合条件，可以按固定资产投资额的一定比例获得现金补贴。需要特别注意的是：信托公司、分支机构等没有资格申请补贴；中小型企业发展计划和战略性工业计划不能同时申请；同一企业所有者建设与现有企业性质相同的项目，不得申请此项政策。

上述适格的中小型企业，符合该政策条件的资产及其价值计算办法如下：自有土地和建筑，按购买价计算；租赁的土地和建筑，按租赁价的15%转为资本；自有机器设备，按购买价计算；租赁的机器设备，按资产负债表上的数额转为资本；研发资金成本，由税务部门认可。

申请补贴对项目的股本要求为：符合条件的固定资产，投资额在500万兰特以下的，股本投资须占10%以上；符合条件的固定资产，投资额在500万~1 500万兰特之间的，股本投资须占25%以上；符合条件的固定资产，投资额在1 500万兰特以上的，股本投资须占35%以上。

具体优惠措施包括：符合条件的项目，可以根据其固定资产投资，连续3年按照一定比例获得现金补贴，但第3年要获得此项补贴，企业的工资成本必须占制造成本的30%以上（前两年无此规定）。

每个项目享受此项政策的固定资产，其投资额最高为1亿兰特。超过1亿兰特的部分，不予补贴。补贴比例如下：

①固定资产投资中，500万兰特以下的部分，每年补贴10%；

②固定资产投资中，500万~1 500万兰特之间的部分，每

年补贴 6%；

③固定资产投资中，1 500 万～3 000 万兰特之间的部分，每年补贴 4%；

④固定资产投资中，3 000 万～5 000 万兰特之间的部分，每年补贴 3%；

⑤固定资产投资中，5 000 万～7 500 万兰特之间的部分，每年补贴 2%；

⑥固定资产投资中，7 500 万～1 亿兰特之间的部分，每年补贴 1%。企业享受的现金补贴不需要纳税。

（2）技能支持计划（Skills Support Program，SSP）。为鼓励企业加大职工培训方面的投入，引进南非所需要的各种技能，根据该计划，凡在南非经营的当地和外籍公司，依申请可以得到为期 3 年针对其职工技术培训费用的部分补贴。可以申请该计划的行业为"战略性工业计划"和"中小型企业发展计划"覆盖的所有行业。需要注意的是，有关补贴按季度申请，申请时按上一季度实际发生的数额计算。另外，该鼓励政策只对新聘用职工的技能培训提供现金补贴，培训补贴只用于新建项目或现有项目的扩建工程，培训计划必须事先获得批准。室内外培训费、培训材料费、培训设施建设费、与制定培训计划有关的费用、课程设计费、师资培训费等均可申请补贴。

政府对企业提升技能的支持表现在发放三种不同的补贴。第一种为技能培训现金补贴（Skills Development Cash Grant），项目投产后 3 年内的新聘用职工的培训费用，政府将给予 50% 的补贴，但补贴总额不超过公司工资总额的 30%，这一部分补贴称为技能培训现金补贴。第二种为职工学习补贴（Learning Program Development Grant），每个项目最高补贴 300 万兰特。第三种是对与技能培训有关的资本进行补贴（Capital Grant），根据机器、设备和设施的价值而定，每个项目最高补贴 600 万兰特。

（3）外国投资补贴（Foreign Investment Grant，FIG）。外国

投资补贴政策规定，为鼓励外国投资者投资制造业，南非政府对实际运输费用和机器设备价值的 15% 且每个项目最多不超过 1 000 万兰特的费用给予现金补贴，用于将机器设备（不包括车辆）从海外运抵南非。值得注意的是，该项补贴对外资控股有要求，外国投资者必须拥有公司 50% 以上股份。

（4）产业政策项目计划（Industrial Policy Projects）。为吸引本地和外国投资，该计划向投资者提供总额为 200 亿兰特的资金，用以减免大型项目的所得税。该项资金将用于资助创新工艺流程或者使用新技术、提高能源使用效率的清洁生产技术、提高环境保护水平的项目；建立业务联系、从中小企业、微型企业获得商品和服务的项目；创造直接就业的项目以及促进技能发展或者位于经济发展区的项目。

（5）汽车投资计划（Automotive Investment Scheme，AIS）。为促进本国汽车行业发展，通过对汽车行业的新增投资和对旧有生产线的升级改造以增加汽车生产能力、稳定就业和加强汽车产业链发展，该政策得以实施。

根据规定，年产 5 万辆汽车或证明能在 3 年内年生产达 5 万辆汽车的小汽车生产商以及全年生产总营业额的 25% 本地化或给本地汽车上下游产业带来不少于 1 000 万兰特的本地化产值的汽车生产商可以申请该计划。南非贸易与工业部将对符合条件的生产商给予其总投资的 25% 的现金返还，对当地汽车产业发展做出突出贡献的还能额外返还总投资的 5% ~ 10%。

（6）基本项目可行性计划（Capital Projects Feasibility Program，CPFP）。南非贸易与工业部将对满足南非相关法律要求的项目可行性研究进行审查，对凡是可能吸引项目来南非和增加本地产品和服务出口进行的项目可行性研究成本进行分担：对南非以外项目分担最高 50% 的可行性研究费用，南非境内项目为 55%，补贴最高不超过 800 万兰特（不含税）。

该计划的实施旨在给南非带来高经济附加值；吸引大量外国

投资；提升南非资本货物产业和相关产业国际竞争力；创造稳定的就业；为南非货物和服务创造长期需求；加快南非和南部非洲共同市场项目进展；加强与上下游中小企业和黑人企业的联系。

（7）关键基础设施项目（Critical Infrastructure Program，CIP）。为了提升私人投资和促进特定公共领域投资，为私人投资者创造更好的投资环境，在南非注册合法实体（公司、私人投资者、合作经营企业）的申请者在按经济受益标准得分基础上，由政府对其基础设施建设总支出给予10%～30%的补贴，单个项目补贴最高不超过3 000万兰特。

（8）出口市场和投资支持计划（Export Marketing and Investment Assistance Scheme）。该计划将赞助符合条件的申请者部分旅行费用、日常生活费用、指定活动的样品运输费、指定活动的市场开发材料费用、展台租用、设计和安装费用、制作宣传材料的费用，用以支持南非出口商开拓出口市场和吸引外国投资。

（9）就业基金（Jobs Fund）。根据该计划规定，基金将对有经济发展潜力或者可以持续创造就业的企业、非政府组织、政府部门和地方政府提供财政支持。

（10）制造业投资计划（Manufacturing Investment Program）。为鼓励本地和外国资本新建或扩建项目，进行生产性资产投资（投资建立工厂、购买机器设备、购买和租用土地和建筑物以及商用车辆），贸易和工业部决定给予进行该项投资之企业投资成本的10%～30%，但不超过3 000万兰特的税收减免。

（11）商业服务激励计划（Business Process Services Incentive）。为了吸引本地和外国投资者投资商业服务领域，通过向离岸客户提供商业服务，以创造就业机会，政府奖给予企业每创造一个离岸岗位，3年内最高11.2万兰特的补贴。如果企业创造就业岗位达到400或800个，还可以申请额外的补助。

2. 行业鼓励政策。为了刺激南非经济增长，实现重点领域经济突破，南非贸易和工业部以及工业发展公司对包括食品、化工、媒体、矿产在内的9个行业的发展提供有竞争力的贷款利率支持。

（1）在食品、饮料和农产品加工行业，政府为了促进农业和水产养殖业基础设施的发展，鼓励投资者在园艺初级农业、食品加工、农产品加工、饮料加工、渔业和水产养殖业新建或扩建食品和饮料加工业。

（2）在化工和相关行业，政策鼓励投资者将资金投向基本化学品；陶瓷、混凝土和石材产品；化妆品和洗涤剂；精细和专用化学品；玻璃回收利用、橡胶制品、塑料制品行业，促进行业发展，以获得可持续的全球竞争力。

（3）在媒体和电影业，政府支持投资者大力发展电影、广播、印刷、后期制作、出版、广告和音乐产业，以提升南非文化软实力，拉动文化产业发展。

（4）在纺织和服装行业，国家希望通过在南非和非洲其他国家打造有竞争力的天然和合成纤维生产；纺纱、针织、织造、印染、无纺布制造；工业用纺织产品，家纺产品生产；成衣制造；鞋、皮革制作和加工产业及企业，以支持和促进创业、行业发展和建立战略伙伴关系。

（5）在采矿和选矿业，为了协助中小采矿、选矿企业和首饰加工产业的发展，政府将投入财政和技术，支持南非和非洲的矿业、选矿项目；财政支持新发现的矿山开采及相关活动；协助因历史原因失去矿权的人获得矿权；发展南非珠宝加工，增加选矿附加值。

（6）在林业和造纸业，为了提升南部非洲的林业产业综合实力，南非政府出台政策扶持林业、纸浆和造纸，家具、锯木和板材生产业以及可再生能源产业的发展，使其具有国际竞争力。

（7）在医疗行业，政府投入财政支持和发展南非和非洲的医疗和教育发展，包括新建、扩建项目，也包括入股和收购，适用范围覆盖医疗设备制造业；医疗监督和管理业；医疗行业（诊所，医院）；保健服务业，以及《广义黑人经济振兴法》伙伴所购买和接管的上述业务。

（8）在金属、交通运输和机械产品制造业，为了支持和发展包括钢铁和有色金属构件、工厂、机械设备、汽车配件，船、飞机、火车等交通工具生产在内的下游金属产品制造，政府将给予针对这些行业的投资财政扶持。

（9）在高技术产业，为了发展技术密集型产业，如信息、电信、电子产业，政府大力扶持与本国或国外技术伙伴合作，拥有成熟技术的新技术企业。

3. 地区特别安排。南非政府出台的针对地区的特别安排包括对投向工业开发区以及特别经济区项目的优惠政策。

（1）工业开发区。2000 年，南非政府开始实施工业开发区政策。其目的是为了激励国内外直接投资、促进以出口为导向的制造业和服务业的发展，从而带动经济增长和增加就业机会。

至今，南非共设立了 6 个工业开发区，分别是：库哈工业开发区（东开普省）、东伦敦工业开发区（东开普省）、理查兹湾工业开发区（夸祖鲁 - 纳塔尔省）、杜布贸易港工业开发区（夸祖鲁 - 纳塔尔省）、萨尔达尼亚湾工业开发区（西开普省）和奥立佛·坦博国际机场工业开发区（豪登省）。

除尚未投入运营的奥立佛·坦博属内陆工业开发区外，库哈、东伦敦、理查兹湾、萨尔达尼亚湾、杜布贸易港 5 个工业开发区均在运营中，且都位于沿海地区。6 家运营商均获得了南非贸工部颁发的工业开发区运营商许可证。上述工业开发区共吸引了 40 家企业 127 亿兰特的投资，创造了 49 463 个就业岗位。①

①库哈工业开发区于 1999 年成立，占地 11 500 公顷，由东开普省通过东开普发展公司全资拥有，由库哈发展私人有限公司运营，并获得贸工部 36 亿兰特和东开普省 11 亿兰特拨款。库哈

---

①　资料来源：2016 年《对外投资国外指南（南非）》。

发展私人有限公司于 2007 年获得南非贸工部颁发的工业开发区运营商许可证。库哈工业开发区现有 12 家投资企业共创造 27 412 个就业岗位，大多数是建筑业岗位。[①]

②东伦敦工业开发区于 2002 年成立，占地 420 公顷，由东伦敦工业开发区私人有限公司运营。该公司由东开普省（占股 76%）和布法罗市政府（占股 24%）合资成立，于 2007 年获得南非贸工部颁发的工业开发区运营商许可证。该开发区共获得贸工部 11 亿兰特和东开普省 11.2 亿兰特拨款。东伦敦工业开发区现有 23 个投资者，投资额 15 亿兰特，创造了 5 524 个直接岗位（包括建筑业岗位）。汽车业是工业开发区内最发达的行业，占所有经济活动的 90%。[②]

③理查兹湾工业开发区于 2002 年成立，占地 350 公顷，由理查兹湾工业开发区私人有限公司运营。该公司由夸祖鲁－纳塔尔省（占股 60%）和尤姆拉图兹市（占股 40%）共同经营，于 2009 年获得南非贸工部颁发的工业开发区运营商许可证。该开发区共获得贸工部 8 840 万兰特和夸纳省 20 570 兰特的拨款。理查兹湾工业开发区的主要产业包括铝、家具、钦、船舶修理和合成木材集群。目前，已吸收 6.5 亿兰特投资。[③]

④杜布贸易港工业开发区于 2009 年成立，占地 2 840 公顷，由夸祖鲁－纳塔尔省国有企业杜布贸易港口公司运营。一期包括 300 公顷，今后预计将达 700 公顷的农业区，主要产业包括航空航天及相关制造业和服务业，包括园艺、水产养殖、花卉栽培在内的农业和农产品加工、电子制造与组装业、医药生产与流通、服装及纺织业。已吸收 9 亿兰特私人投资，创造了 16 527 个就业岗位。[④]

⑤萨尔达尼亚湾工业开发区位于开普敦北部。南非总统祖马于 2013 年 10 月宣布正式启动萨尔达尼亚湾工业区建设并移交给

①②③④　资料来源：2016 年《对外投资国外指南（南非）》。

西开普省萨尔达尼亚湾市。该工业开发区定位于非洲的石油、天然气和船舶维护保养与物流服务中心。[①]

南非工业开发区是南非贸工部为提升制造业部门的国际竞争力而推行的创新计划之一，该计划选择与国际空港、海港有紧密联系的特定区域，投资兴建完善的基础设施，为投资者提供便利的通关手续和税收优惠，建立出口导向型的集约生产基地。

该计划主要包括以下措施：在税贸署关税部门下设立专门的服务部门，负责提供专业的关税服务及政策咨询；免除区域内与生产有关的原材料进口关税，对机械设备及其他固定资产投资项目实施优惠税率；对企业在南非境内的原材料采购实施增值税零税率；可优先享受政府实施的各种补助措施；对企业的申请、设立及其他手续提供一站式便利服务，降低企业运营成本；完善基础设施配套，为企业运行提供世界一流的硬件设施；提供高效的配套服务，便于投资者在开发区内的运营，优化企业经营软环境；实施出口导向战略，促进最终产品出口。

（2）特别经济区。为了弥补现行工业开发区的政策缺陷，南非贸工部于 2012 年 1 月 16 日发布第 45 号政府文告，就南非《特别经济区法》草案，向公众征求意见。该法案的实施能够加强南非各级政府之间的协调，提供充分的资金和技术等资源，明确产业发展方向和投资目标，为南非各地区提供一个全新的发展平台，促进投资、贸易和就业的增长。南非政府于 2016 年 2 月 9 日颁布特别经济区法案，现已正式生效。在南非杜布贸易港、理查兹贝湾、萨尔达尼亚湾、亚特兰蒂斯、阿平顿、哈里史密斯、约堡（2 个）、勒斯滕堡、杜巴特塞、伊丽莎白、东伦敦和墨西拿等 13 个特别经济区内企业均可享受企业税率降为 15%、投资返还、投资补贴、增值税和关税减免、雇佣当地员工奖励等优惠政策。

---

① 资料来源：2016 年《对外投资国外指南（南非）》，第 51～53 页。

南

非

南非经济特区的融资工具包括经济特区基金和开发性融资机构。经济特区基金由贸工部部长与财政部部长协商建立。基金主要用于经济特区的现场服务、基础设施建设和特区内企业发展，如用于可行性研究和一般性研究等。开发性融资机构为特别经济区的项目建设提供资金支持。特别经济区的激励政策来源于三个层次，一是贸工部的一揽子增强投资吸引力的激励政策，二是相关省市对当地特别经济区内企业的额外激励，三是个别经济区对其区内企业的额外激励。

第二节　南非投资的程序

新南非建立以后，南非在推进民主的进程中非常重视法治，强调依法办事。纵然南非对外国投资态度友好，投资的法律政策氛围也比较宽松，但是仍然在注册程序、许可证方面做出了严格规定。投资者在赴南非投资时，需牢记南非投资程序，依法、及时办理相关手续。

一、南非投资管理部门

南非贸易与工业部（Department of Trade and Industry，DTI），是负责管理外国投资的主要政府部门。

南非贸易与工业部通过加强与主要经济体的贸易和投资联系，构建公平的多边贸易体系，在促进经济发展和积极参与全球经济贸易环境方面发挥了关键作用。南非贸易与工业部参与国际经贸发展的一个重要特征还表现在推动区域合作，支持非洲区域经济一体化方面。南非贸易与工业部认识到促进贸易和对外投资以及构建经贸联系的重要性。因此，该部门长期致力于通过与现有贸易伙伴和快速增长的新兴市场建立合作协议，鼓励出口，利用全球经济增长来发展南非经济。南非贸易与工业部与省投资促进机构（PIPA）合作，在符合南非国际关系与合作协议的目标市场开展投资和出口促进活动。

其他投资管理部门还包括：南非税务总署、南非国家经济发展和劳工委员会、地区工业发展委员会等。

另外，2016 年 7 月，南非总统祖马曾提出，南非政府将致力于减少繁杂的手续，使南非成为营商环境更友好的投资目的地。南非贸易与工业部作为落实该目标的牵头部委，已成立"投资南非"部门。该部门将在本财政年度的第 3 季度启动全国性的一站式服务，负责提供发放许可、执照以及注册新企业服务。

二、南非投资的注册程序

2008 年，南非通过新公司法，并于 2011 年 5 月 1 日生效。新公司法将企业分为非营利性公司和营利性公司。营利性公司又分为股份公开公司（或称上市公司）、私人公司、个人责任公司和国有企业 4 种类型。外国投资者到南非投资办厂、开展贸易或承揽工程，应注册成立公司。在南非注册公司最常见的形式主要有 3 种，股份公开公司或称上市公司（Public Company）、私人公司（Private Company）以及个人责任公司（Personal Liability Company）。除个人投资者之外，外国公司也可以在南非设立分支机构。根据南非公司法的规定，无论注册公司是由外国人拥有还是由南非人拥有，在法律上均受相同待遇。公司一旦注册成立，均没有有效期限制。

（一）注册企业的受理机构

根据南非法律，在南非境内注册企业，需要联系南非贸易与工业部下设的企业和知识产权委员会[1]（The Companies and Intellectual Property Commission，以下简称 CIPC）[2]。

（二）公司名称

注册公司时，申请者要在 CoR 9.1 表上写明需要注册的公司名称，可按优先次序最多填写 4 个可供选择的公司备用名称，以便在第一个名称不可用时，为注册机构提供其他选择。注册公司的申请有书面和电子两种方式，书面申请费用为 75 兰特，电子申请费用为 50 兰特。公司名称被批准后，可保留 6 个月。到期后，保留期限经申请可延长 2 个月，也可以申请转让该公司名称。

（三）公司注册通知

公司注册通知 CoR 14.1 表规定了公司类型、注册成立日期、财政年度、注册地址、董事人数以及公司名称等内容。根据公司类型，填表费用分为 175 兰特、475 兰特两档。

（四）公司注册备忘录

公司注册备忘录 CoR 15.1A – E（不同的公司类型选择各自

---

[1] 不同的机构对该委员会名称的翻译有不同的版本，《对外投资合作国别指南：南非》（2016 年）将该委员会名称翻译为"企业和知识产权安全委员会"。

[2] Companies and Intellectual Property Commission，CIPC。该部门又译为"公司和知识产权委员会"，为全文表述一致，这里统一译为"企业与知识产权委员会"。

适合的表格）是管理公司最重要的文件，巩固了之前关于备忘录和条款（Memorandum and Articles）的规定。为保护公司股东的利益，公司法规定了公司注册备忘录必须包含的内容包括发起人详细情况、董事和替补董事的数量、股本总额和备忘录的详细条款。同时在不违背公司法的前提下，公司注册备忘录可以规定其他内容（见表 2 - 1）。

表 2 - 1　　　　　　　　　南非公司注册表格

文件	目的	收费
CoR 9.1	申请公司名称	纸质 75 兰特，电子 50 兰特
CoR 14.1	公司注册通知	根据公司类型不同收费 175 兰特或 475 兰特
CoR 15.1A	公司注册备忘录（私人公司）	同上
CoR 15.1C	公司注册备忘录（营利性公司）	同上
CoR 17	设立外国公司分支机构	400 兰特
CoR 20.1	设立外部公司	400 兰特

资料来源：http：//www.cipc.co.za

（五）外国公司成立分支机构

外国公司成立分支机构需要填写 CoR 17 表，费用为 400 兰特，该表分别在 7 个方面对分支机构的成立做出了要求。根据该表，外国公司在申请时需准备的材料有注册成立公司的申请表；经公证的公司条款和备忘录的复印件以及南非官方语言的译文；注明要注册公司的通信地址和办公地址；在南非要雇佣的审计师的姓名、地址和其同意服务的证书；总公司上一年度的财务报表复印件；注册公司雇佣当地经理和秘书的情况及其同意在公司工作的证明；注明在南非代表总公司接受服务的人员名称和住址。

值得注意的是，根据法律，如果所注册分支机构的母公司有较大名义股资，则总注册费较高。因为注册费的计算与南非公司注册费用的计算方法相同，即公司的资本越大，则注册费用越高。因此，在不存在复杂因素的情况下，面对要在南非设立分公司还是分支机构的选择时，投资者应对比成立公司的法律费用后，再进行决策。

另外，公司注册手续完成后，贸易与工业部下属的公司注册处（或封闭型公司注册处）会将成立新公司的有关具体事宜通知南非税务局。税务局将把新成立的公司或企业自动登记为纳税人，并为其颁发税务登记号。新成立的企业须在开始经营后的一个月内委派一名公务官员（Public Officer）作为纳税人代表，就税收事宜与税务部门进行协调。被委派的公务官员需在南非居住，且其委派需得到税务专员（Commissioner）的批准。

三、南非投资需办理的其他许可证

除了上文中已经提及的注册企业所需要办理的手续外，投资者赴南非投资还需要办理四个方面手续。[①]

（一）土地申请手续

投资者申请购买或租赁国有土地或投资人购买特定的国有土地，必须提出申请，说明该土地的预定用途。申请应该包括：

描述该土地的位置、面积等（可与土地主管机关联系）；该土地的周围环境（位于某都市或乡镇等）；说明投资计划以及该计划对促进地方发展的作用；投资计划进度说明；南非公民参与公司所有权、管理与行销的计划报告。

整个土地申请过程大概持续 3~6 个月时间。土地申请得到批

南

非

---

① 本小节中所提及的手续，本书相应章节将会对相关内容进行详细介绍，在此不做赘述。

准后，投资者还需办理过户手续。按照南非实践，投资人不直接和地契办事处打交道，有关办理土地过户事项全部委托土地代书（Conveyancer）处理。依照惯例，卖方聘请代书代理买方办理一切过户事宜。过户手续从开始到完成登记，需要 2～3 个月时间。

（二）办理"工作许可证"

按照南非的法律规定，只有具有内政部签发的"工作许可证"，并在"工作许可证"规定的单位工作才是合法的。因此，申请人应当填写申请表的部分内容并签名，递交南非驻外使（领）馆，并在内政部完成审批。

值得注意的是，政府对引进外籍劳工严格限制。原则上，能在当地找到合适人选的就业机会是不能向外国人提供的①。

（三）外资公司参与当地证券交易

根据有关法律，对在南非注册的外国公司参与证券交易（包括股权）与本土公司享受同等待遇。外国公司在进行交易之前要先申请购买兰特，无论是公司或个人所获准以外币兑换而得的兰特必须存在指定银行的特别账户内，按核准的目的向银行提出，保存期间银行按存款利率付息。用兰特购买约翰内斯堡证券市场上市的股票，须由南非证券经销商经手，可以自由买卖，不需要申请。

（四）投资者承揽工程项目

投资者如在南非承揽工程项目，则需要办理基础设施申请开

---

① 内政部确定其基本政策是在南非的各个行业，尤其是非技术和半技术领域，其就业机会是有限的，因此，不主张吸引外籍劳工来南非工作。

发手续，该手续依据工程所属地区的不同会有所差异。在通常情况下，投资者需要办理的手续有建筑许可、环境影响评估报告、基本设施供应（水、电、通讯等）等。

第三节　南非投资的审查制度

对外投资的审查制度是可能影响外国直接投资数量的若干政策和制度变量之一。而维持开放的投资环境是长期、可持续经济增长的核心。南非作为低储蓄发展型经济体，国内投资需求较高。因此，南非需要吸引外国直接投资，以满足国内投资融资需求。

经济合作与发展组织（OECD）统计的对外国直接投资法规限制的近期结果表明，南非对外资限制的水平处于中等位置（根据 OECD 从最严格到最不严格的排名，南非处于48个国家中的第21位）。而事实上，南非对绿色领域的外资投资持开放态度，但对并购等外资投资行为审查极其严格，其理由是可能会影响当地就业和产业发展。

一、审查标准

在《投资促进与保护法案》前言部分中，政府重申了其拥有按照法律规定对公共利益进行监管的权利。然而，目前，南非并没有对"公共利益"进行专门的定义，对"公共安全"的理解也未曾得到明确界定。

南非《银行法》禁止任何人（国内或国外）在未经许可的情况下持有银行（或其控股公司）15%以上的股份或投票权。对于超过49%的持有量，需要财政部长的批准。书记官长或部长必须吸纳建议收购股份且不会违反公众、银行、存户或控股公司的利益。

南非有关保险的相关法律规定，从事保险业务的人士须向保险人申请注册。批准的标准之一是注册申请不违反投保人的公共利益。同《银行法》一样，这些法律也没有对何为"公共利益"进行明确界定。

即使是在 2016 年修订的南非《竞争法》中，针对外资并购，其所定义的"公共利益"也只是以清单的方式列出了应当纳入考虑范围的几点因素。在审查并购产生的影响时，应当综合考虑其对特定的工业部门或地区、就业的影响，以及是否对小企业或由历史上处于不利地位的人所控制或拥有的公司产生竞争，以及是否能提升国家工业在国际市场上竞争的能力。

"公共利益"审查的另一个体现，在于对"国家安全"的审查上。相对于"公共利益"的概念化引用，"国家安全"审查则已经形成了更具象的表达。战争时期，国家安全主要体现为军事安全。冷战结束后，各国对国家安全概念的理解更加综合化，范围也有所扩大。从根本上说，国家安全是维持国家主权和保障其根本利益的各种要素的总和，包括传统的政治安全和军事安全，也包括非传统的、非军事领域的经济安全、社会安全、科技安全和资源环境安全等。[①]

国家安全审查制度的设立一般是因为外国投资领域的扩展和主权国家的国家安全遭受威胁，国家主权的范围从传统的领土安全为主逐步扩展到领土安全、政治安全、国土安全、经济安全、文化安全、信息安全、生态安全、国民安全等新领域。在当今国际社会，国家安全审查制度的立法模式主要有两种：以美国和加拿大为代表的专门立法模式以及以德国和日本为代表的混合立法模式。

---

① 江山：《论中国外商投资国家安全审查制度的法律建构》，载于《现代法学》2015 年第 9 期，第 86 页。

目前，南非没有针对外商投资出台专门的公共利益或者国家安全审查法，南非针对外资的审查标准散见在各种法律中。比如，《矿产和石油资源开发法》规定了矿产资源部长可以批准或拒绝各种申请许可证和标准的期限。拒绝的原因包括阻碍公平竞争或集中控制矿产资源。

二、审查的形式要求

南非《公司法》针对不同的公司组成形式，在公司名称、董事人数、责任承担方式等方面，作出了详细的规定，只有符合审查的形式要求，才能够在南非注册公司。

1. 针对股份公开公司的形式要求。股份公开公司必须有 2 名以上的董事，成员 1 人以上，多则不限。公司一旦达到在约翰内斯堡股票交易所上市的条件时，即可申请上市。上市公司可以向公众出售股票。股东人数不受限制，对股票的转让也没有限制。公司每年必须向公司注册处提交年度财务报表，以便公众监督。

2. 针对私人公司的形式要求。私人有限公司在其公司章程中，必须注明股份交易的限制。私人公司必须有 1 名以上的董事及股东，不可以向公众发行股票，其股权转移仅限于其成员内部。根据新公司法，私人公司成员不再限于 50 人。私人公司不需要每年向公司注册处递交财务报表，也无须向公众发布。在公司名称后面，必须有 PTY 的字样。

需要注意的是，上市公司和私人有限公司都必须有效组成并注册登记，必须在南非有一个注册的办公地点，有规章制度，有经注册会计师和审计师做的年度会计报表和审计报表。如果会计师记录是保存在南非之外，公司必须了解这些财务状况以便准备财务报告。

3. 针对个人责任公司的形式要求。个人责任公司在其公司章程中，必须注明个人责任公司。个人责任公司的董事及前董事（如适用）对其任职期间该公司所产生的任何债务承担连带责任。

4. 针对外国公司分支机构的形式要求。任何外国公司都可以在南非设立业务点开展业务，这个分支机构可以不必形成当地公司。根据公司法的要求，建立一个分支机构需要按照"外部公司"（External Company）登记注册，并要求这个机构在南非建立业务点后 20 天内办理注册手续。

经注册的分支机构必须在南非有一个办公地点，并指定一名当地的审计师，负责审计南非分支机构每年的财务报表，以及根据其国内母公司的要求准备的报表复印件。以上报表都必须提交给贸工部的公司注册处。

此外，南非还有合伙企业和信托公司。南非公司法规定，除某些专业外，一个合伙企业的成员不得超过 20 人。对合伙企业的管理依据是一般契约以及合伙关系的法律原则。合伙企业并非一个独立实体，除某些情况外，无注册要求。信托公司也是一种不需要注册的组织，主要是帮助保管资产或作为贸易中介。

第四节　南非投资的法律风险与防范

随着"一带一路"倡议的全面推进，中国与非洲国家之间的经贸往来也日益频繁。南非作为南部非洲经济的"火车头"，对中国投资者有着巨大的投资吸引力。就目前而言，南非经济运行状况良好，经济实力居于南部非洲首位。其基础设施等硬件领先非洲其他国家，基本达到发达国家水平。近年来，南非政府为了促进其经济的进一步发展，还制定了一系列有利于工业发展的投资优惠及奖励政策，对吸引外资起到了关键性的作用。尽管如此，中国企业投资南非仍面临很高的风险。

一、投资法规风险与防范

南非政府很重视吸引外资，为了使经济更快更好地发展而制定了一系列有利于吸引外资的优惠政策，以及对特别工业产业等投资的鼓励和保护的法律法规，整体来看，这些投资政策和法律法规在一定程度上具有投资立法目标明确，并具有投资优惠政策明显和能够加强区域与国际投资合作等特点。尽管如此，南非投资立法也仍然存在一些缺陷。

（一）立法暗藏投资壁垒

新南非成立后，为了改变南非之前的社会分层状况，消除种族隔离阴霾，南非政府开始致力于逐步提高黑人等社会弱势群体在社会经济中的地位和实力，鼓励黑人逐步融入并掌控经济，缩小黑人与白人间的贫富差距，推动经济社会的全面可持续发展。

为此，南非政府从 2001 年开始实施黑人经济振兴政策（Black Economic Empowerment，以下简称 BEE）。此后，2003 年 11 月南非议会通过《广义黑人经济振兴法》（*Broad-based Black Economic Empowerment Act*，2003，以下简称 B – BBEE），该法案于 2004 年 1 月经南非时任总统姆贝基签署后生效，以更好地推动黑人经济振兴政策的实施。南非政府实施黑人经济振兴政策的目的是希望通过加大政策倾斜力度，鼓励黑人发展中小型企业，积极参与国家大型企业的发展，并对各企业黑人持股比例、参与管理程度和接受技能培训等设定硬性目标，以期全面提高黑人融入经济的程度。[①] 随后，南非政府又通过一系列的法律、法规以

---

① 朱伟东：《南非促进与保护投资法案评析》，载于《西亚非洲》2014 年第 2 期，第 6 页。

实现该法的要求。

从东道国角度来看，这些法案的出台是为了保护南非黑人及历史上受到不公平对待人群的利益，但是从外国投资者的角度来看，秉持这一目的的投资立法，却给外国投资者在南非的投资带来了隐形的投资壁垒。

例如，根据南非 2004 年实施的《矿产和石油资源开发法》，在南非的所有矿业公司必须将公司 26% 的股份转让给南非当地黑人，并增加黑人在公司管理层中的人数。如果南非境内的公司不遵守这些规定，南非政府就会对它们采取相应的制裁措施。

再例如，南非政府为保护国内黑人的权益，在 2007 年 2 月公布的《南非黑人经济授权法》中规定了强制性的"平衡计分卡"的计分规则。计分标准包括资产权益、所有权比例等七个类别，并计算总分。总分越高，说明企业更好地扩大了黑人参与经济活动的程度。企业如果要与政府进行交易，则必须严格遵守"平衡计分卡"的规定，并且总分较高的企业享受优先采购权。

另外，南非虽然一直在推进投资自由化的进程，但是在外商投资领域仍旧有两个限制：一是投资银行和保险公司有当地最低股本要求；二是非南非公民经营或者控股超过 75%（包括 75%）的企业是受限制的。另外，如果要在南非设立外资银行的分支机构，必须要雇用一定比例的当地居民，才能获得银行营业执照。外国公司必须先在南非注册登记为"外国公司"后，才可将不动产登记在其名下。

（二）投资法风险防范措施

虽然南非与投资有关的立法为外国投资者带来了一些隐藏的投资壁垒，然而从南非 2017～2020 年的产业政策来看，保障黑人经济权益、产业发展的本地化要求仍然是其立法目的和政策导向。因此，赴南非投资的投资者，唯有主动适应南非投资立法才能防范南非现有甚至是未来的投资法风险。

投资者在赴南非投资之前，应当向投资合作咨询机构详细咨询与其投资项目有关的南非投资立法，聘用对南非投资立法有全面了解的国内律师或者是南非当地律师处理投资法律事务。

1. 建立健全法务事前介入制度。充分发挥法务人员预防的工作职能，将企业法律事务工作由事后补救向事前介入转变。要求法务人员根据海外投资企业发展战略目标及潜在法律风险情况，将与企业生产经营和改革发展密切相关的南非法律法规，如南非的公司法、商法、会计法、证券法、知识产权法等法律向投资者进行全面的解读。针对南非国情的特殊性，投资者尤其要加深对《广义黑人经济振兴法》的全面了解。

2. 健全纠纷案件报告制度。在面临投资纠纷时，投资者应当在必要时通过法律手段解决纠纷，维护自身合法权益。充分发挥法务人员挽救损失的工作职能，在企业发生法律纠纷或企业合法权益受到侵害时，通过代理企业进行协商、调解、仲裁、诉讼等活动，依法维护企业的合法权益，避免或挽回企业的经济损失。在纠纷得到解决后，及时总结经验，给予投资者纠纷案件报告，为投资者积累处理类似纠纷案件的经验。

3. 密切关注南非国家政策制定动向。虽然相比较非洲其他一些国家而言，南非的投资环境比较稳定，但是也存在投资立法修订频繁、政策变更较快的问题。所以，投资者在投资过程中要时刻关注南非国家政策制定动向，以便及时化解立法和政策改变对投资带来的风险。

二、投资模式风险与防范

对外直接投资模式是一种投资安排，国际投资实务中，企业

可以通过两种方式对外进行投资，即绿地投资（Green Field In-
vestment）和跨国并购（Cross-border Mergers & Acquisitions）。

（一）绿地投资模式及其风险

绿地投资模式是一种在东道国新建企业以进行投资的方式，
作为对外投资中最传统的投资模式，绿地投资依据所有权比例和
控制权决策，可以分为独资（Wholly Owned）经营和合资（Joint
Venture）经营两种形式。

与其他投资模式相比较，绿地投资模式的优势体现在 3 个方
面。首先，绿地投资是一种以所有权为基础的对外直接投资进入
模式。投资者通过在目标国进行详细的考察，选择适合其投资发
展战略的生产地点和生产规模而设立。这种投资方式能够确保投
资者对其投资的完全控制，能够很好地执行投资者的发展战略。
其次，在东道国注册成立经济实体能够更深入地了解当地市场，
更直接、更全面地了解消费者偏好，更及时、准确地了解产品出
口市场供求信息等。如果建立研发机构，还能提高企业产品的技
术工艺，提升企业的核心竞争力，拉近与竞争对手的距离。再
次，绿地投资可以绕过投资所在国贸易保护和贸易壁垒，降低高
昂的运输和关税成本，容易获得更多的国际市场份额。

同时，绿地投资模式也存在风险。绿地投资企业建设周期
长、收效慢，可能会因投资回报的时间比较长而导致投资者的投
资目标落空。新建企业除了组织必要的资源外，还要选择工厂地
址、建厂房、安装生产设备，并安排管理人员、技术人员、招募
生产线工人以及制定企业发展战略等，要消耗企业大量的时间和
精力。

（二）跨国并购模式及其风险

所谓跨国并购是跨国兼并和跨国收购（10% 以上股权）的

总称，是指跨国公司通过一定的程序和渠道，依照东道国的法律取得东道国现有企业的全部或者部分资产所有权的投资行为。[①]它包括跨国兼并和跨国收购。

相较于绿地投资模式，跨国并购模式的优势从三个方面呈现出来。首先，跨国并购模式直接获取东道国原有企业的资产，大大缩短项目的建设周期和投资周期，从而使投资者可以迅速获取资产，更好地把握市场机遇。其次，企业在向新的产业领域扩张时，并购目标产业中的相关企业，可以获得企业发展所积累的技术、市场知识和生产管理知识等，实现多元化经营。最后，跨国并购可直接获取被收购企业所拥有的各种资产，还可以直接利用被收购企业原有的销售渠道，以节省新建销售渠道的成本。

同时，跨国并购模式亦存在风险。首先，相较于绿地投资，东道国对跨国并购的审查极其严格。其次，在并购过程中，对目标企业真实价值的评估面临困难。如何正确估价目标公司的价值，尤其是在恶意并购方式下如何取得目标公司第一手的资料，对投资者都是一种挑战。最后，并购双方企业的文化背景、价值观念等方面的巨大差异，使得并购后的整合困难重重。

（三）投资模式风险防范措施

为了规避投资模式风险，投资者在选择投资模式时应当综合考虑各方因素，慎重选择投资模式。

1. 充分了解南非的外资审查相关规定。出于保护南非经济安全、保障本地企业的经济利益之目的，南非政府在审查外资进入本国市场时，采取了针对绿地投资和跨国并购不同的审查政策。一方面，南非对绿地投资模式十分宽容，几乎没有什么限制。另一方面，却对跨国并购模式进行了严格控制。

---

① 李善民、李昶：《跨国并购还是绿地投资？——FDI 进入模式选择的影响因素研究》，载于《经济研究》2013 年第 12 期，第 135 页。

2. 仔细比较两种模式的优缺点。在进行投资模式选择时，投资者应当根据自身的资金状况、投资目标等因素对两种模式进行分析。在充分考虑了两种模式的优缺点后进行投资决策。

3. 购买海外投资保险。值得注意的是，不管投资者最终决定以何种模式进入南非资本市场，其都会面临较大的政治经济风险，如战争、货币贬值、外汇管制、政府没收、政权更替等。建议投资者在开展对外投资合作过程中使用中国政策性保险机构——中国出口信用保险公司提供的包括政治风险、商业风险在内的信用风险保障产品；也可使用中国进出口银行等政策性银行提供的商业担保服务。目前，中国出口信用保险公司和中国进出口银行在南非均设有办事机构。

三、投资审查风险与防范

南非目前并没有统一的投资审查制度，关于投资审查的内容都散见于相关行业的立法中。而这些行业立法，却并没有对投资审查标准中的"公共利益"或是"公共安全"作出明确定义。[①] 这样语焉不详的定义或解释，会为投资者带来投资审查过程中的风险。另外，南非外资审批手续办理烦琐，也会为投资者带来风险。最后，中国企业海外并购自身存在的特点，也使之更容易招致风险。

（一）定义不明确招致风险

从南非目前的投资审查立法来看，与其说"公共利益"以及"公共安全"是一种投资审查标准，不如说二者是投资审查

---

① A Review Framework for Cross-border Direct Investment in South Africa, Discussion Document, Feb. 2011.

原则。"标准"的特点之一是具象性。很显然，南非投资审查立法中的"公共利益"以及"公共安全"并不具有该特点，二者更像是抽象的原则。二者的抽象性为其使用带来了极大的不确定性。主管部门在审查外国投资时，很容易将其视作兜底原则，从而招致二者在审查过程中的滥用，为投资南非带来风险。

（二）南非投资审批程序复杂带来风险

南非企业如需向外国公司申请生产许可，必须先向南非的贸易工业部进行申请。贸易工业部或南非储备银行下属的外汇管理局将对申请进行审批，整个申请过程可能需要3个月的时间。申请者的资格需按照一系列的标准进行评判，包括战略意义、经济贡献度和项目本土意愿等。贸易工业部负责审批版权许可的申请，其他许可协议都须提交南非储备银行审批。繁杂的审批程序会拖延投资者的时间，可能会导致投资时机的延误。

（三）中国海外并购自身特点招致风险

中国企业有快速走上国际化发展轨道的要求，但受其自身实力制约，多采用"横向并购"的战略。而相比其他并购方式，横向并购更易造成市场集中和行业垄断，对目标国的经济安全构成威胁，因而一贯是各国反垄断法针对的重点。实施海外并购的中国企业多为实力雄厚的国有企业，这也增加了南非对于中国政府可能借企业并购控制其经济的担心[1]，为这些企业在南非的投资带来风险。

---

① Shearer，W Robert. The Exon-Florio Amendment：Protectionist Legislation Susceptible to Abuse，*Houston Law Review*，1993，1（30）：1734.

（四）投资审查风险防范措施

首先，投资者应当提前咨询与自身投资行业相关的审查立法规定，将审查涉及的必备资料准备齐全，并保持与审查主管机构的联系，以便随时知晓审查状况，及时补齐缺漏资料，修正材料中的错误。

其次，在资料准备齐全后，尽早提交审查申请，随时跟进审查进度。在审查程序进行过程中，着手准备投资前期工作，缩小审查到正式成立之间的时间差。

最后，投资者应当谨慎选择投资尤其是并购的战略以及领域，尽量选择南非政府鼓励和扶持的领域。由于对这些领域的投资符合南非经济发展方向，所以主管部门对这些领域的投资审查制度相对宽松，能够大大降低投资者对南非投资的风险。

四、项目用地风险与防范

南非政府目前释放更多的国有土地，以供私人购买。在南非申请工业用地与特定用途土地的难易程度视地区而定。土地所有人、中介公司、不动产开发公司等都是"南非不动产协会"的成员，他们愿意协助投资人寻找、租赁、购买或出售私人不动产。在南非购买或者租赁土地需要提防的风险来自两个方面。

（一）土地的重新划分或重新分割

一些机关学校用地受政府特别条款的限制，如果机关学校的土地未经政府同意，擅自变更土地用途并对外出售或出租，政府可以把这些土地的所有权收归国有。类似情况将延缓投资人从政

南

非

85

府机关和学校取得土地的进程。

要求对土地进行重新划分或重新分割的个人或单位，必须向当地主管机关提出申请。各地区的申请手续不尽相同。通常情况下，申请人需要提出对土地进行重新划分或重新分割的申请，说明申请原因，并缴费用。政府主管机关将重新划分或重新分割的申请公开广告 3 个星期，以确定其他人士对该土地进行重新划分或重新分割是否有异议。如有异议，投资人需对异议进行回应。重新划分或重新分割的申请提交审查委员会或工程师审核，审核时间快则 3 周，大城市的审核时间可长达 6 个月。

（二）法律变更带来的用地风险

南非总统祖马在 2016 年国情咨文中表示，新的土地持有法案于 2016 年上半年提交内阁审议，规定个人拥有土地上限为 1.2 万公顷，禁止外国人拥有土地，只允许长期租赁。此前，外国企业在南非获取土地，有多种不同性质的土地可供选择：私人土地、国有土地、省地、市地、半国有土地等。这些土地都可以通过正常渠道取得，作为商业用途。虽然该土地持有法案尚未出台，但是其至少能够说明南非政府针对外国人拥有土地的政策将呈现收紧趋势。

（三）项目用地风险防范措施

针对土地的重新划分或者重新分割带来的风险，投资者必须在投资项目之前将所需要土地的性质、用途做全面的了解，准备相关资料，及时在主管部门进行土地重新划分或者重新分割申请，避免发生延缓项目用地的情况发生。

针对新的土地政策带来的项目用地风险，投资者应当密切关注新的土地持有法案审议进展状况，以便及时采取行动。已经购买了南非土地的外国投资者应当提前做好准备，以应对法案中可能出现的对已经属于外国人所有土地的处理措施。有计划在南非进行投资但尚未取得土地的投资者，应当对当前南非土地租赁的手续和费用进行详尽的了解，选择适当的投资时机。

五、合同法律风险与防范

合同是当事人或当事双方之间设立、变更、终止民事关系的协议。依法成立的合同，受法律保护。狭义合同指一切民事合同，而广义上的合同指所有法律部门中确定权利、义务关系的协议。因此，从广义上来说，外国投资者在东道国签署的合同除了东道国国内法意义上的商事合同以外，还包括外国投资者与东道国政府签署的特许协议。

（一）特许协议风险及防范措施

特许协议是现代国际投资中常见的一种特殊法律形式，又称经济特许协议或经济开发协议或国家契约，指一个国家政府同外国投资者个人或法人约定在一定期间内、在指定地区内允许其享有专属于国家的某种权利，投资从事于公用事业建设或自然资源开发等特殊经济活动，基于一定程序，予以特别许可的法律协议。[①] 从目前来看，中国投资者与南非政府签订的特许协议主要是 BOT 以及 PPP 两种形式。

BOT（Build-Operate-Transfer），即建设—经营—转让，是指政府部门就某个基础设施项目与私人企业（项目公司）签订特许权协议，授予签约方的私人企业（包括外国企业）来承担该

---

① 姚梅镇：《特许协议的法律问题》，载于《法学评论》1983 年 Z1 期，第 4 页。

项目的投资、融资、建设和维护，在协议规定的特许期限内，许可其融资建设和经营特定的公用基础设施，并准许其通过向用户收取费用或出售产品以清偿贷款，回收投资并赚取利润。

PPP（Public-Private Partnership），即政府和社会资本合作，是公共基础设施中的一种项目运作模式，指政府公共部门与私营部门合作过程中，让非公共部门所掌握的资源参与提供公共产品和服务，从而实现合作各方达到比预期单独行动更为有利的结果。

1. BOT 模式的风险。在特许权期限内，外国投资者承担筹措资金建设和经营该基础设施项目的义务，负责对外偿还贷款，对内回收投资及赚取利润。事实证明，尽管以 BOT 方式投资于东道国的基础设施建设对外国投资者是一项有利可图的商业活动，但是，投资者都面临着极大风险。根据联合国国际贸易法委员会制定的《私人资金投资基础设施项目立法指南》，BOT 方式中的外国投资者面临的风险包括五种：由于当事方无法控制的事件造成的项目中断，如洪水、地震、风暴等自然灾害或战争、暴乱、恐怖分子袭击等人为行为；由于政府不利行为造成的项目中断的"政治风险"，如国有化、提高标准、订约当局违约等；建设和运营风险，如完工风险、建造费用超额风险、性能风险等；商业风险；汇率及其他金融风险。

2. PPP 模式的风险。在政府与外国投资者合作的 PPP 模式中，政府在其中扮演重要角色，对项目建设和运营都有重大影响，因此行政因素导致的法律风险在其中体现尤为明显。首先，政府权力滥用。其主要表现为政府为了自身利益或出于政绩考虑，滥用自身所拥有的行政权力，排除和限制竞争。政府为了自身利益争取项目和资金，会出现各种问题，例如 PPP 项目合同设计脱离实际。其次，行政腐败也是 PPP 项目运行中可能会面临的法律风险之一。在政府与社会资本合作、项目进程监管过程中，政府在进行私人部门选择等过程中，很容易出现权力寻租的情况。

另外，PPP 项目同样面临政府违约风险，即政府不按照合同约定来履行自身的义务而给项目造成损害的风险。在公私合作中，公共部门基于公共利益的需要往往享有一定的特权，私人部门在很多时候处于被动和弱势的地位。政府不履行或拒绝履行合同约定的义务时，私人部门往往无法获得有效的救济，最终就会给项目的成功运行带来严重威胁。

3. 特许协议风险防范措施。由于特许协议双方主体的特殊性，投资者在签订特许协议之前应当从两个方面着手采取风险防范措施。

（1）全面评估项目。投资者对项目的评估应当包括对协议另一方主体即南非地方或者中央政府的评估，对项目内容的评估以及对项目风险分担机制的评估。投资者在与政府签订协议前应对政府的滥用权力情况进行考察，以完成对项目进行过程的正确预估。同时，投资者应当对签订协议的项目进行审慎评估，保证包括土地获取、特许期、定价和调价机制、风险分担、产品要求及质量标准、争端解决方式要素在内的项目合作内容清晰完整。最后，应当对协议中的风险分担机制即政府保证进行评估。对于法律法规及相关政策的变更风险，政府应该承担，因为在这些问题上政府部门处于明显的优势地位。对不可抗力等双方都无法控制的风险，需要考虑风险的大小，对双方可能造成的后果、双方承担后果的能力等多个因素进行综合评估。

（2）引入第三方保险机制。在面对政府出现违约、监管不力等情况下，为了保证公共服务的质量及投资者的利益，引入项目对应的保险有助于控制政府的违约风险。中国出口信用保险公司所承保的国家风险中包括"政府违约"带来的风险，其对"政府违约"做出了比较全面的界定，即"东道国政府违反或者不履行与被保险人或项目企业就投资项目签署的有关协议，且拒绝按照法院裁判书中裁定的赔偿金额对被保险人或项目企业进行赔偿的行为"。

（二）国有化风险及防范措施

国有化是指主权国家依据其本国法律将原本属于外国投资者所有财产（动产以及不动产）的全部或部分采取征收或类似的措施，使其转移到本国政府手中的行为。国有化风险是对对外直接投资的主要政治风险，它将给外国投资企业造成严重损失。

1. 国有化风险及其表现形式。国有化风险主要包括直接国有化（直接征收）带来的风险以及间接国有化（间接征收）带来的风险。直接国有化风险是指国家以直接剥夺财产所有权的方式把外国政府或私人的财产收归国有的行为给投资者造成的风险。而间接国有化风险是指国家对外国人使用、占有和处置财产的无理干涉，从而使所有权人在干涉开始后的合理时期内不能使用、占有和处置该财产的行为带来的风险。不管是哪一种国有化风险，其表现形式无外乎两种：第一，政权更迭或者是国家政策的变化会导致国有化立法的变化，从而使得投资者的财产被征收；第二，政府出于其他目的，会在国外投资企业在其国内形成一定规模时，寻找种种借口，以不同手段国有化国外企业。

2. 国有化风险的防范措施。国有化风险属于东道国的政治风险，与东道国国家政策息息相关，投资者无法从根本上杜绝这种风险的可能。然而，投资者可以从自身出发，多方面入手采取措施，将国有化风险给自身带来的损失降至最低。

（1）购买海外投资保险。保险是海外投资企业转移国有化风险的一个重要方法。中国出口信用保险公司承保的国家风险包括国家收汇管制、政府征收、国有化和战争等。其中，中国信保关于政府征收的界定为：东道国采取国有化、没收、征用等方式，剥夺投资项目的所有权和经营权，或投资项目资金、资产的使用权和控制权。由此可见，中国信保的承保范围不仅局限于直接征收，也局限于间接征收。

南

非

（2）加强与南非各主体利益的融合。投资者对外投资应尽量考虑合资经营，分散投资主体，将一部分国有化风险转移给南非国内利益集团，适当增加原材料在当地采购的比例、聘用当地人才、积极培育潜在利益共同体（包括消费者、银行）等，提高东道国国有化成本，增强企业的风险抵抗能力。

（3）取得核心要素控制权。投资者最好要取得对商标、关键技术和市场等核心要素的控制权。在此种情况下，即使南非政府对企业财产进行了征收，仍无法获取生产的关键技术或专利，投资者虽然厂房被东道国国有化，企业仍然可通过发放许可证或管理合同的形式继续经营。

第五节　典型案例

近年来，南非为鼓励振兴黑人经济发展，出台了一系列针对黑人经济的鼓励措施，引起一些外国投资者的不满。皮耶罗·弗雷斯蒂（Piero Foresti）等诉南非案从一开始就引起了国际社会的高度重视。2009 年 7 月，应用法律研究中心（Centre for Applied Legal Studies，CALS）领导的四个非政府组织提出了作为非争议当事方有限制性地参加仲裁程序的请求。2009 年 8 月，国际法律专家委员会也提出了作为非争议当事方参加仲裁程序的请求。四个非政府组织作为非争议当事方申请参加仲裁，这种行为本身就向国际社会传递这样一种声音，即旨在保护黑人就业权利，提升黑人就业技能，帮助黑人投资方参与主流经济，促使有能力的黑人企业更好地与西方企业竞争的"黑人经济振兴政策"是否能够得到"解决投资争端国际中心"仲裁员们的认同备受国际社会的关注。而申请方（外国投资者）最终向仲裁庭申请撤销仲裁申请的行为本身似乎也向国际社会间接表明其诉求未必能够完全获得国际仲裁机构的支持。因此，本节选取皮耶罗·弗雷斯蒂等诉南非案进行分析研究，试为新形势下中国投资者赴南非投资提供启示。

一、案情简介

2006年1月1日皮耶罗·弗雷斯蒂等人以南非为被申请方将一项投资纠纷仲裁请求书提交到解决投资争端国际中心（以下简称中心）。中心确定受理此项请求后，于2007年12月11日在伦敦第一次开庭。

该投资纠纷产生的原因归结于南非在2004年开始实施的《矿产和石油资源开发法》。该法规定，在南非的所有矿业公司必须在2014年以前将公司26%的股份转让给南非当地黑人，并增加黑人在公司管理层中的人数。如果南非境内的公司不遵守这些规定，南非政府就会对它们采取相应的制裁措施。本案申请方皮耶罗·弗雷斯蒂等人认为该法案的出台违反了其母国同南非签订的双边投资保护协定的规定，对其在南非境内的投资造成了损害。

本案中，申请方主张《矿产和石油资源开发法》的生效执行使其之前所享有的矿业权利被剥夺，这分别违反了《意大利双边投资协定》第5条与《卢森堡双边投资协定》第5条因而构成征收。且南非作为东道国并没有给予"立即、足额、有效的补偿"（意大利双边投资协定标准）或者"及时、充分、有效的补偿"（卢森堡双边投资协定标准）。另外，申请方还主张矿业宪章所规定的要求，特别是转移26%股权给"历史上处于弱势地位的南非人"的要求违反了意大利双边投资协定第2条第3款以及卢森堡双边投资协定第3条第1款所规定的公平与平等待遇原则。而本案被申请方南非则否认了申请方的全部主张。

2009 年 11 月 2 日，申请方提出撤销仲裁申请。被申请方于 2009 年 11 月 20 日提交了对申请方撤销仲裁的回应，并针对本案仲裁费用承担向中心提交缺席裁决的申请。

最终，中心接受了被申请方关于诉讼费用的仲裁申请，并作出如下裁决：①由申请方支付 40 万欧元的仲裁费用；②驳回申请方仲裁请求事项。

二、案情分析

1. 被申请方是否构成"征收"。申请方诉称被申请方在以下两方面违反了双边投资协定第 5 条有关禁止征收的规定：

（1）由于《矿产和石油资源开发法》于 2004 年 5 月 1 日生效，导致申请方所宣称的推定性的旧秩序采矿权的终止，在事实上剥夺了申请方的矿业权利。同时，被申请方允许申请方享有"将他们的'旧秩序矿业权利'转换成大大缩水的'新秩序矿业权利'的诉讼权利"。申请方认为，这项诉讼权利可以将其视为对征收的一种程序性补偿方式。

（2）《矿产和石油资源开发法》的生效与 2004 年 8 月 13 日生效的矿业宪章相结合，导致了对申请方的强制性股权的剥离要求。这一剥离股本的计划构成对其在公司所占股份的直接或间接或部分征收，或类似措施。另外，申请方认为，被申请方对其在公司所享有的股份进行的征收是违法的，因其未按规定补偿；未按相关法律程序进行征收；歧视性征收。

被申请方则辩称：

（1）假设被申请方的行为构成征收，其行为也是合法的，并未违背两个双边投资协定的相关规定。因为被申请方的行为完全基于公共利益的需求，且申请方已经在其文档里承认了这一点。至于征收补偿，被申请方认为其已经为申请方提供了一个可以决定是否需要补偿的有效机制。申请方所有的企业故意拒绝采用南非有效的国内诉讼程序，因此其所遭受的任何损失是自己造成的。关于征收的程序问题，被申请方认为其程序与两个双边投资协定之规定相同。另外，被申请方的行为不管对外国投资者还是国内投资者都同等适用，因此并不存在歧视性，即使有，也是在申请方所能接受的范围内。

（2）被申请方认为其没有对申请方的旧秩序矿业权利或者其公司股份进行直接或间接征收。被申请方认为直接征收作为一种实践要求是对投资者所享有的所有权有实质意义的法律权利进行全面剥夺，在本案中根本没有出现全面剥夺或者转移所有权的情况，因为矿业公司已经保留住了相同的核心权利。同时。被申请方认为没有间接征收的情况的出现，本案中，政府所考虑要采取的政府行动其实只是追求合法的公共监管目的的一种合理的，相称的手段。被申请方认为，申请方在公司所享有的股份不管在事实上（因为还没确定是否真的要剥离股本）还是在原则上都没有被直接征收。

2. 撤销仲裁申请。申请方宣称：申请方认为，尽管他们所遭受的损失并没有得到充分的救济，但是他们仍然要寻求撤销仲裁，因为根据 2008 年 12 月 12 日矿产与能源部与公司所签订的协议，被申请方同意在申请方无须出售 26% 的股份给"历史上处于弱势地位的南非人"的情况下给予申请方所在公司新秩序矿业权利。作为交换，根据对冲协议，矿业公司被要求根据矿业宪章进行以下两方面的努力：一是做出 21% 的选矿抵销（选矿：加工处理并增加矿石的价值）；二是给矿业公司的员工提供 5% 的员工持股方案。

被申请方并不认同申请方撤销仲裁的行为：仲裁程序继续进行。被申请方在提交的回应中坚称，申请方寻求无偏见地撤销仲裁，但是却留给自己在以后的日子里提起相同请求的机会，并放任所有的仲裁费用不管，因此被申请方是不可能在这种情况下同意撤销仲裁。

3. 仲裁费用的承担。在本案中，申请方与被申请方都认为己方是胜诉方。

（1）申请方认为：申请方提请的仲裁程序导致被申请方与申请方所在的矿业公司缔结了对冲协议以及在 2009 年 7 月 ~ 2009 年 10 月，通过同意并公正地执行，使矿业公司大多数新秩序矿业权利得到转换。

（2）被申请方认为：申请方在此次仲裁中并没有赢得什么好处，相反地，只是获得了与在南非投资的其他矿业公司相同的转换权利的待遇。

三、案情启示

新时期，随着南非种族政策的变化，其相继出台了一系列有利于黑人经济发展的政策。面对法律和政策的变化，中国赴南非投资者应当通过对过往案例的研究，制定具有针对性的策略，以求能够在不断变化的政治形势中，维护自己的合法利益，保证自己的投资回报。

（1）理解并适应黑人经济振兴政策。黑人经济振兴政策是南非政府针对历史上因种族隔离造成的遗留问题而于 1994 年出台的经济政策，旨在解决黑人经济地位过低、在企业中股权太少的问题。该政策对各企业的黑人持股比例、参与管理程度和接受技能培训等方面设定硬性目标，以期全面提高黑人融入经济的程度。中方投资者在赴南非投资时，应当详细了解黑人经济振兴法案的各项细则，研究黑人经济振兴法案在实际执行过程中的情况和相关案例，严格按照法律和政策要求对企业进行调整。在寻求黑人合作伙伴时，不能抱着侥幸心理，不经过审慎筛选用人，而应当寻找自身素质过硬，能力较强的黑人进行合作。

（2）关注并及时应对政策变化。每一年，南非政府都会在其网站中公布未来几年的产业政策行动计划，中国赴南非投资者应当关注相关政策信息，从产业计划中分析出政府在未来几年的产业政策走向，从而决定是否对其在南非的投资进行产业布局调整。对在政策变化较大的产业所进行的投资，应当及时对政策进行解读，根据政策要求改变现有结构，减少投资损失。

（3）积极采取多元纠纷解决方法。中国赴南非投资者，在投资决策制定过程中，应当向熟悉南非投资法的专业机构或个人进行法律咨询。在投资进行过程中，可以考虑聘请南非本地律师处理企业法律事务。在面对投资纠纷时，要主动运用司法途径以维护自身合法权益。同时，投资者还应当注重运用多元纠纷解决途径，在司法救济过程中，积极采取协商、调解等纠纷解决手段。主动提起国内司法救济程序虽不能保证一定得到救济，但是在用尽当地救济之后，可以提交至国际仲裁机构，一方面能够得到相对更公平的裁决，另一方面也能够给对方施压，促成调解协议的达成（本案例根据刘阳、大树（喀麦隆）、周金波：《南部非洲国际经济法经典判例研究》，中国法制出版社 2014 年版整理）。

南非贸易法律制度

作为 WTO 的成员，南非积极推行促进贸易自由化、促进出口和增强南非国际竞争力的对外贸易政策。对外贸易在南非国民经济中占有举足轻重的地位，南非国内生产总值的近50%来自于对外贸易。

新中国与南非建立正式外交关系前，中国与南非之间的贸易，主要是通过中国香港、中国台湾、日本等进行转口贸易，两国是间接的贸易往来。1998 年正式建交后，中国和南非开始由间接贸易转变为直接贸易，两国经贸关系迅速发展。进入 21 世纪以来，中国与南非在保持本国经济高速增长的同时，积极发展双边贸易。近年来，南非对中国出口的主要产品为石油、铁合金、铁砂矿及其精矿、锰矿砂及其精矿、铜砂矿及其精矿、不锈钢板材、羊毛等。矿产品一直是南非对中国出口最主要的产品，如金属矿砂、矿物燃料等；贱金属及制品是南非对中国出口的第二大类商品；贵金属及制品、纤维素浆及纸张等为南非对中国出口的第三和第四大类产品。中国对南非出口的主要产品为电器设备、机械设备、针织或钩编的服装及衣着附件、非针织或非钩编的服装及衣着附件、鞋靴、家具、寝具、钢铁制品、有机化学品、车辆、塑料及其制品，特别是机电产品、纺织品和金属制品。

2015 年习近平主席出席南非约翰内斯堡峰会，提出了中非十大合作计划，更加有利于中国与南非的贸易便利化。南非是中国开展对非合作的桥头堡，中南全面战略合作伙伴关系保持强劲发展。截止到2017年，中国已连续8年成为南非第一大贸易伙伴、第一大出口目的地和第一大进口来源地。

第一节 南非贸易管理体制

南非经济基本上是一种开放型经济，对外贸易对经济发展起着重要的促进作用，并在国民经济中占有举足轻重的地位。不仅如此，南非还是非洲大陆的贸易大国，其进出口总额居非洲国家之首。①

在南非商品经济发展之初，其进出口商品结构与其他殖民地国家相类似，即出口农产品和矿产品，进口生产和生活用的制成品。自南非努力使其经济多样化以来，南非的对外贸易商品结构也逐渐发生变化。目前，南非虽然是非洲工业化程度最高的国家，但其出口商品结构仍然比较单一，主要依赖金属制品和矿产品，宝石及半宝石、贵金属和矿产品三个类别的出口占了南非出口的50%左右。主要出口商品是黄金、珠宝、钻石、金属及金属制品、矿物油制品、食品、饮料、烟草、钢铁、核反应堆、锅炉和汽车等。南非主要进口商品是机电设备、汽车零部件、化工产品、轻纺产品、运输车辆、塑料和橡胶制品、光学及科学设备、纺织品、食品和烟草、纸浆和纸制品、核反应堆、锅炉、五金制品、石材、水泥及玻璃制品、牲畜类等。

南非主要依据《进出口法》和《国际贸易管理法》对货物进出口贸易进行管理，与南非贸易管理体制相关的其他法律还包

---

① 舒运国、张忠祥主编：《非洲经济评论2016》，上海三联书店2016年版，第143页。

括《1964 年海关与税收法》《销售和服务事务法》，以及 1992 年签署的《南部非洲发展共同体条约》[①]、2002 年签订的《南部非洲关税同盟协定》。

一、南非贸易主管部门

南非实行自由贸易制度，对一般商品进口没有许可证管理，但对部分特殊商品实行许可证管理。这些商品包括鱼类及鱼制品、部分乳产品、部分红茶、发酵饮料、酒类、石油及部分化工产品、放射性矿产品、部分鞋类、部分医药产品、对环境有害的产品、赌博器材及武器废旧产品，以及所有废旧和二手商品等。

南非贸易与工业部（中文简称贸工部，英文缩写 DTI）和南非国际贸易管理委员会（ITAC）是南非主要的贸易主管部门。其他与贸易相关的政府管理部门还包括：国家经济发展和劳工委员会；地区工业发展委员会。另外，信贷担保保险公司、工业发展公司，以及一些大的银行也对经贸发展有一定的促进作用。这些部门和机构都配合国家经济发展战略和规划，在贸工部制定相关政策的同时，他们也制定一些鼓励政策，主要就包括鼓励进出口的政策和措施。南非标准局是南非贸工部下属的国家标准机构，其主要职责包括制定及公布标准，提供试验、认证和培训服务以及执行 WTO/TBT 协定等。此外，南非标准局还承担了南部非洲发展共同体法定计量合作组织秘书处的工作，参与制定南部非洲发展共同体标准。

（一）南非贸易与工业部

南非贸易与工业部是负责管理南非对外贸易的主要政府部

[①] 蔡高强、朱伟东：《东南部非洲地区性经贸组织法律制度专题研究》，湘潭大学出版社 2016 年版，第 3 页。

门。设有一位部长，一位副部长，一位总司长，共设有 11 个司。

南非贸易和工业部的宗旨是：与私人部门一起维护健康的工业环境，创造相互竞争的国内贸易条件，促进出口，尤其是制成品出口，推动国际贸易的发展，创造良好的投资环境，向工商界提供外贸信息服务，吸引外国投资，保护消费者的利益。

南非贸易和工业部的职能是：制定国家贸易发展规划，制定国内市场竞争规则；了解消费者的兴趣，引导国内贸易发展方向；制定工业发展规划和投资鼓励政策，支持制造业投资；汇总出口信息，制定出口鼓励政策，制订出口信贷和再保险计划；制定吸引外资的优惠政策，同时制订对外投资计划，对外进行经贸谈判，签订双边和多边贸易协定；联络各省的经济发展机构，协调各省之间的贸易和投资关系。具体职责由各司贯彻执行。①

1. 外贸关系司：主要负责双边和多边贸易关系，负责参与多边和双边贸易谈判，草签多边和双边贸易协定。

2. 非洲贸易关系司：主要负责与非洲国家间的贸易关系。

3. 出口和投资促进司：主要负责出口和对外投资的统计、调查以及制定有关的鼓励政策。

4. 商业管理监督和消费者服务司：主要负责为一些特殊行业，如赌博、彩票和酒的经营制定规定，发放许可证；制定公司规则，管理专利和商标，管理有关消费者的事务。

5. 工业和技术促进司：主要负责工业政策分析和制定发展战略；协调各省的研究与发展计划；制定有关标准；制定技术促进计划和政策。

6. 工业促进一司：主要负责金属、机械、电力和电子工业以及组装和加工工业方面的调查、分析以及制定相关的政策。

7. 工业促进二司：主要负责农产品加工工业，纺织、服装和制鞋业以及化工工业的调查、分析和政策制定。同时还负责反

① 胡志军著：《中国民营企业海外直接投资》，对外经济贸易大学出版社 2015 年版，第 153 页。

倾销调查。

8. 制造业发展项目司：主要负责建立工业项目，以及为建立工业项目提供支持。

9. 竞争调查司：负责调查国内企业竞争环境问题，并提出有关解决方案。

10. 小企业促进司：负责有关促进小企业发展的事务。

11. 内部事务管理司：主要负责人员录用，贸工部的行政管理事务，以及财务管理，并设有一个法律顾问室。

南非作为市场经济国家，政府的作用主要包括两个方面：一是制定国家发展规划与相应的政策，引导企业的发展与国家的宏观经济目标相适应。二是制定有关法律法规，保护经营者和消费者的利益，反对不合法竞争。[①] 南非贸工部管理国内贸易的基本方式和手段包括两个方面。

第一，制定贸易和工业发展规划和相应的鼓励政策。因为发展制造业和中小企业对充分利用南非的资源进行深加工和增加就业有益，南非贸工部制定了相关的工业发展鼓励政策。南非贸工部还制定了出口奖励政策和投资鼓励政策。

第二，负责为流通企业登记注册及企业商标、专利和设计的注册登记。南非企业进行国内贸易和出口贸易时都要到贸工部注册登记。当个人或团体拟在南非设立公司进行贸易时，只需到南非贸工部或贸工部在某些省的代表处领取一份表格，把表填好后寄到贸工部负责企业注册的部门，就能够自动进行注册，得到一个企业注册编号。一般最多不超过两个星期，企业就能拿到注册证。南非的注册公司主要有三种形式。①股份开放公司，股东人数不得少于 7 人；②私人有限公司，股东人数不超过 50 人；③封闭型公司，股东人数不得超过 10 人。

凡在贸工部登记注册的任何公司都可以经营进出口贸易，不

---

① 洪永红主编：《非洲投资法概览》，湘潭大学出版社 2012 年版，第 257 页。

用再申请进出口经营权。需要指出的是企业经营出口贸易，可向贸工部登记注册，但也可以不登记注册。如登记注册，则可以有权享受有关的出口鼓励政策。如不登记注册，则不可享受出口鼓励政策。开展出口贸易登记注册的方式也非常简单，企业只需给贸工部负责登记的官员打个电话，报告自己企业的注册编码，由负责官员记录到计算机里即可。

此外，南非贸工部的一个重要职能是向进出口企业和工商界提供外贸信息服务，提供信息服务的主要途径有五个方面。

第一，通过公开发行出版物提供信息服务。贸工部主要发行《南非出口》《南非贸易和投资月刊》等出版物。通过这些定期和不定期的出版物，向进出口企业和工商界介绍国际贸易的发展态势，公布南非对外贸易的发展情况以及态势预测，介绍政府新出台的一些政策以及正在进行的各种谈判等。

第二，通过互联网向社会各界发布信息。南非的信息产业基础较好，互联网业也比较发达，上网查找信息相当方便。南非贸工部充分利用这一现代科技以及自身的优势，在网上开设了贸工部网站。访问者进入该网站，不仅可以查阅到贸工部的职能、机构设置等方面的内容，而且还能够及时了解南非对外贸易管理政策，了解到南非对外贸易的数据、动态及相关方面的信息。

第三，贸工部各个办公室负责向工商界提供信息咨询服务。南非贸工部设有按国别地区分类的部门机构，也有按产业结构设立的办公室。进出口企业和工商界人士如果需要了解有关方面的信息，可以很方便地与贸工部取得联系。通过预约，贸工部的官员可以提供信息咨询服务。甚至通过电话联系就能了解到对外贸易管理以及市场方面的情况。

第四，发布扶持中小企业的发展政策信息。南非政府在政策支持方面实行了一系列的倾斜政策，在信息服务方面，贸工部专门为中小企业印制了《中小企业出口指南》等手册，这些出口指导书籍从对外贸易的基本知识入手，侧重可操作性，并提供有

南

非

关国际贸易的信息，对中小企业的发展提供了有益支持。

第五，组织企业参加各种展览会和相关会议。贸工部经常组织南非企业参加在南非境内外举办的各种展览会，以帮助企业发展出口。还不定期地经常组织一些学术研讨会，交流有关国际贸易的信息，探讨贸易往来中遇到的一些疑难问题，并进行发展趋势预测。

在中国与南非的贸易中，南非贸易与工业部更注重建立贸易协调机制，2011 年中国商务部和南非贸易与工业部建立贸易协调机制，致力于双方商人向本国的或对方国家使领馆商贸事务机关进行申诉，通过沟通协调来处理相关争端，促进两国贸易发展。①

（二）南非国际贸易管理委员会

2003 年 1 月 22 日，南非总统签署颁布了《国际贸易管理法》。法律规定建立国际贸易管理委员会，并明确了国际贸易管理委员会的职能及其规范程序。2003 年 7 月 15 日，南非正式成立国际贸易管理委员会，取代原有的关税贸易署。其宗旨是为南部非洲关税同盟地区公平贸易的开展创造便利的条件。其职能在原关税贸易署的基础上有所增加，除了继续处理南部非洲关税同盟地区的反倾销和反补贴案件以外，还负责进出口管制、许可证管理、关税体制改革、产业优惠政策的管理和监督，并有权要求当地进出口商提供其商业活动的信息。根据《国际贸易管理法》第 7 条的规定，国际贸易管理委员会是按照宪法、本法或者其他相关法律行使职能、在全国范围内具有管辖权的独立组织机构，其目的是为了促进经济增长和发展，以提高本国收入、促进投资并提高就业率。南非国际贸易管理委员会的成立，标志着南非的

---

① 刘军梅、张磊、王中美：《贸易便利化：金砖国家合作的共识》，上海人民出版社 2014 年版，第 84 页。

国际贸易进入全新的时期。

南非国际贸易管理委员会由一名全职主管委员、一名全职主管委员代表，以及两个以上 10 个以下其他委员组成。基于对公平的考虑，部长在正式公布委员会成员名单时必须邀请所有候选人参加。这些被任命的委员可以是全日制的，也可以是临时性的，并且这两种性质的委员可以在经部长和总统同意后相互转换。委员根据部长的推荐，由总统任命。委员会成员应当包括妇女代表。委员会的第一次会议由主管委员召集并主持，该会议必须有达到一定数量的委员参加才有效。主管委员必须任命一名委员会成员作为主席主持委员会会议。如果主席不能出席，则由其他出席会议的委员另行推选一名委员主持会议。① 参加会议的大多数成员对某一事件所作的决定和表决就是委员会对这一事件的决定。为了保证表决的公平性，会议主持人除了他或她自己慎重的表决外，还可以进行一次有决定意义的表决，即累计投票权。

根据《国际贸易管理法》的规定，南非国际贸易管理委员会还有权向部长建议下设若干其他委员会，以实现委员会的部分职能或辅助委员会行使其职能。在这一过程中，委员会应当向部长递交为该下设委员会制订的特定时期的计划、简要说明该下设委员会的性质并向部长推荐该下设委员会的主席人选。如果下设委员会将成为常设性机构，则部长还应当对成员的任职期限作出规定。下设委员会可以由委员会成员和一些非委员会成员组成，但委员会成员人数必须占总数额的一半以上，且只有他们拥有表决权。下设委员会的决议必须经委员会认可才能生效，或者成立该委员会的公告明确授予特定决议以有效性，否则决议将无法生效。

《国际贸易管理法》第 15 条规定，委员会必须履行本法、其他法律或者部长赋予的职能。根据该法，委员会将在贸工部部

---

① 蔡高强：《论南非反倾销法律机制及中国的应对》，引自洪永红、夏新华主编：《非洲法律与社会发展变迁》，湘潭大学出版社 2010 年版，第 355 页。

长的授权范围内，履行相应的职能，以确保南非能切实履行贸易协定所规定的义务。同时，在南非关税同盟协定要求或允许的范围内，委员会可以将相关事务提交根据南非关税同盟协定成立的机构，并可以在该机构成立前先行履行这一职能。此外，委员会还可以根据一定的程序将其任何一项职权授予委员会的某个成员、依法成立的专门委员会或其他相关人员及组织。具体来说，委员会的基本职能体现在以下方面。

1. 进出口贸易管理职能。南非国际贸易管理委员会对进出口贸易管理的职能很大程度上是延续了关税与贸易委员会的职能。根据南非《国际贸易管理法》第 16 条的规定，国际贸易管理委员会负责调查发生在关税同盟境内对进口产品的反倾销、反补贴和保障措施以及有关复审工作。国际贸易管理委员会将有关调查结果和拟采取的反倾销措施报告给南非贸工部部长和关税同盟的关税委员会，由关税同盟最终作出采取反倾销措施的决定。

2. 许可证签发职能。《国际贸易管理法》明确规定，委员会是签发进出口许可证的管理机构，公民可以依据本法相关规则，向委员会提出进出口控制许可证或者修改许可证的申请，而委员会则应当依据本法及《关税及货物税条例》中的补贴和退税条款，调查、评估并决定是否向申请人签发许可证。委员会在对某项申请进行调查和研究后，可以依据关税及货物税条例中的相关条款作出拒绝该申请的决定，或者有条件或无条件地全部同意或部分同意该申请，并根据本法或关税及货物税条例，采取适当措施以保证其得以有效实行。同时，应及时向部长和关税委员会报告，并在政府公报上进行公布。在该程序中，委员会官员可以要求相关当事人以书面形式提供货物的进出口、贸易或生产状况，并有权利处理或控制贸易过程中的相关货物，同时在一定期限内将所有关于所涉货物进出口、生产、供应或储存的信息提供给委员会。

南

非

3. 公共信息管理职能。为了更好地行使其职能，迅速有效地做出正确、及时的决定和建议，以及进一步完善委员会内部的管理，《国际贸易管理法》赋予了委员会良好的管理信息的职能。国际贸易管理委员会主要通过公开发行出版物向工商界提供信息服务；通过互联网向社会各界公布消息；通过该委员会各个办公室向工商界提供信息咨询服务；组织企业参加各种展览会和组织研讨会；重点扶持中小企业的发展。

4. 其他相关监管职能。除了以上所述的基本职能外，南非国际贸易管理委员会还具有多项辅助职能，包括发布贸易政策报告及命令、制定相关程序及规则等。

根据南非政府公报的公告以及宪法和其他相关法律对程序要求的规定，委员会还可以代表国家行使承诺减免关税的权利，委员会部长可以发布贸易政策报告或命令，但该职能的行使在程序上应当严格按照政府公报的通告以及宪法和其他相关法律的规定进行。在对贸易进行监控的过程中，委员会有权根据需要，对相关事务进行监督检查并向部长报告。

二、南非货物进口管理机制

规范南非进口管理的基本法有 2002 年颁布的《国际贸易管理法》、1990 年修订的《进出口控制法》和 2008 年修订的《标准法案》。

为了提高海关服务质量，南非税务总署采用了欧洲海关的申报形式：统一管理单证。所有进口货物报关时需向海关提供统一的管理单证及其他相关单据。南非一些大型港口海关部门可办理电子通关手续。由于电子通关的数据是通过网络交换的，其数据须符合南非海关分类要求，同时还须附有打印的文本文件。为了加快清关速度，南非海关与港口当局合作在特定地区对集装箱进口实施电子通关。①

南非贸易与工业部部长负责制定进出口限制产品清单，对相关产品实施进出口限制。实施进口限制的产品主要包括四类：①二手货物。根据南非国际贸易管理委员会的规定，为了防止进口的二手货物损害南部非洲关税同盟内制造业的生产与发展，进口商只允许进口原产地是南非的二手货物。②废物、废料及残渣等。③有毒有害物质。④对质量有特殊要求的货物。除包括米、蔬菜、水果、奶类、棕色小麦面粉、蛋和豆类、肉类、鱼类及白面包等产品外，所有进口产品须缴纳14%的增值税。此外，进口含酒精及不含酒精饮品、烟草产品、矿泉水、某些石油产品、汽车、家居休闲用品及电动自行车、办公设备、胶卷及化妆品等奢侈消费品还需缴纳消费税。

根据《国际贸易管理法》，南非只对特殊商品实行许可证管理，包括鞋、废旧产品、部分农产品、石油及部分石化产品等。只有在出具根据《国际贸易管理法》第6条颁发的特别进口许可证的情况下，上述产品才能进口，进口商在进口这些产品之前必须先得到进口许可证，然后才能在海外装船。进口商如需申领进口许可证，须向南非贸易工业部下属的进出口管制局注册登记，再根据产品的不同，分别向不同的管理部门申领许可证。进口许可证的有效期为发放日至当年12月31日。在中国向南非重点出口商品中，仅有黄金饰品、茶叶和鲤鱼等需要进口许可，分别由南非储备银行和农业部负责发放。

三、南非货物出口管理机制

1990年修订的《进出口控制法》和2002年颁布的《国际贸

---

① 吴朝阳主编：《国别贸易政策》，东北财经大学出版社2012年版，第150页。

易管理法》确立了南非在出口管理方面的主要法律规范。南非国际贸易管理委员会负责出口管制和许可证管理，贸易工业部下属的进出口管制局负责发放出口许可证。

根据南非《国际贸易管理法》规定，所有的出口商需要在南非税务服务部进行注册，出口钻石的企业还须在南非钻石委员会注册。同时，南非对战略性物资、不可再生资源、废旧金属和汽车等实行出口许可证管理。其中，废旧金属须先以出口价的折扣价向下游产业提供，如果下游产业制造商没有答复或不需要，政府才可发放出口许可证。另外，根据南非2003年《酒产品法》，除了啤酒、高粱啤酒和药物外，出口任何含酒精成分超过1%的酒类产品须申请出口许可证。南非贸工部部长负责确定许可证管理产品的目录并在政府公报上发布。南非亦禁止鸵鸟及其种蛋的出口。此外，为了提高出口产品的附加值及创造就业机会，南非政府将减少包括黄金、铂及铬矿在内的原材料出口。出口商需要在贸易工业部登记注册后才能获得出口许可。①

南非实行出口鼓励政策。为促进国际贸易，特别是推动南非商品的出口，南非有关法律规定了鼓励商品出口的税收优惠措施，主要有五种鼓励措施。

第一，汽车出口鼓励措施。根据《海关与税收法》第75条，为实施《汽车工业出口鼓励计划》，凡在南非生产的汽车所征收的消费税可以减免或退税。按照规定，南非的汽车生产商有义务缴纳消费税，如果他将汽车出口，就可享受税收减免。税收可减至一个明确规定的最低限额，税收减免额的计算取决于生产商的外汇创收能力，相应地又取决于当地生产的汽车和零部件的出口数量。

第二，出口所得税减免措施。根据《所得税法》第10条第1款的规定，出口商根据出口促进或融资计划以退税或其他国家

① 吴朝阳主编：《国别贸易政策》，东北财经大学出版社2012年版，第151页。

援助方式，获得或积累的款项免征所得税。该法第 11 条第 2 款规定，出口商根据该法第 11 条第 4 款所支出的营销费用，可从其所得中扣除该法第 11 条第 3 款所确定的营销津贴。

第三，本地化产品出口奖励措施。根据 1990 年 4 月 1 日实施的《一般出口鼓励计划》，为鼓励商品出口，特别是含有较高当地成分的商品从南非出口，出口商还享有诸如资金奖励、税收减让等好处。[①]

第四，纺织品出口优惠措施。根据 1993 年 4 月 1 日实施的《税收信用证书计划》，对某些纺织品和服装产品出口所支付的关税，可以享有税收减免或退税。

第五，出口补贴措施。实行《出口营销和投资援助》体制，该体制旨在对个体或集体出口商在拓展南非海外市场方面的花费和服务，以及将外资引进南非的活动进行补偿。

除此以外，南非制定了《出口信贷和对外投资保险法》对出口交易、投资和借贷，或有关此类交易的类似活动提供政府保险，以促进南非同外国的贸易往来。通过提供这种国家资助的保险，南非企业能够获得针对某些风险特别是在国际贸易中的有关风险的保险保障，并且能够以适宜的价格获得此类保险。如果没有此类保险保障，出口商将很难为他们的出口活动获得贷款或其他融资，也不能在外国进口商不支付货款时获得赔偿。《出口信贷和对外投资保险法》第 2 条规定，南非贸易和工业部部长有义务同出口信贷局签订协议，以便后者能够直接或代表国家对在南非从事营业活动的人所签订的任何合同提供保险。

四、南非进出口许可制度

按照《国际贸易管理法》设立国际贸易管理委员会，该委

---

① 此机制已于 1997 年 12 月终止。

员会的管辖权遍及南非，由一位首席专员负责对货物的进出口和关税进行管制。同时，该法授予南非贸易与工业部部长以广泛权力，以监管货物的进出口。部长可根据该法第 6 条第 1 款在《政府公报》中宣布，在一般条件下或除特别规定的条件外，某一特定类别或种类的商品，或某一特定类别或种类商品以外的其他商品，不得进口至南非或从南非出口。并根据该法第 6 条第 2 款和第 3 款规定对进出口商品进行分类管理。

《国际贸易管理法》第 1 条将"进口"界定为把商品从南非之外带进或将商品带进南非之内，将"出口"界定为将商品从南非之内带至或运至，或使商品被带至或运至南非以外的国家或地区。这里的"商品"包括所有百货、物品、商品、动物、流通品、物质或无论何种性质的物件，以及就任一特定种类的商品而言，考虑到一般的商业实践和地理、技术和时间限制，能够合理代替该种类商品的任何其他商品。

《国际贸易管理法》确立了南非对进出口商品的许可证制度。根据《国际贸易管理法》第 26 条第 1 款，南非国际贸易管理委员会受理进口或出口许可证及修改此类许可证的申请，也根据《海关与税收法》的规定受理退税许可证或退税证书的申请。南非国际贸易管理委员会对此类申请进行调查、评估并作出决定，并可根据《海关与税收法》中有关税收减免或退税的规定，或《国际贸易管理法》第 26 条的规定，签发或推荐签发许可证或证书。国际贸易管理委员会对一项申请作出评估后，根据《国际贸易管理法》第 27 条第 1 款的规定拒绝该申请，或附条件或不附条件地全部或部分批准该申请。如果批准一项申请，它就必须根据《国际贸易管理法》或《海关与税收法》的规定，采取适当步骤使其作出的决定生效。根据《国际贸易管理法》第 27 条第 2 款的规定，国际贸易管理委员会就某一商品签发许可证，可以规定允许进口或出口的商品价值或数量、商品进口或出口的价格、商品进口或出口的期间、商品进口或出口通关的港口、商品进口或出口的国家或地区、商品的进口或出口方式，商品进口后有关商品占有、所有或处置的任何条件，或商品的用途等。《国际贸易管理法》第 29 条规定，委员会可根据该法或自己的条例，中止或撤销一项根据该法签发的许可证。

《国际贸易管理法》第 54 条第 1 款规定，如不遵守根据该法第 6 条所发布的有关进出口管制的通知，或根据该法第 27 条所签发的进口、出口或退税许可证中所载明的条件，或不当地试图影响国际贸易管理委员会或向其提供虚假信息，就构成犯罪。根据该法第 55 条第 1 款，其惩罚措施包括罚金、监禁，或二者并处，还有可能根据该法第 55 条第 2 款宣布收缴涉案商品，或收回犯罪人对此类商品的权利。

因此，在要求有进口（或出口）许可证时，报关单中有关进口的（出口的）商品的描述和细节，必须与进口（出口）许可证中的有关商品的描述和细节基本一致。如二者严重不符，可能导致商品的报关（申报）以及进口（出口）根据《海关与税收法》的规定无效，而且非法，该商品将根据《国际贸易管理法》被予以没收。

第二节　南非对外贸易法律 体系及基本内容

南非有关对外贸易的法律既有私法成分，也有公法成分，它是一个独特的专业化的商法体系。国际社会关于国际货物运输与保险、国际商事仲裁、民事判决和仲裁裁决的国际执行、信用证支付等国家贸易法律制度与习惯，《关税与贸易总协定》和 WTO 框架下的主要条约、南部非洲关税同盟（SACU）、南部非洲发展共同体（SADC）及其他地区性协议，共同构成南非国际贸易法的主要渊源，并深刻影响南非的对外贸易法。[①]《关税与贸易总协定》不仅直接现实地影响了南非对进出口货物征收关税的范围和比率，还对南非《海关与税收法》的许多规定产生了重要影响。南非《海关与税收法》第48条第1款就规定，对该法附件1涉及进口的货物内容进行修正，以符合《关税与贸易总协定》第2条要求。南非《海上货物运输法》，直接源于1924年的《统一提单某些法律规则的海牙公约》（即《海牙规则》，后修订为《汉堡规则》和《维斯比规则》），这些规则已经转化为南非贸易法的一部分。南非已经形成了包括进出口货物的国际买卖运输与保险、国际征税及管制、国际竞争、对出口商的援助、产品生产责任等法律规范，拥有相对完善的对外贸易法律体系。

一、南非对外贸易法

南非至今没有单一的《对外贸易法》，对外贸易的法律体系是以国际习惯和国际条约为渊源，以《国际贸易管理法》为核心，包括一系列法律规范在内的对外贸易法规。

南非《国际贸易管理法》一共6大章共64条，以及3个附录文件。第1章和第2章进行概括性介绍，对管理目的及涉及的一些重要定义进行解释，详细规定了南非对外贸易的规则与政策。第3章对国际贸易管理的专设机构——南非国际贸易管理委员会的成立和职能进行规定。接下来的两章主要规定了国际贸易管理中的一些程序性要求及对违反这些规定的惩罚。最后则是有关一般条款的规定。该法比较系统地规定了南非国际贸易管理的

---

① ［南非］尼科克、舒尔策著，朱伟东译：《南非国际贸易法律制度专题研究》，湘潭大学出版社2011年版，第4页。

基本原则、机制、政策以及贸易机构及实施对外贸易的程序，成为南非对外贸易的核心法律规范，为南非在国际贸易过程中处于积极地位奠定了基础。

尽管南非不是《联合国国际货物买卖合同公约》的缔约方，但南非的对外贸易合同的签署除按照南非《合同法》的有关规定外，应遵守《联合国国际货物买卖合同公约》和《国际贸易术语解释通则》的基本规定。特别是南非的《海上货物运输法》及1997年《海运一般修正法》，基本吸纳了《海牙规则》《汉堡规则》《维斯比规则》的原则和基本规定，使南非的对外贸易法具有鲜明的开放性和国际性。

二、南非海关监管法律制度

2005年修订的《1964年海关与税收法》和2000年修订的《增值税法》是规范南非关税制度的基本法律。南非国际贸易管理委员会负责研究及提出调整南部非洲关税同盟地区的关税水平的建议，以及管理与关税相关的各类计划。南非税务总署负责征收关税。南非海关隶属于南非税务总署，根据1997年南非税务署第34号法令，南非海关的主要任务是确保所有税收应收尽收，确保相关法律得以遵守，保护南非边境，促进贸易便利化。

南非进口货物可通过空运、海运、公路运输、铁路运输或邮递渠道进入南非。抵达南非的货物只能通过经政府批准的进口地进入南非。根据南非法律规定，船只所有人或飞机机长必须在抵达或离开南非关境时向海关进行运输工具进境或出境申报，提交与航程、货物、储存、船员/机组成员、旅客有关的详细信息，并声明申报的真实性。海关受理报关单时，必要时将要求交验相关单证，进行单证审核，有时还将对货物进行查验，确定应纳税额（关税和增值税）以及单货是否相符。①

南部非洲关税同盟的关税表目录是根据《协调的商品种类和编号体系》制定的，有两种类型的税率，一种是最惠国税率，另一种是普通税率。大多数国家包括世界贸易组织成员进口的商品适用最惠国税率，一小部分不符合最惠国待遇标准的国家进口的商品适用普通税率。当商品通过转口进入南非时，南非按照转口国适用的税率标准征收关税。

2007年8月，南非贸工部发布了南非国家政策框架和工业政策行动计划。根据南非政府的加速和共享增长提案，该框架的目标是促进增值工业在4个关键部门和4个优先部门的发展，其中包括资本和运输设备；汽车产品和零部件；化工产品、塑料制品和药品；林业、纸浆纸张和家具；业务外包、旅游业、生物燃料及成衣和纺织品。该行动计划提出了具体机制，以协助这些部门，其中包括全面审查2008年进口关税，以及降低选定的下游产品和零部件的进口关税。

2008年9月，东南非共同市场和东非共同体就共同对外关税进行协调。目前东南非共同市场和东非共同体间有2 500种税率不一致，且差别较大。10月，南非政府通过"汽车生产和发展计划"方案，从2012年起进口整车关税一律统一为25%。

海关在行使行政权力对货物征收关税、进行扣押、宣告没收时，相关管理员必须遵守1996年《南非共和国宪法》第33条规定的实质和程序公正以及自然公正规则。有关机构与人员必须给予货物所有人得到听审并做出陈述的权利，货物所有人有权提交材料，以证明他并非违法进口货物，因为他已对该批货物缴纳了必要税款。根据《海关与税收法》第114条规定扣留当事人的货物，以担保其缴纳税款和罚款，是否合宪，南非宪法法院认为，仅仅因为货物是在关税债务人的占有或控制之下而不问它们

---

① 周婷编著：《奢侈品国际贸易策略》，对外经济贸易大学出版社2010年版，第41页。

是否属关税债务人所有，就允许扣留这些货物以担保税款及罚款的缴纳，显然该规定的权力过于宽泛，以至于在第三人与税务专员或关税债务人不存在一点关系的情况下，根据该规定仍可扣留第三人所有的货物。这等于是武断地剥夺了第三人的财产，因为在第三人与关税债务人之间不存在充分关系的情况下，没有充分理由可以剥夺第三人的财产。

为加快对外贸易发展，加强区域合作，南非于 1994 年 8 月加入南部非洲发展共同体，密切了同该地区其他国家的关系，与南部非洲国家的贸易逐年增长。1996 年 8 月签署的关于实现地区贸易自由化的贸易协议要求共同体成员国将通过平等、互利的贸易安排，实现自由贸易。随着地区内贸易的发展，制定适应新形势的贸易规则和战略，成为南部非洲发展共同体成员国的一致要求。在共同体内部，南部非洲关税同盟是一个以南非为中心的自由贸易区，成员国除南非外，还包括博茨瓦纳、莱索托、斯威士兰和纳米比亚。该同盟对成员国间的货物流通免关税，对非成员国实行共同对外进口关税。[1] 根据五国关税同盟协定，5 国实行共同关税。南非负责关税同盟的管理工作。根据《关税与贸易理事会法》，南非与贸易有关的关税及相关事务由南非关税与贸易理事会负责管理。

随着对外贸易不断加强与发展，南非于 1995 年通过了《关税与贸易委员会修正法案》，期望通过关税与贸易委员会完善对南非进出口贸易的管理。该委员会从属于贸工部，其宗旨是在国家经济政策的范畴内，通过对影响本国贸易和产业或南部非洲关税同盟共同关税区的贸易和产业的情况进行调查，并向贸易、产业和经济协调部部长做出有关建议的方式，促进经济增长。委员会可以自主对有关倾销、出口补贴或破坏性竞争展开调查，对有关产业的发展进行调查，并征收关税和国内税。委员会也可在部

---

[1]　蔡高强、朱伟东：《东南部非洲地区性经贸组织法律制度专题研究》，湘潭大学出版社 2016 年版，第 50 页。

长的要求下，对影响有关贸易和产业的情况进行调查，并根据以上调查向部长提交有关报告和建议。委员会亦应于每年 12 月 31 日以后，尽快向部长提交一份有关其上一年度工作情况的报告。

三、南非关税法律制度

南非关税制度的基本法律由 2005 年修订的《1964 年海关与税收法》和 1997 年修订的《1986 年税贸局法案》构成。南非国际贸易管理委员会负责研究及提出调整南部非洲关税同盟地区关税水平的建议，以及管理与关税相关的各类计划，包括汽车产业发展计划和关税信用证书系统。同时，南非国际贸易管理委员会还有权根据进出口商的申请，对相关关税进行评审，以决定是否降低或提高该关税税率。南非税务总署负责征收关税。

南非《海关与税收法》规定关税征收、对进出口货物征收罚款、实施限制或管制等事项。该法共 12 章 122 条及 8 个内容繁杂的附件。全面规定了可征税的税目、征税的条件及可征税的货物种类。根据该法，可征收的税包括关税、消费税、出口税、附加税以及反倾销、反补贴和保障措施税。该法由南非税务局负责具体实施，并由税收管理员、海关官员予以协助。

《海关与税收法》第 1 条第 1 款所称"关税"，是指根据该法附件一对进口至南非的货物所征税收。"附加税"，是指根据该法附件一第四部分对任何已进口至南非的任何货物所征收的任何税收，此类货物又称为"附加税货物"。根据该法第 1 条第 1 款的规定，"货物"包括所有百货、物品、商品、动物、流通品、物质或物件。《海关与税收法》第 1 条第 1 款对"进口商"的界定非常宽泛。"进口商"是指在进口时：①对进口的货物有所有权；或②对进口的货物承担风险；或③他的表述和行事如同他就是进口商或货物所有人；或④将货物实际带进南非；或⑤对进口的货物有实质利益：或⑥代表进口商行事的任何人。《海关与税收法》第 38 条、第 39 条、第 44 条对货物"合法入境"、报关、缴纳关税进行了明确规定，所有进口的货物用于国内消费即在南非消费和使用时必须缴纳关税。

《海关与税收法》第 48 条第 4 款规定，对所确定的用于出口至南非以外的货物，按照所确定的基准征收出口税。根据该法第 1 条第 1 款，"出口商"是指出口时：①拥有出口货物；或②承担出口货物风险；或③他的表述或行事如同他就是出口时货物的所有人；或④实际接收或意图接收来自南非的任何商品；或⑤对出口货物有实质利益；或⑥代表此类人行事的任何人。从南非出口货物受到管制，有关当局要求根据出口申报进行清关。出口不仅包括在当地生产和加工的商品，还包括用于再出口的所进口商品（在当地进行仓储、加工、组装或修理），或用于再进口的所出口商品。《海关与税收法》第 39 条第 3 款规定，每一位出口商必须在货物从南非出口前提交一份报关单，将要出境的货物根据报关单进行申报，并因此"进入"海关管理体系。任何用于（或申报）出口的货物根据该法应缴纳出口税，并在向海关管理人员递交报关单时缴纳税款。如未缴纳出口税，根据该法第 39 条第 2 款，货物不得出口。应缴纳出口税的货物，必须根据该法第 47 条第 5 款的规定，在出口报关时缴纳税款。

《海关与税收法》第 75 条规定了进出口货物税收的减免、退税和进口货物再出口退税。第 76 条（C）规定，退税可用来抵销因关税或税收原因所欠税务专员的任何款项。税收"减免"是指对进口货物所征关税或本地产品所征消费税进行全部或部分免除；"退税"是指退还以前已征收的关税；"进口货物再出口退税"是一种特殊类型的退税，即利用进口原料生产的产品出口后退还对其所征关税。如果所进口的货物在某些情形下满足了一定条件后就可全部或部分免征进口税。

根据《海关与税收法》第 87 条规定，如果进口的、出口的、生产的、仓存的或卸载的货物没有根据该法的规定进行处理（如进口时不进行申报，不缴纳相应关税），即可予以没收，此类货物的集装箱或装运此类货物的船舶也可予以没收。货物的处置只要违反该法的规定，就可予以没收，税务专员无须证明货物的所有人是否有意、知悉或同意走私该货物。[①]

根据《海关与税收法》第 114 条，相关进口商、出口商或生产商就进口至南非或出口到南非之外，或在南非生产的产品的关税所负责任，构成其对国家的债务。根据《海关与税收法》应支付的税款，包括利息及有关罚款，都是南非法律所规定的"征税"债务，此类债务的时效期间是 30 年。

四、南非反倾销与反补贴法律制度

21 世纪以来，南非对外发起的反倾销调查总数位列世界前列，其中对中国发起的反倾销调查总数最多，中国已经连续 10 年成为南非反倾销调查的首要国家，遭受的损害也是最为严重的。南非对我国每年都会发起新的反倾销调查，所涉及的产品主要包括五金产品、鞋、农具、铝制品、热力、餐具、自行车、药品、纺织品等二十多种商品。

南非的反倾销法律体系主要由《国际贸易管理法》《1964 年海关与税收法》《反倾销条例》《反补贴条例》《普通保障措施法》和《农业保障措施法》组成，形成了比较完善的反倾销[②]。

南非《反倾销条例》共有 68 条，分为定义、总则、程序、

---

① ［南非］尼科克、舒尔策著：《南非国际贸易法律制度专题研究》，朱伟东译，湘潭大学出版社 2011 年版，第 10～12 页。

② 南非反倾销的法律法规主要包括：1964 年的《关税和国内税法》、1986 年的《关税与贸易署法》、1991 年对 1986 年《关税与贸易署法》进行修改通过的《贸易和产业委员会修订法》、1995 年对 1986 年《关税与贸易署法》再次修正通过的《关税和贸易委员会修订法》、2002 年的《国际贸易管理法》、2003 年的《反倾销条例》、2005 年的《反补贴条例》。

复审和最后条款 5 大部分，对反倾销的实体事项和程序性事项做了非常详细的规定，是南非历史上对反倾销最系统的立法。2006 年南非国会通过《反倾销条例》修改建议，修改后的《反倾销条例》增加了透明度，同时缩短了完成调查的时间。主要修改内容包括：①南非国际贸易委员会可以提议召开利害关系方的听证会；②南非国际贸易委员会可以在反倾销产业损害调查中提出明显高于 WTO《反倾销协定》有关 "国内产业定义" 的要求；③如果准备提出反倾销调查申请的国内产业由于产量低于南非所有同类生产商总产量 50% 而不能代表国内产业，那么，在这些国内产业提出申请之前，南非国际贸易委员会可以引进这些国内产业附加的最低价值；④根据南非贸易工业部的要求，公共利益可以作为反倾销调查的一项考虑因素；⑤即使调查表明倾销行为造成了实质性损害，南非国际贸易委员会对是否采取临时反倾销措施享有绝对的决定权；⑥如果在反倾销复审期间没有发生出口，南非国际贸易委员会可以决定出口价格；⑦南非国际贸易委员会将不再发布公报，通知利益相关方有关即将过期的反倾销税的日落复审的情况，相关企业可以通过该委员会的网站等替代方式获得相关信息；⑧南非国际贸易委员会可以对参加期中复审和新出口商复审的当事方做出调整。

（一）南非反倾销反补贴调查机构

贸易和工业部是南非对外贸易主管机构，也是南非反倾销调查的最高机构。在 2003 年以前，南非进行反倾销调查、向贸工部报告并提出建议的主要部门是从属于贸工部的关税与贸易署。按照《国际贸易管理法》第 7 条建立的国际贸易管理委员会取代了原来的关税与贸易署。国际贸易管理委员会是南非反倾销调查主管机构，南非海关配合其实施反倾销措施。除一般的反倾销调查外，国际贸易管理委员会还要处理南部非洲关税同盟（包

南

非

119

括南非、斯威士兰、纳米比亚、莱索托和马拉维）地区的反倾销和反补贴案件。南部非洲关税同盟中的关税委员会和部长理事会也同样负责反倾销事务，其中关税委员会负责接受和审查南非国际贸易管理委员会提交的反倾销调查结果及拟采取的反倾销措施，并向部长理事会提出建议，由部长理事会做出最终的反倾销措施决定。

（二）南非反倾销法的实体规则

南非《反倾销条例》对正常价值、出口价格、倾销和损害的确定、因果关系的建立都做了非常系统、全面的规定，形成了有南非特色的反倾销法律制度。

1. 倾销的确定。南非于 1995 年 8 月 31 日通过的《关税和贸易委员会修订法》对倾销的定义作了修改，使其与关贸总协定更加一致。南非 1995 年《关税和贸易委员会指南》第 2 条规定："倾销是指产品以低于其正常价值的价格出口到南非或南部非洲关税同盟。"① 在此之前，南非没有出口价格的确定方法，但现行法律已经弥补上这一缺口，规定出口价格指产品出口销售所实际支付或应付的价格，扣除所有税收、折扣及实际支付且直接与销售有关的减让。如果没有上述出口价格或虽有类似价格但情况表明出口商和进口商或第三方存在关联或补偿安排，或发现因其他原因实际支付或应付的出口价格不可靠，则出口价格应以该进口产品首次转售给某一独立买主的价格为基础；或若无上述进口条件的转售，则以任何其他合理的价格为基础加以确定。

南非《关税和贸易委员会修订法》第 1 条对正常价值作出的解释是：（a）在出口国或原产国用于国内消费的同类产品在

---

① WTO《反倾销协议》对倾销的定义为："如一产品自一国出口至另一国的出口价格低于在正常贸易过程中出口国供消费的同类产品的可比价格，即以低于正常价值的价格进入另一国，则该产品被视为倾销。"

正常贸易过程中的实际支付或应付的可比价格；（b）如果没有第一种情况的可比价格，正常价值指同类产品在正常贸易过程中出口到任意第三国的最高可比价格；（c）或者由原产国产品的生产成本构成加上合理的销售成本及利润来计算，倘若在每个案件中销售条款、税收差异及其他影响价格可比性的差别可以作出适当的宽限。《国际贸易管理法》第32节第2款（b）中也有类似规定，并且还规定：国际贸易管理委员会在审查反倾销申请时，如果认为由于出口国或原产国政府的干涉导致被调查产品的正常价值不是按照自由市场原则决定，则国际贸易管理委员会可以按照第三国或替代国的正常价值来确定该产品的正常价值。

2. 产业损害的界定。南非1995年《关税和贸易委员会指南》第6条、第7条和第8条规定："损害包括实质损害或实质损害威胁，或实质阻碍国内某一产业的建立。实质损害的认定包括评估与国内产业现状有关的所有经济因素和指标，包括销售量、利润、市场份额、生产能力、投资收益、生产能力利用率等方面的下降，影响国内价格的因素，倾销幅度的大小，对现金流量、库存、就业、工资、增长和筹资能力的实际或潜在的负面影响。对实质损害威胁的认定必须是可以预见且迫在眉睫的。对国内产业造成实质阻碍的认定，是以该拟建立起的产业能在关税同盟成员国市场已确立的价格的相同水平上开展竞争为条件，即使该价格是通过倾销产品的进口建立的。如果国外出口商是在新建的国内产业把产品投放市场后降低其产品的价格，且又发现不公平的国际贸易行为而又满足对此采取措施的条件，则可对此采取行动，以弥补已确立的市场价格与降低后的价格的差额。"

由此可见，南非国际贸易管理委员会在确定实质性损害或实质性损害威胁时，一般考虑以下因素：①产量、销售额、市场份额、利润、资本报酬、生产率和生产能力利用率等事实上和潜在的变化；②对现金流、股票、就业机会、工资、公司成长以及融

南

非

121

资能力等方面的事实和潜在影响。

3. 非市场经济地位与替代国的选择。在 20 世纪 90 年代到 21 世纪初的反倾销案件中，南非一直视中国为非市场经济国家，仅允许中国企业单独申请市场经济地位。在确定是否存在政府干涉及如何确定某国是否为市场经济国家这一关键问题上，南非法律并没有明确规定。在实际操作中也没有任何公开的确定性标准或依据，这使得南非反倾销调查当局拥有很大的自由裁量权，导致裁决的随意性。南非选择替代国的标准也十分模糊，没有具体规定。凡愿与南非政府合作，愿意提供资料的出口商所在的第三国都可作为替代国。在以往的案例中，南非就曾采用过美国、西班牙、津巴布韦、德国等国作为替代国。经过我国政府的积极努力，南非政府终于在 2004 年 6 月 29 日宣布承认中国的市场经济地位。①

按照南非《关税和贸易委员会法》第 1 条规定，通常情况下，替代国的选择由申诉方提议。如果调查涉及其他市场经济国家，其中的一个国家将被选作替代国，原因是出于信息获得的便利和控制成本的需要。如果不同意申诉方建议的替代国，被诉方须向税贸署说明理由。被诉方还须提出一个其认为合适的替代国并说明理由。此外，被诉方还须提名一家其建议的替代国的企业并提供其联系方式，且该企业必须表示愿意合作。替代国价格是指在确定来自非市场经济国家产品的正常价值时，进口国不采用出口国生产者的实际成本，而是选择一个属于市场经济体制的第三国生产的同类产品的成本或售价来计算其正常价值。替代国价格是进口国主管当局确定非市场经济国家产品正常价值的首选，只有当选择替代国遇到困难或者类似产品在任何一个市场经济国家都不生产而无法寻找时，才采用结构价格来确定产品的正常价值。

① 王新奎主编：《全球多边贸易体制的未来与中国》，上海人民出版社 2012 年版，第 83 页。

（三）南非反倾销法的程序规则

《反倾销条例》规定了在反倾销调查过程的每个程序中各当事方所应遵循的规则。根据南非反倾销法，一旦南非生产商认为国外同业竞争者对南倾销并造成实质性损害，他们就可以提出反倾销申诉。南非的反倾销诉讼程序包括申请程序、立案程序、调查程序、初裁程序、终裁程序、征税程序和复审程序。

1. 申请程序。南非国际贸易管理委员会对主张的不公平贸易行为的存在、程度和影响的调查，可根据国内产业或其代表提出的书面申请展开。该申请应包括以下证据材料：倾销产品的存在；有关产业的实质损害或实质损害的威胁，或国内某一产业新建的障碍；所主张的不公平贸易行为和实质损害、实质损害威胁或障碍。如果只有申请而无有关证据，则调查将不予开展。

2. 立案程序。国际贸易管理委员会在收到反倾销申请后，审查申请人所提供证据的准确性，并根据证据是否充分决定是否启动调查。如果委员会决定立案，应在政府公报上发表通告，同时通知有关的出口国政府和可知的有关当事方，并向有关的当事方提供相关的调查问卷。调查问卷发出第 7 天视为送达，一般要求 30 天内完成并寄回。如 30 天期限届满仍没有收到答复，委员会可基于现有材料作出初裁和调查结论。如果在 30 天内以书面形式提出合理请求，委员会可以考虑将期限最多延长 14 天。没有按照要求格式回复的问卷被视为无效。整个调查过程必须在 1 年内完成。任何情况下最长也不得超过 18 个月。

3. 调查程序。国际贸易管理委员会的调查分问卷调查和实地核查两种。问卷调查是指委员会的调查人员应召集非正式会议，以便当事方能书面提供与倾销主张相关的证据材料。与倾销调查有关的所有当事方，都应被给予以书面形式提供其认为与调查有关的证据材料的机会。受调查产品的工业用户和零售产品的代表性消费者组织，也应有权提供其认为与倾销、损害或因果关系调查有关的信息材料。实地调查是指委员会在接到各方面回复后和得到出口商、生产厂商和有关国家政府同意的情况下，对出口商或进口商进行现场调查。如果申请人或国内生产厂商是以其他关税同盟成员国为基础，或依据其他成员国政府的请求，委员会应和有关关税同盟国政府进行协商。没有为委员会官员进行核实提供方便的一方提供的材料被视为无效。

4. 初裁程序。如认为确实存在倾销行为，委员会在开始调查60天后经贸工部同意进行初裁并采取临时措施，由海关征收临时反倾销税；临时措施的实施不得超过4个月，在有当局授权和出口商的要求下，最多延长到6个月。

5. 终裁程序。委员会在决定进行立案后的12～18个月内，经贸工部同意后，由海关征收最终倾销税。

6. 价格承诺。如果调查过程中，被反倾销调查的出口商作出价格承诺，自愿停止倾销行为，委员会将予考虑该承诺，并向部长提交建议书，建议终止或继续进行调查。部长的决定将在政府公报上公布，并通知有关方面。如果出口商不能遵守其价格承诺，委员会有权建议立即从违反承诺之日起征收反倾销税。

7. 复审程序。根据WTO中"日落条款"的规定，反倾销税在征收5年后自动取消，需进行复审以确定是否延长。出口商在其产品被征收反顺销税后，出口商本人、生产国或出口国代表或有关任何其他个人和组织可以在反倾销税被执行12个月后，对反倾销税的实施情况要求进行复审。委员会在对请求进行初步调查后确定复审的请求是否合理。委员会也可以随时自主地决定对征收反倾销税进行复审。

（四）南非反补贴规则

南非是WTO成员方中启动反补贴调查较多的发展中国家，

1995～2011 年南非共启动 13 起反补贴调查，占全球反补贴调查的 5%，在全球启动反补贴调查的 20 个 WTO 成员中居第四位，在 13 个启动反补贴调查的发展中国家中居首位。但之后南非很少启动反补贴调查。[①]

《国际贸易管理法》第 32 条第 2 款（a）将"补贴出口"界定为，从任何国家出口至南部非洲关税同盟的关税共同区的商品，如果该国（或任何其他国家）当局对该商品的生产、加工、运输或出口提供了任何形式的资金补助或任何形式的援助，或任何类似援助，该商品免于缴纳本应向该国政府或该国政府代表机构缴纳的税收。外国政府（例如，为使本国农民地有所耕）对本国农产品进行补贴（无论是通过货币补贴这种直接形式，还是通过免除税收这种间接形式），以至于该农产品以低于实际成本价的价格出口至南非，这种价格会降低南非当地类似农产品的价格，实际上就等同于在南非"倾销"。

国际贸易管理委员会认为，"反补贴措施"与"反倾销措施"、"保障措施"都是对破坏性竞争所采用的救济或程序。"破坏性竞争"是指出口至南非或南部非洲关税同盟共同关税区的商品数量，无论从绝对数量上还是相对数量上来讲，都比南非或共同关税区的内部产量有大幅增加，以致对当地生产相似的或直接竞争性的产品的行业造成严重危害，或产生此种危害的威胁。

根据国际贸易管理委员会已颁布《反补贴条例》，根据该条例，"反补贴措施"是指为抵销对任何商品的生产、加工或出口直接或间接提供的补贴而采取的特别措施。[②]

2008 年 7 月，南非国际贸易委员会对原产于中国的不锈钢水槽进行反倾销和反补贴立案调查，申诉方要求南非国际贸易委员会初步以第三国（例如马来西亚）来计算中国涉案产品的正

---

① 顾春芳主编：《全球贸易摩擦研究报告（2012 年）》，机械工业出版社 2013 年版，第 23 页。
② ［南非］尼科克、舒尔策著，朱伟东译：《南非国际贸易法律制度专题研究》，湘潭大学出版社 2011 年版，第 41 页。

常价值。申诉方在申请书中指出，中国政府对涉案产品的补贴政策包括：经济特区的鼓励政策；视出口业绩和雇佣普通工人而给予的补助；优惠贷款；政府提供的贷款担保；补助金；所得税优惠政策；免除原材料和机械设备的关税；土地使用费的减免；购买国有企业的产品。其中，经济特区的鼓励政策包括给予生产者的13项补贴项目。申诉方在申请书中指出，中国涉案产品的补贴幅度高达47.72%。南非于2004年承认中国的市场经济地位，不锈钢水槽案件是南非首次对我国产品启动"双反"调查案件，也是发展中国家对中国发起的首例反补贴调查案件。通过中国商务部门的积极应对，南非最终取消了反补贴调查。[①]

第三节　中南贸易的法津风险及防范

进入21世纪，中国与南非贸易关系得到快速发展，但两国在贸易结构、贸易紧密度等方面仍存在诸多问题。中国与南非贸易结构呈现出典型垂直分工的特征，南非对华出口以资源产品和初级产品为主，中国对南非的出口则以制成品为主，中南之间的贸易结合度不高。[②] 我国对南非出口商品虽然以工业制成品为主，但主要有赖于劳动密集型产品。随着我国产品成本上升，劳动力价格的持续上涨，中国对南非出口商品将逐渐失去比较优势，面临其他发展中国家同类产品的激烈竞争。同样，南非也在花大力气提升自身的产业优化程度，况且南非本身是非洲国家工业化程度最高的国家。南非国内对当前的中南贸易结构较为不满，担心贸易带来的"去工业化"、资源依赖等现象导致本国产

南

非

---

① 何海燕、任杰、乔小勇著：《贸易安全政策与实践研究补贴与反补贴新论》，首都经济贸易大学出版社2011年版，第257～258页。
② 复旦大学金砖国家研究中心、金砖国家合作与全球治理协同创新中心编：《金砖国家研究》第1辑，上海人民出版社2013年版，第90页。

业重回殖民地时代。尽管中国与南非的政治外交关系不断密切，但中国与南非之间贸易依然存在诸多风险，需要加强防范。

一、贸易壁垒风险与防范

中国和南非作为 WTO 成员，贸易政策在全球化进程中不断的趋同化，但是基于两国的历史文化和法律制度差异，特别是中国和南非的产业发展水平差异，导致南非经常运用 WTO 允许的有关贸易措施和机制，形成对中国出口产品的贸易壁垒。中国进出口企业和商人应防范的贸易壁垒主要有三种。

（一）南非的进出口管制壁垒风险

尽管在南非贸工部登记注册的任何公司都可以经营进口贸易，不必申请进口经营权。但是，按照《国际贸易管理法》规定，南非对特殊商品实行许可证管理，主要产品包括鞋、废旧产品、部分农产品、石油及部分石化产品等等。进口这些商品的进口商必须先获得进口许可证，然后才能在海外装船。进口许可证由贸工部进出口管理局负责发放，有效期为 12 个月。并且，按照南非农业部的《动物疾病法》规定，由动物健康管理员对动物及动物产品的进口发放进口许可证和高级许可证。进口许可证针对单一货物，高级许可证针对具有相同性质的货物。

南非规定出口商必须在海关注册，出口钻石的企业还必须在南非钻石委员会注册。南非对战略性物资、不可再生资源、农产品和废旧金属等产品实行出口许可证管理。其中，废旧金属必须先以出口价的折扣价向下游产业提供，如果下游产业制造商没有答复或不需要折扣，政府才可以发放出口许可证。南非贸工部部长负责确定许可证管理产品的目录并在政府公报上发布。南非亦禁止鸵鸟及其种蛋的出口。

面对南非的进出口管制政策，中国进出口企业应做好两方面的防范措施：一方面要了解和掌握南非贸易法律制度，特别是南非的进出口限制与许可制度，提前获得有关贸易许可证；另一方面要仔细查看南非的贸易清单，南非对限制进出口的商品进行了明确规定，国内进出口企业和商家要核对清单，尽量不要从事进出口限制产品的贸易，如要经营这些产品的进出口业务，就必须到南非相关部门获得批准方才进行贸易活动。

（二）技术贸易壁垒风险

南非共有约 5 000 项国家标准，其中约 60 项为强制性标准，主要包括电气和电子设备及其部件、机动车及其零部件以及食品等。南非海关与南非标准局签订了合作协议，对进口实施非常严格的控制，中国产品出口到南非必须通过他们的检测。电气和电子设备及其部件的生产和进口必须获得授权书，并通过南非标准局的认证。南非在 2006 年共发布了 3 项强制性技术法规和销售管理法规，以保护消费者安全为由提高了非压力式煤油炉和加热器的性能指标、安全要求以及合格标准，并对用于额定电压不超过 1 000 伏的交流电路或额定电压不超过 1 500 伏的直流电路的断路器模块组做出更高规格的规定。这些强制性规定相比以前标准有较大改动，对机电产品提出了更高的安全要求，对中方机电产品的出口形成技术壁垒。此外，南非还对其他进口产品制定了相应的技术标准，中国出口企业和商人应防范这些贸易壁垒。

1. 农产品分类包装要求。南非政府对在南非销售的部分农产品分类标识有严格的要求，南非对包装的计量、标签、定量严格要求，不得违反。按照货物运送和销售的有关规定，在南非境内销售绵羊、牛、猪和山羊畜体有特别分类和标志要求。

2. 纺织服装的标签要求。南非对纺织品、服装和鞋类制定了苛刻的标签要求，根据南非贸工部的规定，纺织品、服装和鞋类产品必须标示清晰的相关内容后方可获准进口和在南非国内市场销售，如注明生产国别、生产企业注册号或进口商进口登记号、产品加工程度。并要符合南非标准局关于纺织品服装标识标准和人造及天然纤维标识标准。

3. 硅酸盐水泥标准。目前，南非政府对基础设施建设的投资力度加大，南非市场对水泥的需求持续增加。但南非政府规定，只有达到南非标准局要求标准①的进口普通硅酸盐水泥才能得到认证标识，而没有认证标识的水泥不能在南非市场上销售。

（三）卫生与植物卫生检验检疫壁垒风险

南非政府禁止进口辐射处理的肉类。在中国，辐射处理食品是一种正常灭菌技术，许多研究表明辐照食品是安全的。南非政府禁止进口经辐射处理的肉类产品缺乏科学性，影响了正常贸易的进行。此外，南非检验检疫部门列出了相应的"非基本食品"清单，要求这些食品不得使用维生素或矿物质强化标识。

2008 年中国国家质检总局与南非农业部签署了检疫议定书，按照协议中国的苹果、梨获准向南非出口，但规定中国出口南非的苹果、梨产区为北京、天津、陕西、山东、河北、辽宁、山西、安徽、河南、甘肃、江苏、新疆、吉林。向南非出口苹果和梨的果园及包装厂，须在出入境检验检疫机构注册登记，并经南非农业部批准。出口水果的果园要对南非关注的检疫性有害生物采取针对性控制措施，在注册的包装厂进行加工、包装和储存，确保出口的苹果、梨符合南非入境植物检验检疫要求。

---

① 南非标准局确定的普通硅酸盐水泥标准 SANS50 197/1 和 SANS50 197/2。

（四）防范贸易壁垒风险的政府措施

对于南非出口贸易的有关壁垒，中国的进出口企业和商人一方面要提高自身的风险意识和防范意识，同时中国政府和商务部、外交部等职能部门要积极应对，采取相应措施，以实现中国与南非贸易的便利化、安全化。

1. 加快中南自贸区谈判。尽管早在 2004 年中国已启动以南非为核心的南部非洲关税同盟的自贸区谈判。但由于南非关税收入问题、南部非洲国家担心敏感产业受到冲击以及欧盟、美国影响等因素，谈判进程陷入停滞。中国应该充分利用金砖国家经贸部长会议和 G20 会议等平台，加快与南非的沟通与谈判，尽快签署中国与南非自由贸易协议，促进中南贸易健康快速发展。

2. 全面落实两国已达成的海关合作协议。中南两国在 2006 年 9 月就已签署了《中国和南非海关互助协定》。根据协议内容，两国海关将合作打击走私犯罪活动、共同建立新型现代化海关信息系统、开展海关电子数据交换、协调加强双方海关执法力度等。但是，基于种种原因，协议内容并未得到有效落实。因此，中国应督促南非尽快建立两国海关之间的年度会晤和协调机制，通过双方互派代表和官员，进一步探讨合作中出现的问题并努力加以解决，从而促进两国海关良好合作，为发展中南贸易提供便利。

3. 加强信息沟通机制建设。当前，中南两国之间的商务信息沟通很不充分。如中国在 2012 年下半年公布了新的食品生产标准，有关部门却没有及时通知南非的贸易与工业部及有关部门，使得中南两国出口商面临技术壁垒，受到利益损害。此外，中国对南出口行业也缺乏有效的内部协调沟通机制，更没有建立起产品出口的预警机制，致使大量同质产品涌入南非市场，或遭受南非的有关贸易壁垒。因此，中国商务部应与南非贸工部加强

合作，共建中南商贸信息沟通和交流平台，及时公布和更新有关
商贸信息，为发展中南贸易服务。

4. 健全和充分运用两国间已有的贸易协调机制。自两国建
交以来，中南双方政府相继签订了《投资保护协定》《经贸联委
会协定》《动植物检疫检验合作协定》《避免双重征税协定》
《贸易经济和技术合作协定》《海运协定》等一系列经贸合作协
议。特别是两国在 2011 年共同建立的处理双边贸易数据的联合
工作组和中国商贸部及南非贸工部间的贸易协调机制。我们要充
分发展这些条约和机构的作用，使中南贸易摩擦和纠纷得到及时
处理，南非的相关贸易壁垒也及时解除，从而促进中南贸易快速
发展。

二、知识产权法律风险与防范

按照南非相关法律，"知识产权"包括根据 1993 年第 194 号
《商标法》所产生的商标权、根据 1973 年第 98 号《著作权法》
所产生的著作权、根据 1941 年第 17 号《商业标志法》所产生的
对特定标志的专有使用权。"受保护产品"是指体现、具有、象
征或纳入知识产权主题的产品。①
《反假冒产品法》禁止一系列涉及假冒产品的行为，包括禁
止假冒产品的出口或进口。根据该法第 1 条第 1 款，假冒产品是
指因未获得南非产品知识产权所有人的授权或许可而在南非或其
他地方生产的产品，这些产品的生产是为了模仿拥有知识产权的
产品，或与其极其相似，或极易混淆。按照《反假冒产品法》
第 1 条第 1 款的规定，假冒产品是伪造产品、模仿产品，是与受
保护产品"在实质上相似的复制品"，或与受保护产品表面相仿

---

① 本书第八章知识产权保护法律制度对相关知识产权有关的风险与防范进行了详细阐述，
在此只对《反假冒产品法》中进出口贸易的知识产权风险进行分析。

的产品，以致"与受保护产品相混淆或被认为是受保护产品"。

假冒产品行为涉及侵权人对知识产权的故意侵犯，以试图复制商标持有人的商品（不仅仅是商标）。假冒产品行为包括商标侵权，但又不同于商标侵权。《反假冒产品法》只是关注构成刑事犯罪的知识产权侵权行为，它并不涉及有关知识产权边界的争议，这些争议属于上述相关知识产权立法的调整范围。该法的目的是保护知识产权（商标、著作权和某些产品标志）所有人的权利不被非法使用，并防止假冒产品进入商业渠道。为此，根据该法第2条第1款，假冒产品不得"进口至南非或通过南非进口，或出口自南非或通过南非出口"，除非，此类产品的进口或出口仅为进口人或出口人个人或家庭使用。海关专员可根据该法第15条扣留因违反该法而进口至南非的商品。

2007年修订的《海关与税收法》第77条详细规定了与反假冒产品相关的权利、义务和程序。权利持有人（如知识产权人）可以向海关专员申请扣押在海关控制下的、被怀疑侵犯知识产权人权利的商品（如假冒产品）。如果海关专员准许了该申请，有关产品就可能被拦截，并进行查验，以确定它们是否是假冒产品。如果检查官员有充分理由相信它们从表面上看是假冒产品，这些产品就应予以扣留。产品被扣留后，权利人可以根据《反假冒产品法》就被扣留产品提起刑事程序，并可提起民事程序，请求法院宣告此类产品是假冒产品，将此类产品转移给权利人，要求相关当事人（如进口商、收货人、出口商、生产商或产品管理人）披露此类产品的来源。相关当事人可请求法院裁定此类产品不是假冒产品，应予退还，并且权利人应向其支付赔偿。如果没有一方当事人申请解除对产品的扣押，或未能成功申请解除对产品的扣押，这些产品就被视为已经委付给海关专员。

因此，中国进出口企业和商人应尽力防范假冒产品带来的知识产权风险，严格按照中国《产品质量法》和南非相关法律规定，严防假冒伪劣产品带来的利益损失。

三、关税风险与防范

按照中国与南非的有关贸易法律制度及海关在中南贸易中的实践运作，中国出口贸易在南非海关遭遇的最大风险来自海关的腐败，在此不予讨论。其次是海关估价的风险。南非《海关与税收法》第65条和第66条对进口货物的估价进行了详尽复杂的规定。

第66条将货物入境（申报）用于国内消费时的货物交易价值作为基础。该价值是货物出口至南非时实际支付的价款或应予支付的价款，这相应的就是买方向卖方支付的或应支付的货物总价款，不包括买方向卖方支付的不与货物直接相关的款项。如果实际进口的货物的价值不能确定，其价值应按同等商业水平、同等数量并且基本同时为出口卖至南非的相同商品的实际支付价款或应支付价款计算。"相同商品"是"在所有方面与进口货物一样"的商品。如果没有此类销售的商品，将采用经调整以弥补价格差异的、不同商业水平或不同数量的相同商品或商业和数量水平都不同的相同商品销售价格，来确定交易价值。如果交易价值不能参照相同商品所支付或应支付的价款确定，应采用相似商品实际支付或应支付的价格计算，但要对价格之间的差异进行调整。"相似商品"是指这样的商品，它们"并非在所有方面都与进口货物相似"，但"具有相似特征或相似组成材料，使它们可以用于相同目的，并且在商业上可互换使用"。

第67条规定了在确定交易价格时，如根据第66条规定有必要，如何对实际支付或应支付的价格进行调整。该条列举了从进口货物实际支付或应支付的价格中应增添或减除的项目。原则上讲，进口货物的交易价值不是货物的成本、保险费和运费的价值。根据第 67 条第 2 款的规定，如果货物的实际支付或应支付的价款中包括有运费和保险费，在计算交易价值时，应扣除此类费用。这样，根据 GATT《海关估价规则》，进口至南非（和南部非洲关税同盟）的货物应纳税价值应根据在出口国的货物 FOB 价格计算。该法还规定了其他几种确定进口货物交易价值的可能方法。如使用这些方法后，仍不能确定交易价值，最后应由税务专员依据以前的决定，或没有此类决定时依据合理方式，书面确定进口货物的交易价值。对于税务专员确定的交易价值，进口商可根据第 95 条的规定，通过提起内部行政上诉的方式提出异议，并最终可上诉至税务专员做出决定的所在地有上诉管辖权的高等法院。税务专员在其书面决定中所确定的进口货物的交易价值，只能作为涉案货物以及作为涉案进口商缴纳关税目的的价值而用。在该决定有效期内，即使当事人提起法院诉讼程序，也应支付相应关税，除非税务专员根据所提交的合理理由中止该支付，直至法院做出最终判决。

因此，中国从事南非贸易的进出口企业和商人在报关、清关等一系列涉及海关关税的风险中，应谨慎妥善处理，尽量避免和防范相应风险。

四、其他贸易风险与防范

中国与南非贸易结构具有较强的互补性，经贸关系发展迅速，除前面分析的与贸易法律制度相关的法律风险外，还有一些贸易中存在的非法律风险也不容忽视。

首先，以次充好损害中国出口利益。我国出口南非的部分产品质量不高。一些中国公司认为南非经济比较落后，常将低档产品，甚至假冒伪劣商品销往南非，严重损害了中国产品在南非的形象和声誉。

其次，恶性竞争扰乱市场。目前，中国出口南非的产品主要为轻纺、鞋类、家电类等轻工产品，很多中国企业为抢占南非市场，竞相低价竞销，不仅损害了中国企业形象，也扰乱了当地市场秩序，更为南非政府对我国产品提起反倾销调查提供了借口。

最后，消极对待贸易纠纷解决。南非是非洲地区对我国出口产品提起反倾销最多的国家。然而在大多数案件中，中国企业并不积极应诉。在 2004 年以前，南非在针对中国产品的反倾销调查中尚未承认中国的市场经济地位，仍采用替代国做法确定中国产品的正常价值。纺织品、金属制品是南非对华反倾销的重点，许多产品被征收高额反倾销税，在大多数案件中，我国企业应诉不积极，使得南非对我国产品反倾销调查立案率几乎达到百分之百，迫使我国多种产品退出南非市场，严重阻碍了我国商品对南非的出口。

第四节　典型案例

随着中国与南非贸易的不断发展，特别是贸易规模扩大、贸易领域扩展和贸易层次的提升，中南贸易摩擦和纠纷在所难免。在中国与南非的贸易纠纷中，主要是南非对中国产品的反倾销调查。因此，本节选取有代表性的两个反倾销案例进行分析，一个是面对南非反倾销调查中国企业积极应诉获得市场经济国家地位而胜诉的"南非对华铸（锻）造研磨钢球反倾销案"，另一个是面对南非反倾销调查积极应对而遭遇反倾销裁定后上诉至南非最高上诉法院，最终裁定胜诉的"南非对华轮胎反倾销案"。

一、南非对华铸（锻）造研磨钢球反倾销案

（一）案情简介

2003 年 9 月，Scaw Metals – Anglo（以下简称"安格鲁"）公司在南非的分公司，代表南部非洲关税同盟产业，对原产地或进口来源地为中国的铸（锻）造研磨钢球提出申诉。

2003 年 10 月 3 日，南非贸工部、国际贸易管理委员会在第 25492 号政府公报 2522 号通知中，正式发起对原产地或进口来源地为中国的铸（锻）造研磨钢球的反倾销调查。案件涉案金额为 476.95 万美元。中方两家企业应诉：常熟龙腾特种钢厂和攀钢集团。

2004 年 5 月 19 日，南非国际贸易管理委员会在第 60 号报告中作出初裁，倾销成立并对南部非洲关税同盟锻造研磨介质产业的建立造成了实质性的阻碍，且对南部非洲关税同盟产业造成损害。由于无法证明中国出口的产品与申诉方遭受的实际损害之间有直接的因果关系，委员会建议贸工部终止对中国出口的被调查产品的反倾销调查。

2004 年 12 月 7 日，南非国际贸易管理委员会公布第 82 号终裁报告，肯定了初裁的结果，并决定终止对由常熟龙腾特种钢厂和攀钢集团国际经济贸易公司制造以及经由五矿（Australia）有限公司出口到南非关税同盟的铸（锻）造研磨钢球的反倾销调查。委员会认为，可能存在其他的生产被调查产品的中国制造商，所以计算出了剩余倾销幅度，裁定其对南非关税同盟铸（锻）造研磨钢球的产业建立造成了实质性的阻碍。委员会同时裁定申诉方所遭受的损害与原产于或者进口来源地为中国的倾销

进口品之间不存在因果关系。

本案中，中国的两家应诉企业成为自南非承认中国市场经济地位以来，第一次对反倾案作业应诉的企业。

（二）案情分析

1. 低于正常价值裁定。第一，被调查产品。被调查产品为锻造或铸造的、未深加工的研磨钢球以及类似的研磨用产品。在南非关税表中铸（锻）造研磨钢球的生产过程为浇铸钢坯并将其热轧成规定直径的圆棒（球棒），然后将棒加热，再手动送入压制机中锻造成球体。铸（锻）造研磨钢球主要用于采矿工业中矿石碾磨过程，该过程是粉碎工序的一个环节。铸（锻）造研磨钢球也广泛应用于大型矿山、电厂、水泥厂等行业。

第二，调查期。本案调查从 2003 年 10 月 3 日开始，至 2004 年 12 月 7 日国际贸易管理委员会作出终裁结束。倾销调查期为 2003 年 1 月 1 日~2003 年 7 月 31 日。损害调查期为 2003 年 1 月 1 日~2003 年 5 月 31 日。

第三，相关利益企业。本案相关利益企业为：南非关税同盟产业安格鲁公司（申诉方），出口商/国外制造商为中国五矿集团、常熟龙腾特种钢厂、攀钢集团国际经济贸易公司、澳洲五矿集团，南非关税同盟进口商为南非五矿、Manhattan Mining Equipment（Pty）Ltd. 等。

第四，出口价格的计算。本案中的出口价格定义及确定援引了《国际贸易管理法》第 32 条第 2 款第 1 项、第 32 条第 5 款和第 6 款。常熟龙腾特种钢厂的出口价格的确立为出厂价格水平或同等的贸易价格水平。为计算出厂出口价格，委员会考虑同类运费及处置成本和包装费用，对实际出口价格作出调整。攀钢集团国际经济贸易公司的出口价格的确立与常熟龙腾特种钢厂出口价格的确立方法相同。

南
非

第五，正常价值的计算。本案中的正常价值的决定方法援引了《国际贸易管理法》第 32 条第 2 款第 2 项及第 4 款，委员会作出初裁，认为两家公司在调查期内在市场经济条件下运营。常熟龙腾特种钢厂正常价值为成本构成法计算正常价值。因此委员会用调查期内常熟龙腾特种钢厂向其他公司征收的可确认的加工费用加上其他的制造成本计算正常价值。委员会作出初裁，决定攀钢集团国际经济贸易公司用与常熟龙腾特种钢厂相同的正常价值。

2. 损害裁定。南非国际贸易委员会对本案中的同类产品、国内产业及其情况依据《反倾销条例》进行了界定。委员会采用南非海关从 2003 年 1 月 1 日 ~ 2003 年 5 月 31 日的全部进口数量确认中国的倾销产品占总进口数量的 97%。指出原产于中国的被调查产品的到岸价格是由南非五矿确认的加上出港手续费用的 CIF 价格。委员会发现从中国两家公司进口的产品价格都未降低申诉方的售价。考虑所有相关因素后，委员会认为进口产品存在损害并使申诉方的新产业建立遭受了实质性阻碍。

3. 对因果关系的确定。因果关系由进口量增长的程度以及自从损害开始、进口倾销产品的市场份额相应增加后、国内产业的市场份额减少的程度来表示。市场份额的信息显示出来自中国的被调查产品的市场份额很大。关于进口量的统计数字表明从 2003 年 1 月 1 日 ~ 2003 年 5 月 1 日从中国进口的倾销产品占进口总数的 97%。但来自中国的倾销产品并没有使申诉方产品价格低于销售价格。委员会根据上述信息作出初裁，裁定申诉方尽管销售价格已经低于应销售价格但仍然不能获得足够市场份额，因此不能将申诉方遭受的损害与原产于或进口于中国的进口倾销产品之间建立起因果关系。

4. 市场经济地位的争议。德勤认为，中国的钢铁产业并未过渡到完全的市场经济，仍存在着政府干预，而钢铁是制造研磨媒介物的重要原料。中方抗辩称委员会报告中援引德勤关于"中国钢铁产业未完全向市场经济条件转变"这一说法，是完全颠倒是非的。事实上中国国内的钢铁价格在国内对钢铁产品的强大需求的推动下正在快速攀升，中国的钢铁市场是由国际供需关系所驱动的，而并非德勤所说的那样倾向于政府干预的状况。委员会综合考虑上诉各方意见，最终确定初裁裁定成立，即调查期内中国两公司在市场经济下运作。

（三）案情启示

本案中，在中国钢球打入南非市场之前安格鲁公司是南非最大和唯一的矿用钢球供应商，在南非处于绝对垄断地位。由于中国锻造钢球进入南非市场，特别是由于中国钢球的使用性能比安格鲁公司的产品好，矿山客户逐渐选择中国制造的钢球。这说明南部非洲关税同盟内对钢球产品的需求已经发生了改变，由铸造钢球转为锻造钢球，并且中国公司的技术已经领先于南非的制造技术，而安格鲁公司两次对中国产品提起反倾销诉讼，第一次无疑是为了维护其在同盟内的垄断地位，而第二次就是对其新建公司的保护，在与中方争夺市场未果的情况下，意图用反倾销税提高中国产品的进入壁垒。本案的启示主要归纳为五个方面。

1. 中国的行业协会应及时披露行业发展相关信息。在确定是否给予中方两家企业市场经济地位时，中南企业代表发生了争议。南非方企业代表认为关于中国研磨媒介物的"可获得信息很少"，并在主观上根据某些出版物认定中国钢铁产业未过渡到市场经济，并且中方企业运作不符合市场规则。这对于我们的市场地位的获得产生了障碍。我国行业协会应及时披露关于我国某行业发展的相关信息，以便贸易国更好地了解我国行业的发展状况，避免信息不对称造成的误解。

2. 积极联合南非关税同盟内进口商共同应诉。对于钢球产品来说，其价格的不断上涨，下游用户（矿山）利益损失远远大于钢球厂。一旦征收反倾销税，将大大增加下游用户的成本。

基于此，中方应联合南部非洲关税同盟内的进口商共同进行应诉，充分发挥南非钢球用户的影响力，做钢球客户的工作，通过他们向南非有关部门施加压力，减少难度，增加胜算。

3. 政府部门应积极参与。本案中，中方商务部以政府身份从几个方面给予了协助。宏观上，与南非政府交涉，力促南非政府改变其有关反倾销的政策，将中国列为市场经济国家，若能成功，则反倾销调查可不必再选择其他国家作为参照国，中国工厂的生产成本调查即可作为我方的应诉证据；在具体应诉过程中，可针对在反倾销调查中的不合理做法，由商务部通过中南双边贸委会或中方经商处向对方提出交涉，为避免南非政府临时性征收额外关税使公司遭受重大损失，调整中国出口钢球的规模，对南非钢球销售维持目前的客户关系并减少库存量，减少出口到南非的数量，停止开发新的矿山客户。

4. 联合转口贸易方共同应对反倾销。本案中，澳洲五矿是我国的转口贸易伙伴。澳洲五矿自1995年起，向南非市场销售中国产矿用钢球，2000年以前该商品出口属于小规模和无利润的市场开发阶段。中国和澳大利亚方面曾经共同遭受南非反倾销诉讼，2000年3月17日，南非对中国在南非销售的钢球提出了反倾销调查，并将澳大利亚作为对比参照国。在各方的共同努力下，2001年7月6日，南非政府最终宣布停止该案调查。安格鲁公司在上次反倾销失败后，于2002年初建立了新的锻造钢球生产线，与我国展开竞争，由于它们的新生产线成本高，质量也不如中国的产品好，在市场销售方面一直处于劣势。安格鲁公司终于提起第二次对中国锻造钢球的反倾销诉讼。各方密切配合，使第二次对中国锻造钢球的反倾销也以败诉告终。

5. 积极应诉以争取公平地位。南非国际贸易委员会认为中国为非市场经济国家，因而选择智利为替代国，如果不能认定中国的市场经济地位，将采用智利产品信息确定正常价值，而且南非生产商生产研磨钢球的机器设备是从智利公司购买的。所以，它们所提供的信息可靠性值得质疑，并且完全可能对中国企业不利；而且智利的国内钢球价格也高于标准价格，不利于中方获得有利的倾销幅度。如果不积极应诉而造成很高的反倾销税，企业的损失将会是非常大的，所以企业积极应诉才能有效地避免损失。

本案中有两家企业获得了市场经济地位，这也是中国企业应诉南非反倾销诉讼以来首次获得市场经济地位。两家企业积极应诉并要求给予市场经济地位，认真填写南非发来的市场经济地位的问卷，详细提供有关信息以供委员会确定出口价格。本案中的正常价值的决定方法援引了《国际贸易管理法》第32条第2款第2项及第4款。委员会发现受到反倾销调查的两家公司在日常运作中遵循了自由市场的原则。最后作出初裁，认为两家公司在调查期内是在市场经济条件下进行运营（本案例根据商务部进出口公平贸易局编著：《国外对中国产品反倾销、反补贴、保障措施案例集亚非卷第2册》，中国商务出版社2006年版，第257~268页整理）。

二、南非对华轮胎反倾销案

（一）案情简介

上诉人：南非国际贸易管理委员会、南非贸工部部长

被上诉人：南非轮胎制造商协会（私人）有限公司、南非普利司通（私人）有限公司、南非大陆轮胎（私人）有限公司、南非邓禄普轮胎国际（私人）有限公司以及南非古德伊尔轮胎与橡胶（私人）股份有限公司

受理法院：南非最高上诉法院

南非国际贸易管理委员会、南非贸工部与南非轮胎制造商协会（私人）股份有限公司、南非普利司通（私人）股份有限公司、南非大陆轮胎（私人）股份有限公司、南非邓禄普轮胎国际（私人）股份有限公司以及南非古德伊尔轮胎与橡胶（私人）股份有限公司[①]之间的诉讼案件已于2011年9月审结。

2005年6月，南非制造商就中国轮胎在南非涉嫌倾销行为向南非国际贸易管理委员会提出了救济请求。在这起反倾销调查中，南非制造商把目标直接对准中国轮胎生产商以及南非的中国轮胎进口商。2005年10月28日，南非国际贸易管理委员会发布了该委员会启动关于中国轮胎在南非涉嫌倾销行为立案调查的通知。2006年7月12日，南非国际贸易管理委员会作出了初步裁定，裁定4家中国出口商没有实施轮胎倾销行为，向南非贸工部部长提出终止调查中国轮胎出口企业在南非的倾销行为。南非贸工部部长接受了南非国际贸易管理委员会的建议。

2007年10月1日，上述南非汽车轮胎制造商向南非首都比勒陀利亚的南非高等法院起诉，要求对南非国际贸易管理委员会的裁决和贸工部部长的决定进行复审。南非高等法院接受了复审的请求，作出判决认定南非国际贸易管理委员会没有全面审查中国市场经济地位等相关内容，从而依法否决南非贸工部和南非国际贸易管理委员会在2007年2月所作出的关于对原产自中国的汽车轮胎终止进行反倾销调查的决定，责令南非国际贸易管理委员会重新启动对中国轮胎的反倾销调查。

经法庭允许，南非国际贸易管理委员会以及南非贸工部部长决定对南非高等法院责令南非国际贸易管理委员会重新启动对中国轮胎的反倾销调查的裁决向南非最高上诉法院提出上诉。

南

非

[①] 所谓（私人）股份有限公司是指承担有限责任的"私人公司"："南非轮胎制造商协会（私人）有限公司"就是依法注册并承担有限责任的"南非轮胎制造商协会"，而上述被诉的"私人公司"均为国际轮胎制造商的分支机构或者关联公司。

（二）案情分析

1. 中国入世协定的性质。南非轮胎制造商依据中国入世协定进行答辩。他们认为，南非国际贸易管理委员会没有按照《中国加入世界贸易组织协定》第15条所作出的承诺进行调查。《中国加入世界贸易组织协定》对中国在世贸组织成员的身份具有约束力，而该入世协定第15条决定着中国出口产品的正常价值，该条款授权WTO其他成员拒绝使用中国的国内价格，除非正接受反倾销调查的生产商能够清楚地证明正接受调查的产业属于市场经济。

但法庭认为，虽然南非是否可以通过立法形式使中国加入世界贸易组织协定成为国内法还存在争议，但是南非没有进行相关立法却是事实。即便南非是中国加入世界贸易组织协定的缔约方（当然南非不是），私人公司企业也不可能从这份协定中获得任何权利。国际协定本身不能产生任何权利。因为中国入世协定不是与南非签订的国际条约，南非《国际贸易管理法》及其法律规定不能按照《宪法》第233条进行解释。

2. 南非国际贸易管理委员会的调查及其裁决。2005年10月28日，南非国际贸易管理委员会发布了该委员会启动关于中国轮胎在南非涉嫌倾销行为立案调查的通知。南非国际贸易管理委员会在2006年5月26日举行了听证会，进一步听取中国出口制造商们的解释。2006年7月12日，南非国际贸易管理委员会作出了初步裁定，裁定4家中国出口商没有实施轮胎倾销行为。由于缺乏来自其他中国出口商的合作，决定对其他出口商征收临时反倾销税。同时建议贸工部部长在2006年7月28日以公报方式要求对一些从中国进口或原产自中国的新进口轮胎征收临时暂付款（即在总的款项没有完全确定的情况下，暂付一部分款）。而上述4家配合调查的中国出口商豁免征收临时关税及暂付款。

2007年2月，南非国际贸易管理委员会发布最终裁定，此前在初裁中没有递交应诉材料的另外两家中国轮胎出口公司也提交了应诉材料。南非国际贸易管理委员会最终确认其调查结果，前述四家与调查机关合作的中国轮胎出口公司以及在调查中提交应诉材料的中国出口公司没有实施倾销行为。也就是说，如果缺少其他出口商在反倾销调查中的合作，那么这些没有配合调查的出口商就应当被认定为实施了倾销行为，因为他们没有意愿推翻在反倾销调查立案中对他们进行指控的材料。国际贸易管理委员会于是建议贸工部部长终止这起轮胎反倾销案件的调查，贸工部部长接受了相关建议。

3. 南非高等法院的判决。法庭调查时，南非国际贸易管理委员会解释道，这项调查超过了正常的12个月的调查期限。此外，就非市场经济问题缺少出口商的有效配合。南非高等法院在其判决书第32段写道，反倾销调查的重点在于认定是否是市场经济。只有得到肯定结论时，即是自由市场经济时，反倾销调查程序下一步的重点才是确定正常贸易程序中的正常价值。因为国际贸易管理委员会没有按照这个程序进行调查，法官据此认为，此前国际贸易管理委员会没有专心致力于轮胎反倾销调查。

4. 南非最高上诉法院的判决。南非最高上诉法院在其判决书第38段写道，不能同意高等法院法官的上述观点。因为该法官的解释与南非《国际贸易管理法》的规定不一致。法律没有规定，反倾销调查首先要对出口国是否属于市场经济国家进行认定。在相关法律规定中，也没有规定国际贸易管理委员会在决定出口商品正常价值时，反倾销调查申请人有权请求该机构调查其市场经济地位。南非最高上诉法院法官判断，"如果南非国际贸易管理委员会认定，由于政府干预导致出口商品正常价值不是由自由竞争的市场来决定的，那么，南非国际贸易管理委员会只有舍弃出口商品原产地国的正常价值。"

南

非

144

（三）案情启示

本案在中国和南非的政府部门、司法系统、工商企业均产生了强烈反响，特别是对于中国有关职能管理部门和进出口企业，案情的启示更是深远。

1. 南非政府承认中国的市场经济地位不等于南非法律确认市场经济地位。2004 年 6 月南非承认中国的市场经济地位并代表南部非洲关税同盟与中国启动自由贸易区谈判。从轮胎反倾销案来看，该案在 2006 年 7 月 12 日由南非国际贸易委员会所进行的初裁中，中国出口企业仍需要提交证据证明自己是在市场经济条件下从事产品生产，否则将按在非市场经济条件从事生产的企业对待。南非虽承认中国的市场经济地位，但是不等于中国出口企业在南非立法或司法层面不受"非市场经济地位"因素的不利影响。从南非最高上诉法院的终审判决可以看出，从立法角度看，南非 2004 年 6 月承认中国的市场经济地位的文件只有具备《2006 年南非总统办公室执行法指南》以及南非《条约缔结的实务指导和程序》对国际条约的缔结程序的规定才能成为"国际条约"。即便南非 2004 年 6 月承认中国的市场经济地位的文件属于国际条约，那么国际条约与国内法的关系受南非《宪法》第 231～233 条的调整。《宪法》第 231 条（4）规定："任何国际协定要成为南非共和国的法律均需经过国内的立法程序。"可见，"南非 2004 年 6 月承认中国的市场经济地位"是外交和政治上的承认，而并非南非国内法律上的承认。因此，中国企业应诉南非反倾销案件时应准备相关材料说明企业经营的市场化。

2. 南非的司法与行政机关曲解中国当前经济体制。不论是南非国际贸易委员会还是南非高等法院，在其裁决中都有大量关于中国经济体制的不实描述，这些具有负面影响的阐述曲解了中国的经济现状。如他们认为，中国工业企业是配额驱动，这导致中国企业产能过剩和价格通缩，所以尽管原材料成本比以前增加，但中国出口轮胎的价格没有提高。然而事实上"配额驱动"这种纯粹计划经济的产物在中国早就不存在了，中国的企业是依法注册并承担有限（或无限）责任的经济实体，根据市场需求决定生产数量，根本没有什么"配额"问题。再如"人民币固定汇率制度"抑制进口的同时对出口起到了推动作用。但事实上，2005年7月21日中国政府宣布对外汇形成机制进行重大改革，即实行以市场供求为基础，参考一揽子货币政策进行调节和有管理的浮动汇率制度。

因此，中国企业一方面要积极进行反倾销应诉，通过诉讼宣传介绍中国的经济体制与运行现状，另一方面要在进行贸易时加强对中国改革开放成果的推介。特别是中国政府要大力加强中国与南非的政治经济文化交流，使南非真正地了解中国。

3. 南非的行政与司法诉讼有鲜明的混合法特点。南非曾被荷兰和英国占领，荷兰属于大陆法系，英国属于英美法系，深受荷兰和英国法律传统的影响的南非法律既具有大陆法系又具有英美法系的特点，是一种混合法系。本案中，南非高等法院对中国政府干预市场运作的诸多指控均载于判决书脚注中。如果要澄清脚注中的不实指控，应采取什么样的法庭程序？无论在大陆法还是英美法的判决书中似乎都难见类似的情形。就南非法院的庭审程序来看，对于南非高等法院的判决，南非国际贸易管理委员会与南非贸工部部长向南非最高上诉法院提出的上诉虽然获得胜诉的判决，但胜诉判决并没有逐条反驳南非高等法院载于法院判决书的脚注中的诸多不实指控。可以说南非最高上诉法院在其判决书中回应了本案所涉及的所有问题，甚至那些带有学术性质的问题。例如，南非所签署的国际条约在符合哪些条件下才能成为南非法律体系等作出了较为详细的回答。这在中国的二审民商事判决书中是难以见到的。

因此，中国的企业界和法律界人士，一方面要正确认知南非的司法制度，另一方面也应促进中国与南非的法律文化交流与合作，加强相互了解，相互合作（本案例根据刘阳、大树（喀麦隆）、周金波等合著：《南部非洲国际经济法经典判例研究：兼析中南经济合作中的贸易、投资及劳工权益保护问题》，中国法制出版社 2014 年版，第 26 ~ 38 页整理）。

南非矿业与环境法律制度

  南非是多种矿产资源的世界主要生产国，也是全世界采矿业最为发达的国家之一。由于自然资源种类多、储量大，南非在多种矿产上都是世界主要供应国，而矿产行业为南非大范围的基础设施建设以及相关二级产业的发展做出了重要贡献。目前，南非出产约 53 种矿产，并且在世界已探明储量中，南非拥有 95% 的铂金，26% 的锰，26% 的钒，以及 11% 的黄金。2014 年，采矿业为南非经济贡献了 189 亿美元，占 GDP 总量的 8%，占固定资本形成总额（GFCF）的 11%。在扣除勘探、研发机构以及企业总部工作人员的情况下，南非同期从事采矿业的人数占到参与经济活动总人口的 2.5%（495 592 人）。2014 年南非初级矿产品销售总额为 261 亿美元，其中 77 亿美元为当地销售、184 亿美元为出口。初级矿产品出口销售额占到南非出口总额的 28%。[①]作为矿业大国，南非有严格的关于矿产资源开发利用的环境法律，相关的交通运输体系、金融保险体系也比较完善。

  过去 10 年来，中国和南非政府致力于促进双边关系，鼓励直接及间接投资。现在已有超过 100 家中国国有企业和私人公司对南非多个领域进行了投资，总金额已达约 81 亿美元。中国投

---

① 南非驻华大使馆：《南非矿业的投资机遇》，载于《中国矿业报》2016 年 7 月 5 日，第 006 版。

南

非

资的重点领域包括采矿、选矿、工业开发、基础设施以及能源等。国有企业对非洲矿业投资的项目覆盖了非洲 70% 以上的国家。目前南非是中国对非洲矿业投资的第二大国家，重点矿业投资主要包括金川集团同中非发展基金共同斥资 2.27 亿美元，买入 Wesize Platinum 45% 的股权；中投集团（CIC）投资 2.43 亿美元，收购 Shanduka Coal 集团 25% 的控股权；此外，其他参与南非矿业的中国公司还包括五矿集团、酒泉钢铁、东亚金属、中钢等。

近年来，由于资金不足、货币升值、基础设施落后等原因，南非的矿业发展受到一定的制约。为解决矿业发展的融资缺口，南非政府出台了一系列鼓励外国投资的优惠政策。随着南非采矿业开放程度的提高，未来将会有越来越多的中国企业把南非作为资源开发利用的重要国家。然而，南非矿业法律体系的调整增加了中国企业在南非投资矿业的成本和法律风险，矿业投资合作模式也受到一定的挑战。

第一节　南非矿产资源情况

南非矿产资源十分丰富，是世界上重要的黄金、钻石、铂族金属和铬的生产国和出口国。南非矿业历史悠久，具有完备的现代矿业体系和先进的开采冶炼技术。自 19 世纪下半期以来，矿业一直是南非经济的重要支柱之一。随着中国矿业企业国际化经营能力日益增强，许多企业加大了对南非矿产资源的投资力度。如何适应变化的投资环境及有效地规避风险，将是中国企业未来必须应对的课题。

一、矿产资源概况

南非是世界第五大矿业国，蕴藏矿产 60 多种，储量约占非洲的 50%。很多矿产储量都位居世界前列，其中，金、铂族金属储量居世界第一位；锰、铬、钛、萤石、蛭石和锆石矿产资源储量居世界第二位；另外还有大量的磷酸盐、煤炭、铁、铅、铀、锑、镍矿资源。南非有许多世界上重要的成矿区带。维特沃特斯兰德盆地有世界上储量最大的黄金矿脉，且铀、银、黄铁矿和锇铱矿的资源也相当丰富；开普敦西北部有世界上储量最大的铬矿和锰矿，矿藏分别占世界储量的一半以上；金伯利一带有世界著名的钻石矿带；南非的煤炭储量也很丰富，居世界前列。[①]

（一）金矿、金刚石与铂族金属

南非是世界上黄金储量最多的国家，黄金主要分布于德兰士瓦省、奥兰治自由邦的沃特瓦特斯兰德三角区、约翰内斯堡等地。南非的金矿床主要有两种：其一是含金古砾岩型，其储量巨大，是南非金矿生产开采的主要开采对象；其二是绿岩带型（主要含金石英脉）。德兰士瓦的产金区，北起克鲁格斯多普，往南延伸到瓦尔河，西起克勒克斯多普，向东扩展到斯普林斯。

南非是世界上最大的金刚石生产国，占世界总产量的 25%以上。赋存金刚石的金伯利岩就是以南非地名金伯利命名的。南非金刚石矿主要分布在该国中北部地区，以原生矿为主。而金刚石砂矿主要矿床分布在大西洋沿岸和奥兰治河流域一带。南非金刚石矿床分为原生矿床（即产于金伯利岩中）和冲积矿床（沿着南非的西岸以及从奥兰治河向北延伸到纳米比亚）。南非内陆高原是世界上金伯利岩岩体最为富集的地方，具工业价值的金伯利岩体主要分布在开普山脉以北。长期以来，南非开采的主要砂矿类型为现代金刚石砂矿。

南非是世界上最大的铂族金属资源国，储量高达 6.3 万吨。

---

① 南非矿产资源储量数据与开发情况详见王健：《南非矿产资源与开发现状》，载于《矿产保护与利用》2013 年第 2 期，第 6~9 页。

南非的铂族金属占全球储量的 69%，占世界产量的 43%。位于西北省境内的自布瑞茨到罗森伯格的这一地区是世界上最大的铂金生产区。铂族金属主要产于德兰士瓦省布什维尔德杂岩体的三个层位。最重要的含铂层是梅林斯基层，与铜－镍硫化物矿床有关，硫化矿石中铂族金属的品位为 5～7g/t。与众不同的是，该层矿床的主产品为铂族金属、铜、镍、钴，其他为副产品。[①]

（二）铁矿、锰矿与镍矿

南非铁矿石储量 10 亿吨，占非洲铁矿石总储量的 40% 以上，主要分布在南非的中北部地区，赋存在前寒武纪的变质地层中，为沉积变质型（BIF）铁矿床。而且南非的铁矿绝大多数为富铁矿。南非最大的铁矿是北开普省的斯城铁矿，该矿属于高品级富矿。重要的铁矿床位于开普省的锡兴，为巨型不规则赤铁矿体，大量较小的矿床产在波斯特马斯堡锰矿的周围。

南非锰矿资源占世界总储量的 46%，分为化学级和冶金级两大类。主要矿区有两个：其一在开普省北部，分为波斯特马斯堡矿田和卡拉哈里矿田，矿层产于德兰士瓦系变质岩中，为碧玉铁质岩型矿床，是南非目前主要的锰矿产区，以生产冶金级锰矿为主；其二在德兰士瓦省西部，以生产化学级锰矿为主。

南非是非洲第一大镍矿资源国，产于南非的布什维尔德杂岩中，品位较低，和铂、铬金属伴生，储量 370 万吨。有经济价值的镍矿床有两种类型：岩浆硫化物矿床和残留的红土型矿床，南非仅开采岩浆硫化物矿床。西北省、林波波省、姆普马兰加省、东开普省、北开普省、西开普省和夸祖鲁—纳塔尔省是南非镍矿的主要产地。

---

① 南非矿产资源储量数据与开发情况详见王健：《南非矿产资源与开发现状》，载于《矿产保护与利用》2013 年第 2 期，第 6～9 页。

二、矿产开采与出口情况

南非矿产资源非常丰富，且储量巨大，拥有号称世界第二富含矿产的地质构造。南非的许多矿产在世界上占有重要地位，其中，黄金、铂族金属、铬、锰、钒、金刚石、铀、煤、镍、铜等产量和出口位居世界前列。随着中国矿业企业国际化经营能力的日益增强，许多企业加大了对南非矿产资源的投资力度。

（一）南非矿产的开采情况

南非矿业的勘探和开采经百余年发展，已形成完备的采、选、冶、炼和加工等全套现代矿业体系。南非还具有世界规模的初级产品加工的设备和能力。当前，南非产量排名世界第一的矿产有蓝晶石、铂族金属、钛铁矿、铬铁矿、铬铁和蛭石；金红石、钒和锆石产量居世界第二位，锰矿产量居世界第三位，黄金产量居世界第四位。此外，在世界排名靠前的还有锑、锰、铁、铀、锆等金属及精矿等重要矿产。南非矿产品销售额最高的是铂族金属，排在第二位与第三位的分别是煤炭和黄金，其次是铁合金和有色金属。

（二）南非矿产的出口情况

在出口方面，南非的铬铁矿和红柱石出口量居世界第一位，锰矿石出口量居世界第二位，铬矿出口量居世界第四位。铂主要出口到日本、英国、澳大利亚和美国等国家；黄金主要出口到美国、加拿大、印度等国家。南非是世界煤炭的主要生产国和出口国，同时南非还是煤炼油的最大生产国。2010 年，随着中国和印度对煤炭需求的增加，加上欧洲煤炭需求的下降，南非煤炭出口的主要客户群由欧洲逐渐转向亚洲。南非也是欧洲和亚洲动力煤的主要出口国。南非的铬铁矿和铬铁合金主要出口到中国、美国、西欧国家、日本及韩国等。南非锰矿石60%供出口，主要出口到美国、中国等国家，铁矿石主要出口到欧洲、日本以及中国等。[①]

（三）中国在南非的矿业项目与合作情况

近年来，南非的采矿业开放程度更胜从前，中国企业的进入热情也日渐升温，目前已有包括中钢、五矿等多家中国企业在南非进行资源布局。2011年底，金川集团以91亿兰特（约13亿美元）击败巴西淡水河谷成功收购南非Metorex集团公司，成为当年中国在非洲的最大投资，也是2011年非洲铜行业最大的并购交易。2013年3月，鹏欣环球资源股份有限公司出资1 500万美元购买奥克尼金矿74%股份；2013年4月，晋江矿业集团将其在南非的一家铂矿的持股比例增加至24.16%；2013年8月，河北矿业集团出资4.8亿美元，购买PMC公司74.5%的股权；2013年11月，齐星铁塔出资1.4亿美元，控股南非金矿公司Stonewall矿业；2014年5月，白银有色金属有限公司收购南非矿业公司Sibanye 20%股份；2014年10月，中国冶金科工股份收购林波波省矿业公司。2015年10月，紫金连同其全资子公司锦江矿业有限公司对NKWE Platinum Limited展开新一轮收购，收购完成后拥有后者60.47%的股份。NKWE Platinum Limited持有南非布什维尔德杂岩体的世界级资产。中国企业的投资为南非带来技术、基础设施等方面的升级，南非得以出口具有更高附加

---

① 董晓芳：《南非主要矿产资源开发利用现状》，载于《中国矿业》2012年第9期，第29～34页。

值的矿业产品。①

三、矿业投资风险

南非作为全球矿产资源大国，在投资其矿业的过程中面临着矿业政策不清晰、人才缺乏及劳工问题、电力短缺、外资企业融资限制和社会治安状况不佳等风险。② 这些矿业投资的风险需要中国企业高度关注。

（一）矿业政策不清晰

自 2000 年以来，南非先后颁布实施了《矿产和石油资源开发法》《矿产和石油权利金条例提案》《黑人经济振兴法案》等一系列相关矿业的法律法规，强调了环境、经济、社会的可持续发展，支持和鼓励以黑人为主的弱势群体加入矿产资源行业，参与矿产资源的勘查、开发和利用。然而，部分法律法规不清晰增加了投资的不确定性。矿业宪章规定在南非从事矿业活动的企业应于 2009 年和 2014 年分别将 15% 和 26% 的股份转让给南非 BEE 公司，到目前为止，这一措施如何实施还没有任何的具体细则。同时实施的 BEE 准入机制和 B – BBEE 评分卡、BEE 级别制度太过复杂，其执行中的不确定性为对南非矿业投资增加了相当的难度。

（二）人才缺乏及劳工问题

南非教育普及率较低，劳动者素质不高，熟练工人欠缺，高

---

① 资料来源：中华人民共和国国土资源部官方网站，http：//www.mlr.gov.cn/xwdt/kyxw/201607/t20160705_1410596.htm 访问时间：2017 年 10 月 9 日。

② 王健、李秀芬：《南非矿业投资环境分析》，载于《中国矿业》2013 年第 23 期，第 6～7 页。

技能人才匮乏。虽然国民职业教育和培训有所加强，但目前仍旧难以满足矿业行业的发展要求。长期的殖民统治和种族隔离，导致矿业技术人员主要是白人，黑人极少且不能满足自身的管理需要。另外南非为促进本国经济和社会发展、促进就业，对特殊技能的专业人员实行配额制，加剧了南非矿业专业人员短缺的局面。南非的工会力量强大，工会组织的罢工运动此起彼伏，严重影响企业生产的正常进行，而国家只能以协调的手段解决劳资纠纷，无法通过立法和行政干预。如2012年8月南非接连爆发的铂矿矿工罢工及矿业暴力冲突事件，致使南非多个金矿、铂矿和煤矿停产，造成共计46亿多兰特（约合5.6亿美元）的损失。

（三）电力短缺——需求增加而电力行业投资不足

随着南非经济的快速发展，南非电力公司已经不能满足国内不断增长的电力需求。由于近年来南非政府疏于对电力系统的维护和发展，出现了电力严重短缺局面，给矿产行业带来了严重冲击。虽然政府紧急出台了扩容计划，但受到金融危机等因素的影响，本国电力公司资金短缺，而一批大型电力设施从建设到投产需要几年的时间，因此短期内电力短缺状况难以消除。

（四）外资企业融资限制

南非鼓励外商投资，但在外商投资领域有两个限制：首先，投资银行和保险公司须符合当地最低股本要求；其次，外国公民经营或者控股超过75%（包括75%）的企业是受限制的。另外，如果要在南非设立外资银行的分支机构，必须雇佣一定比例的当地居民，才能获得银行营业执照。外国公司必须先在南非注册登记为"外国公司"后，才可将不动产登记在其名下。

南

非

（五）社会治安状况不佳

南非的社会治安形势十分严峻，各种刑事犯罪成为突出问题，有组织的犯罪团伙实施恶性抢劫的发案率居高不下。特别是近年来，南非发生了多起针对外国人的抢劫或骚乱，包括对华人的伤害事件。除以上风险因素外，产权不清、官员腐败、高昂的运输成本、虚假合约或毁约及签证等原因也常导致项目出现变故，而矿业勘查开发周期长、资金量大，令投资者极其被动。[①]

因此，投资南非矿业是一项难度大、周期长、风险高的综合性投资活动。投资者需要在投资前和投资过程中做好充分的风险防范准备。尤其是南非矿业投资的法律风险点较多，中国投资者应充分了解南非各项矿业法律法规。

第二节　矿业权管理制度

2002年，南非通过并颁布了《矿产和石油资源开发法》于2004年生效，正式废止了1991年《矿业法》。[②] 此后，南非矿法先后两次进行了大的修订。经过修订，南非矿法加强了国家对矿业权的管理和控制，提高了企业的进入标准和要求，促进了南非弱势人群和社区参与矿业开发的兴趣和热情。因此，矿业企业进入南非应当熟悉当地相关法律法规，规避矿法修订带来的政策风险和法律风险。

① 王健：《南非矿业投资环境分析》，载于《中国矿业》2013年第7期，第42～44页。
② *Minerals Act 50 of* 1991.

一、矿业管理部门

2009 年，南非时任总统祖马宣布将南非矿产资源管理和开发的政府主管部门——南非矿产与能源部拆分为矿产资源部和能源部。新成立的矿产资源部和能源部依据南非 2002 年《矿产和石油资源开发法》，实施矿产资源和石油资源国家所有权的管理。其中，矿产资源部负责有关矿法的实施和监督以及矿产和石油资源的开发和管理，包括各种矿业权证的审批、发放、拒绝和监管等事务。矿产资源部下设 1 名总干事，并分别在 9 个省设立矿产资源局，由省局局长代表部长行使矿业权方面的行政职能。9 个省的省局局长由矿产法规局下属的 4 个管理处分别与之沟通协调，对矿产资源实施登记，并对勘探权和采矿权实施管理。矿业权发证实行省级审批，官员签字生效，发生争议时先由当事人双方自行协商，协商不成的，由矿产资源部裁定，不服裁定才能上诉。

二、矿业行业协会

南非矿业行业协会组织较为完善，主要包括有南非矿业商会和南非矿业发展协会。

南非矿业商会历史悠久，最早可追溯于 1880 年。自成立以来，南非矿业商会在南非矿业领域发挥着举足轻重的作用，它以最大限度地保护其会员的利益为宗旨，大力促进会员之间的交流合作。近年来，随着外部环境的变化，商会的作用和功能也发生了一些实质性的改变。例如，商会重新调整了定位，转变为矿业企业赞同的政府政策调整的主要倡导者。另外，商会也不再直接参与其他行业的服务，同时降低了组织的会员准入门槛。

南非矿业发展协会成立较晚，始建于 2000 年。南非矿业发展协会原先是由南非初级矿业公司和黑人经济授权矿业公司组建的一个初级矿业组织，其宗旨在于代表初级矿业公司利益，响应政府政策决策并提出矿产条例草案。随着南非矿业发展协会在南非矿业行业的影响力越来越大，逐渐发展成为一个正式的矿业协会。南非矿业发展协会的主要任务是融资、发展矿业科技、实施负责任的环境管理和可持续发展以及维护初级矿业部门的生产规范标准。

三、矿业法律制度

南非矿业法律制度的设计，主要来源于《矿产和石油资源开发法》以及《矿业与石油资源开发条例》，在矿业权申请条件和程序、尾矿和矿渣库的管理、权利转让和抵押条款、选矿条件和闭坑义务，以及矿区的环境保护等方面，相关法律有详细的规定，这些内容是中国企业投资南非矿业的法律规制，在投资过程中必须严格遵守，以避免不必要的环境资源法律纠纷，保障矿业投资利益。

（一）法律渊源

1. 历史渊源。17 世纪中期，南非沦为荷兰殖民地，荷兰的罗马—荷兰法被移植到南非。19 世纪初，英国殖民者占领南非，开始大规模的移植英国法，并形成了一种大陆法和普通法混合模式的法律制度。1910 年，南非联邦成立后，继承和发展了这种带有混合特征的法律制度。1948 年，南非极右翼国民党政府上台执政后，大力推行种族隔离制度，被国际社会孤立。1994 年，南非举行全民大选，正式结束白人种族主义的统治。新政府开始酝酿制定一部全新的矿业法规取代旧南非时期的《矿产法》。因此，南非制定新矿法的一个主要目的，在于支持和鼓励以黑人为主的弱势群体参与到矿业活动，最终做到使全体南非人都平等地参与矿产资源的勘查开发和利用。

2. 形式渊源。2004 年，南非颁布的《矿产和石油资源开发法》正式生效后，1991 年的《矿业法》则被废止。2008 年和 2010 年，南非国民议会先后通过了《矿产与石油资源开发法修正案》（以下简称《矿法修正案》），对该法做出了一些调整，并出台了相配套的《矿业与石油资源开发条例》对该法进行了补充。同时，南非矿产资源部长还积极制定规则，为矿业工人提供教育与技能的培训。[①] 值得注意的是，为了支持黑人积极参与矿业活动，南非出台了《矿业宪章》，以提高弱势群体在矿业领域的社会经济地位。由此形成了南非矿业的基本法律规范体系。

1994 年，南非政府发布《南非矿产和采矿政策白皮书》，通过承认宪法环境权，进而重申了政府对于采矿业可持续发展的承诺，即政府为了实现可持续发展的目标，必须在经济开发活动中确保环境的综合管理。在这一背景下，为了促进矿产和石油资源的可持续发展，南非先后出台了大量与矿山环境保护相关的法律法规和环境政策，主要包括：《保护与可持续利用南非生态资源多样性白皮书》《国家环境管理法》《国家水法》《国家遗产法》《海洋生态资源法》《国家森林法》《国家草原及森林防火法》《国家公园法》《湿地保护法》《濒危物种保护法》等。南非政府积极运用法律手段保护生态环境，促进资源的可持续利用，并把环境立法与人权保护有机结合起来。

---

① Division of Policy Development and Law UNEP, Compendium of Summaries of Judicial Decisions in Environment-Related Cases, *United Nations Environment Programme*, 2005, P. 331.

（二）南非矿法的主要内容

从 2002 年《矿产和石油资源开发法》（以下简称《矿法》）的主要规定来看：首先，确定了采矿环境问题的主管机关，规定国家能源矿业部（DME）是南非矿产资源的主管部门，环境事务与旅游部（DEAT）是南非矿业环境问题的管理部门。其中，南非国家能源矿业部下设能源局、矿产开发局、矿山健康与安全监察局、服务管理局这四个分支部门。其次，明确矿业环境管理职责和综合防治的义务，规范矿业管理的运行程序和计划书的编写，规定了废弃物处理与闭坑的具体要求，为政府指导矿业环境保护和提供环境治理基金作出规定，同时对矿山环境问题提出了处理要求。再次，构建矿产项目的环境影响评价制度，要求环评报告包含矿山对自然环境的影响、对当地社区的影响、减轻影响的具体措施与方法，明确矿产活动中的特殊保护区域。最后，按照"能者多劳"原则，明确了保证金制度，规定"矿业主必须提供资产的真实情况，以此决定缴纳保证金的金额……"。同时，在政府职责条款中规定"加大对所有阶段中矿业活动的环境保护和监督检查力度，通过有效的监督检查制度和保证金制度确保对这个矿区环境的恢复治理以及对矿山闭坑后潜在环境危险进行随时监控。"[1] 除此之外，《矿产和石油资源开发法》的内容还包括了定义、基本原则、权利转让和抵押、矿业权的申请、发放和期限、信息处理、环境管理要求和闭坑证书、石油勘探和生产以及其他规定，例如雇员保护、违法处罚、社区权利优先等。其中，在南非矿法中，与中国企业投资南非矿业相关的法律规定主要有：

1. 矿业权的转让和抵押。南非《矿法》第 11 条是关于矿业权（包括探矿权和采矿权）转让和抵押的规定。

---

① 李虹、黄洁、王永生、吴琼：《南非矿山环境立法与管理研究》，载于《中国国土资源经济》2007 年第 3 期，第 30~32 页。

南非矿法规定矿业权的割让、转让、出租、担保和销售，或该权利的利益割让、转让或销售，以及非上市公司或不公开公司控股权的销售，必须有矿产资源部部长的书面同意。同时，部长签署矿业权转让同意书的条件是权利受让人能满足《矿法》第17条和第23条关于健康、安全、技术和资金的要求，以及《矿业宪章》和《社会与劳工计划》的要求。这是南非矿法中规定的唯一的部长自由裁决条款。

南非矿法经过历次修订，对矿业权转让的管制范围逐渐扩大。第一，关于矿业权转让的管制条款从非上市公司扩大到上市公司。矿法修正案对"上市公司"的定义与《所得税法》完全一致，包括了在南非境外注册、在南非境外证交所上市的公司。第二，关于矿业权转让的管制条款从完整矿业权扩大到部分矿业权。《矿法修正案》第2A条规定了探矿权和采矿权可以部分转让。申请人在申请探矿权和采矿权时，可以视情况就部分矿业权提交申请，这就使权利申请进一步多样化。

矿业权转让管制范围的扩大，表明了南非政府将进一步收紧对矿业权转让和抵押的管理和控制，即增强对矿业行业的控制。部长同意转让和销售的条件要求又为部长给采矿权持有人附加条件提供了方便之门。因此，该条款常被认为违反了"所有采矿权条款和条件应该是相同的"基本理念，有可能因为广泛的自由裁量权而导致权力滥用。

2. 尾矿和矿渣库的管理。南非矿法对于尾矿和矿渣库的管理条款较为模糊，对新旧矿业权过渡过程中尾矿库如何处理没有进行明确规范。但南非矿法对矿物的定义包括了矿渣库和残留矿床。关于矿渣库和尾矿的规定，不适用该矿法生效前颁发的矿业权，也就是旧设矿业权。

经修改后的南非矿法扩大了"矿渣库"和"残留矿床"的定义，包括了旧设矿业权产生的尾矿和矿渣。修正案规定，没有按照新矿法要求按时申请转换的旧设未用矿业权失效，其产生的矿渣归国家处置。若矿渣由按照新矿法要求申请转换的正运营的旧设矿业权所有，则可以允许新设矿业权进行矿渣开采和利用。在矿业权期满时，矿渣库由国家处置。矿法修正案对矿渣库做了进一步的规范，对这个问题作为"历史遗留矿山和矿法实施前产生的废弃物"来处理。《矿法修正案》第42A条是处理本法未规范的历史遗留的矿渣库和残留矿床的新的过渡性条款。在草案公布之日起两年内，有效期内的矿业权及其持有人拥有在2年内申请复垦许可证（Reclamation Permit）的权利。若持有人在授予复垦许可证后继续进行采矿运营，则可以授予复垦许可证。处理此类问题的旧设矿业权转换的类似条款从属于关于历史遗留矿渣库和残留矿床的权利转换。

历次的矿法修订对矿渣库和尾矿的归属进行了明确和详细地规范，但与矿渣库和尾矿关系密切的复垦许可证没有给出明确的定义，也没有明确申请的相关部门和要求，这在无形中增加了企业的操作难度。

3. 选矿。

（1）选矿条款的变化。南非《矿法》第26条授权矿产资源部长采取激励措施，鼓励矿业公司在南非进行矿产品选矿，并且国内选矿须得到部长的书面通知。但"选矿"一词在矿法中没有明确的定义。

2008年《矿法修正案》对"选矿"做出了明确的定义，将选矿分为了四个阶段。修正案将"部长采取激励措施"鼓励国内选矿修改为"部长可以发起或促进矿产品选矿，并可以规定所需的选矿水平。"换句话说，修正案允许部长规定必须引进何种水平的选矿，而不是为了激励选矿。

2010年《矿法修正案》又将选矿向前推进了一大步。该法将"选矿"的定义进行了扩大，包括最后阶段、产品转换、附加值或矿产品下游选冶成为更高价值产品，由部长在基准线基础上决定产品是当地消费还是出口。该法明确规定：部长"必须"

推动选矿，而不是"可以"推动选矿。草案规定部长在充分考虑国家利益后，可以通过政府公报决定当地选矿的百分比。部长可以规定所有原矿生产者向当地选矿企业提供原矿或矿产品的比例。该法新增加了"指定矿物"的定义，它特指在需要时，部长在政府公报上指定的选矿目的及矿物。规定所有要出口指定矿物（以当地加工为目的）的企业，拥有部长的书面许可才可以运营，并遵守部长规定的条件。

（2）矿产资源部长的广泛自由裁量权。南非矿法赋予了部长广泛的自由裁量权，包括：部长决定选矿水平；部长决定需要选冶的产品比例；部长决定要求选冶产品的定价条件；部长决定提供给当地选冶企业的原矿或矿产品比例，等等。另外，矿法修正案没有明确对矿业资源部长自由裁量权限制的条款，而且还删除了矿法中规定"经济目的"，这表明了部长已经不需要考虑经济上是否可行的问题。

4. 矿业权的申请顺序。南非矿法的另一个十分重要的条款是矿业权申请的处理顺序，主管部门对符合条件的矿业权申请一般遵循"先到先得"的原则授予。《矿法》第9条规定，探矿权和采矿权按照申请在先的原则处理，除非申请是同时收到才优先考虑历史上的弱势群体。《矿法修正案》对本条做了一些修改，例如规定部长可以在政府公报上邀请相关区域的矿业权申请，并且可以规定申请提交的时间期限。被遗弃或放弃的矿区只能在部长发出申请邀请后才可以申请。另外，还增加了矿业权新的取得方式——投标，侧面增强了政府对矿业权申请的控制。不过，尽管该款可以有效防止权力滥用，但修正案并没有明确规定一个竞争性投标过程，仍有可能导致暗箱操作和腐败。

5. 矿业权的申请理由。南非矿法规定若申请人提交的支持申请的信息或关于矿法要求提交的所有事项不准确、不正确或有误导性，允许部长拒绝授予探矿权。探矿权续期申请，矿法规定申请人必须提供地球科学理事会颁发的所有勘探信息已经提交至地球科学理事会的证明文件。

矿法修正案对采矿权申请增加了新的要求，增加了矿业权申请的难度。例如，申请人必须标明其有能力遵守《国家水法》的相关条款。在南非，水务部对《国家水法》做出的解释往往给企业造成极大的负担。例如，在水务部所做的一项关于许可条款的解释中规定，湿地 500 米范围内的所有活动对湿地都有实质性的影响。那么，这就意味着在湿地 500 米范围内不可以进行任何生产和生活活动，自然也根本不可能进行矿业活动。

6. 社区的权利。南非新矿法注重保护"历史上的弱势人群"（Historically Disadvantaged South Africans，HDSAs）的利益，要求矿业公司在申请矿业权时，必须提供有效的措施保障历史上的弱势人群的利益。依据南非矿法的规定，国外投资者要获得南非的矿业权，必须保证其投资实体有 26% 以上的权益由"HDSAs"持有。南非大部分的采矿权在授予时都会要求投资者承诺遵守黑人振兴政策的义务。《矿法修正案》扩大了"历史上的弱势人群"的含义，包括了"社区"等特定区域内拥有权利或利益的历史上的弱势人群。"社区"直接定义为由部分或全部社区成员拥有的土地上的矿业直接影响的人们。2008 年《矿法修正案》规定，如果申请人申请的相关土地由社区拥有，部长可以附加促进社区权利和利益的条款，包括要求社区参与矿业开发。该条款可以解释为规定社区可以作为拥有股权的实体参与矿业开发。2010 年《矿法修正案》进一步修改了"社区"的定义和有关条款。其中，把"社区"的定义修改为：国家特定区域的、成员具有共同的协议、习俗或法律的有利益和权利关系的相关社会群体。该法删除了要求社区承担的义务，但部长在考虑社会经济要求或特定地区或社区需要后可以直接要求采矿权持有人满足该要求或需求。满足该要求或需求的最适合的方式都包含在社会和劳工计划中。该法还规定了新的社会和劳工计划的提交和修改规定。

通过对南非矿法关于社区的相关条款的解读可以看到，社区可以作为一个独立的经济实体参与矿业开发，分享股份和权益。保障社区和弱势人群利益的措施全部包括在社会和劳工计划中。政府可以根据社区和矿区周边弱势人群的需要和要求，给矿业公司提出附加条件，并作为社会和劳工计划的一部分，社会和劳工计划是政府检查矿业公司是否遵守相关律法规的重要部分。

7. 闭坑义务。闭坑发生在矿山运营的最后阶段。南非矿法规定，采矿权持有人在部长颁发闭坑证书前需对所有的环境问题负责。颁发闭坑证书后，责任终止。《矿法修正案》规定，与环境相关的责任部门确认企业遵守环境许可证规定后才能颁发闭坑证书。以前只有水务和林业部才能提供此确认证明，该法将其扩大到所有相关部门。与《矿法》相比，《矿法修正案》增加了子条款，要求持有人按照有关规定，计划、管理和执行闭坑程序和要求。部长有发布战略促使矿山闭坑的权力。若该战略公布，则持有人必须修改方案、计划或环境许可证或提交符合闭坑战略的闭坑计划。另外，直到地球科学理事会确认已经收到所有的勘探和开采记录，包括钻孔、岩心数据和岩心日志数据，闭坑证书才能颁发。该法进一步规定，尽管可以颁发闭坑证书，但是矿业权持有人或项目的前所有人仍旧对所有环境污染、生态退化、余水抽取和处理负责，遵守环境许可证规定。

可以看出，《矿法》关于闭坑证书的一系列规定，使证书的取得十分困难。《矿法修正案》则规定了一个开放式的环境责任，即使所有的环境许可证要求已经得到遵守、证书得以颁发，企业仍旧对矿山环境恢复负有后续责任。这一规定，使企业取得闭坑证书的可能性微乎其微。

8. 环境保护授权。南非《矿法》规定，申请探矿权、采矿权和采矿许可证的，申请人要提交环境管理方案，环境管理方案没有得到批准的，任何企业和个人不得采矿。

《矿法修正案》第38条A款用环境授权取代了环境管理方案。该条规定，部长是执行《国家环境管理法》涉及采矿权作

南

非

业面上的采矿或附属生产活动的相关环境保护规定的责任主管。另外，部长颁发环境授权是授予采矿权的先决条件。修正案还规定矿法批准的环境方案或环境管理计划视同《国家环境管理法》已经批准并颁发环境授权。修正案规定，探矿权申请人不仅要申请环境授权，而且要根据适用法律申请用水许可证。

环境是矿业关注的重点。南非新矿法的修订，针对环境部分调整比较大，删除了较多的不适用条款，将矿业公司提交的环境管理方案修改为部长颁发的环境授权，并且需要申请用水许可证。

9. 石油开发。在南非《能源法》生效之前，石油资源开发仍旧适用矿法的相关条款。《矿法修正案》对石油勘探和开发部分进行了重大的调整：其一，废除了具体执行石油勘探和开发的管理机构，所有的具体事务由各地区矿产管理部门承担；其二，规定政府可以享有石油企业一定比例利润——"无偿利润分成"。当前，南非政府已经向部分石油公司提出了这一要求，比如嘉能可公布了南非政府要求分享其南非公司 20% 的利润分成的信息。[1]

四、矿业权设置

依据南非《矿产和石油资源开发法》第 5 条规定，南非所有的矿业权必须依据该法授予，并根据 1967 年《矿业权登记法》的规定进行登记。南非的矿业权主要由矿产和石油两个部分的开发权利组成，二者的权利属性如表 4-1 所示：[2]

---

[1] 有关南非矿业法律的修改及其主要内容详见王华春、郑伟、王秀波、郭彤荔、王健、王海平：《从南非矿法修改看其矿业政策发展变化》，载于《中国国土资源经济》2014 年第 5 期，第 50~53 页。

[2] 王华春、郑伟：《南非矿业投资法律制度概述》，载于《中国国土资源经济》2013 年第 7 期，第 57~62 页。

表 4 – 1　　　　　　　　南非矿业权的设置内容与权利属性

矿权类型		最大面积（公顷）	办理费用（万，兰特）	期限（年）	延期	转让属性
针对矿产开发的权利	调查许可		1	1	不得延期	不得转让、割让、出租、转租、让与、处置或担保抵押
	探矿权		5	≤5	可延期 1 次，每期≤3 年	
	采矿权		10	≤30	可延期，每期≤30 年	
	采矿许可证	5 公顷	1	≤2	可延期 3 次，每期≤1 年	不得转让、割让、出租、转租、让与、处置。在得到部长许可条件下，可为采矿项目融资目的而进行担保抵押
	保留许可证		50	≤3	可延期 1 次，每期≤2 年	不得转让、割让、出租、转租、让与、处置或担保抵押
	技术合作许可证		陆地：1 海洋：5	≤1	不得延期	不得转让
	社区优先探矿或采矿权			≤5	可延期，每期≤5 年	
针对石油开发的权利	勘探权		陆地：5 海上：10	≤3	最多延期 3 次，每次≤2 年	遵守规定前提下，可以转让和抵押
	调查证		陆地：1 海上：5	≤1	不得延期	不得转让
	生产权		陆地：10 海上：50	≤30	可延期，每期≤30 年	在遵守法定条件前提下，可以转让和抵押

　　资料来源：王春华、郑伟：《南非矿业投资法律制度概述》，载于《中国国土资源经济》2013 年第 7 期，第 57~62 页。

五、与矿业配套的相关法律法规

除上述矿业基本法以外，南非还颁布有一系列与矿业配套相关的法律法规，包括《南非矿业政策白皮书》《矿山健康与安全法》《国际环境管理法》《矿山闭坑财政拨款评估准则》《矿区土地复垦准则》《钻石法》《钻石法修正案》《贵金属法》以及《南非矿业选矿战略指南》等。上述法律法规从人员配置、采购规定、黑人持股要求、矿山安全、环保标准、闭坑和复垦标准及选矿规定等方面，对矿业的各个环节进行了详细的规定。

第三节　矿业税费[①]

南非的税种分为直接税和间接税。直接税包括所得税、二级公司所得税、资本收益税和捐赠税。间接税包括增值税、房地产遗产税、印花税、消费及进口税、流通证券税、地区服务顾问费和技能发展费。

南非实行按居住地征税的政策，根据与不同国家签署的避免双重征税协议，非南非公民需根据在南非的收入纳税。南非税务署负责大部分税种的征收和管理。新成立的企业必须到税务署进行下列税种登记：年度所得税、增值税、员工税。地方市政服务费要缴纳到地方市政委员会。为便于税务管理，南非税务署将整个国家在地理上划分为 44 个区域，隶属 5 个地区税收办公室。每个区域设立税收征缴处，负责该区域的税收征缴工作。

一、企业主要税费

南非设置了种类多样的税费，其中，中国企业投资南非矿业

---

① 关于南非矿业税费的内容资料引自王华春、郑伟：《南非矿业投资法律制度概述》，载于《中国国土资源经济》2013 年第 7 期，第 57~62 页。

时需要了解的税费类型主要有企业所得税、增值税、股本税、印花税、碳排放税、房地产转让税等。

（一）企业所得税

依据南非《所得税法》的规定，应税企业根据其类型不同，实行不同的企业税率。第一，南非对三类公司征收企业所得税，即金矿公司、其他矿业公司和一般公司。除一般公司的企业所得税为28%外，其他两类公司征收35%。第二，在上述基本税率之外，南非还对所有企业已分配的股息、红利等征收10%的公司辅助税（STC，二级公司所得税）。那么，南非公司所得综合税率为33%，与国际水平（30%～38%）大体持平。第三，年营业额在600万兰特以内的小企业，其公司所得税按累进税率征收：应税收入小于4万兰特，零税率；4万～30万兰特之间的，10%税率；30万兰特以上的，29%税率。第四，退休基金公司按9%的税率征收。第五，外国公司在南非所设分支或代表机构按36.5%税率纳税，但免征二级公司所得税。

（二）增值税

增值税属于间接税，包含在南非境内销售的所有货物和服务中，税率为14%。所有商业实体，包括外国实体在南非的分公司所提供的商品和服务，均须缴纳增值税，出口商品和某些服务的增值税为零。

（三）股本税

南非要求公司成立时，应缴纳170兰特的税金。另外每1 000兰特核准发行的股本或不足1 000兰特的部分应缴纳5兰特税金。发行股票时,每20兰特发行价格或不足20兰特部分须缴纳5分印花税。

(四) 房地产转让税

在南非转让不动产需缴纳转让税,按购买价和公平市场价两者间高者征。自然人和公司所购财产采用不同税率,对自然人采取 1% ~ 8% 的累进税率,对公司税率为 10%。

(五) 碳排放税

自 2010 年 9 月 1 日起,南非对新上市的轿车和轻型商用车征收碳排放税。碳排放税的起征点为二氧化碳排放量 120 克/公里,超出部分按照 75 兰特(克/公里)征收。

(六) 其他税费

除上述五种企业的主要税费之外,在南非开设企业可能缴纳的税费种类还有印花税和技能发展费等。年支付工资超过 50 万兰特的企业,需缴纳其工资总额 1% 的技能发展费,而登记股票转让时则应缴纳 0.25% 的印花税。[①]

二、矿业企业特有税费

除了上述企业基本税以外,南非法律法规还专门规定了一些矿业公司需要缴纳的特有税费,包括陆地矿产勘查费、海洋矿产

---

① 中国企业在南非投资兴业,尤其是矿业企业,需要重点关注南非的税种、税率,相关内容详见本书第七章"南非财税金融法律制度"。

勘查费、海洋石油勘查费、钻石勘查费、权利金以及环境保证金。

（一）陆地矿产勘查费

2004 年 5 月 1 日前，按照 1991 年《矿产法》的规定对国家拥有的矿产征收勘查费。从 2003 年 4 月 1 日起，一个勘查许可证的费率从第一年 3 兰特/公顷起，每年增加 1 兰特/公顷，最长 5 年，对延续的许可费率翻倍为 2 兰特/公顷·年并以此递增。2004 年 5 月 1 日起，依照《矿产和石油资源法》，对所有探矿权，包括私有土地和国有土地的探矿权，执行统一的勘查费率。之前已经授予的探矿权，依然执行旧费率。

（二）海洋矿产勘查费

对于除钻石和石油以外的海洋探矿权，勘查费为第一年 100 兰特/平方公里，其后每年每平方公里增加 10 兰特，至探矿权期满。对于延续的探矿权，勘查费在延续第一年为 200 兰特/平方公里，之后每年增加 20 兰特/平方公里，至延续期满。

（三）海洋石油勘查费

勘查费为每年每平方度 20 万兰特，或按适当的比例但不低于 5 万兰特。对海洋石油勘探权延续期的勘查费第一年为 22.5 万兰特，第二年为 25 万兰特，第三年为 27.5 万兰特。

（四）钻石勘查费

钻石矿床的勘查及延续期勘查费用则更高。钻石特许区授予的探矿权，在有效期内探矿费用按每年 10% 的比率增加。

（五）权利金

在《权利金法》生效以前（即 2010 年 3 月 1 日）授予采矿权的，不需要缴纳权利金。生效后授予的新采矿权的应付权利金为营业收入总额的 1%，钻石为收入总额的 5%。

（六）环境保证金

南非矿法及相关法律规定，获取矿业权，必须进行相应的环境影响评价，提交环境管理计划和矿山闭坑计划，并附带有相应的计划的财务证明。依据南非政府发布的《环境保证金计算指南》的规定，要求企业必须在环境管理计划或环境管理项目批准前提交保证金，并在银行财务担保中说明。

三、南非税收最新变化

自 2012 年以来，南非通过改革企业应税税种和降低外国企业税收等方式吸引外国投资。

（一）红利税

从 2012 年 4 月 1 日起，南非用红利税（Dividends）替代公司辅助税（STC），税率为 15%。

（二）资本利得税

从 2012 年 3 月 1 日起，对个人和特殊信托公司的税率增长到 33.3%；对公司和其他信托公司的税率增长到 66.6%。同时，一些免除限额也相应提高。

（三）医疗信用税

从 2013 年 3 月 1 日起，新的医疗税收信用体系开始执行。

（四）退休基金

从 2014 年 3 月起，雇主为雇员交的退休基金将作为雇员的应税福利，并有相应减免规定。

（五）碳税

为应对全球气候变化，降低碳排放量，南非从 2015 年 1 月 1 日起，开始征收碳税，按照每排放 1 吨二氧化碳征收 120 兰特的税率征税。

（六）外国公司的分支机构所得税

南非政府将外国公司在南非各分支机构的所得税从 33% 降为 28%。

第四节　环境法律制度与矿业规制

中国与南非两国政府曾在 2010 年签署《中华人民共和国

和南非共和国环境管理领域合作谅解备忘录》，生物多样性保护、环境管理、环境政策执行、环境监测、环境守法与执法、环境技术、危险及有毒废物管理等内容，是双方的主要合作领域。备忘录的签署，有利于双方环境保护合作，推动两国关系健康发展，也有利于保障中国企业赴南非投资的利益，防范环境法律风险。新南非成立以来，南非对环境法律制度进行了改革，旧的殖民压迫和种族歧视性法律被废除，一些在实践中被证明有效且不违反宪法的旧环境资源法律被修改后部分沿用，新的法律也得到陆续颁布和补充。截至当前，在南非环境保护领域发挥重要作用的法律主要有：1983 年《农业资源保护法》①、1989 年《环境保护法》、1998 年《海洋生物资源法》②、1997 年《环境合理化法》、1970 年《山脉集水区法》③、1998 年《国家环境管理法》、2004 年《国家环境管理：空气质量法》、2004 年《国家环境管理生物多样性法》、2008 年《国家环境管理：海岸线综合管理法》、2003 年《国家环境管理：保护区法》、2008 年《国家环境管理：废弃物法》、1998 年《国家水法》④、1999 年《世界遗产保护法》⑤、1998 年《森林法》⑥ 和 2008 年《放射性废弃物处置法》等专门性法律，以及 1977 年《刑事诉讼法》⑦、2000 年《促进信息获取法》⑧ 和 2000 年《促进行政公正法》⑨ 等相关程序法律。⑩

---

① *Conservation of Agricultural Resources Act* 43 *of* 1983.
② *Marine Living Resources Act* 18 *of* 1998.
③ *Mountain Catchment Areas Act* 63 *of* 1970.
④ *National Water Act* 36 *of* 1998.
⑤ *World Heritage Convention Act* 49 *of* 1999.
⑥ *National Forests Act* 84 *of* 1998.
⑦ *Criminal Procedure Act* 51 *of* 1977.
⑧ *Promotion of Access to Information Act* 2 *of* 2000.
⑨ *Promotion of Administrative Justice Act* 3 *of* 2000.
⑩ *National Radioactive Waste Disposal Institute Act* 53 *of* 2008.

一、南非主要环境立法

南非的环境法律体系以宪法环境权为核心，以环境基本法为指导，以大气、水资源、矿产等单行环境法为补充，同时，南非还在共同应对国际气候变化的框架协议下，签署国际环境公约、协议，积极履行国际环境义务。

（一）宪法位阶的环境法

宪法位阶的环境法是南非环境立法的基石，[①] 它们由《宪法》第 24 条、第 25 条、第 32 条、第 38 条和第 146 条、第 152 条、第 184 条的相关规定组成，宪法位阶的环境法促使南非环境保护法律具备执行力。首先，第 24 条规定了公民环境权与国家环境保护责任。"每一个人皆有享受无害于其健康与幸福的环境的权利，为了现世及后代子孙的利益，使环境受到保护的权利，通过合理的立法和其他措施：预防和防止生态退化；促进保育；在促进经济和社会合理发展的同时，确保生态上的可持续发展和自然资源利用。"其次，第 146 条第（2）款第（c）项和第 152 条第（1）款规定环境保护领域的国家法优于省级和地方立法，以及作为地方政府行政目标的环境保护。再次，为全面清除种族歧视的消极影响，第 25 条规定了土地资源的平等使用权，第 184 条规定公民环境权的实施状况是人权委员会的审查内容。最后，为了确

---

① "宪法位阶的环境法"：该翻译来自于原文"Breathing Life into Fundamental Principles：Implementing Constitutional Environmental Protections in Africa"。其中，我国学者张一粟老师将"Constitutional Environmental Protections"译作"宪法位阶的环境法"。笔者认为，宪法位阶的环境法至少包含三个方面：其一，宪法环境权条款；其二，宪法中直接涉及环境与资源问题的条款；其三，宪法中间接涉及环境与资源的条款，需要通过其他相关内容进行推论得出。从南非宪法位阶的环境法来看，它主要由两种性质的权利组成：其一，环境实体性权利，即环境权与生存权；其二，环境程序性权利，即知情权、参与权、结社权、诉权。

保公民环境权的实现，第 32 条赋予了公民获取国家相关信息的权利，而第 38 条则赋予作为公民基本权利的环境权以可诉性。[1]

（二）环境基本法

《国家环境管理法》（简称：NEMA）[2] 由序言、10 章、3 个附表，共 53 条组成，是南非环境综合管理的依据，又是宪法位阶的环境法的具体化，在环境知情权、参与权、环境公益诉讼等方面对宪法位阶的环境法进行了具体制度设计。它由最高立法机关国民议会审议和颁布，所以是新南非的环境基本法，在法律位阶上仅次于宪法，高于其余单行法。它于 1998 年颁布，在次年生效并多次修改，最新一次修正案是在 2013 年。作为承上启下的环境法典，《国家环境管理法》力图加强各级政府之间的环境协助与管理，设置了一些颇具特色的环境法律制度。

此外，随着社会经济的发展，新的环境问题日益突出。南非最高立法机关国民议会着力修改环境基本法，应对新的环境问题。按照 2013 年修正后的环境基本法规定，特殊的环境管理法律有：1989 年《环境保护法》、1998 年《国家水法》、2003 年《国家环境管理：保护区法》、2004 年《国家环境管理：生物多样性法》、2004 年《国家环境管理：空气质量法》、2008 年《国家环境管理：废弃物法》[3]、2008 年《国家环境管理：海岸带综合管理》[4] 和 1999 年《世界遗产保护法》，同时还包含依据上述法律而颁布的相关附属立法与法规。

---

[1] 刘海鸥、张小虎：《宪法位阶的环境法：浅析南非宪法环境权条款及其启示》，载于《湘潭大学学报（哲学社会科学版）》2016 年第 3 期，第 31～35 页。

[2] *National Environmental Management Act 107 of 1998.*

[3] *National Environmental Management：Waste Act 59 of 2008.*

[4] *National Environmental Management：Integrated Coastal Management Act 24 of 2008.*

（三）环境单行法

按照宪法第 24 条第（2）款要求"采取立法与其他措施保护公民环境权"，南非制定了许多环境保护单行法。同时，历史上那些在具体环境领域产生过重要影响的法律被修改后加以继承，其中的不平等规则和种族偏见被废除，一些技术性规定在不违背新宪法的前提下得以继续适用。按照《南非环境立法纲要》，环境单行法是基本法在具体领域的细化，在环境污染防治、自然资源保护和能源法律领域，南非颁布了大量的环境单行法。首先，在环境污染防治领域，制定了防治土地污染、大气污染、噪声污染、清洁水污染、海洋污染、海岸线活动污染和废弃物管理等方面的法律，如 1997 年《水服务法》[①] 等。其次，在自然资源保护领域，国家和各省立法的内容主要涉及森林、水、农业、动物、渔业和土地等资源。[②] 如，1998 年《国家森林法》[③]、2002 年《动物健康法》[④]、1993 年《动物保护法》、1998 年《海洋生物资源法》[⑤]、2002 年《矿产和石油资源开发法》[⑥] 和 1996 年《矿业健康与安全法》等。最后，从南非能源资源生成的类型上看，它被分类为电力、核能、石油、液态燃料、天然气。有关能源开发利用主要法规有 1987 年《电力法》、1999 年《核能法》、1999 年《国家核管理法》、2001 年《天然气法》和 1993 年《废除液态燃料和石油法》等。

---

① *Water Services Act* 108 of 1997.

② Morné van der Linde（Edited），*Compendium of South African Environmental Legislation*，Pretoria：Pretoria University Law Press，2006，P. 175.

③ *National Forest Act* 84 of 1998.

④ *Animal Health Act* 7 of 2002.

⑤ *The Marine Living Resources Act* of 1998.

⑥ *Mineral and Petroleum Resources Development Act* 28 of 2002.

南

非

（四）国际环境法

自 19 世纪 40 年代开始，南非逐渐参与有关自然资源与环境保护的国际性、区域性的公约与协议。同时，南非采取将国际环境法转化为国内立法的方式，接受全球通行的环境资源保护原则和精神。目前，南非已经参与的国际多边环境协议和其他公约有 30 余种，它们主要包括联合国的环境协议和其他环境公约，如《生物多样性公约》①《联合国气候变化框架公约》②《保护臭氧层维也纳公约》③《联合国防治沙漠化公约》④《濒危野生动植物种国际贸易华盛顿公约》⑤《控制危险废料越境转移及其处置巴塞尔公约》⑥《蒙特利尔破坏臭氧层物质管制议定书》⑦《保护迁徙野生动物物种波恩公约》⑧《防止倾倒废物和其他物质污染海洋伦敦公约》⑨《关于特别是作为水禽栖息地的国际重要湿地公约》⑩ 等。

除此之外，南非还加入了许多非洲区域性或次区域性经济与环境协议，例如，1981 年《非洲人类与民族权利宪章》⑪、1991 年《设立非洲经济共同体公约》⑫、2000 年《非洲联盟基本法》⑬、

---

① Convention on Biological Diversity 1992.

② UN Framework Convention on Climate Changes 1992.

③ Convention on the Control of Transboundary Movements of Hazardous Wastes and Their Disposal 1989.

④ United Nations Convention to Combat Desertification 1996.

⑤ Convention on International Trade in Endangered Species of Wild Fauna and Flora 1975.

⑥ Convention on the Control of Transboundary Movements of Hazardous Wastes and Their Disposal 1989（Basel Convention）.

⑦ Montreal Protocol on Substances that Deplete the Ozone Layer 1987.

⑧ The Convention on the Conservation of Migratory Species of Wild Animals 1979.

⑨ Convention on the Prevention of Marine Pollution by Dumping of Wastes and Other Matter 1972 and the 1996 Protocol（the London Convention）.

⑩ The Ramsar Convention on Wetlands of International Importance especially as Waterfowl Habitat 1972.

⑪ African Charter on Human and Peoples' Rights 1981.

⑫ Treaty Establishing the African Economic Community 1991.

⑬ Constitutive Act of the African Union 2000.

1992 年《建立南部非洲共同体的温得和克条约》①、1995 年《南部非洲发展共同体水道共享系统协议》②、1996 年《南部非洲发展共同体能源协议》③、1997 年《南部非洲发展共同体矿产协议》④、1999 年《南部非洲发展共同体野生动物保护与执法协议》⑤、2001 年《南部非洲发展共同体渔业协议》⑥ 和 2002 年《南部非洲发展共同体森林协议》⑦，在资源利用、水道管理、能源与矿产开发、野生动物保护、森林与渔业发展等领域，这些区域性或次区域性是南非环境立法与执法的重要规制。

二、南非环境管理制度

南非的环境管理制度来源于《国家环境管理法》《促进行政公正法》《政府间关系框架法》《环境影响评价规章》等法律法规的相关规定。这些内容中有中国企业投资南非必须了解的环境法律规制，其中许多与矿业投资相关，具体包括：南非环境管理的主要机构、环境管理的基本原则、环境实施计划与环境管理计划、环境影响评价制度、环境审查制度、环境许可制度、环境担保制度、环保授权制度，以及违反南非环境与资源保护法律的相应罚则等。

（一）环境管理的主要机构与原则

1. 主管机构。环境事务部（Department of Environmental Af-

---

① *SADC Treaty* 1992.

② *SADC Protocol on Shared Watercourse Systems* 1995.

③ *SADC Protocol on Emerge* 1996.

④ *SADC Protocol on Mining* 1997.

⑤ *SADC Protocol on Wildlife Conservation and Law Enforcement in the Southern African Development Community* 1999.

⑥ *SADC Protocol on Fisheries* 2001.

⑦ *SADC Protocol on Forestry* 2002.

fairs）是南非环境保护的行政主管部门，在南非 9 个省中均设有办事机构。此外，其他与南非环境和资源保护有关的政府机构还有矿产资源部（Department of Mineral Resources）、水利部（Department of Water and Sanitation）、农林渔业部（Department of Agriculture, Forestry and Fisheries）、能源部（Department of Energy）、卫生部（Department of Health）、劳工部（Department of Labour）、农村发展和土地改革部（Department of Rural Development and Land Reform）和人居部（Department of Human Settlements）等。按照 1998 年《国家环境管理法》的规定，这些部门都是国家环境协调委员会（Committee for Environmental Coordination）的成员，在环境综合管理的原则要求下，各部门协同合作制定和执行南非环境保护标准，互相配合、相互监督，共同履行环境与资源保护的职责。

2. 基本原则。按照 1996 年《南非共和国宪法》，南非坚持运用法律手段保护生态环境，促进资源的可持续利用，把环境立法与人权保护有机结合，确定环境权为一项基本人权并得到宪法的保障，具备可诉性，凸显人权保护。按照 1998 年《国家环境管理法》，南非环境管理机构及其工作原则主要有：合作决策、可持续发展和环境管理最佳实践、综合管理、以社区为基础的环境决策、预防以及"污染者付费"原则等。例如，为减少污染物排放，南非政府对任何造成土地、水源、大气环境污染的个人或企业强制征收环境污染补偿费。此外，在环境资源保护的具体领域，上述原则也作为立法指导思想被写入法典，如 1998 年《南非水法》规定可持续性和公平公正用水是南非水资源开发、利用、保护、管理和控制的重要指导原则。明确公民对水资源的基本需求，保护并与其他国家分享部分水资源，通过用水促进社会经济发展，建立适当机构体制实现水法的立法目标。

3. 环境审查。从南非环境管理机关的执法层面看，环境审查是法律赋予它们的工作职责。但是，也有很多在南非投资的公司因为其参与了国际标准组织等国际认证机构，进而接受相关国际机构的环境审查。此外，各企业也可以开展自我环境审查，以确保其运营遵守南非的环境法律。现阶段，一些企业经常会聘用律师来起草本公司符合南非环境法规的文件，用以防范环境法律风险并确保企业运营符合东道国的环境法规，这是一种在南非比较常见的企业自我环境审查的方式。另一方面，为准确报告企业履行环境保护的义务，各公司必须在其年度财务报表中加入与环境问题有关的复原或资产评估或折旧规定。对此，很多较大的南非上市公司会参与全球报告活动（www.globalreporting.org），而南非的会计标准，包括国际会计标准，也会要求明确本公司的环境保护社会责任，并公布本公司其他相关的环境问题。

（二）环境许可与环境担保

1. 环境许可制度。在南非没有综合的环境许可体系，所以项目开发商或资源开采商的首要责任，就是确定本项目的开展必须获得哪些环境许可，并确保能够获得所有的此类许可。一般情况下，项目开发商需要从南非独立的环境管理机构以及不同级别的政府获得各种领域中不同类型的许可证。对此，《国家环境管理法》第 24 条列举的活动可以用作开发商确定是否必须进行环境影响评价的依据。然而，即使一个项目本身并不需要进行环境影响评价，但是根据正在进行的项目或开发的类型，也有可能需要其他与之相关的环境许可证。

2. 用水许可证申请。1998 年《南非水法》对国内重要的水资源区分等级，对各级水资源分别建立了水质标准，要求保持各等级水资源管理的质与量，以满足人民需求；保护水体生态环境，以确保其可持续发展与利用；提出防止水污染与消除污染影响，要求土地占有者采取合理方式，避免在土地上进行可能导致污染水流的活动，确定"污染者付费"原则。在此要求下，水法规定了用水许可证的申请事宜。规定该申请必须予以公告，利害关系人可予反对。发证机构在颁发许可证之前必须考虑下列因素：对水的利用效率，是否有益于公共利益，对水源的使用是否具有战略重要性及是否对其他用水者产生影响。发证机构对其作出的决定必须附以理由。对发证机构的决定有异议者，可向有独立地位的水法庭（Water Court）起诉。用水许可证的有效期不得超过40年，且每五年进行一次复查，并可根据复查结果对获得该证的条件予以修改。持证人因许可证条件的修改而遭受重大损失的，可获得经济补偿。

3. 环境担保制度。在南非大型上市公司的资产和股份销售合同中，一般会提供环境担保与保护，并且提交环境保证金，环境担保的内容取决于公司的实体业务活动和资产的性质。在提供环境保证金及环境担保时，一般会规定时间限制和财务封顶。担保和保护的时间限制和财务封顶取决于公司的业务类型以及购买资产的性质。另外，如果进行了相应的环境保护调查，则应当根据调查来确定时间限制和金融财务封顶。

（三）环境实施计划与环境管理计划

为了统一协调国家环境政策，促进各部门、省级与地方实现可持续的环境保护，1998年《国家环境管理法》构建了南非环境综合管理的协作机制，它主要由两个彼此独立的环境实施计划和环境管理计划组成。2013年修改后的《国家环境管理法》第3章"合作管理程序"第11条~第16条分别规定了南非的环境实施计划与环境管理计划。第一，按照《国家环境管理法》的列举，一些国家和省级部门可能因行使职能而对环境造成影响，包括环境事务部、农村发展与土地改革部、农林渔业部、人居部、贸易工业部、水务部、交通部、旅游部、国防部、公营事业部、公共工程部共11个部门，以上部门必须每5年起草一份

"环境实施计划";第二,按照《国家环境管理法》的列举,一些国家部门行使职能包括了对环境的管理,包括环境事务部、水务部、矿产资源部、能源部、农村发展与土地改革部、卫生部、劳工部共 7 个部门,它们必须每 5 年起草一份"环境管理计划";而环境事务部、农村发展与土地改革部、水务部这三个部门既要起草国家环境实施计划,也要起草国家环境管理计划。

1. 环境实施计划。环境实施计划反映出国家机关可能影响环境的职能活动,《国家环境管理法》第 13 条列举了环境实施计划必须包含如下内容:"其一,说明可能对环境产生重要影响的政策、规划和项目;其二,说明国家有关部门或省级部门将会确保可能造成重要环境影响的政策、规划和项目的方法符合本法第 2 条设立的环境管理原则,以实现那些由环境事务部长或其他部长依据宪法第 146 条第(2)款第(b)项第(i)目设立的任何国家形式和标准,旨在实现、促进和保护环境。其三,说明相关国家与省级机构为确保其职能履行而执行相关法律条款的具体方式。其四,促进目标规划的实现以履行本法第 5 章规定的环境综合管理程序和规则。"环境实施计划的具体要求在各省法院及各部门的综合环境评估正当程序中发挥着重要的作用。可见,环境实施计划关注于南非特定的机关行使行政职权可能造成环境影响的活动,它侧重于一般政策与职能在实现环境管理职能时的方式。环境实施计划为促进环境管理的政府合作提供了重要的法律依据,它调整政府在环境决策过程中的计划、程序和方案。而且环境事务部门必须制定执行环境实施计划的细则,并提交委员会协商。

综上,从近年来中国企业赴南非投资领域和南非进口中国商品类型来看,矿产开发、钢铁金属、机电产品、化工产品等占据较大比重,而这些项目活动将对环境产生潜在的影响,属于政府相关部门制订环境实施计划的重要考察领域。因此,上述企业必须积极向南非环境主管部门提交企业的环境信息,配合相关部门制订环境实施计划，并按照宪法位阶的环境法和环境基本法的要求，确保国家掌握重要的环境信息，并按照要求向公众公开。

2. 环境管理计划。环境管理计划反映了《国家环境管理法》列举的 7 个部门行使"包括了环境管理"职能的情况，相比环境实施计划，《国家环境管理法》第 14 条环境管理计划的具体职能要求更为严格："其一，环境相关部门行使职能的说明；其二，说明环境管理的具体形式和标准，包括以《宪法》第 146 条第（2）款第（b）项（i）目为依据，而由相关部门设置或适用的形式与标准；其三，说明国家机关和个人履行相关部门制定的环境政策而设计的规划和项目；其四，说明国家机关和个人优先履行相关部门的政策；其五，说明国家机关和个人优先履行相关部门政策的范围；其六，说明国家机关或个人履行相关部门政策的范围；其七，促进履行按照第 5 章环境综合管理而设置的程序与规定，及其目标与计划的建议。"可见，环境管理计划关注各部门列举出的涉及环境管理的职能，它侧重于确保其他机构遵守有关环境管理的责任和政策，实现环境影响评价过程中明确要求的管理活动，在各阶段中保障计划的实现。

综上，中国企业及投资者在南非开展项目，必须严格遵守南非相关部门制订的环境管理计划，履行相应的企业环境保护义务，在南非的环境管理和执法活动中，降低可能出现的违法风险。

3. 计划的生效与实现。按照法律规定，环境管理计划与环境实施计划都必须呈请环境事务部部长或执行委员会委员依具体情况来批准，还需要提交环境协调委员会（Committee for Environmental Co-ordination，CEC）审核。

一方面，对于环境实施计划的具体内容，环境协调委员会必须仔细审查其采用的措施，或者向环境事务部部长及其他负有责任的部长报告他们是否遵守了相关规定条件。当环境协调委员会同意采纳某个环境实施计划，国家相关机关必须在采纳该计划的90日内，将该计划公布于《政府公报》（*Gazette*）之上，届时计划才予生效。如果环境协调委员会发现环境实施计划或环境管理计划没有遵守《国家环境管理法》第2条设置的意图和目标，那么该事实必须向环境事务部长或其他相关部长报告。如果发生了有关环境实施计划内容或意见的争议，则必须呈请环境部长与其他《国家环境管理法》中列举的各部部长进行磋商。如果这些争议涉及一个省，则必须呈请总干事以本法第4章设置的程序进行调解。虽然环境管理计划呈请了环境协调委员会，却未通过环境协调委员会的详细审查，但是仍必须在呈请90日内，简要的在《政府公报》上公布，由此委员会的审查方能生效。对于环境管理实施计划与环境管理计划的生效与实现，中国投资者必须积极配合南非相关机构的管理活动，提供企业的相关环境数据。

另一方面，《国家环境管理法》第16条规定了遵守环境实施和管理计划的具体方式：第一，它责成国家机关为拟定这些计划而履行其相关职能。第二，所有的国家机关都有每年向总干事和委员会呈请他们环境计划的义务。当计划没有被呈请或采纳时，环境大臣可以在通过委员会磋商的基础上推荐。环境总干事承担环境实施与管理计划执行的监管职能，作出质询或其他适当的程序来确定环境计划是否被遵守。当环境计划没有被充分地遵守时，环境总干事可以对国家机关提出关于未遵守环境计划的补救措施书面通知。国家机关必须在30日内对此作出回应。如果未采取补救措施，则环境总干事可以"在一个时期内，指定必须采取一些程序为未履行环境计划作出补救措施。"如果至此以后仍未遵守该要求，这些事务必须依据本法第4章的规定展开调解。第三，每个省级机构必须确保相关环境实施计划遵守各省直辖市的规定。另外，环境总干事有义务记录环境实施与管理计划，使其对公众产生效力。环境部长可以发布指导方针，协助各省制备环境计划。因而，这些有关的特别程序也是环境计划在制定实践过程中的重要保障，它们由"针对其他目标的信息或计划集合组成"。在这个范畴下，才能实现一体化的发展计划（Integrated Development Plans）。

综上，以《政府间关系框架法》和《国家环境管理法》等为依据，南非建立了环境综合管理的执法协作制度，在针对环境实施或管理计划而产生的诉讼活动中，相关行政机关获得了广泛的裁量权。[①] 对此，中国投资者必须积极配合南非环境保护部门开展环境管理，履行保护南非环境的企业社会责任，同时还必须遵守和执行南非政府相关部门制订的环境实施计划与环境管理计划，若未尽注意义务或未积极配合，企业或将面临着环境法律风险。

（四）环境影响评价制度

2010 年 8 月，南非环境事务部颁布了新的《环境影响评价规章》，需要进行环境影响评价的项目清单也正式生效，它包括一般项目清单和具有潜在重大环境影响的项目清单两种。《环境影响评价规章》确定了环境保护授权申请人、环境影响评价师、环境主管部门的职责和公众参与等法律程序，以此保证环境主管部门获得必要的环境信息，确保公众得以获取国家掌握的环境信息，实现环境保护的公众参与，并且有效控制工程项目在存续周期内对环境的影响。环境影响评价是中国企业投资南非时面临的首要环境法律规制，对了解环保授权、环境评价等制度的法律程序具有十分重要的现实意义，它将直接影响中国企业的项目竞标与投资利益。

1. 环评机构。南非环境影响评价的主管机构设立于南非环

南

非

---

① Jan Glazewski, *Environmental Law in South Africa*（2nd ed），Durban：LexisNexis Butterworths，2005，P. 144.

境事务部，并在各省设立相关办事机构。环评申请人必须委托有资质且独立的环境影响评价师进行项目建设的环保授权申请，并且向其提供必需的信息（必须保证相关环境信息客观真实，即使这些信息对申请人不利）。环境影响评价师在接到申请后，将代表委托人向南非环境主管部门提出申请，起草环境影响评价报告，按照宪法和环境基本法的要求向公众通报相关信息并充分考虑公众意见。

2. 环保授权。通过评估得出的环境影响评价报告是南非环境主管部门决定是否授予环保授权（Environmental Authorization）的重要依据。按照《环境影响评价规章》对项目的环境影响程度进行划分，环评报告可以分为：基本评价报告（Basic Assessment）和环境影响评价报告（Environment Impact Assessment，EIA）两类。基本评价报告适用于满足简易程序的一般项目清单。在基本评价报告、公众评议记录等相关文件齐备的前提下，南非环境主管部门一般在30日内决定是否给予环保授权。

3. 审批程序。对环境具有潜在重大影响清单中的项目，或在南非环境主管部门难以依据基本评价报告（Basic Assessment）作出决定的情况下，申请人必须向环境主管部门提交更加详细和全面的环境影响评价报告，以及该评价项目的替代方案、全面评估该项目对环境的影响程度、缓解环境影响的措施等，有时甚至还需要另请专家提出专题研究报告。

在收到环境影响评价报告等文件后，南非环境主管部门必须在60日内决定该报告是否符合条件，是否需要修改或者须经外部专家审议。如果环境影响评价报告符合条件要求或收到专家评议意见后，南非环境主管部门必须在45日内决定是否给予环保授权。

此外，在南非环境主管部门作出给予环保授权的肯定或否定决定后，申请人或其他相关方可以在收到通知后10日内通知主管部门是否提请行政复议，并在随后的30日内提出正式申请。

4. 环评标准。根据 2010 年新的《环境影响评价规章》，企业的环评申报活动需要满足三大标准：第一，提交环评基本评估报告（BSR），对可能产生环境不利影响的相关活动开展针对性调查；第二，提交标准规定的活动范围和环评报告（EIR），环评主管部门对环境产生高污染潜在影响的社会活动采取针对性调查；第三，如果环评申报活动在标准指定的范围内发生，那么该环评申报仅需环评主管部门通过基本评估程序即可，并依据个案的不同时效性来处理。在南非最常见的环境影响评价程序包括了两个阶段：第一阶段是桌面研究，环境影响评价师需要对企业的商业活动或资产进行检查，并确定潜在的责任问题；第二阶段则包括对有问题地区的现场调查、实际检测和取样，并要求开展进一步的调查。

5. 环评费用。项目投资者申请南非的环保授权将会涉及如下费用：环境影响评价师的委托费、环境主管部门有关环保授权的申请费、外部专家的审议费、更改授权的申请费、有关豁免或者行政复议的费用等。

6. 法律责任。提醒投资者注意，按照《环境影响评价规章》规定，南非环境影响评价项目清单规定的项目活动和环境保护主管部门确定的其他活动，这些工程项目必须获得南非的环保授权后才能启动。倘若未获得授权而开展相关项目，违者将被处以 500 万兰特以下罚款，可并处 10 年以下监禁，已进行的项目必须停止并恢复原状。而对于那些不符合环评标准的企业，作为南非环评主管部门的环境事务部可以直接采取注销企业审评资格等方式，予以严厉制裁。此外，如果违反或可能违反与环境保护有关的国家或省级环境立法中规定的法律责任，南非公民个人可根据《宪法》第 24 条、第 38 条设置的公民环境权及权利保障的诉讼救济，以及环境基本法对责任方进行诉讼，进而保护公民环境权、保护环境资源和公共环境利益。遭受危害的一方也可以根

南

非

据"普通法"[1] 进行诉讼。索赔方可根据环境侵权行为，对违法行为进行诉讼索赔。

7. 环评特征。南非的环境影响评价具有如下特征：第一，强化社会影响。由于环评是一项系统化的环境法律规制，新标准的 2010 年《环境影响评价规章》进一步强化、细化了社会活动对环境保护带来的影响，同时进一步明确了《国家环境管理法》提出的环境保护综合管理原则；第二，协商、简捷。相比旧标准，新的《环境影响评价规章》强化了环境事务部与其他部门协商处理环境问题的机制，更加注重程序的简捷和效率，并针对环境保护的敏感性采取更加谨慎的方式方法加以对待；第三，权威性。新标准要求进一步明确环境主管部门的权威性，对一些不符合环评标准的企业，环评主管部门可以直接采取注销其审评资格等严厉措施予以制裁；第四，公平性。新环评标准加强了南非环境法所秉承的公平性原则，但也设置了许多过渡性安排，并且兼顾 1997 年、2006 年的旧的环评标准。

三、南非投资的环境法律风险

环境问题是目前世界上最为关注的议题，可持续发展、全球环境治理和共同应对气候变化等共识让各国将环境保护的程度和力度提升至一个新的高度，非洲国家有着特殊的历史遭遇，殖民掠夺造成了生态环境与资源的巨大破坏，因此中国企业在南非投资面临着环境保护与矿业规制等法律的挑战。由于域外矿业投资的特有性质，矿产资源的勘探、开采、提炼等活动对矿区和当地的地质环境、生态环境等会造成一定的影响，甚至可能导致地质

---

[1]　政府与司法部门可以通过南非普通法执行对环境保护的权力职责，基于混合法系的传统，南非的普通法主要以罗马—荷兰法律为基础。但是，某些英国法律的概念和判例也被引入到了南非的法律体系之中，妨害法就是典型的代表。

灾害和矿区以及毗邻区的环境污染。此外，南非用环境权入宪的方式确保公民享有健康、无害的环境，公民环境权成为宪法基本权利之一，是人权委员会审查的重点内容。而一些特殊的环境法律又与我国相关规定存在较大差别，极易引发个人的环境违法行为。同时，在"一带一路"全面推进的背景下，中国企业赴南非投资将承担更多有关环境保护的新型社会责任，必须严格遵守南非的环境实施计划、环境管理计划，适时开展环境影响评价，这既是中国企业在南非面临的潜在环境法律风险，也是南非环境与资源法律制度对中国企业投资南非矿业的重要规制。

（一）作为人权保障的公民环境权对环境保护提出高要求

南非积极参加有关环境资源保护的国际公约和非洲区域性、次区域性协议，加上近年来国际环保非政府组织（以下简称NGO）的频繁活动，这促使南非政府、坏保机构、社区居民，甚至是全球大型跨国公司等都异常关注外国投资者对南非环境的影响。按照南非《宪法》第24条赋予的公民环境权和第184条将环境权的实施作为人权委员会的审查内容，再加上《宪法》第38条赋予作为公民基本权利的环境权以可诉性。宪法和环境基本法的相关规定让南非将环境保护提升至人权的高度，如果中国企业在投资矿业或其他基础设施建设等过程中污染环境，那将遭受政府和民众的严厉抵制，可能造成投资失败、利益受损，甚至会因侵犯南非公民"无害于健康与幸福"的环境权而遭起诉。事实上，某些中国企业在南非开发矿业时确实欠缺当地环境保护和可持续发展的考虑，从而造成了资源过度开发、环境保护不力等问题。日后，中国企业必须重视南非公民的环境权及其对环境资源保护提出的新要求，避免由此引发不利于中国企业的宪法基本权利救济诉讼，或是人权委员会对不履行公民环境权保护的审查。

（二）矿产资源开发过程中的环境法律规制

近年来，中国企业在南非投资矿产资源取得良好成效，矿产企业海外上市活跃。截至 2015 年，77 家中资企业（44 家国企、33 家民企）在海外控参股矿业公司上市，其中就有一家南非的上市公司。虽然 2014 年黄金、白银、铁矿石、石油价格遭遇断崖式下跌，我国海外矿业上市公司股价也遭遇相应的下降。[①] 但仍有 3 家海外控参股矿业上市公司股票价格上涨，其中就有南非的 Goliath Gold Mining Ltd（中信白银有色与中非发展基金相对控股），股票价格从 29 兰特涨至 180 兰特，涨幅 520.69%。[②] 因此，从中资海外控参股矿业上市公司总市值缩水的全球矿业投资现状来看，中国企业在南非投资矿业或将面临新挑战，南非矿业法律风险或将制约中国企业未来投资。而且从投资趋势来看，民营企业或将在数量上超过国有企业成为海外矿业投资的主力军，这种趋势将让非洲环境矿业法律知识相对匮乏的民营企业遭受更大的投资风险。因此，必须在投资前了解南非环境法律对和矿业投资有关的规制，预测和警示相关矿业法律风险。

其一，南非政府和社会高度关注环境与资源保护，与矿业投资有关的环境保护行政审批时间较长，获得环保授权的要求极高，因此增加了投资项目的潜在风险与不确定性，完成环保审批、获得环保授权的时间周期越长，时间成本的增加加大了企业的投资风险，也增加了投资成本。

其二，南非矿法注重保护历史上弱势人群的利益，要求矿业公司在申请矿业权时，必须提供有效的措施来保障历史上弱势人群的利益。通过对南非矿法关于社区的相关条款的解读可以看

---

① 资料显示，2013 ~ 2015 年间，中资海外控参股矿业上市公司的总市值缩水 39%，有 97%（103 家）公司股票价格下跌，跌幅大于 90% 的有 43 家，占 40.6%。

② 中国出口信用保险公司编著：《全球投资风险分析（2015）》，中国财政经济出版社 2015 年版，第 341 页。

出，一方面，社区可以作为一个独立的经济实体参与矿业开发，分享股份和权益；另一方面，政府可以根据社区和矿区周边弱势人群对环保的需要和要求，给矿业公司提出附加条件，提高了社会和劳工计划的要求。值得注意的是，社会和劳工计划是政府检查矿业公司是否遵守相关法律法规的重要部分，保障社区和弱势人群利益的措施全部包括在社会和劳工计划中。

其三，闭坑义务，规定了矿业企业开放式的环境义务。南非矿法规定，采矿权持有人在部长颁发闭坑证书前需对所有的环境问题负责。尽管可以颁发闭坑证书，但是矿业权持有人或项目的前所有人仍旧对所有环境污染、生态退化、余水抽取和处理负责，遵守环境许可证规定。可以看出，矿法关于闭坑证书的一系列规定，使证书的取得十分困难。修正案则规定了一个开放式的环境责任，即使所有的环境许可证要求已经得到遵守、证书得以颁发，企业仍旧对矿山环境恢复负有后续责任。这一规定，使企业取得闭坑证书的可能性微乎其微。

其四，在环境与资源保护环节增加了矿产资源部部长的自由裁量权。南非矿法赋予了矿产资源部部长广泛的自由裁量权，包括决定矿业企业环保责任；决定选矿水平；部长决定需要选冶的产品比例；部长决定要求选冶产品的定价条件；部长决定提供给当地选冶企业的原矿或矿产品比例，等等。《矿法修正案》第38条A款明确规定，矿产资源部部长是执行《国家环境管理法》涉及采矿权作业面上的采矿或附属生产活动的相关环境保护规定的责任主管，部长颁发环境授权是授予采矿权的先决条件。修正案还规定矿法批准的环境方案或环境管理计划视同《国家环境管理法》已经批准并颁发环境授权。修正案规定，探矿权申请人不仅要申请环境授权，而且要根据适用法律申请用水许可证。另外，《矿法修正案》没有明确对矿业资源部部长自由裁量权限制的条款，而且还删除了矿法中规定"经济目的"，这表明了部长已经不需要考虑经济上是否可行的问题。

（三）履行环境保护的社会责任是中国企业投资南非的新制约

南非近期发布的环境资源保护白皮书与绿皮书，将环境保护提升至新高度，在可持续发展的要求下，南非政府要求企业积极履行保护当地环境资源的社会责任。一方面，在南非基础设施建设快速发展的机遇下，中国企业投入大量资金和人员赴南非竞标建设项目，在该过程中企业发现南非政府要求外资企业将保护当地环境资源作为一项新型的企业社会责任，这种要求直接影响了企业竞标和项目运营。如果中国企业事前未能充分认识环境保护的社会责任，或将丧失有利的市场机遇。而且，随着中南经贸合作持续深入开展，南非对中国企业在当地履行环境保护社会责任的要求越来越高。以保障南非公民生活在健康和无害的环境中为底线，进一步要求企业运营管理与南非环境保护政策相互配合，希望企业积极参与南非的环境资源保护、提高员工环境保护意识，甚至帮助当地解决实际环境问题、回馈社会。另一方面，中国企业积极履行保护当地环境资源的社会责任，既体现出中国对非合作的优良形象，也是对西方国家偏见的有力回击，是中国企业在南非实现可持续发展的重要保障。因此，鉴于在非中资企业投资石油、天然气等能源资源的环境资源影响属性，国内外学者均认识到："环境保护义务将会成为中资国有企业在非洲投资过程中的潜在社会责任。"[①]

（四）适时开展环境影响评价和环境修复避免不必要的成本增加

南非的环境和矿业法律制度十分完备，加之矿业开发面临的

---

① May Tan-Mullins, Giles Mohan. The Potential of Corporate Environmental Responsibility of Chinese State-owned Enterprises in Africa, *Environment Development & Sustainability*, 2013, Volume 15, Issue 2, pp. 265 – 284.

环境和生态影响，中国企业在投资前必须积极开展环境影响评价、在运营中必须积极保护当地环境、在项目结束后积极进行矿区环境修复。一方面，2002年《矿产和石油资源开发法》和2010年《环境影响评价规章》共同构建了矿产项目的环境影响评价制度，要求环评报告包含矿山对自然环境的影响、对当地社区的影响、减轻影响的具体措施与方法，明确矿产活动中的特殊保护区域。如果企业未在适当的时间开展环境影响评价，将会提高不必要的投资成本，或导致项目通不过审批、无法开展。另一方面，当前许多企业环境保护意识不强，甚至在矿产勘查业务已经开展的情况下，再加入环境保护的做法，这将大大增加环境违法的风险和环境修复的费用，因环境成本增加而导致投资成本骤增。可见，投资南非矿业过程中未及时采取相应保护措施，会造成投资利益受损和不良的社会影响。除矿业开发和运营期间外，在采矿结束时对土地的修复以及对废物的回收利用等也会增加环境成本。2002年《矿产和石油资源开发法》详细规定了废弃物处理与闭坑的要求，而且受殖民掠夺的影响，南非政府积极治理和恢复矿区环境，对矿山闭坑后的潜在环境危险进行监控，在此规定下，中国企业必须积极开展矿区环境保护和矿业开发结束后的闭坑与环境修复，树立正确的矿业环境保护观念，注意南非环境法律对矿业开发的规制。此外，1996年《矿业健康与安全法》还要求企业确保矿业工人的工作环境不至危害其身体健康和安全，对中国企业投资南非矿产并雇佣当地矿工提出了较高的要求。因此，为避免不必要的成本增加，中国企业投资南非必须及时开展环境影响评价、注重矿区的生态环境保护、工作环境与员工健康，同时履行闭坑和环境修复等其他环境保护义务。

（五）特殊的环境保护法律制度易引发个人环境违法风险

除了企业的环境违法风险之外，在南非的中方人员也面临着个人违反环境法律的风险，这种风险来源于南非环境保护单行法中的特殊法律规定。其一，1993年《动物保护法》用严格且特殊的法律禁止虐待动物，外国投资者对这些特殊规定较为陌生，因此遇到了麻烦。如果拴狗的绳子短于3米则是虐待动物，忘记给狗喂食亦是虐待动物的行为，在公共场所公开虐待或屠杀动物都是违反动物保护法的行为。而且在南非有很多地方都将钓鱼视为一种虐待动物，进而禁止钓鱼。其二，除偏远部落的祭祀活动外，在城市地区屠宰家养牲畜需要具备相关资质，牲畜的肉类必须冷冻后出售。其三，捕杀海洋动物、出售海洋水产品必须获得国家机关颁发的许可证，无证捕杀和出售则构成违法行为。如，南非著名的开普敦龙虾享誉海外，却不允许当地人随意捕杀，只有向南非动物保护部门提出申请获批后才能进行，而且每次只允许以自己食用为目的捕捉4只，贩卖龙虾也可能会构成违法行为。曾经就有南非华人因不了解《动物保护法》，在公开场所烹煮一只活螃蟹，被南非动物保护组织状告上法庭，初审被宣判10年监禁，后在二审中改判为5年监禁、缓期5年执行，并处罚金10万兰特。其四，非法捕捞海洋生物资源将获刑。为了制止盗采、走私南非鲍鱼和破坏海洋生物资源的非法行为，1998年《海洋生物资源法》规定捕捞鲍鱼必须首先获得南非政府签发的捕捞许可证，只有持证人士才能进行合法捕捞。南非农林渔业部也多次在政府声明和相关法律中强调，未获许可证的捕捞、运输、加工、出口珍稀海洋生物等行为均属违法，将面临着严格的刑事处罚、甚至监禁。所以，《海洋生物资源法》颁布后的第一起违法案件，就是两名华人与一名南非人因从事海鲜交易和非法制作、加工、囤积鲍鱼而被判处3年监禁。综上，南非环境单行法中有关肉类屠宰出售、动物虐待和海洋水产资源保护等规定较为特殊，若中方人员不了解相关法律规定，则极易引发个人环境违法行为。

第五节　典型案例

南非作为混合法系国家，其法院的判例是南非普通法的重要来源之一，其中，宪法法院的判决更是对司法实践有着深刻影响。因此，在一些有关矿业权的诉讼案件中，对矿业权申请、矿业权转让、征收和国有化、与当地权利人冲突、环境治理等问题进行探讨，具有理论上的指导意义，这些宪法法院的判决也大多成为此后南非各级法院在判决此类案件时必须遵循和参照的判例。而且，南非矿业企业因环境问题而被提起的诉讼案例较丰富，其内容大多是在扩展宪法环境权的基础上以个人利益或公共利益为出发点，提出环境行政与刑事诉讼，也包括环境公益诉讼。所以，本节选取若干具有代表意义的判例展开评析，分析案件所涉企业在矿业权行使过程中的常见法律问题，由此归纳中国企业投资南非矿业的环境法律规制及其注意事项。

一、史蒂芳登水务林业局局长诉史蒂芳登金矿公司案

经济发展与环境保护是当代南非社会发展过程中的主线，如何处理二者的关系成为了宪法和法律关注的焦点。在南非《宪法》第24条环境权的规定下，南非政府有促进经济与社会发展的责任，但其前提是国家必须履行环境保护的义务。同时，是否履行了环境保护的社会责任，也是企业能否获得批准运营的关键因素。

（一）案情简介

史蒂芳登是南非典型的一个矿业城镇，位于西北省，距约翰内斯堡约 130 公里，以哈特比思芳登（Hartebeesfontein）、巴佛思芳登（Buffelsfontein）和史蒂芳登（Stilfontein）三座金矿闻名于世。2006 年，史蒂芳登金矿公司因采矿导致地下水污染被史蒂芳登水务林业局要求停业整改。随后，水务林业局局长签发命令要求金矿公司提供其有能力遵守《国家环境管理法》相关条款的证明文件。但公司未能按时提供，因此局长向法院申请法院令（Court Order）。法院认为，水务林业局依法履行了职责，金矿公司应当按时提供上述证明文件。于是，法院依据水务林业局的主张准了法院令，要求史蒂芳登金矿公司立即整改，否则将依据《国家环境管理法》签发执行令（Enforcement Order）予以强制执行。金矿公司收到法院令后，怠于执行，法院遂以藐视法庭罪（Contempt of Court）追究公司负责人的刑事责任。①

在案件的庭审阶段，被告史蒂芳登金矿公司提出了一个重要的争执点（Issues），即水务林业局局长是否享有决定矿业企业社会责任的职权。主审法官侯赛因（Hussain J.）认为，即便水务林业局没有签发行政命令，法院仍会以被告人未能履行环保责任而要求其停业整改。法院在判决书中援引了一直以来南非法律界盛行的"三重底线投资理论（Triple-Bottom Line Approach）"，明确了投资企业必须履行最基本的经济责任、环保责任和社会责任。

（二）案情分析

宪法是南非环境权诉讼的权利来源，也是南非保护环境资源

---

① Stilfontein Minister of Water Affair and Forestry v. Stilfontein Gold Mining Co. Ltd. 2006 (5) SA 333 (W).

的鲜明特色，通过公民环境权的宪法保障，进而引申出环境违法诉讼案件，通过宪法与环境基本法的相互结合，实现环境违法行为的预防与制裁。南非《宪法》第 2 章"权利法案"第 24 条是一切环境权利及其救济和诉讼的宪法渊源。根据第 24 条环境的规定，"每一个人皆有权：（a）享受无害于其健康与幸福的环境的权利；（b）为了现世及后代子孙的利益，使环境受到保护的权利，通过合理的立法和其他措施：（i）预防和防止生态退化；（ii）促进保育；（iii）在促进经济和社会合理发展的同时，确保生态上的可持续发展和自然资源利用。"① 一方面，在（a）款中每一个人均被赋予了生活在无害于其健康与幸福的环境中的权利，这是公民基本权利的基本规定，也是以侵犯公民宪法环境权为诉由的环境诉讼的基石。另一方面，在（b）款中要求国家承担保护环境的宪法义务，而为了履行这种责任，南非国家必须采用合理的立法和其他措施来实现三个有关环境的具体要求。那么，为了保障和救济环境权，国家司法机关支持和保护环境诉讼也是重要的措施之一。此外，包含了环境诉讼的具体措施最终统一于预防生态退化、环境保护以及对生态和资源的可持续性利益之中。

（三）案情启示

从案件裁判结果来看，本案鲜明地体现出南非司法部门以《宪法》第 24 条环境权条款为核心，履行国家促进正当的"经济和社会发展"的义务，管理国家机关的环境行政审批，约束企业或个人的环境违法行为，让国家平衡环境保护与经济、社会发展的关系，确保在经济和社会发展的同时保护生态环境。按照宪法规定，经济和社会发展对于人类幸福来讲是本质性的，所以

① 孙谦、韩大元主编：《世界各国宪法·非洲卷》，引自编辑委员会编译：《世界各国宪法》，中国检察出版社 2012 年版，第 677 页。

在本案中，法院认为宪法中所规定的社会经济权利对于公民享受其他的宪法人权和基本权利是至关重要的，但是发展不能靠恶化环境来得到。不加限制的发展会损害环境，并且环境的破坏也会损害发展。促进发展就要求保护环境，如果发展没有注意到环境破坏的成本，环境仍然不能够得到保护。因此环境和发展是无可避免地相连在一起的。矿业企业不能否认保护环境的需要，也不能否认社会和经济发展的需要。这两个令人瞩目的需求是如何相互作用的，它们对环境决策有何影响和环境管理机关在此方面有怎样的义务，这些都是重要的宪法问题。据此，中国企业在投资南非矿产资源时必须高度关注如下问题：

1. 环境保护是经济和社会的发展的前提要求。

按照南非《宪法》第 24 条的规定，在经济和社会发展的过程中保护生态环境，这既是国家机关行使职权时的义务，也是公民生活在无害于幸福与健康的环境中的权利。它要求国家机关在环境实施计划和环境管理计划中，制定相关程序，有效保护环境。而投资南非的中国企业，特别是有环境影响属性的企业必须积极提供所掌握的企业环境信息，配合南非环境管理机关开展环境管理和监督活动。

2. 具备可诉性的宪法环境权严厉追责环境侵权行为。

南非宪法位阶的环境法、特别是《宪法》第 24 条公民环境权条款对投资企业（尤其是矿业等具有环境影响属性企业）的基本要求，也是南非环境保护法律规制的鲜明特色。如果违反宪法和环境基本法的规定，将遭受严厉的法律制裁。对此，中国企业投资南非矿业，必须深刻认识宪法中环境权条款极强的法律约束力（本案例根据 Luiz Stephanie, Mass Resignation of the Board and Social Responsibility of the Company：Minister of Water Affairs and Forestry v Stilfontein Gold Mining Co. Ltd. South African Mercantile Law Journal, Vol. 21, No. 3（2009），pp. 420 – 425，整理）。

二、豪登省矿产开发部长诉拯救瓦尔河环境组织

本案涉及与矿业开发相关的审批手续以及相关的环境信息公开的义务，这些内容直接涉及环境许可的授权与否。

（一）案情简介

在本案中，原告获得了矿产开发的政府许可，进而准备在瓦尔河附近进行露天采矿，但是被告"拯救瓦尔河环境组织"作为一个环境非政府组织，在通过高等法院审查并获得许可证之前，他们未被允许成为环境公益诉讼的原告。于是，在本案上诉至最高上诉法院之前，代表环境公共利益的环保非政府组织"拯救瓦尔河环境组织"希望从生态环境保护的角度，反对豪登省矿业开发部长代表政府发放采矿许可申请。然而，作为代表环境公共利益的组织，他们有权知悉开发活动的环境许可授权，可初审法院却以《矿业法》第9条拒绝采纳"听取双方之词"原则为理由，驳回了该环保非政府组织的诉求。于是，本案在上诉至最高上诉法院后，法院认定被告在被授予获得环境许可证时，原告作为环境公共利益的代表，有权获取相关环境信息与行政决策信息，这是程序公正的基本要求。按照《宪法》第二章"权利法案"第33条第（1）款的规定，程序公正是行政决策制定和行政执法的基础，最高位阶的宪法原则被《促进行政公正法》所吸纳。据此，《促进行政公正法》第3条第（1）款规定："对某人权利或立法预期造成显著和不利影响的行政行为，必须具备程序公正。"最终，本案因政府机关在行政执法与决策过程中未遵守"程序公正"原则而被判为无效，该行

政许可必须被撤销。[①]

（二）案情分析

基于历史上英国普通法对南非的影响，使得南非司法制度继受了程序公正理论。普通法在法律程序上的"听取双方之词（Audi Alteram Partem）"原则要求在行政执法、保障权利的过程中必须听取对方之词。于是，在"豪登省矿产开发部长诉拯救瓦尔河环境组织"一案中，"程序公正"得到了具体的阐明。这种"程序公正"，体现为政府就已掌握信息向民众公开的义务，尤其是主管部门环境审批过程中获取的企业环境保护信息。因为，根据《宪法》第32条第（1）款规定，每一个人皆有：（a）获取国家持有的信息的权利；（b）为了实现或保障任何权利而取得他人所持有信息的权利。结合《宪法》第24条环境权的保护可以推论：首先，每个人皆有权生活在无害于其健康与幸福的环境中，同时，每个人又皆有权获取国家持有的信息。可见，每一个南非公民都能够获得国家所持有的环境信息，这些信息是有关于环境是否无害于公民的健康与幸福。其次，为实现或保障公民的基本权利，进而有权获取他人所持有的信息，那么，为了促进和保障公民的环境权，每一位南非公民都有权了解他人、公司、企业或国家等所持有的环境信息。据此，国家为了实现和保障每一个公民的环境权，赋予公民获取环境信息的权利，这些信息也反映出公民的环境权利是否遭到侵犯。此外，《国家环境管理法》第31条也根据宪法的相关规定，对环境信息取得与揭露者保护进行了细化规定，公民可以获得与本法实施有关的环境信息的知情权。

---

① The Director: Mineral Development, Gauteng Region v Save the Vaal Environment 1999 （2）SA 709 （SCA）.

（三）案情启示

根据《宪法》第 32 条和《环境基本法》第 31 条，国家或企业有披露与环境有关的信息的义务，因此中国企业投资南非过程中需要注意如下问题：

1. 搜集企业的环境信息并真实客观地提交环境主管部门。南非政府异常重视生态环境与自然资源的保护，按照南非的宪法和环境基本法，企业需要依法披露本项目的环境信息，一方面确保项目不会造成环境污染、不至危害公民的宪法环境权，另一方面也是国家环境主管部门开展环境管理计划，以及项目通过环境影响评价、获得相关环境许可，被赋予环境保护授权的重要依据。中国企业投资南非矿业必将造成一定的环境影响，因此为了降低不必要的环境违法风险、避免环境侵权或违法行为，企业必须积极搜集、整理本项目的环境信息，同时合理地向南非环境主管部门或个人，甚至是环保非政府组织提供真实、客观的企业环境信息。

2. 依法公开企业环境信息的同时注意维护企业投资权益。基于中国企业投资矿产行业的环境影响属性，在项目审批、项目运营和项目结束后均有披露企业环境信息的义务，企业必须根据相关法律合理公开项目的环境信息，但也必须注意维护企业的商业秘密或投资权益。倘若出现不合理的信息披露要求，可以根据《国家环境管理法》第 31 条第（1）款第（c）项的内容，基于合理保护个人隐私、商业秘密或信息公开将对国家安全和公共秩序造成消极影响等原因，企业可以拒绝履行信息公开义务（本案例根据 Michael Kidd, Vaal environment saved? Director, Mineral development, Gauteng Region and another v Save the Vaal environment and others 1999（2）SA 709（SCA）South African Journal of Environmental Law and Policy, Vol. 6, No. 1（1999），pp.

149 – 154 整理）。

三、麦克桑德公司诉开普敦市政府

本案涉及企业在南非开设矿业的过程中的有关采矿、用地、用水等活动的申请许可问题，对于南非不同层级的政府关于环境管理问题的职能划分与法律适用冲突进行了解释。

（一）案情简介

2007 年，南非矿产资源部部长授予麦克桑德公司一项矿业权，后者获准在开普敦市的一处沙丘（Dunes）采矿。但开普敦市政府依据《土地使用规划条例》（*Land Use Planning Ordinance*）已将该处沙丘的一部分划为公共用地。[①] 因此，市政府禁止麦克桑德公司在该区域采矿，除非公司依据开普敦市相关规划规章重新划分矿区区域。随后，开普敦市政府将麦克桑德公司以及南非矿产资源部部长、环境事务部部长、水利部部长、农村发展与土地改革部部长等诉至西开普省高等法院，请求撤销该矿业权。[②] 被告方辩称，开普敦市的《土地使用规划条例》涉嫌违宪。因为，依照宪法对政府体系的划分，国家权力机关、省级政府和地方政府应当在各自管辖的范围内，履行相应的责任内容，"各范围（Sphere）的政府应当相互信任、真诚合作以加强友善的关系、互相帮助与支持、互相通知与谘商有共同利益的事务、互相协调行动与立法、遵守达成一致的程序以及避免互相控告"。西开普省高等法院没有采纳被告人的辩护理由，判决依据《土地使用规划条例》认定本案争议地区的

---

① Maccsand Ltd. v. City of Cape Town 2012 (7) BCLR 690 (CC).

② City of Cape Town v. Maccsand (Pty) Ltd and Others, 2010 (6) SA 63 (WCC).

属性。麦克桑德公司和南非矿产资源部部长不满意，上诉至南非最高上诉法院。①

上诉人主张，由于《土地使用规划条例》仅涉及土地利用方面的事务，并非"相关法律"，因此应当依据专门调整矿业权事务的《矿产和石油资源开发法》认定本案争议地区的属性。而且按照《宪法》第 146 条第（2）款第（c）项和第 152 条第（1）款的规定，当国家和省级有关环境与资源保护的立法出现法律适用冲突时，应当优先适用国家层面的政府出台的《矿产和石油资源开发法》，而非开普市政府出台的《土地使用规划条例》。最高上诉法院认为，上述两法并无位阶之分，也无何者应当优先适用的规定。因此，上诉人应当符合《土地使用规划条例》的规定才可以行使争议地区的矿业权。麦克桑德公司不满意，本案最终诉至南非宪法法院。

经审理，宪法法院认为，南非矿产资源部部长和开普敦市政府均是依法履行其职责，并不存在市政府冲撞国家政府，也不存在法律适用冲突。本案的争议从本质上来说是不同范围政府之间有时会出现部分职能重叠的情况，依据宪法对"合作政府（Co-operative Government）"② 的构建来看，政府之间并非上下级的关系，享有平等的权利和义务。宪法法院做出权威判决，驳回了上诉人请求。

① Maccsand（Pty）Ltd. and Another v. City of Cape Town and Others，2011（6）SA 633（SCA）.

② 关于"合作政府"原则的表述，在南非宪法和环境基本法中体现得尤为明显。其中，在1996 年《南非共和国宪法》第 3 章中将"合作政府"表述为 Co-operative Government，在 1998 年《环境基本法中》也专门规定了"合作政府的程序"，并将"合作政府"表述为 Co-operative Governance。"合作政府"原则在南非来源于民主化进程中通过"真相与和解委员会"和"团结政府"而逐步发展形成的一种政治妥协、开明、民主协商合作的理念，最终以"合作政府"的形式继续发展。例如，在"合作政府"精神下，南非的国家、省级和地方主要以配合协作为根本特征，并且用特殊的"范围（Sphere）"一词来概括它们之间的关系，这是新南非国家的特色，也是新南非对旧制度与不平等的一种"决裂"、"反叛"。这种"合作政府"精神在新南非《国家环境管理法》所提倡的环境综合管理中有着鲜明展现，并体现出一种国家环境管理的协调、协商与合作理念，与国际环境管理的经验与趋势交相呼应。

（二）案情分析

依据南非《宪法》第40条："南非共和国政府由国家、省及地方三个范围的政府组成，三者既相互区分又相互依赖关联……"。那么，国家权力机关、省级政府和地方政府共同构成了南非政府体系的层级结构，并且在各自管辖的范围内，履行着相应的责任内容。但值得说明的是，从1996年《南非共和国宪法》的法律表述以及合作政府的构建机制来看，在南非，国家、省、地方并非上下级的关系，而是一种"范围（Sphere）"。即在合作政府相互协作的精神下，所有层级的机关都被认为是政府，只不过存在着管理范围的不同。因此，南非《宪法》第41条规定所有范围的政府都应当遵守第3章"合作政府"的原则，并在本章所规定的范围内从事行政活动。尤其是第41条第1款要求南非所有范围的政府与每一层级内的国家机构都应当做到八项基本任务，即"维护和平、国家团结与共和国的不可分割性；确保共和国人民的福祉；以共和国为整体提供有效、透明、负责及具有连贯性的政府；对宪法、共和国及其人民效忠；尊重其他层级政府的宪法地位、制度、权力与功能；只承担宪法中赋予的权力与功能；在实施权力及履行功能时不侵犯其他范围政府的功能"以及"各范围的政府应当相互信任、真诚合作以加强友善的关系、互相帮助与支持、互相通知与谘商有共同利益的事务、互相协调行动与立法、遵守达成一致的程序以及避免互相控告。"该规定为南非国家、省级和地方政府的行政活动确定了相互协作的宪法基础。但是，当国家、省级和地方政府在行使职权过程中出现冲突时，尽管《宪法》在第41条第3款规定了，国家机构在涉及政府间纠纷时，应当依据相关机制与程序，使用每一个合理的努力来解决纠纷。并且在诉诸法院解决该纠纷前，应当穷尽所有的其他救济途径。然而，政府间的纠纷并不鲜见，尤其是矿业权领域的纠纷。因此，南非矿法专门规定，当事方的权利或合法预期受到重大不利影响或受到行政决定的侵害，可针对该决定提出上诉。即使该方已穷尽《矿产资源与石油开发法》规定的补救措施，仍可根据《促进行政正义法》（*Promotion of Administrative Justice Act*）向高等法院申请对行政决定进行审查。

（三）案情启示

中国企业到南非投资矿产资源时，要有长远发展战略，需要及时把握当地投资经营环境的变化趋势。尤其是在投资经营过程中积极履行环境保护的企业社会责任，严格遵守当地相关环境与矿产法律法规，保障投资利益和员工的合法权益，注意节约资源和保护环境。在投资南非矿业的过程中把握如下要点：

1. 了解南非政府的层级划分以及合作政府的管理程序。按照南非宪法，国家、省、地方并非上下级的关系，而是一种"范围（Sphere）"，在合作政府的精神下，所有层级的机关都被认为是不同管理范围内的政府。因此，中国企业在矿业权审批、环境实施与管理计划、环境影响评价等方面，需要按照相关法律规则，在规定的政府范围内进行依法申请或提交。

2. 企业有关采矿、用地、用水等活动需分别申请许可。因为南非未设立综合的环境许可体系，所以中国企业在南非投资矿业等具有环境影响因素的行业时，必须首先依据项目性质确定需要申请哪种环境许可，并且确保能够从南非的环境管理主管机关处获得相关环境许可。根据项目性质或开发类型获得有关采矿、用地、用水等的环境许可证，是决定项目能否运营的关键（本案例根据 Tinashe Chigwata, From the Courts, Local Government Bulletin, Vol. 14, No. 2（2012），P. 17. 整理）。

南非工程承包法律制度

第五章

随着近几年中国劳动力成本的上升，资源环境压力的加大，国内市场竞争的愈发激烈，不少工程企业将发展的战略重心移向海外。非洲作为一个拥有庞大潜力的市场吸引了不少投资者的目光。在非洲国家中，南非矿产资源丰富，自然条件优越，交通、通讯和能源等基础设施良好，在工程承包和建设方面相对非洲其他国家具有天然优势。另外作为撒哈拉以南非洲最大经济体，南非因其优越的投资环境和相对较低的市场准入门槛，早已成为各国的投资天堂。2012年，南非经济发展部宣布，南非政府计划投资4万亿兰特（约4 600亿美元），对18个战略基础设施项目进行开发建设，这是南非政府第一次在全国推出大规模基建计划。根据该计划，南非政府将在未来10~20年内对铁路、公路、港口、能源等众多领域提供政策扶持。南非对于中国工程企业来说是一个拥有巨大潜力的市场。

工程承包由于涉及领域众多，具有复杂性，企业在进入南非市场时需要对南非相关法律进行充足了解。比如，基础设施建设领域涉及建筑法与房地产法；石油天然气开发领域涉及石油与天然气法；矿产开采领域涉及煤炭与矿产能源法。又如，工程承包的招标环节涉及投标法与政府采购法；项目融资环节涉及银行业法与担保法；合同签订环节涉及合同法；工程建设环节涉及税

法、环境保护法与劳工法；工程结算环节涉及外汇管制法；工程
承包的争端解决涉及诉讼法与仲裁法等等。

第一节　南非有关工程承包的
法律体系及基本内容

南非没有专门针对工程承包的法律，有关工程承包的法律规
定主要体现在三个方面。首先，项目工程承包涉及到施工标准以
及施工企业资质的认定，这些规定决定企业能否进入南非工程承
包市场。其次，工程承包法律关系的建立主要通过招投标方式，
因此，政府公共采购法律制度是南非工程承包立法体系的重要内
容。作为南非法律环境的特色之一，黑人经济振兴法案中对企业
的股权分配、员工中黑人所占比例做了强制性规定，进而影响企
业项目招标以及融资等各个环节，关系到项目能否成功进行。[①]
最后，南非的项目主要依据 FIDIC 合同条款或者 JBCC 合同条款
进行施工，因此充分了解上述合同条件能够帮助企业更好地推进
工程项目的进行。

一、工程项目相关法律

项目工程承包具有复杂性，从招标、建设到竣工牵涉方面众
多，因此与其相关的法律也数量众多。

从工程招标方面来看，在政府参与的项目工程中，招标环节
需要符合 1999 年和 2000 年制定的《公共财政管理法》（*Public*

[①] 朱伟东：《〈南非投资促进与保护法案〉评析》，载于《西亚非洲》2014 年第 2 期，第
5 页。

Finance Management Act）和《优先本地采购政策框架法》（*Public Procurement*）的规定，其中《优先本地采购政策框架法》在2017 年出台了新的修正案，并于 2017 年 4 月 1 日生效。另外，根据 1977 年出台的《国家建筑规范和建筑标准法》（*National Building Regulations and Building Standards Act*，NBRBSA），承包商的建设计划必须在施工开始前得到相关政府批准。

工程施工过程中所需要注意的问题主要是法律中对于施工标准的规定，企业在运行项目时需要满足南非标准局（SABS）所制定的各项施工标准，对于项目施工所造成的环境问题，南非还出台了大量与环境相关的法律和政策，其中包括《国家环境管理法》《国家水法》《废弃物法》《湿地保护法》等，对工程项目中所产生的水资源浪费及污染和废弃物污染等问题做出了规定，将保护生态环境与经济发展有机结合起来。

在南非，工程项目管理方面突出的法律问题主要体现在劳工管理方面，承包企业需要按照《劳工关系法》《基本雇佣条件法》《平等雇佣法》《技能提高法》和《技能提高费用法》等法律依法雇佣劳工，保障项目的正常进行。

二、与工程建设有关的主要法律

就目前而言，南非工程承包市场主要以政府投资项目为主，相较于一般投资项目，其主体为政府部门，资金来源具有公共性。政府投资项目将政府的执行力与信用保障相结合，集中资源优势来为公众服务。同时，由于南非的特殊社会结构和经济现状，使得其项目采购法律特色突出。除采购、项目施工标准等法律外，南非政府还针对当地种族问题制定了经济振兴政策和加速与共享增长计划等，中国企业在进入南非工程承包市场时需要特别注意相关政策。

南

非

（一）新《标准法》

根据南非政府 2008 年颁布的新《标准法》（2008 年第 8 号法令）的相关规定，南非标准局（SABS）将继续作为南非贸易与工业部下属的国家标准机构，负责制定及公布施工过程中的各项标准，包括建筑材料的规格、作业人员安全防护标准等。同时，根据南非同年颁布的《强制性技术规范法》（*The National Regulator for Compulsory Specifications Act*），政府成立了强制性技术规范国家监管机构（NRCS），负责制定强制性技术规范执行的监督管理工作。

（二）《优先本地采购政策框架法》

南非于 2000 年出台的《优先本地采购政策框架法》，是南非政府采购的基本法律，这一法规在 2017 年得到更新，其内容相较于 2011 年版本，发生了数项重大变化，其目的在于通过采购促进地方工业发展、社会经济转型以及赋权给小商业企业、合作社、乡村及乡镇企业。

（三）黑人经济振兴政策

黑人经济振兴政策是南非政府针对历史上因种族隔离造成的遗留问题而制定的，旨在解决黑人经济地位过低、在企业中股权太少的问题。

该政策对各企业的黑人持股比例、参与管理程度和接受技能培训等方面设定硬性目标，以期全面提高黑人融入经济的程度。

尽管 BEE 并非强制政策，但企业在黑人经济振兴方面的评价等级仍将作为政府和公共企业在采购、执照发放、优惠政策倾斜、公私合作、国有资产出售等过程中的重要参数，直接影响企业竞标政府项目的结果。

此外，在个别行业，如达不到行业最低的 BEE 要求（如矿业要求企业最低由黑人持有 26% 的股权），企业将无法申请获准相应的经营牌照。

2007 年，南非贸易与工业部颁布了《广义黑人经济振兴法》。该法是南非政府为施行黑人经济振兴政策制定的具体行为准则和标准，是各企业贯彻黑人经济振兴政策的行为指南。

本法广泛适用于各个行业的企业，同时部分行业领域的政府部门也制定了各自的行业规范，如矿业、交通运输业、农业、金融业、信息科技产业、房地产业、建筑行业的行为规范等。相关行业的企业应当优先适用本行业的行为规范。

根据该法，衡量南非企业对广泛黑人振兴计划承诺的标准由 7 项要素组成，并且每一项要素都占据一定评分比例，包括黑人持股比例（20%）、参与管理程度（10%）和优先采购（20%）等。相关部门将在每一项要素下为企业打分，根据最终的得分，将企业认定为不合规企业以及 8 种不同级别的合规企业，这项评级会对企业的优先采购、公共招投标或许可产生一定影响。

以持股比例因素为例，依据《广义黑人经济振兴法》，合规标准包括（但不限于）黑人在被评级的企业里至少拥有 25% 的经济利益，并且拥有 25% +1 的投票权。

根据该条规定，在法人中，只有黑人股东的持股比例才可以作为衡量标准。如果是多级公司持股结构，为了方便计算，允许在多级公司持股结构中采用一次性穿透原则，即选择一级由黑人控股（控股比例超过 50%）的公司，将该公司黑人持股比例视为达到 100% 黑人全资持股。

该法案的要求也适用于在南非有经营业务的外国跨国公司。除了通过传统的方式直接在外国实体结构中引入黑人经济振兴政策合作伙伴，法案也允许外国实体通过利用"股本等价项目"，即通过衡量外国实体在南非的总收入或价值而非直接持股比例对企业结构进行判断。不过该项目在实践中很少被使用。

2013 年 10 月 11 日，南非贸易与工业部颁布了该法的修正案，对 2007 年制定的《广义黑人经济振兴法》进行了全面修订，于 2014 年 10 月 11 日正式生效。本次法案的修订主要涵盖 5 个方面的内容。

1. 对 BEE 评分等级系统做出调整，达标分数要求提高。该项修订直接导致所有企业的 BEE 等级标准几乎全部"自动降级"。例如，一家获得 65 分的企业在原评分系统中可达到 4 级，而在新系统中仅为 7 级。这对企业的影响是十分显著的，迫使受影响企业重新评估其 BEE 策略，并进行相应政策调整，以便维持现有评级。

2. 对 BEE 评分所考量的因素进行调整，将原来的七项因素简化为五项，即持股比例（25 分）、参与管理程度（19 分）、接受技能培训（25 分）、带动企业及供应商发展（44 分）、带动社会经济发展（5 分），总计 118 分满分。

3. 将持股比例、接受技能培训带动企业及供应商发展列为"优先考量的因素"，企业在这三项因素上均不能达标的，将被自动降低一级；这将对 BEE 相关的收购及融资交易产生重大影响。

4. 扩大 BEE 豁免企业的范围。根据 BEE 法案，受豁免的微型企业（Exempted Micro-Enterprises，EME）及当年新开办企业无须适用该法案，直接享受 4 级企业待遇。按照修订，EME 的门槛由原来的年营业额 500 万兰特以下提升至 1 000 万兰特以下，这对中小企业来说无疑是一大福音。

5. 本次修订涉及的其他重要内容还包括调整 BEE 分数的计算规则，明确行业规范优先于本法案的一般规定等，这些修改对相关企业的影响还有待实践进一步检验。

综上，此次修订既加强了 B－BBEE 政策的实施力度，也对中小企业提供了激励政策，对南非企业及在南非投资的外国企业均产生了广泛且深刻的影响。

　　除了在国家许可和授权过程之外，没有"硬法"要求南非的任何实体必须符合特定的 B-BBEE 目标，或者必须在实体内实施 B-BBEE 政策。然而，从实践来看，在南非开展业务的任何公司（包括外国承包商）都必须考虑和发展 B-BBEE 职位。因为，如果企业没有良好的实体 B-BBEE 评级，或者不努力提高 B-BBEE 等级，在与政府、国家机关和私营部门客户进行日常业务方面将受到阻碍。鉴于上述原因，南非缔约方可能要求外国承包商具有一定的 B-BBEE 等级。

（四）南非加速与共享增长计划（ASGI-SA）

　　南非加速与共享增长计划（ASGI-SA）是南非政府 2006 年 2 月公布的加速增长成果共享倡议。ASGI-SA 确定了南非经济发展的中长期目标，即 2006～2009 年 GDP 保持年均 4.5% 的增长率，2010～2014 年达到 6%。该计划即加大政府干预经济力度，通过加强基础设施建设、实行行业优先发展战略、加强教育和人力资源培训等措施，达到促进就业和降低贫困程度的目标。

　　南非加速与共享增长计划主要通过五个方面进行评分衡量。①年度营业额超过 2 500 万兰特，其中黑人持股 10%～50% 的企业为黑人企业；年度营业额超过 2 500 万兰特，其中黑人持股（包括投资、管理）不少于 50% 的为大型黑人供应商；②年度营业额不超过 2 500 万兰特，其中黑人妇女持股超过 50% 的企业被定性为黑人妇女企业；③年度营业额不超过 1 亿兰特，作为供应商其中黑人持股超过 50% 的为中小型企业；④本地资源包括选用本地分包商、采用本地材料与设备等，一般由业主确定比例；⑤技能发展，是促进南非生产力和就业增长的一项指标。在南非承包工程，必须长期雇佣一定比例的本地劳工并对其进行培训。

　　前三项中若存在类似情况，只能选择其一来评分，比如黑人妇女企业。业主对承包商要求使用本地资源和培训本土人力资源有明确的要求（见表5-1、表5-2）。

表5-1　　　　　　　　南非加速与共享增长计划评分示例表

标准	比重A（%）	目标值B（%）	实际值C	评分E
从黑人企业或大型黑人供应商采购	20	20		E = C/B × A × （D/65%）
从黑人妇女企业采购	15	15		
从中小型企业采购	15	15		
本地资源	25	65	D	
技能发展	25	见表5-2评分		
总分	100			

资料来源：陈晓蓉：《浅析南非工程项目投标及施工风险》，载于《对外经贸实务》2009年第5期，第45页。

表5-2　　　　　　　　技能发展评分示例表

技能	比重A（%）	培训目标值B	实际培训C	评分D
土建工程师	15	15		D = C/B × A × 25%
土建技师	25	90		
计量人员	15	45		
实验人员	10	30		
现场测量人员	15	30		
技术工人	20	300		

资料来源：陈晓蓉：《浅析南非工程项目投标及施工风险》，载于《对外经贸实务》2009年第5期，第45页。

南非业主招标的项目几乎都要求对南非黑人经济振兴政策和南非加速与共享增长计划进行评分。而在南非注册的中国公司，大多都无法达到南非黑人经济振兴政策、南非加速与共享增长计划和本地资源比例要求，所以寻找合适的当地公司合作，组成联营体投标极为重要。而根据在联营体所占比例，本地公司应在资质和先决条件方面都满足要求，否则难以响应标书。有些项目需要出具 ASGI – SA 相应的保函，保函额高达合同价 2%，若施工期间不履行该要求，将被处以罚款。此外，在投标文件中投标人还须对如何满足南非黑人经济振兴政策和南非加速与共享增长计划要求进行详细说明。[①]

第二节　南非工程承包的方式与业务流程

工程建设项目前期应该根据工程建设项目不同性质、类型、资金来源等特点以及对建设工期、质量、投资控制、风险承担的不同需求，研究选择合适的工程承包方式。承包方式的不同，导致招标人和承包人工作内容范围、权利、义务、责任和风险分担等方面的不同，因而对工程招标条件、投标资格条件、评标标准和评标方法、合同条款等都有不同的要求。

一、南非进行工程承包的方式

工程承包是指项目业主将一项国际工程委托给合格的承包商，并按照一定的价格和条件签订工程承包合同，承包商按合同规定提供技术、资本、劳务、管理、设备、材料等，按时按质完成合同规定的全部工作，项目业主对工程验收合格并接收后，根据合同规定的价格和支付方式，向承包商支付全部合同价款的行为。在目前的国际工程承包市场，主要的工程承包方式有设计—施工总承包方式（Design-Build，以下简称"DB"），项目管理承

[①]　陈晓蓉：《浅析南非工程项目投标及施工风险》，载于《对外经贸实务》2009 年第 5 期，第 45 页。

包方式（Project-Management-Contract，以下简称"PMC"），设计—采购总承包（Engineering-Procurement，以下简称"EP"）以及设计—采购—施工/交钥匙总承包（Engineering-Procurement-Construction，以下简称"EPC"）。

（一）设计—施工总承包方式

设计—施工总承包（DB）是指工程总承包企业按照合同约定，承担工程的设计和施工，并对承包工程的质量、安全、工期、造价全面负责。在该模式下，承包商可以边设计、边施工，并考虑设计的可施工性，发挥集成管理化优势，降低工程成本，加快工程进展。

（二）项目管理承包方式

项目管理承包方式（PMC）是指由项目业主聘请管理承包商作为业主的代表，对工程的整体规划、项目定义、工程招标、选择 EPC 承包商及设计、采购、施工过程进行全过程管理。在这种项目管理模式下，业主仅需对一些关键问题进行决策，而绝大部分的项目管理工作都由项目管理承包商来进行。由于管理承包商从初期就参与项目，因此可以对项目从全局的角度进行设计优化和技术经济比较，从而达到项目成本最低。

（三）设计—采购总承包方式

设计—采购总承包方式（EP）是指项目业主委托承包商承担工程的设计和设备供应。在该方式下，承包商主要承担离岸（Offshore）的工作，不涉及当地土建安装工作，履约风险相对较低。

（四）设计采购与施工总承包方式

设计采购与施工总承包（EPC）是指承包商受业主委托，按照合同约定对工程建设项目的设计、采购、施工、试运行等实行全过程或若干阶段的承包。通常公司在总价合同条件下，对其所承包工程的质量、安全、费用和进度负责。相对传统承包模式而言，EPC 总承包模式具有三个方面基本优势。

1. 强调和充分发挥设计在整个工程建设过程中的主导作用，有利于工程项目建设整体方案的不断优化。

2. 有效克服设计、采购、施工相互制约和相互脱节的矛盾，有利于设计、采购、施工各个阶段工作的合理衔接，有效实现建设项目的进度成本和质量控制符合建设工程承包合同约定，确保获得较好的投资效益。

3. 建设工程质量责任主体明确，有利于确定工程质量责任和工程质量责任的承担人。

由于设计采购与施工总承包方式所具有的以上优势，目前在南非的大型工程项目大部分都以此类总承包合同的形式来签署，如中机电力所承包的南非 DUMA 132KV/40MVA 变电站项目，瑞士 ABB 集团所承接的 Witkop 和 Soutpan 太阳能电站项目等皆以 EPC 的方式进行承包。

二、南非进行工程承包的业务流程

工程承包总业务通常是由专业的工程公司承担。由于每个公司在资金实力、设计能力等有所差异，具体的项目流程如成本控制、进度控制、项目管理等方面的问题，这里将不进行论述。而企业在南非建立公司，获得资质开展工程承包业务等准入方面的流程却有统一的规定。

（一）在南非设立公司

根据 2008 年南非出台的新《公司法》，外国投资者到南非投资办厂，或开展贸易或承揽工程，应注册成立公司。[①] 需要注意的是由于 BEE 法案中对于企业的当地黑人股权比例有要求，所以在企业中，资方占比最高不得超过 75%。

（二）获得南非建筑发展委员会的承包商资格

尽管中国众多的工程建筑企业在非洲各国中标多项规模庞大的工程项目，但是在被视为非洲金融、银行和法律最稳健的南非，中国企业却遇到了不少阻碍。其中最主要的原因在于南非对援助性的基础设施建设需求并不大，政府更多的是希望借助基建工程的投入来推动社会改革，例如本地采购、本地利益化和技术转移等硬性要求。除此之外，在投票项目中也制定了多项资质要求，其中一项便是要获得南非建筑发展委员会的承包商资格。

南非建筑发展委员会是根据 2000 年所颁布的《建筑行业发展委员会法》所设立的监管机构，其主要职能为领导建筑行业相关利益方的开发以及促进建筑业的监管和发展。南非建筑发展委员会也根据《建筑行业发展委员会法》建立《承包商登记册》，该登记册根据承包商对建筑项目的施工能力对其进行分类。

根据《建筑行业发展委员会法》，任何政府机构不得把建设项目授予尚未注册登记的承包商，因而有意参与南非政府基础建设的承包商都必须在《承包商登记册》中进行登记。登记册将

南

非

---

① 关于如何在南非设立公司以及注册企业，在本书第二章已经进行了详细的论述，在此不再赘述。

根据承包商其建设施工能力进行评分及分类，承包商可被列入九个不同的注册级别。评分基准取决于该承包商所承担项目的最大南非兰特金额，以及承包商本身对个别建设工程类别的承担能力，该评分决定其可竞投的项目。

申请人需要提交许多支援文件和繁杂的资料，其中包括但不限于公司成立文件及章程、由所属国税务当局出具的凭证、最近两年的财务报表、业绩记录、工程完成证明、最终或最近的付款证明等。申请程序是一次性的，每一家公司只能申请一个级别（1~9）但可以同时申请不同工程类别。一旦注册成功，南非建筑发展委员会的认可资质有效期为3年。已注册的承包商必须在有限期届满前的三个月办理延续，若未按时办理，有关资质将从《承办商登记册》中被移除。

虽然南非建筑发展委员会约定注册程序需要21个工作日，但由于众多的积压申请以及南非建筑发展委员会拥有可要求提供额外支援文件和资料的绝对权力，因此21个工作日的目标难以完成。在实践中，一般自递交填妥的表格和所有支援文件日起算需时4~6个月。

（三）在南非承揽工程项目的程序

南非政府对于外国承包商在当地承包工程没有特别限制，但是南非工程承包市场准入门槛却不低。外国企业在承揽项目时需要注意通过各项审查，满足其条件以获得开发许可，同时还要申请水电等基础设施以满足项目施工的条件。在南非承揽工程项目流程有3个步骤。

1. 获取信息。在南非国有企业和政府项目的工程招标信息都会通过相关公司网站、主要媒体和有关政府部门网站公开。

2. 招标投标。南非招投标主要程序包括发招标通告、资格预审、编制投标书和落实担保、递送投标文件、开标、评标和决

南

非

标、中标签约等。与国内投标不同的是，南非业主评估投标人实力的要求更为详尽。

（1）标书的基本内容。

第一，详细的人员健康、安全、环保、质量控制计划。业主应将人员健康、安全环保、质量控制放在首要位置，要求相关的制度、计划、说明细化到每个施工阶段。南非劳工法非常健全，使本地雇员在薪酬、福利、健康、安全等方面享有足够的权利和待遇。在劳工雇佣方面，投标人要提交遵守雇佣权益法案的证明，包括提交给劳工部的雇佣权益报告，还需提交遵循职工伤病补偿法案的良好记录。此外，投标人要提交近几年已实施项目安全环保、质量控制方面的相关记录。

第二，投标人资源部署。资源主要包括投标人设备资源、人员资质和能力。业主注重安全环保、人员健康，因而要求投标人必须聘请专门的安全官、环境官和劳资经理负责相关工作，而这三个职位的人选必须是当地人。

第三，施工组织设计及施工计划。要充分考虑到投标项目施工的复杂性，列出清晰明了的工程进度计划，包含各个关键施工阶段。并详细说明投标人将如何运用其技术力量和经验满足合同规定的关键工期，以及如何部署人力、设备资源来实施该项目。

第四，施工风险评估和风险预测以及如何应对这些风险。投标人需对此项进行详细的说明，如与其他关联项目承包商或分包商合作的风险，安全环保方面的问题，设备、人员、材料不到位的应对措施等。

（2）报价的相关规定。在报价方面，南非的规定与国内投标报价也存在差异。工程量、概预算指标、人工费和设备材料价格、机械台班费是影响投标报价的三个主要因素。对南非工程项目报价时，首先要进行实地考察，充分考虑南非当地的工效、施工条件及施工技术，确定较为准确的概算指标；在人工费、设备材料价格及机械台班费用方面，需考虑南非黑人劳工工效低、薪酬相对较高，技术人员和熟练工种不足，建筑材料紧缺，价格上涨，机械设备短缺等造成相对费用偏高的因素。

一般来说，项目业主会确定本地资源比例，也就是采用本地分包商及本土供应商的比例，南非本土分包商和供应商的报价比国内高出许多，在报价时要因地制宜。另外，业主对工期延误的罚款相当高，因而报价也要考虑到工期风险。

此外，做报价时还需考虑开办费即动员费用、税金、保险和保函等费用。

3. 办理许可手续。南非全国各地进行基础设施开发的过程一致，但是投资人申请开发的手续，依地区不同而有所差别。大部分情况下，主管机关负责审核开发计划、评估环境影响、基本设施供应（水、电、下水道）等。

（1）建筑许可。建筑许可由相关市政主管机关核发，每个主管机关都有各自系统的申请手续。申请案必须符合都市建筑法规以及《国家发展法》（*The National Development Act*）所规定的全国建筑法规。依照《国家发展法》的规定，每一项建筑结构都必须符合 20 条以上的建筑标准。主管机关的工程师将咨询其他相关部门，如卫生部、当地消防队，以及环境与旅游部，以决定是否核发许可。

审核的重点包括防火设施、健康影响、开发空间、升降设备、污水排放与近海污水处理、周边道路、卫生设施、下水道网路和结构。

开发计划一旦获准，主管机关将检查工地至少 5 次。某些城市检查次数更多，尤其是多层建筑物。其他项目则不定期抽检，视建筑物的规格而定。

（2）环境评估。在某些情形下，申请建筑许可必须附环境影响评估报告。环境评估必须由土地所有人聘请专业环保顾问执

南

非

221

行。近期甚至有投资人进行社会影响评估。根据估计，环境评估的费用约占总投资的5%。

现行法令并没有规定何时需要作环境评估，评估报告一般都是依照主管机关的要求而执行。一些情况下，投资人在环保团体的压力下，也会进行环境评估。办地设厂从事制造或加工的从业者，应该事先做好环境评估。

（3）申请供电。南非大部分的电力由国营的Eskom公司供应。Eskom将电力卖给各地方政府，各地方政府再以次级配电者（Re-distributors）的角色，将电力卖给一般末端用户。南非全国共有450个次级配电者。在下列情况中，Eskom直接将电力卖给末端用户：次级配电者无法满足高电量用户的需求；某特定区域不属于任何次级配电者的管辖。针对使用高电量的工厂，Eskom也可以提供电力升级服务。申请电力升级所需的时间，视相关变压器供应情形而定。电力升级费用视升级规模而定。在Eskom服务所涵盖的范围内，未开发地区也可以申请用电。但是，申请人必须事先备妥必要的证件，因为大型接电计划有时需要两年的时间。投资人可向最近的Eskom营业处缴交供电申请书或电力需求信函。接到申请书后，Eskom会在两周内告知施工估价，申请人可以就此项估价要求协商。

（4）申请供水。自来水的供应由各地市政府负责。除供应范围以外的地区，一般申请供水所需的时间很短，快则1天，慢则需要2个星期。在未装设自来水管线的地区申请供水，所需时间最快1个月，最慢需要1年或1年以上。

（5）申请电话线。南非目前有两家固定电话运营商，Telkom和Neotel。两家公司都可以为个人和大中小不同类型企业提供不同的语音、网络、数据和其他增值服务。Telkom公司2011年9月商业线路安装费是491兰特，月使用费是182.70兰特。

第三节　南非工程承包的法律风险与防范

近年来，随着我国"走出去"战略的深入实施，越来越多的中资企业在不同的国家和地区承担起不同类型的海外工程。与此同时，海外承包工程的风险也在不断累积。由于企业还秉持着在国内承包工程的思维及对当地法律的不熟悉，中国企业在面对复杂的环境时屡遭失败，如 2014 年中国铁建股份有限公司在沙特轻轨项目创下了中国在海外建设项目的最大亏损纪录，[①] 中国海外工程有限责任公司在波兰承建高速公路的合同被取消并被索赔约 20 亿元，[②] 这些消息都引起了业内外人士对海外承包工程法律风险的关注。因此了解工程所在国的法律环境与法律要求，加强风险的防范与控制是非常必要的。

一、招投标环节中的法律风险与防范

招标阶段是建设项目施工合同的起始阶段，具有基础性、关键性作用。因此了解投标程序，分析工程招投标阶段的法律风险，制定相应的防范措施是十分必要的。

---

　① 中国铁建股份有限公司于 2010 年 10 月 25 日晚公告称公司承建的沙特—麦加轻轨铁路项目在实施过程中，因实际工程数量比签约时预计工程量大幅增加等原因，预计发生大额亏损，亏损额预计 41.53 亿元，创下中国海外承包工程目前最大亏损纪录。

　② 2011 年 6 月 13 日，波兰高速公路管理局突然宣布，解除与中海外签署的成功承包协议，并可能向后者索取 7.41 亿波兰兹罗提（约合 17.51 亿元人民币）的赔偿和罚款，同时禁止中海外 3 年内参与波兰的公开招标。资料来源：凤凰新闻"低价竞标受挫：中海外波兰麻烦来袭"，http：//finance. ifeng. com/stock/ssgs/20111121/5103791. shtml

（一）标书制作的风险及防范措施

南非业主评估投标人实力的要求更为详尽，因此南非政府十分注重标书的制作。相对国内投标更加细致的规定将给中方企业在制定标书过程中带来一定困难。

因此，中国企业在收到南非招标单位的招标文件之后，应当仔细研究招标文件的内容，尤其要注意承包商的责任范围、工程合同的种类、付款条件、保函、技术标准与要求等内容。对于标书中含糊不清的地方，应一一列出，并及时与招标单位沟通，应尽可能全面了解招标单位的具体要求。中国企业在投标时，可以聘请专业水平较高的中介机构编制标书，尽量使标书内容符合国际规范，标书外观精美，并应注意招标答疑的细节问题。

（二）投标过程中的风险及防范措施

由于南非特殊的社会与法律环境，在企业投标过程中，还将面临与其他国家法律环境下不同的招标要求，特别是 BEE 法案中对于本地化比例的规定。以南非可再生能源采购计划为例，中国企业在当地投标还需要考虑 5 个方面内容。

1. 所有权规定带来的风险以及防范措施。设立项目公司的任何开发商必须确保黑人和本地社区具有特定比例的股权和表决权。对可再生能源采购计划而言，规定黑人具有 30% 的股权[①]和表决权，本地社区具有 3% 的股权和表决权。拟由黑人和本地社区持有的"经济利益"适用类似的比例。

因此，为了符合 BEE 或 BEEE 资格认证，中国企业在组建公司时必须满足所有权、管理、公平就业的要求，以求顺利通过

南

非

224

---

① 对黑人而言，股权通常是通过参与由黑人、印度人或其他肤色的种族人士持股的、被称为黑人经济振兴或广义黑人经济振兴法人实体的方式予以组织。

相关审查，缩短审查过程中的时间消耗。

2. 严格的本地成分和经济发展义务带来的风险以及防范措施。所有权义务并不仅限于项目公司。例如，可再生能源采购计划对工程、采购和施工承包商及营运和维修承包商规定 20% 的股权和表决权要求。

在涉及外国承包商的实例中，外国承包商被强制要求设立具有相应股权比例的南非实体，以便能够开展项目。这会产生加重拖延承包商的回报的税务影响。

对可再生能源采购计划项下的管理控制而言，项目公司 40% 的"高层管理者"必须是黑人。高层管理成员负责整体管理和项目公司的财务管理，并积极参与制定和实施项目公司的整体战略。

针对此项要求，中方公司在选择黑人"高层管理者"时应当更加审慎，选择真正符合要求的黑人管理者，并在其入职以后，进行定期的岗位技能培训，以适应随时变化的需求。

3. 创造就业机会义务带来的风险及防范措施。在南非招投标过程中，对创造就业机会义务的规定屡见不鲜。例如，在可再生能源采购计划中，80% 的员工必须是南非人，其中 50% 必须是黑人。在使用技能人才时，强调一个项目所聘用的所有技能人才中需要 30% 是黑人。本地社区也必须提供 20% 的劳动力。

在黑人失业率仍高达约 30% 的情况下，创造就业机会的义务对南非的发展通常具有积极影响。因此，除了简单创造就业机会之外，开发商还必须重视向黑人提供的薪酬水平和工作场所条件，在 2012 年导致数十人伤亡的南非铂矿暴动中，薪酬水平和工作场所条件是员工摩擦的重要原因。

4. 本地成分要求带来的风险及防范措施。关于本地成分和优先采购的要求在非洲和中东广大地区的许多辖区都相当常见。在本地成分方面施加的义务被设置成项目费用的一定比例，在可再生能源采购计划中，该比例为项目建造成本的 18%。本地成分包括已用在南非人或南非产品上的费用，不包括财务费用、土地费用、运营商的动员费以及任何进口商品和服务。

因此，中国承包商应当在进行投标时，充分了解不同项目的本地成分比例要求，提前做好应对措施，保证招投标的顺利进行。

5. 优先采购义务带来的风险及防范措施。除本地成分之外，项目公司还必须优先选择具备 B – BBEE 认可水平的供应商。在可再生能源采购计划中，至少60%的"采购支出总金额"[①] 必须用于符合八大 B – BBEE 认可水平之一的供应商。该水平反映黑人经济振兴合规的不同程度。

因此，对使用外国供应商提供项目的高价值部分（如风力涡轮机和太阳能电池板）的项目而言，供应商则必须确保其设法符合至少一项 B – BBEE 认可水平，以便能够遵守优先采购义务。

（三）强制性分包的风险及防范措施

南非《优先本地采购政策框架法》中规定，在可行性允许前提下，政府机构在对合同额超过 3 000 万南非兰特以上的邀标书中，必须施加30%的分包要求。规定中明确提到如果有强制性分包要求，必须是为了促进在预审标准中定义的该等类别团体或个人（如 EMEs、QSEs 及合作社）的发展。

当强制性分包原则应用在投标程序中时，中标者必须将合同总额价值的至少30%分包给进入财政部核准的名单库里的一家或多家供应商，让这些供应商提供所需商品或服务。获得政府机构合同的个人只有在该政府机构的同意下，方可做分包安排。

二、项目融资中的法律风险与防范

本土化比例影响项目融资能力，工程项目的进行需要的资金

---

① "采购支出总金额"指项目公司或其承包商开展项目时，在商品和服务上花费的金额，不包括进口商品和服务、税务、薪金和工资。

量庞大，一般的中小型企业无法完全负担一个项目工程完成所需要的资金。独立完成一个项目即使是对于大型企业来说也是一件风险非常高的事情，所以在项目进行中，一般都需要进行融资。然而在南非，对于外商投资领域却有一定限制，如外国公民经营或者控股超过75%（包括75%）的企业，在南非将被视为"受影响公司"（Affected Company），其从南非贷款人手中借款，在数额上是受到限制的，对外资公司，其借款的有效资金比例为：

$$100\% + (当地成分\%/外资成分\% \times 100)^{①}$$

同时由于南非现今仍存在外汇管制，如果公司要将利润汇出南非，还需要向中央银行填表报告，手续十分烦琐。所以企业全资推进项目进行的可行性几乎为零。

现在这一问题已经可以通过多种方式得以解决，其中包括项目发起人向黑人和本地社区实体提供资金，在项目开始创收之后通过赚得的股息向发起人偿还资金，或是开发性金融机构介入并担保实体获得的任何融资或直接向该等实体提供所需的融资。

在第一种方法中，发起人均需引入另外一层融资。然而，这会使得发起人由于投入所有股本而承担更大范围的风险。在第二种方法中，开发性金融机构的参与对必须进行谈判并从属于优先债务的整体融资和担保结构具有时间和成本影响。在南非市场中，项目未必青睐外国贷款，本地银行具有遵循融资文件先例的理念，因而不应轻易做出夹层融资的决定。

典型的融资结构涉及担保要素，担保要素对融资文件进行补充，并在项目公司付清债务之前，当项目遇到困境时向贷款人提供支持。虽然在非洲和中东开展的许多项目融资涉及使用英国法律，然而在南非，对项目公司作为本地实体授予的担保适用本地法。

即便是在本地法律适用于全部或部分担保文件的情况下，项

---

① 此公式来源于中华人民共和国外交部网站中中国公民赴南非须知，http://www.mfa. gov.cn/chn//pds/gjhdq/gj/fz/1206_39/1206x3/t162840.htm，访问时间2017年8月20日。

目公司通常也能够按照英国项目融资的法律设立一个担保结构，委任一个人或实体作为担保受托人为贷款人的利益以信托方式持有各种担保。

南非基础设施项目的担保文件适用南非法律。在少数例外情况下，一些担保文件适用英国法律，如关于在不适用南非法律的合同（如施工合同）项下的再保险收益或权利所设置的担保。

担保文件适用南非法律的做法使外国贷款人在制作担保文件时将会碰到一些问题。例如，目前尚不清楚根据南非法律，一个担保受托人能否代表一个以上贷款人持有担保。同时似乎法律中也没有对融资环节中担保受托人职能进行任何规定。在这种情况下，南非电力和基础设施项目中最常见的做法是通过设立特殊目的载体（在项目文件中通常称为"债务保证人"）以处理拟将设置的担保。

三、工程合同中的法律风险与防范措施

由于施工合同标的物的特殊，交易、生产周期长，合同条款多，涉及面广决定了工程合同本身具有高风险。了解和掌握南非特殊的合同条件，签署具有法律效力的施工合同，才能更有效地防范和控制风险。因此，中国企业应当将南非特有的 JBCC 合同调节与国际通用的 FIDIC 合同条件进行对比，更好地在合同谈判和签订阶段做好风险防范。

（一）JBCC 合同条件与 FIDIC 合同条件具有差异

与在国际广泛使用的 FIDIC（Fédération Internationale Des Ingénieurs-Conseils，国际咨询工程师联合会）① 标准合同条件不

南

非

---

① Bennani, Ali. *Les contrats FIDIC*, thèse de doctorat, Université de Montpellier, 2015.

同的是，联合建设合同委员会（the Joint Building Contracts Committee）2000 系列标准合同文件在南非建设领域得到了广泛使用。概括来讲，该系列合同文件由合同范本类、指南类与标准格式类三类文件组成。其中，合同范本类文件包括建设主协议（Principal Building Agreement）、指定/选定分包协议（N/S Building Contract Agreement）和小工程协议（Minor works Agreement）。指南类文件包括 JBCC2DOO 系列文件简明指南，合同价格调整规定之工作包构成和指标权重，合同价格调整规定之指标应用指南，期中竣工、实际竣工、工程竣工和最终竣工指南，估价、证书和付款指南，裁决规则。标准格式类文件包括投标书格式、承包商放弃留置权证书、现场接收证书、支付保函、预付款保函、建设保函（期中）竣工证书、支付建议、支付证书通知、支付证书、补偿报表等。

（二）竣工日期的约定

JBCC 合同将竣工分为实质竣工（Practical Completion）、工程竣工（Works Completion）和最终竣工（Final Completion），日期的确定以相应竣工证书的颁发为准。其中实质竣工指工程或单位工程通过竣工检验，工程竣工指完成实质竣工时确定的少量未完工程与缺陷，最终竣工指缺陷责任期满。FIDIC 的竣工指项目通过竣工检验，此时可存在少量扫尾工程与不影响工程实质使用功能的缺陷，而缺陷通知期满后将颁发履约证书。JBCC 与 FIDIC 的区别在于将扫尾工程与修复缺陷的完成明确为工程竣工，并将此日期作为缺陷责任期的起始日期，其实质竣工相当于FIDIC 的竣工，最终竣工相当于 FIDIC 的履约证书签发。

（三）缺陷责任期/缺陷通知期

JBCC 合同中的缺陷责任期为 90 天，从上述工程竣工之日起算。投标函附录中规定 FIDIC 的缺陷通知期（一般为 365 天）从接收证书中注明的项目竣工之日算起。二者的起算日期不同，但考虑到承包商完成扫尾工程与修复缺陷的时间，JBCC 的缺陷责任期通常少于 FIDIC 的缺陷通知期。但 JBCC 有一个从开工日期起至最终竣工之后五年的隐性缺陷责任。FIDIC 考虑到不同国家的现实情况，并未对隐性缺陷责任做出规定。①

（四）误期罚款/损害赔偿费

与 FIDIC 一样，JBCC 规定在承包商误期时，业主将对其收取误期罚款（FIDIC 为误期损害赔偿费，二者不同主要是因为合同所依赖的法律不同），相应款额的计算均为工程或单位工程（实质）竣工证书超过预定（实质）竣工日期的时间乘以工程或单位工程价格为基础的费率。这里值得注意的是，JBCC 并未对罚款的限额做出规定。

（五）建设保函/履约保证

JBCC 的建设保函有可调保函和固定保函两种，在投标书中予以确定。可调保函为合同价格的 10%（期中支付、实质竣工、最终竣工后可扣减），最终竣工证书颁发之后失效。固定保函为合同价格的 5%，实质竣工证书颁发之后失效。建设保函在中标之后的 21 天内提交。

FIDIC 的履约保证包括银行保函（一般为合同价格的 10%）和担保（额度较大，甚至有可能为合同价格的 100%）两种形式，相应金额和货币种类应与投标函附录中的规定一致。如果投

---

① Seppala, Christopher R. *Contentieux Des Contrats Internationaux De Construction*: *Commentaire De Sentences CCI Relatives Aux Conditions FIDIC Pour Les Contrats Internationaux*, Int'l Bus. LJ, 1999, P. 700.

标函附录中未说明金额，则不适用。承包商应在收到中标函后28天内将此履约保证提交业主；在承包商完成工程竣工并修补任何缺陷之前，承包商应保证履约保证持续有效。履约保证可在工程接收时减少一定的百分比。

单独从保函形式中可以看出，JBCC项下无论是固定保函还是可调保函，对承包商而言金额或递减优于以FIDIC下的函规定，且固定保函的期限较短。

（六）支付扣减/保留金

JBCC合同规定在选择可保函时无支付扣减，在选定保函的情况下，适用支付扣减，扣减方式为，实质竣工前的每期支付扣减5%，实质竣工至最终竣工之间的每期支付扣减3%，最终竣工时的支付扣减1%，最终竣工证书签发时全部支付。

而FIDIC项下的保留金扣减为每期期中支付时投标函附录中标明的保留金百分率乘以当期支付，扣减至达到投标函附录中规定的保留金（如有这项规定的，一般为合同价格的5%）为止，颁发接收书时，缺陷通知期满时全部退还承包商（剩余部分可用保函代替），分段接收时，单位工程证书签发时退还40%，单位工程缺陷通知期满后再退还40%，剩余20%待整个工程缺陷通知期满后退还，可以看出，JBCC在固定保函的情况下，其支付扣减将持续到缺陷责任期满，且期间无部分返还。

（七）保险

JBCC合同项下的保险分为一般保险和专用保险，投保额度与投保方在合同数据中规定，专用保险不一定需要投保。一般保险包括：工程险（针对工程与业主提供给承包商的材料和货物）、补充险（针对骚乱暴动和罢工）、公众责任险（针对公众的人身伤害与财产保险）。专用保险包括：临时侧向支护险（针对可能对现场周围的土地产生的危害）、土工技术险（针对现场地质是否可以支撑整个工程），以及其他业主在合同数据中要求的保险。

FIDIC 合同中的保险包括工程一切险、施工机具和设备险（针对工程和承包商的设备的保险）、财产损害险、人身意外险、雇主责任险、第三方责任险、运输险等（针对人员伤亡和财产损害的保险）。其中，二者的区别主要在于补充险与专业保险。这里 JBCC 对专业保险虽然没有特殊规定，但是在实际操作过程中，工程承包商还是应该对必要的专业险进行投保。

（八）支付

JBCC 合同中，业主按月根据承包商提交的实际完工额及相关调价、补偿进行支付。支付时间为首席代理签发支付证书（签发时限需双方明确）后的 7 天内。FIDIC 的规定为：业主按月根据承包商提交的申请报表（根据当月进度情况及调价、其他增加或减扣额）支付。支付时间为工程师收到报表及证明文件之日起 56 天内。二者的差别主要在于支付时限，而支付时限的差别则依赖于支付证书的签发期限，FIDIC 对工程师支付证书签发期限的要求为收到报表及证明文件之日起 28 天内，在此期限下用 JBCC 合同的支付期限小于 FIDIC 的支付期限。

（九）承包商的索赔

JBCC 合同的索赔原则如下：在非承包商可以控制的原因引起的工程延期情况下，承包商有权索赔工期，因业主违约或业主行使权利引起的延期，承包商有权索赔工期和价格。相较于此，FIDIC 做出了更详细的规定：对于业主原因造成的延误，可以索赔工期、费用和利润；对第三方原因（如法律变化、所在国的混乱等）造成的延误，可以索赔工期费用；对于自然灾害（不可抗力，异常不利的气候条件等）造成的延误，可以索赔工期。① 二者的区别主要在于 FIDIC 对费用和利润做出了区分。从上述原则的区别也可以看出，FIDIC 合同下承包商针对费用的索赔权利大于 JBCC 合同。

具体而言，在受气候条件的不利影响（未给出明确定义和界限）；采取所有可行措施后仍无法按时获得材料与货物；属于承包商风险的损失与损害修复；任何一方无法控制的事件：国内骚动、暴乱、罢工或停工；采取所有可行措施后直接费用金额项下的延迟供应；采取所有可行措施后指定分包商的违约，以及其他符合上述原则的情形下，承包商有权索赔工期。在业主未能及时让承包商占用现场；不属于承包商风险的损失与损害修复；非承包商违约引起的合同指示；未能及时提交工程信息；在承包商已履行义务的情况下，首席代理延迟认可选定分包商承担的设计；因业主或首席代理违约引起的指定/选定分包商暂停或终止；指定分包商破产；业主的其他直接承包商的原因；打开检验工程、材料和货物，且相关工程符合合同文件规定；实施工程量清单中相关数量不够精确的附加工程；业主未能及时提供或未能提供由其供应的材料和货物；工程暂停，以及其他符合上述原则的情形下，承包商可以索赔工期与价格。

四、工程建设中的法律风险与防范

建筑工程施工纠纷大量发生，一方面是建设方的诚信缺失使然，另一方面是因作为承包方建筑企业的风险防范意识不强。了

① Seppala, Christopher R. *Reclamations De L'Entrepreneur Aux Termes Des Contrats FIDIC Pour Les Grands Travaux*. Int'l Bus. LJ, 2004, P. 733.

解南非工程建设法律的强制性规定，减少因为合同风险对企业造成的经济损失，能保证工程项目的顺利进行。[①]

（一）施工符合南非环境保护法律的要求

有关在南非投资涉及的环境法律风险，在本书相关章节中已详细论述，总结中国企业在南非进行工程承包时应对环境法律风险的防范措施如下：其一，中国企业在南非承包工程时应了解并遵守南非的环境保护法律法规以及各项国家保护标准，尤其是工程承包经常涉及的污染物排放、废弃物处理等方面的规定；其二，中国企业要事先评估工程项目对环境可能产生的影响，如影响重大，应在获得许可证并明确环保义务之后再进行项目建设；其三，在项目的开发、建设和运营期间，按照南非当地的环保要求，制定项目内部环境保护工作流程，严格按照南非当地的环保法律开展各项活动，并在环保要求实施的过程中加强与当地环保部门的沟通；制定风险应对预案，一旦发生项目环保事件，应保持与政府、民众和媒体的积极沟通，尽量创造有利的舆论氛围；其四，在做投资预算和项目设计时按照南非当地环保要求，考虑项目环保投资所需的费用以及项目配套的环保设施，避免造成后期项目的建设和运营不满足环保要求，而导致投资超出既定项目预算、设计变更影响工程进度等情况。

（二）劳工数量应当符合 BEE 中的规定

中国的工程承包项目，主要采用的是控制成本、提高效率、压缩工期的低价中标策略。其中，中国工人成熟的技术和合理的工作模式是该策略的重要支撑。南非为促进本国经济和社会发

南

非

---

① 有关在南非投资涉及的环境法律风险，在本书相关章节中已详细论述，在此不做赘述。

展、促进就业，对特殊技能的专业人员实行配额制，这样便会造成一定程度上的技术熟练工的短缺问题。特别是在复杂的大型工程中，由于对施工技术的要求较高，专业人员短缺这一现象凸显。建议工程承包商为保证工作效率还是需要雇佣国内大量的技术工人作为业务骨干，并对当地工人提供技术培训。

（三）警惕劳资纠纷

劳工风险，在南非表现得较为突出。南非工会组织势力强大，罢工运动层出不穷。引发劳资纠纷的主要原因既有工时过长、工作环境恶劣、雇员薪水过低、不签订劳动合同等原因，也有工人罢工要求加薪，南非工人每年薪酬增幅都在10%左右。承包方应当充分了解南非劳动法，密切关注劳资关系，建立劳资问题应急预案。同时，提高中资企业员工的本土化比例，适应南非本土管理风格、管理文化。

五、合同准据法与争议解决方式选择的风险和防范措施

工程合同准据法与争议解决方式是在南非进行工程承包中需要特别注意的两个问题。合同准据法是指具体确定合同关系当事人权利与义务的实体法。在国际工程承包中，工程业主与承包商可以合意选择工程合同的准据法。由于南非的法律体系与中国并不相同，且法律变动较为频繁，中国企业与南非业主进行合同谈判时，应尽可能选择中国企业比较熟悉的法律体系作为合同准据法，以便在合同纠纷发生时，更好地维护中国企业的权益。

争议解决方式是指合同纠纷发生时用以解决纠纷的方式，主要有诉讼与仲裁两种方式。争议解决方式是关系承包商切身利益

的重要法律问题。由于对当地法律法规不熟悉等原因，中国企业在面临纠纷时还可以选择仲裁方式作为合同纠纷的解决方式。目前，在南非可以选择向南非仲裁员协会、伦敦国际仲裁法庭等国际常设机构提请仲裁。随着中非联合仲裁中心的成立，[①] 相关争议可以选择提交更为方便的中非联合仲裁中心进行仲裁。

第四节　典型案例

中国企业在进入南非工程承包市场开展业务要面对的第一环便是招标环节，由于在南非招标过程和标准与国内的要求具有不小差异，在招标过程中如何避免遭遇撤标的风险是每个企业都必须注意的。据此，本节选择"CAE 建筑工程公司诉南非油气股份有限公司案"作为典型案例，分析南非工程承包法律制度的案例启示。

一、案情简介

上诉人：CAE 建筑工程公司

被上诉人：南非油气股份有限公司（南非油气股份有限公司 Pty Ltd.）、VUSANI 承包服务控股集团

受理法院：南非好望角区高级法院

2006 年 1 月，CAE 建筑工程公司[②]向南非好望角区高级法院

---

① 朱伟东：《南非法院对外国仲裁裁决的承认和执行》，载于《仲裁研究》2005 年第 3 期，第 49～51 页。

② CAE 建筑公司符合 BEE（黑人经济振兴法案），其所有成员均为黑人，其业务为安装和维护电气和空调服务业务。

提出申请，希望法庭颁发宣布令，说明南非油气有限公司①在2006年1月19日取消 No. E1496 号招标的决定不符合宪法，非法无效。早在 2002 年 12 月，CAE 建筑工程公司便获得向南非油气股份有限公司提供电器维修服务的合同，期限三年（截至 2005 年11 月），在此期间，CAE 建筑还获得了进一步的服务合同。2005年 6 月，南非油气股份有限公司正式要求对这些服务进行招标。招标公告的合约期为 36 个月，估计投标价值为 1 200 万兰特，合同金额为 102 033 540 兰特。在"招标书"中，南非油气股份有限公司表示投标书将根据《政府公共采购法》进行评分。2005 年 9月 13 日，CAE 建筑工程公司向南非油气股份有限公司提交了投标书。招标于同一天结束，同时还有其他五个公司进行投标。

评估委员会在收到投标书后，对承包公司进行了评估，最后仅留下 CAE 建筑工程公司。在 2005 年 11 月 10 日的会议上，评估委员会要求延长 CAE 建筑工程公司的现有合同，以便适当地裁定新的招标过程。合同延期至 2006 年 2 月 28 日。CAE 建筑工程公司在获悉后要求合同按招标书中的规定将合同延期至 2008年，而南非油气股份有限公司以没有收到可接受的投标书为由拒绝了其请求。CAE 建筑工程公司遂将争议提交法院。南非好望角区高级法院于 2006 年 12 月 8 日作出裁定，由于投标的技术性质，法院在制度上没有能力对案件作出决定，故驳回其请求。

二、案情分析

（一）南非油气股份有限公司是否违宪

原告认为，南非油气股份有限公司是中央能源基金股份有限

---

① 南非油气股份有限公司（Pty Ltd.）是南非共和国政府的国家石油公司，拥有、经营和管理政府在石油行业的商业资产。

公司（CEF Pty Ltd.）的全资子公司，该中央能源基金股份有限公司根据 1977 年《中央能源基金法》成立，控制和运营国家中央能源和战略燃料基金，中央能源基金股份有限公司由国家全资拥有，其股份由矿产和能源部长控制。中央能源基金股份有限公司的法定责任包括收购、发电、制造、营销和分销以及任何形式的能源和人造燃料的生产。因此，石油公司被明确地定性为履行中央能源基金股份有限公司法定责任的附属公司。通常情况下，南非油气股份有限公司将进一步受到部长的政治监督，该部长具有中央能源基金法第 1 节 E（6）规定的权力，要求提供有关中央能源基金业务的信息。因此，南非油气股份有限公司受 PF-MA① 第 6 章的约束，包括第 51（1）（a）（iii）条的要求，即官员必须确保它具有和维持"公平、公正、透明、竞争力和成本效益"的适当采购和配置系统。公平地说，它是一个"主要公共实体"，根据《宪法》第 195（2）（c）条，该企业受《宪法》② 第 195（1）条规定的公共行政基本价值的约束，包括高标准的职业道德；经济有效地利用资源；问责制，处理公众的透明度；代表性，并纠正"过去的不平衡"来实现广泛的代表性；与公众打交道的透明度。而此次招标，南非油气股份有限公司在招标的评估环节已结束的情况下取消了此次招标，并未与 CAE 建筑工程公司履行招标合同，而是选择在未告知原因的情况下与其续签原合同至 2006 年，这无疑违反了宪法。

被告认为，南非油气股份有限公司不是国家、省或地方政府领域的国家机关。南非油气股份有限公司是由 3 个前实体，即 Mossgas 股份有限公司，Soekor E&P 股份有限公司和战略燃料基金协会的一部分合并组成，它是南非法律下的商业非上市实体。被告律师指出，石油公司的业务和职能完全类似于其他私营多国石油化工公司，因此，其并不是国家、省或地方政府的国家机

南

非

238

---

① 1999 年《公共财政管理法案》。
② Constitution of the Republic of South Africa, Act 108 of 1996.

关。由此，石油公司不属于《宪法》第 217 （1） 条的范围。被告还指出，如果法院认定南非油气股份有限公司受第 217 （1） 条的约束，在此种情况下，他将提交相关证据以表明南非油气股份有限公司的行为完全符合其该部分义务。另外，他否认《优先本地采购政策框架法》适用于南非油气股份有限公司。这一观点得到了法院的支持。

（二）取消招标是否合法

被告提出，《优先本地采购政策框架法》第 10 （4） 条中规定：如果出现下列情况，国家机关可以取消招标：①由于情况变化，不再需要货物或服务；②资金不再满足其项目总支出；③收到不可接受的招标。之前所接受的标书在筛选过后留下了 CAE 建筑工程公司的标书，但是这并不代表 CAE 建筑工程公司的标书能够被接受，原因是：①当时 CAE 建筑工程公司已经负有 600 万兰特的债务；②公司名下的车辆没有全额支付；③与员工签订违反劳动立法的合同，并造成了 CAE 的员工失业，与员工之间的脆弱关系威胁到 CAE 建筑公司能够保证完成其投标书；④没有提供必要的工具和设备，没有在现场设立合适的办公室，没有雇佣具有适当资格和经验的人员。之后尽管法院已经承认南非油气股份有限公司不适用于《优先本地采购政策框架法》，其取消招标的行为并不符合法律，至少在程序上是不公平的，但是由于上述原因，法院仍驳回了原告的申请。

三、案情启示

本案属于工程承包招标过程中的典型案例，CAE 建筑工程公司在通过业主评委会的评定之后，其中标仍然被取消。这对中国企业在进入南非工程承包市场具有一定启示。

（一）注意各项评价指标

政府或国有企业招标的项目，对公司的实力和报价要求严格。在项目招标环节中会有专门的评委会负责对标书进行评估，一旦不符合评委会的要求，标书即使通过也有可能存在被撤标的风险。其评标的标准不仅注重公司的实力，还注重促进南非本地经济发展、劳动力技能培训、技术转移、促进当地就业等内容。为了增强黑人经济实力，政府或国有企业标的项目会要求投标者的黑人经济振兴评分达到一定标准。这一规定尤其对于外国企业进入南非市场来说尤为需要注意。在本案中，尽管 CAE 建筑工程公司作为一家本土的由全黑人构成的公司，符合 BEE 中对于黑人持股比例、参与管理程度等方面的要求，但是由于其实力不强，被告认为其"在建设方面需要高水平的监测，支持协助和干预……这将对南非油气股份有限公司造成过度繁重甚至无法控制的负担"，评估组对于其接受节能培训、带动企业及供应商发展与带动社会经济发展方面的评分都不够高，还是取消了其投标的资格。所以中国企业在进入南非市场时一定要注意符合南非标准局（SABS）所制定的各项标准，在本土化方面注意《广义黑人经济振兴法》中对于持股比例、五项评分标准等规定，增加中标的成功率。

（二）与员工签订合法的劳务合同，注意与工会之间的关系

劳工风险，在南非表现得较为突出。南非工会组织势力强大，罢工运动层出不穷，为中国企业在当地开展业务时造成了许多困难。工时过长、工作环境恶劣、雇员薪水过低、不签订劳动

合同、涨薪幅度不够等等是中国企业在南非面临罢工的常见原因。南非在其《劳动关系法》第1条"立法目的"部分明确引入《宪法》第27节以明确"人人享有公平劳动的权利"这一原则以保障劳工人权。在项目招标环节中，劳工的工作实际情况还是重要的考察对象。本案中，原告请求被驳回的其中一个重要原因便是CAE建筑工程公司与员工签订违反劳动立法的合同，并造成了CAE建筑工程公司的员工失业，与员工之间的脆弱关系对公司是否能完成其投标书构成威胁。所以中国企业在南非开展项目过程中，要注意与员工签订合法的用工合同，保障劳工合法权利，将罢工风险降到最低。同时应当提前制订完备的罢工应急方案，以便企业及时应对罢工，减少经济损失。出现劳动者罢工事件时，应当调查清楚劳动者罢工的原因，若是涉及企业自身与劳动者的关系问题，可通过相关雇主协会、有关行业的政府主管部门以及中国驻当地使馆协助与工会进行集体谈判，并结合企业的运营和效益制定数套谈判方案，协商过程中可择机坚持己方利益或者作出让步妥协。

为了保证海外项目的正常开展和运行，企业在南非承包工程时要注意调查、分析、评估相关法律风险，了解各项法律规定，事中做好风险规避和管理工作，以保障自身合法利益，避免经济损失［本案例根据 CAE Construction v. Petroleum Oil & Gas Corporation of SA（Pty）Ltd and Others（3667/06）［2006］ZAWCHC 57（8 December 2006）整理］。

南非劳工法律制度

南非经济发展势头良好，中南两国之间互动频繁，这提高了大批中国投资者远赴南非进行投资的热情。投资者在进行投资活动过程中，人员的招募和管理是重要一环。伴随经营活动的展开，劳资纠纷等与劳工有关的法律问题开始显露。为防止劳工问题制约投资经营活动的顺利进展，投资者在招募及管理劳工时必须充分了解南非相关劳动法律法规并严格按照相关规定进行活动。通常，投资者在外国进行投资活动时，为了运行效率以及信任度等考量，会更趋向于使用本国人员将其外派至海外工作。而在南非开展经营活动时尤其需要注意的一点是，根据南非《黑人经济振兴法案》相关规定，外国企业必须招募大量的本地人员对投资经营活动进行维持和管理以符合本地化要求。因此，中国投资者在南非进行经营活动时，不仅要依据中国劳动法招募中国员工，同时还要依据南非劳动法对本地劳工进行招募和管理。

第一节 南非劳工法及基本内容

在中非产能合作的背景下，产能转移和承接的步伐加快。中资企业对南非的投资持续快速增长，投资规模不断扩大。投资的存量与增量为南非的经济增长和增加就业起到了一定的促进作用。为东道国创造了较多的普通就业岗位，缓解了非洲各国低技能和无技能劳工的就业压力。在带动南非劳动就业的同时，劳资风险的严峻性不容忽视。一是南非劳动法沿袭英联邦国家制度，劳工法律制度比较健全，工会势力发展迅猛。二是南非的劳动力市场活力不足。三是南非对于外国人就业的管理也是非常严格，申请工作签证、商务签证以及法人签证的条件比较高，程序烦琐。

南非劳动力市场人力指数相对靠后，因南非技术工人缺乏以及没有为国民提供较好的教育、培训和就业服务的原因，南非在全球124个国家中仅位列第92，在撒哈拉以南非洲地区国家中排名第6。另外，还存在"人力成本高昂、罢工频繁、劳工制度僵硬、有经验或有技术人才稀缺以及与政府沟通成本高昂"等问题。① 中资企业，一方面要不断努力适应并遵守南非劳动法规，学习当地劳动法律制度；另一方面也要呼吁南非政府重新调整劳动法规，加强职业技术教育，更多地考虑投资者的利益。

一、南非劳工主要立法

种族隔离制是一种特殊形式的殖民政策。它一直是白人殖民者对南非黑人进行殖民奴役和掠夺的工具。三百年来，白人殖民者对南非当地居民的统治方式，也从以掠夺非洲人的土地为主，开始转向以掠夺非洲人的劳动力为主。② 以种族歧视为基础的旧南非劳动法，旨在维护白人的种族特权，严重侵犯黑人劳工的人

---

① 黄梅波、任培强：《南非劳动力市场对中国企业投资的影响》，载于《西亚非洲》2013年第4期，第115页。

② 宁骚：《论南非种族隔离制及其对黑人的殖民掠夺（上）》，载于《世界历史》1979年第6期。

权，是非正义的"恶法"。种族隔离制度已经深入到旧南非的劳动立法、劳动执法以及劳动司法之中，体现在旧南非劳动法价值、劳动法体系以及各具体的劳动法律制度的方方面面。

新南非成立以来，南非对劳动关系、工作条件、社会保障等内容通过多部单行法律及行政法规予以规范。制定或修改的法律有《劳动关系法》《雇佣基本条件法》《职业技能发展法》《职业健康安全法》《职业伤病补偿法》《失业保险贡献法》《宪法》《就业平等法、促进平等、预防不公平歧视法》（2002 年修订）等国内立法，还包括加入并批准生效的国际劳工组织等国际组织的公约和法律文件。旨在"通过制定和修改劳动法律，提振新南非停滞不前的经济"①，创造就业与吸引外资等，以营造便利的营商法律环境，促进经济发展等目标。

二、南非劳工法基本内容

新南非劳动法的主要目的是确立和保护劳工权。首先，在宪法上确立劳工权为基本人权；其次，构建个别劳工权法律制度，即以劳工个人的劳工权利为主要内容的立法，主要是对劳工保护的基本制度进行立法，如工资支付制度、工时制度以及劳动条件等；最后，就劳动"三权"进行立法：组织工会的权利、集体谈判和自由集会权以及罢工权；另外，还进一步对"社会保障、职业培训、劳动争议处理"等权利进行规定。从制度的历史变迁看，新南非的劳动法是先在宪法上规定劳工基本权，然后围绕劳工基本权转化为经济社会文化权这一路径逐步展开与实施的。以达致消除贫困、减少失业和犯罪的社会发展目标。

---

① Eric Taylor, *The History of Foreign Investment and Labor Law in South Africa and the Impact on Investment of the Labour Relations Act 66 of 1995*, 9 Transnational Law. 611, 1996.

（一）宪法中劳工权的规定

《南非宪法》从基本人权层面定义并对劳工保护作了具体规定。1993 年临时宪法是新南非诞生后实施的第一部宪法。它是20 世纪 90 年代开始的南非制宪谈判的产物，反映了种族隔离的终结和种族平等时代的到来。该宪法吸收了西方的人权理论，确立了种族平等原则和保障各族人民的基本权利。在南非《宪法》第 2 章权利法案中，原则性的规定了劳工的基本权利，规定了以下 4 个方面的相关内容：结社自由和集体谈判、禁止强迫劳动、废除童工、消除就业和职业中的歧视。[①]

1. 结社自由和集体谈判权。从市场经济的基本要求来看，劳资平衡和劳资关系的和谐，是以劳资力量的相对平衡为前提的。在劳资矛盾与劳资冲突客观存在的情况下，对劳资矛盾与劳资冲突的正确处理与解决是促进社会发展的必要条件。[②] 为了实现劳资力量平衡和劳资矛盾冲突解决法制化，新《宪法》规定了"劳工三权"之一的"结社自由与集体谈判权"。新《宪法》第 17 条明确每一个公民有集会、示威、罢工及请愿的权利，并要求公民行使上述权利须采用和平的、非暴力行使该权，同时又在第 18 条再次强调在南非的每一个人皆有结社之自由。在工会权方面，新《宪法》第 23 条规定每一个劳动者皆有组织和加入工会、参与工会的各种活动及安排以及罢工等权利；另外，宪法对雇主的工会权也作了规定：每一个雇主皆有组织及加入雇主组织的权利以及参与雇主组织的活动及安排的权利；在工会组织本身权利方面，宪法确认每一个工会及雇主组织皆有决定其自身管理、活动安排的权利、组织的权利以及组织及加入联合会的权利。

---

① 孙谦、韩大元主编：《世界各国宪法·非洲卷》，引自《世界各国宪法》编辑委员会编译，中国检察出版社 2012 年版，第 676 页。

② 常凯著：《劳权保障与劳资双赢——〈劳动合同法〉论》，中国劳动社会保障出版社2009 年版，第 224 页。

2. 禁止强迫劳动。摆脱强迫劳动或强制劳动是国际劳工组织（ILO）职责和能力范围内必须实现的最重要的人权之一。[1]新《宪法》第 7 条规定"权利法案"是南非民主制度的基石。它不仅规定了所有南非人的权利，而且还确认了人性尊严、平等与自由的民主价值。《宪法》第 13 条规定：任何人不可以被充当奴隶，受到奴役或强迫劳动。不仅如此，南非宪法还对奴役或强迫劳动作了否定性、禁止性规定。

3. 禁止并废除童工。[2]《宪法》第 28 条规定每一个儿童皆有受到保护且不被剥削劳动的权利以及不被要求去执行或提供那些不适合其年龄的或者危害到儿童的幸福、身心健康及教育的工作或服务的权利，即使在实施紧急状态的情形下，对儿童的保护也是"不可克减"的。

新《宪法》对劳工权的规定，在以下几个方面发挥了积极作用：首先，将黑人长期为权利斗争的胜利成果巩固，防止权利得而复失。将其长期与殖民者及种族主义当局斗争得来的权利在宪法层面予以确认，对于防控重回种族歧视与奴役压迫层面上意义重大；其次，为后续部门劳动立法建立集体协商机制提供了法律效力渊源。最后，新南非劳动法消除了种族歧视制度带来的不平等；在法律价值选择方面完成了形式上的平等。

但是，随着新南非社会的转型与发展，劳动立法过于考量政治因素的负面影响逐渐显现出来。首先，基于殖民与种族主义的历史，加上南非在经济全球化中处于被边缘化的不利因素的影响下，新《宪法》对于劳工权利的规定极容易成为各种政治力量操控的对象，政府、政党以及广大劳工组织对劳工权的关注上主要集中在基本公民政治人权层面上；其次，新劳动法对劳工权利实施的社会经济等条件考虑不足和关注不够，对劳动立法是否有

---

① 国际劳工局（日内瓦）：《消除强迫劳动——相关公约调查报告》，www.ilo.org/publns，访问日期：2016 年 8 月 1 日。

② 孙谦、韩大元主编：《世界各国宪法·非洲卷》，引自《世界各国宪法》编辑委员会编译，中国检察出版社 2012 年版，第 676～680 页。

利于促进经济发展关注不够，造成了劳动立法的"先进性"与社会经济发展的"效率"价值不适配。致使新的立法缺乏社会经济文化的现实，导致该法功能部分失效，进而影响到投资环境的改善和吸引外资的能力。如处理不当，将会使"以经济发展带动历史与现实问题的消解，夯实南非宪政民主基础"的进程延缓或甚至落空。

（二）个体劳工权基本保障制度

新《宪法》作为南非的根本大法，除了过于考量政治以外，还缺乏具体性、操作性和可理解性。新南非政府须制定或修改专门的法律来规范和保障劳工的合法权益，使之从抽象权走向实在权、从应然权转化为实然权。制定和修订的劳动法律法规有：《劳动关系法》《雇佣基本条件法》《职业技能发展法》《职业健康安全法》《职业伤病补偿法》《失业保险贡献法》《工伤保险》等。① 依法确立各种基本的劳工保护法律制度，系统性地反对包括种族在内的各种歧视规定，向形式平等的保护机制迈开了一大步。本书就工资与报酬、工时、平等就业以及解雇制度等进行介绍与梳理，指出新劳动立法实质上是对旧的歧视性劳动法律制度的否定，巩固黑人劳工长期"为权利而斗争"取得的革命成果，进而确保劳工的基本权与其他社会保障权。

1. 工资与报酬制度。根据南非 1997 年颁布的《雇佣基本条件法》第 75 条规定，报酬包括金钱和实物，系劳动者为其他任何个人、州或国家提供劳动而获取的给付。法律规定雇员正常周工作时间为 45 小时；在工资支付方式方面，鼓励周薪制，如须月薪制的，其月工资需是周薪制的 $4\frac{1}{3}$ 倍。在雇员工资支付形

---

① 资料来源：http：//www.labour.gov.za/DOL/legislation/acts/labour-relations/labour-relations-act.访问日期：2017 年 2 月 8 日。

式、期限方面，《雇佣基本条件法》第 32 条规定：雇主须用南非法定货币支付，通过支付现金、支票及直接存入雇员指定账户等方式。任何报酬支付须在工作场所或雇员同意的地点，发放的时间须在工作开始之后或工作结束之前；除此之外，为了提高工资构成的透明度，《雇佣基本条件法》第 33 条第 1 款对报酬的必要信息作了强制性规定，必须具备以下法定内容：雇主的名称和地址、雇员的姓名和工种、支付周期、金钱支付，不能以实物支付、克扣工资的总量和目的以及实发薪水数量。另外，为保护雇员的合法收入不受非法扣减，法律要求雇主非因法定事由不得扣减雇员薪水，即使是因雇员的过失给雇主造成损失而须扣减的，雇主必须证明其损失与扣减行为的因果关系、必须经正当程序并给予雇员合理机会辩护；严厉禁止所扣减薪水超过雇员造成的损失额且扣减额不得超过应付月工资的 1/4。

2. 工时制度。工时制度直接影响劳工的休息和报酬多少等问题，南非的《雇佣基本条件法》对以下问题规定相当详细：工时制度的适用范围、工作时间、工作日、正常工时、加班、周压缩工时制、平均工时数、劳工部长之决定工作时间、用餐时间、日和周休息间隔、周日工资、晚班工资以及公共节假日加班工资等。在工作时间方面，要求雇主须保障雇员职业的健康和安全以及合理关切雇员的健康与安全情况，雇主安排工作时间须遵循公序良俗以及合理关心雇员对家庭的责任等。《雇佣基本条件法》规定雇主须安排雇员在前一个工作日结束至后一个工作开始的间隔至少连续休息不少于 12 小时。在工作中如需用餐，雇主须为连续工作 5 个小时以上的雇员提供不少于 1 个小时的用餐时间；另外，如用餐时须坚守工作岗位的须支付报酬。另外，南非劳动法律原则上不鼓励晚班。晚班只有在雇主与雇员达成相关协议之后才能实施，且雇员必须得到晚班补贴或减少工作时间，除此之外，在上下班时，工作场所必须有较为方便的交通工具和其他便利条件。

3. 平等就业制度。南非反就业歧视的法律主要由南非《宪法》与《雇佣公平法》（Employment Equity Act，EEA）等调整。作为新南非宪法的一个重要部分，《南非权利法案》中的"平等"章节为反就业歧视定下了基调，表现在：①法律面前人人平等；②授权立法机构通过立法提高整个南非社会的平等水平；③禁止基于"种族、性别、性、怀孕、婚姻状况、民族或社会出身、肤色、性取向、年龄、残疾、宗教、认知能力、信仰、文化、语言以及出生等方面的歧视"；④法律还设置了一个兜底条款，除非证明歧视是公正的，否则法律认定一切均为不公正。[①]新《宪法》主要是对就业歧视作了一般性规定，具有概括性、原则性与抽象性，但南非《雇佣公平法》则是一部专门反就业歧视的特别法。其反就业歧视措施既具体又具有操作性强等特点，主要有四个方面的内容：①全面禁止不公平歧视，适用于所有雇员与雇主；②反歧视的范围非常广泛，与新南非宪法中规定的反歧视条款规定的情形相近，但是已对宪法相关条款进一步具体化，不仅包括基于"种族、性别、性、怀孕、婚姻状况、民族或社会出身、肤色、性取向、年龄、残疾、宗教、认知能力、信仰、文化、语言以及出生等方面的歧视"以外，还禁止对基于"家庭责任与负担、艾滋病感染以及政治取向"等进行歧视。③就业歧视一旦发生，举证责任须由雇主承担，雇主须证明其行为是公正的，即使该行为是基于"法律未列明的事项"的情形。④该法规定雇主有积极作为义务：采取措施去除就业歧视的惯常做法与政策。对于新《宪法》以及《公平就业法》中"法律未列明的事项"，南非宪法法院通过释法纳入法律的保护范围，如"公民身份"的就业歧视问题。宪法法院将"公民身份"纳入反

---

① S A – R Const. 1996 § §9（2）.9（4）Equality includes the full and equal enjoyment of all rights and freedoms. To promote the achievement of equality, legislative and other measures designed to protect or advance persons, or categories of persons, disadvantaged by unfair discrimination may be taken. No person may unfairly discriminate directly or indirectly against anyone on one or more grounds in terms of subsection（3）. National legislation must be enacted to prevent or prohibit unfair discrimination.

歧视范畴，其基于以下考量：首先，在国际社会中，任何一个国家都存在外国人及外国人就业的问题，但外国公民只占整个社会的绝对少数且没有政治等权利，处于绝对的弱势地位；其次，外国人的身份在短时间内很难改变，权利的救济具有急迫性，不能长时间等待。因此，南非宪法法院在这种情形的举证责任分配方面如下：①如果是基于外国人的"公民身份"遭受歧视，其举证责任在外国雇员本身；②如果是基于"出生、种族"等因素遭受歧视，因新《宪法》与《公平就业歧视法》中明令禁止，则举证责任由雇主承担。但须指出的是，尽管南非对于外国人采取了平权行动，外国人在南非就业的各项权利还是无法与南非公民等同。①

4. 解雇制度。南非 1995 年《劳工关系法》对解雇做了明确而具体的定义，解雇的情形包括雇主终止雇佣合同、雇主拒绝或变相拒绝更新固定期限合同、雇主因产假拒绝女性雇员复岗、重新雇用的选择性拒绝、迫使雇员主动辞职等。不公平解雇表现为当然不公平解雇、不能证明其合理性的解雇以及违反公平程序的解雇三种。

在解雇实体法层面上考察，南非在《劳工关系法》中，规定并禁止"基于任何任意理由，包括但又不限于：种族、性别、民族或社会出身、肤色、性取向、年龄、残疾、宗教、意识、信仰、政治观点、文化、语言、婚姻状况或家庭责任"解雇雇员。《基本雇佣条件法》第 7 条、第 25 条等分别对于妇女在工作中的相关权益保护以及负有家庭责任的雇员不得受到歧视作了规定。此外，2000 年生效的《促进平等、预防不公平歧视法》（2002 年修订）也是为实现《宪法》的第 9 条和第 27 条之相关内容而产生。依该法第 5 条第 3 款规定，其不适用于《就业平等法》所管辖的就业和职业领域所发生的相关问题，而《就业平

---

① Sean M Heneghan，Employment Discrimination Faced By The Immigrant Worker：*A Lesson From The United States And South Africa*，35 Fordham Int'l L. J. 1780，2011 – 2012.

等法》先于《劳动关系法》颁布,对于工作场所中的平等已规定了一个详细的制度框架。

在解雇程序法层面上考察,南非劳工关系法案详细规定了解雇员工的条件。一是要有合理的解雇原因;二是解雇程序要公平。解雇员工的合理原因包括:雇员在某些方面的不端行为、雇员不能胜任工作和因经营的原因而裁员。不过,举证责任和大部分费用均由雇主承担。假如一位南非员工在工作中犯错,企业首先要给他发第一封警告信,告诉他犯错的理由,并对他进行教育和培训。如果没有改善,企业会发第二封警告信,给一个时间期限让他必须改正。若再犯错,企业会举行内部听证会,提前通知他在规定的时间内离职,这样才能合法地将其辞退。如果辞退没有严格按照法定程序办理,劳工会通过律师或工会去法院起诉。假如法院裁决企业输了,企业还要再把他雇回来,赔偿一年或两年工资。

(三)带薪休假制度

南非的休假制度采取法律规定与雇佣双方协商制度相结合。协议没有特别规定的,又没有出现特殊情形的,一律按照法律规定执行;如果双方对休假的天数以及休假的方式达成过协议,法律一般予以尊重和支持。

南非有关劳动者享有的假期包括公共假日[①]和劳动法上规定的假期与休息日。劳动法规定的假期主要有:年休假、病假、产假以及家庭事务假等。这些假期和休息日是带薪制。《雇佣基本

---

① 南非的公共假日:南非法律规定,公民享有 13 个公共节假日。节假日工作须根据劳动法律并在劳资双方达成协议之后才能实施。如果公共节假日为雇佣合同的工作日,雇主须支付正常工资;如果不在工作日,则须达成协议并支付双倍工资且能补休。公共节假日清单如下(按时间顺序):新年(1月1日);人权日(3月21日);耶稣受难日(复活节前的星期五);复活节(每年过春分月圆后第一个星期五至下星期一);家庭日(复活节后的星期一);自由日(4月27日);劳动节(5月1日);青年节(6月16日);妇女节(8月9日);传统节(9月24日);和解日(12月16日);圣诞节(12月25日);友好日(12月26日)。

法》规定，劳动法上的假期不涵盖以下两种情形：一是工作时间规定，周工作小于 24 小时的雇员；二是雇员须符合法律规定的类型，雇佣协议中的"雇员"不属于《雇佣基本法》中所指的雇员。

在年休假方面，法律规定须带薪休假。雇员每年可以连续休年假 21 天（三周）。关于休假时间，雇主和雇员应协商确定。如无协议，雇主可以确定雇员的休假时间。在体病假或被通知要结束合同期等雇佣基本条件法案规定的享受带薪假的期间，雇员不能提出休年假；对于员工请病假的情形，法律规定 36 个月为一个病假周期。在这一周期里，雇员可有 6 个星期的带薪时间，相当于我国劳动法上的"医疗期"。在病假管理方面，法律规定，如果一个雇员连续两天不来上班，雇主在支付其病假期间工资之前，有权要求其出示医生的诊断书，以证明其不来上班是因为患病或受伤。如果一个雇员在 8 周的工资期间有两次缺席，雇主也可以要求雇员提供医生出具的诊断书。另外，为了保护妇女儿童的权益，法律规定女雇员可以享受 4 个月的产假，并可以在预产期前四个星期适当的时间开始休假。女雇员休假可以不足四个月，但孩子出生后 6 周内不能工作，除非有医生出具的证明，以证明其可以工作。雇员在休假前至少 4 个星期通知雇主，说明什么时候开始休假，什么时候开始上班。雇员怀孕或哺乳期间，不能从事对孩子有害的工作；为了体现人文关怀，法律专门为员工设置了家庭事务假，[①] 相当于我国劳动法上的"事假"、丧假以及陪产假等。

对于员工的休假，中国企业要特别予以尊重，对照当地法律法规予以严格遵守，没有特殊情况和法律依据的话，不能随意缩短员工休假的天数、克扣员工休假的薪水和其他待遇。

---

① 在每一个年度的休假周期里，雇员可以有三天的带薪家庭事务假。家庭事务假适用于以下几种情况：a. 男雇员的孩子出生；b. 孩子生病；c. 家庭成员去世；雇员因上述原因休家庭事务假时，雇主应按平时其工作的工资支付工资。

（四）集体劳工权主要保障制度

1. 最低工资制度。根据南非本国职业分类标准，职业人员分为9大类和1个特殊的类别。9大类分别为高级官员和管理人员、专业人员、技术人员和专业助理、职员、服务人员及商店和市场销售人员、熟练工人、工艺和相关行业的工人、机械设备的运营商和制造商、体力劳动者。1个特殊类别是武装部队和无业者。南非职业分类标准将职业类别细分为10大类，而且除第1类和第10类之外，分别进行了技能级别的规定。南非职业分类非常周密，该结构主要包括以下几个层次：9个专业组以及1个特殊专业组、30个亚专业组、151个小类、643个单元组织，并在单元组的基础上再进行详细的技术专业化，在它们之间进行层层分解。[①]

在南非，劳动部负责为未包含在集体合同中的行业的弱势工作者设定最低工资，[②] 即所谓的"行业决定"，为半数以上的雇员提供法律保护。南非的最低工资制度体现出鲜明的特征。

一是南非最低工资制度行业多、类别多。在南非，最低工资与职业、行业与地域相关，一共有36个不同的最低工资标准或种类。[③] 南非按照行业来划分最低工资，共划分了11个行业：零售批发业、家政业、林业、农场、私人警卫业、出租车业、土木工程业、酒店业、保洁承包服务以及从事广告、艺术和文化演出的初学者和儿童。行业工资规定中对每个子行业的设定都符合南

[①] 资料来源：http://www.statssa.gov.za/classifications/codelists/SASCO_2003.pdf, pp. 9 – 16. 2017 – 08 – 24.

[②] 最低工资立法是南非劳工保护的中心政策，毁誉参半，支持和反对的声音不相上下。Haroon Bhorat；Ravi Kanbur；Natasha Mayet, *International Labor Review October* 2011, University of Cape Town 2012.

[③] Basu, A, Chau, N and Kanbur R. 2010. Turning a Blind eye: Costly enforcement, Credible Commitment, and Minimum Wage Laws, Economic Journal, Volume 120, March, pp. 244 – 269, 2010.

非《国家职业分类》的四位数类别，以识别不同工作者。

二是子行业多，级别等级多。如在私人警卫业就分为：技工、文秘助理、文员、通信中心控制操作员、库存控制员、轻型/重型车辆驾驶员、一般工作者和零活工，安保官员进一步划分为 A ~ E 五个级别。在土木工程业中，2007 年最低工资的结构变得非常复杂，工作者被划分为九个任务等级，每个任务等级又分为多个子类别：任务等级 1 包括一般工作者；任务等级 2 包括技工助理、建筑工（第 4 级）、操作员（第 5 级）、审核员与司链员；任务等级 3 包括建筑工（第 3 级）、操作员（第 4 级）和现场支持（初级文员）；任务等级 4 包括建筑工（第 2 级）、操作员（第 3 级）、驾驶员（第 2 等级）和现场支持（材料测试员）；任务等级 5 包括建筑工（第 1 级）、操作员（第 2 级）、驾驶员（第 1 等级）和现场支持（调研助理）；任务等级 6 包括操作员（第 1 等级）；任务等级 7 包括总监（第 2 等级）；任务等级 8 包括总监（第 1 等级）和任务等级 9 包括技工。[①]

2. 工会。工会（主义）制度是以工会和组织化的劳工为前提。[②]南非的工会力量过于强大造成就业机会减少。工会最初是为工人争取提高工资和待遇的组织。[③] 南非的工会制度在非洲大陆最发达，废除种族隔离的南非也是非洲少有的民主和宪政国家。工会运动对南非的反种族歧视、新南非的法制建设作出了巨大的贡献。南非是非洲工业化程度最高的国家，其工会组织也是非洲最大和最有力的。不论在型塑和决定经济社会，还是政治权利运作等方面，南非的工会发挥了最重要的作用。[④] 简而言之，南非工会是"人（会员）多、力量大、

---

① 资料来源：South African Standard Classification of Occupations (SASCO) Draft, 2016 - 05 - 24.

② Mpfariseni Budeli: *Trade unionism and politics in Africa: the South African experience*, 45 Comp. & Int'l L. J. S. Afr. 454 2012.

③ *Webb History of trade unionism* (2ed 1920) 1; Martin Trade unionism. purposes and forms. 1989 (8).

④ Schillinger, Trade unions in Africa: weak but feared, *International Development Cooperation: Occasional Papers* 2005 (2).

政治影响力强"。

自1979年南非政府赋予黑人工会合法地位以来，其进入了迅猛发展阶段，通过整合行业中的子工会迅速发展成为全国行业总工会，并迫使区域劳资委员会合并成全国劳资委员会，使集体谈判集中化与全球集体谈判分散化的背景形成鲜明对比。南非注册工会数从1994年的213个增至2000年的464个，到2010年降至200个；但工会成员数从1994年的247万人增至2010年的306万人；南非工会势力强大，一般会按照工会条例保护工人的利益。由于很多中国企业把自身定位为当地企业，所以都会努力适应并遵守南非劳工法律，与工会就劳工权益进行协商，尽量避免罢工现象的出现。[①] 不过，中资企业也反映工会的运作有时也会干扰企业的正常运营。

据研究，南非工会的强大势力导致南非就业数量大约下降了6.3%。首先，在对工资的影响方面，南非工会势力强大，导致南非实际工资增速高于劳动生产率的增速，二者之间的错配导致大范围的就业机会丧失。在控制劳工特质的基础上，工会对南非非洲裔的平均工资溢价水平为20%，对南非白人为10%；其次，工会的某些行为如频繁罢工导致了南非紧张的劳资关系。2011年，南非因罢工损失的工作日为620万天，2010年更是高达1 460万天，而2000年仅为50万天，这导致企业在生产中有意用资本替代劳动力，采用资本密集型生产技术，以克服劳动力不稳定对生产造成的消极影响。[②]

工会的存在保护了劳工的利益，但运作不当也会助长劳工一味的索取心态，造成劳资双方的矛盾激化。值得注意的是，南非政府已意识到该问题的严重性，目前南非当局一方面从法律上严控工会参政；另一方面执政党与主要的工会组织作了有

---

①②　黄梅波、任培强：《南非劳动力市场对中国企业投资的影响》，载于《西亚非洲》2013年第4期，第115页。

意切割。[①]

新南非劳动法在立法上取得的成绩是有目共睹的，初步实现了社会公平立法，表现在三个方面：一是建立了相对完善的劳动法律体系，将广大黑人劳工纳入法律保护体系之下，初步建立了劳动资格与劳动机会平等法；二是建立了劳工个体权利的保护制度，建立了法律面前"人人平等"的规则平等法；三是建立了劳工集体维权机制，如组建工会与集体协商等，为劳资博弈建立了法律机制，初步实现了缩减和消除黑白劳工的贫富差距、共享发展成果的结果平等法。[②] 以上这些极大地保护了劳工的个体与集体的合法权益，有效疏导和缓和了南非的劳资和种族矛盾。劳动法给南非社会带来了巨大变化，同时也存在一些严重制约新南非劳动法促进经济发展的功能与劳动法的价值——"效率"实现的问题。

首先，劳动法与支撑其实施的社会环境不匹配。[③] 因南非劳动法是移植欧美的，其体现的是以工业文明为基础的法律机制及其要求，属于"第一世界劳动法"。新南非对其移植的只能是其外在形式，对于劳动法的实质内容起决定作用的社会环境没有且不能移植，造成了南非劳动法的"水土不服"。南非新的劳动法没有达到"促进经济发展、社会公平与效率提高"等预期的立法目的，是新劳动法与南非社会关系不协调不匹配造成的，主要表现在：①从劳动法实施社会环境来看，南非特有的经济、社会、卫生等法律赖以实施的环境是造成劳动法难以达到立法目的

---

① See Mpfariseni Budeli. *Trade unionism and politics in Africa: the South African experience*, 45 Comp. & Int'l L. J. S. Afr. 454, 2012, P. 476. COSATU itself has regularly and bitterly complained about its marginalization within the alliance. 注：COSATU 为非洲工会大学，目前为南非最大的工会组织，与非国大渊源非常深，但有渐行渐远的趋势，其正在沦为执政党选举时的力量，在参政方面的影响越来越弱。

② 有关社会公平立法的内容，请参见汪习根：《论和谐社会的法制构建》，引自张文显、徐显明主编：《全球化背景下东亚的法治与和谐——第七届东亚法哲学大学学术文集》（上），山东人民出版社 2009 年版，第 277 页。

③ Murray Wesson, *Social Condition and Social Rights*, 69 Sask. L. Rev. 101, 2006.

的原因之一，可能造成"有法不依、执法不严"，法律形同虚设，法律得不到尊重，民众不信仰法律的局面。②占劳动力人口绝大多数的黑人受教育程度低且很少接受技能培训，企业很难招到高技术高素质的劳工，导致结构性失业率居高不下。③南非存在大量的非正式就业，劳动立法忽略甚至是排斥现实存在的自营者，通常保护的是"标准就业"的工资工人。如1998年的《技能培养法》和1999年的《技能培养强制法》要求各机构部门发展南非劳动者的技能，减少种族制度的影响。然而受益者是那些有雇佣合同的工人，那些没有雇佣合同的工人都被排除在技能培养计划之外。另外，在社会保险方面也不覆盖自营者。④"非国大政府不仅腐败透顶，而且极其无能。在劳工权利遭受侵犯时，往往得不到及时救济等。"①

其次，现行劳动法重形式平等与其他提高黑人待遇的立法重实质平等不兼容。新南非劳动法制现代化进程是"法律形式主义运动单向度法制的过程、法律价值合理性的滞后或与法律形式合理性的背反是法制变革中的典型表征。""在缺乏理性主义思想启蒙和现代法律精神熏陶的南非，法律现代化的进程只能是实证的法律形式主义的单向度发展，而失却了法律价值合理性的思想基础。"② 除专门的狭义的劳动法外，南非还对提高黑人就业技能、增加黑人就业比例和提高黑人劳动待遇等进行了广义的劳动立法，目的是从实质平等层面上对黑人予以倾斜保护。如比较著名的立法和规划有："《黑人经济振兴法》（*Black Economic Empowerment Act*，BEE 1994）、《平权法案》（*Affirmative Action*，1994），扩大《黑人经济振兴法》（*Broad—Based Black Economic Empowerment Act*，BBEE 2003）、《土地改革法》（*Land Reform Act*，1996）、《小企业法》（*The Small Business Act*，1996）等。这些立法和规划项目

---

① ［英］马丁·梅雷迪斯，亚明译：《非洲国五十年独立史》，世界知识出版社2011年版，第613页。

② 夏锦文：《社会变迁与法律发展》，南京师范大学出版社1997年版，第164~165页。

反映了政府为保障黑人在经济上得到发展而进行的努力。"①

最后，南非执政党的经济政策与劳动法兼容性不强。经济政策灵活性强与劳动法律刚性之间的矛盾短时间内难以调和。非国大自执政以来，"制订了《重建与发展计划》（1994）、《南非发展和促进推动小企业国家战略白皮书》（*The White Paper on National Strategy for the Development and Promotion of Small Business in South Africa*，1995）、《增长、就业与再分配计划》（1996）、《非国大政策专题讨论会》（1997）、《战略与策略》（1997）、《扩大公共就业项目》（*The Expanded Public Works Programme*，EPWP 2003）和《南非加速和共享增长计划》（*Accelerated and Shared Growth Initiatives of South Africa*，ASGI SA 2003）、《非国大战略与战术》（草稿）（2007）、《产业政策行动计划》（2010）、《诊断概况》（2011）以及 2011 年颁布实施《新增长路线》。"②《新增长路线》为创造就业勾画出美好蓝图，通过三步走"再工业化"，努力到 2020 年可以创造 500 万个就业岗位：短期内，制定并直接推行各种创造就业的计划；中期对农业、轻工业和服务业进行扶持，以实现吸收更多的就业目标；从长远规划经济结构转型，实现从劳动密集型、资源主导型经济转而支持知识密集型和资本密集型经济。但经济政策的宏大目标要求其本身具有较大的灵活性，建立以"经济发展友好型"的制度。但令人遗憾的是新南非劳动法是"劳工保护型"的立法，赋予了劳工广泛的权利，特别是对劳工的罢工权方面，南非政府是持纵容态度的；另外，在解雇制度方面也缺乏适应市场经济所需求的弹性。这从客观上造成了执政党的经济政策与劳动法律的巨大鸿沟，影响了经济政策的落地。

---

① 姚桂梅：《南非经济发展的成就与挑战》，载于《学海》2014 年第 3 期。

② ［南非］本·图罗克，李淑清译：《南非非洲人国民大会经济政策的演变》，载于《海派经济学》2015 年第 1 期。

三、南非劳动争议解决法基本内容

权利依赖救济，对于任何权利而言，都必须说出某一权利的作为或不作为，是否将构成对某权利的侵犯。如果没有此种作为或不作为可以证实，那就不存在一项权利。[①] 救济性权利的存在不仅是确认衡量一个国家法律制度理性与权利体系正当性的重要标准，而且也是保证实体权利能够充分实现的真实保障。[②] 依法救济必然成为劳工权利在制度层面的必然路径和有效保障，通过救济程序使权利得以恢复或实现，从而体现出权利由"应然"向"实然"转化。在南非，劳工权利的救济制度是多方面的，包括民间协商机制、行政解决机制以及司法解决机制。

（一）南非劳动争议主要救济制度

1. 民间协商机制。雇主雇佣劳工超过 100 人的，依据法律必须设立工场论坛[③]。其作用有两个方面：一是对于侵犯劳工权益的处理。目的是促进雇员参加决策，对侵犯劳工的权益相互协商，将劳资矛盾解决于工场内；规定工会和雇主组织的简易程序，并且规定它们的操作规则和财务制度。中企须特别注意工场论坛所保护的是"普通雇员"，不包括雇主的高级雇员。保护的范围既包括加入工会的普通雇员，也包括没有加入工会的"普

[①] 陈舜：《权利及其维护——一种交易成本观点》，中国政法大学出版社 1999 年版，第 43 页。

[②] 戴剑波：《权利正义论——基于法哲学与法社会学立场的权利制度正义理论》，法律出版社 2007 版，第 199 页。

[③] 工场论坛是一个雇员与雇主就集体谈判事务以外的劳资纠纷相互协商的委员会。南非关于工场论坛的立法基本上集中于 1995 年的《劳动关系法》（该法在 1996 年、1998 年、2000 年、2002 年、2014 年经过 5 次修订，但对工场论坛的条款都没有修订）的第 5 章。该法第 78 条到第 94 条（即整个第 5 章）包括了对工场论坛从内容到程序上的规定。《劳动关系法》引自南非劳动部网站，http://www.labour.gov.za/DOL/legislation/acts/labour-relations/labour-relations-act.，访问日期：2017 年 6 月 10 日。

通雇员"。另外，工场论坛还有一个功能是须为雇主咨询，在保证议事效率的情况下，为劳资双方达成协议而努力工作。二是对于工会代表参与工场论坛的权利。《劳动关系法》第81条规定，一旦工会代表的产生是因劳资双方的集体协议，其职能是处理集体协商事务的，工会代表有权参与工场论坛，其权利须得到保障。另外，《劳动关系法》还进一步规定了工场论坛的组成方式、成员的选举与分配以及议事规则等。

2. 行政解决机制。《劳动关系法》第63条、第64条规定，劳工部长有权力任命公职人员担任劳动监察员，负责依据本法规定雇主与雇员切实履行法律义务以及各自能享受的各种权利；对违反该法的控诉进行调查以及对一切违法该法的行为进行调查处理。

3. 司法解决机制。设立专门的劳动争议解决法庭以及劳动争议司法仲裁程序。设立劳工法庭和劳工上诉法院作为高级法院，对依据《劳动关系法》产生的案件有专属司法管辖权，设立法定的调解、调停和仲裁为劳动争议的解决提供简单的程序，并且为了解决争议，依法设立调解、调停和仲裁委员会以及可选择性的争议解决机构。南非劳动法庭的受案范围与高等法院相同，对于涉及违反或涉嫌违反1996年颁布的《南非宪法》第2章的行为，南非劳动法庭都有权管辖。包括：①雇佣或其他劳动关系引起的纠纷；②政府雇员因政府的解雇行为的合宪性或任何受到来自政府威胁的行政行为或管理行为而产生的纠纷；③因涉嫌违反其他法律行为诉诸劳工部长的案件等。但是，劳动法庭对以下案件不受理：①纠纷没有经过劳资双方协商的案件；②证据表明，纠纷正在处理中，程序还没完全执行完的纠纷等。新的劳动程序法对劳工的权利救济既严格又全面，劳工权利救济偏向于雇员，对他们的保护超过了雇主，导致劳动制度僵硬，影响了企业的经营。

（二）南非劳动争议解决法对中企的影响

南非劳动争议解决的途径是多方面的，对于中企而言，要注意其劳工倾斜保护的特征，积极防范用工风险，化解劳资纠纷。

首先，过分对劳工的倾斜保护，严重损害雇主的合法权益，造成用人成本的提高：①工资难以向下调整，南非严苛的劳动法规妨碍了工资向下调整的机制，最低工资标准向南非各个行业的扩展也限制了劳动密集型企业的就业创造能力；②难以辞退不能胜任工作的员工；③底层员工流动性较大，企业在员工去留方面没有主动权，这对一些企业的影响很大，直接导致企业在对南非员工提供专门培训方面很慎重。

其次，在劳资纠纷中实行举证责任倒置，大大地降低了劳工的举证责任和举证成本，加重了雇主的举证责任和负担。如在解雇程序法中，该法详细规定了解雇员工的条件：一是要求有合理的解雇原因，解雇员工的合理原因包括：雇员在某些方面的不端行为、雇员不能胜任工作和因经营的原因而裁员；二是要求解雇程序要公平。不过此时举证责任和大部分费用均由雇主承担。如辞退没有严格按照法定程序办理，被解雇的人员会通过律师或工会去法院起诉。假如法院裁决企业输了，企业还要再把他雇回来，赔偿一年或两年工资。

第二节　南非劳务合作的主要法律规定

自 19 世纪以来，从种植业、采矿业到其他工业领域，每天都有成千上万的黑人劳工，他们来自莫桑比克、马拉维、莱索托以及博茨瓦纳等国，穿过边境进入南非工作。为了规范管理外籍

南

非

261

劳工，南非与邻国签订条约以保护外籍劳工合法权益。具体签订的国家有：南非与劳工来源国莫桑比克（当时还是葡萄牙殖民地）（南非 1964 年 11 号）、马拉维（南非 1967 年 10 号）、博茨瓦纳（南非 1973 年 3 号）以及斯威士兰（根据相关文献表明存在相关协议）。通过与邻国签订双边协议对外来劳工基本权利、自由以及雇佣条件予以规定，对低技能矿工、农民以及有技术的合同工人实行配额管理。据统计，在 20 世纪 60 年代末 70 年代初，莫桑比克在南非就业人数达 220 000 人，莱索托为 173 000 人，博茨瓦纳为 6 400 人、斯威士兰为 2 800 人。[①]

南非的涉外劳工管理主要有三个方面的内容：首先，域内国家直接适用南非劳动法律；其次，南非通过与域内国家签订双边劳工输出协议，使其国内劳动法律产生域外效力。随着南部非洲一体化趋势的进一步加强，在未来南部非洲劳动法的发展中，南非还将对周边国家的劳动法律产生更大的影响。但是新的《移民法案》规定，南非只对其急需的高技能人才及其近亲属发放工作签证、商务签证以及法人签证。对低技能的劳工进行严格限制，以保护其国内劳动力市场的稳定和就业；最后，南非除涉外管理法律以外，还在黑人经济振兴法、投资相关法律以及有关艾滋病劳工的权益保护中，作了有利于黑人的制度安排，中国企业须特别注意。

一、工作许可与签证管理规定

南非对于外国人的需求的重点是引进和雇佣高技能人才。主要由《移民法案》规范管理外国人就业许可、签证以及违反法律的责任等。其主要的目的是促进经济发展，实现国内投资便利

① C J Thomas, *Economic Interaction between South Africa and other states in Southern Africa*, S. Afr. Y. B. Int'l L. 1, 1977.

化，为高技能人才出入境提供便利。

《移民法案》其主要内容包括前言和正文第 55 条规定组成。前言针对立法的目的、原则作了规定。正文的内容包括法律的定义、移民监管的目标和架构、外国人的出入境管理、临时居留、永久居留、排除与豁免、移民法庭、雇员与雇主的义务以及其他技术性规定等。

有关工作签证的种类有：工作签证、商务签证以及法人签证等，均由南非移民署长签发。工作签证由《移民法案》第 19 条规定。在前言和法律定义中，"工作"是指①与开办企业相关的正常行为；②被雇佣或与其专业相关的被雇佣的行为，无论是否获取报酬。这个对"工作"的定义，中国企业须谨慎，工作不以"雇员"是否获取报酬为条件，即使没有报酬，如果要在南非取得合法就业资格，须向南非内政部申请与工作有关的签证，不能用其他签证替代，否则面临法律风险。

（1）工作签证。只要申请工作签证的人属于南非政府公报上规定紧缺人才，都可以申请。另外，对于上述获取工作签证的人的直系亲属，移民局同样可以颁发工作签证。另外，公司内部工作人员因调动工作，只要符合满足工作签证申请的条件，也可以获取工作签证，但持有公司内部转换工作的人，其工作签证只限于其雇主的工作岗位。

（2）商务签证。商业签证可由移民局长签发给打算在共和国设立或投资企业的外国人，或已建立或投资的企业，其有可能被上述企业所雇佣。同样，获取商务签证的外国人的直系亲属也可以申请并获得商务签证。如果投资领域不属于南非工贸部所允许的，商务签证不得签发。另外，商务签证的适用限于其投资或设立企业的工作范围，不得从事其他商务或工作。商务签证最长可达 24 个月，根据情况可延期或多次往返南非和其他国家。

（3）法人签证。法人签证是指法人为开展业务，为公司聘请的外国人申请的签证。法人签证的领域须为南非所鼓励的行业，移民局签发法人签证时，移民局还会就法人签证的人数、配额向南非工贸部咨询后决定是否颁发。

总之，中国人前往南非发展的同时，需要符合其涉外法律，避免陷于非法入境、非法就业的困境。根据现行法律，任何非法入境的人都面临驱逐出境风险。移民局负责监管非法移民的工作。如果没有合法的移民手续或签证，移民局官员有权对其实施逮捕并处以驱逐出境等法律措施。一旦坐实非法入境，可以处以罚款或不超过 12 个月的有期徒刑，刑满后一律驱逐出境等法律措施。

二、劳务合作的其他法律

新南非成立后，政府开始致力于逐步提高黑人等社会弱势群体在社会经济中的地位，促进黑人渐渐融入和掌握经济，缩小黑人和白人的贫富差距，推动经济社会的全面可持续发展。[①] 一方面，通过《黑人经济振兴法》和《投资法》的实施，制定黑人在职场中的就业倾斜政策和规定，促进劳工保护从形式平等到实质平等的转变；另一方面，通过司法判例，为患艾滋病等疾病的劳工提供了有效的救助，在法律层面有效地推进艾滋病患者的保障水平。

（一）"黑人经济振兴法案"中的劳工保护法律

从"法律上明确了黑人在南非的重要地位，促进职场公平，降低失业率特别是黑人的失业率、促进就业公平，保障了黑人在社会上自由从事各种职业的权利，为黑人群体在社会和经济上的

---

① 朱伟东：《南非〈投资促进和保护法案〉评析》，引自刘云主编：《非洲与外部世界关系的历史变化》，世界知识出版社 2014 年版，第 133～136 页。

崛起提供了坚实的法律基础。该法案一方面促进经济不断增长和受益人群的不断扩大，其中还包括部分华人；另一方面促进黑人和其他有色人种的财富增长和社会地位的提高。[①]

南非政府针对企业在遵守 BEE 法案中的相关表现，设立相应的评分制度，根据南非工业贸易部 2007 年 2 月具体实施法典的规定，发布了强制性"平衡计分卡"的计分规则。该计分标准包括所有权比例、优先采购、管理控制、职场公平、技能发展、企业发展、社会发展等七个类别，总分 100 分（见表 6 - 1）。

表 6 - 1   平衡计分卡

各类标准	评分
黑人在企业的所有权	20
黑人参与公司管理层	10
就业平等	15
技能发展	15
是否优先采购了黑人生产的产品	20
企业发展	15
社会经济发展	5
总标准	100

资料来源：朱伟东：《南非〈投资促进和保护法案〉评析》，引自刘云主编：《非洲与外部世界关系的历史变化》，世界知识出版社 2014 年版，第 133～136 页。

2007 年南非政府又针对该法案颁布实施了作为法案实施评价标准的准则。对于中资企业来说，不利因素是中国在南非投资的企业应按照 BEE 要求将至少 25% 股份留给黑人。中资企业可

---

① 杨立华教授指出：由于经济发展和居民收入提高，南非的财政收入随之上升。纳税人口从 1994 年的 170 万人（主要是白人），增加到 2012 年的 1 370 万人，显示出该国中等收入人口不断增长，特别是黑人中产阶级的扩大。同时，南非的税收政策照顾到低收入者的利益，提高了个人所得税起征点，65 岁以下个人所得税的起征点自 2009 年 3 月起提高到年收入 54 200 兰特。提高了个税起征点后，个人所得税在南非总税收中比例呈上升走势。2009/2010 财政年度个税占税收比例大幅度提高到 34.7%，2014/2015 年度又上升到 35.75%，这反映出南非居民收入的增加。见杨立华：《南非的民主转型与国家治理》，载于《西亚非洲》2015 年第 4 期，第 142 页。

以通过充分利用"平衡计分卡"的计分规则和积分项目权重，吸收黑人员工进入到公司管理层，招聘一定数量的黑人员工。最大限度招收黑人劳工，中国企业可以通过培训和教育达到用工要求；在黑人参与公司管理层、劳工技能发展以及就业平等等方面都得分，占比达到40%；另外还可以在"是否优先采购黑人产品"方面适度提高。这一来，可以最大限度减少股权转移给当地黑人并保留对公司的绝对控制，可达股份占比60%，变不利因素为有利条件。

（二）南非投资法律中的劳工保护法律

南非通过一系列国家计划项目促进投资，尤其是外国投资。其中分别以补贴、减免税收等方式对投资方给予鼓励。南非政府认为，鼓励外国投资可以刺激经济的发展和减少失业率，因而在南非投资无须政府的特别批准，外国投资几乎不受限制，并且政府提供了许多不同的奖励以促进外国投资。[①]

从投资立法方面看，南非政府针对本国国情和经济发展的需要制定和修订了大量与投资相关的法律法规，主要包括1973年的《公司法》、1984年的《封闭公司法》、1995年的《劳工关系法》、2009年修订的《税收法》、1998年《竞争法》及《国际贸易管理法》《公共投资管理法》《进出口管理法》《海关与税收法》《出口信贷与外国投资、再保险法》《外汇管制特赦及税收修正法》《金融机构投资基金法》《技能开发法》和《技能开发征税法》等。

为了鼓励外国投资，促进经济发展和降低失业率，南非贸工部和劳工部提出技术支持计划，即在技术支持方面，南非政府对于在南非投资的企业，可以在3年内给予其相当于劳动技术培训

---

① 肖海英：《南非投资法律研究》，2007年湘潭大学硕士论文，第40页。

成本50%（不含建筑成本）的培训补贴，补贴总额以不超过该项目总薪水额的30%为限。

在实施工业技术和人力资源计划（Technology and Human Resources for Industry Program，THRIP）的项目中，鼓励政策主要是鼓励企业、高等院校和政府科研机构联合进行科技攻关和人才培养，以提高劳工的素质和南非企业在国际上的竞争力。针对劳动力技能水平较低，无法适应不断发展变化的经济环境的需要，以及无法提高南非经济效率不高的现实情况，南非议会于1999年通过了《技能开发法》和《技能开发征税法》。《技能开发征税法》规定采取激励措施，鼓励企业加大对技能开发的投资，保证国家技能发展重点项目的资金，包括对技能发展计划减免税收。该法要求雇主关注对雇员的培训和教育。所有雇主要将雇员工资的1%交给部门教育和培训局（Sectoral Education & Training Authority）。那些提交合理计划或其他有利于业务培训措施的雇主，将有资格得到回报。

（三）艾滋病问题与劳工保护法律

据统计，南非青年艾滋病感染率高达15%，南非民间机构公布的一项调查结果显示，在该国青年当中，每10人就有近2人是艾滋病患者或病毒感染者，女性被感染的情况尤其严重。感染艾滋病的与没有感染艾滋病的人平均寿命相差8.5岁；而暂且存活下来的艾滋病患者的生命质量也大打折扣，他们或多或少丧失劳动能力，导致劳动生产率下降，严峻的旷工现象以及雪崩般的死亡所造成的混乱，使商业成本急剧上升，对于企业投资者不能不说是一个经常性的打击。①

为此，南非的法律为艾滋病患者提供了有效的救助，在法律

---

① 安春英：《非洲的贫困与反贫困问题研究》，中国社会科学出版社2010年版，第243页。

层面有效地推进艾滋病患者的保障水平。对艾滋病的就业歧视的案件能得到宪法救济。在众多的艾滋病患者维权案例中，以霍弗曼（Hoffmann）诉南非航空公司案最具代表性。[①] 该案历经基层法院、高级法院直至诉讼到南非宪法法院。宪法法院认为，南非航空公司不考虑艾滋病病毒携带者的医学证明，而将所有艾滋病病毒携带者排除于雇用之外的政策明显是不公平的。同时，这种以偏见和并未证实的假设为前提的差别对待是与南非宪法的精神相违背的。因此，宪法法院主张，因为霍弗曼是艾滋病病毒携带者而遭到拒绝雇用，这是侵犯了他的人格尊严，并构成了不公平的差别对待。相应地，也违反了宪法规定的平等权。最后，宪法法院作出判决，支持了原告的诉讼请求，并责令南非航空公司雇用他为机舱侍应。通过建立一套行之有效的司法制度，使得宪法法院通过大量的宪法判例，确立了一系列的平等权保护原则，实现了对艾滋病患者在劳动就业时免遭歧视，确立了非歧视司法保障原则。

第三节　南非劳务合作的法律风险及防范

一、过度保护劳工和限制外国劳务输入的法律风险与防范

（一）宪法劳工权风险防控与对策建议

首先，组建中企雇主协会，集体维权。针对以上宪法规定，值得中资企业注意的是，一方面中资企业要合法行使宪法赋予的

[①]　2002 (2) SA 628 (W) at paras, 32, 43 - 45.

权利，南非宪法规定雇主有组织和加入雇主组织的权利；另一方面如中资企业数量达到一定规模，应该考虑组成中资企业雇主协会或组织，对于共性的法律侵权问题和纠纷，须共同维权，联合起来与侵害中资企业合法权益的行为对抗。在不违反当地法律的前提下，支持对华友好的员工竞选工会组织领导，借力当地工会和企业工会维权。

其次，依法规范用工，规避法律风险。法律中存在各种规定，如管理性规定和效力性规定。对于效力性规定而言，其内容是法律严令禁止违反的，属于强行性法律规定，中资企业须无条件遵守。如在禁止强迫劳动方面，要注意合法加班和延长劳动时间的区别，在南非，如劳工不愿加班，雇主要求加班的，很有可能会遭到强迫劳动的诉讼；处理不当会引发侵犯基本人权纠纷和严重损害中资企业或中国国家的形象。中企最好利用经济刺激措施，变"要我加班"为"我要加班"；在禁止童工方面，要注意南非的童工是指年龄小于 18 周岁的（在后面的立法中，将童工的年龄下调到 16 周岁）未成年人，而我国民事法律规定的童工为未满 16 周岁的未成年人，已满 16 周岁的，用人单位可以雇佣，但对拟从事的工种作了限制。南非《雇佣基本条件法》禁止雇佣 15 岁以下的童工。此外，雇佣 15～18 岁的孩子做工，不能从事以下工作：①不适合孩子的工作；②对孩子的成长、教育、身体或精神健康、道德以及社会发展不利的工作。此外，对于就业和职业歧视方面，国内常见的身高、户籍、毕业学校等招聘条件严禁带到南非，否则会陷入无穷无尽的诉讼。

最后，管控罢工等群体性事件，严防法律问题社会化。西方社会能熟练运用法律解决社会问题，即将社会问题法律化处理。罢工起因是劳资纠纷，但极容易诱发为社会问题。罢工在包括南非在内的法律当中涵盖范围广，名义上很多行为都属于罢工权范畴，但是法律同时又严格限制罢工权的行使，罢工权的行使只有在实体和程序合法正当情况下才受当地法律保护。在罢工权行使

南

非

269

方面，在南中企应该学会合法运用南非的法律制度，如遇罢工也绝非无计可施，完全可以利用南非法律进行限制而维权，以达到"以子之矛攻子之盾"的效果：①在南非或其他非洲国家，法律明确规定罢工是"协议的或共谋的"行动且至少应该不少于2人；任何一个人的所谓"罢工"行为是不合法的；②另外一个是罢工的目的须限制在劳资关系内。在包括南非在内的非洲国家，罢工严格限制在对雇主的行动上，目的是解决劳资纠纷；如果罢工未涉及上述纠纷，法律视为非法。此举排除了那些因社会经济政策而举行的政治性的罢工行动。③"必要或基本服务"条款限制该群体参与罢工，该条款规定，任何企业的"必要或基本服务"工人不得参与罢工。建议做合理的扩大化解释或在签订劳动合同时，扩大"必要或基本服务"的比例；④另外，在罢工程序方面，罢工须符合以下法定程序：须不能采取非和平手段、须穷尽除罢工以外的其他手段后、须提前48小时通知以及必须在举行罢工7天前告知工人举行罢工事宜并进行投票表决是否进行罢工，超过工人总数的半数等条件后方可进行罢工。

（二）劳动合同风险控制与对策建议

中资企业必须按照南非的《劳动关系基本法》《雇佣基本条件法》等，与当地劳工签订劳动合同，特别要注意以下问题，管控劳资纠纷：

首先，中国企业要注意处理好与南非政府、劳工部、全国经济发展与劳动委员会等劳动行政管理部门的关系，通过其官方网站及时关注和了解由这些劳动行政管理部门发布的有关南非劳动政策和法律法规变动的最新信息。

其次，中国企业在雇佣员工之时，必须严格按照《就业基本条件法》的规定与雇员订立详细具体的劳动书面合同，其内容包括工作时间、工资、星期日工作、年休假、病假、产假、薪酬扣除、交通补贴、雇佣关系结束的程序、雇佣禁止，其他条件等，通过明确劳资双方的权利和义务，积极加入雇主组织，加强与工会的沟通和交流，充分利用集体谈判制度和工场论坛机制来协调和改善劳资关系，促进企业的生产与发展。

二、劳务合作中的合同法律风险与防范

中国企业在非洲投资的就业质量饱受国际社会的质疑，尤其是在基建领域，突出表现为：一是就业条件较差。例如，与其他跨国公司相比，有些中国企业支付给当地劳工的工资水平较低，工作环境、福利待遇等方面较差；就业岗位层次较低，多数当地人员只能从事简单的体力活，较少在技术和管理类岗位上谋职，对于缓解非洲大学毕业生的失业问题贡献不大；二是有些中国企业未能为非洲籍劳工提供足够的培训，不利于当地劳工的技能发展。

除此之外，在南非的劳动纠纷发生的领域集中在以下几个方面：招工、劳动合同、劳动待遇、劳工组织、解雇、罢工与关厂、劳资纠纷的解决等方面。一方面，是我们对非洲国家劳动法陌生不熟悉有关，如具体的劳动法规定不熟；另一方面，与我们的处理劳动纠纷的方式、方法有关，遇到问题总以强者自居，以大欺小，采用国内劳动纠纷处理模式，找关系，寻求法律以外的手段解决问题。

1. 在招工方面，非洲国家一般都对反就业歧视和雇佣外国劳工的条件有所限制。例如，非洲反就业歧视，尤其是反年龄歧视、反疾病（如艾滋病）歧视方面规定很严。中国企业招工时的体检就很容易遭到非洲人的投诉，造成中国企业尚未开工便遭遇诉讼。故中国企业在体检方面一定慎重对待，除非非洲法律规定特殊行

业人员须体检外，不要按照国内习惯要求进行体检。①

2. 在劳动合同方面，除个人合同外，集体谈判制度以及集体合同往往为中资企业所忽视。非洲的工会在劳资关系中有着特殊的地位。它们经常代表工人与雇主谈判，签订集体合同。这与中国的工会有很大的差别，对中国企业影响很大。而且，中国企业如何处理与非洲工会的关系，在国内几乎没有经验可以借鉴，必须研究非洲的经验和教训。

3. 在劳动待遇方面，非洲国家设置了关于工作条件、休假、最低工资和社保等内容。例如，非洲的工资发放和休假制度与中国的差异及中资企业如何适应和应对。中国企业习惯加班，以为只要给足加班工资，工人就会愿意加班。而南非的现实是，加班受到严格的限制，随意加班不仅违法，而且可能构成犯罪。

4. 在劳动解雇方面，重点研究非洲解雇的程序和不公正解雇制度。中国目前尚未建立不公正解雇制度，中国很多企业对此一无所知，据了解，中国企业在解雇方面在非洲遭到的诉讼最多。即使中国企业不愿诉讼，习惯息事宁人，但往往会遭到非洲人的起诉，不得不应诉。例如，高斯诉中国土木工程公司案（博茨瓦纳）就表明，中博在雇佣合同适用期内终止雇佣合约的法律规定与传统做法、雇佣合同试用期的法律性质及习惯做法、对雇员的程序性法律要求及传统做法均不同等。②

5. 在劳动纠纷的解决方面，非洲国家有关解决劳工纠纷的机构和程序，尤其关注其调解、和解和仲裁制度。非洲许多国家成立了专门的劳工法院或法庭解决劳动纠纷。这对中国企业来说，需要认真研究对待，熟练掌握其程序与规则。

6. 在罢工与关厂（Lock-out）制度方面：非洲劳动法上的罢工制度，是经济性罢工，不包括政治性罢工。经济性罢工主要是

① 周严：《南非反就业歧视法及对我国的启示》，湘潭大学硕士研究生学位论文，2008 年。
② 刘阳、大树（喀麦隆）、周金波、克瑞斯：《南部非洲国际经济法经典判例研究——兼析中南经济合作的贸易、投资及劳工权益保护问题》，中国法制出版社 2014 年版，第 109～129 页。

雇员纯粹为了改善工作条件、增加工资等而进行的罢工，不主张政治诉求。[①] 关厂则是雇主为对抗雇员罢工而采取的最激进的方式。由于罢工和关厂的危害性都很大，非洲国家对此规定了严格的条件和程序。中国企业由于缺乏了解，对于非洲工人的罢工往往束手无策，更不知如何利用"关厂"制度抗衡。[②]

第四节 典型案例

南非的劳动争议主要集中在平等雇佣、平权法案以及就业歧视等方面。中资企业应重视南非主要劳动法的学习与运用，特别是有关平等雇佣与反种族、肤色、男女等歧视的法律法规。另外，纠纷一旦发生，应聘请当地经验丰富的律师参与调解与应诉，防止将普通的劳资纠纷转化为种族歧视、男女歧视等违宪纠纷。

一、斯通科威诉东角省教育局种族性别歧视案

（一）案情简介

原告：斯通科威（Stokwe）女士

被告：南非东角省教育局

原告斯通科威女士系一位黑人教师，申请竞聘 Despatch 小学校长。校长遴选委员会对其和另外一位"有色人种"候选人

---

① Lovemore Madhuku. *The right to strike in southern Africa*, *International Labor Review*, Vol. 136 (1997), No. 4 （Winter）.

② Johan Henning. *Close Corporation Law Reform in Southern Africa*, 26 J. Corp. L. 917, 2000 - 2001.

公平考评后，推荐斯通科威女士作为校长候选人。但是学校董事会推荐了另外一个候选人。其落选的原因是原告的阿非利堪斯语不够流利。当学校董事会向当地教育主管部门呈报时被驳回，原因是涉嫌"语言歧视"。但当地教育主管部门另行组建由三位白人小学校长组成"面试委员会"。该"面试委员会"用阿非利堪斯语面试。原告说其可以用英语作答，但是被告知 Despatch 小学的教学语言为阿非利堪斯语，还讥讽其太"勇敢"与男性竞争该职位。竞聘完毕后，原告随即向该案被告的官员提交书面异议书，但是杳无音讯。最后告知男性竞聘者已获该职位。原告向法庭申诉其受到了不公正的歧视。被告认为，该职位系阿非利堪斯为教学语言的学校，对阿非利堪斯语有特殊的要求。原告的阿非利堪斯语不流利，所以不符合该职位的基本要求。故不选择原告作为校长合法。

（二）案情分析

法庭的裁判观点如下：①校长职位的招聘广告上无阿非利堪斯语的要求，只是介绍该小学为阿非利堪斯语学校；②面试委员会面试结果表明原告符合该校长职位的要求；③阿非利堪斯语语言问题是幌子，其实真正的原因是原告为黑人；④原告被拒绝的真正原因是"种族和性别"歧视；⑤学校董事会和当地教育机构组建的"面试委员会"的决定不能违法，其决定不能对抗法律。法庭最后认为，不聘原告为校长，无论在实体法还是程序法上，都是违法的且不公正的。

（三）案情启示

中国的反歧视立法比较分散，禁止歧视的范围相对太窄，没有针对雇主违反法律禁令进行就业歧视的行为规定其应承担的法律责任。《就业促进法》仅在第 68 条笼统地设立了责任承担的规则即"违反本法规定，侵害雇员合法权益的，造成财产损失或其他损失的，依法承担民事责任，构成犯罪的，依法承担刑事责任"。如果雇员本可以得到岗位但因为歧视而没有得到，是否可以要求雇主赔偿工资损失，赔偿额度按什么标准计算；如果雇员即使没有被歧视也不会被聘用，是不是可以要求精神赔偿等等，在法律上都没有明确规定。与南非的相关法律比较而言，雇员的合法权益的维护更为艰难。但是对于在南非的中资企业而言，应该在招聘和晋升雇员时，绝对不能有任何歧视性规定，否则法庭将依据歧视性法律裁决败诉，承担不利法律后果（本案例根据 John Grogan，*Labour Law*，2005 Ann. Surv. S. African L. 584，2005 整理）。

二、南非劳工部秘书长诉金华服饰有限公司

（一）案情简介

原告：索贝奇拉·斯斯博（Thobekile Sisibo）

被告：金华服饰有限公司

案由：劳工部监察雇主是否履行南非《平权法》中的反歧视性法定义务

原告索贝奇拉·斯斯博认为：①其因金华服饰有限公司没有履行南非《平等雇佣法》第 37 条规定的法定义务，特向其送达处罚决定书；②因被告违反《平等雇佣法》相关规定，对被告罚款 500 000 兰特（南非法定货币单位）；③被告支付此次诉讼费用；④原告保留进一步或替代性救济权。原告称，根据《平权法》第 31 条规定，雇主须履行以下义务：第一，针对不同肤

色的劳工，根据《平权法》制定平权措施；第二，上述措施须符合《平权法》相关规定。恩科莫（Nkomo）女士代表劳工部于 2003 年 11 月 3 日前往被告处例行检查，发现被告没有按照规定将平权告示展示在工场；2003 年 11 月 25 日又前往被告处，尽管其提供了一些平权行动资料，但是仍然违反《平权法》第 22 条、第 24 条、第 27 条的规定。我们认为原告违反《平权法》相关规定，须接受法律的惩罚，罚款 500 000 兰特。被告陈述：①金华服饰有限公司系根据中国公司法成立的法人。雇员超过 50 人，达到 280 人的规模。符合《平等雇佣法》第 1 款关于雇主的规定；②切提（Chetty）先生自述其代表公司出庭，并向法庭说明其本人为中华人民共和国公民，2002 年 9 月开始在南非营业；③因缺乏有关平权法律知识且南非联邦相关机构没有提供专业协助；④近期不打算继续营业，如果以后进行经贸活动，将与具备该平权知识的合作伙伴一道，遵守有关法律法规。

（二）案情分析

在综合考虑案件各个因素和咨询相关委员会之后，认定和裁决如下：①没有违反劳工部有关监察的程序且没有造成社会骚乱；②法律罚款的目的有二：一是惩罚作用，二是预防作用；③法律虽然规定处理罚款 500 000 兰特的规定，但是法庭委员会认为其主要是发挥法律的报复功能，认为罚款 200 000 兰特是合情合理的；④此次诉讼费用由原告支付。

（三）案情启示

该案类似于中国国内的"执法检查"。如果发现用人单位有关违反劳动法律行为时，会对用人单位处以行政罚款。但是南非的劳动监察与国内的执法检查不同，具体如下：①监察的对象不同。南非的劳动监察主要是对是否落实《平权法》有关事项进行督查；国内的执法检查主要关注劳动合同的签约率的情况；②监察程序不一样。南非的督查不需要预先告知，用人单位无条件提供；而国内的执法检查则一般须告知，以避免影响企业的正常运营；③处罚程序不一样。南非的处罚须经过法院裁决后才能执行，国内的人社部门本身具有执法处罚权，付款的执行无须法院的授权。④国内的劳动纠纷案件实行多头管理，有行政管理部门、劳动仲裁部门以及人民法院等。其受理案件的范围均有明确的限制。造成一个案件的法律责任分别由不同部门或机构管理。致使用人单位的违法成本降低和劳动者维权成本的增加。

　　建议在南非的中资企业，须遵守南非的劳工保护法律政策，采取以下方式最大限度地规避风险：①先期调查南非的劳工保护法律政策，尽最大可能学习和研究；②聘请涉非律师或当地劳工维权律师，设计和处置劳工法律问题；③如遇劳工纠纷，积极应诉，合法维权，降低经营风险（本案例根据 John Grogan，*Labour Law*，2005 Ann. Surv. S. African L. 584，2005 整理）。

南非财税金融法律制度

南非是非洲最具影响力的国家之一，是非洲经济增长的重要力量。同时，南非不仅与中国同为金砖国家成员，也是中国主导的亚投行的签署方，是中国倡导的"一带一路"中亚非连接的桥梁。南非与中国的合作也很紧密，中国作为南非的最大进出口贸易国家，2017年上半年度对南非进出口总值达194.95亿美元，其中出口值为68.34亿美元，进口总值为126.62亿美元。在金融合作方面，两国的合作正不断加强。目前，南非储备银行已与中国人民银行签署协议，将投资15亿美元（约合93亿元人民币）的中国债券，约占南非外汇储备的3%。[①]中国工商银行收购了南非标准银行20%的股份，成为南非标准银行的最大股东，2017年8月17日，金砖国家新开发银行（简称"新开发银行"）非洲区域中心在南非约翰内斯堡成立，这一项项合作，使我国与南非的金融合作更为紧密。在保险业合作方面，南非保险业入驻中国，在中国设立了代表处。

中国与南非双边贸易迅速发展，为中国企业带来机遇。但中国与南非的财税金融体系与法律制度存在着很大差异，如果不能提前了解这些差异，做出正确的处理，将会损害中国企业的利

---

① 资料来源：中国金融信息网，http://rmb.xinhua08.com/a/20131113/1272860.shtml. 访问时间：2017年9月1日。

益，甚至影响中国与南非的共同利益。

目前，南非拥有的财税金融体系主要源于英国的财税金融体制，经过不断地修改完善，不仅适合南非国内的财税金融环境，而且也能对抗一定的财税金融危机。南非拥有的发达的金融法律体系为南非的财税金融体系提供了可靠的保障。但并不是说南非的财税金融法律体系稳定不变。在 2017 年 3 月，南非国内内阁重组，前任财务部部长被更换，直接导致南非长期外币主权信用评级下调至垃圾级 BB＋，前景展望维持在负面，长期本币信用评级被下调至 BBB－（仍为投资级）。由于担心银行财务指标状况恶化对银行盈利与资本充裕度产生消极影响，南非一些主要银行的信用评级被标准普尔与惠誉调降；同时南非政府在 2017 年也计划将南非标准银行国有化，而南非标准银行对于银行系统的政策有部分决定权，所以这将会给南非投资者们带来不确定性，同时也给金融法律政策体系带来了不确定性。南非的财政税收法律制度是相对完善的，也与中国签订了避免双重征税与偷税漏税的协议，约定双方居民在税收方面享有国民待遇的权利，这对中国企业来说相对保险，但是，中国企业也应当注意南非税法体系中对不同税种的规定变化频率相对较高，而且南非于 2018 年即将颁布新的税法，对此中国企业应当注意其可能变更的事项，提前做好准备。

第一节　南非财税金融体系与政策

南非财税金融法律体系可大致分为财税与金融两个部分，财税方面以税法为主，税法以所得税与增值税为主；金融方面主要以银行系统、证券市场与保险为主要内容。

一、南非财税金融体系[①]

南非金融体系包括三个相互关联的组成部分：一是金融部门（Financial Sector，各种金融机构、市场，它们为经济中的非金融部门提供金融服务）；二是融资模式与公司治理（Financing Patten and Corporate Governance，居民、企业、政府的融资行为以及基本融资工具；协调公司参与者各方利益的组织框架）；三是监管体制（Regulation System）。这三个部分相互适应与协调构成了南非发达的财税金融体系。南非的金融法律制度体系主要包括对银行体系、证券交易体系、保险体系等方面的规定，这些体系中既有实体法的相关规定，也有程序法上的规定，既有规制其运行的法律制度，也有有效的法律监管制度与高效的纠纷解决制度。

（一）银行体系

南非的金融服务业由众多的国内和国外的金融机构组成，提供广泛的服务，拥有有效的监管系统，银行系统主要包括中央银行、商业银行、零售银行，提供的服务都有按揭贷款、保险和投资等。广泛的银行网络覆盖了南非所有的省份，并且为个人和企业客户提供各类金融服务。目前在南非拥有包括注册银行、互惠银行、境外控制的银行在内至少72家银行，拥有至少9家境外银行分支机构和60多个境外银行办事处，并且这些机构数量呈增长趋势。

南非银行体系的核心是南非的中央银行，即南非储备银行（South African Reserve Bank）。目前，南非联合银行（Amalgama-

---

① 南非财税金融体系详细内容请参见南非各大银行与证券公司官方网站。

ted Banks of South Africa Group Limited，ABSA），南非标准银行
（The Standard Bank of South Africa），第一兰特银行（First Rand
Bank）和南非莱利银行（Nedbank）这四家银行主导着南非的银
行业，尤其在零售银行市场方面四大银行在1994年便占银行业
总资产的83.8%，而现在也仍然占87.4%。

南非储备银行作为南非的中央银行是南非主要的货币管理机
构，是国家黄金和外汇储备的监管机构。南非储备银行的管理决
策机构是董事会，董事会包括一名行长，三名副行长共14名董
事。南非储备银行的主要职责是控制通货膨胀，保护南非兰特的
价值。中央银行以调控贷款利率的方式管理货币供应。南非储备
银行独立于政府控制之外，拥有很强的独立决策权，但实际操作
中它又和财政部紧密合作，协助制定和执行宏观经济政策，故而
其决定权会受财政部影响。南非钞票的发行、政府外汇的买卖以
及短期国库券的支付体系均由南非中央银行负责。南非中央银行
的主要客户有政府机构、贴现银行和私有银行。南非中央银行不
仅为私有银行提供票据交换等基本服务，也会协助出现资金流动
问题的银行。其次，中央银行是获得政府授权购买黄金、代理金
矿行业在私有市场中进行黄金销售的机构。此外，南非储备银行
还通过调整私有银行机构的流动资产比例要求和控制银行信贷以
控制消费者的需求等一系列货币政策来控制通货膨胀，实现南非
经济的平稳发展。南非政府证券与存款利率也由中央银行直接或
间接地控制。南非1975年以后便允许对政府长期证券按照市场
利率进行交易。中央银行对银行机构的存款利率并未直接管制，
但它可以通过调控自己的银行利率对其他银行的存款利率实行间
接调控。

南非标准银行在《银行家》杂志的排名中位列非洲银行首
位，是非洲最具价值的银行之一，总资产为9 810亿兰特（大约
1 280亿美元），市值达184亿兰特。目前，南非标准银行总部设
在约翰内斯堡，开展业务范围覆盖非洲大陆包括南非的20个国

家，雇员超过 54 000 人。南非标准银行是一家全球性的银行和全业务金融集团，提供交易银行、储蓄、借贷、投资、保险、风险管理、财富管理和咨询服务，新兴市场与自然资源方面为其重点发展的领域。南非标准银行在发展成熟的南非金融部门方面发挥了重要作用。中国工商银行于 2007 年收购标准银行 20% 股权，成为该行第一大股东。

第一兰特银行集团是非洲最大的金融集团，第一兰特银行是非洲的第二大银行，其附属公司有兰特商业银行（RMB）以及第一国民银行（FNB）等。第一兰特银行通过其附属机构为其南非及非洲客户提供零售及商业银行和投资银行服务。2009 年第一兰特银行与我国建设银行形成战略合作关系。

南非莱利银行是南非的第四大银行，是莱利集团的下属企业。截至 2016 年 12 月 31 日市值为 93 亿兰特，在南部非洲发展共同体（SADC）的六个国家和东非地区拥有子公司，在纳米比亚、斯威士兰、马拉维、莫桑比克、莱索托、津巴布韦，以及安哥拉和肯尼亚设有代表处。莱利银行拥有非洲最大的银行网络系统，覆盖 39 个国家，2 000 多个分支机构。莱利银行业务主要有：提供整套银行业务解决方案、银行投资与贷款、商业地产金融、存款；莱利银行在基础设施、矿产资源、石油和天然气、电信与能源领域很有名气。[①] 莱利银行是第一家在中国设立代表处的南非银行。

南非联合银行集团是南非目前最大的银行集团，也是南非最大的金融服务集团之一，其资产居除中央银行外南非银行业第四位，是南非最受欢迎的银行集团之一。南非联合银行集团提供全方位的银行、银行保险、理财产品与服务，主要包括：①政府借款：直接向外国政府或由政府担保的机构提供资金供应；②公司

南

非

---

① 资料来源：The official website of South Africa Nedbank，https：//www.nedbank.co.za/content/nedbank/desktop/gt/en/aboutus/about-nedbank-group/our-businesses/nedbank-corporate-and-investment-bank.html.

借款：根据外国公司客户的财务报表而决定；③有限的或非资源项目资金供应：向一些特别的项目提供资金作项目资金流动使用。此外，南非联合银行也为企业设备及其相关服务的出口提供资金供应服务。

（二）证券市场

约翰内斯堡证券交易所（Johannesburg Stock Exchange，JSE）成立于 1887 年，根据 2004 年的《证券服务法》获得交易所执照，是南非最主要的交易所也是唯一获得执照的证券交易所，是非洲最大的证券交易所。约翰内斯堡证券交易所是一个自律组织，负责监督成员公司的市场和业务行为。监控部门维护和所有成员和客户端的交易数据。其长期以来拥有的完备规章和得力监管使其在全球证券交易领域得到了很高的认可，因此，其在市场诚信建设和投资者保护等方面也获得了普遍认可。在全球金融危机爆发时，是国际投资者投资交易的首选。因为在全球金融危机爆发时，全球多数证券交易所出现禁止"卖空"交易现象，引入"熔断"制度等措施来应对此次危机时，在约翰内斯堡证券交易所却如往常一样正常运行着。

约翰内斯堡证券交易所为投资者提供了四种市场选择：第一，股票市场。交易所股票市场由主板市场和 AltX 市场组成，包括主板的股票及小型和中型股票另项交易所。股票市场目前有超过 800 种证券，大约有 400 家公司在主板市场和 AltX 市场上市，股票市场数据有 40 多个国家的客户和投资者使用；第二，债券市场。2009 年约翰内斯堡证券交易所收购了南非的债券交易所，截至 2013 年底，证监会拥有约 1 600 项上市债券，总额超过了 1.8 万亿美元。其上市的债务的一半以上是南非政府债权，目前市值超过 1 万亿兰特，占据了约翰内斯堡证券交易所债券市场流动性的 90%，其他债券发行人包括南非国有企业、公司、银行和其他非洲国家，自 1992 年首次发行公司债券以来，约翰内斯堡证券交易所债券市场上已有超过 1 500 家企业债券上市，流动性与政府债务相比依然相对较低，但发行数持续增长。债务市场在参与者人数和日常活动以及流动性方面发展良好的。每天大约有 25 亿兰特交易额。[①] 第三，回购市场。约翰内斯堡证券交易所的回购市场是一个积极和流动的高效率融资市场，每日资金交易额超过 25 亿兰特。日均飙升超过 200 亿兰特。[②] 第四，衍生工具市场。衍生工具市场用于多样化投资组合或管理风险，也经常被用于推测市场走势。衍生工具市场主要包括贸易债券衍生品、贸易利率衍生品、贸易股权衍生品、贸易商品衍生品和贸易货币衍生品。[③] 第五，利率市场。利率市场是参与者能够交易利率衍生品的金融市场。第六，农产品市场等大宗商品交易。此外，约翰内斯堡证券交易所于 2001 年收购了南非期货交易所（Safex）的业务和资产，期货交易所因而成为约翰内斯堡证券交易所的一部分，现为不上市的股份公开公司。多年来约翰内斯堡证券交易所从传统的场内股份交易市场发展成为一个现代化的证券交易所，并且具有广泛的监管能力。约翰内斯堡证券交易所还是金融信息的主要提供者。

（三）保险市场

南非保险部门是其金融业的重大支柱。南非保险业发展水平于 2011 年已位居全球第 6 位，占全非洲市场 3/4 份额，是非洲

---

① 资料来源：The official website of Johannesburg Stock Exchange, https：//www.jse.co.za/trade/debt-market 访问时间：2017 年 11 月 6 日。

② 资料来源：The official website of Johannesburg Stock Exchange, https：//www.jse.co.za/content/JSEAnnualReportsItems/20130206 – Transaction% 20Capital% 20Limited – 2012% 20Annual% 20Report.pdf 访问时间：2017 年 11 月 6 日。

③ 资料来源：The official website of Johannesburg Stock Exchange, https：//www.jse.co.za/trade/derivative-market 访问时间：2017 年 11 月 6 日。

最大的保险市场。[①] 目前短期及长期保险占南非金融资产的23%，在2015年为国家财政收入贡献了180亿兰特。保险部门为解决南非经济目前面临的一些问题（包括经济不稳定性、衰退的潜在风险、信用评级调降危险以及气候变化影响等）起到了关键性作用。

在南非保险可以分为长期保险和短期保险两种。短期保险（非人寿保险）主要和风险评估有关，保险合同通常须每年签订，任何一方可以随时取消。此类保险包括工程、担保、债务、交通事故、医疗、财产等险种。目前，在南非有超过100家注册的短期保险公司。

长期保险主要指寿险，其他还包括援助、偿债基金、健康、伤残等险种。长期保险中养老金和准备基金主要关注如何使投资回报最大化，而其中最主要的是寿险。在南非有超过78家注册的长期保险公司，2002年的《金融咨询和中介服务法》（2002年第37号法案）中规定了许多保护保单持有人的条款。

（四）外汇管理

1. 外汇管理机构。外汇管制工作的管理行政部门是南非财政部。目前，财政部任命南非中央银行代表其进行管理，指定数家银行机构为外汇交易商对这项工作提供协助。这些银行机构根据南非储备银行的规定为其客户进行外汇交易业务。目前南非对于外汇管制方面的法律有《外汇管理条例》及一系列外汇管理操作规则和标准。

2. 外汇管理规定。在外汇管理方面，南非政府采取了渐进式放宽政策，建立了一个开放的资本市场。南非放宽外汇管制的

[①] Satyakama Paul, Bhekisipho Twala, and Tshilidzi Marwala. *Organizational Adaption to Complexity: A Study of the South African Insurance Market as a Complex Adaptive System Through*, The 2nd International Conference on Complexity Science Management & Intelligent Information System Statistical Risk Analysis, 2011.

南

非

历程大致有 1995 年金融兰特账户制度被取消，非本国公民的外汇限制被取消、1999 年外汇管制的 70% 被取消和 2004 年对南非公司到国外直接投资的限额被取消，同时对在外国取得的红利汇回国内的限制被废除。

同时，南非实行集中统一的外汇管理机制，其外汇管理职能主要由南非中央银行的外汇管制部门负责。目前，南非对进入其领土范围的所有资金都要进行记录。南非居民对于购买的外汇或任何汇出的外汇，无论其数额大小都应由授权的交易主体，将境外合作伙伴付款的详细信息、南非居民向外方所支付款项的详细信息申报给南非储备银行。南非居民偿还境外借款需要提前获得南非储备银行的批准才可将股息分配给非南非居民。非南非居民在合法转移其投资所得或资本收益时原则上没有限制，但投资者应注意所持股票凭证上有授权交易商盖的"非居民"标记。

近年来，南非政府实施多元化外汇储备战略，以增强国家偿债能力和外部金融风险。除了持有美国国债外，南非政府在近年来增加了对中国、韩国、澳大利亚的国债持有量，对于非政府债券，南非也进行了一定的投资。如南非中央银行在 2013 年投资了 15 亿美元外汇储备于中国银行间债券市场。这既有利于南非实现外汇储备的多元化，也有利于南非与其他国家的经济合作。

二、南非财税金融政策

金融政策是指中央银行为实现宏观经济调控目标而采用各种方式调节货币、利率和汇率水平，进而影响宏观经济的各种方针和措施的总称。[①] 南非财政金融政策主要有保持宏观经济稳定的政策和扶助黑人经济发展和社会救助政策两个方面。

---

① 资料来源：Bing 网点，http：//www. bing. com/knows/search？q=%E9%87%91%E8%9E%8D%E6%94%BF%E7%AD%96&mkt=zh-cn&FORM=BKACAI 访问时间：2017 年 7 月 30 日。

（一）保持宏观经济稳定

南非政府自 1994 年以来都贯彻实行谨慎的财政政策，以保持金融秩序稳定，控制通货膨胀，建立稳固的税收基础，并使公共债务保持在低水平。南非政府从 1998 年开始实行"三年中期开支框架"，即三年滚动预算，以保证公共财政的良好运行，削减政府开支，改进国内储蓄，降低通货膨胀。[①]

2008 年金融危机，南非出台了一系列稳定经济、保护就业的措施。首先，南非政府出台了一项为期 5 年投资奖励计划，通过国家财政扶持来吸引投资，该计划总额达 63 亿兰特；其次，南非政府出台了公共基础设施投资计划，以扩大公共工程投资以增加就业；再次，南非政府出台"扶持竞争发展计划"，通过企业优惠与扶持，鼓励企业创新，提高竞争能力。该计划还与基础设施投资计划相配合，会在很大程度上促进能源和交通方面的开发。南非政府还对企业实行救助计划，通过准许企业对工人停职 3 个月以下，避免企业大规模裁员；通过政府拨款对工人培训提供工资补贴，提高工人的再就业能力；通过提高个人所得税起征点，缓解居民生活压力等。为提高全国就业率，南非政府提出三年中期发展框架的"全国就业计划"。南非政府还积极参与国际活动，以扩大本国的国际影响，促进本国的经济基础建设。2010 年南非举办足球世界杯赛事，这对南非的建筑行业和工程设计行业有着明显的促进。

在货币政策方面，为保护南非货币价值和稳定汇率，南非当前采取的是以控制通货膨胀为主的货币政策。2010 年，南非货币汇率持续走高，成为当时全球最坚挺的货币之一。但是中央银行认为其国内通货膨胀率在 3% ~ 6% 之间，故而坚持以往的市

---

① 杨立华：《南非的经济金融制度》，载于《中国金融》2011 年第 5 期，第 36 ~ 39 页。

场调控原则，并未对其汇率进行调整。但是，因为汇率的持续上涨导致国内经济出现瓶颈，故而南非政府通过适度增加外汇储备，小幅降低基础利率实现放宽投资者向海外投资的外汇管制，以减少南非兰特汇率上涨带来的经济困扰。

南非货币政策委员会（Monetary Policy Committee，MPC）在制定利率政策时不仅会考虑通胀预期也会将 GDP 潜在增长水平、资本流量、物价涨跌趋势、汇率、信贷增长速度以及经常账户赤字等因素作为决定利率的标准。南非财政部通过研究近几年降低回购利率与促进经济发展的关系，得出的经济模型表明，若不考虑物价增长的影响，利率每降低 0.5%，经济增长率每年上升 0.6%。2017 年 7 月，南非紧缩周期结束，南非中央银行货币政策委员会决定将回购利率调低 25 个基点，降为 6.75，以此来突破经济增长的结构性瓶颈。[①]

对于虚拟货币，中央银行认为，虚拟货币有望得到广泛的应用，中央银行对加密货币科技采取开放态度，但是对中央银行而言，在一个开放系统中发行虚拟货币或加密货币风险太大。

（二）扶助黑人经济发展和社会救助政策

南非政府先后颁布实施了《就业平等行动》和《广义黑人经济振兴法》等法规和救助政策，以实现对黑人在生产资料与发展机会方面的平等，改善黑人的基本生活条件，在实质上打破了所有权和管理结构上的种族隔离。政府的社会救助政策改善了黑人的就业率和就业领域，提高了黑人的收入，缓解了黑人的贫

---

① 资料来源：The official website of Department：national Treasury REPUBLIC OF SOUTH AFRICA，http：//www. treasury. gov. za/search. aspx？ cx = 018115738860957273853％3 Aj5zowsrmpli&cof = FORID％3 A11&q = The％ 20Monetary％ 20Policy％ 20Committee％ 20of％ 20the％ 20Central％ 20Bank％ 20of％ 20South％ 20Africa％ 20decided％ 20to％ 20cut％ 20the％ 20repo％ 20rate％ 20by％ 20 2025％ 20basis％ 20points％ 20to％ 206. 75％ 20in％ 20order％ 20to％ 20break％ 20through％ 20the％ 20structural％ 20bottleneck％ 20of％ 20economic％ 20growth 访问时间：2017 年 11 月 6 日。

困。2004 年《南非社会保障机构法》和《社会援助法》规定，实行全国的社会救助金统一管理，救助金在颁布这两项法律后逐年上升。、

扶助黑人经济发展的相关法律与政策要求上市公司的股份必须满足一定的黑人持有比例，同时，对于特定的公司也必须满足黑人女性超过一定的比例。为了吸引国外投资，南非政府颁布了《投资促进与保护法案》，需要注意的是，在国际投资法领域，能够获得国民待遇标准保护的外资必须是根据东道国法律进行的合法投资，即外国投资者不能根据国民待遇标准要求"非法的平等"。[1] 南非《投资促进与保护法案》第 6 条第 2 款中规定的的"国民待遇"仅适用于"符合南非法律的外国投资者和外国投资"也确定了这一原则。[2] 故而中国企业在考虑利用《投资促进与保护法案》带来优惠的同时也应当考虑是否符合南非国内法的规定。

第二节　南非财税法律制度

税收是南非政府收入的主要来源，故而税收制度在财税收入上起着至关重要的作用。税收制度是国家以法律或法令形式确定的各种课税办法的总和，反映国家与纳税人之间的经济关系，是国家财政制度的主要内容。税收制度的内容包括税种的设计、各个税种的具体内容，如征税对象、纳税人、税率、纳税环节、纳税期限、违章处理等。南非税种按征税方法分直接税与间接税。直接税包括所得税、股利税和资本收益税等税费；间接税包括增

---

① Rudolf Dolzer and Christoph Schreuer, *Principles of International Investment Law*, Oxford University Press, 2008.

② 朱伟东：《投资促进与保护法案》评析，载于《西亚非洲》2014 年 2 期，第 4~19 页。

值税、消费税、转让税及进口税等税费。南非是以直接税为主的国家。按征税对象分为所得税、增值税、消费税、流转税、财产税、关税等。

南非实行中央、省和地方三级课税，税收立法权和征收权主要集中在中央，税款也主要由中央征收。南非实行按居住地征税的政策。根据与不同国家签署的避免双重征税协议，非南非居民需要根据其国籍国与南非签订的协议内容对其收入纳税。

一、税收制度的基本内容

南非的税收制度由国家财政部建立，南非税务局负责管理，地方税务局（RSC）作为执行机构负责营业税、个人所得税、增值税、薪资税等的具体征收。根据《宪法》第13章第213条的规定，除根据议会的相关立法可以被排除的款项外，中央政府接受的全部款项必须上缴国家税收基金（National Revenue Fund）。从国家财政收入中提取款项或需要国家税收基金直接支付的款项，必须依照宪法或法律的规定，符合议会相关立法规定的额度。南非各省平等享有国家财政收入，对于在南非境内从事商业行为所获得的商业利润如企业所得税、提供服务所获得的收入等相关税种的征收具有平等的权利。南非与税收制度相关的法律法规主要包括《税收管理法》《所得税法》《增值税法》《海关法》《销售税法》《特别经济区法》等。

（一）企业所得税

根据南非所得税法，"居民企业"是指除南非和其他国家之间签订的双边税收协定规定的应被视为对方国家税收居民的法人外，任何在南非注册成立，或实际管理机构在南非的法人（不指个人），因为南非对于实际管理机构并未具体规定，故需参考南非判例法或相关国际先例。南非所得税对于不同种类的法人，其纳税条件、税率等都存在差异。

1. 普通企业（非矿业）包括分支机构所得税的征收遵循一般税法的原理，其基本税率为28%，企业所得税应纳税额 = 应税所得额 ×28% =（收入总额 – 免税收入 – 各项扣除 + 应税资本利得额）× 28%，[①] 2017年南非的股息税率为15%，2018年将增加至20%。

2. 对于微型企业的纳税，即营业额在100万兰特以内的企业，其企业所得税按累进税率征收：应税收入在15万兰特以内部分，按零税率纳税：应税收入在15万～30万兰特之间部分，超过15万兰特的部分按1%税率纳税；应税收入在30万～50万兰特之间的部分，按1 500兰特 + 超过30万兰特的部分按2%纳税；应税收入在75万兰特以上部分，按15 500兰特 + 超过75万兰特的部分按7%纳税。

3. 对于小企业的纳税，即年营业额在1 400万兰特以内的企业，其企业所得税亦按累进税率征收：应税收入在75 750兰特以内，按零税率纳税；应税收入在75 751～365 000兰特之间，按超过75 750部分的7%征收；应税收入在365 001～55万兰特之间，按20 248兰特 + 超过365 000的部分按21%的应税收入纳税；应税收入超入55万兰特部分，按59 098兰特 + 超过550 000的部分按28%的应税收入纳税如表7 – 1所示：

表7 – 1　　　　小企业应纳税所得额与税率（2017～2018年）

应纳税所得额（兰特）	税率（%）
0～75 750	0
75 751～365 000	超过75 750部分的7%

① Rendani Neluvhalani，邱辉、蔡伟年：《南非企业所得税介绍——中国"走出去"企业投资南非税务影响与风险关注》，载于《国际税收》2015年第5期，第56～68页。

续表

应纳税所得额（兰特）	税率（%）
365 001 ~ 550 000	20 248 + 超过 365 000 部分的 21%
550 001 及以上	59 098 + 超过 550 000 部分的 28%

资料来源：The official website of SARS of South Africa，http：//www. sars. gov. za/ Tax-Rates/Income-Tax/Pages/Rates%20of%20Tax%20for%20Individuals. aspx 访问时间：2017 年 7 月 30 日。

4. 非居民公司或其分支机构，在 2005 年 4 月 1 日 ~ 2012 年 3 月 31 日，其应纳税税率为 33%，从 2012 年 4 月 1 日至今其应纳税税率为 28%。

5. 矿业企业、保险公司等所得税率另有规定，金矿企业所得税率比较特殊，其税率与企业的应税收入的营业额之比挂钩。基金（特别基金除外）按 40% 税率纳税[①]。

（二）个人所得税

个人所得税指的是政府对法定人的收入实行强制征收。个人所得税在南非总税收收入中所占比例在 1990 ~ 2004 年为最高，是南非直接税收收入的主要来源。个人所得税税率实行递增累进税率，对于年度应纳税所得额低于 189 880 兰特的征收税率为 18%，对于年度应纳税所得额超过 1 500 001 兰特的部分实行最高为 45% 的税率。南非个人所得税税率统一适用于所有个人，无论其性别或婚姻状况，且无子女退税。

当前，南非的《个人所得税法》是由 1962 年 7 月 1 日生效的《个人所得税法》经过多次修改与补充后，自 2017 年 1 月 19 日开始颁布实施。《个人所得税法》的目的是为了巩固有关收入和捐赠的税收，规定对个人收税，雇主从员工的薪酬中扣除雇员

南

非

292

① 北京市国家税务局第二直属分局官网，http：//www. bjsat. gov. cn/bjsat/qxfj/zsefj/zcq/ jwsszc/fzh/201403/t20140326_132486. html 访问时间：2017 年 9 月 3 日。

的某些税收；规定缴纳临时税款，规定向国家税务总局缴纳的相关税款、利息和其他费用，以及提供相关事宜。

南非个人所得税法主要对其纳税主体进行区分，对纳税客体的种类，个人所得税税率以及税收的减免等事项进行分析和研究，确保个人在南非合法纳税，同时保障自身的合法权益。

1. 个人所得税纳税主体。自 2001 年 3 月 1 日后，南非税收管辖权由来源地税收标准转化为居民税收标准，故而纳税人主要分为南非居民纳税人与非南非居民纳税人，即南非居民在世界范围内都应就其所得向南非政府纳税，包括境内所得与境外所得，除非根据与其他国家签订的避免双重征税协定，缔约国让渡税收管辖权，赋予对方国家征税权利，该所得从南非所得税中免除；而非居民仅就来源于南非境内的所得纳税。判断个人是否为南非居民有两个标准：其一是实际居留标准，其二是通常住所标准。在南非个人要符合"实际居留标准"应同时满足两个条件：第一是在一个财政年度内在南非实际停留超过 91 天；第二是应满足之前连续 5 年内在南非实际停留超过 915 天。那么该人从第 6 个纳税年度开始便可成为税务居民。通常住所指在南非拥有真正永久性住所，该永久居住地是居民经常往返的地方。

对于南非居民，不仅需要交纳在南非境内所得，也需要交纳境外所得，但也有例外。如果在一个纳税年度期间，南非居民向南非境外提供服务或代表雇主向境外提供服务，在南非境外停留时间每 12 个月总计超过 183 天或 12 个月内连续超过 60 天，那么该雇员获得的其他任何形式的薪酬，如工资、奖金、应税收益和假期津贴等将在南非免征个人所得税。此外，对于南非居民在境外所得，如果根据双边协议，南非让渡了其征税权，则该居民在双边税收协定内规定的应纳税所得额可以不再在南非纳税。或者根据南非国内法，免除了对相关个人所得税的征收，则在该范围内南非居民可以免征个人所得税。

对于非南非居民纳税人，如果在南非工作并取得来源于南非

南

非

的收入，则有义务向南非政府缴纳来源于南非的收入的个人所得税。在南非短期工作的非南非居民所得税缴纳由南非政府与其居住国是否签订避免双重征税协定所决定，若签订了双边税收协定，并且满足南非法律规定的在任何一个 12 个月期间内（不需要是一个纳税年度），该人在南非出现的总计天数不超过 183 天，且非南非居民或代表支付薪酬并且雇主在南非的"常设机构"不负责支付该薪酬这三个条件，则非居民的雇佣所得将不需要在南非缴纳个人所得税。"常设机构"是指在进行全部或部分营业活动的固定营业场所。任何调派员工（非南非居民）享有的应税福利都需在南非缴纳所得税，就像居民雇员一样。需缴纳所得税的应税福利包括：探亲假费、儿童教育费、社保成本和仓储费①。外国使节及其驻南非使馆工作人员如果不是南非居民，其在南非的唯一目的是作为外国政府官员在南非供职，那么其酬劳在南非不需要缴纳所得税；同样，其从事家政服务也不需要缴纳个人所得税。南非居民因受雇于其他国家驻南非使领馆所取得的收入仍需缴纳所得税。非南非居民受雇于外国机构组织或跨国组织，其所获得的薪金收入不需要缴纳个人所得税。在南非，由外国政府支付酬劳从事商业行为所得，同样需缴纳税收，签订了相关事项的避免重复征税协定的情况除外。

所有需要纳税的雇员，均需依法到南非当地税务局注册登记。

2. 个人所得税征税客体。南非个人所得税纳税客体可根据个人所得来源分为境内所得与境外所得。根据境内所得，需缴纳个人所得税的收入种类主要有利息、租金、工资等，根据境外所得，需要交纳的个人所得税主要有外国雇佣所得、海外业务所得、外国养老金和外国信托所得等。

对于居民需要缴纳的国外收益需要缴纳本税的有：①外汇利息；②外国租金收入；③外国特许权使用收入，即居民通过传授

---

① 罗翔：《南非个人所得税法初探》，湘潭大学硕士毕业论文，2012 年。

科技或商业知识而获得的收入；④从南非境外实行的集资计划中所获得的股息。居民在南非以外的国家雇佣所得需缴纳所得税，如果南非与该国签订了避免双重征税协定，南非让渡该所得的征税权或者该所得在南非免本税，则该居民可不缴纳本税；⑤海外业务所得；⑥受控外国公司净收益；⑦受益人外国信托所得。外国退休金或养老金一般而言不需要在南非缴纳本税。

在南非的非居民除南非与相应的国家签订了避免双重征税的协议、国际条约等相关法律文件，会导致非居民不需要缴纳本税的情况外，其在南非境内所得的收益均需要缴纳个人所得税，需要交纳税收的税种主要有：①来源于南非的投资经营所得；②通过在南非设立的常设机构在该纳税年度内从事经营活动，并且在该纳税年度在南非实际居住日期总计超过183天，则在南非所得之利息需要缴纳正税，否则不需要缴纳正税；③出租所得；④特许权使用费。对非居民使用知识产权，或者允许其在南非使用该类产权等的技能所得，需缴纳最终所得12%的预提税，如已缴纳则这类所得在南非免除正税；⑤在南非短期工作工资所得；⑥除特殊情况外，非南非居民在南非工作达规定的期限应交纳正税；⑦商业经营所得；⑧退休金养老金；⑨董事费；⑩国外演艺娱乐人员、运动员在南非获得的收入等。对于股息，在法定条件下，非居民在南非境内（居民公司）所得股息免除正税，源于集资计划的股息在特定情况下也免除正税。

对于资本收益税，是指当处置资产的实收款项超过基准费用时便产生了资本收益，此时则应当缴纳资本收益税。资本利得税对于非居民的规定主要指，非居民处理位于南非的不动产或权益，或在南非享有不动产产权所产生的资本收益应当纳税；其次包括居民处置其世界范围内资产需缴纳资本利得税。资本利亏可抵消资本利得。任何资本利亏在当年未予抵免可在下一个纳税年度抵免资本利得。

3. 个人所得税税率。南非个人所得税税率是指个人所得额

南

非

295

与应纳税额之比。南非个人所得税实行分类综合税制，即将不同来源的所得加总后去除不需要交纳税收的部分计算应税额。南非政府部门根据本国经济情况，会对每个纳税年度不同税种的税率或起征点进行调整。近年来，个人所得税税率及所得税纳税类型与税率如表7-2所示：

表7-2　　2017年3月1日~2018年2月28日个人所得税税率表

应纳税所得额（南非兰特）	税率（%）
0~189 880	18%
189 881~296 540	34 178 + 超过189 880部分的26%
296 541~410 460	61 910 + 超过296 540部分的31%
410 461~555 600	97 225 + 超过410 460部分的36%
555 601~708 310	149 475 + 超过555 600部分的39%
708 311~1 500 000	209 032 + 超过708 310部分的41%
1 500 001以上	533 625 + 超过1 500 000部分的45%

资料来源：The official website of SARS of South Africa，http：//www. sars. gov. za/Tax-Rates/Pages/Medical-Tax Credit-Rates. aspx. 访问时间：2017年7月16日。

2011~2018年3月，南非所得税不同纳税类型及税率也存在变化，具体变化趋势如表7-3所示：

表7-3　　　　2011~2018年3月南非所得税纳税类型与税率

类型	年份	税率（%）
公司	2013~2018	28
个人服务提供商公司	2011~2012	33
收入来源于南非的外国公司	2011~2012	33
信托	2013~2015	40
	2015~2017	41
	2017~2018	45

资料来源：The official website of SARS of South Africa，http：//www. sars. gov. za/Tax-Rates/Pages/Medical-Tax Credit-Rates. aspx. 访问时间：2017年7月16日。

从 2016 纳税年度开始，如果非税务居民在南非经营企业在该纳税年度内在南非境内时间超过 183 天，则该非居民在南非取得的利息应代扣代缴 15% 的所得税，否则其取得的利息收入可享受免税。南非从 2012 年 4 月 1 日开始缴纳股息税，南非对于税务居民企业或在约翰内斯堡证券交易所上市的外国企业，规定支付给其股东的股息应缴纳 15% 的股息税；在 2013～2016 纳税年度，大部分个人在外国公司持股比例低于 10% 的，其取得的股息实际税率最高为 15%。所持股份少于 10% 的外国公司个人所得外国股息，通过正常税收系统（不是股息税）可最高征收 20% 税率。[①]

资本利得税［Capital Gains Tax（CGT）］不是单独的税收，而是所得税的一部分。资本利得税是指在处置资产取得的收益超过其基础成本的收益时，将出现资本收益，对该收益将征收税收。具体资本利得税的种类与近年来的税率如表 7－4 所示：

表 7－4   资本利得税种类与税率

种类	2018 年	2017 年	2016 年	2015 年	2014 年
个人和特殊信托（%）	18	16.4	13.65	13.2	13.32
公司（%）	22.4	22.4	18.65	18.65	18.65
其他信托（%）	36	32.8	27.31	26.64	26.64

资料来源：The official website of SARS of South Africa，http：//www.sars.gov.za/Tax-Rates/Income-Tax/Pages/Capital-Gains-Tax－（CGT）.aspx. 访问时间：2017 年 11 月 6 日。

4. 所得税的减免与扣除。南非基于通货膨胀的考虑，2010 年对个人税进行直接减免，减免额达 6 500 000 000 兰特。近年来，南非财政部对纳税等级以及起征额进行了调整，一般减免从

---

① 资料来源：The official website of SARS of South Africa，http：//www.sars.gov.za/Tax-Rates/Pages/Medical-Tax-Credit-Rates.aspx. 访问时间：2017 年 7 月 16 日。

10 260 兰特增加至 10 755 兰特，此类减免适用于 65 周岁以下个人。年龄在 65 周岁或以上的减免额从 5 675 兰特增至 6 012 兰特。年满 75 周岁及以上的个人，每年减免 2 000 兰特。最高收入等级也从 552 000 兰特增加至 580 000 兰特。南非《个人所得税法》已经进行了新的变更，下面将介绍近年来关于减免扣除的最新调整事项。①

（1）医疗计划费税（Medical Scheme Fees Tax Credit，MTC）。医疗计划费税抵免从 2012 年 3 月 1 日开始实施，其并没有一次性影响到所有类别的纳税人。医疗计划费税收抵免是一种回扣（在法令中规定的一种设施，在符合特定条件的情况下，全部或部分责任被减少或免除），可以减少一个人支付的正常税收。应注意在本年度评估不通过的部分，不能进行到下一年的评估。根据纳税人的年龄，可以将本税抵免对象分 65 岁以下的纳税人与 65 岁以上的纳税人。如果纳税人 65 岁以下则从 2012 年 3 月 1 日起转为医疗税收抵免；如果纳税人 65 岁及以上则从 2014 年 3 月 1 日起转换为医疗税收抵免。医疗计划费税收是每月缴纳固定的费用，总额根据受扶养人数量增加。其纳税金额可能会因纳税人和家属成为医疗计划基金成员的纳税年度不同而不同。2016 年 3 月~2018 年 2 月 28 日的应纳税额如表 7 - 5 所示：

表 7 - 5　　　　　2016 年 3 月~2018 年 2 月 28 日应纳税额表

2016 年 3 月 1 日~2017 年 2 月 28 日	2017 年 3 月 1 日~2018 年 2 月 28 日
缴纳医疗费用的纳税人每月 286 兰特	缴纳医疗费用的纳税人每月 303 兰特
第一个受扶养人每月 286 兰特	第一个受扶养人每月 303 兰特
每个额外的受扶养人每月 192 兰特	每个额外的受扶养人每月 204 兰特

资料来源：The official website of SARS of South Africa，http：//www. sars. gov. za/Tax-Rates/Pages/Medical-Tax-Credit-Rates. aspx. 访问时间：2017 年 9 月 4 日。

---

① 资料来源：The official website of SARS of South Africa http：//www. sars. gov. za/Tax-Rates/Income-Tax/Pages/Average-income-tax-rates-comparisons. aspx. 访问时间：2017 年 11 月 7 日。

（2）利息。65 周岁以下个人的利息所得年免税额从 22 800 兰特增加至 23 800 兰特。对于 65 周岁以上个人年免税额从 33 000 兰特增加至 34 500 兰特。对于外国利息及股息的起征点仍然维持在 3 700 兰特。自 2015 年 3 月 1 日起（2016 年度），非居民南非来源的利息将收取 15% 的最终预扣税，但在利息计算前的 12 个月内超过 181 天不在南非的非居民获得的利息是免税的[①]。

（3）信托。南非信托（除特殊信托）实行递增累进税率，对于应纳税所得额超过 100 000 南非币的部分实行最高为 42% 的税率。[②]

5. 所得税征收办法。南非个人所得税主要通过发薪时的扣除制度来获得。一旦个人的整个纳税年度的应纳税所得得到确定，便可计算纳税人应纳税额。合法的所得税纳税人应在满足法定要求后 60 天内，向南非税务所注册登记。纳税人需要每年在特定的日期将所得税表提交给税务所，提交方式包括纸质档提交和电子系统提交。纳税年度最终应纳税所得额的计算通常在纳税人递交了纳税申报表，其年度应纳税所得额确定后开始。所得税表需在每年的特定日期自行提交到南非税务所或通过电子系统提交。对安保、教育、福利与健康等事项，政府不需要每年都对纳税人进行所得税的征收，但是要求支付方式为现金支付。除必须以现金支付方式支付的情况，通过注册电子报税的纳税人可在线支付所得税。南非税务署还需要通过征收雇员税和临时税来征收所得税。

（1）雇员税征收办法。雇员税是指雇主必须根据税法代为扣缴雇员的自营收入，将扣缴的税收按月上交给南非税务署。雇员税包括所得税发薪时扣除制度和员工标准所得税两类。

①所得税发薪时扣除制度。所得税发薪时扣除制度适用主体

---

①②　资料来源：The official website of SARS of South Africa, http：//www. sars. gov. za/Tax-Rates/Income-Tax/Pages/Interest-and-Dividends. aspx. 访问时间：2017 年 9 月 4 日。

包括雇主、独立的承包商、公司董事、劳动经纪人和雇员等。该制度基于纳税年度缴纳税收。一个纳税年度的计算，始于前一年的 3 月 1 日至该纳税年的 2 月 28 日或 29 日，在纳税年度内的工作时间段，无论长短都为一个纳税年度。所得税发薪扣除制度要求雇主每月对超过标准雇员税起征点的雇员，在支付薪酬所得额上按南非税务署确定的数额扣除雇员税。雇主在月末后的七天之内应将扣除的雇员税及时缴纳给南非税务署，与此同时员工所得通过税收扣除表已进行了扣除。

②员工标准所得税。标准雇员税是对雇员的净收入进行征税以确保由雇主扣除的税收额与雇员最终的所得税负债相当。如果纳税人全职收入所得高于法定起征点，则雇主可从支付给雇员的薪酬中扣除其员工标准所得税，然后按月支付给南非税务署。员工标准所得税扣除包括：基本工资、加班费、企业福利等。在计算标准所得税之前，以下事项可从所得中扣除：①养休金定期缴款。②退休金定期缴款。③65 周岁以上的医疗捐赠。④根据保险政策支付的保费，以此弥补疾病、伤残或失业所造成的雇员收入损失[1]。

（2）临时税征收办法。临时税（Provisional Tax）不是单独的税。有除薪金以外的任何收入（或收入累积）的人，均为临时纳税人。临时税用以确保纳税人在纳税评估时不需要支付大量的税款，因为纳税义务是在相关的课税年度内进行的。它要求纳税人在课税年度内预先支付至少两笔款项，并以应纳税所得额为准。在评估责任宣布之前，在纳税年度结束后，第三笔付款是可选择的，然而，在评估制定后，付款将在课税年度由正常税项中的负债抵销。临时纳税人不包括批准的公益组织或休闲俱乐部；团体公司；股份公司或某些协会；豁免缴纳暂缴税的人，即：船舶或飞机的非居民业主或承租人以及任何不赚取营业收入的自然

---

① 罗翔：《南非个人所得税法初探》，湘潭大学法学院硕士毕业论文，2012 年。

人（只要该人的应税收入不超过税额）。

对于缴纳临时税的时间规定为，第一笔暂定税款必须在核定财政年度结束后的 8 月 31 日或申请纳税年开始后的 6 个月内提出。第二次付款必须不迟于 2 月 28 日或 29 日即纳税年度的最后一个工作日。如果暂缴税在课税年度的最后一天后的 4 个月内没有提交临时纳税申报表，则临时纳税人应视为已经提交了零税额的估计数。第三项付款是自愿的，在评估年度内 6 个月内可以作出。

（三）增值税

增值税是南非间接税收收入的主要来源，由《增值税法》进行规制。《增值税法》于 1991 年 9 月 30 日生效，在生效后政府多次对其中的有关内容进行了解释、增补与修改。南非 1991 年税法主要包括：3 节，10 个部分和 3 个附表。3 节分别包括定义、金融服务、确定"开放市场价值"。10 个部分分别包括：管理、增值税、注册、退货、付款和评估、反对和上诉、付款、回收和退税、代表性厂商、特别规定、合规与其他事项；3 个附表包括：①豁免：某些进口到该国的商品；②零税率：用于农业，原料或其他农业用途的食品供应；③法律续签。外国独资企业的子公司或分支机构若要销售货物或提供服务，则必须到南非税务局进行供应商注册，计算并交纳增值税。

1. 增值税的定义及基本内容。《增值税法》第 7 条对于征收增值税的定义、支付情况、支付对象以及对于增值税收费更改的具体内容进行了详细的规定，主要有：

（1）除本法规定的豁免、例外、扣除和调整外，为征收国家税务总局的税款征收和支付税款，称为增值税。

①任何供应商在其生效日期当日或之后提供的货物或服务，在他所经营的任何企业项目或促进供应的货物或服务；

②任何人在生效日期当日或之后将任何货品输入共和国；

③任何人在生效日期当日或之后供应任何进口服务，以有关供应价值或进口货物（视属何情况而定）的14%计算。

（2）除本法另有规定外，根据第（1）款①项应付的税款应由该款提及的供应商支付，根据该款第②项应付的税款由该款供应方支付，而该款第③项应缴纳的税款由进口服务的接收方支付。

（3）任何在共和国制造的货物，属于免费消费税的阶级或种类或根据《海关法》附表1第2部分或第3部分提出的环境征收，以不包括消费税或环境征税的价格提供，并且作出具体规定，增值税应按国家税务总局基金的14%征收和支付，金额相当于消费税或环境征收金额，根据上述法令退还此类消费税或环境征收费用。

（4）如果部长在1999年"公共财政管理"（1999年第1号）第27（1）条的国家年度预算中公布本节规定的增值税税率，该修改将从部长在该公告确定的日期起生效，并自该日期起12个月内申请，但须在12个月期间通过执行该公告的议会通过立法。①

2. 零税率。《增值税法》中对于特定货物和服务的增值税规定了税率为零。如《增值税法》第11条对于征收零增值税的情况进行了规定，主要情况有：供应商以销售或分期付款协议方式提供货物（作为可移动货物）；对于法定的农业、牧区或其他耕作用途或消费的货品；燃油的税率；电子服务的服务供应；在共和国内运输货物等在满足《增值税法》第11条具体规定时其增值税税率为零。

3. 增值税豁免。《增值税法》中对于法定的货物和服务实行增值税豁免。如《增值税法》规定了适用免税条件的卖主主要

---

① 参见1991年南非共和国《增值税法》。

有部分金融服务（主要是贷款和人寿赔偿，支付养老金和医疗赔偿等）、出租居住用房和日用品、教育服务和国内的客运四种，除此之外，还有一些区别对待的行业，如医疗服务业，由国家和当地政府提供的医疗服务是免税的，而私人提供的医疗服务则适用于标准税率。免税与零税率不同，享受免税的卖主提供的是一种不需缴纳增值税的供应，是非应税销售，所以卖主不能把他取得商品或服务所支付的增值税予以抵扣。

4. 关于增值税纳税的时间。南非《增值税法》规定的纳税时间分为五类：

"A类"是指日期为每年1月、3月、5月、7月、9月和11月的最后一天，税期为两个月的供应商类别。

"B类"是指税期为两个月的供应商类别，该日期为每年2月、4月、6月、8月、10月和12月的最后一天。

"C类"是指日期为每年12个月中每个月的最后一天，税期为一个月的供应商类别；

"D类"是指税期为6个月的供应商类别，该日期为每年的2月和8月的最后一天，如果属于该类别的供应商提出书面申请，则在最后一天可以批准的其他月份。

"E类"是指在所得税法第1节所定义的"课税年度"最后一天结束的12个月期间的供应商类别，或者属于该类别的供应商提出书面申请在专员批准的另外一个月的最后一天。[1]

第六类的定义已由2014年第44号法令第28（1）（a）条删除。

（四）其他重要税种[2]

1. 消费税（Excise Duties and Levies）消费税费所产生的收

南

非

303

入约占南非税务总署总收入的 10%。消费税的征税对象主要是大批量日用消费品（如石油、酒精和烟草制品）以及某些非必需品或奢侈品（如电子设备和化妆品）。

2. 印花税。1968 年"印花税法"（1968 年第 77 号法）自 2009 年 4 月 1 日起废除。

3. 遗产税。遗产税的征税对象是每一个死亡的人，当其净产超过 350 万兰特时，征收 20% 的税率。

4. 捐赠税。捐赠税是指以捐赠方式处置的财产应纳的税收。捐赠税税率为捐赠财产价值的 20%。配偶之间的捐款和向经批准的公共福利组织捐款免税。如果捐款总额不超过 1 年的评估，则捐款税豁免。捐赠税适用于《所得税法》第 1 条所界定的任何个人、公司或信托，即《居民所得税法》第 1962 条所界定的居民。非居民不承担捐赠税。

5. 技能发展税。该税用于发展和提高员工的技能。当企业注册后一年内，预计年支付工资超过 50 万兰特，则该企业就有义务缴纳技能发展税，税率为总工资的 1%。

6. 钻石出口税。出口未抛光钻石自 2008 年 11 月 1 日起征收出口税。出口税率为 5%，税率不因其总价值而改变。

7. 飞机乘客离境税（Air Passenger Tax）。南非向在共和国机场起飞，飞向共和国以外的目的地征收飞机乘客离境税。国际航班中每位乘客征收 190 兰特税费，但飞往博茨瓦纳、莱索托、纳米比亚和斯威士兰的每位乘客征收 100 兰特税费。

8. 炭税。自 2015 年 1 月 1 日起南非开始征碳税。税率为每排放 1 吨二氧化碳征收 120 南非兰特。

9. 利息与股息（Interest and Dividends）。从 2015～2018 年 3 月，一个自然人赚取的来源于南非的利息每年免缴最多可达 4 500 兰特，如表 7 - 6 所示：

表 7 - 6 股息与利息免缴表

年龄/金额（兰特）	2018 年	2017 年	2016 年	2015 年
65 周岁以下	23 800	23 800	23 800	23 800
65 周岁以上	34 500	34 500	34 500	34 500

资料来源：The official website of SARS of South Africa http：//www. sars. gov. za/Tax-Rates/Income-Tax/Pages/Interest-and-Dividends. aspx. 访问时间：2017 年 11 年 7 日。

对于 2012 年的税收年度，外国利息和外国股息只能免除 3 700 兰特的豁免。南非税务居民公司或其股份在 JSE 上市的外国公司（不论声明日期）于 2017 年 2 月 22 日或之后支付的股息，分红税率由 15% 上调至 20%。

10. 证券转让税 ［Securities Transfer Tax（STT）］。证券转让税是在每次转让证券时征收的，证券转让税率为 0. 25%。在证券借贷交易中，当抵押品被完全转让时，由于直接转让的抵押品涉及实际所有权的实际转让，因此，股票证券既要缴纳所得税，也要缴纳证券转让税。上市股票作为抵押品时间不得超过 12 个月。

11. 微型企业的营业税（Turnover Tax for Micro Businesses）。据南非税务局官网数据显示南非微型企业的营业税近年来无变化，2017 年 3 月 1 日~2018 年 2 月 28 日税率如表 7 -7 所示：

表 7 -7 微型企业的营业税（2017 年 3 月 1 日~2018 年 2 月 28 日）

应税营业额（兰特）	税率（%）
0 ~ 335 000	0
335 001 ~ 500 000	超过 335 000 的 1%
500 001 ~ 750 000	1 650 + 超过 500 000 的 2%
750 001 及以上	6 650 + 3%，超过 750 000

资料来源：The official website of SARS of South Africa，http：//www. sars. gov. za/TaxTypes/TT/Pages/default. aspx 访问时间：2017 年 11 月 7 日。

南

非

305

12. 退休基金。在南非退休基金是一次性福利，也就是说，如果用完了就不能再要求了。南非退休基金的税率在 2015 ~ 2018 年纳税年度没有改变。具体税率如表 7 - 8 所示：

表 7 - 8   退税基金纳税额（2015 ~ 2018 年）

应纳税所得额（兰特）	税率（%）
0 ~ 25 000	0
25 001 ~ 660 000	超过 25 000 兰特部分为 18%
660 001 ~ 990 000	114 300 兰特 + 超过 660 000 兰特部分为 27%
超过 990 001	203 400 兰特 + 超过 990 000 兰特部分为 36%

资料来源：The official website of SARS of South Africa, http://www.sars.gov.za/Tax-Rates/Income-Tax/Pages/Retirement-Lump-Sum-Benefits.aspx 访问时间：2017 年 9 月 4 日。

13. 外国艺术家和运动员。征收外国艺术家或运动员在南非收入总额的 15%。

14. 特许权使用费。最终预扣税率为 15%，将从非居民来源于南非的特许权使用费总额中收取。

15. 转让税。转让税是指任何人通过交易或以其他方式获得的任何财产的价值征收的税款。财产是指土地和固定资产，包括土地的实际权利、"住宅物业公司"或股份公司股份的权益，如表 7 - 9 所示。

表 7 - 9   转让税税率

财产价值（兰特）	税率（%）
0 ~ 900 000	0
900 001 ~ 1 250 000	超过 900 000 部分征收 3%
1 250 001 ~ 1 750 000	10 500 + 超过 1 250 000 部分的 6%

续表

财产价值（兰特）	税率（%）
1 750 001 ~ 2 250 000	40 500 + 超过 1 750 000 部分的 8%
2 250 001 ~ 10 000 000	80 500 + 超过 2 250 000 部分的 11%
10 000 001 以上	933 000 + 超过 10 000 000 部分的 13%

资料来源：The official website of SARS of South Africa, http：//www.sars.gov.za/Tax-Rates/Income-Tax/Pages/Retirement-Lump-Sum-Benefits.aspx 访问时间：2017 年 9 月 5 日。

二、海关关税

南非海关隶属于南非税务署。1964 年《海关法》（1964 年第 91 号法）于 1964 年 7 月 27 日通过，并于 1965 年 1 月 1 日生效。南非首次在一个法案中规定了海关和消费税事宜。该法令的目的是规定征收海关和消费税、燃油税、道路交通事故征税、乘客税和环境征税，禁止和控制某些货物的进口、出口、制造或使用，以及附带事宜。该法案包括 12 章以及附表，由专员根据 1997 年《南非税收法案》管理。根据该法，在法定情形下，专员将权利义务交给官员，由其订立协议并制定相关行政规则。根据 1997 年南非税务署第 34 号法令，南非海关的任务是要确保所有税收应收尽收，相关法律得以遵守，保护南非边境和促进贸易。

根据南非税务总署对于进出口商品货物的统计，2017 年 7 月，南非出口额为 93 094 391 377 兰特，中国为其最大出口国，占其出口总值的 8.7%，进口额为 84 108 840 204 兰特，中国为其最大进口国，占其进口额的 18%。中国在南非的进出口贸易中占有重要的地位。而在进出口贸易中，关税对于企业的利益影响很大。[①] 在南非，对产品关税征收的税款和类型由货物的价值

---

① 资料来源：中华人民共和国商务部官方网站，http：//data.mofcom.gov.cn/hwmy/imex-Country_detail.shtml? key = %E5%8D%97%E9%9D%9E

（海关价值）、货物的数量或数量和货物的关税分类（关税标题）决定。对于海关关税，应注意其纳税对象、税率与相关程序。

海关主要纳税税种包括钻石出口税、飞机乘客离境税、进口货物的反倾销、反补贴和保障关税、当地制造或进口同类货物的特定消费税、从当地制成品或进口同类货物进口税等。这些税种的含义与具体纳税范围参见上文。对于消费税的征收范围，主要包括酒精和烟草制品、麦芽啤酒、传统非洲啤酒、烈酒/酒类产品、葡萄酒，苦艾酒和其他发酵饮料、燃油/石油产品、广告产品、燃油税和道路交通事故基金。消费税可以由南非同盟国家分别独立地征收不同产品。南非可以征收：燃油（石油）等环境征收产品、某些类型的塑料袋，使用不可再生或有环境危害的燃料（如煤、瓦斯、核燃料）、非节能灯泡、汽车二氧化碳排放水平、轮胎。南非是世界海关组织（WCO）的成员，因此，对进口货物的分类使用商品名称及编码协调制度（HS）。

南非海关关税征税额通常按《海关法》附表的规定，以货物价值的百分比计算。对于肉、鱼、茶、某些纺织产品和某些火器的关税率或按价值百分比计算，或按每单位的相关比例计算。对奢侈品或非必需品，如香水、火器等征收额外的税。进口商品增值税计算公式为：

$$[（海关价值+10\%）+（对货物征收的任何非折扣税）]$$
$$\times 14\% = 应付增值税[①]$$

当从海关联盟以外的国家进口货物时，此公式中海关价值的10%计价适用。但是，如果货物来自博茨瓦纳、莱索托、纳米比亚或斯威士兰，则10%不会加入计算。货物出口到这些国家时，规则同样适用。

在海关关税减免方面，旅客每人有权进口价值为5 500兰特的货物（包括船长/飞行员在内的机组人员只能享有700兰特），

---

① 公式来源：南非共和国《海关法》。

不缴纳任何税款；对于来自南非关税同盟成员国的旅行者不需要缴纳海关关税，并有权对价值为 5 500 兰特的货物免征增值税。针对于消耗品，南非也规定了消费者可以免征一定数量范围，但是如果超过这个范围，则需要缴纳全额税与增值税。消耗品种类及数量主要包括 200 支香烟、20 支雪茄、组合 250 克/管和（或）香烟烟草、2 升酒、1 升其他酒精饮料（含啤酒）和 250 毫升淡香水、50 毫升香料。对于来自南非关税同盟或南部非洲发展共同体（SADC）成员国的旅行者可以进口皮革、木材、塑料、石头、玻璃等手工制品；如果货物总共不超过 25 千克，不缴纳关税或者税款。①

南非包括进口在内的贸易活动对国民和外国人开放。当贸易货物的价值超过 50 000 兰特时，进口商必须向南非税务局登记。海关手续可以由进口商办理，也可以由海关代理人代为办理。进口清关文件必须在货物到达南非的 7 天内提出。向南非进口货物所需的基本文件包括：一份商业发票，表明向进口商收取的费用，以及将货物放在船上进行出口的费用；提单、保险单据和装箱单。海关可根据产品要求提供其他文件。对海关官员作出的决定提出的申诉可以提交给官员的直属主管，然后可以在决定之日起 30 天内提出上诉。如果对上诉委员会的裁决不满意，上诉人可利用其他争端解决程序。在一般情况下，海关要求和程序也适用于出口商和进口商。出口商必须向贸易和工业部登记，接受出口奖励。

三、双边税收协定

中国与南非签订的《中华人民共和国政府和南非共和国政

---

① 资料来源：中华人民共和国商务部官方网站，http：//data. mofcom. gov. cn/hwmy/imex-Country_detail. shtml？key=％E5％8D％97％E9％9D％9E

府关于对所得避免双重征税和防止偷漏税的协定》，对中国或南非一方或者同时为双方居民的人之股息、利息、特许权使用费、财产收益、独立个人劳务、非独立个人劳务、艺术家和运动员、退休金、政府服务、教师和研究人员、学生和实习人员的征税方法都进行了详细的协定。缔约国一方居民取得的各项所得，不论在什么地方发生的，凡该协定各条未作规定的，应仅在该缔约国一方征税。同时，在中国和南非税收征收方面实行的是无差别待遇，即缔约国一方国民在缔约国另一方负担的税收或者有关条件，不应与该缔约国另一方国民在相同情况下，负担或可能负担的税收或者有关条件不同或比其更重；缔约国一方企业在缔约国另一方常设机构的税收负担，不应高于该缔约国另一方对其本国进行同样活动的企业；缔约国一方企业支付给缔约国另一方居民的利息、特许权使用费和其他款项，在确定该企业应纳税利润时，应与在同样情况下支付给该缔约国一方居民同样予以扣除；缔约国一方企业的资本全部或部分，直接或间接为缔约国另一方一个或一个以上的居民拥有或控制，该企业在该缔约国一方负担的税收或者有关条件，不应与该缔约国一方其他同类企业的负担或可能负担的税收或者有关条件不同或比其更重。

协议中对于消除双重征税方法分两种情况：第一种是中国居民从南非取得的所得，按照该协定规定在南非缴纳的税额，可以在对该居民征收的中国税收中抵免。但是，抵免额不应超过对该项所得按照中国税法和规章计算的中国税收数额。第二种是南非居民按照该协定规定在中国取得所得所缴纳的税额，可以从根据南非税法计算的应纳税额中扣除。但是，该项扣除额不应超过与该项所得占全部所得比例相同的应付南非税收比例的数额。

当有人认为，缔约国一方或者双方所采取的措施，导致或将导致对其不符合协定规定的征税时，可以不考虑各缔约国国内法律的补救办法，将案情提交本人为其居民的缔约国主管当局；或者如果其案情属于协议的第 24 条第 1 款，可以提交本人为其国民的缔约国主管当局。该项案情必须在不符合本协定规定的征税措施第一次通知之日起，3年内提出。上述主管当局如果认为所提意见合理，又不能单方面圆满解决时，应设法同缔约国另一方主管当局相互协商解决，以避免不符合本协定的征税。达成的协议应予执行，而不受各缔约国国内法律的时间限制。缔约国双方主管当局应通过协议设法解决在解释或实施本协定时所发生的困难或疑义，也可以对本协定未作规定的消除双重征税问题进行协商。缔约国双方主管当局为达成第2款和第3款的协议，可以相互直接联系。为有助于达成协议，双方主管当局的代表可以进行会谈，口头交换意见。[①]

第三节　金融法律制度

尽管近期评级下调，但南非仍然拥有一个发达的银行法律体系，故而在近期内其银行体系不会出现较大的波动。南非的银行由三个关键部分组成：南非储备银行（The South African Reserve Bank，该国中央银行）、私营银行（Private Sector Banks，商业银行和一般银行）、互助银行（Mutual Banks）。

一、南非金融现状

南非的银行在非洲大陆前100强银行中排名前六名。南非境内由四大银行主导，在南非占银行服务总量的85%，分别是南非标准银行（The Standard Bank of South Africa），莱利银行

---

① 参见《中华人民共和国政府和南非共和国政府关于对所得避免双重征税和防止偷漏税的协定》。

（Nedbank），南非联合银行（ABSA），第一兰特银行（First Rand Bank）。同时，新的银行业务 Capitec 已经顺利进入了无银行账户和入门级银行业务。南非所有银行通过广泛的分行和电子银行基础设施提供全面的产品和服务，服务广泛的客户群，具有普遍性银行的特点。南非的国际银行集中在境外贷款（Offshore Lending），由于其较低的间接费用和以相对优惠的利率筹集资金的能力而产生竞争优势，同样，企业客户和政府的资金活动也为其带来了竞争优势。

南非《银行法》对于"银行"的定义是指根据本法注册为银行的上市公司。"银行集团"是指由两名以上的人员组成的团体，无论是自然人还是法人，主要从事金融活动，其中一个或多个是银行。这些成员相互联系，以致其中一个成员遇到经济困难，则其中一个或全部可能会受到不利影响，不论其中成员是否在同一国家居住。申请设立银行的方式有申请批准设立银行或申请注册为银行。目前包括代表处、分支机构、子公司或与当地公司的合资企业在内总共有约 70 家在南非经营的外国银行。中国银行已在南非的约翰内斯堡、德班设立了分行，将为中南经贸投资合作和中国"走出去"企业提供更加全面、深入的金融服务，并有力支持南非当地经济社会发展。

南非大部分人口仍无法获得正常的银行服务，只使用其少量的产品。许多南非黑人除了使用正规的银行业务之外，还倾向于选择保留合作社的储蓄机构（Stokvels）。除去非银行部门的人口，估计每 3 200 人就有一个分支机构。在南非电子银行已经变得司空见惯了。银行业被四家最大的零售银行所覆盖，这些银行制定了成本和服务标准。当局试图使银行业更具成本效益和服务导向，特别是对于新入门级客户，已取得了一定的成功。

南非的金融市场中唯一获得证券交易执照的交易所是约翰内斯堡证券交易所，也是世界第 19 大证券交易所，同时也是非洲最大的证券交易所。① 该交易所可提供完整的股票、金融和农业衍生工具以及其他相关票据的电子交易和结算服务，监管能力强。约翰内斯堡证券交易所的主要职责是促进融资，通过将资源配置到更高的经济生产活动中来促进南非经济增长。主要为投资者提供了五个金融市场，即股票和债券，以及金融、商品和利率衍生产品。

南非保险市场是非洲地区最大的保险市场，也是非洲地区保险行业发展得最好的国家之一。在南非，可以将保险分为强制险和任意险。强制险包括机动车辆险和工伤保险，这两者由政府垄断。任意险包括医疗保险、财产险和寿险，商业保险机构可以承保。南非保险又可以分为寿险（Life Insurance）和非寿险（Non-life Insurance）两大类。据有关机构统计，2016 年南非保费总额为 419.62 亿美元，其中寿险保费为 338.9 亿美元，非寿险保费为 80.72 亿美元，保费总额占到南非总 GDP 的 14.27%，其保险深度（Insurance Density）达到人均 762.5 美元——远超有些欧洲国家的保费深度，如表 7 - 10 所示：

表 7 - 10　　　　　　　　　南非与各国保费排名

世界排名	国家	2016 年保费（亿美元）	寿险占比（%）	非寿险占比（%）	占 2016 年 GDP 比重（%）	保险深度（美元）
19	南非	419.62	80.76	19.24	14.27	762.5
49	摩洛哥	35.61	40.92	59.08	3.48	102.3
57	埃及	21.30	40.03	59.97	0.64	22.8
59	肯尼亚	19.15	38.07	61.93	2.80	40.5

资料来源：Swiss Re Institute sigma No. 3/2017. http：//media. swissre. com/documents/sigma3_2017_en. pdf 访问时间：2017 年 7 月 28 日。

同时，南非积极关注与中国的交流与合作。2012 年 5 月，

① 资料来源：The official website of Johannesburg Stock Exchange of South Africa，https：//www. jse. co. za/about/ history-company-overview 访问时间：2017 年 8 月 8 日。

中国人保财险应南非和德保险集团和肯尼亚朱比利保险集团的邀请，赴南非访问当地保险市场。双方表达了进一步加强业务合作与交流，共同拓展新的业务领域，签署战略合作协议，携手推动金砖五国保险业务的繁荣与发展的共同愿望。12 月南非和德保险公司在北京举办"非洲的机遇、风险及风险管理研讨会"，并在中国成立和德（北京）保险经纪有限公司。

二、南非银行

南非银行系统缜密复杂，因篇幅有限不能一一列举，故本部分主要介绍作为南非中央银行的南非储备银行与四大商业银行之一的南非标准银行。

（一）南非储备银行

南非储备银行是南非共和国的中央银行，根据 1920 年《货币银行法》成立（*Currency and Banking Act*，1920），并经 1989年《南非储备银行法》（*South African Reserve Bank Act*，1989）的修订。南非储备银行为股份有限银行，除行长与副行长由政府任命外，其独立决策权很大。南非储备银行的总部设在比勒陀利亚。与大多数中央银行一样，该行是风险规避机构。其主要目的是实现和维持价格稳定，以促进南非经济平衡和可持续的经济增长。储备银行与其他机构一道在确保金融稳定方面也起了至关重要的作用。

南非储备银行主要职能包括：制定和实施货币政策；发行纸币和硬币；监督银行业；确保国家支付系统的有效运作；管理官方黄金和外汇储备；担任政府银行家；管理南非的剩余外汇管制；在特殊情况下担任最后贷款人。储备银行的主要功能是保护南非货币的价值，确保南非金融和金融体系整体健全，符合社会各界的要求，及时了解国际事态；协助南非政府以及南部非洲经济共同体的其他成员，提供与拟订和实施宏观经济政策有关的数据；向南非社会和国外所有利益攸关方介绍货币政策和南非经济形势。① 南非储备银行具有全面业务自主权。

货币政策是由世界银行货币政策委员会（Bank's Monetary Policy Committee，MPC）确定的，该委员会在灵活的通货膨胀目标框架内实行货币政策。这使通货膨胀由于供应冲击的第一轮影响而导致目标范围偏离，并且世界银行决定将通货膨胀恢复到目标范围内的适当时间范围。这种灵活性并不能缓解世界银行对将通货膨胀率恢复到目标范围内的责任，但允许利率在整个周期内进行平滑过渡，这可以减轻货币政策对冲击的任何产出变动。南非货币政策的主要目标是维持价格稳定，通货膨胀目标为每年3%～6%。

南非储备银行金融市场部负责实施货币政策。选择采用古典现金储备制作为货币政策实施框架。在这个框架下，通过向银行征收现金准备金要求，创造了适当的流动性要求或结构性货币市场短缺。其主要的融资业务是按照货币政策委员会确定的回购（政策）利率，与商业银行进行的每周7天回购拍卖。南非储备银行向符合资格抵押品的银行提供资金。除主要回购设施外，南非储备银行还为商业银行提供一系列终端设施，以平仓其结算账户的日常头寸，例如，获得与南非储备银行持有的现金存款余额，以回购利率进行补充回购/反向回购以及自动化处理设施，银行结算账户中的日终结余自动以100个基点的比例结算低于或高于政策利率。南非储备银行还会开展一系列公开市场操作，以管理市场流动性，实现本行货币政策立场。其公开市场业务包括发行债券、逆向回购、公共部门资金在市场和本行之间流动以及

---

① 资料来源：The official website of South Africa Reserve Bank，https：//www.resbank.co.za/Pages/default.aspx 访问时间：2017 年 7 月 10 日。

在外汇市场进行货币市场互换。同时，南非储备银行的财务监督部门负责日常的外汇管理工作。

（二）南非标准银行

南非标准银行在南非已有 154 年的历史，并于 1990 年初开始在非洲其他地区建立特许经营权，目前在非洲大陆的 20 个国家，包括南非，以及在其他选定的新兴市场经营业务。中国工商银行（ICBC）作为世界上最大的银行，在南非标准银行拥有 20.1% 的股份。不包括工行 20.1% 的股份，标准银行 28.7% 的股东基本是外资。在 2015 年 12 月 31 日，标准银行的市值为 184 亿兰特。标准银行在非洲大陆有 1 221 个分行和 8 815 个自动取款机。南非标准银行是一个领先的非洲金融服务机构，具有普遍的银行业务能力。可以满足个人、中小企业、企业、金融机构和国际交易对手的需求，提供所需的全部金融产品和服务，从交易性银行、储蓄、借贷到投资管理、人寿保险、风险管理和咨询服务。南非标准银行的三大业务支柱是个人和商业银行，企业与投资银行和标准银行财富。其具体业务内容具体有：投资银行咨询、研究、杠杆和收购融资、借款一级市场和证券化、股本资本市场、项目和出口金融、结构性贸易和商品融资、房地产金融、交易产品和服务、现金管理、国际贸易服务、投资者服务、交易渠道，包括在线业务；在全球市场方面的业务有：外汇兑换、货币市场、利率结构、信用交易、股权衍生工具、商品交易所交易产品。[①]

三、南非保险领域的相关规定

南非的保险活动主要由《长期保险法》（1998 年第 52 号法

---

① 资料来源：The official website of The Stand Bank of South Africa, http：//www. standard-bank. co. za/standardbank/访问时间：2017 年 7 月 15 日。

案）和《短期保险法》（1998 年第 53 号法案）规制。其后，又于 2003 年、2008 年和 2013 年颁布了修正案，[①] 修改了一些立法技术上的问题，弥补了某些监管上的空白，更新了过时的条款和引用。

《长期保险法》分为 9 个部分与 4 个附件，一共 76 条，规定了长期保险人的注册，对长期保险人和中间人的某些活动的管理，以及与之有关的事项。《短期保险法》分为 10 个部分与 3 个附件，一共 73 条，规定了短期保险人的注册，对短期保险人和中间人的某些活动的管理，以及与之有关的事项。

长期保险主要指寿险，还包括援助、偿债基金、健康、伤残等险种。长期保险、养老金和准备基金主要关注如何使投资回报最大化，而其中最主要的是寿险。在南非有超过 78 家注册的长期保险公司，2002 年的《金融咨询和中介服务法》（2002 年第 37 号法案）中规定了许多保护保单持有人的条款。短期保险（非寿险）主要和风险评估有关，保险合同通常须每年签订，任何一方可以随时取消。此类保险包括工程、担保、债务、交通事故、医疗、财产等险种。目前，在南非有超过 100 家注册的短期保险公司。

根据《长期保险法》和《短期保险法》的规定，任何从事保险或再保险业务的人都必须为其所保险的类别进行企业注册。由注册官来进行条件的审查，其中长期保险公司最低资本要求为 1 000 万兰特，短期保险公司最低注册资本要求为 500 万兰特，但注册官可以根据具体情况放宽对特定保险公司的最低资本充足要求。在申请人注册为长期或短期保险公司之前，公司审计员必须确认所需资金已经支付。国内和国外公司在注册条件上的要求是一致的。外国保险公司和再保险公司必须在南非注册成立。南非保险公司可以承保海外的保险风险。

---

① 三个修正案分别为：*Insurance Amendment Act* 17 *of* 2003；*Insurance Laws Amendment Act* 27 *of* 2008；*Insurance Laws Amendment Act* 45 *of* 2013。

南非的保险公司、再保险公司或其控股公司可以对其自身股份进行处置，超过 25% 股份份额的，需报监管部门批准，由南非金融服务委员会（Financial Service Board，FSB）来评估该交易是否符合公众的最大利益。

四、南非金融监管

2008 年全球金融危机暴露出南非金融监管体制的内在缺陷。2011 年，南非财政部发布题为《更为安全的金融部门以更好地服务南非》的政策文件，该文件建议过渡到"双峰监管"模式。2013 年 12 月，南非政府正式发布了《金融部门监管法案》（草案 I）的金融监管改革方案征求意见稿，启动了公开咨询程序。其主要内容包括：改革监管机构、维护金融稳定、控制系统性风险、打击金融犯罪、拓宽金融服务以及加强金融消费者保护等。2014 年 12 月，南非政府发布了新的征求意见稿《金融部门监管法案》（草案 II），提出了修订后更加详细和具体的金融监管改革方案。该方案计划通过"建立监管框架"和"确立监管框架目标"两个阶段，配合相应的监管立法改革，在 2018 年进入新的金融监管模式。[①]

（一）南非金融监管框架

根据《金融部门监管法》，南非金融的审慎监管机构为南非储备银行，由其负责监控和应对系统性金融风险，监管金融集团机构，实现和维护稳定的金融体系。为保障中央银行履行好其职责，防止可能的金融风险，该法赋予中央银行对金融系统的监管

南

非

① 张华强、肖毅、王守贞、汤戈于：《南非金融监管改革新框架及其启示》，载于《海南金融》2017 年第 1 期，第 44～59 页。

权，并有权在与财政部及其他金融机构协商后，制定相应的规划和措施，应对当前金融局势，保持金融稳定。目前，南非金融监管涵盖所有重要的金融市场、金融机构和金融工具，以及信用评级机构。

南非中央银行新设立了"金融稳定监管委员会"（Financial Stability Oversight Committee），该委员会被定位为一个咨询机构，可以吸纳任何具有相应资质的人员参与其中，其主要职责是协助南非储备银行履行有关金融稳定的职责。[1]

此外，南非中央银行下设了审慎监管局（Prudential Authority，PA），以其子公司的形式存在，审慎监管各类金融机构；该审慎监管局的监管目标与职责包括：推动和强化提供金融产品和有价证券服务金融机构的安全性与稳健性；推动和强化金融市场基础设施的安全性与稳健性；保护金融消费者避免因金融机构未能有效履职所导致的风险；协助维持宏观金融稳定。[2] 审慎监管局的首席执行官由中央银行总裁在与财政部长协商后任命，由具有专业知识背景的副总裁担任。首席执行官负责管理审慎监管局，执行上级的命令。另外，审慎监管局还设立"审慎委员会"，其成员由中央银行总裁、副总裁与其首席执行官构成，主持该局重要事项的决策。

设立金融部门行为监管局（Financial Sector Conduct Authority，FSCA），其法律地位为独立法人，是一个全国性的公共组织。该局主要负责确保金融产品的真实性与安全性，提高金融系统的效率性与完整性，监管与消费信贷业务相关的金融服务，提供必要的金融培训项目，使公众金融知识水平得到提高，最终保护金融消费者。金融部门行为监管局由"执行委员会"负责管

---

[1] Twin Peaks in South Africa：Response and Explanatory Document，Accompanying the Second Draft of the Financial Sector Regulation Bill，*National Treasury of South Africa. working paper*，December 2014.

[2] 张华强、肖毅、王守贞、汤戈于：《南非金融监管改革新框架及其启示》，载于《海南金融》2017 年第 1 期，第 44～59 页。

理，该委员会由执行长官和副执行长官组成。

原金融服务局（Financial Service Board，FSB）的审慎监管职能和行为监管职能将分别由新设立的审慎监管局和金融部门行为监管局承继，而后两者在宏观审慎监管方面都将接受南非储备银行的指导。①

在中央银行系统内部，设立银监会（Bank Supervision Department，BSD），全面致力于推动南非国内银行体系健全发展，为金融稳定做出贡献。银监会各部门及其各自的主要职能如下：与信息部门负责研究当地和国际金融稳定领域的新兴问题，并在两年一度的"金融稳定评估"中汇编并呈现调查结果；综合监管部门负责综合监管银行集团，以适当监督银行集团面临的一切重大风险；审查小组负责对银行和银行部门进行具体评估，确定其是否遵守1990年《银行法》，《银行法》和其他相关立法（如2001年《金融情报中心法》）；分析部门负责分析银行的财务和风险信息，确保遵守审慎要求，并验证银行是否遵守监管资本要求；风险和定量专家负责评估风险管理的适当性和是否遵守1990年"银行法"，评估风险持有资本的适当性（即信用风险、市场风险和操作风险敞口的最低资本要求）并使用银行更先进的模型应用程序来计算监管资本；资本管理部门负责审查银行内部资本充足率评估流程（ICAAP），为银行发行资本申请提供依据。披露和其他风险部门负责分析和评估银行遵守最低监管披露要求；合作银行部门根据"2007年合作银行法"和"合作银行规则"，负责注册、注销和监督合作银行；规则部门负责提供法律管理服务（例如，处理潜在银行的申请），并适当回应未注册人员和机构的活动（例如，非法接受存款）；政策法规专家负责确保银行和银行集团监管的法律框架保持相关性和现状，并与国

南

非

320

---

① Roy Havemann, Katherine Gibson. *Financial Sector Regulation Bill* 2013, Implementing Twin Peaks Phase1, National Treasury of South Africa. Working Paper, January 2014.

内外监管和市场发展保持一致。[①]

（二）金融监管协调机制

《金融部门监管法案》对监管协调机制做出了明确规定，并专门成立"监管部门金融系统理事会"（Financial System Council of Regulators）和"金融部门部际理事会"（Financial Sector Inter-Ministe-Rial Council）两个协调组织，用来协调金融监管部门与南非储备银行的分工与合作、协调监管部门之间的合作、方便负责金融部门监管立法的内阁成员之间的合作与协调。

第四节　南非财税金融法律风险及防范

南非作为金砖国家之一，同时也是"一带一路"中的重点发展国家，吸引着越来越多的中国企业去南非投资经营。南非的财税金融法律体系虽然相对完整，但其制度与政策的确定性不高，也会受到诸如宪法、民法与其他法律的影响，国内与国际的金融环境也会影响其财政金融的政策变动，因为南非的财税与金融可能受财务部部长等个别行政人员的影响，故而政党或者负责人员的变更都会给南非的财政金融政策与法律带来变化。

针对整体制度上的风险，中国企业可以采取以下风险防范措施：一是准确理解南非现有的法律与政策，对即将修改与经常变动的法律要及时关注，正确利用当地法律；二是聘请熟悉精通当地法律、具有良好信誉的律师团队对项目进行法律评估，提供法律意见；三是在谈判阶段以及合同条款中明确双方的权利义务范

---

① 资料来源：The Official website of South Africa Reserve Bank，https：//www. resbank. co. za/ AboutUs/Departments/Pages/BankSupervision. aspx 访问日期：2017 年 9 月 7 日。

围，对自己的权利范围尽可能细致化；四是中国企业应当及时关注制度与政策的变动，做到随机应变；五是遇到法律问题应当及时请教专业的律师或相关的政府部门，做到对症下药；六是中国企业在南非投资经营应当遵守当地法律，保留好相关的证据以维护好自身利益。

一、税收法律风险与防范

虽然南非拥有较为完善的税收法律制度，但是其税收法律制度也存在不确定性。南非的税收政策就《增值税法》而言，从制定专门法律至今，已有多达 20 次的修改与删补，其他税种也存在很大的变动。增值税税率也每年都在变动。同时，南非与中国的税收法律制度存在一定的差异，南非的税种较多，包括企业所得税、个人所得税、消费税、营业税等，税收结构较为复杂，有直接税与间接税，此外南非国内的税种无论从定义性质还是税率方面都和中国存在着一定的差异。这些不确定性与差异性无疑会增加中国企业的风险，中国企业应当增强防范意识。

（一）法律法规、财税金融政策变动风险

南非财政部根据宏观经济发展的需要，每年都会对税率标准进行一定的调整，同时，政治因素如政府领导人换届后亦有可能对不同税收进行调整。例如：2015 年 4 月 10 日，南非国际贸易管理委员会宣布将铅蓄电池进口关税税率从 5% 提高至 15%，以减轻韩国电池进口对本国相关产业的冲击。[1] 2015 年 8 月 28 日，南非贸工部部长戴维斯决定对进口镀锌钢材、镀铝锌钢材和彩色

---

[1] 资料来源：环球网国内新闻，http://china.huanqiu.com/News/mofcom/2015-04/6178225.html，访问日期：2017 年 11 月 7 日。

涂层钢加征 10% 的关税。① 2016 年 4 月，南非财长戈尔丹批准了由国际贸易管理委员会提交的小麦关税变更审议申请，将南非小麦进口关税由每吨 911.20 兰特提高到 1 224.31 兰特。② 自 2017 年 4 月 5 日起，燃油税将每升上涨 0.3 兰特，交通意外险征税每升上涨 0.09 兰特，烟草税也将有所上涨，以此增收 51 亿兰特。自 3 月 1 日起，房产购置税起征点将从 75 万兰特提高至 90 万兰特。③ 南非财政部 2017 年公布了《税法修正案草案》和《税收管理法修正案草案》，对目前税收体系作出部分调整，如取消了境外就业南非居民所得税豁免政策。按照现行《所得税法》第 10 条规定，在满足其他条件前提下，只要每年在境外工作超过 183 天，南非公民的个人所得即有权享受南非政府的税收豁免，只需按照所在国税务机关规定缴纳税款。取消这一规定对于在个人所得税免征或者税率较低国家和地区就业的人群影响最大。中国企业对于南非国内的税收变更，应当及时关注这方面的信息，做到防患于未然。

（二）两国税收差异风险

南非的税收无论是在税种、税率还是在纳税程序上都与中国国内不一样。南非的税种多而复杂，税率也与中国不同，纳税程序在南非税法里面有明确的规定。中国企业应当及时进行登记，并按照相应的要求纳税。此外，南非为了维持国内经济，带动国内就业，也会做出相应的税收措施。如南非为扶持本国相关产业的发展，对糖类产品、羊肉、牛奶和玉米征收较高的进口关税。

---

① 资料来源：环球网国内新闻，http://china.huanqiu.com/News/mofcom/2015-09/7401096.htmll，访问日期：2017 年 11 月 7 日。

② 资料来源：中华人民共和国商务部，http://www.mofcom.gov.cn/article/i/jyjl/k/201604/20160401294773.shtml，访问日期：2017 年 11 月 7 日。

③ 资料来源：大连市国家税务局官方网站，http://www.dl-n-tax.gov.cn/art/2017/3/15/art_266_49670.html，访问日期：2017 年 11 月 7 日。

南

非

　　南非与中国签订的避免重复征税与偷税漏税的协定中规定了中国居民在南非享有国民待遇，南非政府在原则上不能对中国投资商征收高于南非国民的税收；但是中国企业也应当注意南非的税收高峰，最大限度的保障中国企业的利益，南非的关税高峰主要集中在纺织、皮革、鞋、布料、摩托车及零部件和加工食品等类别。

　　中国企业在注意避免这些会给自身带来经济利益损失的情况下，也应当关注并合理利用南非政府为吸引外来投资者而实施的税收优惠政策，及时了解南非的法律制度与变化趋势，去争取利益最大化。

　　对于经常变动的税种，投资者应当做好预算。同时，对于南非税收，中国投资者应当按要求进行登记，缴纳税款，详情需咨询南非的税务部门，切不可掩耳盗铃招来不必要的法律纠纷。

二、银行融资的法律风险与防范

　　南非储备银行作为中央银行对其他南非金融机构进行协调和管理，是国家经济政策的重要制定者和执行者。南非中央银行的政策对于银行融资有关键影响。南非现有的银行有商业银行、综合银行、商人银行、贴现银行和房屋互助会、南非土地农业银行、南非邮政储蓄银行和南部非洲开发银行等非正规银行；也有外国银行在南非的分支机构。南非商业银行可以进行投资行为，但是每年必须向中央银行缴纳一定比例的资金，以保证存款人的基本权利。南非银行法法律系统会受其国内政治因素的影响，也会因国际权威机构评价而间接对其产生影响。如2017年南非储备银行已经被列入国有化的议程，储备银行国有化后对银行法法律体系产生的影响也应当引起投资者的注意。同时2017年南非银行信用评级下降，银行可能对此进行相应的政策调整或变更，中国企业也应当做好风险防范的措施。

（一）银行的信贷风险与防范

中国企业在南非开展项目合作时首先应注意南非各银行的信贷风险，对于商业银行资本流动性、不良贷款数量等问题有一定清晰的认知，以保证项目资金的流动性，防范由于银行挤兑而造成融资项目渠道不畅等风险。中国企业应当保留好证据，出现问题后应当通过合法途径来解决。其次，中国企业要充分利用保险公司、信贷机构等金融机构和其他专业的风险管理机构的相关业务，加大融资渠道，并制定相应融资战略，为长期发展夯实基础保障自身利益。

（二）合同的法律风险与防范

中国企业在与银行签订合同时，应当注意合同中双方的权利与义务。对于存款合同应尤其注意合同中约定的存款方式、取现条件、利息的计算等；对于借贷合同，应当注意合同中的利息计算方式、还款期限与还款方式，过期未还款的利息计算以及相应的法律后果，尤其要注意留给银行的通知方式与通知地点应当确保能联系上，以免发生通知不到引起的纠纷；对于在银行办理的投资业务，应当明确风险的承当、利息与分红的获取、投资的期限。

三、汇率法律风险与防范

汇率风险是指在持有或运用外汇的经济活动中，因汇率变动而带来的不确定性或可能性发生的损失。南非目前实行自由浮动的汇率制度，必要时南非储备银行可以进行适当干预，但仅限于短期的、异常的、过度的汇率波动。中国企业在南非投资往往面临双重汇率风险：一是人民币升值压力大；二是南非兰特贬值压力大。两者共同作用会对投资收益造成负面影响，如果未能及时换汇，那么投资收益可能仅仅停留在纸面，实际收益则逐渐被汇兑损失侵蚀。

（一）汇率法律法规政策变动风险

南非 1933 年颁布的《货币与外汇法》（*The Currency and Exchanges Act*）第 9 条赋予南非总统制定有关货币、银行和外汇法律的权力。依据《货币与外汇法》制定并于 1961 年颁布的《外汇管理条例》（*Exchange Control Regulations*）有关条款表明，财政部长受总统委派承担有关外汇管理的职责。因此，南非有关汇率管理的政策都是由财政部甚至议会制定的，南非储备银行只是在政策制定时提供建议。2017 年 3 月底，南非内阁重组，更换了财政部部长后便出现了兰特的汇率急剧下降。故而国内的政治环境对于汇率的影响不可忽略。

（二）汇率正常波动的风险与预防

南非政府采取的是浮动的汇率制度，故而南非兰特的汇率出现波动不可避免。但是汇率风险不仅会影响企业的财务折算、投资收益，还会对企业战略性决策造成影响。中国企业为维护对南非投资的可持续性，应该在企业长期战略层面制定汇率风险缓释措施，完善汇率风险防范措施及风险监控机制，采取差别定价产品、在合同中设置货币保值条款、采用贸易融资结算、利用金融工具套期保值、以本币结算等综合手段来规避或转移汇率风险。

南非

同时，我们也应该认识到：兰特汇率大幅下跌、国际收支失衡，亟须吸引投资与资本流入，如果能够合理管理汇率风险，那么兰特贬值将为我国企业投资南非提供难得机遇，并有效降低并购门槛。

四、外汇监管风险与防范

南非目前实行一定程度的外汇管制，从而实现限制买卖本国货币及维持外汇储备。实行外汇管制的依据是《外汇管理条例》及相关的外汇管理操作规则和指令（Rules and Orders）。目前实施的于1961年12月1日颁布的《外汇管制条例》已经经过多次修订。

（一）外汇管制的不确定性

南非现有的外汇管制逐步放开，但外汇管制政策会因受国内与国际金融环境的影响而调整。目前，南非中央银行金融市场部门负责管理国家官方黄金和外汇储备。同时，南非储备银行根据财政部授权，批准了部分商业银行担任外汇业务的特许经纪商，批准了部分外汇兑换机构或旅行社担任有限权力（仅限于开展与旅游相关的外汇业务）的特许经纪商。这些特许经纪商按照外汇管制部制定的规则和程序完成与外汇管理有关的日常工作，辅助开展外汇管理工作。由于对外向流动的担忧，外汇管制经常加强，但也可以通过采取控制措施来限制向内流动。因为资金涌入有可能损害经济等原因，南非外汇管制政策并不是一成不变的，故而企业应当做好相应的预防措施，避免不必要的损失。

（二）兰特贬值风险

2017 年南非兰特曾因政治原因导致连续贬值，因此中国企业除了应当注意南非严格的外汇管制外，还需注意其兰特是否贬值，应当合理规避汇率风险，尽量用人民币结算以最大限度地预防汇率变动的风险。同时，中国企业在进出口货物时应当考虑付汇和收汇在近期与远期所面临的汇率风险。在合同中也应当明确结算的币种与期限、汇率变动后的风险承担等。

五、保险风险的识别与防范

对于投资南非相关的保险方面的风险，主要存在信息流通不畅、保险市场疲软等问题，这造成了南非整个保险行业偿付能力备受质疑。

（一）保险风险的识别

保险风险是指尚未发生的、能使保险对象遭受损害的危害或事故，如自然灾害、意外事故或事件等。不可否认的是，非洲国家由于历史与地理的原因，存在诸多政治、经济等方面的风险。具体而言，在南非保险中，应当注意以下几种保险风险：

1. 信息不畅风险。我国对于南非保险业的法律研究尚处于起步阶段，相关信息不完善，在作出保险决定时，对于可承保标的、保费行情，以及南非各大保险机构的运作过程知之甚少。容易增大投保人的保险成本，增加保险风险。

2. 理赔风险。保险业在南非一直是支柱行业，长期占居 GDP 10% 以上份额，但是近年来，南非整个保险行业市场疲软，政治动荡和持续的工业紧张局势将阻碍着南非的近期增长。整个保险行业的偿付能力值得质疑。

（二）保险风险的防范

南非一直致力于降低保险风险，加强保险行业监管。事实上，相对而言，南非的监管体系比较完善并鼓励发展小额保险。其保险监管机构——金融服务局正在研发一个新型的、基于风险管控的、符合欧洲偿付能力Ⅱ（Solvency Ⅱ）的风险监管体系。偿付能力评估与管理体系（SAM）已于 2014 年 1 月起实施。在实践中，该风险监管体系发挥了良好的效果。

此外，投保人在南非进行投保时，应加强对南非保险行业的相关了解，选择知名的保险公司，例如，在财产保险时选择CIB、Momentum、Mutual & Federal、Santam Multi-SOS 等知名保险公司投保，在寿险投保时选择 Discovery Life、Liberty、Momentum Myriad、Sanlam Matrix 等公司投保，还可以尽量先在国内或国际一些保险机构进行再投保，以此降低保险风险。

第五节　典型案例

本节将以南非宪法法院判例网关于 2016 年 4 月 21 日宪法法院就"国家信用法"（以下简称："该法案"）第 129（3）条解释的事项作出的判决进行分析。该案例主要分析了法院允许债务人由于信贷协议不付款而面临的法律诉讼，债务人支付逾期未付的所有款项，而未支付执行协议相关的违约费用和合理费用，能否恢复信贷协议的法律问题。本案例包含了宪法法院对案件的事实阐述、案件的判决以及在判决中多数法官意见与少数法官意见的法律分析，在银行借贷方面具有很高的借鉴意义。

一、案情简介

2005 年和 2006 年，第一兰特银行有限公司（Bank）向居住在西开普省的女商人兰卡特女士提供抵押贷款购买房屋。几年后，兰卡特（Nkata）女士遇到财务困难，没有按照规定还款。银行即采取了法律行动。首先，银行试图通过法案第 129 条第 1 款的通知方式，将未履行义务通知书寄给兰卡特女士，但难以找到正确的地址。然后银行向开普敦高等法院西开普分院提出违约判决。2010 年 9 月 28 日，法院作出了违约判决，并授权警长执行出售房屋，以追回未偿还的债务。

银行和兰卡特女士后来达成在一定条件下延迟房屋出售的和解协议。兰卡特女士于 2011 年 3 月付清款项，并紧急申请撤销对她的违约判决，但高等法院拒绝了她的申请。当她再次没有及时付清还款后，经过多次失败的债务审查申请，银行于 2013 年 4 月 23 日将房屋出售给第三方 Kraaifontein Eiendomme Properties。

兰卡特女士再次向高等法院提出救济。她认为，通过在 2011 年 3 月支付未偿还债务，她恢复了信贷协议。高等法院于 2014 年 1 月作出了对她有利的裁定。裁定兰卡特女士与银行之间的原始信贷协议确实在 2011 年 3 月恢复，这样就不能让本行出售房屋。因此，房屋的出售被停止。

银行向最高上诉法院提出上诉。2015 年 3 月，最高上诉法院改变了高等法院的裁定，作出了有利于银行的判决。最高上诉法院认为，兰卡特女士不能恢复她的协议，因为她的房子已经被执行。

最高上诉法院诉讼期间，兰卡特女士再次表示，她的房子不应该被卖掉，因为她按照该法案，通过于 2011 年 3 月支付欠款已经成功地恢复了信贷协议。她进一步认为，她于2010年没有收到关于违法诉讼的适当法定通知。银行认为，由于兰卡特女士除了支付她拖欠的金额外，未能向她的账户支付律师费和其他费用，所以信贷协议并未恢复。无论如何，银行认为，在2010年的违约判决和追索后，信贷协议无法恢复。

南非社会经济权利研究所（SERI）作为法庭之友出现在法庭。它认为，在出售房屋之前，信贷协议在法律上已经被恢复。

二、案情分析

莫森尼科（Moseneke）法官认为，对最高上诉法院的决定的上诉必须在诉讼成本上是有利的。它的理由是，由于公平和平等的宪法价值体现在该法案的目的之下，对该法的解释应该在消费者和信贷提供者的竞争权利之间取得适当的平衡。大多数持有的第129条第3款的目的是鼓励消费者支付逾期的债务、违约费用和法律费用。信誉良好的消费者应得到恢复信贷协议和归还其附属财产的回报。大多数裁判员认为，兰卡特女士于2011年3月8日全额清偿了87 500兰特的欠款，从而恢复了信贷协议。

大多数法官还认为，消费者不得强制给予信贷提供者通知或寻求同意或合作。大多数法官进一步认为，不能期望消费者采取积极的措施，找出需要支付恢复法律费用的费用。兰卡特女士不会对这些费用征税，也不要求信贷提供者就这些费用的量化问题达成协议。大多数法官认定，信贷提供者必须采取必要措施追回法律费用。只有在合理、同意或征税的情况下，并在适当通知消费者时，这些费用才会到期支付。

大多数法官驳回了银行的观点，即兰卡特女士恢复信贷协议的权利受到该法第129条第4款规定的限制。第129条第4款规定，消费者在根据扣押令出售财产后，不得复原信贷协议。它还阻止消费者在执行该协议的任何其他法院命令或在取消信贷协议之后，恢复信贷协议。大多数法官发现，在这种情况下，执行的销售不会阻止恢复，因为它发生在 2013 年 4 月，就在兰卡特女士第一次清算欠款两年多之后。虽然抵押财产已附上，但在执行过程中没有出售，也没有在 2011 年结清欠款之前任何时候实现出售收益。大多数法官据此得出结论，兰卡特女士在恢复信贷协议的权利之内。

卡梅隆（Cameron）写的判决应当（少数法官）认为，兰卡特女士没有恢复信贷协议。理由是，应当支付她的欠款而不是银行的法定费用，兰卡特女士没有支付第 129 条第 3 款所要求的所有金额用于恢复信贷协议。少数人不同意多数人的判断结论，即为了收回成本，银行必须采取积极措施，包括要求成本，确定其合理性，并启动征税。少数法官的判决意见提出，该法明确规定了消费者支付所有未付款项的责任；不是由信贷提供者支付。这个解释很好地影响了该法。而且它打破了消费者与贷款人之间的平衡，这一法院认定的判例视为该法案的一个重要目的。它的结论是，上诉必定败诉，因为该行为要求提前付款，而不是推迟，不完整或部分付款。法律费用没有提交给兰卡特女士，由银行征税或由当事方同意，并不意味着兰卡特女士不再需要支付。

在另一项判决中，纽金特（Nugent）同意卡梅隆的意见，即上诉必定败诉，和卡梅隆一样，纽金特不同意多数人的判断，即第 129 条第 3 款要求消费者只有在银行要求和征税的时候才支付法律费用。纽金特发现，第 129 条第 3 款的目的是向那些拖欠了救命稻草的消费者投掷，而不是为银行收回成本提供补救措施。纽金特还发现，在每次发生此类成本时，银行都要对其征税和要求成本是不切实际的。最后，纽金特认为，第 129 条第 3 款不要求支付的费用，只有当他们已成为支付的时候，该节才被援引。这一节本身是他们可以作为恢复原状的条件。纽金特因此同意卡梅隆的意见，兰卡特女士的付款并没有使她在第 129 条第 3 款的保护范围内，最高上诉法院的决定是正确的。

与多数人一样，杰伏塔同意马森·尼克（Mason Nick）的意见，即应坚持上诉，并将最高上诉法院的命令搁置一旁。但他提出了更多的理由与看法。虽然他同意实际上存在法律费用，但他不同意它们构成执行信贷协议的合理费用。他认为，作为一个法律问题，没有法律费用，因为不遵守第129条第1款的法律诉讼制度是不符合规则的。杰伏塔认为，由于银行根据第129条第1款通知是在与传票上所出现的地址不同，而兰卡特是在抵押债券中选择了一个，因此没有遵守规则。因此，违约判决是无效的，因为注册服务商没有权力授予它。不仅法律程序受到禁止，而且该法第130条第3款规定，法院有管辖权裁定这一事项取决于法院是否符合第129条第1款的规定。在杰伏塔的看法中，银行提出的反对法律程序无效的任何意见都没有可取之处。（本案例根据南非共和国宪法法院判例网 http：//www. saflii. org/za/cases/ZACC/访问时间：2017年8月8日整理）。

三、案情启示

1. 在银行的联系方式与通讯地址应当正确。

本案中，原告因为变更地址导致银行的通知无法及时正确送达，当事人错过了通知中应当还款的期限，从而间接导致了原告没有按时还款。但是银行确实是根据原告留下的通信地址来送达通知并已经送达，故而银行并无责任。所以，中国企业在更改联系方式或通信地址后应当及时去银行修改，方便银行及时通知相关信息。

2. 明确与银行签订的借贷合同中的权利义务。

本案中，原告与被告之间签订的协议存在着权利义务不明确的情况，如发生纠纷后的债务、违约费用以及法律费用的具体承担以及未承担的法律后果没有进行具体的约定，故而导致原告的信贷协议是否可以恢复出现法律纠纷。中国企业在与银行或其他机构签订合同时应当明确具体的权利与义务、违约责任以及相关费用的承担及其后续的法律问题。

3. 出现法律问题时应当积极利用法律手段维护自身合法权益。

本案中，原告相对于银行而言处于弱势地位，但是原告在法院作出不利于自己的违约判决后，积极与银行达成附条件的和解协议，在银行决定将其房屋出售后，原告向高等法院提出救济，高等法院做出了对其有利的判决，但是银行又向最高上诉法院提出了上诉，最高上诉法院改变了有利于原告的决定。原告通过利用调解与上诉的法律手段来维护自己利益的方法是值得肯定的。中国企业如果遇到法律纠纷，应当正确利用法律的手段来维护自己的合法权利。

第八章

南非知识产权法律制度

南非和中国作为金砖国家，共同致力于长期的文化、产业合作以促进经济共同发展，合作的重点领域包括贸易和投资便利化、服务贸易以及知识产权。了解南非知识产权制度能指导企业对于涉及知识产权的问题作出正确决策，也能促进两国知识产权和经贸关系的健康发展，是企业实现"走出去"战略的前提与基础。

南非知识产权的立法和保护历史悠久，目前已形成一个以《专利法》《外观设计法》《著作权法》和《商标法》等多部成文法为主体、以普通法为补充、以国际条约为指导的混合法律体系[①]。随着全球化时代的到来，南非政府通过《知识产权法律合理化法（1996）》《知识产权法修正案（2013）》等规则不断完善知识产权法律制度，改组了知识产权管理机构，完善了知识产权中介服务机构，并以专门的知识产权法案对传统知识进行保护。2017年又推出《知识产权政策草案》旨在结合国家各项发展计划[②]的各种迭代，推进南非重大改革，《草案》规划了未来各项制度，预计近年南非知识产权领域将出台一系列改革措施。

---

① 张怀印：《全球化与南非的知识产权保护》，载于《学术界》2007年第3期，第284页。
② 包括国家发展计划（NDP），新增长路径等国家政府框架（NGP），国家药物计划，国家工业政策框架（NIPF）和产业政策行动计划等。

第一节　南非知识产权保护概述

南非政府依据《知识产权法合理化改革法》《专利法》《专利合作条约》《外观设计法》《著作权法》《电影著作权登记法》《表演者保护法》《商业标记法》《商标法》《反假冒商品法》和《未经授权标记使用法》等法律，设立知识产权法律保护相关国家机构，建立知识产权信息保障和公开系统。

一、南非知识产权保护与管理机构

南非的知识产权管理机构最主要的是贸易与工业部（DTI），但是涉及知识产权相关工作的部门还有很多，如艺术、文化、科学和技术部（DACST）[①]，卫生部，通信部，环境事务与旅游部，农业部，教育部，以及国家创新顾问咨询委员会（NACI），科学和工业研究委员会（CSIR）等。《知识产权法修正案（2013）》设立认定和保护传统作品[②]的规则后，规定建立国家传统知识委员会、国家传统知识信托基金、传统知识和作品国家数据库等对本土知识产权进行保护和管理。

（一）企业和知识产权委员会

南非贸易与工业部下设"企业和知识产权注册局"履行其知识产权管理职能。企业和知识产权注册局由南非企业注册局与

---

① Department of Arts, Culture, Science and Technology.
② 又译作"本土知识"。

南非专利商标局合并而成，于 2002 年 3 月 1 日设立，其职责包括：企业注册，商标、外观设计、专利和著作权的注册；听证；涉及侵犯商标权案件的裁决。

2011 年 5 月 1 日南非新《公司法》实施当日，企业和知识产权执行局（OCIPE）[①] 与企业和知识产权注册局（CIPRO）[②] 两个部门合并成立了企业和知识产权委员会（CIPC）。CIPC 是独立的法人，在全国范围内享有管辖权。主要职责包括知识产权受理审查/注册登记（包括商标、专利、著作权和外观设计）及其保存管理等：CIPC 下设专利局，负责注册和管理专利注册文件，且对外公开或发布专利注册情况并在其职权范围内对专利相关纠纷进行处理；CIPC 下设外观设计局，负责外观设计的注册和文件的管理工作，且对外公开或发布外观设计的注册情况；CIPC 下设商标局，负责商标注册和文件的管理工作、对外公开或发布商标注册情况，该局积极介入解决商标侵权等案件纠纷，负责与税务署及警察部门联手调查货物欺诈等特定案件。

（二）南非其他知识产权保护与管理机构

鉴于知识产权的跨部门性，南非的知识产权行政管理部门还包括其他政府机构，这些机构在知识产权管理方面的职责如下：南非贸易与工业部标准局负责监督南非知识产权相关规则的制定；南非国家农业部植物种植权办公室负责保护新的植物品种；艺术、文化和科技部负责制定国家科技政策；国家创新顾问咨询委员会负责发展和协调国家创新体系；科学和工业研究委员会负责批准知识产权；集体管理机构负责音乐、表演者和软件等著作权的集体管理；非政府组织（NGO）负责在国际会议上为南非知识产权的保护与本国经济和技术发展争取有利地位；大学负责

---

① Office of Companies and Intellectual Property Enforcement，OCIPE.

② Companies and Intellectual Property Registration Office，CIPRO.

提供智力支持知识产权商业化，指导技术转让。

《反假冒商品法》[1] 还规定，警察或有关"执行人员"[2] 有权对于涉嫌假冒商品的制造等行为采取合理行动予以终止，可以查封、扣押涉嫌假冒商标的货物。执行人员可根据 IP 权利所有者的申请，扣押假冒品或者阻止涉嫌假冒品进口到南非。通常该法涉及到的执行案件更多的是与商标权、著作权等有关的案件。一般情况下，只有海关可以查扣法院认定的专利侵权产品：海关扣押的执行过程中，海关需要证据来证明该产品侵犯了有效的专利权，该证据通常是法院的指令。

二、南非知识产权法律体系

南非知识产权法有着悠久的历史，最早可追溯到 1860 年的开普专利法[3]，独立后，南非第一部知识产权法律是 1916 年的《专利、设计、商标和著作权法》[4]，1941 年颁布《商品标志法》后，南非商标法、专利法、设计法和著作权法等知识产权各部门法开始独立发展。在南非，涉及知识产权的法律规则主要包括三类：法律（包括宪法、专门法、与知识产权相关的法律）；实施细则或条例；国际条约、公约以及协定，在世界知识产权组织（WIPO）网页可以查询的南非生效知识产权法律法规共有81项，主要包括以下规定：

（一）宪法及其相关条款

南非宪法是国家法律的最高准则，《南非共和国宪法》并无

---

① *The Counterfeit Goods Act.*
② Commissioner for Customs and Excise.
③ *The Cape Patents Act of* 1860.
④ *Patents*, *Designs*, *Trade Marks and Copyright Act*, 1916.

专门的知识产权条款，但是其在权利法案中涉及诸如表达自由、财产权保护、权利限制等公民基本权利的保障同样适用于知识产权的保护。例如，2012 年最新修正的南非宪法尽管并不包含与知识产权直接相关的条款，但它承认和保护：私权（第 14 条）；财产权（第 25 条）；语言和文化（第 30 条）；文化，宗教和语言团体（第 31 条）；以及获取信息的能力（第 32 条）等，这些条款即对南非知识产权保护提供了必要的宪法支持。

（二）知识产权专门法律

南非知识产权专门的法律体系与世界上大部分国家相同，包括专利法、著作权法、商标法、外观设计法、植物新品种法等。以下列举的是在 WIPO 网站上载明的相关法律，读者有需要，可以进入 WIPO 网站下载全文。[①] 专门法律可分为以下四类：知识产权综合性法律规则、与保护工农业产业创新相关的规则、与保护文化及其创意产业有关的规则、与保护商标权及维护市场秩序有关的规则等。

1. 知识产权综合性法律。《知识产权合理化法案》（1996 年第 10 号）将南非知识产权制度的适用范围扩展到全境，基本上统一了南非专利（发明）、商标、工业产权、工业品外观设计、著作权与相关权利（邻接权）相关事务的各项规定。《关于由公共财政支持所研究与开发的知识产权法》（2008 年第 51 号）涉及的主题有专利、商标、域名等，规定了有效利用公共财政支持的研究和发展中涉及的知识产权；建立国家知识产权管理办公室以及知识产权基金；规定建立机构技术转移办公室；并针对其他相关事务进行了规定。《知识产权法修正案》（2013 年第 28 号），通常被称为《传统知识法案》，旨在认可作为知识产权一方的本

---

① 资料来源：http：//www.wipo.int/wipolex/zh/profile.jsp？code＝ZA. 访问时间：2017 年 9 月 7 日。

土知识，法案修改了南非许多重要的知识产权法律，如《表演者保护法》《著作权法》《商标法》和《外观设计法》，以使其与《巴黎公约》、《与贸易有关的知识产权协议》（TRIPS 协议）以及《专利合作条约》相适应。

2. 与保护工农业产业创新相关的法律。《专利法》（1978 第 57 号）主要涉及关于专利（发明），传统知识（TK），遗传资源的法律规定。《外观设计法》（1993 年第 195 号）规定了工业品外观设计的注册和保护，将工业品外观设计分为美学设计和实用新型设计，其中实用新型设计包括集成电路布图设计和掩膜作品。《植物新品种权法》（1976 年第 15 号）规定了为出售目的培育的特定植物品种的注册，特定繁殖材料的清洗，包装和销售等规则，若干植物新品种的认定以及为农业和工业目的维持产品有用性而为其建立的证明体系，针对若干植物和繁殖材料的进出口控制规定等。《转基因生物法》（1997 年第 15 号）则涉及植物品种保护、知识产权及相关法律的执行及遗传资源的保护等。

3. 与保护文化及其创意产业有关的法律。《著作权法》（1978 年第 98 号）是用于调整著作权和相关权利（邻接权）的主要法律，自 1978 年制定以来经过多次修改，以便与 TRIPS 协议的规定保持一致。《电影著作权登记法》（1977 年第 62 号）则规定了以自愿原则为基础对电影作品实行著作权登记制度，登记期限为 50 年。《电影与出版物法》（1996 年第 65 号）涉及南非的著作权与相关权利（邻接权）及其登记制度，在南非，登记系证明著作权存在的证据。《广播法》（1999 年第 4 号）确认了部长在广播体系规制和许可政策制定方面的职权；规定了为公共利益和相关目的的广播行为的分类等。《表演者保护法》（1967 年第 11 号）适用于在南非的文学、音乐、艺术作品表演的保护或依据《罗马公约》对南非的表演进行保护。《"Vlaglied" 著作权法》（1974 年第 9 号）则专门规定了南非联合政府对于南非当地著名作家的文学作品的著作权进行认可和保护的具体规则。《国家遗产资源法》

（1999 年第 25 号）也包括对传统文化表达进行保护相关的条款。

4. 与保护商标权及维护市场秩序有关的法律。《商业标记法》（1941 年第 17 号）是南非关于商标与地理标志保护的主要法律，涉及商品销售过程中使用的标记和包装，以及与商业有关的特定词汇或标记，先后经历十次修改。《商标法》（1993 年第 194 号）规定了商标、证明商标和集体商标的注册，注册期限是 10 年，可以无期限续展；规定了对驰名商标的特殊保护，认定"淡化"为违法行为；法律还涉及地理标志、证明商标和集体商标的保护：在南非允许地理标志以集体商标和证明商标的形式被注册和保护。《假冒商品法》（1997 年第 37 号）涉及商标等知识产权行政执法的有关内容。《商标名称法》（1960 年第 27 号）则调整了涉及商业名称（商号）与商标的法律关系等。

（三）知识产权相关法律

知识产权相关法律主要可分为以下三类：涉及知识产权保护与管理的综合性法律、与保护知识产权创新有关的法律、保护知识产权及维持正常的市场秩序相关的法律等。

1. 涉及知识产权保护与管理的综合性法律。《公司法》（2008 年第 71 号）中与知识产权相关的条款，参见第 8 章 "本法的施行和管理机构" 之第 1 部分 "企业和知识产权委员会"。《人类科学研究理事会法》（2008 年第 17 号）规定任何理事会雇员作出的成果（包括工业品外观设计和作品）都属于理事会的职务发明（设计或作品）。《国家环境控制法》（1998 年第 107 号）和《国家环境生物多样性控制法》（2004 年第 10 号）涉及遗传资源的知识产权保护。

2. 与保护知识产权创新有关的法律。《标准法》（2008 年第 8 号）中与知识产权相关的条款，参见其第 4 部分 "南非国家标准"，涉及南非各产业国家标准和 SABS 出版物的著作权问题。

《技术创新机构法》（2008 年第 26 号）及《科学和技术法修正案》（2011 年第 16 号）涉及发明专利的保护与管理。《独立广播组织法》（2000 年第 13 号）[①] 规定了涉及公共利益的广播行为的实施细则。《原子能法》（1993 年第 131 号）[②] 规定了与核材料、限制材料、核能源以及与核有关的设备和材料的发明及相关成果的管理，尤其是相关专利的申请和管理制度等。

3. 保护知识产权及维持正常的市场秩序相关的法律。南非保护知识产权及维持正常的市场秩序相关的法律主要有：《消费者保护法》（2008 年第 68 号）涉及有关厂商名称、商标、知识产权及相关法律的执行及商业竞争中知识产权保护的相关条款。《竞争法》（1998 年第 89 号）及《维持与促进竞争法》（2009 年第 1 号）涉及与企业合并有关规定，知识产权不受相关竞争规则的限制，但法律禁止利用知识产权提高或限制价格的协议。[③]

（四）知识产权行政法规

南非政府部门制定的知识产权行政法规主要包括《专利审查细则》《工业品外观设计实施细则》《植物育种者权利实施细则》《商标实施细则》等，另外还有几个比较有特色的细则性规定，他们是：《著作权实施细则》规定了录音制品版税、版权法庭程序、允许图书馆或档案馆复制的情形、统一制作了支付费用的相关表格；《音乐行业设立集体管理协会条例》是关于在音乐产业中建立集体管理组织的实施细则；《电影作品著作权登记实施细则》规定了根据基本法，对电影作品进行注册，提出相关权利异议、转让、独占许可、注销、支付费用等程序；《生物探索、获取与利益分享细则（2008）》规定了遗传资源知识产权保

---

① 或称《通信机构法》。
② 又译为《核能源法》。
③ 关于竞争法，本章第四节有详细介绍。

护的相关法律问题。

（五）南非参与的知识产权国际条约

南非先后加入了《巴黎公约》《专利合作条约》（PCT）等多个知识产权相关的国际条约、公约及协定。在世界知识产权组织（WIPO）网页可查询的南非参与的与知识产权有关的国际公约、双边及多边协定共有 48 项。作为世界贸易组织（WTO）的成员，南非的知识产权法律法规需要符合《与贸易有关的知识产权协议》关于知识产权保护的最低标准。

南非正式加入的与知识产权相关的已生效国际条约、协定主要可分为 WIPO 管理的条约、知识产权相关多边条约、区域经济一体化条约和知识产权相关双边条约四大类，其中最主要的有：《保护工业产权巴黎公约》《伯尔尼保护文学和艺术作品公约》《建立世界知识产权组织公约》《建立世界贸易组织协定》及《与贸易有关的知识产权协议》《世界知识产权组织版权条约（WCT）》《世界知识产权组织表演和录音制品条约（WPPT）》《专利合作条约》《国际承认用于专利程序的微生物保存布达佩斯条约》《商标法条约》《保护和促进文化表现多样性公约》《生物多样性公约》《保护植物新品种国际公约》《保护世界文化和自然遗产公约》《南部非洲关税同盟（SACU）协定》《欧洲共同体与南非贸易、发展和合作协议》等。①

三、中国在南非的知识产权保护状况

中南两国 1999 年即签署政府间科技合作协定，成立科技合

---

① 详见 WIPO 网页对成员国的基本介绍：http：//www. wipo. int/wipolex/en/profile. jsp？code = ZA.

作联合委员会，中南科技合作不仅可以优势互补，而且可以起到示范作用，促进中国与其他非洲国家的科技合作，截止到2016年底，两国已先后召开了六次中南科技合作联委会会议。近年，结合中国与南非的进出口贸易特点和发展趋势，中国将在矿产开发、基础设施建设、汽车制造、轻工及食品加工、旅游等产业重点考虑与南非开展经贸合作与开发，在以上产业领域的专利问题值得我国企业重视。

（一）中国企业在南非专利布局现状分析

本部分使用 Innography 专利信息检索和分析平台对中国在南非的专利进行检索和分析。[①] 通过检索、分析数据得出中国在南非申请专利的企业的主要情况并对之进行更加全面的分析，具体如下：

1. 中国在南非申请专利的主要企业及综合实力分析。

在南非申请专利的中国企业主要有：广电运通、腾讯、华为、上海电气集团、中国石油化工集团、中国科学院、陕西坚瑞消防股份有限公司、江苏恒瑞医药股份有限公司、中国中车股份有限公司[②]等等。

广电运通、腾讯、上海电气集团股份有限公司、华为等公司在南非进行专利布局的态势比较热烈。

2. 中国在南非申请专利的主要企业综合实力分析。

根据专利数量多少、专利比重、专利分类、专利引证情况、

[①] 该平台可以查询和获取70多个国家的同族专利、法律状态及专利原文，除此之外还包含来自 PACER（美国联邦法院电子备案系统）的全部专利诉讼数据，以及来自邓白氏及美国证券交易委员会的专利权人财务数据。使用这些商业数据可以帮助我们有效地评估公司的市值和规模，有助于我们分析和对比专利权人的综合实力，了解市场竞争现状和趋势。Innography 除了可以将专利、商业、诉讼等各方面信息结合在一起形成结构化分析方案，以可视化图表形式直观地呈现之外，还包括两种先进的分析方法：专利强度分析和相似专利分析。

[②] 中国北车股份有限公司与中国南车股份有限公司已于2015年合并成立了中国中车股份有限公司。

依据专利权人的专利技术性、专利权人的收入高低、专利国家分布、专利涉案情况等因素分析可知，在南非进行专利布局的中国企业中，中国石油化工股份有限公司在众多中国企业中属于专利技术较强并且又有经济实力的公司，属于中国企业在南非进行专利布局中的"领导者"地位；广电运通、腾讯、华为、上海电气集团股份有限公司、中国科学院的专利技术性较强，尤其是广电运通、华为、腾讯公司，这些属于中国企业在南非布局专利的"远见者"；在南非布局的中国企业中并没有所谓的"挑战者"角色，其他大部分公司都处在初步阶段，经济实力不是很强，技术实力也并不突出，属于该领域的细分市场；而我国企业在南非进行专利布局的企业中并没有经济实力强但又处于初始布局状态的情况。

3. 中国企业在南非专利的主要技术领域分析。

中国企业在南非申请专利的主要技术领域涉及 20 多个 CPC 分类号，经过筛选和分析，主要领域是：

有机化学、有机高分子化合物；医用、牙科用或梳妆用的配制品；无线通信网络；石油、煤气及炼焦工业；灭火用化学装置；电子通信技术、数字信息的传输；固定建筑物上的门、窗、百叶窗或卷辊遮帘、梯子；蒸汽的发生方法、蒸汽锅炉；风力发动机；专门适用于行政、商业、金融、管理、监督或预测目的的数据处理系统或方法等领域。

4. 中国企业在南非申请专利的趋势。

2008 年以前，我国企业在南非申请专利的数量都不多；2008～2010 年，中国企业在南非申请专利的数量有明显的上升；2010～2011 年中国企业在南非申请专利的数量猛烈下降；2011～2013 年属于迅速回升阶段；2013～2014 年属于平稳增长阶段；2014 年至今处于明显增长的阶段。

中国企业在南非申请专利的专利技术在中国申请的年份集中出现在 2003～2014 年，说明在南非申请专利权的这些专利技术在中国产生的时间段是 2003～2014 年。

（二）中国企业对南投资专利保护领域的 SWOT 分析

SWOT 分析法是用来确定企业自身的竞争优势（Strength），竞争劣势（Weakness），机会（Opportunity）和威胁（Threat），从而将公司的战略与公司内部资源、外部环境有机地结合起来的一种科学的分析方法。[①] 本部分结合中国在南非的专利布局状况，借鉴该分析方法对中国企业对南投资的专利保护状况进行分析，以期为企业提供一些策略支持。

1. 优势：中国几个主要的企业在南非进行了一定的专利布局，通过上文的分析可知，化学化工、数字通信、计算机技术和通信技术领域是中国的优势技术领域。中国知识产权行业发展迅速，知识产权人才储备日益丰富，能够迅速地为赴南非投资的企业做好针对性、有价值的专利信息分析报告和知识产权管理策略研究报告，能够为相关贸易活动提供足够的智力支持。

2. 劣势：中国专利权人的专利数量虽然较多但是被科学论文引用次数较少，在金砖国家中，中国的专利被引次数低于印度、南非等国，说明中国专利需要提高质量。[②] 由于南非专利授权仅进行形式审查，很多已授权专利稳定性有待提升，因此必须注意南非专利申请撰写过程，应重视专利权利要求的科学性和合理性，不能只为拿到专利而轻视专利文书的质量，防止引发事后的诉讼。另外，中国在南非基于矿产开发、基础设施建设、汽车制造、轻工及食品加工、旅游等产业方面的专利布局相对不足，需要尽快完成相关工作。

---

① 马仁杰、王荣科、左雪梅：《管理学原理》，人民邮电出版社 2013 年版，第 21 页。

② 张先伟、杨祖国：《专利反向引文分析：金砖五国专利实证研究》，载于《图书馆工作与研究》2015 年第 3 期，第 108 页。

3. 机遇：南非对高新产业的技术投入提供了一定的政策支持，中国和南非的各方面合作为知识产权的保护和管理运营提供了广阔的市场和空间。另外，南非的知识产权制度体系比较完备，政府基本能够控制国家的局势，法律制度体系和政策不会存在太大的动荡，因此，知识产权保护的可预期性比较强，有利于我国企业进行技术输入和投资。

4. 挑战：南非有非关税贸易壁垒，如该国共有 5 000 项国家标准，其中约 60 项为强制性标准，主要涉及产品包括电气和电子设备及其部件、机动车及其零部件、食品等。南非对纺织品、服装和鞋类维持着苛刻的标准要求，规定非常烦琐，不符合现行的相关国际标准，增加了企业进入南非市场的成本。另外，南非的金融市场虽然比较完善，但是其受国际金融危机影响较大，我国银行业在南非有较多的专利布局，在这方面需要密切关注其市场及政策动向，适时拟订应对策略。

第二节　南非专利和外观设计法

南非对于产业领域新技术的法律分别通过《专利法》和《外观设计法》进行保护，这也是南非知识产权制度与中国知识产权制度之间的显著不同，即中国的专利法保护发明、实用新型和外观设计三类专利，但受欧洲法律传统的影响南非专利法只保护发明专利，将实用性外观设计和艺术性外观设计都放在外观设计法的范围内进行保护，并对二者设定了不同的保护期限。另外，对于发明专利的授权及保护的程序及保护范围等细节问题上，南非和中国的制度也有一些差异。

一、专利法

南非《专利法》①自 1979 年 1 月 1 日生效之后的历次修改中比较典型的是：1988 年删除专利续展费的不确定性、规范优先权相关事项、明确了专利代理人和客户之间的权责、规定对侵权行为的损害进行评估，还纳入了加入 PCT 的条款；1997 年颁布《知识产权法修正案》②进行重大法律调整，在《专利法》中增加一章关于 PCT 途径提交专利国际申请的专门规定；2008 年根据《公司法》③对于专利法进行进一步修订，并于 2011 年 5 月 1 日生效。

（一）专利法的保护对象

1. 专利法的保护对象。南非《专利法》规范在南非授予发明专利权，其所保护的专利类型为发明。该法规定，对于任何具有创造性且能够被应用于商业、工业或者农业的新发明可以授予专利权。即任何具有创造性且能被应用于商业、工业或者农业的新发明在南非都能申请专利，进而获得专利法的保护。但同时该法还规定，"在公约国提出的申请包括在公约国提出的实用新型申请"，因此，换个角度说，事实上南非的专利法对我国专利法意义上的实用新型也会提供相应保护。

2. 专利法不保护的范围。南非专利法不保护的内容有：发现；科学理论；数学方法；文学、戏剧、音乐或者艺术作品以及任何其他美学创造；用于完成一定智力行为、做游戏或者进行商

---

① *Patents Act*, *No.* 57 *of* 1978.

② *Intellectual Property Laws Amendment Act*, *No.* 38 *of* 1997.

③ *Companies Act* 2008（*Act No.* 71 *of* 2008）.

业活动的方案、规则或者方法；计算机程序；或者信息呈递。不授予专利权的范围还包括：会鼓励违法或者不道德的行为的发明创造；任何动物、植物品种或者实质上为生物学方法的动物、植物生产方法。[①]

即便不属于以上情况，但是发明创造属于现有技术的，在南非也无法获得专利授权。南非法律认定的"现有技术"应当包括在国内或者其他地方公众可通过书面或者口头说明、使用或者任何其他方式获得的所有事物，例如产品、方法、与之有关的信息等；还应当包括开放给公众查阅的专利申请中所包含的内容，即使该申请在相关发明的优先权日或者之后提交给专利局和开放给公众查阅；以一定商业规模秘密使用的发明也被视为现有技术的一部分。

（二）专利权的取得

专利权的取得需要申请人向专利局提出申请，由登记主任进行审定，最后公布授权。

1. 提出申请。专利申请应当以规定的方式提出，缴纳规定的费用，并同时提交一份临时说明书或者完整说明书。在南非境内的送达地址，应向登记主任提交一份声明，说明所要求保护的发明是否基于或者来自本土生物资源、遗传资源、传统知识或者传统用途。在南非国内注册时，采用世界知识产权组织（以下简称WIPO）的国际专利分类系统，但南非的分类仅仅分到小类，而且不再细分到组或小组。这种比较粗糙的分类法不可避免地导致所授予的专利范围过于宽泛。

登记主任在特定情况下可以驳回一项专利申请，驳回申请的理由主要有：该申请要求保护的发明显然违反公认的自然法则；

[①]　不包括微生物生产方法或者该方法的产物。

该申请所涉及的发明的利用通常被认为鼓励违法或者不道德的行为等。如果在登记主任看来，专利申请所涉及的发明可能是通过使用任何违反法律的方式得到的，登记主任也可以驳回该申请，除非说明书已经通过增加对相关发明的放弃，或者有关其不合法的其他说明文字中作出了登记主任认为适当的修改。

2. 要求优先权。南非设置了国内优先权制度，对附有临时说明书的涉及相同主题的在先申请、附有完整说明书且未要求优先权的涉及相同主题的在先申请，该在先申请的递交日不早于该要求优先权的申请日之前1年，或者在缴纳规定的费用后，不早于该要求优先权的申请日之前15个月，可向南非要求优先权。

3. 对申请和说明书的审查和接受。

（1）审查。登记主任按规定审查每件专利申请以及该申请所附的完整说明书，若其符合专利法的要求，则登记主任应当予以审定。在南非，任何专利在其生命周期内都可以被任何人申请撤销，也就是说，在撤销程序中，才会处理新颖性和创造性问题，即进行实质性审查。

（2）接受。一旦登记官认为附有完整说明书的申请已满足专利法要求，他就会接受申请并发出书面通知，申请人可请求登记官延期接受申请，最长延期至申请日期后18个月。如果登记官已发出接受申请的通知，申请人应在接受后3个月内，或者登记官根据请求可能允许的更长期间内在《专利公报》中公布申请被接受的消息。

4. 通知和公布。若完整说明书被审定，登记主任应当就这一事实向申请人发出书面通知。通知应当包括审定说明书的日期和一份声明，其内容为：基于申请人同意在《专利公报》中公布对该说明书的审定，相关专利应视为自该公布之日已被封印和授权。

5. 专利权的授予和封印。一般情况下，在上述公布之后即应当向申请人授予具有规定形式的专利权。登记主任应当使用专利局印章对该专利封印，封印的专利被视为在公布之日即已生效。在南非，封印日被视为生效之日，从专利封印之日起 9 个月内不能提起专利侵权诉讼，但是少数情况下，专利委员可以基于某些正当理由在专利封印之后的任何时间内做出提起相关诉讼的许可。

6. 续展。如果希望专利的效力在批准日期或在相关专利权人或者代理人已缴纳规定的维持费基础上保持有效，从专利申请日起第 3 年结束时，或者在专利批准后有效期间内的任何一年结束时继续保持有效，则应在该年结束之前支付规定的续展费用，如表 8 - 1 所示。

7. 费用。

表 8 - 1　　　　　　　　　　南非发明专利申请的官方费用

类型	费用项	金额（兰特，R）
提交申请（提交临时说明书）	申请费	60
提交完整说明书（含 PCT 途径进入）	申请费	590
续展费	3、4、5 年	130
	6、7 年	85
	8、9 年	100
	10、11 年	120
	12、13 年	145
	14、15 年	164
	16、17 年	181
	18、19 年	206

资料来源：http：//www. kangxin. com/index. php？optionid = 1013&auto_id = 2369

（三）专利权效力和保护期限

1. 专利权效力。南非专利法赋予专利权人在本国境内，在专利有效期限内，以排除他人制造、使用、实施、处分或者许诺处分、进口该发明的权利，由此他或者她可具有并享受由该发明带来的全部利益。对于专利产品，法律规定购买者享有使用、许诺处分或者处分该产品的权利。

2. 专利权保护期限。在相关专利权人或者代理人已缴纳规定的维持费基础上，专利保护期限应为自提交完整的专利申请日或 PCT 申请指定南非起 20 年，但必须按期支付规定的续展的费用：自提交完整的专利申请后第三年起必须每年缴纳续展费用。如果在缴纳规定的维持费的期限内未缴纳该费用，则专利权将在该期限末失效。但是登记主任可以在已缴纳可能规定的附加费用情况下，应请求将缴纳任何此类费用的期限延长不超过 6 个月。

（四）PCT 进入南非"国家阶段"的程序

根据《专利合作条约》提出的指定南非的国际申请，应视为根据南非《专利法》向专利局提交的申请。PCT 申请一旦进入南非国家阶段，其进行的程序与国家申请大体相同，主要区别在于提交申请的文本格式存在差异。按照 PCT 专利国际申请的申请人在办理指定或者选定国家进入国家阶段的有关手续时，在南非其相应的期限分别为 21 个月和 31 个月。指定南非的 PCT 申请人应向南非专利局（作为受理局、指定局或选定局）缴纳规定的国家费用。

1. 国际阶段。申请人向 WIPO 专利办公室提出的国际申请应由在规定期限内授权的代理人代理。在国际申请提出日期后 1 个月内向专利办公室支付文件传递费以及在 PCT 规定的时限内向专利办公室支付国际费用和检索费用。

南非专利局受理新申请的部门收到申请人提供的表格 P25 和 P2（一式两份）之后，将为该项申请发放一个南非注册号，并立刻向 WIPO 发出请求，要求接收该项选定南非的国际申请的有关材料，包括原始国际申请的文献资料、说明书、权利要求书、摘要和附图等副本；国际检索报告副本；如果不是英文的，还需提供英译本材料；根据 PCT 第 19 条提出的权利要求修改副本；优先权文件副本；国际初步审查报告（包括附件）的副本；如果不是英文的，应提供英译本的国际初步审查报告。[①]

2. 国内阶段。申请人应通过一式两份的表格支付国内费用，译本应在表格提出日期后 6 个月内提交。期限内未满足该款规定，相关的指定或者选定了南非的国际申请应被视为已被放弃。南非专利局目前拥有 CD - ROM 工作站，更倾向于受理用 CD - ROM 形式提供的申请材料。同时，发布的国际申请材料也可直接从 CD - ROM 工作站上下载，专利系统的使用者还可利用该工作站进行检索。

在收到 WIPO 提供的有关材料之后进入正式审查程序。南非专利局检查申请是否符合法律的有关要求，其中包括是否按规定的方式提交所有必要的文件，这些文件包括：表格 P3（授权委托书须在表格 P25 提交后 6 个月之内提交）；表格 P8 摘要及附图（在表格 P25 提交后 12 个月内提交）；发明转让契约（在表格 P25 提交后 12 个月内提交）；优先权日证明文件；优先权日英译本证明文件；根据 PCT 第 19 条和/或 34 条在国际阶段所做修改的译本证明文件等。当以上所有要求满足之后，该项专利申请将被接收并在《专利公报》上发布。专利发布之后如在一定期限内无异议，该项专利申请将被正式授权，并给专利申请人授予专利发明所有权证书。

进入南非国家阶段还有一些特殊要求：应以南非币（兰特，目前 1 美元兑 8.6 兰特）支付有关费用，其中包括：申请费 266 兰特（在提交表格 P25 时支付）、第一阶段专利维持费 60 兰特；提交申请文本的译文证明；提交根据 PCT 第 19 条或/和第 34 条在国际阶段所做修改的译本证明文件；正式手续必须在国家阶段

---

① 王小海：《南非有关知识产权保护的法律》，载于《全球科技经济瞭望》2002 年第 1 期，第 22～23 页。

提交申请之日起 12 个月内完成；在办理申请过程中可以指定代理，但对于非南非常住居民必须指定代理。另外，申请人必须有用于联络的南非地址，代理人不一定是专利律师，但代理人一经指定，申请人必须提供授权委托书。

（五）专利纠纷的解决

1. 专利委员会。《专利法》规定由南非最高法院德兰士瓦省分院院长（Transvaal Provincial Division）委派该院的一个或多个法官或代理法官形成专利委员会，负责审理专利侵权及专利无效案件。只有专利委员会法院（Court of the Commissioner of Patents）是专利诉讼的一审法院，其地位相当于高等法院分院，对专利委员会的裁决不服的，可以上诉至德兰士瓦省的高等法院或者直接上诉至最高上诉法院。

2. 专利局。设置在比勒陀利亚的专利局（Patent Office）委派专利注册处处长（Registrar of Patent）负责保管专利注册文件，该委任决定应对外公开或发布在《专利公报》上。在南非，专利局（Registrar of Patents）享有司法权力，但大多限于行政事务，对于专利局的决定不服的，可以向专利委员会（Commissioner of Patents）提起诉讼。

3. 专利案件的管辖和代理。专利委员会法院既审理专利侵权案件又审理专利无效案件，在某些情况下，可以在一个诉讼程序中审理这两种案件。由于专利的法官（Commissioner）同时也是高等法院的法官，在专利诉讼过程中，可以以其他理由同时提起诉讼，例如有不正当竞争的情况，也可以同时将两种诉讼案件合并。

无论在专利局或专利委员会，诉讼双方当事人都可委托注册的专利代理人（Registered Patent Agent）、专利律师（Patent Attorney）、可出庭高等法院的律师（Attorney Admitted to Practice in the High Court）或者辩护律师（Advocate）代理。但在专利委员会法院的上诉程序中，只能由专利律师、可出庭高等法院的律师和辩护律师担任代理人。

4. 诉讼语言。理论上，南非的诉讼语言可以采用11 种官方语言的任何一种，如斯佩迪语（Sepedi）、塞索托语（Sesotho）、茨瓦纳语（Sitswani）、席瓦地语（Siswati）、齐文达语（Tshivenda）、齐聪加语（Xitsonga）、阿菲力康语（Afrikaans）、英语（English）、恩德贝勒（IsiNdelbele）、科萨语（IsiXhoza）还有祖鲁语（IsiZulu）。但在实践中，专利纠纷的诉讼程序一般采用英语。

5. 涉外方面。当南非国内法院同意采用外国法院判决时，外国同级或更高级法院的判决才可以对南非法院产生约束力。但在采用前，南非法院会认真分析所适用的外国法与南非法之间的区别。南非法院一般不会对在域外实施的行为发出禁令（Cross-Border or Extraterritorial Injunctions），除非该域外行为在南非境内造成侵权后果。例如：未经权利人许可，通过在南非境内发行的出版物或互联网刊登专利产品的销售广告，而向南非公众提供（主要指的是许诺销售）专利产品，即便该行为的实施发生在南非境外，南非法院也可能会做出不利于被告的判决，而发出禁令，比如拘留被告或扣押被告的有形或无形财产。

二、外观设计法

现行的规范性文件是《工业品外观设计法》，简称《外观设计法》（1993 年第 195 号）①，于 1993 年 12 月 22 日制定，1995 年 5 月 1 日生效。1997 年《知识产权法修正案》修改了集成电路布图设计相关的内容；2008 年根据《公司法》对该法相关规

①　*Designs Act* 195 *of* 1993.

南

非

355

则进行了适应性调整；2013 年《知识产权法修正案》则完善了对传统外观设计进行认定和保护的条件。

（一）主要规定

《外观设计法》规定，具有美感或功能性的外观设计可被授予外观设计权，受到法律保护。具有美感的外观设计（Aesthetic Design），指应用于任何物品的外观设计，包括图案、形状或其结合、装饰，或者以上两种或者更多种类的结合，这些具有一定视觉吸引力的特征可通过任何方法得以应用，而不考虑其中的美学特质。实用性外观设计（Functional Design），[①] 指应用于任何物品的外观设计，包括图案、形状或其结合，或以上两种或者更多种类的结合，并通过其他任何方法得以应用，具有应用该外观设计的功能必有的特征，包括集成电路布图设计或一系列掩膜作品。

一项具有美感的外观设计能否获得登记，要看此外观设计是否是新的、具有独创性；实用性外观设计则要求该设计必须是新的，并在现有技术中不常见。外观设计的新颖性与专利的新颖性要求类似，但也不是绝对的，因为对于一般的外观设计，新颖性宽限期只有 6 个月，但对于集成电路布图设计、掩膜作品或一系列掩膜作品而言，则能获得两年的新颖性宽限期。不过，外观设计权从该外观设计权登记之日起即具有可执行性。

（二）登记制度

外观设计的登记分为两部分，就同一个外观设计而言，可同时申请具有美感的外观设计及实用性外观设计。此外，外观设计

---

① 又译作"功能性外观设计"。

在不同类别的商品上进行登记时，所提供的保护也限于该选择的商品，但是可以同时在一类以上商品上进行登记。南非适用"外观设计洛迦诺分类体系"，登记外观设计的作用在于，在登记的有效期限内，在南非的外观设计权利人有权阻止他人制造、进口、使用、处分已登记的外观设计的类别内的任何物品，以及植入与该登记外观设计或者与该登记外观设计区别不大的外观设计。

1. 登记机构。南非工贸部的企业和知识产权委员会下设的外观设计局负责对其权利进行登记，登记时需要附带设计的图片或照片。

2. 保护期限。具有美感的外观设计保护期限为 15 年，实用性外观设计为 10 年，自登记之日或发布日期（如果发布日期早于登记之日）起算。自适用的发布日期或者登记日期后起第三年开始，必须每年支付续展费用（见表 8 - 2）。

表 8 - 2　　　　　　　　南非外观设计申请官方费用

类型	费用项	金额（兰特，R）
外观设计申请阶段	申请费	240
续展费	3、4、5 年	120
	6、7 年	77
	8、9 年	90
	10、11 年	110
	12、13 年	132
	14 年	149

资料来源：http：//www. kangxin. com/index. php？optionid＝1013&auto_id＝2369

第三节　南非著作权和相关权（邻接权）法

中南两国签有文化合作协定及其执行计划，多层次、多渠道文化交流与合作发展顺利。在日益频繁的中南文化交流中，对著作权的保护和对有关作品的产业化利用无不需要我国相关企业对南非的著作权及其相关权（邻接权）法律制度体系有一个确切的了解：南非相关法律制度主要包括了著作权法、电影保护方面，南非的邻接权制度存在一定的特色。

一、著作权法

由于共同属于世界知识产权组织和世界贸易组织（WTO）的成员，南非著作权法（不包含邻接权的狭义著作权概念）的制度设计与中国基本相似。在有些著作中对于南非著作权的介绍使用的是"版权"一词，一般情况下是由于南非在法律传统中长期受到英国法律制度的影响，但是本文使用"著作权"一词，一是方便中国公民理解，二是因为南非并未区分版权与著作权，其二者概念基本一致。

《著作权法》（1978 年第 98 号），[①] 于 1978 年 6 月 20 日制定，1979 年 1 月 1 日生效，经历了多次修改：1997 年根据《知识产权法修正案》进行了适应性调整；2002 年《著作权法修正案》[②] 对计算机程序版权保护范围进行了扩展、对电影作品著作权保护术语进行了调整、调整了法律以适应技术进步和对以电子和数码方式存储的作品的保护，修改"电影"、"记录"和"录音制品"的定义，以及删除了对作品必须储存于物质载体才能受著作权保护的要求；《知识产权法修正案 2013》则规定了对传统作品进行认定和保护的条件等。

---

① *Copyright Act 98 of 1978.*

② *Copyright Amendment Act 9 of 2002.*

（一）著作权保护的范围

南非《著作权法》规定受保护的作品包括原创的文学、戏剧、音乐和艺术作品、电影、音像、广播、节目、出版版本和计算机程序。其中计算机程序最早作为一种文学作品来予以保护，1992 年《著作权法修正案》为之提供了专属的著作权类别，自此计算机程序不再披着文学作品的外衣寻求保护，而在著作权法中得到了具体的认定。

2013 年世界知识产权组织签署《关于为盲人、视障者和其他印刷品阅读障碍者获得已出版作品提供便利的马拉喀什条约》（以下简称《马拉喀什条约》），全球已有包括南非在内的 80 个国家签署了该条约，该条约也已生效。《马拉喀什条约》是国际著作权体系中的历史性条约，它专门设置了一些著作权保护方面的限制和例外，以便利视力障碍者能够顺利地获取出版的作品，是一个版权领域具有人权性质的国际条约。预期南非将对相关法律进行调整以符合条约对成员方最低义务的要求。

（二）著作权的取得与期限

南非没有正式的著作权登记程序，除电影胶片的著作权外，南非著作权也是自创作之日起自动产生。作品必须满足以下标准才能享有著作权保护：必须是原创，浓缩为某种物质形式，创作该作品的人或单位必须为南非的居民、公民或在南非或《伯尔尼公约》缔约国内有住所。作品的版权保护期限取决于作品的类型：①文学、音乐和除照片外的艺术作品之著作权保护期限为作者生前至去世后 50 年；②电影底片、照片和计算机程序之保护期限为自作品首次经作者同意为公众所知或首次公布之年底起 50 年；③录音制品之保护期限为自首次公布之年底起 50 年；

④广播节目之著作权保护期限为自该节目出现之年底起50年；⑤程序加载指令之著作权保护期限为自该指令发送到卫星之年底起50年；⑥公共出版物之著作权保护期限为自公开出版之年底起50年；⑦匿名作品和使用笔名发表的作品之著作权保护期限为自该作品首次为公众所知之日起或合理推定作者死亡之年底起50年。

（三）著作权纠纷救济程序

1. 著作权法庭。根据《著作权法》，委派至专利委员会的法官或代理法官会组成著作权法庭来行使与著作权有关纠纷的审判权。著作权法庭法官的审判权相当于高等法院法官的审判权，著作权法庭主要审理的是著作权许可双方之间的案件，包括许可机构之间的纠纷、许可方与被许可方之间的纠纷以及代理机构之间的纠纷，或者是有关许可方案的法庭指导等。对于著作权法庭的裁决不服的，可直接上诉到最高上诉法院。法庭可以通过指导许可方案来解决纠纷，也可以通过审理诉讼案件来解决争议。在南非，只有获得独占性许可或次独占性许可的人才能作为著作权所有人对第三方提起诉讼。尽管《著作权法》承认强制许可，但是从没被使用过。

2. 法庭许可的启动。①《著作权法》第31条规定，在执行著作权许可方案的任何时间内，许可方和被许可方以及需要许可的任何人就许可方案发生争议，可将许可方案提交到法庭，由法庭做出裁决；②如果法庭根据第31条的规定就许可方案已经下达了命令，各方以及需要许可的任何人在命令实施的任何时间内，可以再次将许可方案提交至法庭，但若出现下列情形，除法庭特别准许外，许可方案不得再次被提交到法庭：第一，若相关命令的有效期为无限期或超过15个月，在法庭的命令做出之日起12个月的限期到期之前；第二，若该命令的有效期不超过15

个月，在该命令到期之前超过 3 个月的任何时间内。第三，在对许可方案存在纠纷的案件中，执行方案的许可方拒绝或是未能依照许可方案的规定授予其许可或是促成其被授予许可的，任何人可以提出申请由法庭下达命令；不在许可方案范围内的，需要获得许可的任何人也可提出上诉申请。著作权法庭应就任何起诉给予申请人、相关许可人以及每一个申请的其他当事人以陈述案件的机会，如果法院确信申请人的理由充分，应宣布其做出的命令，当然，就该命令中规定的事项，申请人有权根据相关条款在符合条件的情况下获得许可并且支付费用（若有）。

3. 诉讼程序的启动。除非法庭有特别规定，任何启动诉讼程序的一方应在法庭公报上公布所有法庭指导以及申请材料。庭审前，法庭会对各方的代表资格进行初步调查，各方无异议后则进入诉讼程序。法庭的最终判决应以书面形式做出，并且要给出判决理由，著作权法庭登记人应将判决书送达至诉讼各方，并置于相关部门供公众查阅，且应将判决的主要部分公布在《专利公报》上。若有一方意欲据《著作权法》第 36 条对法庭判决进行上诉，则应在判决作出后 90 日内向著作权法庭登记人做出一份书面通知，并同时通知诉讼的另一方及相关的任何人。在高等法院审理上诉案件期间，著作权法庭应中止判决、命令等的执行，直到高等法院做出最终判决。除当事人向著作权法庭提出申请，判决、命令等的中止时间不得超过自判决做出之日起 6 个月。

二、电影与出版物法

1977 年南非《电影作品著作权法》就对电影著作权的取得规定了专门的登记程序。任何声称对电影享有著作权的人以法律规定的方式进行注册登记申请，并依规定缴纳相关费用，若在规定期限内无有效的异议理由，该申请人的著作权应当允许被注册，但有时有可能附带限制性条件。电影著作权登记被接受后，申请人应当尽快验收，电影著作权登记应当在验收后6个月内完成。对于错误或遗漏登记，任何人可以向法院或注册官处寻求救济。1996年依据《电影和出版物法》成立了电影和出版物审查委员会这一专门机构，通过将出版物分类，实行年龄限制和给消费者建议。按照该法，申请电影作品的著作权首先应当按照规定的形式向行政长官提出电影分类的申请。2009年出台《电影和出版物修正案》，成立电影出版委员会[①]、理事会、电影出版审查委员会上诉法庭。为鼓励发展和推广电影和录像产业，南非还专门成立了国家电影和录像基金会在资金和管理方面提供支持。

三、广播法

南非制定《广播法》最大意义在于鼓励南非的发展，南非的广播和电视节目利用无线电频率这一公共财产，提供公共服务，维护必要的、普及平等的价值观和艺术创造力，使广播系统符合宪法的民主价值观与加强和保护公民的基本权利统一起来。相关规定最早追溯至1976年《广播法》，后1993年153号文件废止了该法案，以建立共和国新的广播政策。现行《广播法》源自1999年版本，后经多次修订，最近的一次修订是在2014年根据《电子通讯法修订案》修订适用。这些修订涉及的有：广播系统授权部长监管政策制定和监督的权力；提供一个南非广播公司章程以促进公共利益；建立南非广播生产咨询机构；在政策制定方面提供人力资源及其与之有关的事项。在南非，广播系统具公有属性，广播政策发展需宪法授权。部长有权代表国家采取行动，履行与使用、保护和利用广播资源有关的某些义务。

---

① The Film & Publication Board，简称：FPB，网址：http://www.fpb.org.za 用户可以登录该网页进行著作权登记。

《独立广播组织法》规定了涉及公共利益的广播行为的实施细则；规定建立一个独立于政府、任何政党，免受任何政治或意见干涉的独立广播管理组织；规定建立代表上诉组织行使功能的理事会，并规定其职权和责任；规定该机构针对无线电频谱资源的组织、管理、计划和使用服务职能，其中涉及著作权与相关权利的规定。《独立广播组织法》还规定了广泛适用的广播公司章程，作为国家政策框架的一部分，管理局监督并强制广播公司遵守"公司章程"的各项规定。公司必须由两个独立的业务部门组成，即公共服务部门和商业服务部门，公共和商业服务部门必须单独管理，每个分区都应保留一套财务记录和账户。部长必须设立南非广播生产咨询机构，提供关于如何发展、生产和展示当地电视和广播内容的建议。咨询机构的津贴、人员组成和会议的条款和条件，必须由部长与财政部部长一致确定。咨询机构必须就如何鼓励和提供关于任何计划的指导和建议向部长提供咨询意见，并促进其推广。

四、表演者权利保护法

南非早在 1967 年就制定了《表演者权利保护法》。南非是《北京条约》的签约国，等待国内法律的修改和《北京条约》生效后即正式加入。对于文化和创意产业，南非有国家文化产业基金专门负责为视听作品和文化产业发展提供资金。同时，南非还通过一些激励措施来促进视听行业，这个机制已经有几十年历史了，给表演者带来很大的经济回报。

《表演者权利保护法》曾经过不断的修改以与《与贸易有关的知识产权协议》的规定保持一致，上述修正案涉及：保护期限由之前的 20 年延长至 50 年；使本法溯及既往；调整法律以适应技术进步和对信息或信号的电子和数码储存方式，如考虑到数字技术所带来的新情况，规定扩展"固定"这一术语的含义；使本法的一些条款符合现实情况。现行法律《表演者权利保护法》（2002 年修正案）对 1967 年《表演者权利保护法》中的一系列言论的界定和定义进行了修正，并对限制表演的进行做出新规定，将表演者权利的保护延伸到某些境外演出国。法律规定，对于已固定并通过商业活动发布的表演，应当支付表演者版税；广播机构对表演者就每次使用录像或任何复制品应支付公平的报酬。在没有协议的情况下，由此引起的争端广播机构可以按照 1965 年《仲裁法》规定处理，表演者则可选择前文所述之著作权法庭来申请审判或裁决。①

第四节　南非商标法和其他知识产权法

除了著作权法以外，南非商标法与中国相关制度也基本一致，但其植物新品种法、传统资源保护法、转基因生物法、药品行业相关法及竞争法都可能涉及知识产权问题，并具有一定的特色，本节也在此对其进行一些介绍。

一、商标法

南非是世界知识产权组织《商标法条约》的签约国，中国暂未加入该条约，但中国是《国际商标注册马德里协定及其议定书》的成员国，接受并参与国际商标注册，而南非并非该协定成员方，暂未参加商标的国际注册程序，但该国一直在努力简

---

① No. 8 of 2002; Performers' Protection Amendment Act, 2002.

化和明晰自己的商标注册程序，以期加入该协定。[①]

南非最早以《商标法》命名的法律文本出现于 1963 年，1993 年颁布新《商标法》进一步完善了南非知识产权保护法律体系，为南非争取加入世界知识产权组织作了充足准备。现行规范性文件是《商标法》（1993 年第 194 号）[②]，于 1993 年 12 月 22 日制定，1995 年 5 月 1 日生效，历次主要修改包括：1997 年根据《知识产权法修正案》进行修改，以使其符合 TRIPS 协议以及巴黎公约的规定；2013 年根据《知识产权法修正案》进行修改，规定了对传统知识和表达的认定，及其相应的商标注册和记录等。

（一）商标权的保护范围

南非《商标法》规定了商标权的保护范围，任何个人或机构在经严格的形式审查和实质审查后，均可将其使用的商标或服务标志登记注册。商标是指用来将某人的商品或服务与他人的商品或服务区分开来的标记，是任何能够利用图形化表示的符号，包括装置、名称、签名、单词、字母、数字、形状、结构、图案、装饰、颜色或用于货物的容器，或上述的任意组合；任何个人或机构在经严格的形式审查和实质审查后，均可将其使用的商标或服务标志登记注册。新商标法对"商标"的范围作了扩展，任何具有显著性的商品和服务标志均可成为申请注册的对象；对商标、证明商标和集体商标的注册做出了规定，并明确在南非允许地理标志以集体商标和证明商标的形式被注册和保护；同时，以 1996 年著名的"麦当劳诉朱伯格"一案为例，新商标法加强了对驰名商标的保护。

《商标法》还规定了不可注册为商标的情况，包括但不限

于：商标的构成要素不符合法律规定；没有任何显著性，即完全是通用的商品或服务名称，或者是使公众对商品或服务的质量、产地、用途等产生虚假印象的标记；与一个依据国际条约已经驰名的外国商标相同、近似的商标；包括南非国旗和徽记；南非法律禁止使用的其他标记；在相同或类似商品或服务上，与一个已经先在南非境内注册的商标相同或近似的商标；与一个在南非已享有声誉的商标相同或近似的商标，等等。

（二）商标注册程序

在南非，申请注册商标分为两个阶段：第一阶段，是由企业和知识产权委员会下设的商标注册机构（商标局）进行审查。商标局审查时考虑申请的可注册性及与在先申请或注册的近似性。商标局有权自主决定接受、驳回或者设定限制条件。一旦接受，商标注册就进入第二个阶段。第二阶段，是公告注册申请并接受异议阶段。相关方可自公告日起3个月内提起异议，如没有异议申请即可注册。目前，从申请到注册的整个过程大约需要3年。另外，南非是《保护工业产权巴黎公约》的成员国，因此可以先在南非提出商标注册申请，然后在第一次提交申请后6个月内可要求在其他公约成员国享有优先权，反之亦然。

南非的商标注册遵循《尼斯国际分类》（第9版）的规定，共有45种类别，包括34类物品商标注册，11类服务商标注册，其中服务商标指以某种服务的提供方式注册商标。目前随着南非经济的快速发展对知识产权的保护需求日益增长，商标申请数量激增，目前南非商标局存在大量积压的商标审查任务。2004年南非申请加入《马德里协定》，为了同该协定规定的12个月的商标注册审查期限相一致，几年来南非一直在努力提高商标注册的审查效率，商标注册的初审和上诉时间已经从2003年的44个月下降到2006年的16个月。企业与知识产权局将在已获注册的商标中检索与正在申请的商标的相似商标，审查以避免商标注册的重复及冲突，若没有针对该商标申请认定有效的异议，商标即可在申请的种类范围内获得注册，有效期为自申请之日起 10 年。注册商标到期后，按规定缴纳续展注册费，便可无限制延长商标有效期，续展一次的有效期仍为 10 年。

（三）商标权争议的解决

1. 南非商标局。根据南非《商标法》，商标局的职能范围包括：受理注册商标异议、修改注册簿、在特定条件下移除或改变商标注册以及商标的不使用撤销。商标局长享有与德兰士瓦省高等法院法官相等的审判权，对商标局的裁决不服的，可以向德兰士瓦省高等法院上诉。

2. 商标侵权的认定。根据南非 1993 年《商标法》第八部分的规定，只有针对注册商标才能提起侵权诉讼。对注册商标的侵权包括：在贸易中未经授权在商品或服务上使用与注册商标相同或类似的标记，以至于可能欺骗公众或引起混淆的行为；在贸易中未经授权，在与注册商标核准注册的商品或服务类似的商品或服务上使用与注册商标相同或类似的标记，以至于可能欺骗公众或引起混淆的行为；在贸易中未经授权，于商品或服务上使用与注册商品相同或类似的标记，若注册商标是国内知名商标，并且对该商标的使用可能会不正当利用注册商标的显著性特征或商标声誉，或可能会对该注册商标的显著性特征或商标声誉造成不利影响，即使没有欺骗公众或引起混淆，也属于侵权行为。

3. 商标申诉和商标诉讼。商标侵权行为诉讼案件应提交具相应管辖权的法院进行审判；商标权利人有两种程序进行选择：商标申诉（又称动议程序，Motion Proceedings）或者商标诉讼（即审判程序，Trial Proceedings），请求法院对侵权行为进行审判。商标申诉与商标诉讼程序的区别在于：第一，获得的侵权救济不同，在申诉程序中，当事人只能获得禁令救济与上交侵权产品的救济，不能获得损害赔偿的救济；在诉讼程序中，则上述三种救济都可能获得；第二，审判周期不同，申诉程序的结案时间较诉讼程序更快捷。在高等法院初审裁决之后，当事人有两次上诉机会。一次是向有管辖权之高等法院省级分院上诉，要求全席审判；另一次是向位于南非司法首都布隆方丹（Bloemfontein）的最高法院提起上诉。

二、植物新品种法

南非注重保护和发展植物品种的多样性，重视保护植物育种者的权利，因此南非把植物育种成果——植物新品种作为法律保护的客体，并为之专门制定了法律《植物新品种法》。

农业部负责受理植物新品种权利的申请，要获得本法保护的植物品种权，该申请的植物品种必须是新的、稳定的。还需要符合以下条件：属于尚未出售或以其他方式处置的新的传播材料或收获材料；与现有的植物品种权客体有明显的不同；如果该植物新品种特征可能发生变化，那么其变化应该是足够均匀的；如果其特征保持不变，则需要在经过多次繁殖的情况下发生变化的变化是呈周期性循环的。如果存在两个或两个以上的相同申请，则按先申请原则，授予申请日在先的申请。植物品种权权利期限届满、法定情况下主管机构可以在权利期间届满前终止。

任何植物品种权的权利人，即育种者享有以下权利：得到尊重和保护其尊严的权利；享有自由和安全的权利；保护其个人隐私的权利。任何植物品种权的申请人必须是本国的公民、南非参加了的相关公约的公约国或协定国的居民、在本国或本国办事处或公约国或协定国的法人。非本国居民也非本国法律上的居民，也非本国设在境外办事处的当地公民，只能通过委托代理人的方式向南非农业部提交申请。

植物品种的侵权情况有以下几类：未经权利人许可对相关植物品种的生产或再生产；未经权利人许可为传播目的而进行的调节；未经权利人许可销售或任何其他形式的营销；未经权利人许可出口；未经权利人许可进口；为任何目的所为的其他侵权行为。植物品种权利人可以授权许可他人行使其权利，但是应该向主管机构备案，并明确许可的期限、范围等。植物品种权利的共同持有人平等地享有权利，为各自的行为承担责任，可以就侵权行为提起诉讼。但是在共同持有权利的情况下，任何一方未经他方同意，不得颁发许可证、转让其全部或部分利息。

三、传统资源保护法

南非共和国宪法充分肯定公民追求文化价值观的认知和参与文化活动的自由，而本土知识作为精神文化的代表及其蕴含的巨大经济价值，在国家层面及国际上都受到越来越多的青睐。《国家遗产资源法》和2013年《知识产权法修正案》认可的"本土知识"包括但不限于作品、表达及设计，这些都是人类思维创造的结果，形成各类知识产权。[①] 1967年《表演者的保护法》，对传统作品的演绎进行识别和保护；1978年《著作权法》和1993年《外观设计法》，分别规定了本土作品及原创设计的识别、保护和注册，都针对建立关于乡土知识的全国委员会、建立国家数据库记录乡土知识并记录本土作品或设计、为乡土知识建立国家信托基金等进行了规定；1993年《商标法》规定本土术语的识别和表达，对这些术语和表达可以注册商标；创建了认证商标和集体商标注册，规定本土条款和表达式的记录，并规定对

南

非

369

---

① *Intellectual Property Laws Amendment Act* 28 of 2013.

地理标志进一步的保护。对于本土资源的知识产权引发的争端，委员会将授权某些机构一些必要的职权进行裁决。理事会必须对专利、版权、商标和设计的申请人在注册传统用语和表达时提出建议。国家信托基金则为传统术语、表达和地理标志的保护提供支持。

四、转基因生物法

南非的《转基因生物法》[①] 于 1997 年 5 月 20 日通过，于 1999 年 12 月 1 日生效，2006 年最新修订，该法案为南非在发展经济的同时注重生态的维护和平衡起了举足轻重的作用。该法所称的"转基因生物"是指基因或遗传物质经自然交配或自然重组而未发生自然改变的生物体，该法适用于：生物的遗传改良；转基因生物的开发、生产、发布、使用；涉及人类基因治疗以外的基因疗法的使用。

为了防范人类涉及转基因生物生产活动对生物多样性可能存在的不利影响，该法案提供了一系列的措施来规制转基因生物的应用，建立了涉及转基因生物活动所产生的潜在风险评价机制，制定了科学的风险评估标准、环境影响评估、社会经济因素和风险管理措施；建立了转基因生物委员会及涉及使用转基因生物活动的适当程序。

2006 年修正案对转基因生物规定了"封闭使用"，指开发、生产、使用、培养、应用、存储、移动、销毁或处置转基因生物体内的设备、装置或其他物理结构，是由特定的一个温室、物理障碍或化学障碍组合形成的控制措施，以有效限制转基因生物与人类接触、动物和外部环境及其对人类的影响。动物和外部环境即"有条件的一般性释放"，指在特定条件下对转基因生

南

非

370

---

① Genetically Modified Organisms.

物进行释放，以调节或监测该转基因有机体在特定时间内的使用情况；部长可根据理事会的建议，通过宪报公告禁止任何涉及转基因生物体的活动。因此，在南非，从事与转基因有关的知识产权活动，包括技术合作、产品研发、产品销售及其推广等，应遵守该类法律的规定，否则可能会存在相关投入得不到法律保护的情况。

五、药品行业相关法

南非关于药品的法律主要由《药物及相关物质法》[①] 作出规定，涉及药品专利的特殊规定需要结合该法和《专利法》来理解。在南非，平行进口药物受《药物及相关物质法》第 101 号修正案（药品法案）的管制，目前的专利法可能会导致对药品平行进口的问题。

南非最早的药品法追溯到 1974 年 53 号法案，目前生效的药品法是经多次修订，自 2005 年 7 月 1 日开始适用至今的版本。法律对南非医药委员会的建立和职权作了规定，以促进在公共和私营部门提供符合普遍规范和价值观的药学服务，维护和保障公众享有符合药品标准的医疗服务权利。药剂师及团体要求进行注册登记，并处罚虚假陈述诱导或伪造登记者。严格控制提供药学教育的个人及机构及其相关的药事实践，授权委员会作出纪律处分，并为其制定了相应的程序设计。

根据现行《药物及相关物质法》规定，享有专利权的药物由专利权人或经专利权人同意上市销售以后，专利权不再对其有限制。该法第 15 条 C 款规定，为确保供应更实惠的药品的措施：部长可以规定在某些情况下提供更实惠的药品的条件，以保护公

---

① Medicines and Related Substances Amendment Act.

众的健康，特别是：尽管《专利法》有一些相反的规定，确定对南非授予的专利中任何药物的权利不得扩大到由药物所有者或其同意已经投放市场的关于该药物的行为；[①] 订明任何药物在组成上相同的条件，对于符合相同的质量标准，旨在具有与已经在共和国注册的另一种药物相同的专有名称，但是由已经注册的药物的注册证持有人以外的人进口，来源于理事会按规定方式批准的原始制造商的制造场所，可以进口。[②]

2013 年，南非贸工部修改药品知识产权政策，使南非药品知识产权制度达到同印度、埃及等发展中国家相当的水平。调整的内容之一是加大药品专利审查力度，通过促进药品领域竞争，降低药品价格。2017 年《知识产权政策草案》对未来南非药品行业有很大的影响，其总体目标是：增加当地生产的药品以满足国内需求，并创造出口的机会。此项草案有利于最廉价的仿制药的销售，使得没有条件获取医疗救治的患者得到救命药，进而减少病患数量并为政府和公民降低许多重要药物需要支付的费用。但该法案也将促使南非授予专利的条件更加严格，对药物新专利的授予起到限制作用。同时，该草案赋予竞争力委员会在认为某种药品价格过高时，可以授权仿制药制药商生产的权利。

六、竞争法

各国竞争法都对知识产权提供兜底保护，涉及专利联盟、必要标准专利的许可等问题，在企业进行技术标准研发和海外收购活动的过程中，应密切关注东道国竞争法的相关规定，否则可能会遭受不必要的损失。因此，对于南非竞争法的规则，本部分亦进行简要介绍。

---

① 即首次销售权利穷竭原则。
② 有限制的平行进口原则。

南非竞争法设立的竞争机构中，既有行政执法机构，又有司法机构，相互独立和制约，既分工又合作，以确保各机构的自由裁量权有所监督。南非主管竞争关系的主管部门是竞争委员会和竞争法庭。竞争委员会既是一个调查机构，也是一个法定的自治机构，独立于贸易与产业部，负责调查、控制和评估竞争法所禁止的限制竞争协议行为和滥用市场支配地位的行为，以确保市场正常的竞争秩序。南非注重对企业合并的控制，将它们全部纳入竞争委员会的审查范围，但对企业结合并不进行严格限制。竞争委员会相对于传统竞争执法机构，其独立性得到极大提升，权力也更加广泛，避免了政府对竞争执法的过多干预。

竞争法庭包括竞争裁判庭和竞争上诉法院。竞争裁判庭是初审案件的裁判者，审理竞争委员会提交的案件，或者原告对竞争委员会做出不起诉的决定不服，而直接提交到裁判庭的案件。裁判庭的主要职能有：根据《竞争法》第 2 章审理违法行为，并最终确定违法行为是否成立，以及如何进行救济；受理对委员会所做出决定的上诉，并予以审查；在控制企业结合方面，裁判庭必须审查竞争委员会转交的大型结合案件，做出附条件批准、无条件批准或者禁止结合的决定。对于每个提交至裁判庭的案件，主席将分配给由 3 名成员组成的审判小组审理，审判小组中至少有一人须具备法律从业经验。竞争上诉法院是竞争案件的终审法院，其地位相当于南非高等法院。竞争上诉法院的职能就是对竞争裁判庭所做判决和裁定的上诉进行审理。竞争上诉法院对竞争案件有终审权，但下列事项除外：依法属于竞争委员会和裁判庭各自权限范围内的事项；案件中涉及任何宪法性事项；确认某一事项是否属于它和裁判庭的管辖权范围内的案件。竞争上诉法院的判决和裁定可以上诉到南非最高上诉法院或者宪法法院。

第五节　南非知识产权法律风险防范

（一）知识产权权属认定风险及防范

知识产权权属认定风险是指在南非一项知识产权的权利归属于谁，由于法律制度和文化背景、经济环境等的不同可能出现一些预想不到的问题，为企业在南非从事经营活动带来风险。如在中国，企业可能通过协商签署专利权转让合同后，经过一定程序能够获得一项专利，但在南非，该国法律是否会对该项专利的权利转移进行认可，其认可程序可能会存在差异，企业若不关注这方面的制度规则则可能承受知识产权权属认定风险。

积极申请知识产权登记和注册是防范知识产权权属认定风险的最好办法。中国企业应加强自身知识产权管理能力，在进入南非市场前及经营过程中都要注重知识产权状态检索，对南非现有有效的知识产权进行充分的、动态的检索和监控，不仅仅是专利检索，也要注意商标和著作权等知识产权的检索，以免在经营过程中发生侵犯他人知识产权的情况。南非不是非洲两个知识产权组织的成员方，因此，对于南非专利及其他知识产权信息的检索可登录其 CIPC 网页。另外，进行专利和其他知识产权的法律状态的检索还可以通过 WIPO 的网页进行查询，尤其可以获得在南非有效的 PCT 专利的相关情况。同时，很多全球性的商业检索系统也能提供南非知识产权数据的查询服务。

另外，企业在南非获得专利授权后，也可对南非进行市场调查，分析现有竞争对手的产品及其技术情况，可考虑拿起法律的武器维护自己的知识产权。由于南非的专利授权采取不审查制，

南

非

374

有的行业可能不一定属于高新技术领域，但是不排除将会有其他竞争对手将有关技术申请专利，若当时中国企业已经在南非开拓了市场，却未申请专利或其他知识产权保护，则需要保留相关产品投入市场的证据或收集相关专利文献和科技论文等。

（二）知识产权合同风险及防范

中国企业在南非从事经济和科技活动可能与各国企业签署知识产权合作开发合同、委托研发合同、权利许可合同和权利转让合同等。这类合同中存在诸多条款，每一条款都会有很多不同的表述，条款的设置也应与东道国法律及各国承认的国际实体法等相契合，否则就可能会基于对语句的理解误差或者对法律法规的规定不清楚而订立出不符合法律规定的合同，这样会给企业带来知识产权合同风险。

注重知识产权合作和授权转让过程中的条款拟订、进行产品市场竞争分析、了解关于南非知识产权的法律法规能够避免知识产权合同风险。企业应了解与南非知识产权有关的基础法律法规、司法组织、禁令程序、海关保护、侵权诉讼、举证规则等，对于知识产权转移认定、委托发明创作、职务发明等问题应密切关注南非国家法律规定，结合自身利益，倾向性地选取更有利于保护自身权益的合同、合作形式。由于南非具有混合司法体系（大陆法系和普通法系）的特点，因此追踪以往案例也是非常必需的。另外，还需要培养大量熟悉南非法律制度，精通英语或其他语言，具有较强谈判能力的知识产权谈判专家团队，为企业在南非进行经济和科技活动争取更多的利益和更加公平合理的待遇。

还要了解并有效运用南非知识产权相关民事诉讼程序。任何南非官方语言都可以，通常为英语。有资格提起诉讼的原告根据南非法律规定通常是权利人，在有许可合同的情况下，如果权利人没有起诉，则被许可人可以提起诉讼。通常，原告也应将诉状转给共有专利权人以及被许可人等利益相关方，确保共有专利权人应享有的权利。收到起诉状副本后，被告如果认为可以答辩，提交答辩书（Answering Affidavit）。律师、专利代理人等允许在高等法院代理案件的人员可以作为委托代理人。原被告提交证据，进入口头审理阶段。如果希望专家证人参加口头审理，则需要在开庭之前提交专家证人的请求，其中需要指出专家证人的观点和理由。如果缺少这样的请求，则法官（Commissioner）在开庭过程中会拒绝任何这样的专家证人相关的证据。南非同样存在Discovery 程序，该程序根据法院的统一规则的 35 条（Rule 35 of the Uniform Rules of Court）进行。

（三）知识产权侵权风险及防范

知识产权侵权风险指的是企业在从事经营活动中可能出现的侵犯其他主体知识产权或者其他经营者侵犯了自己的知识产权从而导致企业经营损失的风险。通过实时知识产权状态检索进行产品规避设计或授权使用，委托专业机构保护自身知识产权等途径能够降低知识产权侵权风险的产生。

对于中国企业来说，首先要多了解和掌握与南非知识产权相关的执法机构和服务机构。事先掌握专业律师事务所、律师、专利代理人等信息，以避免当发生纠纷诉讼时，乱了方寸，无法得到好的专业服务。中国企业应该选当地人作为诉讼代理人——专业律师事务所、知识产权事务所、律师、专利代理人等等。事务所的总体实力，律师的知识背景、办案履历、感悟能力、语言交流能力等等非常重要。专利诉讼等对技术背景有较高要求，要求具有相应技术背景、诉讼经验的律师或者律师团队。

南非的知识产权执法机构已在本章前部分做了详细介绍，本部分主要讨论南非较为完善的知识产权管理和保护中介服务机构体系的特点。其中最为著名的是南非知识产权法协会（South African Institute of Intellectual Property Law，SAIIPL），它是南非在知识产权法律领域 164 位专利律师、专利代理人、商标执业者以及学者的代表机构。该协会官方网站是了解南非知识产权法各个方面专业人才的重要窗口与平台，其中分别列有南非主要城市如比勒陀利亚、约翰内斯堡、开普敦和德班的知识产权代理机构，以及专利与商标代理人、律师的姓名及联系方式等，在有关专利等知识产权法律的咨询和代理方面开展的业务。该协会的宗旨是：保护知识产权所有者的利益；为知识产权所有者提供咨询；为保护知识产权，起草和提交必要的文件；提高从事知识产权服务行业专利代理和律师的权益；就知识产权法律的立法问题与政府部门保持联系并提供咨询；争取和提高南非在国际社会知识产权领域的利益和形象，并与国际上知识产权组织保持联系；贯彻知识产权领域的标准和惯例，保护南非公众的利益。

南非知识产权律师事务所和代理机构有位于比勒陀利亚的 Adams & Adams，Gunter Attorneys，Hahn & Hahn；位于约翰内斯堡的 Bouwers Inc，Edward Nathan Sonnenbergs，Spoor & Fisher；位于德班的 Edward Nathan Sonnenbergs，Pft Burger Attorneys；位于开普敦的 Brian Bacon & Associates Inc，Webber Wentzel，Von Seidels，Werksmans Atttorneys；位于阿尔弗雷德港的 Burrells 等。其中，Adams & Adams 在以上除了阿尔弗雷德港之外都设有机构，是南非比较知名的从事知识产权事务服务的机构。

基于国家层面，国家可首先考虑签署《中国—南非知识产权谅解备忘录》为中国企业在南非发展提供充分而合理的知识产权保护，或者通过《中国—南非自由贸易协定》构建有利于双方发展的贸易合作知识产权保护规则，以促进两国经济贸易活动开展及科技的有序发展；其次，可建立国内知识产权管理与救济联盟，在详细掌握知识产权国际规则的同时重点研究南非相关法律制度体系，在发挥企业主体地位优势的前提下，培养一批对

南

非

377

外申请专利等知识产权的专家团队专门为企业服务，同时能够为企业提供知识产权风险预警服务和防范措施的建议；最后，针对优势行业，国家可以进行技术贸易产业升级的积极引导，在国内也相应地重点发展环保产业、基础设施建设、医疗设备、生物制药产业等，为在南非进行经营活动的企业提供必要的技术支持。

（四）知识产权维权诉讼风险的防范及解决

知识产权维权诉讼风险是指在发生知识产权权属纠纷、合同纠纷和侵权纠纷等问题之后，企业可能需要应对对方向司法机构提起的诉讼或者企业可能会为了保护切身利益而向竞争对手或者公共管理部门提起诉讼或其他争端解决程序的风险。在防范知识产权维权诉讼风险的过程中要注意诉讼前的和解程序，同时在不得不进入诉讼程序后明确其具体的知识产权案件诉讼程序。

1. 在诉讼前和诉讼中积极采用和解。在南非遇到知识产权诉讼，尤其是专利诉讼时，应在最快时间内了解相关专利权的范围，评估自己的产品是否为实质性侵权，若未侵权，可向对方提出说明或者达成进一步合作意向；若确实侵权，可考虑协商购买专利或者获得授权许可等。

同样，在诉讼过程中，中方企业也要注意，只要时机适当，和解可以随时进行。由于南非的律师费用高昂，因此，采用和解的策略在一定情况下也是恰当的。诉讼中，企业应综合分析事态发展决定是否与对方和解及和解谈判策略等。南非诉讼费用非常庞大，中国企业应听取案件审理国律师的意见，必要时加大和解谈判力度，尽量减少诉讼带来的经济损失。

2. 明确南非知识产权诉讼相关注意事项。通过诉讼进行知识产权维权在南非也是一种常规手段，在南非参与知识产权诉讼时应注意以下几点：

（1）企业应组建应诉团队：一般而言，应诉团队应包含中国律师、南非律师、企业决策层、企业研发人员和企业知识产权法务人员等。

（2）确定应诉的初步方案：如果企业在全面衡量胜诉概率、市场前景、诉讼成本、时间成本等诸多因素后，认为坚持应诉弊大于利，则应该放弃市场。例如，当涉嫌侵权的产品一旦落入他人知识产权保护范围，或者所涉产品市场前景不值得继续投资时，可尽快停止侵权产品的制造、进口和销售，从而减少损失扩大。若对方在中国有分支机构、代理商、分销商或其他诉讼连接点，且可能存在知识产权侵权行为、不正当竞争行为或垄断行为等，企业可依据我国相关法律提起诉讼。

（3）整理抗辩事由不侵权抗辩。对于认为不侵权的专利，需要对于权利要求的保护范围进行解释，分析被诉产品不落入权利要求的保护范围。该种应对方案是在南非最为常见的应对方式之一。根据南非专利法案的第 69 条，任何人均可以提出不侵权的声明。申请人必须证明他向权利人提交了书面声明，并确认承担了声明的后果，并向权利人提供了工艺或产品的充分细节，且权利人没有承认该不侵权声明。

专利无效。作为南非法律规定［Section 65（4）of the Patents Act 57 of 1978］，针对权利要求，就被诉侵权的权利要求提起权利有效性质疑是合法的对抗方式之一。

其他应对理由。其他的应对方案中，根据南非实践，可以使用但是成功概率不是很高的包括：禁止反悔原则、侵权豁免（Waiver）、默许（Acquiescence）等。权利用在一定的案件可以被作为抗辩的理由。

（4）灵活适用各类救济程序。根据南非的"Party-and-Party Costs"原则，败诉方通常承担的成本大约为实际成本的 40%，律师费用方面的成本大约为 65%。在南非知识产权民事诉讼的救济途径包括：

禁令：禁令包括永久禁令和临时禁令。永久禁令主要是针对诉讼当事人，该禁令不能自动延及到第三方。临时禁令非常少且在最近几年开始有临时禁令的颁发，同时针对临时禁令无法提起上诉。通常是否签发临时禁止令考虑以下因素：诉讼成功的前提；是否申请方可以由损害赔偿充分地补偿等；申请方没有其他满意的救济等因素。

损害赔偿：南非在赔偿方面的救济主要是损害赔偿。南非法律中对此的解释是"因为过错（包含故意和过失）是一种违法行为（非严重的犯罪行为），应当按照不法行为的制裁规则来衡量损害赔偿责任的大小；它将针对在侵权行为中所承受的侵害对业主造成的实际的或潜在的财产损失进行补偿。"① 因此，南非的法律规定中没有提到惩罚性赔偿这样的规定。

交出侵权设备或者产品进行销毁：交出侵权设备或者产品进行销毁也是知识产权民事诉讼的救济途径之一。

（5）注意证据保全的规则。企业可同时收集对方涉嫌侵犯企业知识产权的证据。若发现对方有侵权行为，应妥善保存相关证据材料；涉及容易删除、修改、销毁的证据材料的，可对前述证据进行保全。同样，在南非可以考虑申请"Anton Pillar Order"，一旦申请到这样的 Order，则可以对于被告进行搜查获得相关的侵权证据。

第六节 典型案例

知识产权保护主要涉及的就是对于专利权、著作权和商标权的保护，南非对于这些知识产权的司法保护与其他各国基本相似

---

① Since the wrong is a species of delict, the measure will be delictual; it will be aimed at compensating the proprietor for his patrimonial loss, actual or prospective, sustained through the infringement. Delict（来自拉丁语ēlictum D, Dēlinquere' 是过错的，过去分词冒犯）是大陆法系国家一项民事错误由故意或过失违反注意义务造成损失或伤害，使得违法者有法律责任。

但也有其特色，因为南非属于普通法国家，其判例具有法律渊源的属性，因此，本节尝试选取与专利权、著作权、商标权有关的典型案例，进行分析。

一、专利权案例："孟山都公司诉 MED 动物保健公司"案

（一）案情简介

原告孟山都公司拥有一项名为"长期释放生物活性多肽"的专利，被告 MED 动物保健公司生产了一种名称为"alpha to-copherol acetate"的合成维生素 E（以下简称维他命 E），同时进口并销售了一种名为"Hilac"的注射剂，该注射剂由活性牛生长激素和维生素 E 组成。在"Hilac"的注册申请中，被告自己将维生素 E 描述成"一种高黏性油"。维生素 E 一般情况下都被化学生产商作为一种生物油销售，而在作为证据的权威参考文献中，维他命 E 亦被描述成"一种黄色的，几乎无味的，清澈的，黏性油，有时是一种黏性的油性液体"。原告孟山都公司认为该维他命 E 属于其专利保护范围内的生物油（oil），从而侵犯其专利权。

涉案专利的权利要求有一段是这样的："一种用作注射给药的基本无水合成物，该合成物包括至少占比重10%的生物活性牛生长激素，该合成物是一种连续相，是一种生物相容性油"。本案的争议焦点在于说明书中的这段话：前面所述的，发明中所含的合成物是一种连续相，即一种生物相容性油，一种多肽，对动物，对食用动物产品的消费者无副作用的生物油，该生物油（"oil"）具有弱酸性和防腐性。在这里，"oil"一词的含义是一

种脂肪油或者在动物体温下呈液态的生物油。从而，这种生物油在大约低于 40 摄氏度，最好低于 35 摄氏度时会融化或者至少开始融化。大约 25 摄氏度的液态生物油有利于注射或者由该发明产生的某些化合物的服用。

被告辩称，上述句子定义了"oil"一词的含义。为了理解说明书中"oil"一词的意义，必须确定"脂肪"的化学性质。通常情况下，技术词典中对"oil"的定义是一种形成系列中性有机化合物的高级脂肪酸甘油脂。脂肪油、脂肪和"oil"在化学性质上是一样的。既然"oil"被定义为脂肪，那么该涉案专利中的"oil"应该是一种高级脂肪酸甘油酯，而维生素 E 在此含义下不属于"oil"。在审理过程中，证人同意维生素 E 是一种普通意义上的生物油。

法官不同意被告将上述句子独立于上下文所做的解释，或者试图忽视说明书的其他部分而单独解释"oil"一词的含义。上述引用的说明书中的两段话主要用于解释生物相容性，在较小的程度上解释了"oil"一词的含义。第一段话重点在于关注生物油的物理特性。如果将上述句子放在上下文的语境中理解，可以清楚地看到其目的是将生物油的含义扩展到包含仅在体温下的液态脂肪而不是将生物油限制在室温下。根据说明书最终可以确定，维他命 E 是权利要求意义下的"oil"，因此，被告侵犯了专利权。

（二）案情分析

该案的重点就是对于"oil"的解释，如果维生素 E 属于涉案专利意义下的"oil"，那么被告就构成专利侵权，否则不构成侵权。因此，解决该问题不需要研究涉案专利的所有细节，正确解释一下权利要求："一种用作注射给药的基本无水合成物，该合成物包括至少占比重 10% 的生物活性牛生长激素，该合成物是一种连续相，是一种生物相容性油”即可。

由于生物活性牛生长激素是由牛脑下垂体分泌的天然蛋白质，它能促进对奶制品营养能量的利用。简单地说，就是一种提高奶制品产量的激素。该生物油（oil）的目的是作为激素的载体，使该激素能够适合注射而作为注射给药使用。为了向动物体内持续释放激素，产品必须是无水的，之所以要该生物油为一种连续相，是为了保证有足够的生物油来包裹所有激素。该生物油必须是生物相容性的，即不会对激素、动物或者食用进入食物链中的动物产品的消费者产生副作用。因此，最后法官指出，在解释权利要求时应该结合上下文，把有歧义的词语或语句放在整个语境中来理解，最终判定：被告生产的一种合成维生素 E 属于"oil"的一种，落入了原告专利权范围，构成了专利侵权。

（三）案情启示

1. 专利申请文件中专利说明书对专利保护范围的重要性。涉案专利说明书中的用词可以扩大或缩小专利的保护范围和边界，中国企业在申请专利时，应对说明书中的措辞也进行严格地把控，以免影响自己专利权的保护范围。权利要求书和说明书设定的专利权保护范围应准确和适中，若权利要求范围过大，可能无法被授权；权利要求范围过小，则可能导致本项技术被竞争对手轻易地绕开进行规避设计。

2. 注重专利诉讼中对权利要求的解释。专利的权利要求确定专利的保护范围，专利说明书对权利要求起到解释说明的作用。除了在专利申请文件，包括说明书中要注意对权利要求进行解释的相关措辞之外，在专利诉讼案件中，判断被控侵权产品或方法是否侵犯了专利权人的专利权，也首先要解释专利权利要求，以确定专利的保护范围。在诉讼过程中解释权利要求，除了参考专利说明书之外，当权利要求中的某个单词或句子不止有一种含义时，不同的解释可能会决定被控侵权人构成或不构成专利侵权。因此，在撰写起诉书、答辩状及庭审进行过程中，注意与权利要求解释有关的措辞也非常重要（本案例根据 http：//nvsm. cnki. net/kns/brief/default_result. aspx 整理）。

二、著作权案例："Dexion 公司诉 Universal 公司著作权侵权"案

（一）案情简介

该案涉及四张工程图纸的著作权，原告 Dexion 公司为该四张图纸的著作权人，这四张图纸分别反映了 Dexion 公司的 Speedlock 托架系统的不同部分。托架系统由支柱或与踏板分离的腿构成，支柱以水平横梁的方式相互连接在一起，横梁之间的斜撑能够使托架保持稳定。横梁上可以放货盘或架子以存放货物。该 Speedlock 系统的优点是：它是一个连锁系统，不需要螺栓连接或者焊接而将横梁和支柱连接在一起。

被告 Universal 公司通过原告 Dexion 公司的被许可人伯瑞兹尔（Brazier）的次许可合同（Sub-license）而从事 Speedlock 系统的生产，一直到 1993 年此许可合同终止。Universal 公司希望从 Dexion 公司直接获得许可但未果，于是它决定使用一种新的经营策略：生产一种可以与 Speedlock 系统互换和匹配的托架系统。

Universal 为此作了法律咨询并了解了相关著作权问题，由此获悉，它可以通过反向工程来开发自己的托架系统。Universal 公司返还了所有的相关工程图纸，让其原来的模具工人生产新的模具，然后将 Dexion 公司的模具还给了伯瑞兹尔，并且以 Unirack 系统为名来销售其新的托架系统。

Dexion 公司控告 Universal 公司对其工程制图的著作权构成直接复制侵权，而法官判定为间接复制侵权。

（二）案情分析

1. 著作权及复制行为的确定。在南非，图画，包括具有技术特性的图纸，不管它们的艺术价值如何，都是作为艺术作品来保护的。艺术作品的作者享有排他性的著作权，该著作权包括以任何形式（比如以三维形式）复制该作品的复制权。Universal 公司对 Dexion 公司拥有工程图纸的著作权并无异议，该案件的焦点是：Universal 是否存在复制行为。

2. 复制行为构成侵权。要证明复制侵权，需要证明两点：①被控侵权作品与原作品之间具有相似性；②相似性与原作品有联系。该联系可以是直接的也可以是间接的。在该案例中，相似性不是争论的重点，Universal 的主要辩护理由是反向工程，该公司的法律顾问指出，相似性在一定程度上是由相同的基本原理造成的，而且原被告的两种系统存在不同之处。而经过法院的裁决，只有踏板受到该规定的保护。

值得考虑的是，踏板是否属于经过授权的复制？Dexion 公司对此提供了反面的禁止反悔的证据：Universal 公司的雇员琼斯（Jones）将 Dexion 公司踏板的样本传授给了一个模具工并教给他如何生产相似的踏板。Dexion 公司的专家挪瑞克（Nurick）证实，相关图纸上的信息不足以让普通技术工人制作出该踏板，需要有 Dexion 踏板的样本才行。

3. 直接侵权还是间接侵权。通常情况下，如果没有接触过原图纸，那么以三维形式表现图纸作品不构成侵犯著作权，通过反向工程复制作品也不构成侵权。但如果著作权人将图纸对应的三维作品公之于众，第三方也无权利用图纸复制该三维作品，即图纸不能被直接或间接地使用来制作三维复制品。

举间接复制的一个例子：第三方按照图纸制作出来的模具来制造自己的版本。间接复制同样适用于第三方复制，即按照著作权人的图纸生产出来的模具来生产自己的系列模具的情形，该情形可以将模具比作照片的底片：利用底片复制照片侵犯照片的著作权。

在该案中，Dexion 公司向法院提出 Universal 的行为构成直接侵权的理由是：Universal 公司拥有 Dexion 公司的工程图纸并利用该图纸设计了 Unirack 系统。法官认为 Universal 公司并未构成直接侵权而是间接侵权：Universal 使用的模具是 Dexion 的模具的衍生品，而 Dexion 的模具又是其工程图纸的衍生品，因此 Universal 公司对该工程图纸的复制是间接复制。

（三）案情启示

1. 明确受著作权法保护的作品范围。在南非，文学作品、音乐作品、艺术作品、电影、录音制品、广播、程序加载指令、公开出版物以及计算机程序等九大类型的作品都能受到著作权法的保护。由于南非是《伯尔尼公约》的成员国，加入了国际主流的几个重要的与著作权有关的国际公约，因此对于著作权的保护亦适用国际统一的自动保护原则，虽然该国对电影作品有自愿登记的规定，但是并不影响本国著作权自动保护原则的贯彻实施。因此，对南非的可受著作权保护的作品，包括工程设计图及产品设计图等的著作权问题，中国企业应予以必要重视。

2. 掌握著作权侵权行为的认定技巧。世界各国在对著作权侵权行为进行认定时基本采用"实质性相似＋接触"原则，在本案的判决过程中也基本贯彻此原则。对于判定作品是否相似一般通过"实质性相似检验"来完成，即将两作品以普通人而不是专家的眼光进行比较，来判断作品是否相似，如果普通人认为两作品相似，即构成实质相似。接触则是指被告有机会看到、了解到或感受到原告享有著作权的作品。若能满足"实质性相似＋接触"两方面，则可能构成著作权侵权。因此，应对该原则进行充分的了解，在企业经营过程中随时注意取证和保留证据，并能够在涉及著作权侵权的诉讼过程中合理地使用。

3. 商业竞争中对反向工程的合理运用及间接侵权规避。在中国没有明确法律规定著作权间接侵权的问题，因此中国企业在南非进行经营活动时要充分注意。另外，在商业竞争中合理运用反向工程是一个普遍的现象，尤其是在不发达地区。由于不发达地区很多企业都没有进行专利布局，因此很多技术和产品无法获得专利保护，那么，中国企业在不发达地区应用反向工程的时候应对相关产品的图纸或者三维形状的著作权问题进行必要重视。对于各类作品著作权间接侵权的情况做好规避设计，注重模仿相关产品的功能、性能，而适当对产品的形状和结构进行必要的、明显的改动（本案例根据 http：//www. cnips. org/baogao/detail. asp？id＝486 整理）。

三、商标权案例："麦当劳诉朱伯格旅行饭店有限公司"案

（一）案情简介

"朱伯格旅行饭店有限公司"是南非一家鸡肉快餐连锁店，1993 年该公司向南非商标局申请注册"McDONALD'S"等数个商标，在商标检索过程中发现美国麦当劳公司自 1968 年以来在南非注册成功了 52 个商标，并成功续展。但根据市场调查，这些商标均未在南非使用，朱伯格公司便以此为由对麦当劳公司的商标注册提出了撤销请求。

美国麦当劳公司迅速对此做出回应，以侵权、不正当竞争为由将朱伯格公司诉诸法庭，朱伯格公司提出反诉，要求麦当劳公司撤销在南非的商标注册。与此同时，南非一家资产公司（简称代格斯）对麦当劳公司的 28 个商标注册提出撤销请求，其理由是该公司自 1978 年以来一直以"MACDONALDS"为名对外开展贸易。麦当劳公司以代格斯公司侵犯其商标权为由提出反诉。两案在 1995 年下半年举行庭审之际，1993 年商标法于 1995 年 5 月 1 日生效。

1995 年 10 月 9 日，南非高等法院作出一审判决：麦当劳公司败诉。败诉原因是，法院认定作为成员国国民的一个自然人的商标"McDONALD'S"未能证明在南非是驰名商标，根据刚生效的新商标法，不予保护，而支持了朱伯格公司和代格斯公司的以未使用为由撤销"McDONALD'S"等数个商标的请求。

终审裁决确认了"McDONALD'S"商标是一个驰名商标，有权受到 1993 年商标法第 35 条的保护，驳回了朱伯格公司和代格斯公司的撤销申请。

（二）案情分析

1. 麦当劳商标在南非是否构成驰名商标，是否因未使用而被撤销。根据老的商标法，如果一个外国商标在南非享有信誉，但如果未能在南非投入使用经营，则不能阻止他人对该商标的使用。麦当劳公司首先要解决的是证实"McDONALD'S"商标在南非是驰名商标，依新商标法有权获得保护；其次面临的难题是商标从未在南非使用，如何证明该商标在南非享有信誉。一审判决中，伍德豪斯大法官错误地认为商标的知名度必须达到整个国家都知晓的程度，且在不同阶层的公众中熟知，其认为麦当劳公司做的市场调查范围太小，且调查内容及程序都存在内在错误。

因为根据 1995 年 5 月 1 日生效的新《商标法》第 35 条第 1

款的规定，在（南非）共和国内驰名的商标是根据《巴黎公约》作为驰名商标得到保护的商标。包括商标所有人为具有成员国国籍的自然人、在成员国内有居所或商业场所的自然人，不论他在南非是否经营。因此，1995 年之后，麦当劳商标在南非构成驰名商标。

2. 麦当劳公司是否有权禁止在南非注册类似商标。根据 1995 年《商标法》第 35 条第 3 款的规定，如果与驰名商标提供类似或相同商品或服务的这个商标或其主要部分构成了对驰名商标的复制、仿制或翻译，根据巴黎公约有资格作为驰名商标受到保护的商标所有权人，有权在南非阻止该混淆商标的使用。

上诉法庭裁定市场调查证据的有效性，尽管该证据为传闻证据，但该证据不该被单独拆开，进而单独进行推理，从而为被告提供怀疑的理由，而应当仔细估量整体证据的累积效果，即是否能够形成有证明力的证据链。克劳斯科伯夫大法官进一步认定朱伯格公司和代格斯公司在麦当劳公司的相同产品上使用"McDO-NALD'S"商标造成了欺骗或混淆。

（三）案情启示

南非"麦当劳"商标案曾在世界知识产权界引发广泛关注与讨论，麦当劳公司在历经一审败诉，上诉至南非最高法院，剧情反转，推翻了一审判决，最终麦当劳作为世界驰名商标的地位被认可。该案件终结多年，仍引发人们无尽的思考。该案给我们的启示主要归纳为以下几个方面：

1. 积极寻求国际公约跨国保护知识产权。各国对驰名商标保护的程度不尽相同，南非在修改商标法后增加了相应的内容，但规定他人在 1991 年 8 月 31 日以前连续善意使用某商标，则驰名商标所有权人无权禁止这种使用，故而，驰名商标所有人需要综合国际公约和东道国法律的规定主张权利。

2. 避免商标的不使用面临的异议风险。商标的确权原则有申请在先和使用在先两种，对于强调使用的国家，比如南非也设置了不使用可申请撤销的制度，商标当事人应当注重使用的延续性，并保存相关证据才不至于在遇到诉讼时陷入被动。

3. 加强国外商标的注册。为了更好地融入世界经济全球化浪潮，更好地应对由此引发的一系列风险，我国企业在国外注册商标过少的情况亟须改变，避免成为驰名商标后引发国外企业一系列近似或相同商标的抢注（本案例根据 http：//mall.cnki.net/magazine/Article/AHON601.015.htm 整理）。

第九章

南非争议解决法律制度

随着中非双边经贸关系的发展以及民商事往来日益频繁，中非民商事法律纠纷开始大量产生。这些法律纠纷如不能得到快速、合理、有效的解决，将影响中非经贸关系的进一步发展。[①]当前，中非双边经贸中的民商事法律纠纷呈现出一些具体特征，例如，案件主要发生在非洲国家，且大多经非洲国家法院或仲裁机构裁判；案件涉及地域广泛，涉及不同类型当事人；中非双方缺乏有效的双边或多边民商事司法协助机制；双方当事人因不了解对方法律，导致争议拖延。据此，了解南非的争议解决法律制度，对中国企业的投资活动具有重要作用，从而通过诉讼、仲裁、调解等手段切实维护中国企业的投资利益。南非作为混合法系国家，既有大陆法系成文法的内容，也有英美法系程序法的传统，南非的诉讼法律体系和争议解决法律制度就属于典型的英美法系法律制度，程序法在其法律体系中占据关键地位，因此中国在南非的投资者和经营者，除了要了解南非实体法律的规定，还必须了解南非的程序法律——争议解决的法律制度。[②] 南非的争议解决的主要机制包括民事诉讼、民商事仲裁、调解与协商等，

---

① 朱伟东：《中国与非洲民商事法律纠纷及其解决》，载于《西亚非洲》2012 年第 3 期，第 73～89 页。

② 本书所说的争议解决制度主要是指民商事领域的争议，刑事案件不是本书关注的重点。

其中调解与协商与我国的实践大同小异，而民事诉讼和民商事仲裁制度则与我国相关制度存在较大差异，因此本章以民事诉讼制度和民商事仲裁制度为分析重点。另外，南非是南部非洲发展共同体的成员国，其经贸纠纷解决机制也颇具特色。

第一节　南非争议解决法律制度概述

南非在民族独立之前是英国的殖民地，因此其法律制度受到英国的影响，具有强烈的英美法系的特点。南非有三个首都，分别是行政首都（南非中央政府所在地）茨瓦内，立法首都开普敦，司法首都布隆方丹，由此可见南非法院的权威和相对独立性，与英美法的制度安排一脉相承。但是南非法律也具有自身的特点，首先是一定程度保留了传统的习惯法和纠纷解决方式，比如由酋长管理酋长法院；其次基于南非的特殊国情，存在一些特殊的法律和纠纷解决方式，比如涉及南非矿产资源的纠纷解决就很特殊。

南非的法院存在普通法院和专门法院两套系统。在普通法院系统由最高上诉法院、高等法院、地区法院和区域法院以及小额诉讼法院组成，其中最高上诉法院是最高级别的上诉法院（有例外），只有上诉管辖权；而高等法院、地区法院和区域法院则兼具上诉管辖权和初审管辖权；小额诉讼法院只有初审管辖权，针对小额诉讼法院的判决，当事人可以上诉到地区法院。专门法院系统由宪法法院、平等法院、特别收入税务法院、劳动法院和劳动上诉法院、土地索偿法院和酋长法院等法院组成，其中宪法法院是最高级别的专门审理宪法问题的法院；平等法院不同于英国的衡平法院，而是审理基于种族、肤色等原因的歧视、仇恨行为的专门法院；酋长法院由部落酋长负责审理在本部落领域内发生的纠纷——酋长法院的管辖权与地区法院或者区域法院的管辖权平行，即当事人既可以到酋长法院起诉也可以去地区法院或区域法院起诉。

南非的基本诉讼法律是《南非统一法院规则》（*The Uniform Court Rule*），另外还有《南非（地区和区域）治安官法院法案》（*The Magistrate's Court Act*）、《最高法院法案》（*The Supreme Court Act*）、《外国民事判决执行法案》（*Enforcement of Foreign Civil Judgments Act* 32 *of* 1988）。统一法院规则规定民、刑事案件审理的基本规则，而治安官法院法案、最高法院法案则规定管辖权、上诉程序等方面问题。南非法院审理案件的第一步是确定管辖权，同美国法一样，管辖权问题不仅涉及对案件的管辖权，还涉及对被告的管辖权（即对案件享有管辖权的法院不应当对被告享有管辖权）。南非法院规定了严格的书状制度和诉答制度，规定了被告强制答辩（Mandatory Answering）、不应诉判决（Default Judgment）和书状修改制度（Pleading Amendment）。南非法律规定了证据开示和庭前会议制度，不参加庭前会议或者拒绝进行证据开示可能产生程序或者实体的不利后果。南非的庭审程序与美国庭审非常类似，分别为原被告的开场陈述、法庭调查（主要是询问证人并在询问证人的过程中采纳物证、书证等展示证据）以及结案陈词，特别注意没有专门的法庭辩论。南非法院判决的执行方式有征收（Levy），扣押（Garnish），冻结或划扣（Attachment），查封（Seize）等方式，由地方治安官（即警长）负责执行，法院只负责签发执行令（Writ of Execution）。外国法院的判决可以在南非承认和执行，但是如果南非法院审查发现外国法院判决不终局、审理法院无管辖权或者执行该判决违背南非国内公共政策，则法院可以拒绝执行。

南非于1965年制定了仲裁法案，确定可以通过仲裁的方式解决纠纷。仲裁法案没有规定仲裁时效，而是由专门的时效法案规定时效制度（未明确区分诉讼时效和仲裁时效）。南非仲裁时效从 3 个月 ~20 年不等，3 年或 6 年的时效最为常见。南非承认仲裁条款的对立性，规定仲裁协议和仲裁条款必须是书面形式。南非法律允许一人庭、两人庭和其他单数庭；正因为如此，在两人庭中可能出现两名仲裁员意见不同的情况，而这也是撤换仲裁员的理由。南非法院保留了较强的对仲裁的干预权利，比如仲裁条款是否无效（仲裁庭认为有效时当事人可以立即申请法院审查）、仲裁员的撤换、命令案外人提交证据等问题都由法院解决。南非仲裁机构有自己的仲裁规则，会导致仲裁程序存在差异，但总体而言，仲裁程序大同小异，与其他国家的仲裁程序没有本质区别。南非是承认和执行外国仲裁裁决纽约公约的成员国，南非还专门制定了 1977 年《外国仲裁裁决执行法案》（*Enforcement of Foreign Arbitral Award Act of* 1977）。承认和执行外国仲裁裁决的程序与执行外国法院判决的程序没有实质的区别。

南非鼓励当事人通过仲裁、调解和协商等方式解决纠纷。2014 年，南非司法和宪法发展部发布了《地区和区域法院程序行为规制修正案》（*Amendment of Rules Regulating the Conduct of the Proceedings of the Magistrate's Court of South Africa*）。该修正案明确指出法院鼓励当事人通过 ADR 方式解决纠纷，而且规定了法院附设调解（Court Annexed Mediation）。附设调解的调解员资质由南非司法和宪法发展部制定规则确定。诉讼的当事人可以在诉讼前或者诉讼中要求进行调解，而法院的书记官在接受案卷材料时也有义务向当事人介绍和说明调解的纠纷解决机制。如果是在诉讼中，调解程序的开始导致诉讼程序的中止，所有日期都暂停计算。如果达成和解，当事人可以签订和解协议然后撤诉，如果双方同意也可以由法院发布命令采纳和解协议（到判决书中）。和解协议本身不具有强制执行力，其效力与合同一致。南非也允许民间组织进行调解，南非的民间调解组织有协商、调解和仲裁委员会（The Commission for Conciliation, Mediation and Arbitration）、和平、对话与调解中心（Centre for Peace, Dialogue and Mediation）、i4 调解服务公司（i4 Mediation Service）和调解公司（The Mediation Company）等。

第二节　南非法院系统

南非的诉讼法律制度是争议解决机制的前提基础，而南非法院系统的架构与运行则是诉讼制度的重点内容。当前，南非的法院系统可以分为普通法院和专门法院。普通法院主要由最高上诉法院、高等法院、地区法院和区域法院以及小额诉讼法院组成；专门法院主要有宪法法院、平等法院、特别收入税务法院、劳动法院和劳动上诉法院、土地索偿法院和酋长法院等。

一、普通法院

普通法院系统是南非法院体系纵向划分的体现，最高上诉法院、高等法院、地区法院和区域法院以及小额诉讼法院是普通法院系统的组成部分。

（一）最高上诉法院

南非最高上诉法院（Supreme Court of Appeal）是南非最高级别的上诉法院，对一切案例享有终审权（宪法案件除外），因此对任何案件而言，南非最高上诉法院的裁决具有终局效力，而且作为先例对南非所有法院均具有约束力。南非上诉法院是典型的上诉审法院，不享有初审权，因此不受理一审案件。南非最高上诉法院前称为"上诉部"（"The Appellate Division"），接受从高等法院、竞争上诉法院和劳动上诉法院上诉的案件。南非最高上诉法院坐落在司法首都布隆方丹，是约翰内斯堡的一个区。南非上诉法院审理上诉案件采用合议制，一般由 3 ~ 5 名法官审理，以听审的多数法官意见为准。

（二）高等法院

南非高等法院（High Court）是兼具上诉管辖权和初审权的法院，接受来自区域法院或者小额诉讼法院的上诉案件，也受理案情影响较大的一审案件。所谓案件影响较大，一般是指争议标的额超过 20 万兰特的民事案件①或者指控严重罪行的刑事案件。另外，对于涉及身份权利的案件，比如收养、个人破产等也由高等法院一审。

南非高等法院在审理上诉案件时采用合议制，要求两名以上法官共同审理。南非高等法院在审理一审案件时采用独任法官制，但是在刑事案件中，通常会有两名"陪审员"共同听审。这里的"陪审员"与中国或者美国的陪审员均不同，首先这两名"陪审员"是法律专家——执业律师或者退休法官；其次这两名"陪审员"虽然共同听审，是其仅向审理法官提供参考意见，其意见对审理法官不具有拘束力。

南非高等法院也是南非的"省级法院"，但是南非高等法院的管辖区域与南非的省级行政区划并不严格一致。南非共有 9 个省，但是截至 2017 年南非共有 13 个高等法院和一个巡回法院。巡回法院是南非高等法院的派出机构，其作出的裁决视为高等法院的裁决。

---

① 但是仅标的额超过 20 万兰特不足以确定由高等法院管辖，此处高等法院和区域法院的一审管辖权存在一定程度的重合。即 20 万 ~ 40 万兰特之间的案件，区域法院可以管辖；但如果案件影响较大，则由高等法院管辖。

（三）地区法院和区域法院

南非地区法院（District Magistrates' Courts）和区域法院（Regional Magistrates' Courts）是南非的初审法院，受理一般的民事和刑事案件。截至 2017 年全南非大约有 380 个地区法院和区域法院。

虽然地区法院和区域法院都是初审法院，但是两者存在一定程度的分工：首先，区域法院往往审理影响更大的案件，比如影响较大的刑事案件，或者标的额超过 20 万兰特的民事案件；其次，区域法院不审理上诉案件，而地区法院审理从酋长法院上诉的案件；最后，地区法院不审理离婚、对于遗嘱效力的争议、自然人的民事行为能力案件。在刑事案件中，南非法律对于法院被告人处以罚金有权限要求：地区法院只能对被告人处以 12 万兰特以下的罚金，而区域法院则可以处被告人以 60 万兰特以下的罚金。

地区法院和区域法院在审理案件时也由陪审员参与听审，同高等法院中的陪审员一样，陪审员的意见仅供法官参考，不具有拘束力。地区法院和区域法院审理一审案件采用独任制，而地区法院审理上诉案件采用合议制。

（四）小额诉讼法院

南非小额诉讼法院是专门受理小额民事诉讼的初审法院，所谓小额是指案件的争议标的额低于 15 000 兰特的民事案件，特定案件即便争议标的额低于 15 000 兰特也不由小额诉讼法院管辖，比如离婚案、对于遗嘱效力的争议、恶意诉讼、违背结婚承诺（违背订婚协议）的案件只能由地区法院和区域法院管辖。2017 年南非国内共有 395 个小额诉讼法院。

小额诉讼法院的最特别之处在于适用单独的小额诉讼程序，

南

非

397

比如小额诉讼程序中没有律师代理案件原被告双方。除此之外，小额诉讼法院的特别之处还在于，其审案"法官"并非专门的司法审判人员，而是小额诉讼法院从执业律师或者其他法律从业人员中临时选任的委员，这些人员从事小额诉讼的"审判工作"是出于公益，不赚取费用。

原则上来说，小额诉讼法院所作出的裁决不能上诉，但是在符合三种事由的情形下可以向高等法院上诉：第一，法院没有管辖权；第二，审案委员于案件结果有利害关系、对当事人存在偏见，存在腐败行为；第三，审理程序存在严重的不合常规的情形。即便基于上述事由上诉，高等法院也仅进行形式审查。

二、专门法院

南非的专门法院主要有宪法法院、平等法院、特别收入税务法院、劳动法院和劳动上诉法院、土地索偿法院和酋长法院等。这些专门法院为了解决特殊问题专门设立，仅受理特别类型的案件。

（一）宪法法院

建立于1994年的南非宪法法院是南非最高级别的法院，坐落在布隆方丹，南非司法首都的所在地。南非宪法法院就南非宪法的一切问题有终审权力，而且其所做的判决对南非的所有法院均有约束力。目前南非宪法法院总共有11名法官，现任首席大法官是蒙格恩（Justice Mogoeng），其副手是蒙森尼克（Moseneke）大法官。

（二）平等法院

南非平等法院处理不平等歧视、仇恨言论和骚扰案件，是基于 1996 年南非《宪法》第 9 条的平等条款所建立的专门法院。南非平等法院（Equality Court）在英国或者美国应当翻译为衡平法院，但是南非的平等法院与平衡诉讼无关，因此本书译为平等法院。所谓不平等歧视、仇恨言论和骚扰是指基于种族、性别、婚姻状况、性取向、残疾、国籍以及是否感染 HIV 病毒等进行的歧视行为或者言论。目前南非国内共有 382 个平等法院。

平等法院一般与地区法院或者区域法院合署办公，但是司法行政上互不统属，而且诉讼程序也不一样。相较于地区法院和区域法院而言平等法院审理案件程序首先比较迅速，其次平等法院案件中的原告不要求必须是不平等歧视、仇恨言论和骚扰的直接受害者。比如在一家公司，雇主因为种族而歧视某员工，另外未被歧视的员工也可以到平等法院起诉。

（三）特别收入税务法院

南非特别收入税务法院是高等法院的派出机构，是专门审理税务纠纷的初审法院。每个特别收入税务法院由一名高等法院法官负责，另有一名 10 年以上执业会计师和一名商业代表协助其处理法院事务。特别收入税务法院只受理南非税务局（South Africa Revenue Service）与纳税人之间的争议，值得注意的是，虽然法院名字中有收入税字样，但是该法院受理的案件不限于收入税税种内的争议。

特别收入税务法院作出裁决后，如果裁决认定的应纳税额超过 10 万兰特，则不服裁决的当事人应当直接上诉到最高上诉法院；如果认定的应纳税额低于 10 万兰特，则不服裁决的当事人只能要求税务委员会（Tax Board）复核。无论是最高上诉法院或者是税务委员会的决定都是最终决定，不得再行上诉。值得注意的是，税务委员会的负责人并非法官或者司法官员，而是临时选任的执业律师或者会计师。

南

非

399

（四）劳动法院和劳动上诉法院

南非劳动法院是审理劳动争议的专门法院，该法院适用南非劳动关系法案（*Labour Relation Act*）以解决雇主与劳动者之间的争议，比如未经适当告知程序的不公平解聘行为。在审理不公平解聘案件时，劳动法院既可以判决前雇主支付赔偿金，也可以撤销解聘，勒令雇主恢复对该劳动者的雇佣关系。

当事人对于劳动法院的判决不服的，应当上诉到劳动上诉法院。从法律规定上来讲，如果涉及到宪法问题，对于劳动上诉法院裁决不服的可以上诉到宪法法院，但是当前的实践中，几乎没有从劳动上诉法院再行上诉的案例。因此，就劳动案件而言，劳动上诉法院是实际上的终审法院。

（五）土地索偿法院

南非土地索偿法院专门审理依据 1994~1997 年制定的关于土地所有权、永佃权的三部法律提起的诉讼。对于土地索偿法院的裁决不服的，可以向最高上诉法院或者宪法法院提起上诉。土地索偿法院位于兰德堡（Randburg），但是法院可以在其认为合适的任何国内地区审理案件。

（六）酋长法院

南非酋长法院是南非部落酋长依照部落习惯审理特定民事纠纷的专门法院。当今南非仍然存在很多部落，一般部落内部的争议由酋长负责解决，但是每个酋长法院都有自己的辖区，即便争议是发生在部落成员和非部落成员之间，但是争议事实发生在辖区的话，酋长法院也可以管辖。典型的酋长法院可以审理的纠纷有对牲畜的所有权争议、涉及以财物或者牲畜作为"彩礼"的争议等。

值得注意的是，酋长法院的管辖权与地区法院或者区域法院是平行的，即，酋长法院管辖的案件，地区法院或者区域法院也可以管辖。另外，如果当事人对酋长法院作出裁决不服的，可以向地区法院上诉。

第三节　南非的诉讼程序

南非法院民事诉讼程序主要规定在统一法院规则、南非（地区和区域）治安官法院法案和最高法院法案之中，主要内容包括法院的管辖权、审前程序、庭审程序和执行程序；此外，外国法院判决的承认和执行也与本章主题相关，因此作详细分析。

一、管辖权

南非法院的管辖权规则主要包括基于住所地的管辖和基于案件事实的管辖。需要注意的是，南非法院管辖权的原理与美国法的管辖颇为类似，其强调的是法院管辖被告的正当性问题，即便是基于案件事实的管辖，如果被告与法院发生在法院辖区的案件事实仅是偶然的和零星的，则法院虽然对案件有管辖权，但是对被告不见得有管辖权，此情况下只能由被告住所地法院管辖。

（一）基于住所地的管辖

南非法院的管辖权规则主要规定在南非（地区和区域）治

安官法院法案和最高法院法案中。按照治安官法院法案的规定，确定案件审理的基本原则是以法院辖区为界，一法院有权管辖其辖区的所有居民和财产。值得注意的是，英美法系管辖权规则与我国的管辖规则逻辑思路不同。按照中国民事诉讼法的规定是确定法院对案件的管辖权，从而可以对案件的所有当事人行使管辖权；而英美法系的规则是法院对特定案件有管辖权，还必须另外对当事人有管辖权。既然法院有权管辖其辖区的所有居民，其规则的另外一层意思就是，法院无权管辖辖区外的居民，除了法律另有规定。因此，南非民事诉讼管辖的基本原则和中国民事诉讼法的"原告就被告"规则异曲同工。对于非自然人公司、合伙人以其经营地为其住所地，受住所地法院管辖。

（二）基于案件事实管辖

除了基本原则之外，《治安官法院法案》第 28 条 I（d）规定，如果案件诉因（的事实）完全发生在一法院辖区，即便当事人都不是该辖区居民，法院仍然可以管辖。涉及不动产权属的案件，不动产所在地法院有管辖权。在被告同意法院对其的管辖权时，法院可以行使管辖权，这里的同意可以是明示的或者默示的。这里需要注意，南非民事诉讼法实行强制答辩，所以如果被告对管辖权有异议，必须在提交答辩状之前或者在答辩状中提出。

二、审前程序

南非法院的审前程序包括诉答制度证据开示、审前结案动议和庭前会议制度。审前程序的最重要特点就是程序的强制力，违反程序规定可能导致实体的不利后果。

（一）书状和诉答制度

英美法系的书状仅指起诉状和答辩状，但是在民事诉讼中，还有其他文书也起到非常重要的作用。南非的书状和诉答制度与英美的相关制度非常类似。南非统一法院规则规定起诉状必须包括以下部分：抬头、对案件事实的陈述、声明法院有管辖权、诉因和寻求的救济——即具体的诉讼请求。对于法条原文只要求简要陈述，而且考虑到南非民事诉讼存在证据开示和书状修改，因此事实陈述不要求具体细节，与美国法的"告知诉讼"类似。[①]按照《统一法院规则》第 19 条的规定，在收到传票之后的 10 天之内，被告必须书面提交答辩意图告知书（Notice of Intent to Defend）；如果传票和起诉状同时送达的，被告必须在 20 日之内提交答辩状。[②] 南非治安官法院法案规定实行强制答辩制度，即在被送达起诉状和传票之后，被告必须在指定的日期提交答辩状或者其他答辩文书，否则法院会应原告要求作出不答辩判决，直接按照起诉状认定事实和确定责任。不答辩判决与庭审之后的普通判决效力一致。

由于南非采用类似于美国的"告知诉讼"制度，所以起诉状和答辩状中对事实的陈述要求详细到能够让对方当事人理解其在陈述什么的程度，但是出于诉讼策略，有时候当事人滥用告知诉讼规则，对事实的陈述简要到对方当事人不理解。在这种情况下，对方当事人可以向对方提出请求，要求其在 15 日内明确书状中表述不明的地方；否则其会向法院申请排除书状中表述不明的部分。

---

① 所谓告知诉讼即诉讼书状陈述的事实不需要提供具体细节，但是陈述要足够让对方当事人知道。

② 这是因为存在有的案件原告起诉时仅申请法院开出传票并在传票后附简要事实陈述和请求，而暂不送达起诉状的情况。在此种情况下，被告应在 10 日内提交答辩意图告知书并送达原告，原告则在 15 日内提交和送达起诉状。

统一法院规则允许当事人对自己的书状进行修改。任何希望修改书状的当事人应当书面告知其他当事人其修改书状的意图，并且载明如果其他当事人在 10 日内不反对，则其提交的书状修改稿生效。如果其他当事人反对，则应当由法庭举行听证裁决。未反对或者法院裁决允许修改书状的，有义务提交应答书状的当事人也可以修改自己的书状。比如被告修改答辩状提出一项抗辩，原告则可以提交修改的起诉状。一般情况下，当事人都会同意对方修改书状，但是如果其不同意，则必须由法庭作出裁决。在有正当理由的情况下，法庭一般会同意，典型的正当理由是证据开示中发现了己方原来不掌握的案情。修改书状在南非民事诉讼程序中非常重要，因为当事人在后续诉讼程序中受自己书状的约束，比如被告一直未在自己的答辩状中主张被害人同意抗辩，则书状诉答程序结束之后，被告就受自己答辩状约束，不能在庭审中主张被害人同意抗辩。按照《统一法院规则》第 29 条的规定，在当事人都同意、法庭决定或者最后需要提交的文书截止日期届满之后未提交文书等情形下，书状诉答程序结束。

统一法院规则规定了一项特别的诉答制度——和解要约制度，在起诉状送达之后诉讼的过程中，被告可以随时向原告送达和解要约，提交以特定的条款解决纠纷。如果原告接受被告的和解要约，则被告需按照和解要约的规定履行，不履行的由法院按照和解要约的条款判决。如果原告不接受和解要约，但是事后败诉或者获赔的金额明显小于和解要约的金额的，被告可以向原告主张律师费和其他费用。

（二）证据开示制度

《统一法院规则》第 35 条、第 36 条规定了证据开示请求、检视和文书提供三种证据开示方式。在被告提交答辩意图告知书之后、书状诉答程序结束之前的任何时间，当事人都有权向任何其他当事人送达证据开示请求，要求提供与案件相关的文件和录制资料或者允许请求人在特定时间对特定物品、场所进行检视。收到请求的当事人必须在 20 天内提供相应的文件和录制资料，或者告知请求人在何时何地进行检视。这里有两点值得注意，首先是所谓"与案件相关"并非严格意义上的证据相关性，而是宽泛的相关；其次，如果被请求人并不直接占有相关文件和录制资料，被请求人必须勤勉地收集和检索，而不能简单地回复说没有相关资料。南非证据法和美国证据法都有对免证特权的相关规定，如果被请求开示的文件资料落入免证特权的范围，被请求人可以拒绝披露。但是被请求人拒绝披露的，必须以书面方式告知证据开示请求人，请求人认为免证特权不成立的，则应当申请法庭裁决。被请求开示的资料，被请求人未开示又未主张免证特权的，原则上来说不得用于庭审，除非法庭依照自由裁量权允许使用。第 36 条规定的证据开示方式还包括对人身的检查。在人身伤害、精神伤害或者被害人死亡案件中，被告可以要求对被害原告或者被害人进行专门检查。被告要求进行检查的，应当以书面方式提出请求。在检查过程中，各方当事人可以选任自己的医疗专家，当事人自己也可以出席，专家费用由请求方负担，但是每天不得超过 7 500 兰特，另外非请求方当事人的误工费也由请求方承担。

（三）审前结案动议制度

南非法院诉讼过程中除了庭审结案之外还可以在审前程序中结案，审前程序中的结案主要有两种情形：一是当事人达成和解；二是法院准许审前结案程序直接作出不答辩判决（Default Judgment）、直接驳回（Dismissal）和即席判决（Summary Judgment）。如果被告未能及时提交答辩意图告知书或者未提交答辩状，则法院书记官会开具文件证明被告未答辩（Default），在该情况下法庭会应原告的请求作出不答辩判决。在原告起诉被告要求赔偿确定金额的案件中（典型的是借贷案件），法庭会按照原告在起诉状中主张的事实和损失作出判决。如果原告起诉被告的案件并非确定数额的案件（典型的人身伤害案件），则法院首先认定人身伤害的事实，然后举行听证会确定赔偿数额，最终作出不答辩判决。在原告的起诉状的事实主张或者法律主张存在缺陷，不满足任何诉因的情况下，法院可以应被告的请求直接驳回原告的诉讼请求（Dismissal）。在要求交付特定的文件、特定数额的金钱债务和利息、特定的财产等案件中，原告可以向被告发出提起即席判决动议的意图告知书（Notice of Intent to Move for Summary Judgment），如果被告不反对则法院会直接作出即席判决。如果被告反对，法官就要基于双方的书状、双方或者双方证人的誓证书作出裁决。如果法院没有准许即席判决动议，但是在庭审之后是判决原告胜诉，且判决的结果与即席判决请求的内容实质上相同，则法庭应当应原告的请求另外判决被告支付提起即席判决动议的意图告知书送达之日起的律师费和其他费用。

（四）庭前会议制度

《统一法院规则》第 37 条和《治安官法院法案》第 54 条规定了庭前会议制度。在书状诉答程序结束之后，案件当事人应当就庭前会议的日期（结合审案法官的日程）进行协商，如果协商好日期，则任何一方书面提交日期通知到法院书记官处，并书面通知审理法官。如果双方不能就日期达成一致，则由一名法官确定庭前会议日期。在庭前会议召开的至少 10 日之前，双方都应当向对方送达以下文件清单：①要求对方承认特定事实的请求书；②对特定案情细节的询问书；③建议的庭前会议议题。请求书为数字标号的小段案件事实陈述，接到请求书的对方必须在规定日期内明确表示承认或者否认，超过规定日期不回复的，则视为承认，该事实得到确立，在庭审中无须证明。当事人违背事实承认或者否认的，要承担伪证罪后果。庭前会议在法官的主持下处理以下事项：第一，简化争议事项；第二，审查是否有正当理由需要修改书状；第三，当事人对无争议事实的确定；第四，确定专家证人并限制人数；第五，其他能够帮助案件高效解决的事项。在庭前会议中，法官没有义务主持或者帮助调解。庭前会议应当制作会议纪要，纪要的制作方可以是一方当事人也可以是全体当事人（现实中往往是当事人共同聘请速记员）。会议纪要必须在正式庭审之前五周提交法院归档的案卷中。庭前会议的结果对当事人有拘束力，一般来说，庭审审理的诉讼请求和争议事实都按照庭前会议确定，当事人不得再行变更或者追究诉讼请求，或者提出其他争议事实。

三、庭审程序

南非法院庭审程序集中规定在《统一法院规则》第 39 条。第 39 条的第 1 ~4 款规定缺陷判决，第 5 ~10 款规定庭审过程，第 11 ~15 规定证明责任，第 16 ~21 款规定庭审记录，第 22 ~24 款规定特殊程序事项。

（一）缺席审理和判决制度

按照统一法院规则，如果原告出庭而被告未出庭或者被告因为不当行为被禁止出庭，则法院可以缺席判决，如果原告起诉的是数额确定的债务，则法院直接依照起诉状认定事实作出判决；否则法庭应当就赔偿金额进行审理，然后认定其认为适当的金额，再作出缺席判决。如果被告出庭而原告未出庭，法庭应当作出有利于被告的缺席判决而不是视为撤诉处理，并且举行听证确定原告应当赔偿被告的律师费和其他费用。

南

非

407

（二）庭审过程

南非的诉讼庭审属于典型的英美法庭审，由双方开场白、询问证人（原被告方证人接受直接询问和交叉询问）和结案陈词组成。值得注意的是，英美法系的庭审没有专门的法庭辩论环节，辩论是悄然的在询问证人的过程中完成——没有专门法庭辩论的理由是律师不得对证据能证明什么等发表意见，否则就构成律师作证。值得注意的是，在原告方证人询问结束有专门法律术语表述——原告案件陈情结束（Close of Plaintiff's Case），这个时间点区别于结案陈词。在原告案件陈情结束之后，在特定情况下，被告可以请求法院立即作出径直法律判决（Judgment as a Matter of Law），该种判决的理由是在听取完原告的所有证人证言，审阅过其他证据之后，原告的证明也未符合证明标准，因此法庭无须听取被告的证人证言，可以直接依照法律判决其胜诉。而在被告案件陈情结束之后，原告也可以请求法庭作出径直法律判决。

（三）证明责任

就证明责任而言，首先应当由法庭应当事人请求分配证明责任。一般来说，应当由原告履行证明责任，但是特殊情况下，法庭也会将部分证据责任加诸于被告。在原告完成自己的证明责任之后，被告有权举证反驳（Rebuttal）。南非民事诉讼案件采用的证明标准是优势证据（Preponderance of Evidence），而刑事诉讼的标准主要是排除合理怀疑（Beyond Reasonable Doubt）。

（四）庭审记录

法庭庭审记录应当包括如下项目：第一，法庭所作出任何判决、裁决或者命令；第二，庭审中出示的证据；第三，对证据的反对；第四，庭审的过程；第五，法庭要求记录的事项。由于庭审记录是速录文件，因此必须要转换成普通文字才能正常阅读。因此，当事人有权要求将速录文件转换为普通文字，但是需承担费用。

（五）庭审中的特殊程序事项

庭审中还会出现一些特殊程序事项，比如案件从审理法院转移到更合适的法院（比如从酋长法院转移到地区法院）或者在被告案件陈情结束之后，法官与律师举行闭门会议的（Meeting in the Chamber）等。

四、执行程序

南非法院的判决执行方式主要有：征收、扣押、冻结或划扣、查封等方式①，执行的财产可以是银行存款、工资、动产、知识产权中的财产性权利以及不动产。在执行程序中，判决债权人首先要向法院申请执行令。法院签发执行令之后，判决债权人应当持执行令向地方治安官（即警长（Sheriff））申请强制执行。

如果判决书确定的是金钱债务，在发现债务人的银行存款之后，地方治安官办公室命令银行冻结债务人的相应银行账户，然后划扣相应款项（Attachment）。如果债务人没有或者没有足够的银行存款，但是有工资收入，则治安官可以扣押债务人的工资收入。扣押的方式是首先送达缴付款项通知书给债务人以及债务

---

① 此处的表述均系南非法律的专业术语，在汉语中没有严格与其对等的表述，比如 Attachment 既可以是冻结，也可以是划扣，还可以是扣押财产。为了行文方便勉强表述成正文的几个术语，读者不能望文生义，简单理解为中国法院中的类似制度。

人的雇主，要求其每次发放薪水的周期缴付特定数额或者比例的款项。如果债务人或者雇主拒不缴付，则地方治安官应将该情况告知判决债权人，而判决债权人可以要求法庭举行听证，要求债务人或者其雇主说明不缴付的原因。在债务人或者其雇主没有理由、理由不成立或者拒不出席听证的情况下，法庭可以认定其藐视法庭，并指示治安官将债务人或其雇主囚禁监狱。

治安官也可以冻结查扣债务人的动产、知识产权、对他人的债权以及不动产。按照《统一法院规则》第 45 条第 1 款的规定，在冻结查扣债务人财产时，应当先查扣动产，后查扣不动产。而对于债务人对他人的债权，其查扣方式是通知债务人的债务人将款项缴付到地方治安官办公室。查扣手续之后，地方治安官需将这些财产或者权利进行拍卖，将拍卖所得金钱支付给债权人。南非法院执行程序中，判决债务得以实现需纳税，纳税义务人是债务人。任何财产或者货币在由地方治安官交付债权人之前，都会有税务官计算并收取税金。如果实现债权及缴纳税金之后仍然有剩余，这部分会由地方治安官返还给债务人。

执行过程中可以和解，判决债权人可以请求法庭中止执行。如果和解之后债务人不履行和解内容，则判决债权人可以请求法庭恢复执行。执行过程中，债务人也可以交纳保证金或者提供担保债务的履行，并请求法庭中止执行。

五、外国法院判决的承认与执行

南非并未加入国际民商事案件中外国判决的承认和执行公约，因此外国法院判决在南非的执行主要依照南非的国内判例法或者成文法，主要是 1988 年《外国民事判决执行法案》（*Enforcement of Foreign Civil Judgments Act 32 of* 1988）、1969 年《时效法案》（*Prescription Act 68 of* 1969）和 1978 年《商业保护法案》（*Protection of Businesses Act* 99 *of* 1978）。

（一）可在南非法院执行的判决标准

一般来说，外国法院的判决都会被南非法院执行，前提是符合外国民事判决执行法案对有效判决的标准：①作出判决的法院有管辖权；②判决不违背南非的公共政策；③判决不是通过欺诈方式获得；④判决不涉及刑事或者税务内容；⑤执行外国判决不违反 1978 年《商业保护法案》对南非商业实体的保护性规定。南非法院不执行针对位于南非境内的不动产的判决，其理由是南非法院对该不动产具有专属的管辖权，外国法院没有管辖权情形下作出的判决无效。南非法院在受理执行外国判决的请求时不考虑对等原则，只要外国法院的终局判决符合外国民事判决执行法案的规定，南非法院就可以执行；当然，如果作出判决国按照对等原则承认和执行南非法院判决，将有利于该国法院判决在南非的执行。

（二）南非法院拒绝执行外国法院判决事由

位于南非的被执行人可以提出外国法院判决无管辖权等程序性抗辩，但是不得提出判决适用法律错误等实体问题，其理由是南非法院不能扮演外国法院的上诉法院角色。

对于外国法院是否有管辖权，南非最高上诉法院在里克曼（Richman）案中指出，虽然按照南非普通法的规则，外国法院享有管辖权的理由要么是被告系法院所在地居民，或者被告自愿接受法院管辖；但是在被告出现在外国法院辖区且被送达诉讼文书，则该外国法院也可以据此对其享有管辖权。[1] 如果被告出席

① Richman v. Benn-Tovim 2007（2）SA 237（SCA）.

诉讼程序并就实体内容进行抗辩，自然构成自愿接受法院管辖；但是如果被告出席诉讼程序仅为挑战法院的管辖权，则不构成自愿接受法院管辖。①

凡是在南非法院申请执行的外国判决，都必须是终局判决（Final Judgment）。但是这里的终局判决是典型的英美法系的判决，在英美法系下，初审法院的判决一经作出就生效并成为终局判决，即便当事人上诉也不影响终局判决的性质。外国法院判决仍处于上诉审理阶段，不影响南非法院对该判决的执行，但是南非法院有权自由裁量决定是否中止执行程序，等待外国上诉法院作出最终的决定。按照 1996 年克罗克（Krok）案确定的规则，如果判决债务人要求南非法院中止执行程序，举证责任由债务人承担，判决债权人可以反驳。②

克罗克（Krok）案中，美国原告请求南非法院执行美国加利福尼亚州法院的判决，强制执行被告南非居民在南非的财产，判决项中有 1 200 万美元的惩罚性赔偿金。被告南非居民主张当时的南非法律没有惩罚性赔偿金的规定，因此，执行外国法院依据惩罚性赔偿的法律作出的判决有违南非的公共政策。南非法院指出，仅仅实体法院规定的不同不一定能够说明外国法院判决有违南非公共政策，法院必须考虑个案案情。在本案中，加利福尼亚州法院的惩罚性赔偿金数额过于高昂，因此违背了南非的公共政策，最终法院没有执行全部判决赔偿金额。

（三）1978 年商业保护法案的特殊规定

1978 年《商业保护法案》第 1 条第（3）款的规定，如果一宗商事案件涉及到利用南非出产的矿产原料进行生产、提炼、进出口等行为，则南非法院必须拒绝执行外国法院的判决，除非南

---

① *Protection of Businesses Act 99 of 1978*，Section 1E.

② Jones v. Krok 1996（1）SA 504（T）.

非商务和工业部部长特别允许执行该判决。

（四）南非法院执行外国法院判决的程序

按照 1988 年《外国民事判决执行法案》规定，南非法院执行外国法院判决按照标的金额低于 30 万兰特（包括本数）的由地区和区域法院，超过 30 万兰特（不包括本数）的由高等法院受理。

南非法院执行外国法院判决的第一步是判决的承认。外国判决债权人必须持外国法院的判决书正本（如果不是英文的则应有英文译本以及公证和使领馆认证）到南非法院书记官处登记。书记官应该将判决的当事人、作出判决的法院名单、判决金额等内容登记在案，并且出具通知书。判决债权人应按照送达起诉状和传票的方式将书记官出具的通知书送达判决债务人。判决债务人在收到通知书之日起 21 日内必须向法院提出不执行外国判决的理由，但是理由以《外国民事判决执行法案》第 5 条第 1 款规定的 12 项理由为限，包括登记程序缺陷、外国法院无管辖权等。

如果判决债务人未在 21 日内提出不执行的理由，抑或其提出理由后法院认定其理由不成立，则判决的承认过程完成。外国判决与南非国内判决有着相同的地位，债权人可以依照南非的民事执行程序申请执行。需要特别说明，事实上可能出现外国判决被南非法院承认，但是未得到执行的情况。只要得到南非法院承认，外国判决就获得既判力，南非法院不得就相同案件再行作出判决。

第四节　南非民商事仲裁制度

南非民商事仲裁的基本法律是 1965 年《仲裁法案》（*Arbi-*

tration Act of 1965），该法规定了南非民商事仲裁的基本制度体系，包括民商事仲裁的范围、仲裁协议的形式要求、仲裁庭的组成、仲裁的裁决机制、仲裁裁决的执行等。

一、南非民商事仲裁的概述

（一）南非民商事仲裁的法律框架

南非民商事仲裁的基本法律是 1965 年《仲裁法案》，该法案并未规定成文的法案取代判例法，所有南非法院的判例法也是民商事仲裁的法律渊源。1965 年《仲裁法案》既适用于南非国内仲裁案件，也适用于南非的涉外仲裁案件。南非未采纳联合国国际贸易法委员会（UNCITRAL）的 1985 年国际商事仲裁示范法，但是南非在推进制定新的仲裁法案，其草案大量吸收了联合国《国际商事仲裁示范法》和英国 1996 年《仲裁法案》的相关规则。[①]

（二）南非民商事仲裁的一般规定

《仲裁法案》第 2 条规定涉及当事人行为能力和身份时民事法律案件和刑事案件不能仲裁。[②] 南非仲裁法案并未规定仲裁时效，但是 1969 年《时效法案》（*Prescription Act* 68 *of* 1969）的规定适用于仲裁，一般而言，最常见的时效分别是 3 年和 6 年。[③]一般而言，仲裁的根本特点是一裁终局，但是南非仲裁法案允许

---

① N Taitz. *Arbitration Procedures and Practice in South Africa*：*Overview*，Arbitration procedures and practice Country Q&A Tool，WestLaw，Q2 & 37（2016）.

② *Arbitration Act* 42 *of* 1965，*Section* 2.

③ *See Generally Prescription Act* 68 *of* 1969.

当事人约定可以针对仲裁裁决上诉。[①]

（三）南非知名仲裁机构

南非较为知名的仲裁机构有：南非仲裁员协会（The Associ-ation of Arbitrators），南非国际商会（International Chamber of Commerce South Africa，ICCSA），南非仲裁基金会（Arbitration Foundation of South Africa）及其下属的南非多元化纠纷解决协会（The Alternative Dispute Resolution Association of South Africa）。当事人选定仲裁机构不受地域限制，仲裁机构没有辖区，不按照其所在地受理仲裁案件。事实上，很多南非的仲裁机构都受理来自全国各地的案件，而不限于其所在市或者省。

二、南非民商事仲裁中仲裁协议的规则

1965 年《仲裁法案》对民商事仲裁协议的形式予以规定，必须采用书面形式。仲裁法案规定解除主合同不等于解除仲裁协议，间接地确认了仲裁条款独立性原则。

（一）仲裁协议或者仲裁条款的形式

1965 年《仲裁法案》第 1 条规定，当事人可以约定通过仲裁方式解决民商事争议，但是当事人必须书面签订仲裁条款，口头约定无效。[②] 国际商事活动中有一种纠纷解决条款比较常见：双方当事人同意在发生纠纷时特定一方有权选择纠纷解决的方

[①] N Taitz. *Arbitration Procedures and Practice in South Africa：Overview*，Arbitration procedures and practice Country Q&A Tool，WestLaw，Q28（2016）.

[②] *Arbitration Act 42 of 1965*，*Section 1*.

式。按照中国法律这样的条款无效，除非当事人事后达成一致；但是按照南非法律，这样的仲裁条款是有效的。当事人签订仲裁条款或者仲裁协议必须约定明确的仲裁机构，还可以约定仲裁员。

（二）仲裁条款的独立性

南非法律承认仲裁条款的独立性，即主合同的效力与仲裁条款的效力可分，仲裁条款不因主合同无效而无效。如果当事人想解除仲裁条款，必须所有当事人书面达成一致。解除仲裁条款的方式只能是明示，比如主合同包含仲裁条款，如果双方仅签订书面协议解除主合同，不得认为当事人默示地解除了仲裁条款。

三、南非民商事仲裁的程序

仲裁法案对南非民商事仲裁的程序进行了详细的规定，包括仲裁机构和仲裁员的选择、仲裁员的回避、仲裁审理程序、仲裁裁决的做出和发布程序等。其中南非仲裁独具特色的是其仲裁庭可以有两人庭，而且既有普通仲裁员（Arbitrator），又有特殊的仲裁员——主裁员（Umpire）。主裁员权力高于一般仲裁员，但是主裁员不同于我国的首席仲裁员。

（一）选择仲裁机构和仲裁员

南非仲裁的当事人对于仲裁规则的适用具有宽泛的选择权。1965年《仲裁法案》是南非国内关于仲裁的基本法律，但是很多规定就是任意性规则，即当事人可以约定适用其他规定。当事人还可以约定适用或者不适用其选定的仲裁机构的仲裁规则，或者约定适用另外的仲裁机构的仲裁规则。另外，很多南非仲裁案件中都约定适用高等法院规则，该规则比较严格，适用该规则的仲裁程序往往非常严谨，但是时间和金钱成本会比一般的仲裁要高。

一个案件涉及多个当事人，如果所有当事人都同意仲裁，那么南非仲裁机构可以审理多个当事人参加的仲裁。对于仲裁员的选任，如果是一人仲裁庭的话，必须全体一致。南非仲裁法允许两人仲裁庭，一人为仲裁员（arbitrator），一人为主仲裁员（umpire），在仲裁庭无法达成一致时，以主仲裁员的意见为准。当然，南非仲裁法也允许一人庭和三人庭，其中一人庭较为常见，仲裁庭成员的选任规则和裁决规则和中国仲裁的规则类似。

（二）仲裁员的回避

与我国法律规定不同，在当事人不能选出仲裁员或者不能选出主仲裁员时，选任权利专属于法院。不仅如此，申请特定仲裁员回避的请求也只能由法院处理，仲裁机构和仲裁庭无权决定。申请仲裁员回避的理由除了常见的资格问题、利益关联、偏见或者徇私舞弊情形之外，二人仲裁庭无法达成一致也是撤换仲裁员的事由之一。

（三）仲裁审理程序

1. 管辖权异议的审理。如果仲裁一方当事人对仲裁庭的管辖权提出异议（主要是对仲裁协议的效力提出异议），南非仲裁机构必须首先审理自身是否有管辖权的问题，而不得径直审理案件的实体问题。在仲裁机构作出认定之后，不服认定的当事人可以立即向仲裁机构所在地法院申请审查该认定。在法院作出裁决之前，仲裁机构应当暂停仲裁审理程序。如果案件一方当事人提

南

非

起诉讼，另一方当事人必须在首次答辩前（即首次提交书状前）向法院提出存在有效的仲裁协议，此时法院应当将案件移交到仲裁机构。如果在不存在仲裁协议的情况下，当事人向仲裁机构申请仲裁，则另一方当事人有权向仲裁机构所在地法院申请禁制令，禁止另一方当事人申请仲裁。如果当事人申请的仲裁机构位于南非境外，则另一方当事人原则上来说只能向外国法院申请禁制令，但是如果案件是只能由南非法院管辖的案件，则南非法院也可以发出禁制令，比如依照商业保护法涉及使用南非的矿产资源生产或者提炼产品的案件。①

2. 仲裁审前程序。除非当事人另有约定，否则仲裁庭组成之后应当组织双方当事人参加仲裁审前会议。在会议中，当事人应当决定究竟适用哪种或者哪些仲裁程序。如果当事人没有约定，那么仲裁庭会在会议中决定如下事项：是否进行证据开示以及开示的范围和时间；当事人提交和修改并最终确定书状；决定仲裁庭审的时间地点；证人或者誓证人宣誓；表明提交特定证据的意图（特定案件中，实体法或者程序法会要求提交特殊证据必须事先通知对方，如果对方同意则可提交，如果对方反对则由仲裁庭裁决）；决定是否需要向第三人收集证据——由于仲裁庭无权命令案外第三人提交证据，因此如果仲裁庭认为必要，则应当向法院提出申请。

3. 中间裁决。南非 1965 年仲裁法院允许仲裁庭作出中间裁决。中间裁决主要有以下情形：第一，在申请人证据充分的情况下，裁决被申请人先行给付部分金额；第二，裁决当事人向仲裁庭提供费用担保（Security for Cost），以便将来（费用）裁决顺利执行；第三，仲裁庭认为其他应当作出中间裁决的情形。仲裁庭作出中间裁决，一般应当是应一方当事人的申请（Application），在此情况下仲裁庭应当举行听证，由申请方和被申请方发表意

① *Protection of Businesses Act* 99 *of* 1978, *Section* 1 (3).

见。但是两种特定情况下，仲裁庭也可以直接审查申请并作出决定：一是仲裁协议约定，二是被申请方拒绝参加听证程序。

4. 庭审审理。在正式庭审之前，仲裁庭需将庭审时间和地点通知当事人，如果当事人不按时参加，仲裁庭可以进行缺席审理和缺席裁决。[①]

南非民商事仲裁的庭审程序与法庭庭审程序非常类似。首先，当事人的代理人先进行开场陈述；其次，当事人询问证人和提交证据，并就证据的采纳进行辩论，最后，双方当事人的代理人进行结案陈词。但是民商事仲裁毕竟不是法庭庭审，还是存在一些差异：第一，仲裁庭审没有陪审员而是仅由经贸专家审理，因此开场陈述和结案陈词更简洁明了，不像法庭庭审中陈词那么"表演化"；第二，仲裁程序不像法庭庭审程序那么严格，代理律师可以说明证据的效力、证明力，也可以进行辩论（参见前一节，在英美法系的法庭陪审团庭审中是没有法庭辩论的）；第三，仲裁庭庭审一般不需要专家证人，因为仲裁庭成员自己就是专家，能够不借助专家证人的帮助理解证据和理解争议；第四，仲裁庭庭审中当事人可以发言，而法庭庭审当事人除非作证，否则不得发言。第五，仲裁庭无权准许特定类型的仲裁救济，比如最终发布禁制令；第六，仲裁庭审的当事人可以约定审理的范围和审理的进程。仲裁庭庭审往往有审理期限，一般为 3 个月或者 4 个月。[②] 而法庭审理往往没有审理期限（英美法系法庭审理案件一般都没有审限）。

由于南非民商事仲裁中存在仲裁员（Arbitrator）和主裁员（Umpire），在仲裁员就程序问题无法达成一致时，主裁员的意见为终局意见。[③]

《仲裁法案》第 20 条规定，如果应当事人的请求，仲裁庭

---

① *Arbitration Act* 42 *of* 1965，Section 15.

② *Arbitration Act* 42 *of* 1965，Section 23.

③ *Arbitration Act* 42 *of* 1965，Section 18.

可以将特定的法律问题提交法院审理，法院做出的裁决为该法律问题的最终裁决，不得上诉。当事人也可以申请法庭命令仲裁庭将特定问题提交，如果法庭准许，仲裁庭必须提交该法律问题。①

南非仲裁法案还特意规定了当事人及其代理人违背仲裁程序的惩戒措施。如果当事人有如下违规行为，会被处以100兰特以下罚款或者3个月以内的拘留：第一，无正当理由拒不出席或者提交书状；第二，无正当理由中途退席；第三，作证时拒绝宣誓；第四，拒绝声明按照其知道的案情诚实地进行陈述；第五，无正当理由拒绝开示相关书面证据；第六，仲裁程序中威胁和攻击仲裁员和主裁员。② 如果当事人及其代理人虚假陈述，将成立伪证罪。③

5. 仲裁裁决。如前所述，按照仲裁法案的规定，仲裁案件必须在3个月或者4个月之内审结。仲裁裁决作出后由仲裁机构送达到当事人或者其代理人处（送达代理人更常见），送达之日为裁决公布之日。

仲裁庭作出裁决有少数不同意见的，少数意见仲裁员可以不签名。仲裁裁决书需记载存在少数意见的事实。如果仲裁庭在仲裁过程中作出过中间裁决，可以将仲裁裁决纳入最终的仲裁裁决，也可以随时将中间裁决转化为仲裁裁决；这也意味着，南非仲裁可能出现多个生效的仲裁裁决，虽然这并不常见。

南非仲裁裁决的内容可以是金钱给付、交付财务，也可以是合同义务的履行，但是南非仲裁机构无权发布禁制令禁止当事人为特定行为。如果仲裁裁决的内容是金钱给付，则仲裁裁决和法院判决一样按照判决利率（Judgment Interest Rate）从裁决之日起计算利息，通常而言，英美法系的判决利率都远高于普通的银

---

① *Arbitration Act* 42 *of* 1965，*Section* 20.

② *Arbitration Act* 42 *of* 1965，*Section* 22（1）.

③ *Arbitration Act* 42 *of* 1965，*Section* 22（2）.

行利率。① 如果仲裁庭认为应当发布禁制令，则仲裁庭应当向法院提出申请，由法院发布。②

南非仲裁裁决有一项特别的制度，在仲裁裁决送达发布之后6周以内，申请人可以书面请求撤回其请求的特定仲裁事项；如果双方当事人同意，可以撤回仲裁庭已经裁决的部分事项。在此情况下，仲裁庭应当重新作出裁决，对于撤回部分不进行裁断。③

四、南非民商事仲裁裁决的执行

在南非，仲裁裁决的执行区分为国内仲裁裁决的执行和国外仲裁裁决的执行，两种适用的法律不一样。国内仲裁裁决执行适用仲裁法案，而国外仲裁裁决执行适用《纽约公约》以及1977年《外国仲裁裁决执行法案》。

（一）南非国内仲裁裁决的执行

按照一般的理论来说仲裁裁决与法院判决具有同等效力，但是在南非，仲裁裁决要得到执行必须法院作出执行命令。按照《仲裁法案》第31条的规定，仲裁裁决的债权人应当向有权限的法院申请法庭命令，申请人必须向仲裁裁决债务人发出听证通知，法院才能在听证之后发出该命令。④ 所谓有权限的法院，主要是指高等法院；更高级别的法院也可能具有权限；但是地区法院和区域法院没有权限。⑤ 法庭发出命令之前可以书面纠正仲裁

---

① 比如美国纽约州的判决利率十几年未变动，一直是年利率8%，但是美国纽约的银行利率很少超过5%。

② *Elebelle（Pty）Limited v Szynkarski*，1966（1）SA 593 WLD.

③ *Arbitration Act 42 of 1965*，Section 32.

④ *Arbitration Act 42 of 1965*，Section 31（1）.

⑤ N Taitz. *Arbitration Procedures and Practice in South Africa：Overview*，Arbitration procedures and practice Country Q&A Tool，WestLaw，Q32（2016）.

裁决的书写错误或者明显的外部错误（即非法律错误或实体错误）。[①] 在法院发布命令之后，仲裁裁决才取得和南非法院判决相同的强制执行力，可以被执行。[②]

（二）南非外国仲裁裁决的执行

南非是承认和执行外国仲裁裁决纽约公约的成员国，批准加入纽约公约时未做任何保留。[③] 为了落实纽约公约的规定，南非还专门制定了 1977 年《外国仲裁裁决执行法案》。

外国仲裁裁决的债权人申请执行应当向高等法院提出。申请时应当提交下列材料：外国仲裁裁决原件；如果仲裁裁决是用外国语言作出的，必须附翻译件以及经过宣誓保证翻译准确的文件；按照高等法院规则能确定真实性的仲裁协议。在确定真实性时，如果仲裁协议是在英国或者南部非洲国家签订的，则公证员公证即可；如果协议是在其他国家签订，则必须由以下人员之一认证：南非驻各国使领馆相关官员、英国驻各国使领馆相关官员、作出国的政府相关官员。则债权人提出申请的同时应当按照法庭要求将提交申请的通知送达裁决债务人，通知必须载明申请的大致情况、申请法院的地址，以及债务人发表意见的时限。

在承认和执行外国仲裁裁决的程序中，南非法院不收取费用。在执行过程中地方治安官（即警长）产生的费用要由债权人支付。

裁决债务人可以提出以下事由请求高等法院拒绝执行外国仲裁裁决：当事人一方没有签署仲裁协议的行为能力；按照解决争议适用的实体法或者仲裁地法仲裁协议无效；选任仲裁员的通知未送达或未提供选任机会；仲裁裁决内容超出仲裁协议约定的范

---

① *Arbitration Act 42 of* 1965，Section 31（2）.

② *Arbitration Act 42 of* 1965，Section 31（3）.

③ P Holloway，A October & W Wentzel. *Enforcement of Arbitral Award in South Africa*：*Overview*，Arbitration procedures and practice Country Q&A Tool，WestLaw，Q3（2016）.

围。除了债务人可以提出的上述事由之外，高等法院还可以因为两个事由自行决定拒绝执行：第一，仲裁的事项属于南非法律规定的不得仲裁的事项；第二，执行特定裁决违反南非的公共政策。典型的违反公共政策的情形有：惩罚性赔偿、以位于南非国内的不动产为争议标的、仅依据认债书认定债务而没有其他文件证明债务存在。

申请执行外国仲裁裁决的时限是裁决作出之日起 3 年。如果裁决债务人没有提出反对意见，那么裁决可以在 1 个月内得到法院承认，进而签发执行令（Writ of Execution）开始执行程序；如果裁决债务人提出反对意见，那么法院承认该裁决的过程一般是 3～6 个月，甚至更长。在法院签发执行令后，执行工作由地方治安官（当地警长）负责，执行过程与执行法院判决、执行国内仲裁裁决没有区别。

第五节　南非次区域性经贸组织纠纷解决机制

1992 年，南部非洲各国签订了有关建立南部非洲发展共同体（Southern African Development Community，SADC，以下简称"南共体"）条约，旨在建立开放性的经济模式，打破南部非洲各国的贸易壁垒，实现人、财、物的要素在各国之间的流通，最终实现南部非洲地区的经济一体化。截止到 2017 年，南共体共有 15 个成员国，南非是其中最重要的一员①。1996 年，南共体各国签署了南共体贸易议定书，决定于 2008 年建立南部非洲的自由贸易区。② 目前南共体共设有八个职能部门，其中南共体法

① 参见：http://www.sadc.int/about-sadc/overview/（Accessed on November 9, 2017）
② 徐璐璐：《论南共体自由贸易区的法律制度》，湘潭大学硕士学位论文，2012 年。

庭（SACD Tribunal）负担纠纷解决职能。①

一、南共体经贸组织纠纷解决机制的法律框架

南共体贸易议定书及其附件南共体争端解决机制、南共体法庭议定书及法庭程序规则等三个文件构筑了南共体经贸组织纠纷解决机制的总体法律框架，南非签署和批准了上述法律文件。

南共体贸易议定书共39条，规定了南共体自由贸易区的总体目标、货物贸易规则、海关程序、卫生检疫和贸易技术标准以及反倾销反补贴机制，还规定了跨国投资与知识产权等规则。

南共体贸易议定书的附件6是南共体争议解决机制。根据该附件，南共体设立了经贸纠纷解决的"贸易专家组"。首先，南共体争议解决机制的第1条规定了贸易专家组的广泛管辖权利，只要是基于南共体贸易议定书产生的经贸纠纷都可以提交贸易专家组审理解决；其次，南共体争议解决机制的第2~4条规定了通过磋商、斡旋、调解和和解等方式解决纠纷的原则；再次，南共体争议解决机制明确了贸易专家组审理经贸纠纷的程序，最后，南共体争议解决机制还规定了执行措施。南共体争议解决机制建立的专家组审理程序与WTO的专家组审理机制非常类似，是在借鉴WTO经验之上建立起来的。贸易专家组是临时机构，但是有行政部门——部门协调处（Sector Coordinating Unit）负责日常工作。

南共体法庭议定书即按法庭程序规定设立专门的南共体法庭，法庭受理对贸易专家组裁决不服的上诉案件。南共体法庭议定书主要规定了法庭的组织机构、管辖权问题和审理程序。首先，南共体法庭由法官、法庭庭长办公室和书记官办公室构成。

---

① 参见：http://www.sadc.int/about-sadc/sadc-institutions/（Accessed on November 9，2017）

法官由成员国提供名，南共体部长会议选举并最终由南共体首脑会议任命。目前南共体法庭共有 10 名法官。法庭庭长（President）由法官选举产生，负责法庭的整体运作。书记官办公室是法庭的日常办公机构，设有书记官和副书记官各一名，法庭聘任多名代理书记官（Deputy Clerk）处理日常工作。南共体法庭的管辖权非常宽泛，只要是对贸易专家组裁决不满的上诉案件，都由南共体法庭管辖。另外，南共体法庭还具有提供咨询意见的权限，可以应首脑会议或者部长会议的要求提供专门法律咨询意见。议定书还详细规定了法庭审理案件的具体程序，主要包括诉讼费用、审理形式、临时措施、判决的执行以及再审等，由于这些程序和英美法系国家的民事诉讼程序大致相同，因此不再重点论述。

以上属于南共体纠纷解决机制的法律框架，主要是程序法。在南共体贸易专家组以及南共体法庭审理案件时，可以适用国际法、南共体的条约、争议两者之间的条约以及国际惯例等。如果涉及投资领域的纠纷，而纠纷当事国是华盛顿解决国家与他国国民之间投资争端公约（简称华盛顿公约）的成员国或者成员国国民，则可以由华盛顿公约向争议解决中心申请，此时当事国可以选择纠纷解决的机构，即南共体的贸易专家组和华盛顿公约的争议解决中心都具有平行管辖权。

二、南共体经贸纠纷解决制度

南共体贸易专家组是处理南共体国家经贸纠纷的专门机构，但是贸易专家组并非常设机构，专家组都是在纠纷发生后由争端国自主选择成立的。虽然南共体设有法庭，但是经贸纠纷必须先经过贸易专家组的审理，即便当事国先到南共体法庭起诉，法庭也会命令成立贸易专家组审理。

南

非

425

南共体贸易议定书中的争端解决机制除了规定贸易专家组的审查程序之外，还特别规定了磋商程序、斡旋和调解、和解等方式解决纠纷。南共体鼓励当事国运用磋商的机制解决纠纷，因此特意将磋商程序设置为专家组陈词的前置程序，即当事国提起贸易专家组程序前必须先进行磋商，只有在磋商无结果或者对方拒绝磋商的情况下才能启动贸易专家组程序。南共体《经贸议定书争端解决机制》第 3 条规定，磋商的期限为 60 日，如果在 60 日之内不能达成一致，则当事国可以启动专家组程序。一般而言，如果是较大的经贸案件，很难在 60 天之内完成磋商；但另外一方面，如果不规定明确的磋商期限，则优势一方当事国可以借磋商程序拖延时间。所以，磋商程序的具体规定还是应当在实践中完善。除了磋商，当事国还可以进行斡旋、调解和和解，与磋商不同，进行斡旋、调解与和解并非启动专家组程序的前提，而且即便专家组程序已经启动，当事国仍然可以进行斡旋、调解与和解。这个过程应当严格保密，斡旋、调解与和解的情形不应当透露给专家组成员，从而影响专家的判断。

如果上述措施不能解决纠纷，那么当事国可以启动专家组程序。专家组应当在收到请求之后 20 日内成立，一般来说专家组为 3 人。专家组需审核当事国是否进行了磋商以及要求其提交书面材料陈述案情和分析法律问题。贸易专家组有权对当事国的请求进行全方位的审查，包括争议事实、证据材料、法律问题、损失程度以及采取何种措施可以赔偿或抵消损害等。专家组一般应在成立之后 90 天提交初步报告，初步报告的内容包括：事实调查结果；申请方请求的措施是否符合南共体经贸议定书的相关规则；专家组建议的措施。专家组提交初步报告之后，各方当事国可以在 15 天之内发表书面意见，而专家组则针对这些书面意见进一步审查案件事实、修改修正报告措施、征求其他各方意见等。在初步意见之后 30 日内，专家组必须出台最终报告。

在最终报告提交之后 6 个月内，南共体成员国必须书面回复部门协调处执行专家组的建议或裁决的意向。如果其在期限内拒不回应或者明确拒绝执行，则专家组可以授权另一方当事国采取"补偿和中止减让"等报复措施。

一方面，如果当事国不服贸易专家组的裁决，可以到南共体法庭请求审理。南共体经贸议定书没有特别明确专家组审理和南共体法庭审理的关系，按照南共体法庭审理的程序规定看来，法庭是有权对事实进行"重新"审理的，换句话说不服专家组的裁决而请求南共体法庭审理并非上诉，而是重新审理。而另外一方面，如果专家组已经做出裁决，而一方当事人向法庭申请审理，此时专家组是否有效、是否暂时停止执行还是当然无效，以及如果法庭认为专家组的裁决错误而做出判决，是否自然而然就撤销了专家组的裁决……这些问题南共体的相关规定比较模糊，存在漏洞。

从另外一个角度，我们发现南共体的上述经贸纠纷解决机制与 WTO 的纠纷解决机制非常相似，可以说前者以后者为蓝本。但是 WTO 或者南共体都未明确如果争端国同时是 WTO 以及南共体的成员国，应当通过哪种方式解决纠纷。

第六节　司法救济风险及其防范

本节所谓的司法救济的风险及其防范是指中国在南非投资和从事经贸活动的司法救济的风险及其防范，这也是本书编写的初衷。

我国在南非投资和从事经贸活动的风险主要是由于经济形势和南非的实体法律制度的改变，但是从程序法角度看，由于南非的程序法律制度与我国法律存在巨大差异，也可能给中国投资者和经营者带来风险。

南

非

　　南非原来是英国的殖民地，其法律制度具有典型的英美法系的特点，正是由于这些特点，给中国投资者和经营者带来了巨大的风险。

　　第一，南非法律运作中程序法优先于实体法，这就意味着即便中国投资者和经营者在实体法上理由充分，也必须按照程序法的游戏规则处理纠纷。最典型的例子是，中国民事诉讼中不强制被告答辩，而按照南非的诉讼规则，被告必须答辩（答辩之前还应当提交答辩意图告知书），否则的话法院有权直接按照原告的书状作出不答辩判决。另外一个典型的例子是南非程序法往往对到期日具有明确的规定，如果中国当事人不严格按照期限提交材料，南非法院可能直接赋予实体上的不利后果。

　　第二，南非的法院系统非常复杂，存在多套系统和多个层级。比如普通法院中有的案件在地区法院审理，有的案件在区域法院审理，两种法院只有细微的区别，稍不注意去错法院可能导致案件被驳回或者耽误时效。

　　第三，南非最高上诉法院是最高一级的上诉法院，但涉及宪法问题的案件还可以上诉。按照英美法的基本精神——什么法律问题都是可争辩的同时也是与宪法相关的，因此，只要当事人有资金，完全可以将任何案件打成宪法官司。中国投资者和经营者必须有充分的心理预期和物质准备。

　　第四，南非的时效制度与我国不同，存在 3 个月～20 年不等的时效，所以不能想当然的以为南非的诉讼时效和中国一样是 3 年。另外，南非的时效是不变期限，没有诉讼时效中断、中止的情况（极端情况下有例外），因此如果在与南非当事人发生纠纷且时效快届满时必须先起诉，即便当时正在进行谈判协商。

　　第五，南非的仲裁法律和仲裁程序与我国虽说大致相同——比如都要求书面仲裁协议，都规定当事人选择一名仲裁员，但是仍然存在一些差异。比如南非的仲裁庭组成可以是两人庭，除了有常规的仲裁员（Arbitrator）之外还有一种特殊的主裁员（Umpire）；又比如南非法院对仲裁庭的监督和干预程度要高于我国法院对仲裁庭的监督。

第六，表面看来南非是纽约公约成员国，而且南非法律对于承认和执行外国仲裁裁决的规定比较宽泛，但是具体执行过程中的程序非常复杂，而且南非对不是英美法系国家的仲裁裁决往往实际上采用比较严格的标准。因此，中国投资者或经营者应当详细了解南非仲裁法律以及南非承认和执行外国仲裁裁决的具体规定。

第七，南非法律与英美法系观点一致，都认为和解协议就是普通的合同。因此，按照南非法律，和解协议是没有强制执行力的。因此，中国投资者与经营者如果和南非本地公司或者自然人发生纠纷，即便达成一致也最好到法院起诉，请求法院命令将和解协议采纳到判决书中（南非法院没有调解书文书，要么作出判决采纳和解协议，要么原告撤诉）。

第八，在南非，与案件以及案件当事人没有任何关系的人都可能有出庭作证的义务，而且传唤作证的传票（Subpoena，区别于对被告的传票 Summon）是当事人的在案律师就可以签发。因此，在南非投资和经营的中国公司或者中国公民，在收到作证传票之后都应当咨询律师，要么出庭作证要么按照程序主张免证特权，否则可能被法庭判为藐视法庭。

以上是比较常见的司法救济风险，因为南非的程序法律非常复杂，所以司法救济方面的风险还有很多，但限于篇幅，不再赘述。

附录一：

南非主要法律法规[①]

一、农林业、动物

1.《转基因生物法》*Genetically Modified Organisms Act* 15 *of* 1997

2.《易腐产品出口管制法》*Perishable Products Export Control Act* 9 *of* 1983

3.《植物育种者权利法》*Plant Breeders' Rights Act* 15 *of* 1976

4.《动物疾病法》*Animal Diseases Act* 35 *of* 1984

5.《动物识别法》*Animal Identification Act* 6 *of* 2002

二、酒类

6.《酒法》*Liquor Act* 59 *of* 2003

7.《酒类产品法》*Liquor Products Act* 60 *of* 1989

三、仲裁

8.《仲裁法》*Arbitration Act* 42 *of* 1965

四、武器弹药类

9.《南非军备有限公司法》*Armaments Corporation of South Africa Limited Act* 51 *of* 2003

10.《危险武器法》*Dangerous Weapons Act* 15 *of* 2013

11.《枪支管制法》*Firearms Control Act* 60 *of* 2000

五、航空

12.《移动设备国际利益公约法》*Convention on International Interests in Mobile Equipment Act* 4 *of* 2007

---

① 资料及分类方法来源于南非网站：http：//www. lawsofsouthafrica. up. ac. za 若有遗漏，详情请见每章节末。

13. 《南非航空法》 *South African Airways Act 5 of 2007*

14. 《南非快运法》 *South African Express Act 34 of 2007*

六、银行与可转让证券

15. 《银行法》 *Banks Act 94 of 1990*

16. 《汇票法》 *Bills of Exchange Act 34 of 1964*

17. 《合作银行法》 *Co-operative Banks Act 40 of 2007*

18. 《货币与外汇法》 *Currency and Exchanges Act 9 of 1933*

19. 《财务咨询与中介服务法》 *Financial Advisory and Intermediary Services Act 37 of 2002*

20. 《金融机构基金保护法》 *Financial Institutions Protection of Funds Act 28 of 2001*

21. 《金融服务监管法》 *Financial Services Ombud Schemes Act 37 of 2004*

22. 《土地与农业发展银行法》 *Land and Agricultural Development Bank Act 15 of 2002*

23. 《互助银行法》 *Mutual Banks Act 124 of 1993*

24. 《国家支付制度法》 *National Payment System Act 78 of 1998*

25. 《南非储备银行法》 *South African Reserve Bank Act 90 of 1989*

七、出生与死亡

26. 《性别描述及状态变更法》 *Alteration of Sex Description and Sex Status Act 49 of 2003*

27. 《出生和死亡登记法》 *Births and Deaths Registration Act 51 of 1992*

八、广播

28. 《广播法》 *Broadcasting Act 4 of 1999*

九、审查

29. 《电影及出版物法》 *Films And Publications Act 65 of 1996*

十、公民与外国人

30. 《住所法》 *Domicile Act 3 of 1992*

南

非

31. 《移民法》 Immigration Act 13 of 2002

32. 《难民法》 Refugees Act 130 of 1998

33. 《南非公民法》 South African Citizenship Act 88 of 1995

十一、合作

34. 《合作社法》 Co-operatives Act 14 of 2005

十二、公司与封闭公司

35. 《封闭公司法》 Close Corporations Act 69 of 1984

36. 《公司法》 Companies Act 61 of 1973

37. 《公司法》 Companies Act 71 of 2008

十三、宪法

38. 《宪法援引法》 Citation of Constitutional Laws Act 5 of 2005

39. 《文化、宗教与语言社区权利促进与保护委员会法》 Commission for the Promotion and Protection of the Rights of Cultural, Religious and Linguistic Communities Act 19 of 2002

40. 《南非共和国宪法》 Constitution of the Republic of South Africa 1996

41. 《外国国家豁免法》 Foreign States Immunities Act 87 of 1981

42. 《政府间关系框架法》 Intergovernmental Relations Framework Act 13 of 2005

43. 《司法服务委员会法》 Judicial Service Commission Act 9 of 1994

44. 《国家传统领袖委员会法》 National House of Traditional Leaders Act 22 of 2009

45. 《国家青年发展局法》 National Youth Development Agency Act 54 of 2008

46. 《国家及省级立法机构特权与豁免权法》 Powers Privileges and Immunities of Parliament And Provincial Legislatures Act 4 of 2004

47. 《信息获取促进法》 Promotion of Access to Information Act

2 *of* 2000

48. 《促进行政公正法》*Promotion of Administrative Justice Act* 3 *of* 2000

49. 《促进平等和防止不公平歧视法》*Promotion of Equality and Prevention of Unfair Discrimination Act* 4 *of* 2000

50. 《保卫宪政民主反恐怖主义和相关活动法》*Protection of Constitutional Democracy Against Terrorist and Related Activities Act* 33 *of* 2004

51. 《个人信息保护法》*Protection of Personal Information Act* 4 *of* 2013

52. 《南非人权委员会法》*South African Human Rights Commission Act* 40 *of* 2013

53. 《国家责任法》*State Liability Act* 20 *of* 1957

54. 《传统领导阶层与治理机构法》*Traditional Leadership And Governance Framework Act* 41 *of* 2003

十四、法院

55. 《南非法律援助法》*Legal Aid South Africa Act* 39 *of* 2014

56. 《民事送达程序互惠法》*Reciprocal Service of Civil Process Act* 12 *of* 1990

57. 《小额索赔法庭法》*Small Claims Courts Act* 61 *of* 1984

58. 《南非司法教育学院法》*South African Judicial Education Institute Act* 14 *of* 2008

59. 《高等法院法》*Superior Courts Act* 10 *of* 2013

60. 《纠缠诉讼法》*Vexatious Proceedings Act* 3 *of* 1956

十五、刑法与刑事诉讼

61. 《损害赔偿划分法》*Apportionment of Damages Act* 34 *of* 1956

62. 《儿童正义法》*Child Justice Act* 75 *of* 2008

63. 《刑法（关于性犯罪及有关事项的）修正案》*Criminal Law（Sexual Offences and Related Matters）Amendment Act* 32 *of* 2007

64. 《刑事诉讼法》 *Criminal Procedure Act* 51 *of* 1977

65. 《家庭暴力法》 *Domestic Violence Act* 116 *of* 1998

66. 《金融情报中心法》 *Financial Intelligence Centre Act* 38 *of* 2001

67. 《恐吓法》 *Intimidation Act* 72 *of* 1982

68. 《国家检察机关法》 *National Prosecuting Authority Act* 32 *of* 1998

69. 《预防和打击腐败活动法》 *Prevention and Combating of Corrupt Activities Act* 12 *of* 2004

70. 《预防和打击酷刑行为法》 *Prevention and Combating of Torture of Persons Act* 13 *of* 2013

71. 《预防和打击人口贩运行为法》 *Prevention and Combating of Trafficking in Persons Act* 7 *of* 2013

72. 《禁止伪造货币法》 *Prevention of Counterfeiting of Currency Act* 16 *of* 1965

73. 《预防有组织犯罪法》 *Prevention of Organised Crime Act* 121 *of* 1998

74. 《信息披露保护法》 *Protected Disclosures Act* 26 *of* 2000

75. 《防止骚扰法》 *Protection from Harassment* 17 *of* 2011

76. 《集会监管法》 *Regulation of Gatherings Act* 205 *of* 1993

77. 《通信拦截规则和通信相关信息规定法案》 *Regulation of Interception of Communications and Provision of Communication-related Information Act* 70 *of* 2002

78. 《性犯罪法》 *Sexual Offences Act* 23 *of* 1957

十六、文化与艺术

79. 《出版物法定缴存法》 *Legal Deposit Act* 54 *of* 1997

十七、损害

80. 《损害评估法》 *Assessment of Damages Act* 9 *of* 1969

十八、债务人与债权人

81. 《违约金法》 *Conventional Penalties Act* 15 *of* 1962

82. 《信用评级服务法》 *Credit Rating Services Act* 24 *of* 2012

83. 《债务催收法》 Debt Collectors Act 114 of 1998

84. 《国家信贷法》 National Credit Act 34 of 2005

85. 《法定利率法》 Prescribed Rate of Interest Act 55 of 1975

86. 《动产担保法》 Security by Means of Movable Property Act 57 of 1993

十九、契约

87. 《契约登记法》 Deeds Registries Act 47 of 1937

二十、防御

88. 《军事监察法》 Military Ombud Act 4 of 2012

89. 《退伍军人法》 Military Veterans Act 18 of 2011

90. 《国家重点利益法》 National Key Points Act 102 of 1980

91. 《禁止或限制使用某些常规武器法》 Prohibition or Restriction of Certain Conventional Weapons Act 18 of 2008

92. 《信息保护法》 Protection of Information Act 84 of 1982

二十一、灾害

93. 《灾害管理法》 Disaster Management Act 57 of 2002

二十二、选举

94. 《地方政府选举法》 Local Government Municipal Electoral Act 27 of 2000

二十三、电力

95. 《电力管理法》 Electricity Regulation Act 4 of 2006

二十四、环境保护

96. 《农业资源保护法》 Conservation of Agricultural Resources Act 43 of 1983

97. 《环境保护法》 Environment Conservation Act 73 of 1989

98. 《环境法合理化法》 Environmental Laws Rationalisation Act 51 of 1997

99. 《海洋生物资源法》 Marine Living Resources Act 18 of 1998

100. 《山区集水区法》 Mountain Catchment Areas Act 63 of 1970

101. 《国家环境管理法》 *National Environmental Management Act* 107 *of* 1998

102. 《国家环境管理：空气质量法》 *National Environmental Management Air Quality Act* 39 *of* 2004

103. 《国家环境管理：生物多样性法》 *National Environmental Management Biodiversity Act* 10 *of* 2004

104. 《国际环境管理：海岸综合管理法》 *National Environmental Management Integrated Coastal Management Act* 24 *of* 2008

105. 《国家环境管理：保护区法》 *National Environmental Management Protected Areas Act* 57 *of* 2003

106. 《国家环境管理：废弃物法》 *National Environmental Management Waste Act* 59 *of* 2008

107. 《国家森林法》 *National Forests Act* 84 *of* 1998

108. 《国家放射性废物处置法》 *National Radioactive Waste Disposal Institute Act* 53 *of* 2008

二十五、不动产与信托

109. 《不动产管理法》 *Administration of Estates Act* 66 *of* 1965

110. 《信托财产管理法》 *Trust Property Control Act* 57 *of* 1988

二十六、证据

111. 《民事诉讼证据法》 *Civil Proceedings Evidence Act* 25 *of* 1965

112. 《非洲国家书证法》 *Documentary Evidence from Countries in Africa Act* 62 *of* 1993

113. 《外国法院证据法》 *Foreign Courts Evidence Act* 80 *of* 1962

114. 《证据法修正案》 *Law of Evidence Amendment Act* 45 *of* 1988

二十七、爆炸物

115. 《爆炸物法》 *Explosives Act* 26 *of* 1956

二十八、家庭

116. 《儿童法》 *Children's Act* 38 *of* 2005

117. 《民事结合法》 Civil Union Act 17 of 2006

118. 《死亡推定下婚姻解除法》 Dissolution of Marriages on Presumption of Death Act 23 of 1979

119. 《离婚法》 Divorce Act 70 of 1979

120. 《扶养法》 Maintenance Act 99 of 1998

121. 《尚存配偶扶养法》 Maintenance of Surviving Spouses Act 27 of 1990

122. 《婚姻法》 Marriage Act 25 of 1961

123. 《婚姻财产法》 Matrimonial Property Act 88 of 1984

124. 《承认习惯法婚姻法》 Recognition of Customary Marriages Act 120 of 1998

二十九、金融机构

125. 《公共存款公司法》 Corporation for Public Deposits Act 46 of 1984

126. 《金融服务委员会法》 Financial Services Board Act 97 of 1990

127. 《金融部门监管法案》 Inspection of Financial Institutions Act 80 of 1998

三十、赌博

128. 《彩票法》 Lotteries Act 57 of 1997

129. 《赌博法》 National Gambling Act 7 of 2004

三十一、假日

130. 《公共假日法》 Public Holidays Act 36 of 1994

三十二、住房

131. 《社区服务计划监察法》 Community Schemes Ombud Service Act 9 of 2011

132. 《住房抵押贷款披露法》 Home Loan and Mortgage Disclosure Act 63 of 2000

133. 《住房消费者保护措施法》 Housing Consumers Protection Measures Act 95 of 1998

134. 《住房发展署法》 Housing Development Agency Act 23 of

南

非

437

2008

135.《退休人员住房发展规划法》*Housing Development Schemes for Retired Persons Act* 65 *of* 1988

136.《地区名称法》*Sectional Titles Act* 95 *of* 1986

137.《地区名称计划管理法》*Sectional Titles Schemes Management Act* 8 *of* 2011

138.《社会住房法》*Social Housing Act* 16 *of* 2008

三十三、保险

139.《长期保险法》*Long-Term Insurance Act* 52 *of* 1998

140.《短期保险法》*Short-Term Insurance Act* 53 *of* 1998

三十四、知识产权

141.《版权法》*Copyright Act* 98 *of* 1978

142.《反假冒商品法》*Counterfeit Goods Act* 37 *of* 1997

143.《外观设计法》*Designs Act* 195 *of* 1993

144.《由公共资助的研究和开发的知识产权法》*Intellectual Property Rights from Publicly Financed Research and Development Act* 51 *of* 2008

145.《专利法》*Patents Act* 57 *of* 1978

146.《电影著作权登记法》*Registration of Copyright in Cinematograph Films Act* 62 *of* 1977

147.《商业标记法》*Merchandise Marks Act* 17 *of* 1941

148.《商标法》*Trade Marks Act* 194 *of* 1993

三十五、国际法的实施

149.《日内瓦公约实施法》*Implementation of The Geneva Conventions Act* 8 *of* 2012

150.《南非红十字会和特定标志合法保护法》*South African Red Cross Society and Legal Protection of Certain Emblems Act* 10 *of* 2007

三十六、法律解释

151.《法律解释法》*Interpretation Act* 33 *of* 1957

三十七、治安法官及誓词

152.《治安法官及誓词法》 *Justices of the Peace and Commissioners of Oaths Act* 16 *of* 1963

三十八、劳动法

153.《雇佣基本条件法》 *Basic Conditions of Employment Act* 75 *of* 1997

154.《职业伤害和疾病补偿法》 *Compensation for Occupational Injuries and Diseases Act* 130 *of* 1993

155.《平等雇佣法》 *Employment Equity Act* 55 *of* 1998

156.《就业服务法》 *Employment Services Act* 4 *of* 2014

157.《劳动关系法》 *Labour Relations Act* 66 *of* 1995

158.《职业健康与安全法》 *Occupational Health and Safety Act* 85 *of* 1993

159.《失业保险法》 *Unemployment Insurance Act* 63 *of* 2001

160.《失业保险征缴法》 *Unemployment Insurance Contributions Act* 4 *of* 2002

三十九、土地

161.《土地转让法》 *Alienation of Land Act* 68 *of* 1981

162.《公有财产协会法》 *Communal Property Associations Act* 28 *of* 1996

163.《征收法》 *Expropriation Act* 63 *of* 1975

164.《扩大房屋使用权保障法》 *Extension of Security of Tenure Act* 62 *of* 1997

165.《土地租赁程序法》 *Formalities in Respect of Leases of Land Act* 18 *of* 1969

166.《临时保护土地权利法》 *Interim Protection of Formal Land Rights Act* 31 *of* 1996

167.《土地管理法》 *Land Administration Act* 2 *of* 1995

168.《土地改革劳动租户法》 *Land Reform Labour Tenants Act* 3 *of* 1996

169.《禁止非法驱逐及违法占用土地法》 *Prevention of Illegal*

Eviction from and Unlawful Occupation of Land Act 19 of 1998

170.《资产评估法》Property Valuation Act 17 of 2014

171.《土地回归权利法》Restitution of Land Rights Act 22 of 1994

172.《空间信息基础设施法》Spatial Data Infrastructure Act 54 of 2003

173.《空间规划和土地使用管理法》Spatial Planning and Land Use Management Act 16 of 2013

174.《国有土地转让法》State Land Disposal Act 48 of 1961

175.《农业土地划分法》Subdivision of Agricultural Land Act 70 of 1970

四十、业主与租户

176.《租房法》Rental Housing Act 50 of 1999

四十一、清算与破产

177.《跨境破产法》Cross-Border Insolvency Act 42 of 2000

178.《破产法》Insolvency Act 24 of 1936

四十二、地方政府

179.《跨境市政法废止和相关事项的修正法》Cross-boundary Municipalities Laws Repeal and Related Matters Act 23 of 2005

180.《消防法》Fire Brigade Services Act 99 of 1987

181.《城市划界法》Local Government Municipal Demarcation Act 27 of 1998

182.《市政财政管理法》Local Government Municipal Finance Management Act 56 of 2003

183.《市政财产税法》Local Government Municipal Property Rates Act 6 of 2004

184.《城市政府组织法》Local Government Municipal Structures Act 117 of 1998

185.《城市政府体系法》Local Government Municipal Systems Act 32 of 2000

186.《市政财政权力与职能法》Municipal Fiscal Powers and

Functions Act 12 *of* 2007

四十三、医疗卫生

187.《选择终止妊娠法》*Choice on Termination of Pregnancy Act* 92 *of* 1996

188.《危险品法》*Hazardous Substances Act* 15 *of* 1973

189.《医疗计划法》*Medical Schemes Act* 131 *of* 1998

190.《药品和相关物质法》*Medicines and Related Substances Act* 101 *of* 1965

191.《国家卫生法》*National Health Act* 61 *of* 2003

192.《药房法》*Pharmacy Act* 53 *of* 1974

193.《药物滥用的预防和治疗法》*Prevention of and Treatment for Substance Abuse Act* 70 *of* 2008

194.《烟草制品控制法》*Tobacco Products Control Act* 83 *of* 1993

195.《传统健康从业者法》*Traditional Health Practitioners Act* 22 *of* 2007

四十四、矿产及能源开采

196.《地学法》*Geoscience Act* 100 *of* 1993

197.《矿山健康与安全法》*Mine Health and Safety Act* 29 *of* 1996

198.《矿产资源和石油开发法》*Mineral and Petroleum Resources Development Act* 28 *of* 2002

199.《矿产和石油资源矿区使用费法》*Mineral and Petroleum Resources Royalty Act* 28 *of* 2008

200.《矿产和石油资源矿区使用费（行政）法》*Mineral and Petroleum Resources Royalty（Administration）Act* 29 *of* 2008

201.《矿产技术法》*Mineral Technology Act* 30 *of* 1989

202.《矿业权登记法》*Mining Titles Registration Act* 16 *of* 1967

203.《国家核监管法》*National Nuclear Regulator Act* 47 *of* 1999

204.《核能法》Nuclear Energy Act 46 of 1999

205.《矿工职业病补偿法》Occupational Diseases in Mines and Works Act 78 of 1973

206.《石油管道法》Petroleum Pipelines Act 60 of 2003

207.《石油管道征税法》Petroleum Pipelines Levies Act 28 of 2004

208.《石油产品法》Petroleum Products Act 120 of 1977

209.《贵金属法》Precious Metals Act 37 of 2005

四十五、机动车辆

210.《道路交通违章行政处罚法》Administrative Adjudication of Road Traffic Offences Act 46 of 1998

211.《国家陆路运输法》National Land Transport Act 5 of 2009

212.《国家道路交通法》National Road Traffic Act 93 of 1996

213.《交通事故基金法（过渡条款）》Road Accident Fund (Transitional Provisions) Act 15 of 2012

四十六、国家遗迹与档案

214.《国家遗产资源法》National Heritage Resources Act 25 of 1999

四十七、养老金与社会福利

215.《资金筹措法》Fund-raising Act 107 of 1978

216.《养老金法》General Pensions Act 29 of 1979

217.《非营利组织法》Nonprofit Organisations Act 71 of 1997

218.《老年法》Older Persons Act 13 of 2006

219.《退休金法》Pension Funds Act 24 of 1956

220.《社会救助法》Social Assistance Act 13 of 2004

221.《南非社会保障机构法》South African Social Security Agency Act 9 of 2004

四十八、警察

222.《治安管理民警秘书处法》Civilian Secretariat For Police Service Act 2 of 2011

223. 《独立调查理事会法》 Independent Police Investigative Directorate Act 1 of 2011

四十九、邮政服务与电子通讯

224. 《宽带通讯法》 Broadband Infraco Act 33 of 2007

225. 《电子通讯法》 Electronic Communications Act 36 of 2005

226. 《电子通讯与交易法》 Electronic Communications and Transactions Act 25 of 2002

227. 《南非独立通信监管法》 Independent Communications Authority of South Africa Act 13 of 2000

228. 《南非邮政有限公司法》 South African Post Office Soc Ltd Act 22 of 2011

229. 《南非邮政银行有限公司法》 South African Postbank Limited Act 9 of 2010

五十、时效

230. 《起诉国家机关机构法》 Institution of Legal Proceedings Against Certain Organs of State Act 40 of 2002

231. 《时效法》 Prescription Act 68 of 1969

五十一、职业

232. 《出庭律师资格法》 Admission of Advocates Act 74 of 1964

233. 《审计职业法案》 Auditing Profession Act 26 of 2005

234. 《风险代理费用法》 Contingency Fees Act 66 of 1997

235. 《房地产经销法》 Estate Agency Affairs Act 112 of 1976

236. 《测绘行业法》 Geomatics Profession Act 19 of 2013

237. 《职业健康法》 Health Professions Act 56 of 1974

238. 《房地产估价师职业法》 Property Valuers Profession Act 47 of 2000

五十二、省政府

239. 《省政府借款权法》 Borrowing Powers of Provincial Governments Act 48 of 1996

240. 《政府固定资产管理法》 Government Immovable Asset

Management Act 19 of 2007

241.《省政府授权程序法》Mandating Procedures of Provinces Act 52 of 2008

五十三、公共服务

242.《公共服务法》Public Service Act Proc 103 of 1994

五十四、税收与财政

243.《海关与税收法》Customs and Excise Act 91 of 1964

244.《南非开发银行法》Development Bank of South Africa Act 13 of 1997

245.《推动就业税收法》Employment Tax Incentive Act 26 of 2013

246.《遗产税法》Estate Duty Act 45 of 1955

247.《外汇管制特赦及税收修正法》Exchange Control Amnesty and Amendment of Taxation Laws Act 12 of 2003

248.《议会与立法机构财政管理法》Financial Management of Parliament and Legislatures Act 10 of 2009

249.《预算修正程序和相关事项法》Money Bills Amendment Procedure and Related Matters Act 9 of 2009

250.《国家振兴基金法》National Empowerment Fund Act 105 of 1998

251.《优先本地采购政策框架法》Preferential Procurement Policy Framework Act 5 of 2000

252.《公共审计法》Public Audit Act 25 of 2004

253.《公共财政管理法》Public Finance Management Act 1 of 1999

254.《公共投资公司法》Public Investment Corporation Act 23 of 2004

255.《利率与货币数量及税收法修正案行政法》Rates and Monetary Amounts and Amendment of Revenue Laws Administration Act 14 of 2016

256.《证券交易税法》Securities Transfer Tax Act 25 of 2007

257. 《证券交易税管理法》 *Securities Transfer Tax Administration Act 26 of 2007*

258. 《税收征管法》 *Tax Administration Act 28 of 2011*

259. 《转让税法》 *Transfer of Duty Act 40 of 1949*

260. 《自愿披露计划与税法第二修正案》 *Voluntary Disclosure Programme and Taxation Laws Second Amendment Act 8 of 2010*

五十五、公路

261. 《道路与带状发展区广告法》 *Advertising on Roads and Ribbon Development Act 21 of 1940*

五十六、租售

262. 《消费者保护法》 *Consumer Protection Act 68 of 2008*

263. 《二手商品交易法》 *Second-Hand Goods Act 6 of 2009*

五十七、学校教育

264. 《教育者就业法》 *Employment of Educators Act 76 of 1998*

265. 《国家教育政策法》 *National Education Policy Act 27 of 1996*

266. 《技能发展法》 *Skills Development Act 97 of 1998*

267. 《技能发展征税法》 *Skills Development Levies Act 9 of 1999*

五十八、科研

268. 《南非非洲研究所法废除法》 *Africa Institute of South Africa Act Repeal Act 21 of 2013*

269. 《天文地理优势法》 *Astronomy Geographic Advantage Act 21 of 2007*

270. 《人类科学研究委员会法》 *Human Sciences Research Council Act 17 of 2008*

271. 《南非国家航天局法》 *South African National Space Agency Act 36 of 2008*

272. 《技术创新局法》 *Technology Innovation Agency Act 26 of 2008*

五十九、船舶法

273.《商船国际油污损害民事责任公约法》*Merchant Shipping Civil Liability Convention Act* 25 *of* 2013

274.《商船国际油污损害赔偿基金法》*Merchant Shipping International Oil Pollution Compensation Fund Act* 24 *of* 2013

275.《商船国际油污损害赔偿基金管理法》*Merchant Shipping International Oil Pollution Compensation Fund Administration Act* 35 *of* 2013

276.《商船国际油污损害赔偿分摊法》*Merchant Shipping International Oil Pollution Compensation Fund Contributions Act* 36 *of* 2013

277.《商船集装箱安全公约法》*Merchant Shipping Safe Containers Convention Act* 10 *of* 2011

六十、体育

278.《体育与娱乐活动安全法》*Safety at Sports and Recreational Events Act* 2 *of* 2010

279.《南非体育委员会法废除法》*South African Sports Commission Act Repeal Act* 8 *of* 2005

六十一、证券交易

280.《集体投资计划控制法》*Collective Investment Schemes Control Act* 45 *of* 2002

281.《金融市场法》*Financial Markets Act* 19 *of* 2012

六十二、税法

282.《所得税法》*Income Tax Act* 58 *of* 1962

283.《增值税法》*Value-Added Tax Act* 89 *of* 1991

六十三、旅游

284.《旅游法》*Tourism Act* 3 *of* 2014

六十四、贸工

285.《合格评定、校准及良好实验室规范认证法》*Accreditation for Conformity Assessment*，*Calibration and Good Laboratory Practice Act* 19 *of* 2006

286.《广义黑人经济振兴法》*Broad-Based Black Economic Empowerment Act* 53 *of* 2003

287.《商业法》*Businesses Act* 71 *of* 1991

288.《竞争法》*Competition Act* 89 *of* 1998

289.《国际货物销售代理公约法》*Convention on Agency in the International Sale of Goods Act* 4 *of* 1986

290.《基础设施发展法》*Infrastructure Development Act* 23 *of* 2014

291.《法制计量法》*Legal Metrology Act* 9 *of* 2014

292.《测量单位及国家测量标准法》*Measurement Units and Measurement Standards Act* 18 *of* 2006

293.《国家建筑规制及建筑标准法》*National Building Regulations and Building Standards Act* 103 *of* 1977

294.《私人保安行业管理法》*Private Security Industry Regulation Act* 56 *of* 2001

295.《特别经济区法》*Special Economic Zones Act* 16 *of* 2014

296.《标准法》*Standards Act* 8 *of* 2008

六十五、水

297.《国家水法》*National Water Act* 36 *of* 1998

298.《水服务法》*Water Services Act* 108 *of* 1997

六十六、遗嘱与继承

299.《无遗嘱继承法》*Intestate Succession Act* 81 *of* 1987

300.《继承习惯法与相关规定改革法》*Reform of Customary Law of Succession and Regulation of Related Matters Act* 11 *of* 2009

301.《遗嘱法》*Wills Act* 7 *of* 1953

六十七、判例

可从下列网站查找：

302. 南非法律信息中心（含各省及部门法重要判例）

http：//*www. saflii. org*/*content*/*south-africa-index*

303. 南非宪法法院判例

http：//*www. saflii. org*/*za*/*cases*/*ZACC*/

南

非

附录二：

南非主要政府部门、司法机构[①]

1. 政府部门

（1）总统府（The Department in Presidency）

地址：The Presidency，Union Buildings，Government Avenue，Pretoria

电话：0027 - 012 3005200

传真：0027 - 012 3238246

（2）农业、林业和渔业部（Department of Agriculture，Forestry and Fisheries）

地址：Agriculture Place，20 Steve Biko（Formerly Beatrix）Street，Arcadia，Pretoria 0002

电话：0027 - 021 4674502

传真：0027 - 021 4656550

邮箱：Enquiries@ daff. gov. za

网址：www. daff. gov. za

（3）艺术和文化部（Department of Arts and Culture）

地址：Kingsley Centre，481 cnr Steve Biko and Stanza Bopape Streets，Arcadia，Pretoria

电话：0027 - 012 4413000

传真：0027 - 012 4413699

邮箱：info@ dac. gov. za

网址：www. dac. gov. za

（4）基础教育部（Department of Basic Education）

---

① 资料来源于南非官方网站，www. gov. za

地址：Sol Plaatjie House，222 Struben Street，Between Thabo Sehume and Paul Kruger Streets，Pretoria

电话：0027 - 012 3573000

传真：0027 - 012 3230601

邮箱：info@ dbe. gov. za

网址：www. education. gov. za

（5）通信部（Department of Communications）

地址：Tshedimosetso House，1035 cnr Frances Baard and Festival streets，HATFIELD，Pretoria，0083

电话：0027 - 012 4730000

网址：www. doc. gov. za

（6）合作治理部（Department of Cooperative Governance）

地址：87 Hamilton Street，Arcadia，Pretoria

电话：0027 - 012 3340600

传真：0027 - 012 3340603

邮箱：enquiry@ cogta. gov. za

网址：www. cogta. gov. za

（7）传统事务部（Department of Traditional Affairs）

地址：1 Pencadia Building，3rd Floor，509 Pretorius Street，Pretoria

电话：0027 - 012 3365824/3365825

传真：0027 - 012 3365952

网址：www. dta. gov. za

（8）惩教署（Department of Correctional Services）

地址：Poyntons Building，cnr WF Nkomo and Sophie De bruyn Streets，West Block，Pretoria

电话：0027 - 012 3072999/2998/2227

传真：0027 - 012 3236088

邮箱：communications@ dcs. gov. za

网址：www. dcs. gov. za

（9）国防部（Department of Defence）

南

非

449

地址：Defence Headquarters，Armscor Building，cnr Delmas Avenue and Nossob Streets，Erasmusrand，Pretoria

电话：0027 - 012 3556200

传真：0027 - 012 3477445

邮箱：info@ dod. mil. za

网址：www. dod. mil. za

（10）退伍军人部（Department of Military Veterans）

地址：1052 Acardia Street，Festival Street，Hatfield，Pretoria

电话：0027 - 012 7659300/0027 - 080 2323244

传真：0027 - 012 6711108

邮箱：odg@ dmv. gov. za

网址：www. dmv. gov. za

（11）经济发展部（Department of Economic Development）

地址：The dti，Block A，3rd Floor，77 Meintjies Street，Sunnyside，Pretoria

电话：0027 - 012 3941006/0027 - 012 3943747

传真：0027 - 012 3940255

邮箱：edd - dg@ economic. gov. za

网址：www. economic. gov. za

（12）能源部（Department of Energy）

地址：192 cnr Visagie and Paul Kruger Streets，Pretoria

电话：0027 - 012 4068000　石油许可：0027 - 012 4067788

传真：0027 - 012 3235637

邮箱：info@ energy. gov. za

网址：www. energy. gov. za

（13）财政部（National Treasure）

地址：40 WF Nkomo Street，Pretoria

电话：0027 - 012 3155111

传真：0027 - 012 3155126

邮箱：media@ treasury. gov. za

网址：www. treasury. gov. za

（14）卫生部（Department of Health）

地址：Civitas Building，cnr Thabo Sehume and Struben Streets，Pretoria

电话：0027 - 012 3958000

传真：0027 - 012 3959019

网址：www. doh. gov. za

（15）高等教育和培训部（Department of Higher Education and Training）

地址：123 Francis Baard Street，Pretoria

电话：0027 - 012 3125911

传真：0027 - 012 3235618

邮箱：callcentre@ dhet. gov. za

网址：www. dhet. gov. za

（16）内政部（Department of Home Affairs）

地址：Hallmark Building，230 Johannes Ramokhoase Street，Pretoria

电话：0027 - 012 4062500　热线：0027 - 080 0601190

传真：0027 - 086 5127864

邮箱：communications@ dha. gov. za

网址：www. dha. gov. za

（17）人居部（Department of Human Settlements）

地址：Govan Mbeki House，240 Justice Mahomed Street，Sunnyside，Pretoria

电话：0027 - 012 4211474

传真：0027 - 012 3418512

邮箱：info@ dhs. gov. za

网址：www. dhs. gov. za

（18）国际关系与合作部（Department of International Relations and Cooperation）

地址：OR Tambo Building，460 Soutpansberg Road，Rietondale，Pretoria，0084

南

非

451

电话：0027 – 012 3511000

传真：0027 – 012 3291000

邮箱：webmaster@ dirco. gov. za

网址：www. dirco. gov. za

（19）司法与宪法发展部（Department of Justice and Constitutional Development）

地址：Salu Building，316 cnr Thabo Sehume and Francis Baard Streets，Pretoria

电话：0027 – 012 3151111

传真：0027 – 012 3158130/0027 – 012 3158131

邮箱：webmaster@ justice. gov. za

网址：www. justice. gov. za

（20）劳工部（Department of Labour）

地址：Laboria House，215 Francis Baard Street，Pretoria

电话：0027 – 012 3094000

传真：0027 – 012 3202059

邮箱：webmaster@ labour. gov. za

网址：www. labour. gov. za

（21）矿产资源部（Department of Mineral Resources）

地址：70 Trevenna Campus，Building 2C，4th Floor，cnr Meintjes and Francis Baard Streets，Sunnyside，Pretoria

电话：0027 – 012 4443000

传真：0027 – 012 3412228

邮箱：enquiries@ dmr. gov. za

网址：www. dmr. gov. za

（22）治安管理总局（South African Police Service）

地址：Wachthuis，229 Pretorius Street 7th Floor，Pretoria

电话：0027 – 012 3931000

传真：0027 – 012 3934147

邮箱：response@ saps. org. za/natcomm@ saps. org. za

网址：www. saps. gov. za

（23）国有企业部（Department of Public Enterprises）

地址：Infotech Building, Suite 301, 1090 Arcadia Street, Hatfield, Pretoria

电话：0027 - 012 4311000

传真：0027 - 012 3421039/4311040

邮箱：info@ dpe. gov. za

网址：www. dpe. gov. za

（24）公共服务与管理部（Department of Public Service and Administration）

地址：Batho Pele House, 549 Edmond Street, Pretoria

电话：0027 - 012 4023800

传真：0027 - 012 3361831/7802

邮箱：info@ dpsa. gov. za

网址：www. dpsa. gov. za

（25）公共工程部（Department of Public Works）

地址：CGO Building, cnr Bosman and Madiba Streets, Pretoria

电话：0027 - 012 4061000

传真：0027 - 086 2728986

网址：www. publicworks. gov. za

（26）农村发展和土地改革部（Department of Rural Development and Land Reform）

地址：Old Building, 184 cnr Jeff Masemola and Paul Kruger Streets, Pretoria

电话：0027 - 012 3128911

传真：0027 - 012 3128066

邮箱：queries@ drdlr. gov. za

网址：www. ruraldevelopment. gov. za

（27）科技部（Department of Science and Technology）

地址：DST Building, Building No. 53, CSIR South Gate Entrance, Meiring Naude Road, Brummeria, Pretoria

电话：0027 - 012 8436300/8436303

南

非

453

传真：0027 - 012 3491037

邮箱：webmaster@ dst. gov. za

网址：www. dst. gov. za

（28）社会发展部（Department of Social Development）

地址：HSRC Building, 134 Pretorius Street, North wing, Pretoria

电话：0027 - 012 3127500

传真：0027 - 012 3127470

邮箱：info@ dsd. gov. za

网址：www. dsd. gov. za

（29）体育和娱乐部（Sport and Recreation South Africa）

地址：Regent Building, 66 Queen Street, Cnr Queen street and Madiba street, Pretoria, 0001

电话：0027 - 012 3045000/5185

传真：0027 - 012 3238440

网址：www. srsa. gov. za

（30）国家安全部（Department of State Security）

地址：Musanda Complex, Delmas Road, Pretoria

电话：0027 - 012 4274000

传真：0027 - 012 4807582

邮箱：dg@ ssa. gov. za

网址：www. ssa. gov. za

（31）旅游部（Department of Tourism）

地址：Tourism House, 17 Trevenna Street, Sunnyside, Pretoria

电话：0027 - 012 4446000/0027 - 086 0121929

传真：0027 - 012 4447000

邮箱：callcentre@ tourism. gov. za

网址：www. tourism. gov. za

（32）交通部（Department of Transport）

地址：Forum Building, 159 Struben Street, Pretoria

电话：0027 - 012 3093000

传真：0027 – 012 3283370

网址：www. transport. gov. za

（33）贸易与工业部（Department of Trade and Industry）

地址：The dti, 77 Meintjies Street, Block A 3rd Floor, Sunnyside, Pretoria

电话：0027 – 086 1843384

传真：0027 – 086 1843888

邮箱：contactus@ thedti. gov. za

网址：www. thedti. gov. za

（34）水利部（Department of Water and Sanitation）

地址：Sedibeng Building, 185 Francis Baard Street, Pretoria

电话：0027 – 012 3368387

传真：0027 – 012 3368664

网址：www. dwa. gov. za

（35）环境事务部（Department of Environmental Affairs）

地址：Environment House, 473 Steve Biko and Soutpansberg Road, Arcadia, Pretoria, 0083

电话：0027 – 012 3999000/0027 – 086 1112468

传真：0027 – 012 322 2682

邮箱：callcentre@ environment. gov. za

网址：www. environment. gov. za

（36）妇女部（Department of Women）

地址：36 Hamilton Street, Arcadia, Pretoria

电话：0027 – 012 3590071

传真：0027 – 086 6835502

邮箱：info@ women. gov. za

网址：www. women. gov. za

（37）传媒部（Government Communication and Information System）

地址：Tshedimosetso House, 1035 Frances Baard Street, （corner Festival Street）, Hatfield, Pretoria

南

非

电话：0027 - 012 4730000

邮箱：information@ gcis. gov. za

网址：www. gcis. gov. za

（38）统计局（Statistics South Africa）

地址：Isibalo House, Koch Street, Salvokop, Pretoria

电话：0027 - 012 3108911

传真：0027 - 012 3108944

邮箱：info@ statssa. gov. za

网址：www. statssa. gov. za

（39）税务局（South African Revenue Service）

地址：Lehae la Sars Building, 299 Bronkhorst Street, New Muckleneuk, Brooklyn, Pretoria

电话：0027 - 012 4224000/0027 - 086 0121218

传真：0027 - 012 4226848/4225181

网址：www. sars. gov. za

（40）小企业发展部（Department of Small Business Development）

地址：The dti Block G Floor 2, 77 Meintjies Street, Sunnyside, Pretoria

电话：0027 - 012 3941006/0027 - 086 1843384

传真：0027 - 012 3941006

邮箱：sbdinfo@ dsbd. gov. za

网址：www. dsbd. gov. za

（41）电信与邮政部（Department of Telecommunications and Postal Services）

地址：iParioli Office Park, 1166 Park Street, Hatfield, Pretoria

电话：0027 - 012 4278000

传真：0027 - 012 4278016

邮箱：director-general@ dtps. gov. za

网址：www. dtps. gov. za

（42）独立调查理事会（Independent Police Investigative Directorate）

　　地址：City Forum Building，114 Madiba Street，Pretoria

　　电话：0027 - 012 3990000

　　传真：0027 - 012 3260408

　　网址：www. ipid. gov. za

　　（43）联合执政部（Department of Cooperative Governance）

　　地址：87 Hamilton Street，Arcadia，Pretoria

　　电话：0027 - 012 3340600

　　传真：0027 - 012 3340603

　　邮箱：enquiry@ cogta. gov. za

　　网址：www. cogta. gov. za

　　（44）国家政府学院（National School of Government）

　　地址：ZK Matthews Building，70 Meintjes Street，Sunnyside，Pretoria

　　电话：0027 - 012 4416000/4416777

　　传真：0027 - 012 4416030

　　邮箱：contactcentre@ thensg. gov. za

　　网址：www. thensg. gov. za

2. 司法机构

　　（1）土地回归权利委员会（Commission on Restitution of Land Rights）

　　地址：184 Jeff Masemola Street，Pretoria

　　电话：0027 - 012 3129244/3129146

　　传真：0027 - 012 3210428

　　网 址：www. ruraldevelopment. gov. za/services/commission-on-restitution-of-land-rights

　　（2）南非宪法法院（Constitutional Court）

　　地址：188，14th Road，Noordwyk，Midrand，1685

　　邮箱：info@ concourt. org. za

　　网址：www. constitutionalcourt. org. za

　　（3）司法服务委员会（Judicial Service Commission）

南

非

457

地址: 1 Hospital street, The Constitutional Court, Constitutional Hill, Braamfontein, Johannesburg

电话: 0027 – 011 8382010/8382019

传真: 0027 – 086 6490944

（4）南非高等法院院长（Master of the High Court of South Africa）

地址: 22nd Floor, SALU Building, 316 Thabo Sehume Street, Pretoria

电话: 0027 – 012 4064805

传真: 0027 – 086 5444893

网址: http: //www. doj. gov. za/master/m_main. htm

（5）国家检察机关（National Prosecuting Authority of South Africa）

地址: VGM Building, cnr Westlake and Hartley, 123 Westlake Avenue, Weavind Park, Silverton, Pretoria

电话: 0027 – 012 8456000

传真: 0027 – 012 8047335

邮箱: communication@ npa. gov. za

网址: www. npa. gov. za

（6）首席法官办公室（Office of Chief Justice）

地址: Constitutional Court of South Africa, Constitution Hill, 1 Hospital Street, Braamfontein, 2017

电话: 0027 – 011 3597400

邮箱: enquiries@ judiciary. org. za

网址: www. judiciary. org. za

（7）法律改革委员会（South African Law Reform Commission）

地址: 2007 Lenchen Avenue South, Centurion, Pretoria

电话: 0027 – 012 6226300

传真: 0027 – 012 6226362

邮箱: reform@ justice. gov. za

网址：http//salawreform. justice. gov. za

（8）高等法院（Superior Courts of South Africa）

地址：188，14th Road，Noordwyk，Midrand，1685

电话：0027 - 010 4932500

邮箱：enquiries@ judiciary. org. za

网址：www. judiciary. org. za

（9）最高上诉法院（Supreme Court of Appeal）

电话：0027 - 051 4127400

传真：0027 - 051 4127449

网址：www. supremecourtofappeal. gov. za

附录三：

南非部分中介服务机构及相关网站

1. 部分律师事务所

（1）Bowmans

地址：22 Bree Street，Cape Town

电话：0027 – 021 4807800

传真：0027 – 021 4803200

（2）Cliffe Dekker Hofmeyr

地址：1 Protea Place，Sandton Jhb，2196

电话：0027 – 011 5621000

传真：0027 – 011 5621111

（3）Edward Nathan Sonnenbergs

地址：1 North Wharf Square，Loop Street，Foreshore，Cape Town 8001

电话：0027 – 021 4102500

（4）Norton Rose Fulbright

地址：Norton Rose House，8 Riebeek Street，Cape Town

电话：0027 – 021 4051200

（5）Webber Wentzel

地址：15th Floor，Convention Tower，Heerengracht，Foreshore，Cape Town

电话：0027 – 021 4317000

传真：0027 – 021 4318000

（6）Adams & Adams

地址：Lynnwood Bridge，4 Daventry Street，Pretoria

电话：0027 – 012 4326000

传真：0027 - 012 4326599

（7）Baker Mckenzie

地址：1 Commerce Square, 39 Rivonia Road, Sandhurst, Sandton, Johannesburg

电话：0027 - 011 9114300

传真：0027 - 011 7842855

（8）Allen & Overy

地址：6th Floor, 90 Grayston, 90 Grayston Drive, Sandton, Johannesburg

电话：0027 - 010 5979850

2. 部分会计师事务所

（1）德勤（Deloitte & Touche）

地址：27 Somerset Road, Cape Quarter, Green Point, Cape Town

电话：0027 - 021 4285300

网址：www. deloitte. co. za

（2）普华永道（Bloemfontein Pricewaterhouse Coopers Inc）

地址：61 Second Avenue, Westdene, Bloemfontein, 9301

电话：0027 - 051 5034100

传真：0027 - 051 5034399

（3）安永（Ernest and Young）

地址：Waterway House, 3 Dock Road, V&A Waterfront, 8001 Cape Town

电话：0027 - 021 4430200

传真：0027 - 021 4431200

（4）毕马威（KPMG）

地址：Cnr The Hillside Street & Klarinet Road, Lynnwood, Pretoria

电话：0027 - 012 4311300

3. 部分投资咨询机构

南非贸易工业部（Department of Trade and Industry）

地址：The dti, 77 Meintjies Street, Block A 3rd Floor, Sunnyside, Pretoria

电话：0027 - 086 1843384

传真：0027 - 086 1843888

邮箱：contactus@ thedti. gov. za

网址：www. thedti. gov. za

4. 中国驻南非大使馆

地址：972 Pretorius Street, Arcadia 0083, Pretoria, South Africa

电话：0027 - 012 4316500

传真：0027 - 012 3424244

邮箱：reception@ chinese-embassy. org. za

（1）办公室

电话：0027 - 012 4316514

传真：0027 - 012 4316590

（2）政治处

电话：0027 - 012 4316528

传真：0027 - 012 3423950

（3）领事部

电话：0027 - 012 4316537

24 小时领事保护热线：0027 - 012 3428826

传真：0027 - 012 4307620

电子邮箱：nflssf@ 163. com

（4）新闻与公共外交处

电话：027 - 012 4316579

（5）科技处

电话：0027 - 012 4316552

传真：0027 - 012 4316517

（6）文化处

电话：0027 - 012 4316561

传真：0027 - 012 4316536

（7）警务联络处

电话：0027 – 012 4316592

传真：0027 – 012 4316593

（8）教育组

电话：0027 – 012 4316566

传真：0027 – 012 3420911

（9）经济商务参赞处

电话：0027 – 012 4313060

传真：0027 – 012 3428071

5. 中国驻南非领事馆

（1）中国驻开普敦总领事馆

地址：25 Rhodes Avenue, Newlands, Cape Town 7700

电话：0027 – 021 6740592

领保电话：0027 – 723 096634

传真：0027 – 021 6740589

电子邮件：chinaconsul_ct_za@ mfa. gov. cn

（2）中国驻约翰内斯堡总领事馆

地址：25 Cleveland Road, Sandhurst, sandton, Johannes-burg, South Africa

电话：0027 – 011 8832186

传真：0027 – 011 8835274

（3）中国驻德班总领事馆

地址：No. 45, Stirling Crescent, Durban North, KwaZulu – Natal Province, South Africa

电话：0027 – 031 5634731

0027 – 031 5634534

传真：0027 – 031 5634827

邮箱：chinaconsul_db_za@ mfa. gov. cn

6. 南非主要中资机构

（1）工商银行非洲代表处

地址：20th Floor Standard Bank Centre Heerengracht Tower

南

非

Adderley Street Cape Town 8001

电话：0027 - 076 1052359

0027 - 079 3626608

邮箱：weintang@ gmail. com

walterfan8@ gmail. com

（2）Huawei Technologies Africa （PTY）Ltd

地址：Building 7, Grayston Office Park, 128 Peter Road, Sandown, Sandton, Johannesburg, South Africa

电话：0027 - 011 5179800

传真：0027 - 011 5179801

邮箱：qiyingjie@ huawei. com

（3）金川南非公司

地址：South Africa Jin Chuan Resources （Pty） ltd. Amr office park2, Ground floor, concord road east, Bedfordview Road, Sandown, Sandton, Johannesburg, South Africa

电话：0027 - 011 4551429

传真：0027 - 011 4550850

邮箱：zhqy@ jnmc. com

（4）中非发展基金南非代表处

地址：F1, CCB BUILDING, No. 95, Grayston Drive, Sandton, Johannesburg

电话：0027 - 011 7833919

传真：0027 - 011 7833763

邮箱：lvyueshan@ cadfund. com

7. 南非仲裁基金会

电话：0027 - 011 3200600

传真：0027 - 011 3200533

邮箱：info@ arbitration. co. za

8. 相关网站

（1）"走出去"公共服务平台

http：//fec. mofcom. gov. cn/

http：//fec. mofcom. gov. cn/article/gbdqzn/

（2）驻南非大使馆经济商务参赞处

http：//za. mofcom. gov. cn/

（3）商务部西亚非洲司

http：//xyf. mofcom. gov. cn/

（4）中国投资指南

http：//www. fdi. gov. cn/

（5）南非投资数据统计中心

http：//data. mofcom. gov. cn/channel/includes/list. shtml?
channel = gbsj&visit = 199

（6）西亚非洲研究所

http：//iwaas. cssn. cn/

（7）中非合作论坛官网

http：//www. focac. org/chn/

（8）外交部有关南非数据

http：//www. fmprc. gov. cn/web/gjhdq_676201/gj_676203/fz_
677316/1206_678284/1206x0_678286/

（9）中非联合仲裁中心（上海）

http：//www. fmprc. gov. cn/web/gjhdq_676201/gj_676203/fz_
677316/1206_678284/1206x0_678286/

（10）中国国际贸易促进委员会官网

http：//lad. ccpit. org/

（11）中非投资联合会

http：//www. china-africa. org/

（12）中国非洲联合工商会

http：//www. china-africajcci. org/

（13）中非民间商会

http：//www. cabc. org. cn/

（14）南非政府官网

http：//www. gov. za/

（15）南非国际关系与合作部

http：//www. dirco. gov. za/

（16）比勒陀尼亚大学南非法律数据库

http：//www. lawsofsouthafrica. up. ac. za/index. php/current-legislation

（17）南非法律信息中心（含各省及部门法重要判例）

http：//www. saflii. org/content/south-africa-index

（18）南非宪法法院判例

http：//www. saflii. org/za/cases/ZACC/

（19）非盟（法律事务）

https：//au. int/en/legal

（20）世界银行（有关南非经济统计）

http：//data. worldbank. org/country/south-africa

（21）南非（非国大官网）

http：//www. anc. org. za/

（22）南非（统计数据网）

http：//cs2016. statssa. gov. za/

（23）南非宪法法院

http：//www. constitutionalcourt. org. za/site/home. htm

（24）南部非洲仲裁基金官网

http：//www. arbitration. co. za/pages/default. aspx

（25）南非年鉴

http：//www. gcis. gov. za/content/resourcecentre/sa-info/year-book

（26）南非·中国经贸协会（截至目前，协会已吸纳100余家中资、华资机构作为会员，行业涉及装备制造、矿产资源、交通物流、通信服务、文化传媒、农业养殖、地产能源和金融贸易等。）

http：//saceta. people. cn/a/xiehuidongtai/

南非争议解决法律制度专有名词

南非统一法院规则　The Uniform Court Rule

（地区和区域）治安官法院法案　The Magistrate's Court Act

最高法院法案　The Supreme Court Act

外国民事判决执行法案　Enforcement of Foreign Civil Judgments Act of 1988

被告强制答辩　Mandatory Answering

不应诉判决　Default Judgment

书状修改制度　Pleading Amendment

（法院）执行令　Writ of Execution

外国仲裁裁决执行法案　Enforcement of Foreign Arbitral Award Act of 1977

法院附设调解　Court Annexed Mediation

南非最高上诉法院　Supreme Court of Appeal

南非高等法院　High Court

南非地区法院　District Magistrates' Courts

南非区域法院　Regional Magistrates' Courts

小额诉讼法院　Small Claims Courts

宪法法院　Constitutional Court

平等法院　Equality Court

特别收入税务法院　Special Income Tax Courts

南非税务局　South Africa Revenue Service

劳动法院和劳动上诉法院　Labour Court and Labour Appeal Court

南非劳动关系法案　Labour Relation Act

土地索偿法院　Land Claim Court

酋长法院　Chiefs' and Headman's Courts

答辩意图告知书　Notice of Intent to Defend

即席判决　Summary Judgment

即席判决动议的意图告知书　Notice of Intent to move for Summary Judgment

径直法律判决　Judgment as a Matter of Law

优势证据　Preponderance of Evidence

排除合理怀疑　Beyond Reasonable Doubt

法官与律师举行闭门会议　Meeting in the Chamber

1988 年外国民事判决执行法案　Enforcement of Foreign Civil Judgments Act of 1988

1969 年时效法案　Prescription Act of 1969

1978 年商业保护法案　Protection of Businesses Act of 1978

1965 年仲裁法案　Arbitration Act of 1965

南非仲裁员协会　The Association of Arbitrators

仲裁员　Arbitrator

主裁员　Umpire

费用担保　Security for Cost

判决利率　Judgment Interest Rate

部门协调处　Sector Coordinating Unit

南共体法庭　SADC Tribunal

传唤证人作证的传票　Subpoena

参 考 文 献

1. ［南非］尼科克·舒尔策，朱伟东译：《南非国际贸易法律制度专题研究》，湘潭大学出版社 2011 年版。

2. ［英］马丁·梅雷迪斯，亚明译：《非洲国五十年独立史》，世界知识出版社 2011 年版。

3. 郑家馨：《南非史》，北京大学出版社 2010 年版。

4. 博峰：《彩虹之国南非》，外文出版社 2013 年版。

5. 李放、卜凡鹏：《南非"黄金之国"的崛起》，民主与建设出版社 2013 年版。

6. 夏新华：《非洲法律文化史论》，中国政法大学出版社 2013 年版。

7. 徐国栋：《非洲各国法律演变过程中的外来法与本土法》，载于《法的移植与法的本土化》，法律出版社 2001 年版。

8. 王琼：《西亚非洲法制》，法律出版社 2013 年版。

9. 蔡高强、朱伟东：《东南部非洲地区性经贸组织法律制度专题研究》，湘潭大学出版社 2016 年版。

10. 朱伟东：《南非共和国国际私法研究——一个混合法系国家的视角》，法律出版社 2006 年版。

11. 舒运国、张忠祥：《非洲经济评论 2016》，上海三联书店 2016 年版。

12. 胡志军：《中国民营企业海外直接投资》，对外经济贸易大学出版社 2015 年版。

13. 洪永红：《非洲投资法概览》，湘潭大学出版社 2012 年版。

14. 刘军梅、张磊、王中美：《贸易便利化：金砖国家合作的共识》，上海人民出版社 2014 年版。

15. 吴朝阳：《国别贸易政策》，东北财经大学出版社 2012 年版。

16. 周婷：《奢侈品国际贸易策略》，对外经济贸易大学出版社 2010 年版。

17. 王新奎：《全球多边贸易体制的未来与中国》，上海人民出版社 2012 年版。

18. 顾春芳：《全球贸易摩擦研究报告 2012 年》，机械工业出版社 2013 年版。

19. 何海燕、任杰、乔小勇：《贸易安全政策与实践研究补贴与反补贴新论》，首都经济贸易大学出版社 2011 年版。

20. 中国出口信用保险公司：《全球投资风险分析（2015）》，中国财政经济出版社 2015 年版。

21. 孙谦、韩大元：《世界各国宪法·非洲卷》，中国检察出版社 2012 年版。

22. 常凯：《劳权保障与劳资双赢——〈劳动合同法〉论》，中国劳动社会保障出版社 2009 年版。

23. 汪习根：《论和谐社会的法制构建》，引自《全球化背景下东亚的法治与和谐——第七届东亚法哲学大学学术文集》（上），山东人民出版社 2009 年版。

24. 夏锦文：《社会变迁与法律发展》，南京师范大学出版社 1997 年版。

25. 陈舜：《权利及其维护——一种交易成本观点》，中国政法大学出版社 1999 年版。

26. 戴剑波：《权利正义论——基于法哲学与法社会学立场的权利制度正义理论》，法律出版社 2007 年版。

27. 朱伟东：《南非〈投资促进和保护法案〉评析》，引自《非洲与外部世界关系的历史变化》，世界知识出版社 2014 年版。

28. 安春英：《非洲的贫困与反贫困问题研究》，中国社会科学出版社 2010 年版。

29. 刘阳、大树（喀麦隆）、周金波、克瑞斯（南非）：《南部非洲国际经济法经典判例研究——兼析中南经济合作的贸易、投资及劳工权益保护问题》，中国法制出版社 2014 年版。

30. 马仁杰、王荣科、左雪梅：《管理学原理》，人民邮电出版社 2013 年版。

31. 复旦大学金砖国家研究中心、金砖国家合作与全球治理协同创新中心编：《金砖国家研究》第 1 辑，上海人民出版社 2013 年版。

32. 郑宁、莫于川：《南非行政法掠影》，引自《宪政与行政法治评论（第二卷）》，中国人民大学出版社 2005 年版。

33. 蔡高强：《论南非反倾销法律机制及中国的应对》，引自《非洲法律与社会发展变迁》，湘潭大学出版社 2010 年版。

34. 张小虎：《论南非公民环境权的司法保障》，引自《民商法论丛（第 64 卷）》，法律出版社 2017 年版。

35. 张小虎：《论新南非的环境法律体系》，引自《非洲法评论（2017 年卷）》，湘潭大学出版社 2017 年版。

36. ［南非］本·图罗克，李淑清译：《南非非洲人国民大会经济政策的演变》，载于《海派经济学》2015 年第 1 期。

37. 朱伟东：《南非法院对外国判决的承认和执行》，载于《西亚非洲》2001 年第 3 期。

38. 朱伟东：《南非投资促进与保护法案评析》，载于《西亚非洲》2014 年第 2 期。

39. 朱伟东：《南非法院对外国仲裁裁决的承认和执行》，载于《仲裁研究》2005 年第 3 期。

40. 朱伟东：《中国与非洲民商事法律纠纷及其解决》，载于《西亚非洲》2012 年第 3 期。

41. 杨凯：《南非刑法的渊源与罪刑法定原则》，载于《河南公安高等专科学校学报》2002 年第 4 期。

42. 江山：《论中国外商投资国家安全审查制度的法律建构》，载于《现代法学》2015 年第 9 期。

43. 李善民、李昶：《跨国并购还是绿地投资？——FDI 进入

南

非

模式选择的影响因素研究》，载于《经济研究》2013 年第 12 期。

44. 姚梅镇：《特许协议的法律问题》，载于《法学评论》1983 年 Z1 期。

45. 王健：《南非矿产资源与开发现状》，载于《矿产保护与利用》2013 年第 2 期。

46. 董晓芳：《南非主要矿产资源开发利用现状》，载于《中国矿业》2012 年第 9 期。

47. 王健、李秀芬：《南非矿业投资环境分析》，载于《中国矿业》2013 年第 23 期。

48. 李虹、黄洁、王永生、吴琼：《南非矿山环境立法与管理研究》，载于《中国国土资源经济》2007 年第 3 期。

49. 王华春、郑伟、王秀波、郭彤荔、王健、王海平：《从南非矿法修改看其矿业政策发展变化》，载于《中国国土资源经济》2014 年第 5 期。

50. 王华春、郑伟：《南非矿业投资法律制度概述》，载于《中国国土资源经济》2013 年第 7 期。

51. 刘海鸥、张小虎：《宪法位阶的环境法：浅析南非宪法环境权条款及其启示》，载于《湘潭大学学报（哲学社会科学版）》2016 年第 3 期。

52. 陈晓蓉：《浅析南非工程项目投标及施工风险》，载于《对外经贸实务》2009 年第 5 期。

53. 黄梅波、任培强：《南非劳动力市场对中国企业投资的影响》，载于《西亚非洲》2013 年第 4 期。

54. 宁骚：《论南非种族隔离制及其对黑人的殖民掠夺（上）》，载于《世界历史》1979 年第 6 期。

55. 姚桂梅：《南非经济发展的成就与挑战》，载于《学海》2014 年第 3 期。

56. 杨立华：《南非的经济金融制度》，载于《中国金融》2011 年第 5 期。

57. Rendani Neluvhalani、邱辉、蔡伟年：《南非企业所得税介绍——中国"走出去"企业投资南非税务影响与风险关注》，载于《国际税收》2015 年第 5 期。

58. 张华强、肖毅、王守贞、汤戈于：《南非金融监管改革新框架及其启示》，载于《海南金融》2017 年第 1 期。

59. 张怀印：《全球化与南非的知识产权保护》，载于《学术界》2007 年第 3 期。

60. 张先伟、杨祖国：《专利反向引文分析：金砖五国专利实证研究》，载于《图书馆工作与研究》2015 年第 3 期。

61. 王小海：《南非有关知识产权保护的法律》，载于《全球科技经济瞭望》2002 年第 1 期。

62. 南非驻华大使馆：《南非矿业的投资机遇》，载于《中国矿业报》2016 年 7 月 5 日，第 006 版。

63. 罗翔：《南非个人所得税法初探》，湘潭大学硕士毕业论文，2012 年。

64. 肖海英：《南非投资法律研究》，湘潭大学硕士论文，2007 年。

65. 周严：《南非反就业歧视法及对我国的启示》，湘潭大学硕士学位论文，2008 年。

66. George Wille, François Du Bois, and G Bradfield. *Wille's Principles of South African Law* (*9th ed*). Cape Town：Juta & Company, Limited, 2007.

67. Reinhard Zimmermann, Daniel P Visser, and Southern Cross. *Civil Law and Common Law in South Africa*. Oxford：Clarendon Press, 1996.

68. W A Joubert. The Law of South Africa. Durban：Lexis Nexis Butterworths, 2004.

69. Vernon Valentine Palmer. *Mixed Jurisdictions Worldwide*：*The Third Family*. London：Cambridge University Press, 2001.

70. Morné van der Linde (Edited). *Compendium of South African Environmental Legislation*. Pretoria：Pretoria University Law Press, 2006.

71. Association of Commonwealth Criminal Lawyers. *South Afri-*

南

非

473

can criminal court system. Retrieved 29 December, 2010.

72. David J McQuoid Mason. *The Delivery of Civil Legal Aid Services in South Africa*. Fordham: International Law Journal, 2000.

73. A B Edwards. Conflict of Laws, W A Joubert. *The Law of South Africa*, Vol. 2, Butterworths, Durban, 1993.

74. George Wille. *Principles of South African Law*, 5th edition, Juta & Co. Ltd. , 1961.

75. Shearer, W Robert. *The Exon-Florio Amendment*: *Protectionist Legislation Susceptible to Abuse*, Houston Law Review, 1993, 1 (30).

76. Jan Glazewski. *Environmental Law in South Africa* (2nd ed). Durban: LexisNexis Butterworths, 2005.

77. Bennani, Ali. *Les contrats FIDIC*, *thèse de doctorat*, Université de Montpellier, 2015.

78. Seppala, Christopher R. *Contentieux Des Contrats Internationaux De Construction*: *Commentaire De Sentences CCI Relatives Aux Conditions FIDIC Pour Les Contrats Internationaux*. Int'l Bus. LJ, 1999.

79. Seppala. Christopher R. *Reclamations De L'Entrepreneur Aux Termes Des Contrats FIDIC Pour Les Grands Travaux*. Int'l Bus. LJ, 2004.

80. Eric Taylor. *The History of Foreign Investment and Labor Law in South Africa and the Impact on Investment of the Labour Relations Act* 66 *of* 1995, 9 Transnational Law. 611, 1996.

81. Sean M Heneghan. *Employment Discrimination Faced By The Immigrant Worker*: *A Lesson From The United States And South Africa*, 35 Fordham Int'l L. J. 1780, 2011 – 2012.

82. Mpfariseni Budeli. *Trade unionism and politics in Africa*: *the South African experience*, 45 Comp. & Int'l L. J. S. Afr. 454, 2012.

83. Webb History of trade unionism (2ed 1920) 1. Martin Trade unionism. purposes and forms (1989) 8.

南

非

84. Schillinger. *Trade unions in Africa*: *weak but feared*. International Development Cooperation: Occasional Papers 2005（2）.

85. Mpfariseni Budeli. *Trade unionism and politics in Africa*: *the South African experience*, 45 Comp. & Int'l L. J. S. Afr. 454, 2012.

86. Murray Wesson. *Social Condition and Social Rights*, 69 Sask. L. Rev. 101, 2006.

87. C J Thomas. Economic Interaction between South Africa and other states in Southern Africa, S. Afr. Y. B. Int'l L. 1, 1977.

88. Johan J Henning. *Close Corporation Law Reform in Southern Africa*, 26 J. Corp. L. 917, 2000 – 2001.

89. Satyakama Paul, Bhekisipho Twala, and Tshilidzi Marwala. *Organizational Adaption to Complexity*: *A Study of the South African Insurance Market as a Complex Adaptive System Through*, The 2nd International Conference on Complexity Science Management & Intelligent Information System Statistical Risk Analysis, 2011.

90. Rudolf Dolzer and Christoph Schreuer. Principles of International Investment Law, Oxford University Press, 2008.

91. Twin Peaks in South Africa. *Response and Explanatory Document*, *Accompanying the Second Draft of the Financial Sector Regulation Bill*, National Treasury of South Africa. Working Paper, December 2014.

92. Roy Havemann, Katherine Gibson. *Financial Sector Regulation Bill* 2013, *Implementing Twin Peaks Phase* 1, National Treasury of South Africa. Working Paper, January 2014.

93. N Taitz. *Arbitration Procedures and Practice in South Africa*: *Overview*, Arbitration procedures and practice Country Q&A Tool, WestLaw, Q2 & 37（2016）.

94. N Taitz. *Arbitration Procedures and Practice in South Africa*: *Overview*, Arbitration procedures and practice Country Q&A Tool, WestLaw, Q28（2016）.

95. N Taitz. *Arbitration Procedures and Practice in South Africa*:

Overview, Arbitration procedures and practice Country Q&A Tool, WestLaw, Q32 (2016).

96. P Holloway, A October & W Wentzel. *Enforcement of Arbitral Award in South Africa: Overview*, Arbitration procedures and practice Country Q&A Tool, WestLaw, Q3 (2016).

97. Basu, A, Chau, N and Kanbur, R. *Turning a Blind eye: Costly enforcement, Credible Commitment, and Minimum Wage Laws*, Economic Journal, Volume 120, March, 2010.

98. Marissa Herbst Willemien du Plessis. *Customary Law v Common Law Marriages: A Hybrid Approach in South Africa*, Electronic Journal of Comparative Law, Vol. 12, No. 1 (2008).

99. Lovemore Makhuku. *The right to strike in southern Africa*, International Labor Review, Vol. 136 (1997), No. 4 (Winter).

100. May Tan-Mullins, Giles Mohan. *The potential of corporate environmental responsibility of Chinese state-owned enterprises in Africa*, *Environment Development & Sustainability*, 2013, Volume 15, Issue 2.